말리부의 사랑법

MALIBU RISING by Taylor Jenkins Reid
Copyright © 2021 by Rabbit Reid, Inc.
All rights reserved.
Korean translation rights by arrangement with Park & Fine Literary and Media through Danny Hong Agency, Seoul.
Korean translation copyright © 2025 by Dasan Books Co., Ltd.

이 책의 한국어판 저작권은 대니홍 에이전시를 통한 저작권사와의 독점 계약으로 ㈜다산북스에 있습니다. 신저작권법에 의해 한국 내에서 보호를 받는 저작물이므로 무단 전재 및 복제를 금합니다.

말리부의 여름

테일러 젠킨스 리드
장편소설

이경아 옮김

MALIBU RISING

다섯
책방

일러두기

1. 본문 중 고딕체는 원서에서 대문자와 이탤릭체로 강조한 부분이다.
2. 본문의 주석은 모두 옮긴이의 것이다.

말리부는 화마를 부른다.

이따금 말리부는 그런 짓을 한다.

토네이도는 미국 중서부의 평지를 점령한다. 홍수는 남부를 휩쓴다. 허리케인은 멕시코만에서 진노한다.

그리고 캘리포니아는 불타오른다.

이 땅은 기원전 500년 추마시족이 살았던 시절 몇 번이고 화마에 휩싸였다. 스페인의 식민지 개척자들이 이 땅을 점령했던 1800년대에도 화마는 찾아왔다. 1903년 12월 4일, 현재 말리부라 불리는 지역이 프레더릭 린지와 메이 린지의 소유였던 그날도 화마가 덮쳤다. 불길은 48킬로미터에 달하는 해변의 빅토리아 양식 주택들을 집어삼켰다.

최초의 영화 스타들이 말리부에 도착하고 한참이나 시간이 흐른 1917년과 1929년에도 화마를 피해 가지 못했다. 서퍼와 비치 버니*가 해변으로 몰려들던 1956년과 1958년에도 화마는 이곳을 잊지 않았다. 히피들이 말리부의 협곡에 정착한 후인 1970년과

---

*   서퍼와 어울리는 여자들.

1978년에도 화마가 찾아왔다.

1982년과 1985년, 1993년과 1996년, 2003년과 2007년 그리고 2018년에도 화마가 말리부를 휩쓸었다. 그 사이에도 화마는 종종 이곳을 들렀다.

활활 타오르는 것이 말리부의 본성이기 때문이다.

* * *

말리부시 경계에는 '말리부, 27마일의 절경'이라고 써 있는 표지판이 서 있다. 48킬로미터에 달하는 좁은 해변이 있는 이 가늘고 긴 군구*는 바다와 산이 차지하고 있으며, 일명 PCH**라고도 하는 2차선 도로가 이 지역을 둘로 가르고 있다.

PCH의 서쪽으로는 수정같이 맑고 푸른 태평양의 파도를 포근하게 감싸는 해변이 길게 이어져 있다. 고속도로를 따라 해안선 근처 여기저기에 옹기종기 들어선 좁고 높은 해변 주택들이 앞다투어 절경을 만끽한다. 해안가는 바위투성이에 험하다. 포말이 이는 파도는 깨끗하다. 숨을 들이쉬면 깨끗한 소금 냄새가 난다.

PCH의 동쪽에는 광활하고 건조한 산악 지대가 펼쳐져 있다. 하늘을 호령하는 회녹색과 암갈색의 산줄기에는 사막 관목과 야

---

*   자치주county 아래의 행정구역.
**   Pacific Coast Highway, 태평양 연안 고속도로.

생 나무, 부서지기 쉬운 덤불이 주로 자란다.

말리부는 건조한 땅이다. 부싯돌. 미풍의 은혜와 저주를 한 몸에 받은 땅.

이곳에 부는 샌타애나 바람은 내륙에서 시작되어 산악 지대와 협곡을 통과한 후 뜨겁고 거세게 해안으로 내달린다. 신화에서는 이 바람을 혼돈과 무질서의 대리인이라 일컫는다. 하지만 그 바람의 실제 역할은 촉매다.

건조한 황무지 숲에서 발생한 작은 불꽃이 산불이 되어 환한 주황색과 붉은색으로 활활 타오르며 무자비하게 주위를 뒤덮는다. 그 불길은 땅을 집어삼키고 짙은 검은색 연기를 하늘로 토해내어 몇 킬로에 걸쳐 태양을 흐릿하게 만들고는 눈처럼 재를 뿌린다.

덤불과 관목, 나무 같은 식물의 서식지와 통나무집과 저택, 방갈로, 목장과 포도원, 농장 같은 인간의 보금자리가 연기가 되어 사라지면 검게 타버린 땅만 남는다.

하지만 이 땅은 또다시 젊어져 새로운 생명을 키울 준비를 한다. 파괴. 그리고 재에서 다시 일어나는 재생. 불의 이야기.

* * *

1983년에 일어난 말리부 화재는 건조한 산악 지대가 아니라 해안에서 시작되었다.

불은 8월 27일 토요일, 로스앤젤레스 역사상 가장 악명 높은 파티가 열리는 동안 클리프사이드 드라이브 28150번지에서 시작되었다. 그곳은 니나 리바의 집이었다.

매년 열리는 이 파티는 자정 무렵 통제가 불가능한 상황으로 흘러갔다.

오전 7시경, 말리부 해안이 불길에 휩싸였다.

활활 타오르는 것이 말리부의 본성이듯 불을 지르고 유유히 떠나는 것이 어떤 남자의 본성이었으므로.

모든 일은 1983년 8월 27일 토요일에 일어났다.

1부
7시부터 19시까지

07:00

니나 리바는 잠에서 깼지만 눈은 뜨지 않았다.

아침이 살며시 다가오듯 의식이 서서히 돌아왔다. 물속에서 서프보드에 납작 엎드린 채 꿈길을 헤매며 누워 있는데, 문득 현실이 떠오르기 시작했다. 약 열두 시간 후면 수백 명이 그녀의 집으로 몰려올 것이라는 현실 말이다. 정신이 번쩍 드는 순간, 오늘 밤 나타날 한 명 한 명이 그녀가 얼마나 수치스러운 일을 겪었는지 다 안다는 사실이 뇌리를 다시 한번 강타했다.

커튼처럼 눈을 가린 풍성한 속눈썹 틈새로 굳이 보지 않아도 오늘 벌어질 일이 훤히 그려져 탄식이 새어 나왔다.

이곳에서는 바깥의 기척에 일부러 귀를 기울여야만 저 아래에서 파도가 철썩철썩 절벽을 때리는 소리가 들렸다. 그것도 그저 희미하게만.

그녀는 어린 시절 올드 말리부 로드에서 동생들과 함께 살았던 집과 같은 곳을 늘 갖고 싶었다. PCH에서 꽤 떨어져 있는, 바다 위에 선 기둥이 떠받치고 있는 허름한 해변 방갈로. 창문을 때리는 파도의 비말과 발아래 바닥을 지탱하고 있는 반쯤 썩은 목재며 녹슨 금속에 관한 추억이 그녀는 언제나 그리웠다. 패티오*에 서서 만조 때 밀려오는 바다를 내려다보며 발밑에서 요란하게 부서지는 파도 소리를 듣고 싶었다.

하지만 브랜던은 절벽 위에서 살고 싶어 했다.

그는 해변에서 15미터나 위에 있는 포인트 둠**에 지어진, 그래서 가파른 계단을 내려가고 바위를 타고 넘어야만 부서지는 파도에 닿을 수 있는 유리와 콘크리트로 만든 저택을 둘의 집으로 사들였다.

니나는 파도 소리를 듣기 위해 귀를 활짝 열었지만 눈은 여전히 감고 있었다. 왜 눈을 뜨겠는가. 아무것도 볼 것이 없는데.

브랜던은 침대에 없었다. 집에도 없었다. 브랜던은 애당초 말리부에 없었다. 그는 지금 푸르른 야자수가 자라는 분홍색 벽의 베벌리힐스 호텔에 있다. 이렇게 이른 새벽이라면 십중팔구 캐리 소토를 안고 자고 있으리라. 잠에서 깨면 커다란 손으로 그녀의 머리카락을 넘겨 목덜미에 입을 맞추겠지. 잠시 후 두 사람은 US오픈에 참가하기 위해 짐을 쌀 것이다.

어휴.

니나는 남편을 훔쳐 갔다고 캐리 소토를 원망하지 않았다. 남편은 도둑맞을 수 있는 존재가 아니다. 캐리 소토는 도둑이 아니다. 브랜던 랜들이 배신자다.

---

* 주택과 접해 있는 외부 공간. 바닥이 포장되어 있고 주로 집 뒤쪽에 위치한다.
** 캘리포니아 말리부 해안에 있는 곳.

그는 니나 리바가 《나우 디스》 8월 22일 자에 이런 제목으로 표지를 장식하게 된 유일무이한 이유였다. '니나의 찢어진 가슴: 미국의 환상의 커플의 반쪽은 어쩌다 버림받았나.'

프로 테니스 선수인 남편이 공개적으로 니나를 버리고 프로 테니스 선수인 정부情婦에게로 간 경위에 기사 하나가 통째로 할애되어 있었다.

잡지의 표지에 실린 니나는 유난히 돋보였다. 잡지사는 그해 니나가 몰디브에서 찍은 수영복 사진 가운데 한 장을 골랐다. 사진 속에서 니나는 긴 다리를 강조한 자줏빛 비키니를 입고 있었다. 살짝 젖은 듯 촉촉하고 굵게 웨이브 진 긴 갈색 머리가 짙은 갈색 눈동자와 진한 눈썹을 감싸고 있었다. 당연하게도 그녀의 유명한 입술도 빼놓을 수 없었다. 도톰한 아랫입술 위에 얹힌 가느다란 윗입술이. 그녀의 아버지 믹이 입술로 유명해지자 일명 '리바 입술'로 불리게 된 그 입술이다.

원래 이 사진에서 니나는 타운앤드컨트리사의 노란색과 흰색이 섞인 190센티짜리 트러스터 서프보드*를 쥐고 있었다. 그러나 표지 사진에는 보드가 잘려 나가고 없었다. 어느새 그녀는 이런 일에 익숙해졌다.

잡지를 펼쳐 보니 3주 전에 랄프스** 앞 주차장에서 찍힌 니나

---

*   세 개의 핀이 있는 서프보드. 빠른 방향 전환이 가능해 프로 서퍼들이 애용한다.
** 캘리포니아의 슈퍼마켓 체인.

의 사진도 실려 있었다. 흰색 비키니 위에 꽃무늬 선드레스를 입은 모습이었다. 한 손에는 탭* 여섯 개들이를 들고 다른 손으로는 버지니아 슬림을 피우고 있었다. 자세히 들여다보면 그녀가 우는 모습이 보이리라.

사진 옆에는 1960년대 중반에 찍은 그녀의 아버지 사진이 실려 있었다. 큰 키에 피부가 까무잡잡한 전형적인 미남으로, 트렁크 수영복에 하와이안 셔츠를 입고 트랜카스 마켓 앞에서 장 본 물건을 든 채 말보로를 피우고 있었다. 부녀의 사진에 실린 제목은 '콩 심은 데 콩 나고 팥 심은 데 팥 난다'였다.

니나는 표지에서는 유명한 남편에게 버림받은 아내로, 기사에서는 유명한 남자의 딸로 규정지어졌다. 그 사실을 떠올릴 때마다 니나는 이를 악물었다.

니나는 마침내 눈을 뜨고 천장을 바라보았다. 잠시 후 그녀는 팬티만 입은 채 침대에서 나왔다. 콘크리트 계단을 내려가 타일이 깔린 주방으로 들어가서는 저택 뒤로 난 미닫이 유리문을 열고 패티오로 나갔다.

니나는 소금기를 품은 공기를 들이마셨다.

아침은 아직 그리 덥지 않았다. 해안의 주택지를 맴돌다 스쳐 가는 미풍이 멀리서 불어왔다. 발가락 사이로 삐죽 올라오는 빳빳한 풀잎을 느끼며 완벽하게 가꾼 잔디밭을 걷자 바람이 어깨를

---

* 저칼로리 청량음료 상표.

스치고 지나갔다. 그녀는 절벽의 가장자리까지 계속 걸었다.

니나는 멀리 수평선을 바라보았다. 바다는 잉크처럼 푸르렀다. 태양은 한 시간도 더 전에 하늘에 자리를 잡았다. 바다 위에서 갈매기들이 하늘로 솟구쳤다 하강하며 끼룩끼룩 울었다.

파도가 좋았다. 선명한 파도가 리틀 듐으로 밀려오고 있었다. 그곳에서 니나는 아무도 태우지 않은 파도가 연달아 밀려오는 모습을 지켜보았다. 비극이나 다름없었다. 아무도 차지하려는 이 없이 저 파도가 홀로 해안가로 내달리고 있으니 말이다.

그렇다면 그녀가 파도를 차지할 것이다.

그리고 언제나 그랬듯이 드넓은 바다에서 치유될 것이다.

자신이 결코 선택한 적 없는 집에 살 수는 있다. 왜 결혼했는지 기억조차 나지 않는 남자에게 버림받을 수도 있다. 하지만 태평양이 그녀의 바다였고, 말리부는 그녀의 집이었다.

말리부에서의 삶은 호사스럽기 때문이 아니라 야생의 자연 속에 있기에 찬란하다는 사실을 브랜던은 끝내 이해하지 못했다.

니나가 유년기를 보낸 말리부는 도시보다는 시골에 가까웠다. 흙길이 뻗어 있고 허름한 집들이 들어선 언덕진 곳이었다.

주방의 조리대에 개미가 출몰하고 처마가 툭 튀어나온 평평한 지붕에 가끔 펠리컨이 똥을 갈기고 가는 자신의 고향이 니나는 사랑스러웠다. 이웃들이 말을 타고 장에 다녀 길가에 말똥 더미가 쌓여 있곤 했다.

니나는 평생을 이 자그마한 해안에서 살았기에 변화를 막을 수 없다는 사실을 잘 알았다. 그녀는 초라한 농장이 있던 곳이 중산층의 거주지가 되어가는 모습을 목격했다. 그 해변에 지금은 거대한 저택이 들어서고 있었다. 이토록 풍광이 아름다우니 거부들이 나타나는 건 시간문제였다.

니나 입장에서 유일하게 놀라웠던 건 자신이 그런 부자와 결혼했다는 사실이었다. 그리고 자신의 의사와는 상관없이 세상의 한 조각을 가진 사람이 되었다.

잠시 후면 니나는 몸을 돌려 집으로 들어갈 것이다. 수영복을 입고 다시 여기로 나와서는 절벽 옆을 따라 내려가 백사장에 지어둔 창고에서 보드를 집어 들 것이다.

그러나 바로 이 순간 그녀의 머릿속에는 오늘 밤 파티가 열리고 자기가 남편에게 버림받았다는 사실을 아는 사람들과 마주해야 한다는 생각뿐이었다. 그녀는 꼼짝도 하지 않았다. 아직 돌아설 준비가 되지 않았다.

대신 니나 리바는 한 번도 바란 적 없는 절벽의 끄트머리에 서서 지금보다 더 가까이 있기를 바랐던 바다를 굽어보았다. 그리고 조용하기만 했던 삶에서 난생처음으로 바람을 향해 소리 질렀다.

"여기 잠시 있어." 제이 리바가 자신의 지프 CJ-8에서 훌쩍 뛰어내렸다. 그리고 150센티 높이의 정문을 훌쩍 뛰어넘어 자갈이 깔린 진입로를 걸어가 누나의 집 문을 두드렸다.

아무런 대답이 없다.

"누나!" 그가 소리쳤다. "일어났어?"

이 가족이 서로 빼닮은 모습은 감탄을 자아냈다. 제이도 누나처럼 날씬하고 키가 컸지만 호리호리하다기보다는 훨씬 완력이 느껴졌다. 갈색 눈동자와 기다란 속눈썹, 짧고 너울거리는 갈색 머리카락은 그를 흠모받을 자격을 타고난 종류의 미남으로 만들어 주었다. 보드용 반바지에 물 빠진 티셔츠를 입고 선글라스를 쓰고 슬리퍼를 신은 그의 모습은 영락없이 서핑 챔피언이었다.

제이가 이번에는 좀 더 큰 소리로 문을 두드렸다. 여전히 대답이 없다.

그는 누나가 침대에서 나올 때까지 힘껏 두드리고 싶었다. 그러면 결국에는 문을 열어주러 나올 터이기 때문이다. 하지만 지금은 누나에게 머저리같이 굴 때가 아니었다. 이윽고 제이는 돌아서서 선글라스를 다시 쓰고 지프로 돌아갔다.

"오늘 아침에는 너랑 나뿐인가 봐." 제이가 말했다.

"언니를 깨워야 해." 키트가 말했다. "언니라면 이런 파도를 놓치고 싶지 않을 거야."

꼬맹이 키트. 제이는 차에 시동을 걸었다. 그리고 그들의 보드가 뒤쪽에 잘 있는지 확인하면서 차를 후진해 돌렸다. "누나도 똑같은 일기예보를 봐." 제이가 말했다. "누나는 파도에 대해서 잘 알아. 알아서 할 거라고."

키트는 제이의 말을 곱씹으며 창밖을 내다보았다. 좀 더 정확히 말하자면, 그녀는 문이 달려 있었다면 창문이 있었을 곳으로 얼굴을 돌리고 밖을 바라보았다.

키트는 날씬하고 체구가 작고 다부졌다. 구릿빛인 그녀의 몸에서 활력이 뿜어져 나왔다. 기다란 갈색 머리는 레몬즙과 햇빛에 살짝 탈색되었으며 콧잔등과 발그레한 두 볼에는 주근깨가 흩뿌려져 있었다. 눈동자는 녹색이며 입술은 도톰했다. 키트는 니나의 미니어처 같았지만, 언니의 우아함과 느긋한 태도는 보이지 않았다. 아름답지만 어딘지 살짝 어색했다. 아니 어딘지 살짝 어색하지만 아름답다고 해야 할까.

"언니가 우울해하고 있을까 걱정돼." 마침내 키트가 말문을 열었다. "이 집에서 나와야 해."

"누나는 우울해하지 않아." 그 동네의 도로들이 PCH와 만나는 교차로에 도착했을 즈음 제이가 말했다. 그는 차를 돌릴 기회를 보느라 왼쪽과 오른쪽을 번갈아 보았다. "누나는 남자에게 차였을 뿐이야."

키트가 눈을 흘겼다.

"애슐리와 깨졌을 때…." 제이가 말을 이었다. 그들을 태운 차는 어느새 북쪽으로 날듯이 PCH를 달리고 있었다. 오른쪽으로는 산줄기가 이어지고, 왼쪽으로는 맑고 푸른 바다가 펼쳐져 있는 가운데 바람 소리가 어찌나 요란한지 제이는 소리를 질러야 했다. "나는 풀이 죽었지만 결국 극복했어. 누나도 곧 그럴 거야. 남녀 관계란 다 그런 법이니까."

제이는 애슐리와 헤어졌을 때 어찌나 상심했는지 2주 동안은 결별 사실도 받아들이려 하지 않았다는 사실을 까맣게 잊은 것 같았다. 하지만 키트는 굳이 그 이야기를 꺼내지 않았다. 괜히 자신의 애정사를 제이가 끄집어낼 위험을 감수하고 싶지 않았다. 키트는 스무 살이지만 아직 첫 키스도 하지 못했다. 매일, 매 순간 다른 누구보다 더 절절하게 느끼는 사실이었다. 제이는 종종 사랑에 대한 이야기가 나오면 키트를 애 취급 했다. 그럴 때면 키트는 민망하고 화가 치솟아 얼굴이 벌게졌다.

차가 빨간 신호등에 가까워지자 제이는 속도를 늦추었다. "그러니까 언니는 당장 물에 들어가야 한다, 이 말이야." 키트가 말했다.

"누나는 괜찮을 거야." 제이가 말했다. 교차로에 아무도 없자 그는 신호가 바뀌기도 전에 가속페달을 밟았다.

"어쨌거나 나는 처음부터 브랜던이 싫었어." 키트가 말했다.

"뭐래, 좋아했잖아." 제이가 곁눈질로 동생과 눈을 맞추며 말했다. 제이 말이 맞았다. 키트는 브랜던을 무척 좋아했다. 니나의 동생들 모두 그를 좋아했다.

차가 속도를 높이자 바람 소리가 귀를 찢을 것 같았다. 두 사람은 제이가 유턴을 해서 카운티 라인 도로변에 차를 댈 만한 곳을 찾을 때까지 아무 말도 하지 않았다. 카운티 라인은 말리부의 제일 북쪽에 자리 잡은 백사장으로, 1년 내내 서퍼들이 물에서 어슬렁거리는 곳이었다.

남동쪽에서 파도가 밀려오고 있으니 조만간 튜브 형태의 파도가 될 만한 할로우 웨이브*가 생길 것이다. 두 사람이 그러고만 싶다면 실력을 잠깐 뽐낼 수도 있으리라.

제이는 두 차례의 전미 서핑 챔피언십에서 1위와 3위를 차지했다. 그는 3년 동안 세 차례나 《서퍼스 먼슬리》의 표지를 장식했다. 스포츠 브랜드 오닐과 후원 계약도 맺었다. 로그스틱스로부터 리바 라인의 보드용 반바지를 만들자는 제안도 받았다. 그는 그해가 가기 전에 최초로 트리플 크라운을 달성할 총아였다.

제이는 자신이 대단하다는 사실을 잘 알았다. 하지만 대중의 이목을 끈 데는 아버지의 후광도 한몫했음을 안다. 가끔은 자신의 실력과 아버지의 후광 사이에 선을 긋기가 쉽지 않았다. 믹 리바의 그림자는 자신의 아이들을 유령처럼 맴돌곤 했다.

"저 애송이들에게 어떻게 하는 건지 보여줄 준비 됐어?" 제이가

---

* 파도 윗부분이 둥글게 말리는 파도.

물었다.

키트가 심술궂은 미소를 지으며 고개를 끄덕였다. 오만한 오빠를 보면 화가 머리끝까지 나지만 즐겁기도 했다. 어떤 사람들에게는 제이가 미 본토에서 가장 흥미롭고 전도유망한 서퍼로 보일 것이다. 하지만 키트의 눈에 그는 진부한 서핑 기술을 쓰는 오빠일 뿐이었다.

"그래, 가자." 그녀가 대답했다.

제이와 키트가 막 차에서 내리려는 찰나, 온화해 보이는 얼굴에 웨트슈트를 엉덩이 부근까지 내린 키 작은 남자와 마주쳤다. 세스 휘틀스. 뒤로 넘긴 그의 머리는 젖어 있었다. 그는 수건으로 얼굴을 닦았다.

"어, 안녕하세요. 오늘 아침에 여기서 형을 볼 줄 알았어요." 세스가 제이의 지프 옆으로 빙 돌아오며 말을 걸었다. "지금 튜브가 교과서급이거든요."

"아무렴, 그럴 것 같았어." 제이가 말했다.

세스는 제이보다 한 살 어렸고 학교 1년 후배이기도 했다. 성인이 된 지금 두 사람은 같은 무리와 어울렸고 같은 파도를 탔다. 제이는 세스가 그런 사실에 우쭐해하는 듯한 인상을 받았다.

"오늘 밤 파티 대단하겠어요." 세스가 말했다. 목소리에 허세가 살짝 섞여 있어 키트는 세스가 당연히 초대받은 줄 알았다. 그는 키트와 눈이 마주치자 그제야 봤다는 듯 미소 지으며 말을 걸었다.

"안녕." 그가 말했다.

"안녕."

"그래, 맞아. 파티가 열릴 거야." 제이가 말했다. "포인트 듐에 있는 누나 집에서, 작년처럼."

"역시 끝내주겠군요." 세스는 한쪽 눈으로 여전히 키트를 바라보며 대꾸했다.

세스와 제이가 계속 이야기를 나누자, 키트는 차 뒤쪽에서 보드를 꺼내 왁스를 칠하기 시작했다. 잠시 후 그녀는 보드를 끌고 바다로 향했고, 제이가 동생을 따라왔다. 그는 자신의 보드를 동생의 손에서 받아 들었다.

"세스가 오늘 밤에 올 모양이야." 제이가 말했다.

"그러게." 키트가 리쉬를 발목에 묶으며 대답했다.

"그 녀석… 너를 힐끔거리더라." 제이가 말했다. 그는 지금껏 누가 키트를 힐끔거리는 모습을 본 적이 없었다. 누나야 늘 그랬지만. 키트는 아니었다.

제이는 새삼스러운 눈길로 동생을 바라보았다. 이제 내 동생도 섹시 비슷한 수준이 된 건가? 그는 이런 질문을 떠올리는 것조차 견딜 수 없었다.

"알 게 뭐야." 키트가 대꾸했다.

"괜찮은 놈이야. 그래도 기분이 좀 이상하더라." 제이가 말했다. "내 앞에서 그런 식으로 내 동생을 힐끔거리다니."

"나 스무 살이야, 오빠." 키트가 말했다.

제이가 인상을 썼다. "그래도."

"세스 휘틀스와 얼굴을 빨아대느니 콱 죽어버릴 거야." 키트가 보드를 잡고 똑바로 선 채로 말했다. "그러니까 그땐 생각 하느라 밤새 뒤척이지 마."

세스는 준수하게 생긴 청년이라고 제이는 생각했다. 성격도 괜찮았다. 그는 언제나 이 여자 저 여자와 사랑에 빠져 그들을 저녁 식사에 초대하거나 밀회를 즐기곤 했다. 동생이 세스 휘틀스를 고려해 보는 것도 괜찮을 것 같았다. 가끔 제이는 키트가 잘 이해되지 않았다.

"준비됐어?" 키트가 물었다.

제이가 고개를 끄덕였다. "가자."

남매는 지금껏 살아오면서 쉴 새 없이 했던 일, 나란히 보드에 몸을 싣고 양손으로 물을 젓는 일을 하며 파도를 향해 헤엄쳐 갔다.

이미 서퍼 몇몇이 파도를 타기 위해 줄을 서 있었다. 물에 있던 서퍼들은 그들을 향해 다가오는 제이가 브레이커*를 지나치며 앞으로 나아가는 모습에서 그의 실력을 금방 알아보았다. 파도를 기다리는 서퍼들 사이의 간격이 벌어지며 자리가 생겼다.

피크**에서 제이와 키트가 일어섰다.

---

* 백파 혹은 쇄파라고 하며 해안으로 부서지며 밀려오는 큰 파도를 말한다.
** 해안으로 밀려오는 파도가 처음으로 부서져 서퍼들이 탈 수 있는 파도가 되는 지점.

다른 형제들이 키가 큰 데 비해 키가 작고, 다른 형제들의 체형이 나긋나긋한 데 비해 다부지고, 다른 형제들이 근사하게 피부를 갈색으로 태울 때 일광화상을 입으며 여름을 보내는 허드 리바는 형제들 가운데 제일 영리했다. 그 영리한 머리로 자신의 행동이 어떤 파문을 몰고 올지 짐작하지 못할 리 만무했다.

그는 남쪽으로 13킬로미터 떨어진 지점의 PCH를 달려 제이의 전 여자 친구 애슐리에게 가는 중이었다. 그녀는 주마 비치에 불법 주차해 둔 여행용 트레일러에서 지냈다.

허드라면 지금 이 상황을 단순히 그녀에게 가는 중이라고는 표현하지 않을 것이다. 애슐리에게 달려가는 행위는 그에게 사랑을 나누는 것과 다름없었다. 그녀를 만나러 달려가는 것이 단지 사랑보다 가치가 떨어지는 행위로 치부되기에는 그 모든 과정에, 모든 숨결에 사랑이 너무나 많았다.

허드는 애슐리의 하나뿐인 보조개와 녹색 눈동자와 황금빛 머리카락을 사랑했다. 애슐리가 'anthropology'를 엉터리로 발음하는 것도 사랑스럽고, 언제나 니나와 키트의 안부를 묻는 것도 사랑스러웠으며, 제일 좋아하는 영화가 〈벤자민 일등병〉*인 것도 사랑스러웠다.

허드는 애슐리가 웃음을 터트릴 때만 보이는 덧니도 사랑했다. 허드의 시선을 느낄 때마다 애슐리는 민망한지 한 손으로 입을 가리고 더 크게 웃었다. 그런 모습도 사랑스러웠다.

그런 순간이면 애슐리는 허드를 툭 치며 말했다. "그만해. 자기가 그러니까 민망하잖아." 하지만 그녀의 눈망울은 여전히 유쾌하게 반짝거렸다. 그럴 때마다 허드는 애슐리에게 사랑받고 있다는 사실을 실감했다.

애슐리는 허드의 넓은 어깨와 긴 속눈썹을 사랑한다고 자주 말했다. 그가 항상 가족을 아끼고 보살피는 모습을 사랑했다. 애슐리는 그의 재능, 바로 지금 코앞에 있는 세상을 그의 카메라로 더 아름다워 보이게 만드는 재능을 흠모했다. 애슐리는 허드가 위험천만한 물에 뛰어들어 수영을 하거나 제트 스키를 탄 채 아슬아슬 균형을 잡고서, 무게가 못해도 몇 파운드는 될 카메라를 들고 완벽한 빛 속에서 서핑하는 제이를 포착할 수 있다는 사실을 숭배했다.

애슐리는 그 점이 훨씬 더 인상적인 위업이라고 생각했다. 따지고 보면 제이가 세 번이나 《서퍼스 먼슬리》의 표지를 장식한 건 단지 그의 능력 때문은 아니었다. 허드가 제이를 찍어주었기

---

* 1980년에 개봉한 코미디 영화.

때문이기도 했다. 제이의 가장 유명한 사진은 모두 허드의 손에서 나왔다. 파도가 부서지고, 보드가 물길을 가르고, 바다가 물보라를 흩뿌리는 모습. 그리고 아득한 수평선….

파도를 탈 수 있는 능력은 제이의 몫이었지만 허드는 그 모습을 아름답게 만들었다. 허드슨 리바의 이름은 세 표지에 다 나와 있다. 애슐리는 허드에게 제이가 필요한 만큼 제이에게도 허드가 필요하다고 믿었다.

그런 이유로 애슐리는 허드 리바에게서 사람들의 주목이나 떠들썩한 찬사가 필요 없는 정중동의 남자를 보았다. 작품만으로 승부하는 남자, 소년이 아닌 남자를 보았다.

애슐리가 허드에게서 남자를 볼 때, 그 시선 속에서 허드는 평생 그 어느 때보다 남자가 된 기분을 느꼈다.

허드의 몸놀림이 빨라지자 덩달아 애슐리의 숨도 가빠졌다. 그는 연인의 몸을, 그 몸이 원하는 것을 잘 알았다. 허드가 애슐리의 욕망을 채워준 건 이번이 처음도, 두 번째도, 열 번째도 아니었다.

끝나자마자 애슐리는 허드를 끌어내려 자신의 옆에 눕게 했다. 공기가 후텁지근했다. 두 사람은 누군가가 그들을 목격하거나 소리를 듣거나 심지어 눈치라도 챌까 두려워, 키스를 하기도 전에 창문과 문부터 몽땅 닫았다. 애슐리는 일어나 앉아 침대 옆 창문을 살짝 열어 신선한 바람이 들어오게 했다. 짭짤한 공기가 습기를 앗아갔다.

어느새 해변으로 몰려든 가족 휴양객들과 10대들의 소리, 해안으로 밀려드는 파도 소리, 가장 가까운 감시초소에서 수상 구조대원이 힘껏 불어대는 호루라기 소리가 들렸다. 말리부 해변은 많은 곳이 접근 제한이지만 고운 모래밭이 넓게 펼쳐져 있고 PCH로 자유로이 드나들 수 있는 주마 비치는 누구나 올 수 있는 곳이었다. 오늘 같은 날에는 여름휴가에서 마지막으로 추억에 남길 만한 날을 쥐어짜기 위해 LA 전역에서 가족 피서객이 몰려들었다.

"안녕." 애슐리가 수줍은 듯 미소를 지으며 말했다.

"안녕." 허드가 매료되어 대답했다.

그는 애슐리의 왼손을 잡고 손가락을 만지작거리며 깍지를 꼈다.

허드는 애슐리와 결혼까지 생각 중이었다. 그는 자신의 마음을 확실히 알았다. 지금껏 다른 누구에게도 느낀 적 없는 감정을 애슐리에게 느꼈다. 말도 안 되는 생각인 줄 알지만, 자신이 태어나는 순간부터 그 사실을 알았던 것처럼 느껴졌다.

허드는 자신의 모든 것을 애슐리에게 바칠 각오가 되어 있었다. 자신이 가진 것, 줄 수 있는 전부를 말이다. 그녀가 꿈꾸는 결혼식, 그녀가 원하는 만큼의 아이들. 사랑하는 여자에게 자신을 바치는 일이 그렇게 어려운가? 허드는 너무나 자연스럽게 느껴졌다.

그는 고작 스물세 살이었지만, 남편이 되고 가정을 꾸리고 애슐리와 한평생을 함께할 준비가 되었다고 느꼈다.

다만 제이에게 말할 방법을 찾아야 했다.

"있잖아… 오늘 밤." 애슐리는 옷을 입으려고 일어나 앉으며 말했다. 노란색 비키니 하의를 입고 가슴팍에 푸른색과 황금색으로 UCLA라 적힌 흰색 티셔츠를 입었다.

"잠깐." 허드가 이렇게 말하며 일어나 앉다가 하마터면 머리를 천장에 부딪힐 뻔했다. 그는 상의는 없이 네이비블루색의 코듀로이 반바지만 입고 있었다. 발에는 모래가 묻어 있었다. 그의 발에는 언제나 모래가 묻어 있었다. 그와 그의 형제들은 그렇게 자랐다. 발과 집과 차와 가방과 샤워실 배관에는 언제나 모래가 있었다. "셔츠 벗어. 제발." 그는 몸을 숙여 카메라를 움켜쥐며 말했다.

애슐리는 허드를 흘겨보면서도 자신이 그 말을 따르리라는 걸 의심하지 않았다.

그가 뷰파인더를 내리며 연인을 똑바로 바라보았다. "자기는 예술 그 자체야."

애슐리가 다시 흘겨보며 말했다. "정말 고리타분한 대사네."

허드가 미소 지었다. "알아. 그렇지만 맹세컨대, 세상 그 어떤 여자에게도 이런 말 한 적 없어." 이 말은 사실이었다.

애슐리가 가슴 앞에서 양손을 교차했다. 티셔츠의 아랫부분을 잡고 머리 위로 벗자 모래색의 기다란 머리카락이 등과 어깨 주위로 굽이치듯 흘러내렸다. 애슐리가 옷을 벗는 동안 허드는 그녀의 모든 동작을 셔터로 포착했다.

애슐리는 그의 렌즈에 비치는 자신이 아름다우리라는 사실을 알았다. 그가 셔터를 눌러댈수록 그의 시선에 놓여 있다는 사실에 꽃이 만개하듯 그녀의 태도는 점점 더 편안해졌다. 그녀는 천천히 손을 비키니 하의까지 내린 후 끈을 풀었다. 그리고 셔터 소리가 연속으로 세 번 들리는 순간 비키니는 사라졌다.

허드는 자신조차 알아차리지 못한 찰나의 순간 온몸이 그대로 멎은 채, 카메라 앞에서 애슐리가 자발적이고 주도적으로 훨씬 더 적나라한 포즈를 취하는 모습에 황홀감을 느꼈다. 다음 순간 그는 다시 셔터를 눌렀다. 몇 번이고 누르고 또 눌렀다. 애슐리가 침대에 앉아 다리를 꼬았다. 그는 카메라를 든 채 그녀에게 점점 더 다가갔다.

"카메라 내리지 마." 그녀가 말했다. "다 끝날 때까지 계속 찍어." 다음 순간 그는 허드의 바지를 벗겼고 그를 침대로 끌어내려 그의 입술에 입을 맞췄다. 그는 두 사람이 사랑을 나누는 내내 사진을 찍었다. 마침내 그녀가 그를 올려다보며 말했다. "이건 자기만 보라고 찍은 거야. 직접 현상해야 해, 알았지? 그리고 그 사진을 영원히 간직해. 왜냐면 내가 당신을 사랑하니까."

"알았어." 허드는 여전히 그녀에게 매료되어 시선을 떼지 못한 채 대답했다. 애슐리에게는 믿기지 않을 정도로 경이로운 모습이 너무나 많았다. 이렇게 여리면서 자신만만했다. 너그러우면서도 통제적이었다. 그는 애슐리에게 전율을 느낄 때조차 그녀 곁에 있다는 사실만으로 마음이 차분해졌다.

애슐리가 일어나 비키니 끈을 다시 묶고 티셔츠를 입으며 말했다. "그러니까, 오늘 밤 파티는 아까 말했다시피…." 그녀가 반응을 살피듯 허드를 바라보았다. "안 가는 게 좋을 것 같아."

"그 문제는 이미 다 결정된 걸로 생각—" 애슐리는 허드의 말을 끊었다.

"우리 문제가 아니어도 자기 가족은 지금 골치 아픈 일이 많잖아." 그녀는 샌들을 신었다. "그렇게 생각하지 않아?"

"누나 얘기야?" 허드는 애슐리를 따라 문으로 가며 되물었다. "누나는 괜찮을 거야. 설마 그 일이 누나 인생에서 가장 힘든 일이라고 생각하는 거야?"

"그 말이 내 생각에 더 가깝겠네." 애슐리는 트레일러에서 나가 백사장을 밟으며 해를 바라보았다. 허드는 한 걸음 뒤에 서 있었다. "나는 아수라장이 벌어지는 게 싫어. 자기 가족은…."

"너무 많은 이목을 끈다고?" 허드가 말을 끝맺었다.

"그래. 그리고 나까지 니나에게 문제를 만들어주고 싶지 않아." 니나를 몇 번 만나지도 않았는데 이런 식으로 배려하는 마음씨야말로 처음 만났을 때부터 그녀에게 반한 이유였다.

"알아. 하지만… 우리 가족에게 알려야 해." 허드가 애슐리를 끌어당기며 말했다. 그는 그녀의 어깨에 양손을 올린 채 그녀의 머리에 자신의 턱을 올렸다. 그리고 그녀의 머리카락에 입을 맞췄다. 그녀에게서 태닝 오일 냄새가 났다. 코코넛과 바나나를 모방한 인조 향. "제이에게 우리 사이를 말해야 해." 그가 분명히 말했다.

"나도 알아." 애슐리가 대답했다. 그녀는 머리를 허드의 가슴에 기댔다. "이런 사람이 되기 싫을 뿐이야."

"이런 사람이라니?"

"망할 년이지 뭐겠어. 형제 사이를 갈라놓는."

"자기야." 허드가 말했다. "자기를 사랑하게 된 건 내 잘못이야. 자기 잘못이 아니라고. 그리고 내가 한 최고의 일이기도 하고."

운명은 가끔 우리에게 시련을 준다. 그것이 허드가 다다른 결론이다. 자신의 인생에서 일어났던 수많은 일도 이런 논리로 이해해 왔다. 어떤 손과 같은 무언가가 그를, 모두를 정해진 미래로 인도하고 있다…. 그 과정이 오류 없이 작동할 리 만무하다.

가끔 내 운명의 여인을 내 형제가 먼저 만날 수도 있다. 현 상황을 괜히 더 복잡하게 생각할 필요는 없다. 허드와 애슐리… 그들은 지금 운명을 바로잡는 것일 뿐이다.

"내가 제이와 사귀었다니 지금 생각해 보면 말도 안 돼." 애슐리는 깍지 낀 손으로 허드를 밀어내며 말했다.

"자기를 처음 봤을 때 내 뇌리를 스친 생각도 바로 그거였어." 허드가 말했다. "저 사람이 제이의 짝일 리 없어. 이렇게 생각했다고."

"그럼 나는 자기의 짝이라는 거야?"

허드가 고개를 가로저었다. "아니, 당신은 내 짝이라기엔 과분한 사람이지."

"음, 적어도 자기는 그 사실을 인정하네."

애슐리는 아까보다 몸을 더 뒤로 젖혔다. 그 바람에 양 뒤꿈치가 더 깊이 모래밭을 파고들었지만 두 사람의 손이 단단히 얽혀 있기에 그녀는 버틸 수 있었다. 허드는 순간 손에서 힘을 풀어 애슐리를 뒤로 휙 넘어가게 했다가 잽싸게 다시 당겼다.

"오늘 파티에 꼭 와야 해." 그가 말했다. "제이에게 말하고 나면 다 잘될 거야."

두 사람 사이에는 '제이에게 할 말'이 거짓이라는, 아니 절반의 진실이라는 암묵적인 약속이 있었다.

둘은 제이에게 사귀기 시작했다고 말할 것이다. 하지만 베니스 비치의 산책로에서 우연히 마주쳤던 반년 전, 그러니까 애슐리가 제이의 연인이었을 때 하룻밤 섹스를 하는 관계가 되었다고는 절대 말하지 않으리라.

애슐리는 바닷바람에 살랑거리는 산호색 원피스 위에 청재킷을 입고 있었다. 허드는 흰 반바지에 반소매 셔츠를 입고 낡은 톱사이더 구두를 신고 있었다.

두 사람은 각자의 친구들과 술 한잔하러 나왔다가 뻔한 문구가 프린트된 탱크톱과 싸구려 선글라스를 파는 기념품 가게 앞에서 마주쳤다.

그들은 발걸음을 멈추고 인사를 나눴고 각자의 일행에게 잠시 후 합류하겠다고 말했다. 하지만 그 잠시가 점점 길어지더니 급기야 두 사람은 친구들에게 돌아가지 않으리라는 사실을 깨달았다.

그들은 이야기를 나누다가 슬슬 대로를 함께 거닐며 그곳에 늘어선 가게와 바에 들르기 시작했다. 허드가 카우보이 모자를 써보자 애슐리가 웃음을 터트렸다. 애슐리가 장난스럽게 윈도우면의 채찍을 들고 하늘로 휙휙 돌리는 시늉을 했다. 허드는 자신을 보고 웃는 애슐리의 모습에 그날 밤이 생각보다 더 대단한 뭔가가 되어가고 있음을 직감했다.

수많은 술잔을 들이켜며 몇 시간을 보낸 후, 둘은 매드 독스라는 바의 화장실 칸으로 함께 들어갔다. 애슐리가 허드의 귀에 속삭였다. "나는 늘 당신을 원했어. 제이 대신 당신을 늘 원했다고." 그녀는 늘 제이 대신 그를 원했다.

그녀가 말을 끝맺자마자 허드는 입을 맞추었다. 그리고 그녀의 두 다리를 잡아 자신의 허리에 감은 후 벽으로 밀어붙였다. 그녀에게서는 이름 모를 꽃향기가 났다. 그의 손가락 사이를 빠져나가는 그녀의 머리카락은 실크처럼 매끄러웠다. 그날 밤의 애슐리만큼 그의 마음을 동하게 한 사람은 단 한 명도 없었다.

사랑을 나눈 후 두 사람은 환희에 찼고 쾌락으로 충만했으며 공기처럼 가벼웠다. 그러나 어김없이 죄책감이 모루처럼 두 사람의 뱃속에 들어앉았다.

허드는 자신이 좋은 사람이라고 생각하곤 했다. 그러나… 좋은 사람이 어떻게 형제의 여자 친구와 잘까.

그는 이번 한 번으로 끝낸다면 괜찮으리라 생각했다.

그러나 그날 밤이 또 다른 밤이 되었다. 해안을 따라 네 도시를 거슬러 올라간 곳의 레스토랑에서의 저녁. 제이와 끝낼 방법을 의논하기 위한 몇 차례의 만남.

그리고 최종적으로 그녀는 제이와 결별했다.

다섯 달 전, 애슐리는 밤 11시에 허드의 트레일러에 나타나 이렇게 말했다. "그 사람과 헤어졌어. 그리고 내가 당신을 사랑한다는 사실을 당신이 알아야 할 것 같아."

허드가 그녀를 안으로 끌어당기고 양손으로 그녀의 얼굴을 감싸며 말했다. "나도 당신을 사랑해. 당신을 줄곧 사랑했어. 언제부터냐면… 나도 모르겠어. 당신을 알기 한참 전부터일까."

지금 두 사람은 제이에게 반쪽짜리 진실을 털어놓을 최적의 순간을 만들기 위해 기회를 엿보는 중이었다. 반쪽짜리 형제 사이의 반쪽짜리 진실. 물론 제이와 허드는 자신들이 반쪽 형제라는 생각은 한 번도 하지 않았지만.

"파티에 와." 허드가 애슐리에게 말했다. "나는 준비됐어."

"모르겠어." 애슐리는 하얀 선글라스를 쓰고 열쇠를 집으며 대꾸했다. "봐서."

08:00

니나는 서핑을 하러 바다에 나왔지만 그녀가 찾는 길고 느리며 오른손잡이를 위한 파도는 좀처럼 나타나지 않았다.

니나는 슈레딩*을 하려고 나온 게 아니다. 어차피 그날 아침은 슈레딩을 하려 해도 좀처럼 이거다 싶은 파도가 없었다. 그녀는 자신의 롱보드에 몸을 싣고 우아하게 크로스 스테핑**을 하며 노즈***까지 갔다가 파도에 의해 바다로 내동댕이쳐지고 싶었다.

해변은 고요했다. 이곳은 삼면이 15미터에 달하는 절벽으로 에워싸여 외부의 접근을 거부하는 자그마한 만이었다. 엄밀히 말해 이곳은 개인 해변이 아니었지만, 여기까지 오는 길을 아는 사람은 사유지의 계단을 출입할 수 있거나 들쭉날쭉한 바위 지대인 해안 지대와 만조의 위험을 감수할 의지가 있는 이들뿐이다.

그날 아침 그 만에는 니나 외에 형광색 수영복을 입고 일광욕을 하며 재키 콜린스와 스티븐 킹을 읽는 소녀 둘밖에 없었다.

---

* '슈레드shred'에서 나온 말로, 원래는 뭔가를 '썰다' '가르다'라는 뜻이다. 물을 가르며 멋지게 파도를 타는 모습을 말한다.
** 보드 위에서 발을 바꾸며 걷는 동작.
*** 보드의 앞쪽 끝부분.

물에 들어온 사람은 자기뿐이라 니나는 성급히 파도를 타지 않고 보드를 탄 채 피크를 유유히 지나쳤다. 그렇게 두 다리를 물속에서 대롱거리며 둥둥 떠 있자니 바닷물에 젖은 피부는 바닷바람에 한기가 들고, 맨어깨는 쏟아지는 햇빛에 바싹 타는데도 어느새 이곳으로 나온 목적이었던 마음의 평화를 작게나마 한 조각 건진 것 같다.

한 시간 전만 해도 파티 생각에 진저리가 났다. 취소할까도 생각해 봤다. 하지만 제이와 허드, 키트를 생각하면 차마 그럴 수 없었다. 동생들은 매년 이 파티를 고대했고 몇 달 전부터 파티로 이야기꽃을 피웠다.

오래전 무람없는 맥주 파티로 시작된 이 파티는 8월의 마지막 토요일이면 도시 전역에서 서퍼와 스케이트보더들이 리바 가족의 집으로 모여드는 정도의 연례행사였다. 그러나 언제부터인가 니나가 유명인이 되고 브랜던과 결혼까지 하자 이 파티도 덩달아 유명세를 타게 되었다.

해를 거듭하면서 이 파티는 유명인들을 점점 더 끌어모으는 듯했다. 배우, 팝스타, 모델, 작가, 영화감독, 심지어 올림픽 국가대표 선수까지. 결국, 한때 지인들이 소소하게 모이는 자리에서 시작한 파티는 꼭 가야만 하는 그 파티가 되었다. 그날 그곳에 있었다고 말할 수 있다면 더 좋을 테고.

1979년 그날, 워런 로즈와 리사 크라운은 벌거벗고 풀에 들어갔다. 1981년 그날, 슈퍼모델인 알마 애머도어와 조지나 코빈은 각자의 남편들 앞에서 섹스를 했다. 작년 그날, 브리저 밀러와 튜즈데이 헨드릭스는 니나의 뒷마당에서 처음 만나 마리화나를 같이 피웠다. 2주 후 두 사람은 약혼했고 올해 5월에 튜즈데이는 식장에 브리저를 두고 떠났다. 《나우 디스》는 '튜즈데이는 왜 브리저Bridger와 함께 그 다리Bridge를 건널 수 없었나' 같은 헤드라인을 실었다.

리바 파티에서 벌어진 기행에 대한 소문은 끝도 없이 생산되었지만, 니나는 그중 일부는 사실인지조차 확신할 수 없었다.

아마도 루이 데이비스는 알렉산드라 커빙턴이 니나의 풀에서 상의를 벗은 채 수영하는 모습을 보았을 것이다. 그는 〈렛 뎀 다운 이지〉에 알렉산드라를 매춘부로 캐스팅했고 2년 후 그녀는 오스카상을 거머쥐었다.

1980년 파티에서 선셋 스튜디오의 새 대표인 더그 터커가 술에 잔뜩 취해 파티 손님들에게 셀리아 세인트 제임스가 게이인 증거가 있다고 주장한 것은 확실하다.

작년에 니나의 이웃인 로브 로위가 또 다른 이웃인 에밀리오 에스테베즈와 니나의 부엌에서 '잭 앤드 다이앤'을 끝까지 불렀을까? 사람들은 그렇다고 주장했다. 정작 니나는 딱 잘라 말할 수 없었다.

니나는 자신의 집에서 무슨 일이 벌어지는지 전부 다 지켜보지는 않았다. 파티에 온 모든 손님들과 인사를 나누지도 않았다. 그녀는 주로 동생들이 재미있게 즐기는지 신경 썼다. 그리고 그들은 늘 즐거운 시간을 보냈다.

작년에 제이와 허드는 브리즈의 멤버들 모두와 돌아가며 마리화나를 피웠다. 키트는 파티가 열리기 일주일 전 데뷔 앨범이 음반차트 1위를 기록한 바이올렛 노스와 밤새 니나의 침실에서 놀았다. 그 파티 후로 제이와 허드는 원하면 언제든지 브리즈의 공연 티켓을 얻었다. 키트는 파티 후로 몇 주 동안 바이올렛이 얼마나 멋진지 쉬지 않고 떠들어댔다.

그런 연유로 니나는 멋대로 이 파티를 취소할 수 없다는 사실을 누구보다 잘 알았다. 그들 넷뿐인 리바 가족은 평범한 가족과는 다를지 몰라도 나름의 전통이 있었다. 그리고 실질적으로 아무도 초대하지 않은 파티를 취소할 방법도 딱히 없었다. 사람들은 니나가 원하건 말건 파티에 왔다.

니나는 잡지 《스포츠 일러스트레이티드》 촬영장에서 만나 둘도 없는 친구가 된 태린에게 본 도너번이 니나의 파티에 참석할 예정이라는 이야기까지 들었다. 니나는 지금껏 영화에서 본 남자들 가운데 본 도너번이 가장 섹시했다는 사실을 인정하지 않을 수 없었다. 〈와일드 나이트〉에서 그가 쇼핑몰 주차장에서 선글라스를 벗으며 미소 짓던 모습을 떠올리면 니나는 지금도 가슴이 두근거렸다.

바로 서쪽에서 들어오는 파도를 본 순간 니나는 그 파티가 저주가 아니라 축복이라는 생각이 들었다. 파티도 파도도 그녀에게 지금 당장 꼭 필요했다. 이제 하고 싶은 대로 해도 되지 않는가.

느슨하게 긴장을 풀 자격이 충분했다. 태린과 와인 한 병을 마셔도 좋겠다. 추파를 던질 수도 있었다. 춤을 춰도 좋았다.

니나는 세트*의 첫 번째 파도가 자신의 뒤에서 부서지는 모습을 보았다. 그 파도는 껍질을 벗듯이 천천히, 계속해서, 아름답게 그녀의 오른쪽으로 쏜살같이 들어왔다. 그녀가 원하는 파도 그 자체였다. 다음 파도가 들어오자 그녀는 두 팔로 노를 저어 그곳을 향해 자신의 아래에서 밀려오는 파도의 느낌을 포착하고 일어섰다.

니나는 파도와 함께 움직이며 어떻게 반응하고, 어떻게 파도와 완벽하게 합을 이룰지만 생각했다. 미래도 과거도 아닌 현재만 생각했다. 어떻게 하면 파도 위에 머무르고, 지탱하고, 균형을 잡을 수 있을까? 더 훌륭하게. 더 오래. 더 느긋하게.

파도가 속도를 높이자 니나는 몸을 더 낮게 숙였다. 파도의 속도가 느려지자 니나는 보드를 펌프하듯 발로 눌러주며 빠져나갔다. 자세를 잡자 니나는 속도와 타협하지 않는 가벼운 몸짓으로 움직이며 보드 앞까지 가볍게 춤을 추며 걸어갔다. 그녀는 발로 균형을 잡고 양팔을 뻗어 그 균형을 지탱하며 보드의 가장 앞쪽에서 머물렀다.

지금까지 이런 우아함이 언제나 그녀를 구원했다.

---

*   일정 간격으로 여러 개가 들어오는 파도.

1956년

가족의 역사는 이야기들의 집합일 뿐이다. 그 이야기들은 우리가 자신을 이해하기 위해, 우리보다 앞서 온 사람들에 대해 지어낸 신화다.

준과 믹 리바의 이야기는 그들의 맏이인 니나에게는 비극처럼 보였다. 그들의 장남인 제이에게는 실수가 꼬리를 물고 이어지는 희극처럼 느껴졌다. 둘째 아들인 허드에게는 기원을 알려주는 이야기였다. 그리고 가족의 막내인 키트에게는 미스터리였다. 믹 자신에게는 그저 자신의 비망록을 장식할 한 챕터에 불과했다.

그러나 준에게 이 이야기는 언제나, 언제까지나 로맨스였고 로맨스일 것이다.

* * *

믹 리바가 말리부의 어느 해변에서 준 코스타스를 처음 만났을 때 그녀는 열일곱 살이었다. 1956년이었다. 비치 보이스가 등장하기 고작 몇 해 전*이자 《기젯》**이 10대에게 파도를 타라고 손짓하기 고작 몇 달 전이기도 했다.

그 시절 말리부는 신호등이 하나밖에 없는 작은 어촌에 불과했다. 그곳은 산악 지대로 꼬불꼬불 이어지는 좁은 도로들을 따라 내륙으로 기어가듯 뻗은 조용한 해안선이었다. 그러나 말리부는 서서히 청소년기에 접어드는 중이었다. 서퍼들이 짧은 반바지와 롱보드를 들고 와 가게를 열었고, 비키니가 유행을 타기 시작했다.

준은 말리부의 수많은 협곡 어딘가에 있는 침실 두 개짜리 농장 주택에 사는 중산층 부부인 테오와 크리스티나의 외동딸이었다. 부부는 PCH의 바로 근처에서 크랩 케이크와 조개 튀김을 파는 퍼시픽 피시라는 식당을 근근이 운영했다. 고속도로의 동쪽에 높이 걸려 있는 붉은색의 필기체 간판이 잠깐만이라도 바다에서 눈을 돌리고 얼음처럼 시원한 코카콜라에 잘 튀긴 해산물을 먹어보라고 손짓했다.

테오는 튀김기를 담당했고, 크리스티나는 현금출납기를 담당했다. 그리고 밤과 주말에 테이블을 훔치고 바닥을 닦는 일은 준의 몫이었다.

퍼시픽 피시는 준의 의무이자 유산이었다. 언젠가 엄마가 카운

---

*   비치 보이스는 1961년에 결성했다.
** 말리부 해변에서 서핑을 즐기는 소녀와 친구들의 모험을 그린 소설로 동명의 영화로도 제작되었다.

터를 비우게 되면 그 자리를 준이 채우리라 기대했다. 정작 준은 열일곱 살이었지만 자신에게 식당 사장보다 더 대단한 미래가 예정되어 있으리라 예감했다.

신인 배우나 영화감독이 식당에 들어올 때면 준의 환한 미소를 드물게 볼 수 있었다. 딸에게 약한 아버지를 졸라 매주 《서브 로사》나 《콘피덴셜》 같은 가십 잡지를 사서 성경처럼 읽어댄 덕분에 준은 그런 사람들이 식당에 발을 들여놓자마자 누군지 알아보았다. 그녀는 테이블에 말라붙은 케첩을 긁어내며 팬터지스 극장에서 열린 시사회에 참석한 자신의 모습을 상상했다. 바닥에 떨어진 소금과 모래를 쓸 때면 베벌리힐튼 호텔에 묵으며 로빈슨 백화점에서 쇼핑을 하면 어떤 기분일지 궁금해했다. 준은 스타들이 사는 세상에 경탄을 금치 못했다. 그 세상과 고작 몇 킬로 떨어져 있지만 닿을 수는 없었다. 준은 관광객에게 감자튀김을 내느라 꼼짝없이 잡혀 있었으니까.

준의 가장 큰 낙은 식당에서 일하지 않을 때 몰래몰래 즐기는 시간이었다. 그녀는 밤에 몰래 빠져나갔다가 기회가 되면 늦잠을 잤다. 식당이 영업 중이지만 그녀의 손이 딱히 필요 없을 때면 준은 PCH를 건너가 식당 맞은편의 백사장에 담요를 깔고 쉬곤 했다. 그녀는 책과 제일 좋은 수영복을 챙겼다. 선글라스를 머리 위로 올리고 시선을 바다에 집중한 채 창백한 피부를 태양 아래에서 태우곤 했다. 토요일과 일요일 오전 10시 30분까지는 늘 그렇게 보냈다. 그 이후에는 현실이 그녀를 다시 퍼시픽 피시로 휙 잡아당겼다.

그렇게 흘러가던 1956년의 여름 어느 토요일 아침, 준은 바닷가에 서서 발가락을 축축한 모래사장에 파묻은 채 발에 닿는 물이 따뜻해져 바다에 들어갈 수 있을 때를 기다리고 있었다. 그곳에는 파도를 타는 서퍼들 몇 명과 해안에서 조업 중인 어부들, 그녀처럼 담요를 펼치고 팔뚝에 선크림을 바르는 10대들뿐이었다.

그날 아침 유독 대담한 기분이 든 준은 끈 없는 푸른색 깅엄체크 비키니를 입었다. 부모님은 딸에게 그런 옷이 있는 줄도 몰랐다. 준은 친구들과 샌타모니카에 놀러 갔을 때 부티크에 걸린 그 수영복을 보았다. 팁을 모은 돈으로도 부족해 친구 마사에게 빌린 3달러를 보태 당장 그 비키니를 사버렸다.

엄마가 보면 환불하라고 하거나 더 운이 나쁘면 쓰레기통으로 던져버릴지도 몰랐다. 그래도 준은 예쁜 옷을 입고 예뻐 보이고 싶은 마음을 억누를 수 없었다. 자신이 세상에 신호를 보내면 사람들이 어떻게 반응할지 궁금했다.

준은 짙은 갈색 머리를 단발로 잘랐고 작고 둥근 코에 입술은 도톰했다. 특히 활처럼 생긴 윗입술의 윤곽이 또렷했다. 크고 밝은 갈색 눈이 어떤 기대감을 품고 반짝 빛나면 보는 이는 아찔한 기분에 사로잡혔다. 그 비키니는 결국 약속을 지켰다.

그날 아침 물가에 선 준은 알몸이 된 듯한 기분이었다. 가끔 자신의 몸을 얼마나 좋아하는지 생각하면 약간 죄책감이 들었다. 준은 비키니 상의를 가득 채우는 가슴에서 시작해 잘록하게 들어간 허리를 지나 풍만한 엉덩이로 이어지는 자기 몸매의 굴곡을 좋아했다. 몸을 드러낸 채 그곳에 서 있으니 살아 있는 기분이 들었다. 허리를 숙이고 발까지 차오른 차가운 바닷물에 손을 넣었다.

아직은 무명 가수인 스물세 살의 마이클 리바는 서핑 중이었다. 할리우드의 클럽을 전전하다 어울리게 된 친구 세 명과 함께였다. 2년 전 그는 명성을 좇아 브롱크스를 뒤로한 채 서부로 와 LA에 정착했다.

파도에서 나와 발 디딜 곳을 찾고 있던 그의 눈에 바닷가에 홀로 서 있는 소녀가 들어왔다. 그녀의 실루엣이 마음에 들었다. 홀로 수줍은 듯 서 있는 모습도 마음에 들었다. 그는 소녀를 향해 미소 지었다.

준도 미소를 지어주었다. 그러자 믹이 친구들을 두고 준에게 다가왔다. 그가 마침내 준 앞에 섰을 때 얼음처럼 차가운 바닷물이 그의 팔에서 그녀의 팔로 떨어졌다. 준은 그가 인사를 건네기도 전에 그의 눈에 들었다는 사실에 우쭐한 기분이 들었다.

바닷물에 젖은 머리를 뒤로 넘겼으며 구릿빛의 넓은 어깨가 햇빛을 받아 반짝거리고 몸에 딱 붙은 흰색 수영복을 입은 남자는 누구도 부인할 수 없는 미남이었다. 준은 그의 입술이 마음에 들었다. 아랫입술은 부은 것처럼 도톰하고 가는 윗입술은 중앙이 움푹 들어가 완벽한 V자를 그려냈다.

그가 손을 내밀었다. "믹이라고 해요."

"안녕하세요." 준이 그의 손을 잡으며 인사했다. 태양이 사정없이 두 사람을 내리쬐자 준은 왼손을 들어 이글거리는 햇빛을 막아야 했다. "준이에요."

"준." 믹은 그렇게 말하며 준의 손을 조금 더 오래 잡고 있었다. 그는 준이라는 이름이 예쁘다는 사탕발림 같은 말은 하지 않았다. 그는 순수한 기쁨을 숨기지 않고 자신의 감정을 확실히 전했다. "당신이 이 해변에서 제일 예뻐요."

"어머나, 그건 잘 모르겠네요." 준이 웃음을 터트리며 시선을 피했다. 준은 자신의 얼굴이 붉어진 것을 느낄 수 있었고 믹이 그 모습을 알아차리지 않았으면 싶었다.

"어쨌든 사실인걸요. 준." 믹은 다시 준과 눈을 맞춘 후 손을 놓아주었다. 그리고 천천히 몸을 숙여 준의 볼에 입을 맞추었다. "언제 한번 나를 만나주지 않을래요?"

준은 심장에서 다리로 몸을 관통하는 전율을 느꼈다.

"좋아요." 그녀는 애써 아무렇지도 않은 목소리로 대답했다. 준은 남자를 사귄 경험이 거의 없다시피 했다. 학교 댄스 파티에서 몇 번 데이트를 해본 게 다였다. 그렇지만 자신의 간절함을 드러내지 않을 정도의 눈치는 있었다.

"좋아요. 그럼." 그가 준에게 고개를 끄덕이며 말했다. "우리, 데이트 약속한 거예요."

믹이 자리를 뜨자 준은 머리가 아득해질 정도로 기분이 좋다는 사실을 절대 들키지 않았다고 자신했다.

다음 주 토요일 저녁 5시 45분, 준은 식당의 테이블을 다 닦은 후 조용히 붉은색 앞치마를 벗었다. 그리고 희미하게 불이 켜진 허름한 화장실에서 옷을 갈아입었다. 준은 다녀오겠다고 손을 흔들며 찔리는 마음에 괜히 미소 지었다. 부모님에게는 친구를 만나러 간다고 했기 때문이다.

준은 평소 제일 좋아하는 에이라인 원피스에 분홍색 카디건 차림으로 주차장에 서서 손거울로 한 번 더 자신의 모습을 살피고 머리를 가지런히 정리했다.

어느새 6시 정각이 되자 믹이 나타났다. 믹 리바는 은빛 뷰익 스카이락을 몰고 왔다. 그는 몸에 잘 맞는 감청색 양복에 흰 셔츠를 받쳐 입고 두툼한 검은색 타이를 맨 차림이었다. 몇 년 지나지 않아 그는 이 모습으로 유명해질 터였다.

"안녕." 그가 차에서 나와 준에게 문을 열어주며 인사를 건넸다.

"안녕." 차에 타며 준이 말했다. "신사분이시군요."

믹이 입을 한쪽만 올리며 미소 지었다. "대체로 그렇죠." 준은 황홀해 기절할 것만 같았지만 용케 참았다.

"우리 어디로 가요?" 믹이 주차장을 빠져나가 남쪽으로 향하자 준이 물었다.

"걱정 말아요." 믹이 준을 보고 웃으며 대답했다. "끝내줄 테니까."

준은 등받이에 기대 편히 앉으며 핸드백을 무릎 위에 올려놓았다. 고개를 돌리자 창밖으로 반짝거리는 바다가 펼쳐져 있었다.

적어도 이런 순간에는 자신의 고향이 얼마나 아름다운지 저항 없이 감탄할 수 있었다.

믹이 시 라이온Sea Lion의 주차장에 차를 댔다. 그곳은 바위가 삐죽삐죽한 해안을 등지고 선 레스토랑으로 거대한 황새치 간판에는 '세계적으로 유명한'이라고 적혀 있었다.

준의 눈썹이 올라갔다. 특별히 축하할 일이 있을 때 부모님이 몇 번 이 레스토랑에 데리고 와준 적이 있었다. 준의 가족은 이런 곳에서 꼭 지키는 철칙이 있었다. 음료수는 물만, 애피타이저는 한 가지만, 주요리는 나눠 먹고 디저트는 주문하지 않는다.

믹이 문을 열고 그녀의 손을 잡아주었다. 준이 차에서 내렸다.

"너무 예뻐요." 그가 말했다.

준은 얼굴을 붉히지 않으려고 신경 썼다. "그쪽도 정말 멋있어요." 그녀는 이렇게 대꾸했다.

"음, 고마워요." 믹이 넥타이를 정리하고 문을 닫으며 대답했다. 다음 순간 준은 등에서 온기를 느꼈다. 그가 손을 살짝 대고 레스토랑의 입구로 준을 안내했다. 그녀는 이내 그의 손길에 몸을 맡겼다. 능숙하게 안내하는 그의 존재에 준은 안도감 같은 감정을 느꼈다. 믹이라는 존재가 마침내 그녀를 미래로 인도할 사람이기라도 한 듯 말이다.

안으로 들어가자 두 사람은 태평양이 보이는 창가 자리로 안내받았다.

"멋진 곳이네요." 준이 말했다. "여기 데려와 줘서 고마워요."

그녀는 믹의 얼굴에서 긴장이 풀리고 환해지며 미소가 번지는 모습을 지켜보았다. "다행이에요." 믹이 말했다. "당신이 해산물을 좋아할지 자신이 없었거든요. 부모님이 퍼시픽 피시를 하신다던데, 맞죠?"

"맞아요." 준이 고개를 끄덕였다. "부모님 가게예요. 나는 일손을 거들고요."

"그러면 바닷가재는 물리도록 먹었겠네요?" 믹이 물었다.

준이 고개를 가로저었다. "그럴 리가요. 랍스터 롤*이 지긋지긋하긴 해요. 랍스터 롤은 쳐다보기도 싫다고 하면 너무 호들갑인가요? 하지만 우리는 온전한 바닷가재는 거의 내지 않아요. 스테이크 같은 것도 없고요. 우리 식당에서는 버거와 감자튀김, 조개튀김 같은 걸 팔아요. 무슨 재료건 다 튀기죠. 우리 아빠는 당신이 튀길 수 없는 요리 재료는 한 번도 못 보셨어요."

믹이 웃음을 터트렸다. 준이 예상하지 못한 반응이었다. 그녀는 고개를 들어 그를 보며 미소 지었다.

"두 분이 은퇴하시면 내가 물려받을 거예요." 얼마 전 준의 부모님은 준으로서는 전혀 끌리지 않는 계획을 털어놓았다. 부모님은 당신들과 함께 식당을 운영할 사윗감을 원하신다는 것이다.

"당신은 그 인생 계획이 전혀 신나지 않는 것 같은데요?" 믹이 말했다.

---

*　핫도그 스타일의 롤빵에 바닷가재 살을 양념해 올린 빵.

준이 수긍했다. "당신이라면 좋겠어요?" 그럴지도 몰랐다. 어쩌면 그 식당을 물려받을 각오가 된 남자라면 결혼해도 괜찮을지 몰랐다.

믹은 준의 눈을 들여다보며 잠시 응시했다. "아뇨." 그가 대답했다. "나라면 그런 인생 계획이 전혀 신나지 않을 거예요."

준은 시선을 내려 자신의 물잔을 보고는 물을 한 모금 마셨다. "맞아요. 그럴 것 같았어요."

"나는 더 큰 목표가 있어요." 믹이 말했다.

준이 고개를 들었다. "그런가요?"

믹이 미소를 지으며 메뉴판을 내려놓았다. 그는 자세를 바로잡고 몸을 살짝 숙이더니 비밀을, 영업 전략을, 마법의 주문을 준에게 들려주었다. "나는 가수예요." 그가 말했다.

"가수요?" 되묻는 준의 목소리가 올라갔다. "어떤 가수요?"

"위대한 가수죠."

준이 웃었다. "음, 언젠가 당신 노래를 들어보고 싶네요."

"나는 할리우드에서 나름대로 성공을 거뒀어요. 클럽 두 군데서 정식으로 공연을 하고 연줄이 될 사람들도 만났죠. 아직은 많이 벌지 못해요. 솔직히 입에 풀칠하는 정도죠. 생활비를 벌기 위해 낮에는 페인트 일을 해요. 하지만 조만간 목표에 한 걸음 더 다가갈 거예요. 프랭키라는 친구가 러너레코드사의 신인 발굴팀에서 일하는 친구를 알거든요. 그 사람 눈에 들면 첫 번째 음반 계약도 맺을 것 같아요."

할리우드, 공연, 음반 계약 같은 말에 준의 맥박이 빨라지기 시작했다. 준은 믹에게서 눈을 떼지 못한 채 미소 지었다.

웨이터가 와서 주문을 받으려 하자 준이 입을 떼기도 전에 믹이 말했다. "우리 둘 다 서프 앤드 터프로 주세요."

준은 메뉴판을 접으며 놀란 기색을 숨겼다. 그녀는 메뉴판을 웨이터에게 건넸다.

"내가 예전에 당신을 알았다고 말할 날이 올까요?" 준이 물었다.

믹이 웃음을 터트렸다. "내가 해낼 수 있을까요? 어때요, 내가 음반 계약을 따낼 수 있을까요? 스타들과 어울리고? 가는 곳마다 매진 행렬을 거두며 전국 투어를 다니고? 신문에 대문짝만하게 실리고?"

"그걸 지금 나한테 묻는 거예요?" 준이 냅킨을 무릎 위에 가지런히 펼치며 되물었다. "나는 그런 일은 몰라요. 내가 무슨 생각을 하는지 누가 신경이나 쓰겠어요?"

"내가 써요." 믹이 말했다. "당신의 생각이 내겐 중요해요."

준은 그를 보며 그의 얼굴에 드러난 진심을 읽었다. "그렇군요." 그녀가 고개를 끄덕이며 말했다. "그래요. 해낼 수 있을 것 같아요."

믹이 미소를 지으며 물잔 바닥에 있는 얼음을 들이켰다.

"혹시 알아요?" 그가 말했다. "지금으로부터 1년 후 내가 세상을 놀라게 하고 당신을 내 품에 안을지."

준은 이 말이 자신을 유혹하는 말이라는 걸 잘 알았다. 알면서도 그 말이 마음에 든다고 인정할 수밖에 없었다.

얼마 후 두 사람이 앉은 창문 코앞까지 파도가 들이칠 즈음, 믹은 지금까지 그 누구도 준에게 하지 않은 질문을 했다. "당신이 그 식당을 물려받고 싶은 생각이 없다는 건 잘 알겠어요. 그렇다면 당신이 하고 싶은 건 뭐죠?"

"그게 무슨 뜻이죠?" 준이 물었다.

"그러니까, 눈을 감고…." 그가 말했다.

준이 그의 말을 기꺼이 따르며 천천히 그러나 망설이지 않고 눈을 꼭 감았다.

"당신이 미래에 행복하게 사는 모습을 상상하면 어떤 모습이 보이나요?"

아마도 약간의 사치, 약간의 여행이겠죠. 준은 생각했다. 그녀는 누군가 그녀의 모피 코트를 부러워할 때 이렇게 대답하는 부류의 여자가 되고 싶었다. "어머, 이거? 이거 몬테카를로에서 산 거야." 하지만 터무니없는 환상이었다. 백일몽에나 등장할 장면. 준의 마음속에는 이미 현실적인 대답이 있었다. 생생하게 보이는 장면. 너무나 구체적이라 만져질 것만 같은 대답.

준이 눈을 떴다. "가족." 그리고 이렇게 말했다. "아이 둘. 아들과 딸. 나와 거실에서 춤추기를 좋아하고 기념일을 잊지 않는 좋은 남편. 부부 싸움은 하지 않아요. 좋은 집이 한 채 있고요. 언덕배기나 도시가 아니라 물가의 집이죠. 바닷가에 있어요. 욕실에는 세면대가 두 개 있고요."

믹이 준을 보며 미소 지었다.

그는 세계 공연을 다니는 성공을 꿈꾸었다. 동시에 늘 그를 기다리는 가족도 갖고 싶었다. 그는 아내와 아이들을 원했다. 숨 쉴 여유가 있고 조용하지는 않아도 평화로움을 만끽할 수 있는 그런 가정을 말이다. 그는 자신이 과연 그런 삶을 살 수 있을지 자신이 없었다. 솔직히 그런 삶이 어떤 삶인지, 어떻게 만들어가야 하는지조차 몰랐다. 그래도 그런 가정을 꾸리고 싶었다. 그녀와 똑같은 것을 원했다. "세면대가 두 개라는 말이죠?" 믹이 말했다.

준이 고개를 끄덕였다. "늘 그렇게 생각했어요. 트랜카스캐니언 근처에 사는 친구 집 욕실에 세면대가 두 개 있거든요. 친구 부모님이 그곳 시장 너머에서 농장을 경영하세요." 그녀가 말을 이었다. "그 친구 부모님 방에서 화장을 하고 옷을 갈아입으면서 놀곤 했어요. 그런데 그 집의 부부 욕실에는 세면대가 두 개더라고요. 그걸 보자마자 이런 생각이 들었어요. 어른이 되면 나도 이렇게 살아야지. 그러면 남편과 내가 동시에 이를 닦을 수 있잖아."

"그거 마음에 드는데요." 믹이 고개를 끄덕이며 말했다. "나도 세면대가 두 개인 세상 출신이 아니에요. 랍스터 롤도 사 먹을 형편이 안 되는 집에서 태어났죠."

"어머, 나는 그런 건 상관없어요." 준이 말했다. 정말 자신이 그렇게 생각하는지 확신이 서지 않았다. 그래도 그렇게 말할 때는 진심 같았다.

"내 말은…. 나는 돈은 구경도 못 한 집안 출신이에요. 하지만 태어난 환경이 미래의 발목을 잡을 수 있다고는 생각하지 않아요."

믹은 공동주택이라고 그럴듯하게 말하지만 실상은 화장실을 여러 가족이 함께 쓰는 곳에서 자랐다. 그는 그런 불결한 환경에서는 두 번 다시 살지 않겠다고 오래전에 결심했다. 그는 무슨 일이든 할 각오가 되어 있었다. 이런 각오가 있기에 반드시 목표를 이루리라 자신했다.

"언젠가 나는 부자가 될 테니 걱정 말아요." 믹이 말했다. "지금은 내가 저평가된 투자 상품이라고 귀띔해 주는 거예요."

준이 웃었다. "우리 부모님의 식당은 2년에 한 번씩 파산 직전까지 가요." 준이 말했다. "그런 집안의 딸인 내가 어떻게 남의 형편에 말을 얹겠어요."

"그거 알아요? 우리가 세면대 두 개의 세상으로 진입한다면, 세면대가 두 개인 사람들이 우리를 졸부라고 부를 거예요."

준이 웃음을 터트렸다. "글쎄요. 어쩌면 사람들은 당신에게 사인을 받으려고 서로 밀고 넘어뜨리느라 그런 말을 할 시간도 없을지 모르죠."

믹도 소리내어 웃었다. "미래를 위해 건배." 그가 말했다. 준도 잔을 들었다.

디저트를 고를 차례가 되자 믹은 준에게 선택을 맡겼다. 웨이터의 시선을 받으며 메뉴판에서 가장 완벽한 디저트를 고르려고 우물쭈물하며 준이 말했다. "고민돼요! 바나나 포스터 아니면 베이크드 알라스카?"

믹이 준에게 권하는 몸짓을 했다. "당신이 골라요."

그녀가 아주 살짝 망설이자 그가 몸을 앞으로 내밀며 혼잣말을 하듯 속삭였다. "그렇다면 바나나 포스터."

준이 고개를 들었다. "바나나 포스터 주세요." 그녀가 웨이터에게 말했다.

디저트가 나오자 두 사람의 포크가 접시 하나를 사이에 두고 얽혔다.

"이보세요, 뭐 하시는 거예요?" 준이 입가에 미소를 단 채 말했다. "휘핑크림을 독차지하려는 거예요?"

"내 사과를 받아줘요." 믹이 의자에 등을 기대며 말했다. "난 비열한 설탕광이랍니다."

"음, 그건 나도 마찬가지예요. 그렇다면 우리 타협을 해봐야겠네요."

믹이 미소를 지으며 준 쪽으로 접시를 밀어 디저트의 나머지를 양보했다. 준이 디저트를 받았다.

"마침내 신사적으로 행동해 줘서 고마워요." 그녀가 말했다.

"오, 알겠어요." 믹이 말했다. "당신은 내가 디저트를 나눠 먹자고만 말하고 결국 당신에게 다 주기를 원했겠죠."

준이 디저트를 계속 먹으며 고개를 끄덕였다.

"글쎄요, 나는 그런 남자가 아니에요. 나도 디저트를 원해요. 내 몫의 반을 원하죠. 그리고 이런 성격이 변하지 않는다면 당신이 적응해야 할 거예요."

이런 성격이 변하지 않는다면. 준은 어떻게든 얼굴을 붉히지 않으려고 했다.

"좋아요." 그녀가 기꺼이 남은 디저트를 포기하며 그에게로 밀었다. "공평하게 하죠."

웨이터가 청구서를 테이블에 내려놓자 믹이 얼른 집었다.

"나가기 전에 화장실에 다녀올 건가요?" 그가 물었다.

"네." 준이 자리에서 얼른 일어나며 대답했다. "고마워요. 금방 올게요."

그녀는 화장실로 들어가 연한 핑크색 립스틱을 다시 바르고 얼굴에 분을 바르고 잇새에 음식이 끼지 않았는지도 확인했다. 내게 키스를 할까? 준이 화장실 문을 열고 나가자 믹이 기다리고 있었다.

"준비됐나요?" 그가 그녀를 에스코트하려고 팔을 내밀며 말했다.

두 사람이 서둘러 자동차로 돌아가는 동안 준은 믹이 어쩌면 계산을 하지 않았을지도 모른다는 생각이 들었다. 그렇지만 불쑥 떠오른 생각을 얼른 머릿속에서 지워버렸다.

그날 밤, 레스토랑에서 나온 후 두 사람은 해변 도로의 갓길에 차를 댔다. 믹이 준의 손을 잡고 서늘한 저녁 공기로 이끌자 두 사람은 맨발로 차가운 모래밭을 뛰기 시작했다.

"당신이 좋아요, 준." 믹이 그녀를 끌어당겨 두 팔로 꼭 감싸며 말했다. 그는 자신이 행복하게 해줄 수 있는 여자를 원했다. "당신

같은 사람은 100만 명 중의 한 명이에요."

어디서 음악이 들리기라도 하는 것처럼 믹이 그녀를 안고 좌우로 몸을 천천히 흔들었다.

준은 자신의 어떤 면이 믹에게 특별하게 보이는지 짐작도 되지 않았다. 담담하게 행동하고 싶었지만 잘되지 않았다. 믹에게 홀딱 반한 티를 다 내버린 것 같았다. 그녀가 이런 일에, 사랑이며 섹스에 얼마나 순진한지 그도 눈치를 챘으리라. 하지만 믹이 자기를 특별하다고 생각한다면 그녀도 기꺼이 자신을 특별하다고 믿어보기로 했다.

"노래 불러줄까요?" 믹이 물었다.

준은 환하게 웃으며 대답했다. "드디어 위대한 목소리를 듣게 되는 건가요?"

믹이 웃었다. "아까는 큰소리를 좀 쳤어요. 그렇게 대단하진 않을 거예요."

"어쨌든 당신 노래를 꼭 듣고 싶어요."

바로 그곳, 그들이 있는 PCH의 지척에서 할리우드의 나이트클럽은 몇 킬로는 떨어져 있고, 영화 제작소는 내륙으로 멀리 들어가 있고, 흥청망청 흥겨운 샌타모니카는 해안을 따라 한참을 올라간 곳에 있었다. 당시만 해도 말리부는 반만 개척된 곳이었다. 그곳은 반쯤 포장된 도로로만 다닐 수 있는, 바다와 사막밖에 없는 땅이었다. 모든 것이 여전히 고요하고 야생의 본성을 지니고 있었다.

준은 믹에게 몸을 붙이고 뺨을 그의 가슴에 갖다 댔다. 믹은 고요한 해변에서 고요한 노래를, 아름다운 목소리로 아름다운 소녀를 향해 부르기 시작했다.

당신을 사랑할 거예요. 그 누구보다도. 비가 오나 해가 뜨나.

믹의 음성은 버터처럼 매끄럽고 감미로웠다. 준은 그가 힘들이는 기색을 조금도 느낄 수 없었다. 폐를 빠져나가는 숨처럼 음률이 그의 목을 떠났고 준은 그가 얼마나 편안하게 노래를 부르는지, 그가 곁에 있으니 이 세상이 얼마나 쉽게 느껴지는지 경탄할 따름이었다. 그녀를 품에 안은 남자는 이미 스타였다. 준은 확신했다. 그리고 그 사실에 온몸이 짜릿했다.

언제나 당신 곁에 머무를게요. 비가 오나 해가 뜨나. 당신 곁에.

노래가 끝났지만 준은 그의 가슴에서 얼굴을 들 수도, 노래에 맞춰 움직이던 몸을 멈출 수도 없었다. 대신 이렇게 말했다. "다음에는 콜 포터를 불러줄래요?" 준은 아기 때부터 콜 포터를 좋아했다.

"콜 포터는 내가 제일 좋아하는 가수예요." 순간 믹은 준에게서 몸을 떼고 그녀의 눈을 들여다보았다. "내게서 바나나 포스터를 쟁취해 낸 아름다운 아가씨가 음악적 취향마저 훌륭한 거예요?" 믹이 물었다. "도대체 어디에서 나타났어요, 준 코스타스?"

믹은 이 세상을 혼자서 헤쳐 나가고 싶지 않았다. 그는 뭔가에 애착해야 하는 심장의 소유자였다. 그는 준에게 애착을 가지고 싶었다. 그가 애착을 갖기에 알맞은 사람처럼 보였다.

"나는 늘 여기에 있었어요." 준이 말했다. "말리부에. 언제나."

"그렇다면 마침내 말리부에 오게 된 걸 하느님에게 감사드려야 겠군요." 믹은 다시 노래하기 시작했다.

그는 날 선 부분이 보이지 않는 한없이 상냥한 여자를 원했다. 절대 언성을 높이지 않고, 손부터 올라가지 않는 여자. 온기와 애정을 발산하는 여자. 그를 믿어주고 가수로 성공을 거둘 수 있도록 격려해 줄 여자.

준이라면 그런 여자가 될 수 있으리라는 생각이 들기 시작했다. 그러므로 사랑에 빠지는 것이 선택이라면, 어떤 면에서는 바로 이 순간 믹은 준을 사랑하게 되었다. 그는 준을 선택했다.

하지만 준에게 사랑은 결코 선택이 아니었다. 준에게 사랑은 자유낙하였다.

그리고 그날 밤 해변에서 믹이 준의 얼굴을 두 손으로 감싼 채 그녀의 입술을 훔쳤을 때 준 코스타스는 대책 없이 사랑으로 추락했다.

09:00

니나의 머리카락은 물에 젖어 구불거렸다. 발의 옆면이며 무릎 뒤 움푹 들어간 곳, 머리 뿌리까지 모래가 붙어 있었다.

니나는 보드를 창고에 넣어두고 자물쇠를 채웠다. 물에서 나오고 싶지 않았지만 해야 할 일이 너무 많았다.

길고 가파른 길을 올라 집으로 가는 내내 다리가 후들거리고 가슴과 등이 쑤셨다. 바다에서 서핑을 즐기고 나올 때면 늘 그랬다. 그럼에도 니나는 여전히 가벼운 발걸음으로 절벽을 올라 정원 쪽으로 갔다.

그녀는 곧장 실외 샤워실로 향했다. 집의 외벽에 수도꼭지를 설치하고 티크 판넬로 벽을 세운 곳이었다. 청녹색 홀터넥 비키니의 끈을 풀 때도 샤워실의 문을 닫을 필요가 없었다. 그곳에는 드넓은 바다와 부겐빌레아를 제외하면 그녀의 알몸을 훔쳐볼 사람은 어디에도 없었다.

니나는 얼음처럼 차가운 피부에 뜨거운 물이 쏟아져 소금물이 씻겨 나가고 다시 깨끗한 석판 같은 상태로 돌아가도록 가만히 서 있었다. 잠시 후 니나는 물을 잠그고 깨끗한 수건을 들고 집으로 들어갔다.

거대하고 조용해 소리가 메아리치는 그녀의 집. 공간과 빛으로 가득 찬 곳.

그 집은 탁 트인 복도와 유리벽, 상아색 소파, 크림색 양탄자로 만들어졌다. 이 집의 실내장식은 아무런 힘을 들이지 않고도 최고 수준에 다다르기라도 한 듯 보고 있으면 주눅이 들 정도로 자연스러웠다. 브랜던이 수집해 벽에 걸어둔 명화들—워홀과 해링, 릭턴스타인이 한 점씩—이 충격적일 정도로 색조가 없는 집에 낙서 같은 붉은색 선과 돌진하는 듯한 주황색 면을 보태주었다.

니나는 머리의 물기를 닦으며 침실로 이어지는 계단으로 향했다. 주방을 지나치는데 자동 응답기의 빨간불이 반짝거리고 있었다. 동생들 중 누군가에게 도움이 필요한 일이 생긴 것은 아닐까 걱정스러웠다. 니나는 단추를 누르고 녹음된 내용을 확인했다.

"안녕, 니나. 크리스야. 트래버틴. 오늘 밤 화려한 파티를 고대하고 있어. 만나기 전에 미리 알려주려고. 그 사람들이 달력용 사진을 추가로 더 푼다고 해도 우리는 할 수 있는 일이 없어. 사진은 그쪽 소유니까. 엄밀히 말해서 누드도 아니잖아. 비키니를 입고 있으니까. 어느 쪽이든 당신은 정말 섹시해, 그렇지? 그러니까 앞으로 잘해보자고. 이따가 파티에서 《플레이보이》에 대해 얘기 좀 해보자고! 그럼, 잘 있어. 곧 보지."

니나는 메시지를 삭제한 후 계단을 올라 침실로 올라갔다.

그녀는 벽장 슬라이딩 도어의 거울에 비친 자신을 바라보았다. 그녀는 엄마를 닮았다. 눈매와 눈썹, 광대뼈가 얼굴을 감싸듯 휘어진 모습에서 엄마가 보였다. 니나는 자신의 몸에서 엄마를 보고 심장에서 엄마를 느꼈다. 그리고 가끔은 무엇을 하건 엄마가 느껴졌다. 나이를 먹을수록 그런 느낌이 점점 더 강해졌다.

니나는 이제 스물다섯 살이다. 그녀는 스물다섯이라는 나이가 무척 어리게 느껴졌다. 그녀의 영혼은 실제보다 훨씬 더 늙었기 때문이다. 그녀는 지금껏 자신의 인생을 둘러싼 사실과 진실을 이리저리 끼워 맞춰 받아들이려고 분투해 왔다. 스물다섯이지만 마흔은 된 것 같았다. 결혼은 했지만 혼자였다. 아이는 없지만 지금껏 한 일이 양육이 아니라면 뭘까?

니나는 밑단을 접은 청바지를 입고 소매를 뜯어낸 빛바랜 블론디 티셔츠를 입었다. 아직 덜 마른 머리에서 물이 떨어져 등이 살짝 젖었지만 내버려두었다. 은빛 시계를 집어 손목에 차면서 보니 벌써 10시가 다 되었다. 정오에 동생들과 가족의 식당에서 만나 점심을 함께하기로 했다.

엄밀히 말하면 리바 네 남매가 그 식당을 물려받았지만, 그곳을 계속 잘 꾸려가야 한다는 의무감을 느끼는 사람은 니나였다. 말리부 사람들뿐 아니라 그녀가 물려받기 전에 그곳을 운영했던 엄마와 외조부모님을 위해서라도 그랬다. 그곳을 지키기 위해 그분들이 치른 희생의 무게가 그녀도 똑같이 행동하도록 등을 떠밀었다.

그래서 그녀는 토요일 오전마다 한두 시간은 식당으로 나가 손님을 맞이하고 식당이 잘 돌아가는지 확인했다. 사실 최근에는 통 나가고 싶지 않았다. 그렇지만 그녀가 식당에 얼굴을 내비치는 것만으로도 손님을 끌었으므로 그곳에 가야만 한다는 의무감을 버릴 수 없었다.

그래서 니나는 제일 좋아하는 가죽 샌들에 발을 집어넣고 자동차 열쇠를 챙겨 그녀의 사브에 올라탔다.

1956년

그로부터 3개월 동안 믹은 매주 토요일 저녁 준에게 데이트를 신청했다.

두 사람은 햄버거와 감자튀김을 먹거나 이탈리아 식당을 가거나 스테이크를 먹으며 데이트를 했다. 식사를 마치면 항상 디저트를 나눠 먹으며 파이든 아이스크림이든 마지막 한 입을 놓고 알콩달콩 싸웠다. 이 싸움은, 그러니까 둘 다 단것을 좋아하는 입맛은 둘만의 농담이 되었다.

한번은 믹이 데이트를 하려고 준을 데리러 왔는데 한 손을 꼭 쥐고 있었다. "당신에게 줄 선물이 있어." 믹이 미소를 지으며 말했다.

준이 손가락을 펴자 그의 손바닥에 각설탕 하나가 놓여 있었다.

"설탕처럼 달콤한 내 사랑에게 설탕을."

준이 미소를 지었다. "당신은 정말 매력덩어리야." 그녀는 이렇게 말하며 그의 손에 놓인 각설탕을 집었다. 그리고 얼른 입에 넣고 녹여 먹기 시작했다. "당신이 장난으로 가져온 건 알지만 허투루 버릴 수는 없지."

그러자 믹이 달콤한 그녀의 입술을 맛보며 키스를 했다. "실은 한 상자를 가져왔지." 그는 이렇게 말하며 앞좌석을 가리켰다. 도미노 각설탕 상자가 호밀 위스키 병과 나란히 좌석 등받이에 기대어 있었다.

그날 밤은 저녁을 먹으러 가는 것도 생략했다. 두 사람은 차를 타고 해안도로로 나가 각설탕을 먹고 위스키를 병째 나눠 마시며 누가 라디오 채널을 고를지 티격태격했다. 그들은 해가 지자 엘 마타도르에 차를 세웠다. 그곳은 절벽 아래 숨어 있는 야생의 아름다운 해변으로, 바다가 제 손으로 빚은 스톤헨지라도 되듯 장엄하고 숨이 멎을 것처럼 근사한 암석 지형의 고향이었다.

자동차 앞 유리가 영화 스크린이기라도 하듯 해변으로 밀려왔다 물러나는 파도를 보고 있으니, 그들이 보지 않은 한 편의 아름다운 영화 같았다. 뒷좌석에 앉은 두 사람은 술과 설탕에 취해 있었다.

"사랑해." 믹이 준의 귓가에 속삭였다.

준은 그의 숨결에서, 땀구멍에서 새어 나오는 체취에서 위스키 냄새를 맡았다. 그들은 너무 많이 먹고 마셨다. 그렇지 않은가? 너무 많이 마셨어. 준은 생각했다. 하지만 이런 분위기에서는 술술 넘어갔다. 가끔은 모든 것이 너무 맛있다는 사실이 두려웠다.

믹이 준에게 몸을 밀착시켰다. 이 느낌이 너무 환상적이라고 준은 생각했다. 그가 몸을 더 밀착시키고, 그녀를 더 꼭 안을 수만 있다면. 두 사람이 완전히 하나로 녹아들 수만 있다면.

믹이 치마 속으로 손을 넣고 그녀의 반응을 살피며 슬금슬금 더 위쪽으로 더듬기 시작했다. 준이 물리치기도 전에 스타킹의 가장 윗부분에 그의 손이 닿았다.
"이제 당신 없이는 못 살 것 같아." 믹이 말했다.
준은 그를 보았다. 그녀는 남자가 여자에게 원하는 것을 얻기 위해 그렇게 말한다는 걸 알고 있었다. 하지만 그녀 자신도 똑같은 것을 원한다면? 사람들은 그 점에 대해서는 아무런 대답도 주지 않았다. 결혼을 할 때까지 남자의 손을 밀어내라고만 할 뿐이었다. 그의 손이 다리 위쪽으로 더 올라오지 않아 미칠 것 같다면 어떻게 해야 하는지 아무도 알려주지 않았다.
"나 없이 못 살겠다면." 준은 자제력을 조금 되찾으며 말했다. "뭘 해야 할지 알잖아."
믹이 패배한 듯 그녀의 목덜미에 머리를 내려놓았다. 잠시 후 몸을 살짝 떼고는 미소를 지었다. "왜 그런 말을 해? 내가 지금 당장 당신에게 청혼하지 않을 것 같아서?"
준의 심장은 곧 날아오를 것처럼 가볍고 빠르게 뛰기 시작했다. "당신이 뭘 할지 나는 아무것도 몰라, 믹. 당신이 앞으로 보여줘야겠지."
믹이 다시 그녀의 어깨에 얼굴을 파묻고 쇄골에 입을 맞췄다. 그녀는 자신의 몸에 닿는 그의 입술이 주는 쾌락에 빠져들었다.
"나는 당신의 첫 여자가 되고 싶어." 준이 말했다. 자신이 무엇을 하는지 정확하게 인식하며 선언하듯 말했다. 그러면 믹은 준이 원하는 대답을 들려줄 것이고 준은 그 대답을 진실로 받아들일 것이다.

"그럴 거야." 그가 그녀에게 말했다. 그는 준이 듣고 싶어 하는 말이라면 뭐든 했다. 그것이 준을 사랑하는 방식이었으므로.

준이 그에게 입을 맞췄다. "당신을 사랑해." 그녀가 말했다. "온 마음을 다해서."

"나도 당신을 사랑해." 그는 한 번 더 그녀의 몸을 더듬으며 말했다. 준이 고개를 가로젓자 믹이 고개를 끄덕이며 물러났다.

그날 밤, 그는 준을 집에 바래다주며 입을 맞추고 이렇게 말했다. "조만간."

* * *

믹과 준은 샌타모니카 부두를 따라 걸었다. 바로 앞으로 롤러코스터와 회전목마가 있었다. 낡은 판자들이 두 사람의 발아래에서 삐걱거렸다.

준은 흰 바탕에 검은색 물방울무늬 원피스를 입고 있었다. 믹은 긴 바지에 소매가 짧은 셔츠 차림이었다. 두 사람은 잘 어울리는 한 쌍이었고 자신들도 그 사실을 잘 알았다. 두 사람을 본 다른 사람들의 반응에서, 직원이 적극적으로 두 사람을 응대하는 모습에서, 지나가는 사람들이 그들을 지그시 바라보는 모습에서 그 사실을 실감할 수 있었다.

두 사람은 왼쪽으로 대관람차가 하늘을 호령하듯 서 있는 물가를 향해 걸으며 믹이 들고 있는 솜사탕의 표면을 덮은 분홍색 설탕을 핥아먹는 중이었다. 준의 입술은 분홍 장미처럼 물들었다. 믹의 혀는 라즈베리처럼 빨갛게 물들었다.

그는 다 먹은 솜사탕 포장지를 쓰레기통에 버린 후 준에게 돌아섰다. "주니." 그가 말했다. "내 이야기를 듣고 잘 생각해 주기 바라."

"응…." 준이 대답했다.

"바로 이거야." 믹이 한쪽 무릎을 꿇으며 말했다. "준 코스타스, 나와 결혼해 주겠어?"

어찌나 세게 숨을 들이쉬었는지 준은 그만 딸꾹질을 하고 말았다.

"내 사랑, 괜찮아?" 그가 일어서며 물었다. 준이 고개를 끄덕였다. "괜찮아." 그녀는 호흡을 가다듬으며 말했다. "나는… 그러니까… 오늘 그런 말을 들을 줄은 꿈에도 몰랐어. 진심이야? 정말?"

믹이 작은 반지를 꺼냈다. 사과씨보다 더 작은 다이아몬드가 박힌 가느다란 금반지였다. "대단한 건 아니야." 그가 말했다.

"이거면 충분해." 준이 말했다.

"하지만 언젠가 집채만 한 반지를 선사해 줄 거야. 보는 사람들의 눈이 다 멀어버릴 만큼 큰 걸로."

"와." 준이 감탄했다.

"나는 차근차근 올라가고 있어. 조금씩 성공을 거두고 있어."

"알아."

"당신이 없으면 나는 해낼 수 없어."

"오, 믹…."

"그럼 승낙하는 거야?" 그가 말했다. 그는 자신이 어느새 긴장하고 있다는 사실에 깜짝 놀랐다. "나와 결혼해 줄 거지, 그렇지?"

"물론 승낙하고말고." 그녀가 말했다. "나는 당신에게 이 말을 하려고 세상에 온 것 같아."

믹이 그녀를 양팔로 안아 들고 빙그르르 돌았다. 준은 사람이 하늘을 나는 일도 그리 대단치 않게 느껴졌다.

"나는 당신을 행복하게 해줄 수 있는 방법을 알아." 그는 준을 내리고 손가락에 반지를 끼워주었다. "당신이 내 여자가 되는 순간 그 식당에는 두 번 다시 발을 들이지 않아도 되게 해줄게. 언젠가 당신이 꿈꾸는 집을 사줄게. 욕실에는 세면대가 두 개 있고, 당신이 낳고 싶은 만큼 낳은 아이들에게 각자 방을 주고, 앞문을 열면 바다가 나오는 집."

모두 그녀가 원하는 대로였다.

"물론 나는 당신 아내일 테고." 준이 눈물을 글썽이며 속삭였다.

"그래, 당신과 나." 믹은 준을 끌어안으며 말했다. 준은 그의 목에 얼굴을 파묻고 포마드와 애프터셰이브 냄새가 뒤섞인 그의 체취를 들이마셨다. 두 사람은 손을 맞잡고 부두를 걷기 시작했다. 그리고 믹은 지금까지 그 어떤 여자에게도 보여주지 않은 진지한 태도로 열렬하게 그녀에게 입을 맞췄다.

믹이 열여덟이 되던 해에 부모님이 돌아가셨다. 그런 그가 지금 자신의 가정을 일구려 하는 중이었다. 그의 차지가 된 세상 한 조각. 그와 준, 두 사람은 그의 부모님과는 다를 것이다.

마침내 차에 도착하자 두 사람은 얼른 뒷좌석으로 향했다. 이번에야말로 치마 속으로 들어온 믹의 손을 준은 기꺼이 받아들였다. 준은 그의 손길을 거부하지 않았다. 그러기는커녕 너무나 간절하게 갈망했다.

사람들은 결혼이 구속인 것처럼 행동해. 준은 생각했다. 하지만 오히려 자유가 아닐까? 그녀는 마침내 그의 손길을 받아들일 수 있고, 자신이 느끼고 싶었던 것을 전부 다 느낄 수 있다는 생각에 전율했다.

서로에게 더욱 몸을 밀착시킨 순간 준은 그녀를 서슴없이 안는 모습이며 물 흐르듯 자연스러운 그의 동작에서 믹이 처음이 아니라고 짐작했다. 그가 거짓말을 했다는 사실에 마음이 조금 아팠다. 하지만 따지고 보면 그에게 그렇게 해달라고 부탁한 건 바로 자신 아니었나? 그녀는 그에게 너무나 깊이 빠진 나머지 그에게 중요한 단 한 사람이 된다면 다른 건 아무래도 상관없을 것 같았다. 준은 믹을 자신의 안으로 받아들였고 그를 더 꼭 끌어안으며 일어날 일이 일어나도록 내버려두었다.

믹과 사랑을 나누는 동안 믹의 손길이 몸에 닿자 강렬한 충격이 준을 꿰뚫었다. 어안이 벙벙할 정도로 놀랐다고 해야 하리라. 그녀는 그런 식으로 믹이 자신을 어루만지자 민망하고 부끄러웠다. 하지만 그의 손을 제지하고 싶지 않았다. 그가 그만둘지도 모른다는 생각조차 하기 싫었다. 잠시 후 엄청난 쾌락이 번개처럼 그녀의 온몸을 관통했다.

이윽고 준과 믹은 숨을 헐떡이며 차의 뒷좌석에서 나란히 몸을 뉘었다. 그 순간 준은 다시는 조금 전의 자신으로 되돌아갈 수 없다는 사실을 깨달았다. 그가 그녀에게 무엇을 해줄 수 있는지 알아버렸기 때문이다.

"사랑해." 준이 말했다.

그러자 믹이 그녀에게 입을 맞추고 고개를 들어 그녀의 눈을 보며 말했다. "나도 사랑해. 맙소사, 주니. 사랑해."

* * *

이튿날 믹은 준의 부모님을 찾아와 준의 손을 잡고 부모님의 주방에 서서 결혼을 하고 싶다고 말했다.

"보아하니 내게 선택권이 없는 것 같군." 준의 아버지가 인상을 쓰며 말했다.

"아빠."

테오가 고개를 끄덕였다. "이 친구 이야기를 끝까지 들어보마, 준. 이 아빠가 그러리라는 걸 너는 잘 알잖니. 남자가 하는 말은 끝까지 들어봐야지." 그가 믹에게 고갯짓을 했다. "자, 이보게. 내 딸을 어떻게 먹여 살릴 건지 계획 한번 들어보지."

믹은 준에게 눈을 찡긋하더니 테오를 따라 거실로 갔다. 준은 아주 조금이지만 긴장이 풀어지는 듯했다.

"냉장고에서 닭을 꺼내 와, 준." 크리스티나가 말했다. "저녁으로 치킨라이스를 만들자."

준은 조용히 움직이며 엄마가 시킨 일을 하는 동안 아빠가 믹에게 하는 말을 엿들으려고 귀를 쫑긋 세웠다. 하지만 단 한 마디도 알아들을 수 없었다.

크리스티나가 스토브를 켜면서 준에게 몸을 돌렸다. "저렇게 잘생긴 사람은 처음 봤어, 얘." 그녀가 말했다.

준이 미소를 지었다.

"맙소사." 크리스티나가 말했다. "꼭 젊은 시절의 몽고메리 클리프트* 같아."

준이 당근을 꺼내 도마에 놓았다.

"하지만 그래서 더욱 조심스럽게 판단해야 해." 크리스티나는 고개를 가로저으며 말했다. "몬티 클리프트 같은 남자와는 결혼하는 게 아니야."

준은 자신 앞에 놓인 당근을 물끄러미 바라보며 다지기 시작했다. 엄마가 절대 이해해 주지 않으리라는 걸 알았다. 엄마는 절대 새 원피스를 사지 않고, 새로운 조리법을 시도하지 않았고, TV는 뉴스밖에 보지 않았다. 그녀는 엄마가 오랫동안 낡고 해진 《위대한 유산》을 읽고 또 읽는 모습을 보았다. "이 책이 이렇게 마음에

---

* 〈젊은이의 양지〉, 〈지상에서 영원으로〉 등으로 유명한 할리우드 배우.

드는데 마음에 들지 안 들지도 모르는 책을 왜 읽어야 하니?" 엄마의 논리는 이런 식이었다.

엄마처럼 살고 싶지 않다면 엄마의 충고를 따르지 않으면 된다. 쉽고 간단하다.

20분 후 크리스티나가 다 된 밥을 휘젓고 준이 초조하게 식탁을 차릴 즈음 믹이 주방으로 들어왔다. 테오가 그의 어깨에 한 손을 얹었다.

테오는 준을 보며 미소 지었다. "딸아, 훌륭한 청년을 골랐구나."

준은 어쩔 줄 몰라하다가 믹과 아빠에게 달려가 두 사람을 꼭 안았다.

"두 사람을 축복해 주마." 테오는 믹을 힐끔 돌아보며 말했다. "물론 경고도 잊지 말아야겠지."

믹이 고개를 끄덕였다.

"고마워요, 아빠." 준이 말했다.

테오가 고개를 흔들었다. "내게 고마워할 거 없어. 성공을 하려면 앞으로 몇 년은 고생해야 할 거야. 하지만 지금은 생각을 고쳐먹고 이 식당을 당장이라도 물려받을 마음을 먹었다더구나."

테오가 크리스티나에게 가자 준이 얼른 믹을 옆으로 당기며 물었다. "우리가 식당을 물려받을 거라고?" 그녀가 속삭였다.

믹이 고개를 저었다. "지금 아버님은 당신이 듣고 싶은 이야기만 들으시면 돼. 그래서 그렇게 해드렸지. 그것 말고 아버님이 먼저 하신 이야기 당신도 들었지? 크게 성공하려면 몇 년은 고생해야 한다고? 몇 년까지 걸리지 않아. 걱정 마, 주니."

저녁을 들며 믹은 크리스티나의 요리 솜씨를 칭찬했고 크리스티나는 그제야 미소를 지었다. 믹은 자동차보험에 대해 예비 장인에게 조언을 구했다. 그러자 테오는 기꺼이 아는 지식을 풀어놓기 시작했다.

디저트로 낸 딸기쇼트케이크를 먹는데 테오가 믹에게 노래를 청했다.

"준 말이 자네가 콜 포터 노래를 콜 포터보다 더 잘 부른다던데." 테오가 말했다.

믹은 처음에는 사양하는 듯하다 결국 받아들였다. 냅킨을 식탁에 내려놓고 일어섰다. 그는 '아이브 갓 유 언더 마이 스킨'을 부르기 시작했다. 절정 부분으로 치닫기도 전부터 테오는 선율에 맞춰 고개를 까닥거리며 미소를 지었다.

믹은 갑자기 울컥했지만 티 나지 않게 잘 버티며 흉곽에서 더 크게 소리를 밀어내 마지막 음을 평소보다 더 길게 불렀다. 마침내 노래를 마친 믹은 가쁜 숨을 고르느라 테오를 똑바로 보지도 못했다.

준이 박수를 쳤다. 테오도 환호했다. "잘 부르는구나." 그가 말했다. "참 잘 불러."

믹이 테오를 바라보며 마침내 찬사를 받아들였다.

크리스티나도 환하게 미소를 지었지만 준은 엄마의 입이 벌어지지도 않고 눈가에 잔주름이 생기지도 않았다는 사실을 깨달았다. "좋네요." 이렇게 말할 뿐이었다.

저녁을 다 먹은 직후 믹은 모두에게 작별 인사를 건넸다. 그는 진입로에서 준의 볼에 입을 맞추었다. "우리는 정말 대단한 한 쌍이 될 거야. 그거 알지, 당신도?" 그가 물었다.

준이 환히 웃었다. "당연히 알지."

준이 집으로 되돌아가려고 하자 믹은 다시 집으로 끌고 가도 된다는 듯 그녀의 손을 꼭 쥐었다. 그는 작별 인사를 하기 싫어 마지막의 마지막까지 잡고 있다가 손을 놓았다. 그는 준이 집으로 돌아가 제 방의 창가에서 손을 흔들어줄 때까지 차에서 기다렸다. 마침내 그는 차를 돌려 그곳을 떠났다.

잠시 후 크리스티나는 욕실에서 세수 중인 딸을 찾았다. 크리스티나는 이미 잠옷으로 갈아입은 후였다. 잠자리에 들려고 머리도 롤로 말아놓았다.

"준, 확신이 섰니?" 크리스티나가 물었다.

준은 그 말에 어깨에서 힘이 쑥 빠지는 것 같았다. 하지만 곧 어깨를 활짝 펴고 대답했다. "그럼요. 제 마음은 절대 흔들리지 않아요."

"그 청년은 미남이고 노래도 정말 잘 부르더구나. 그렇지만…"

"그렇지만 뭐요, 엄마?" 준이 되물었다.

크리스티나는 고개를 가로저었다. "그 청년이 식당 운영에 대해 잘 아는지 이야기를 해봐."

"엄마." 준은 자신의 목소리가 점점 높아진다는 사실을 자각하면서도 말을 멈출 수 없었다. "노변 식당보다 더 큰 꿈을 이루는 것이 엄마 딸의 운명이라는 생각은 한 번도 안 해보셨어요?"

크리스티나는 딸의 날 선 공격에 자신을 지키기라도 하듯 입을 꾹 다물며 딱딱한 표정을 지었다. 준은 방금 자신이 한 말에 엄마가 어떻게 반응할지 몰라 잠시 마음의 준비를 했다. 하지만 크리스티나의 표정은 다시 누그러졌다.

"네가 그 청년을 얼마나 좋아하는지 알아." 그녀가 말했다. "그렇지만 이 엄마에게 좋은 인생은, 나를 걱정하고 아껴주는 사람들이 있고, 내게 의지하는 사람들을 내가 돌볼 수 있고, 내가 몸담은 공동체에 조금이나마 기여하고 있다는 걸 늘 명심하는 거야. 네 아빠와 내가 사람들에게 맛있는 음식을 만들어주는 일 같은 거 말이다. 나는 그보다 더 대단한 일은 잘 모르겠구나. 하지만 이건 그저 내 인생이니까."

준은 엄마에게 사과하고 굿나잇 키스를 했다. 그리고 《서브 로사》를 집어 들고 언젠가 이런 잡지에 실린 믹의 기사를 읽을 날을 꿈꾸었다.

* * *

믹은 할리우드와 베벌리힐스에서 부유한 사람들이 저녁을 먹는 동안 기성곡을 부르며 유료 공연을 하게 되었다. 얼마 후 그는 자신이 결성한 백업 밴드인 바인과 함께 할리우드의 여러 클럽에 출연 계약을 맺었다.

준은 믹이 무대에 오를 때마다 점점 의기양양해져 그녀의 이야기를 들어주려는 사람이면 누구에게나 자신이 프로 뮤지션과 결혼한다고 떠벌렸다.

믹과 바인은 라스베이거스의 작은 카지노에서 공연 계약을 맺었으며, 선셋 스튜디오의 사장 결혼식이 열리는 멕시코 엔센나다 크루즈에서 일주일 동안 축하 공연을 하게 되었다.

그러자 모캄보 나이트클럽에서 믹에게 두 차례의 솔로 공연을 제안했다. 준은 믹에게 이 소식을 듣고는 너무 좋아서 폴짝폴짝 뛰었다. 믹이 준을 안아 빙빙 돌렸다.

클럽 공연 첫날, 믹은 준과 동행했다. 준은 그가 노래를 부르는 동안 무대 뒤쪽에 서서 클럽에 온 스타들을 지켜보았다. 준은 그곳에서 데시 아너즈*를 본 것 같았다. 제인 맨스필드**가 그 자리에 있었다고 맹세라도 할 수 있었다.

모캄보에서 무사히 공연을 마친 믹은 이번에는 웨스트 할리우드에 새로 문을 연 트루바두어의 공연 제의를 받았다. 어느새 그의 이름이 광고판에 실리게 되었다. 믹 리바: 오늘 단 하루 공연.

준은 기쁨에 들떠 이렇게 말했다. "제 약혼자가 바로 그 믹 리바예요." 그녀는 식료품 사장인 휴이트 부인에게도, 식당에 조개

---

* 쿠바 태생의 미국 배우이자 영화 및 TV 프로그램 제작자.
** 할리우드의 유명 배우.

를 공급하는 루소 씨에게도, 은행의 더닝햄 부인에게도 이렇게 말했다. "모캄보에서 이틀 밤 공연했거든요. 그런데 그때 돈 애들러가 왔지 뭐예요. 제 눈으로 똑똑히 봤다니까요. 그 전날 밤 그이가 공연할 때는요 에바 가드너가 왔어요. 에바 가드너가요!"

준은 어린 시절부터 가장 친했고 가끔 부모의 식당에서 아르바이트를 하는 여자 친구들에게 자신의 소박한 반지를 자랑했다. "그이는 언젠가 꼭 인기 가수가 될 거야. 이미 그런 거나 다름없지만." 그녀는 이렇게 말하곤 했다.

두 달 후 마침내 러너레코드사의 프랭키 델몬트와 믹의 만남이 성사되었다. 그로부터 일주일 후 그는 음반 계약서와 새 반지를 들고 준의 집을 찾아왔다. 이번에는 사과씨보다 두 배나 큰 돌이 박혀 있었다.

"이럴 필요 없는데." 준이 말했다. 그 돌은 너무나도 반짝거리고 투명했다.

"내가 그러고 싶었어." 믹이 말했다. "당신이 깨알 같은 작은 돌이 박힌 반지를 끼고 다니는 걸 보고 싶지 않아. 당신은 더 크고 좋은 걸 가져야 해."

준은 그 소박한 반지가 마음에 들었다. 물론 새 반지도 좋았다.

"기다려봐." 믹이 말했다. "돈이 너무 많아서 이 반지도 민망해질 날이 올 테니까."

준이 웃음을 터트렸지만, 그날 밤 그녀는 두 사람의 미래를 꿈꾸며 잠자리에 들었다. 킹사이즈 침대를 들이면 어떨까? 캐딜락은?

아이는 셋이나 넷도 낳을 수 있을까? 모래사장에서 커다란 천막을 치고 결혼식을 올리면 어떨까?

준이 이런 몽상을 들려주며 이뤄질 것 같냐고 물으면 믹은 늘 이렇게 대답했다. "당신에게 온 세상을 안겨줄게."

믹은 준의 원피스를 벗기며 그녀의 귀에 이렇게 속삭이곤 했다. 그녀의 다리 사이로 다리를 집어넣으며 꼭 그렇게 해주겠다고 맹세했다. "당신이 원하는 거면 뭐든 줄 거야. 당신이 꼭 갖게 해줄 거야." 그는 한 손으로 그녀의 등을 쓸어내리고 귀 뒤에 입을 맞추고 그녀의 엉덩이를 움켜쥐었다.

결혼식을 올리기도 전에 준이 걸핏하면 알몸으로 그의 옆에 누워 있었다고 어느 누가 비난할 수 있을까? 그녀를 어떻게 애무해야 하는지 믹이 그렇게 잘 아는데?

준이 임신을 했다는 사실을 알게 되었을 때 두 사람은 전혀 놀라지 않았다.

* * *

"준." 크리스티나는 퍼시픽 피시의 주방에 서서 고개를 가로저으며 속삭이는 목소리로 한탄했다. "네가 이것보다는 더 슬기롭게 행동할 줄 알았는데."

"죄송해요." 준은 눈물을 글썽거리며 말했다. "죄송해요."

크리스티나가 한숨을 쉬었다. "일단, 결혼식을 올려야겠구나.

그게 먼저야. 그런 후에 품이 넉넉한 원피스를 장만해야겠고. 나머지는 차차 해결하도록 하자."

준이 눈물을 닦았다.

"이 세상에서 남자 때문에 앞뒤 분간 못 한 여자가 네가 처음이 겠니." 크리스티나가 말했다.

준이 고개를 가로저었다.

"힘내, 응?" 크리스티나가 말했다. "기운 차려. 얼마나 경사스러운 일이니." 그녀는 딸을 품에 안고 정수리에 입을 맞췄다.

믹과 준은 말리부의 모래사장에 세운 천막에서 별들이 지켜보는 가운데 혼인 서약을 했다. 그녀 옆에는 가족이 자리했다. 그의 옆에는 음반사 사람들이 섰다.

그날 밤, 믹과 준은 밴드의 음악에 맞춰 볼을 맞대고 춤을 추었다. "우리는 잘해낼 거야." 믹이 준에게 말했다. "우리는 이 아기에게 사랑을 듬뿍 줄 거야. 그리고 아이를 더 낳을 거야. 저녁 식탁은 풍성하고 아침은 행복할 거야. 나는 당신을 절대 떠나지 않을 거고. 당신도 나를 절대 떠나지 않을 거야. 우리는 행복한 가정을 꾸밀 거야. 약속해."

준이 남편을 보며 미소 지었다. 그리고 다시 볼을 맞댔다.

그날 저녁이 끝나갈 무렵 믹이 하객들 앞에 섰다. 그리고 마이크를 잡았다. "여러분이 저를 양해해 주신다면." 그가 반쪽 미소를 지으며 말했다. "오늘 밤 여러분 앞에서 부르고 싶은 곡이 있습니다. 제 아내를 위해 직접 쓴 곡이죠. '포근한 6월*'이라는 곡입니다."

햇살은 포근한 6월의 기쁨을 부르고
기나긴 낮과 한밤이 달처럼 환히 빛날 때
내 머릿속은 온통 포근한 6월뿐
그대밖에 떠오르지 않아

믹이 아내에게 바치는 노래를 부르는 동안 준은 그 앞에 앉아 있었다. 울지 않으려고 애썼지만 눈물을 참을 수 없었다. 이것이 그들의 시작이라면, 맙소사, 그들은 어디까지 더 높이 날 수 있을까?

* * *

1958년 7월에 니나가 태어났다. 모두 니나가 조숙아인 척했다. 믹은 산모와 갓난아기를 병원에서 데리고 나오자 곧장 새 집으로 데려갔다.

그는 가족을 위해 방 세 개짜리 이층집을 샀다. 흰색 덧창이 달린 연푸른색 집은 말리부 로드에 있었으며 집의 뒤편이 바다로 이어져 있었다. 집의 옆에 붙은 패티오의 바닥에는 문이 달려 있었는데, 그 문을 열고 계단을 내려가면 곧장 해변이었다.

집으로 충분하지 않다는 듯이 진입로에는 새로 뽑은 청록색 캐

---

* 준June은 6월이라는 뜻도 있다.

딜락도 서 있었다.

준은 집으로 들어간 순간 숨이 멎을 것 같았다. 창문으로 바다가 훤히 보이는 거실과 식탁을 겸비한 주방을 갖추었고 바닥에는 견목이 깔려 있었다. 그렇지만 모든 것을 가질 수는 없겠지, 그렇겠지? 설마 지금까지 꿈꿔온 일들이 한꺼번에 다 실현될 수는 없겠지?

"여기 봐, 주니, 여기 보라고." 믹이 잔뜩 흥분해 준을 잡아끌며 부부 침실로 갔다. "여기에 킹사이즈 침대를 놓을 거야."

준은 바람이 불면 날아갈세라 갓 태어난 니나를 품에 안은 채 남편을 따라 침실을 지나 곧장 부부 욕실로 향했다. 그곳에서 세면대를 보았다.

그녀는 오른손으로 세면대의 옆면을 쓸어내렸다. 매끄러운 도자기 곡면이 아래로 내려가 평평해지더니 다시 곡면을 이루며 위로 올라왔다. 그리고 거친 회반죽과 차가운 타일로 마감한 벽면을 계속 손으로 훑는데 두 번째 세면대의 도자기 곡면이 손에 닿았다.

10:00

니나는 식당의 주차창에 차를 대고 시동을 껐다. 차에서 내리면서 식당의 간판을 보며 다시 정비해야 할 때인지 잠시 고민했다.

한때 퍼시픽 피시였던 리바스 시푸드는 빛바랜 간판에 벗겨진 페인트까지 너무나 과거의 말리부 그 자체였다. 이곳은 더는 길가의 작은 식당이 아니라 어엿한 패밀리 레스토랑이었다. 예전에 부모님의 손을 잡고 왔던 아이들이 이제 커서 자신의 아이들을 데리고 오는 곳이 되었다.

니나는 선글라스를 쓴 채 주방 입구로 들어갔다. 생각해 보니 요즘은 선글라스를 벗지 않는 경우가 점점 늘어났다. 그녀는 라몬이 보이자 그제야 선글라스를 벗었다.

라몬은 서른다섯 살로 결혼 10년 차에 다섯 아이를 둔 행복한 가장이었다. 그는 튀김 담당 주방장으로 시작해 지금껏 열심히 일했다. 1979년부터는 리바스 시푸드의 경영을 맡았다.

"니나, 왔어? 잘 지내지?" 라몬은 요리 중인 튀김에 눈을 고정한 채 냉동고에서 새우를 꺼내며 니나에게 인사를 건넸다.

니나가 미소를 지었다. "그럼요. 라몬이 여기 불이라도 낸 건 아닌지 확인하러 왔죠*."

라몬이 웃음을 터트렸다. "니나가 보험을 들어주기 전에는 안 낼 거야."

니나는 웃으며 빙 둘러서 그가 서 있는 조리대로 가 도마 위에 썰어놓은 토마토 한쪽을 집었다. 그리고 소금을 쳐서 먹었다. 잠시 후 마음의 준비를 마친 그녀는 만면에 미소를 머금고 야외석으로 가 몇몇 손님과 악수를 했다.

밖으로 나가자 태양이 눈부시게 빛나고 있었고 니나는 자신의 가짜 모습이 슬슬 되살아나는 기분이 들었다. 그녀는 가면처럼 과장된 미소를 띠고 그녀를 보고 있는 사람들로 가득한 테이블을 향해 손을 흔들었다.

"점심 맛있게 드세요!" 그녀가 인사를 했다.

"니나!" 열다섯 살도 채 되지 않을 것 같은 소년이 소리쳤다. 마드라스 체크 반바지와 아이조드 폴로 티를 입은 소년은 니나에게 달려왔다. 니나는 그 소년이 오른손에 말아 든 포스터와 왼손에 든 유성 마커를 보았다. "여기 사인해 주시겠어요?"

그녀가 대답을 하기도 전에 소년은 돌돌 말린 포스터를 펴기 시작했다. 그녀가 비키니 차림으로 서핑을 즐기는 모습을 담은 포스터를 들고 식당에 불쑥 나타나 사인을 요청하는 사람들이 몇

---

* 불을 지르다는 뜻의 'set the place on fire'는 비유적으로는 성황리에 진행 중이거나 큰 성공을 거두는 상황을 의미한다.

명이나 되는지 니나는 셀 수도 없었다. 생각해 보면 참 기이한 상황이지만 니나는 군말 없이 받아주었다.

"물론이지." 니나는 소년의 손에서 유성 마커를 받아 들며 대답했다. 그리고 포스터의 오른쪽 구석에 확실하게 알아볼 수 있도록 '니나 R'이라고 서명했다. 그리고 펜의 뚜껑을 닫아 소년에게 돌려주며 말했다. "여기 있어."

"사진도 찍어도 돼요?" 소년이 묻기가 무섭게 폴라로이드 카메라를 든 소년의 부모가 테이블에서 일어섰다.

"그럼." 니나가 고개를 끄덕였다. "되고말고."

소년이 게걸음으로 니나의 오른쪽으로 다가오더니 자신은 이런 경험이 많다고 주장하듯 한 팔로 그녀의 어깨를 감쌌다. 니나는 카메라를 향해 환하게 미소 지으며 그 소년으로부터 아주 살짝 몸을 뗐다. 피부를 맞대지 않고도 딱 붙어 서는 기술을 완벽하게 익혀둔 터였다.

소년의 아버지가 셔터를 누르자 사진이 즉석에서 인화되는 익숙한 소리가 들렸다. "모두 즐거운 시간 보내세요." 니나는 이렇게 말하고 앞쪽 테이블로 가 나머지 손님들에게 인사를 건넨 후 다시 식당으로 들어갔다. 그런데 소년과 소년의 어머니가 인화된 사진을 보는 동안 소년의 아버지가 니나에게 미소를 지으며 손을 뻗었다. 그리고 그녀의 티셔츠 위로 옆구리와 엉덩이를 슬쩍 훑어 내렸다.

"미안해요." 그가 자신만만한 미소를 지으며 소곤거렸다. "'부드러운 촉감을 직접 확인해 보고' 싶어서요."

지난달 니나가 출연한 소프트선 티셔츠 광고가 시작된 후 이런 식으로 광고 문구를 내뱉으며 지분거리는 사람이 이로써 세 명째다.

니나는 올해 초에 그 광고를 찍었다. 출연료는 지금까지 받은 액수 중 최고였다. 광고에서 그녀는 붉은색 비키니 하의에 하얀 티셔츠를 입었으며 머리는 촉촉하고 골반을 왼쪽으로 비틀어 올린 채 오른팔을 문틀에 댄 포즈를 취했다. 티셔츠는 해져서 올이 풀려 있었다. 젖꼭지가 보이지 않았지만, 눈에 힘을 주고 유심히 보면 젖꼭지가 보인다고 자신을 설득할 수도 있었다.

유혹적인 사진이었다. 그 점은 니나도 잘 알았다. 바로 그런 이유로 광고주가 누구보다 니나를 원했다는 것도 알았다. 누구나 서핑 걸이 옷을 벗기를 원했고, 니나도 그 점을 잘 알고 받아들였다.

그러나 광고주는 사전에 말도 없이 광고 문구를 삽입했다. 부드러운 촉감을 직접 확인해 보세요. 그들은 그녀의 가슴 아래 그 문구를 배치했다.

그 문구 탓에 사람들은 니나로서는 불쾌한 수준의 친밀함을 드러내기 시작했다.

그녀는 소년의 아버지를 향해 대충 웃어주고 돌아서서 얼른 자리를 떴다. "그럼 이만 실례할게요…." 그녀는 나머지 손님들에게 손을 흔들고 주방으로 들어가 문을 꼭 닫았다.

더 자주 광고를 찍을수록, 분명 출연료도 덩달아 높아질 테고 식당이 손님들로 문전성시를 이루리라는 사실을 니나도 안다. 더

불어 니나의 사진과 사인, 미소, 관심, 몸을 원하는 경우도 더 잦아질 것이다. 그녀는 사람들이 그녀에게 느끼는 소유욕에 어떤 식으로 반응해야 좋을지 판단이 서지 않았다. 아빠가 이런 상황을 어떻게 견뎌냈는지 궁금했다. 물론 팬들이 니나를 만지는 것처럼 아빠를 만져대지는 않았겠지만 말이다.

"니나, 꼭 저기 나가서 악수를 하고 다니지 않아도 돼." 주방으로 들어오는 니나를 보며 라몬이 말했다.

"모르겠어요. 진짜 그렇다면 좋겠네요." 니나가 말했다. "라몬, 같이 장부 볼 시간 있어요?"

라몬이 고개를 끄덕이더니 양손을 행주에 닦고 그녀를 뒤따라 사무실로 향했다.

"식당 경영은 문제없어." 라몬은 니나와 나란히 걸으며 말했다. "잘 알지?"

니나가 고개를 가로저었다. 그렇기도 하고 아니기도 했다. "문제없이 유지된다는 점이 걱정이에요." 니나는 라몬과 사무실에 앉아 장부의 숫자를 살펴보며 말했다. 식당 경영은 복잡한 일이었다.

건물은 낡았고 최근에 주방은 설비를 개선해야 했다. 이윤은 계절에 따라 들쑥날쑥했다.

다행스럽게도 이번 여름은 장사가 잘되었다. 하지만 곧 있으면 비수기이고 지난겨울은 혹독했다. 겨울을 버티기 위해 전에도 몇 차례 그랬듯이 1월에는 니나가 자비를 들여서 계속 문을 열어야 했다.

"올해 초부터 적자에서 빠져나왔어요." 니나는 라몬이 볼 수 있도록 장부를 돌리며 말했다. "그건 좋은 일이에요. 그렇지만 관광객의 발길이 끊어지면 다시 이익이 줄어들까 좀 걱정스러워요."

니나는 가끔, 사람들이 와서 음료 한 잔도 사지 않고 그녀의 사진만 찍고 가는 식당을 먹여 살리기 위해 모델을 한다는 생각도 들었다.

그래도 니나는 식당의 직원들이 좋았고 단골손님들도 좋았다. 물론 라몬도 좋았다.

"어쨌든 해결책을 찾아낼 거예요. 늘 그래왔잖아요." 니나가 말했다.

니나는 3대째 내려오는 리바스 시푸드의 간판을 자신의 대에서 내리고 싶지 않았다. 절대 그렇게 되게 하지 않으리라.

"식당에 가기 전에 집에 잠깐 들러도 돼? 샤워를 해야겠어." 키트가 도로의 소음보다 목청을 키워 말했다.

"그렇게 해." 제이는 그들 형제가 자란 골목으로 접어들기 위해 방향지시등을 켜며 대답했다.

리바의 아이들 가운데 제이와 키트만이 어린 시절을 보낸 그 집에서 여전히 살고 있었다. 니나는 포인트 듐의 저택에서 지내고 촬영을 위해 자주 집을 비웠다. 허드는 자신의 트레일러를 좋아했다. 하지만 제이와 키트는 자신들이 자랐고, 25년 전 아빠가 엄마에게 선물한 해변의 그 집에서 살았다.

제이는 부모님의 침실을 썼다. 하지만 그도 여행이 잦았다. 그는 세계 각지에서 개최되는 서핑 대회에 참가했고 그때마다 그의 옆에는 허드가 있었다.

얼마 후면 형제는 오아후의 노스 쇼어로 떠날 예정이었다. 제이는 듀크 클래식과 월드컵, 파이프 마스터스에 잇달아 참가하기로 되어 있다. 그 후에는 호주의 골드 코스트와 남아프리카공화국의 제프리스 베이에서 열리는 대회에도 참가할 것이다. 오닐사가 수많은 영수증을 지불하는 대신 언제 어디서나 제이에게 자사의 이름을 달게 할 것이다. 그러는 동안 허드는 내내 제이를 향해 셔터를 눌러댈 테고.

형제는 또 다른 잡지의 표지를 장식하고, 각종 포스터와 달력 출판권을 팔 계획이었다. 그러기 위해서 그들은 각지를 방랑해야 했다. 프로 서퍼와 그의 스태프들은 언제든지 발 빠르게 움직일 수 있어야 했다. 다시 말해 즉흥적인 감각이 필요했다. 제이와 허드의 열정과 생계, 삶은 끊임없이 변화하고 예측 불가능한 바람과 물의 조합을 어떻게 잘 따라가느냐에 달려 있었다.

제이는 캘리포니아를 자신의 집이라고 생각했기에 최근 들어서는 굳이 다른 곳에서 살 생각을 하지 않았다.

한편 샌타모니카대학에서 곧 3학년이 되는 키트는 여전히 어릴 때 쓰던 침대에서 잠을 자며 저녁과 주말이면 식당의 계산대를 지켰다. 그녀의 유일한 낙이라면, 산타크루즈에서 며칠을 보내기 위해 식당 근무를 빼먹고 친구들과 여행을 갈 때일 것이다. 산타크루즈의 파도는 거대했다. 서퍼 키의 두 배는 되는 더블 오버헤드 같은 파도도 만날 수 있었다. 하지만 이 순간 인생은 키트를 해안을 따라 고작 몇 시간 떨어진 곳으로 데려가는 중이었다.

언니 오빠들이 밖으로 나가 세상을 만날 때 키트는 여전히 크랩 케이크를 테이블로 날랐다.

그녀도 약간의 영광을 원했다. 니나가 누리는 약간의 화려함, 제이와 허드가 만끽하는 약간의 스릴. 그녀는 어린 시절 내내 그들을 따라 물에서 놀았다. 하지만 키트는 그들 중 아무도 서프보드를 선택하지 않았다고 해도 자신만큼은 서핑을 선택했으리라 자부했다.

보드 위에서의 키트는 대단했다. 전설이 될지도 몰랐다.

키트도 저 바다로 나가 쏟아지는 찬사를 받아야 마땅했다. 하지만 그녀는 오빠들만큼 진지한 대접을 받지 못했다. 언니만큼 빼어나지 못하다는 것도 알았다. 그렇다면 키트에게 남은 선택은 뭘까? 그녀는 알 수 없었다. 자신과 같은 사람도 각광받을 자리가 있는지도 알 수 없었다. 아기가 아닌 어린 서퍼.

제이가 차고 앞에 차를 대자 키트가 훌쩍 뛰어내렸다.

"금방 올게." 제이가 말했다.

"잠깐, 어디 가는데?" 키트가 물었다. 키트의 두 볼과 콧잔등은 햇빛에 살짝 그을렸다. 그래서인지 키트는 나이보다 더 어려 보였다.

"너는 샤워를 하면 하세월이잖아. 기름도 넣어야 해." 제이가 말했다. 그는 자기 말대로 기름이 없지 않을까 기대하며 연료계를 확인했다. 계기판의 바늘은 절반에 아주 살짝 못 미치는 지점에 걸려 있었다. "기름이 반의반밖에 없어."

키트가 미심쩍은 표정으로 오빠를 보더니 돌아서서 차고를 지나 집으로 들어갔다.

제이는 차를 돌려 도로로 나간 후 가속페달을 필요 이상으로 힘주어 밟았다. 차는 포장이 거의 되어 있지 않은 길을 굉음을 내며 달렸다. 그는 라디오로 시간을 확인했다. 이대로 속도를 낸다면 시간이 있었다.

PCH는 그에게 가장 편안한 곳이며 이 도시에서 실질적으로 유일한 도로이기도 했다. 고속도로를 따라 작은 동네가 점점이 흩어져 있으며, 협곡이 여러 줄기로 뻗어 있고, 도로의 이쪽이나 저쪽에는 쇼핑센터가 있었다. 그렇기에 말리부에서는 자동차 바퀴가 PCH의 도로를 달리지 않으면 어디에도 갈 수 없고, 아무것도 할 수 없고, 아무도 만날 수 없다. 식당을 가고, 가게에서 물건을 사고, 일정대로 영화를 만들고, 백사장에서 자신의 자리를 잡고, 파도에서 자신의 위치를 점하는 것, 이 모든 일이 매일 얼마나 많은 사람이 당신과 함께 이 도로를 지나가느냐에 달렸다. 그것이 풍광을 누리기 위해 당신이 치러야 할 값이다.

제이는 최대한 눈치껏 교통 사정을 가늠하고 바뀌는 신호등 사이를 빠져나가며 속도를 높였다. 그리고 오른쪽 차선으로 차선을 바꾸기 몇 초 전까지 계속 추월차선을 달리다가 마침내 파라다이스 코브 로드로 접어들었다.

야자수와 밸리오크 나무에 가려져 PCH에서는 보이지 않는 파라다이스 코브는 눈이 번쩍 뜨일 정도로 아름다운 만이었다. 제이는 우회전을 해 좁은 도로로 들어간 후 속도를 줄였다. 그의 지프가 모퉁이를 돌자 황금빛 모래가 깔린 만과 그곳을 둘러싼 장엄한 절벽, 청명한 하늘이 모습을 드러냈다.

바다를 굽어보는 절벽 위로 토지사용료가 할리우드의 엘리트나 감당할 수 있을 정도로 눈이 튀어나오게 비싼 땅에 이동주택이 옹기종기 모여 있었다.

하지만 제이의 목적지는 파라다이스 코브에 있는 레스토랑이었다. 샌드캐슬은 바가지를 잔뜩 쓰고 다이키리*를 주문해 부두를 내다보며 마실 수 있는 해변 카페였다. 제이는 차를 주차하고 주머니를 뒤졌다. 5달러 한 장과 1달러 네 장이 있었다. 적어도 뭔가 주문하는 시늉이라도 해야 했다.

제이는 선글라스를 머리 위로 올린 채 카페로 들어가 계산대로 향했다. 금발에 피부를 머리카락보다 더 진하게 태운 직원이 제이를 응대했다. 제이는 그 직원의 이름이 기억나지 않았다.

"안녕하세요, 제이." 직원이 인사를 했다.

"어, 잘 지냈어요?" 제이도 인사를 하며 고갯짓을 했다. "포장돼요?"

직원이 돌아서자 제이는 얼른 이름표를 확인했다. 채드. 그랬지.

"그럼요. 뭘 주문하시겠어요?" 채드가 메모장을 꺼냈다.

"어, 어디 보자…." 제이가 메뉴판에 적힌 특별 메뉴를 힐끔 보다가 제일 먼저 눈에 들어온 것을 골랐다. "초콜릿 케이크 한 조각. 포장으로."

제이는 너무 두리번거리거나 두리번대는 티를 내지 않으려고 애썼다. 혹시 그녀가 보이지 않더라도 묻지 말자고 마음먹었다. 어쩌면 오늘은 근무일이 아닐지 몰랐다. 그럼 어떤가. 그래도 괜

---

* 럼주에 과일주스나 설탕을 탄 칵테일.

찮다.

채드가 펜을 딸깍거리는 모습을 보니 제이의 주문에 몹시 들뜬 것 같았다. "초콜릿 케이크 한 조각, 곧 나옵니다."

제이는 문득 채드가 얼간이라는 사실을 기억해 냈다.

그가 스툴에 걸터앉자 채드가 주방으로 들어갔다. 제이는 자신의 낡은 슬립온을 물끄러미 보다가 새 신을 사야겠다고 생각했다. 오른발의 엄지발가락이 위쪽에 난 구멍으로 삐져나오려는 중이었다. 다음 주에 시내에 가면 반스 매장에 들러 똑같은 신발을 사자고 마음먹었다. 사이즈 12에 검은색과 흰색의 체크무늬. 완벽한 선택을 바꿀 필요는 없지.

바로 그때 라라가 비닐봉지에 넣은 플라스틱 용기를 들고 카페에서 나왔다.

"초콜릿 케이크?" 라라가 말했다. "언제부터 제이 리바가 초콜릿 케이크를 먹었죠?"

역시 오늘은 그녀가 출근하는 날이었다. 그리고 그에게 관심을 보였다.

라라는 183센티미터였다. 제이보다 4센티미터 정도 작았다. 라라는 온몸이 각진 느낌이 날 정도로 마른 체격이었다. 솔직히 말하자면, 특별히 미인은 아니었다. 그녀에게서는 어딘지 다듬지 않은 거친 느낌이 났다. 타원형의 얼굴에 턱은 뾰족했다. 코는 가늘고 입술은 얇았다. 그런데도 그녀의 얼굴을 한번 보면 도저히 눈을 뗄 수가 없었다.

제이는 그녀 생각을 머릿속에서 몰아낼 수가 없었다. 소년처럼 얼이 빠지고, 홀딱 반하고, 초조했다. 그는 한 번도 10대처럼 사랑에 푹 빠진 적이 없었다. 그래서 이런 경험이 신선하고, 불편하고, 속이 울렁거리면서도 짜릿했다.

"변화도 줘봐야죠, 가끔은." 그가 대답했다.

라라가 계산대 옆에 비닐봉지를 내려놓고 케이크 값을 말했다. 제이는 돈을 건넸다. "오늘 파티에 올 거죠?" 그가 물었다. 그 말을 내뱉은 후 제이는 자신의 연기에 만족했다. 너무 몸이 달아오른 티가 나지 않고 자연스러웠다.

라라가 대답하려고 입을 열었다. 오늘 제이의 하루는 그녀의 대답에 달려 있었다.

* * *

그 순간으로부터 3주 전, 그때까지만 해도 얼굴만 아는 사이였던 라라와 제이는 앨리시즈 레스토랑 앞에서 마주친 적이 있었다. 제이는 말리부 피어의 끄트머리에서 마리화나를 피운 후 해변으로 돌아가는 중이었다. 라라는 바를 나선 참이었다. 별 볼 일 없는 데이트 상대는 한 시간 전에 가버렸고 라라는 실망감을 코로나 맥주로 달래는 중이었다.

제이가 라라를 알아봤을 때 그녀는 청 반바지에 탱크톱 차림으로 벤치에 앉아 있었다. 술에 잔뜩 취해서 하얀색 케즈 운동화의 끈을 다시 매려고 낑낑대는 중이었다.

제이가 그녀를 보고 미소를 지었다. 그녀도 기분 좋게 마주 웃었다.

"라라, 맞죠?" 그는 마리화나 냄새를 숨기려고 담배에 불을 붙이며 알은체했다.

"맞아요, 제이 리바." 라라가 일어서며 말했다.

제이가 황송해하며 웃었다. "당신 이름이 라라라는 걸 알고 있었어요. 징그러운 놈처럼 보이지 않으려고 물어봤을 뿐이에요."

"우리가 적어도 세 번은 만난 사이잖아요." 그녀가 히죽거리며 말했다. "내 이름을 기억해 준 건 징그럽지 않아요. 정중한 거죠."

"라라 보히즈. 샌드캐슬에서 일하죠. 대체로 카운터에 있지만 가끔 서빙도 하고요."

라라가 고개를 끄덕이며 웃었다. "맞아요. 봤죠? 당신이 해낼 줄 알았어요."

"어디서 잠시 술을 깨고 머리를 맑게 해야 할 것 같은데요. 그렇게 생각하지 않아요?"

"이미 머리가 맑은 사람은 특별히 머리를 맑게 할 필요가 없어요. 그렇죠?"

제이는 그의 곁에서 기다려주는 여자들, 자신과 사귈 수 있다고 명확히 밝히는 여자들, 제이의 농담이 재미있건 없건 웃어주는 여자들에 익숙했다. 라라 같은 여자는 익숙하지 않았다.

"알았어요." 그가 말했다. "무슨 말인지 알겠어요. 말해봐요. 내가 지금 머리가 맑다면, 다음으로 무슨 말을 할까요?"

"음, 다음으로 당신은 지금 내가 뭘 하고 있는지 물어보겠죠." 라라가 대답했다. "그러면 나는 아무것도 안 한다고 말할 거예요. 그러면 당신은 당신의 마리화나를 한 대 피우겠냐고 물어보겠죠. 당신은 분명히 마리화나를 가지고 있어요. 왜냐하면 지금 당신은 마리화나에 취해 있고 냄새가 나니까요."

제이가 뜨끔해 웃음을 터트렸다. "지금 뭐 하고 있었어요?"

"아무것도 안 했어요."

"어디 가서 마리화나 한 대 피울래요? 나는 마리화나에 취해 있고 마리화나 냄새가 나거든요."

라라가 웃었다. "우리 집으로 가죠."

그래서 그렇게 했다. 라라는 그곳에서 400미터가량 내륙으로 들어간 산 아래에 세워진 아파트 단지의 원룸에서 살았다. 그녀의 집에서는 화창한 밤이면 바다가 보였다. 두 사람은 자그마한 발코니로 나가 화분 사이에 자리를 잡은 후 맥주 한 병을 나눠 마시고 마리화나 한 대를 함께 피우며 바다 위에 뜬 달을 바라보았다.

난데없이 라라가 물었다. "지금까지 몇 명하고 잤어요?" 제이는 완전히 허를 찔리는 바람에 사실대로 털어놓았다. "열일곱 명."

"나는 여덟 명." 그녀는 눈앞에 펼쳐진 수평선을 보며 대답했다. "물론 우리가 무엇을 섹스로 정의하느냐에 달렸겠지만요."

제이는 라라의 말에 놀랐다. 부끄러움은 어디로 갔나? 낯가림은? 제이는 여자들이 전부 이런 솔직한 성격을 타고나지 않는다는 걸 알 정도로 눈치가 있었지만, 그런 성격을 후천적으로 배울 수도 있다는 사실을 알 만큼 영리하기도 했다. 여자들은 대부분 자신이 사회적 계약에 따라 맡은 역할을 따라야 한다는 사실을 알았다. 그러나 라라는 그럴 생각이 없었다.

"그럼 오르가슴으로 정의하도록 하죠." 제이가 말했다.

라라가 그를 보며 웃었다. 더 정확히 말하자면 비웃었다. "음, 그렇다면 세 명." 그녀는 연기를 뿜어내고 다시 마리화나를 제이에게 건네며 말했다. "남자들은 자기들 생각보다 여자에게 오르가슴을 자주 느끼게 해주지 못해요."

"나는 당신에게 느끼게 해줄 수 있어요. 보증해요." 그는 마리화나를 입으로 가져가며 말했다.

라라도 이번만큼은 웃지 않았다. 그녀는 생각에 잠긴 듯 그를 물끄러미 바라보았다. "무슨 근거로 내가 그 제안을 받아들일 거라고 확신하죠?"

그는 미소를 지으며 그녀에게서 살짝 뒤로 물러나 그의 빈자리를 느끼게 했다. "이봐요. 발끝에서 시작해서 온몸을 뒤흔드는 오르가슴을 느끼고 싶지 않다면, 나도 알 바 아니에요."

"어머나, 정말 인상적이네요." 라라가 맥주병의 라벨을 만지작거리며 말했다. "당신이 어떻게든 나와 잔다면 그건 일종의 호의의 결과예요. 이거 하나는 짚고 넘어가죠, 리바. 내가 관심이 없었다면 당신은 여기 올 일도 없었어요. 그런데 내가 관심이 있었으니 당신은 운이 좋았죠. 그 반대가 아니란 말이에요. 나는 당신 아버지가 누구든 관심 없어요."

제이는 바로 그때였다고 생각했다. 그 순간. 그가 라라를 사랑하게 된 순간. 하지만 또 그날 밤, 또 다른 순간도 있었다. 그가 사랑에 빠졌을지 모르는 순간들.

그 발코니에서 라라가 옷을 벗는 순간 그녀를 사랑하게 되었을까? 어쩌면 그녀가 그의 얼굴을 만지고 그의 눈을 똑바로 바라본 후 그의 위에 올라탄 순간이었을지도 모른다.

어쩌면 두 사람의 몸이 서로 얽히며 다리가 뒤엉키고 몸이 딱 달라붙어 틈이라고는 찾을 수 없는 순간이었을 수도 있다. 그들은 자신들이 무엇을 하는지 정확히 아는 것처럼 몸을 놀렸다. 멈칫거리는 순간도, 실수도, 어색한 순간도 없었다. 그리고 제이는 생각했다. 어쩌면 이것이 사랑이라고.

어쩌면 얼마 후, 하늘은 칠흑같이 어두운데 두 사람은 상대가 정신이 말짱하다는 사실을 알면서도 천연덕스럽게 잠이 든 척했던 그 순간에 그녀에게 푹 빠져들게 되었을지 모른다. 그녀는 알몸으로 누워 몸을 가리려고도 하지 않았다. 그 어둠 속에서 제이의 눈에 보이는 것은 그녀의 살결뿐이었다.

바로 그때 그는 심호흡을 하고 최근 알게 된 엄청난 비밀을 처음으로 털어놓았다. 그를 산 채로 갉아먹는 비밀.

"얼마 전에 심장에 문제가 있다는 진단을 받았어요." 제이가 말했다. "확장성 심근병증이라고 하더군요."

일주일 전 의사에게 병명을 들은 후로 제이가 자신의 입으로 병명을 말하는 건 그때가 처음이었다. 자신이 막 내뱉은 그 이름이 너무 낯설어서 발음이 틀린 게 아닌가 의심이 들 정도였다. 그 이름을 마음속으로 반복해서 발음하다 보니 어느새 말도 안 되는 헛소리처럼 들렸다. 발음이 맞았을 리 없어, 그렇잖아? 심근병증? 하지만 그의 진단은 심근병증이었다. 그는 의사가 말한 그대로 발음했다.

제이는 몇 주 동안 흉통을 느꼈다. 그는 바하의 바다에서 사고를 당한 후 이 통증이 나타났다는 사실을 깨달았다. 당시 그는 보드에서 떨어진 후 연달아 두 번의 파도에 눌려 꼼짝도 할 수 없었다. 물속에 너무 오래 있어서 이러다가는 죽겠다 싶었다. 그는 몸을 찍어 누르는 조류를 이겨내고 물 밖으로 나가려고 죽을힘을 다했다. 필사적으로 하늘로 치솟기 위해 어마어마한 무게로 짓누르는 바닷물을 온몸으로 밀어 올렸다. 하지만 계속 버둥거리며 역조*에 끌려 들어갈 뿐이었다. 그러다가 어느 순간 수면을 뚫고 나오자 비로소 그곳에 공기가 있었다.

그 사건 후로 때때로 흉통이 나타났다. 가슴을 꽉 조이는 이 통증은 느닷없이 기습을 가해 제이가 혼비백산한 채 찍소리도 못하게 만들고는 나타날 때처럼 순식간에 잦아들었다.

의사는 좀처럼 원인을 찾지 못하더니 돌연 진단을 내렸다.

---

* 다른 조류와 부딪쳐 거센 파도를 일으키는 조류.

라라는 그의 가슴에 손을 내고 따스한 몸을 그에게 더 가까이 대더니 이렇게 말했다. "그 말은 무슨 뜻이죠?"

그 말은 제이의 좌심실이 약해져서 응당 해야 할 기능을 가끔은 해내지 못하게 되었다는 뜻이었다. 제이의 몸이 무리를 하게 만들고 아드레날린의 분비를 촉진하는 행위, 특히 물속으로 내동댕이쳐지는 것 같은 행위는 이제 그의 건강을 위협할 것이라는 뜻이기도 했다. 익사의 위기 속에서 심장이 과도하게 기능해 증상이 나타났지만, 근본적으로는 유전성이었다. 대대로 전해진 이 증상은 그의 핏줄 속에서 때를 기다리고 있었다.

제이는 라라에게 시시콜콜 다 털어놓지 않고 최악의 사실만 이야기했다. "서핑을 관둬야 해요. 이 병으로 죽을 수 있으니까." 그의 영광과 돈, 허드와의 협업…. 몸에 생긴 자그마한 결함이 이 모든 것을 가져가 버릴 것이다.

하지만 그 말을 들은 후 라라는 이렇게 말했다. "그렇군요. 그러면 다른 일을 하면 되겠네." 그녀는 그것이 아주 간단한 일인 것처럼 말했다.

맞아. 제이는 바로 그때 사랑에 빠졌다고 생각했다. 이 불상사가 치명적인 타격이 아니라 생각에 따라 쉽게 극복할 수도 있다고 느끼게 만들어주었을 때. 그의 앞에 펼쳐질 암울한 미래에 금을 내고 그곳으로 쏟아져 들어오는 빛을 보게 해주었을 때.

다음 날 아침 제이가 눈을 떴을 때, 출근을 한다고 적어놓은 라라의 쪽지만 달랑 놓여 있었다. 제이는 라라의 전화번호도 몰랐다. 그날부터 그는 그녀를 찾아내려고 샌드캐슬에 세 번 찾아갔다.

* * *

"파티에 가는 방법을 몰라요." 라라가 초콜릿 케이크를 주며 말했다. "그러니까 초대장 말이에요."

제이가 고개를 저었다. "초대장 같은 건 없어요. 우리 파티는 정말 간단해요. 파티에 대해 알고 니나의 집이 어딘지 알면 초대받은 거나 다름없죠."

"음. 그런데 나는." 라라가 말했다. "그분이 어디에 사는지 몰라요."

"어이쿠." 제이가 툭 내뱉었다. "어쨌든 나를 아니 다행이네요."

그는 냅킨에 누나의 주소를 적어서 라라에게 주었다. 라라가 냅킨을 받고 주소를 읽었다.

"그런데." 그녀는 다른 서빙 직원을 고갯짓으로 가리키며 물었다. "채드도 데려가도 돼요?"

채드와 사귀는 사이였어? 제이는 가슴속에서부터 불길이 치밀어 오르며 굴욕과 비통함이 밀려오기 직전까지 갔다. 이렇게 높은 곳에서 떨어지기 시작하면 그 추락은 너무나 길고 위험천만한 법이다.

"오, 그럼요." 그가 대답했다. "되고말고요. 당연하잖아요."

"혹시 멋대로 넘겨짚을지 몰라서 말해두는데, 나는 채드랑 자는 사이가 아니에요." 라라가 말했다. "나는 하루에 네 시간을 알루미늄 포일 반사경을 들고 일광욕에 투자하는 남자는 좋아하지 않아요."

화상에 얼음을 댄 것처럼 안도감이 마음의 상처를 치유했다.

"채드가 자신보다 피부를 더 태운 여자 친구에게 차여서 요즘 풀이 죽어 지내거든요." 라라가 말을 이었다. "파티 손님들 가운데 예쁘장한 남자에게 끌리는 사람도 있겠죠, 그렇죠? 우리가 채드를 떠넘길 사람 말이에요."

제이가 미소를 지었다. "우리 파티에 오면 채드가 상대를 골라가며 재미를 볼 수 있을 거예요."

라라가 주소가 적힌 냅킨을 접어서 앞치마 주머니에 넣었다. "그럼 오늘 밤 갈게요."

제이가 기쁜 마음에 미소를 지었다. 됐다! 목적 달성. 그는 케이크는 까맣게 잊은 채 그대로 그곳을 나섰다.

1959년

 제이의 예정일은 1959년 8월 17일이었다. 믹의 데뷔 앨범인 〈믹 리바: 메인 맨〉 홍보용 순회공연이 한창일 때.
 준과 믹은 임신 첫 3개월 동안 투어 기간 때문에 계속 싸웠다. 준은 믹에게 투어 후반 일정을 재조정하라고 했다. 믹은 현실적으로 불가능한 일이라고 고집했다.
 "이건 내 기회야." 어느 오후 믹은 준과 함께 패티오에 서서 썰물을 보며 말했다. 니나가 낮잠을 자고 있어서 두 사람은 어떻게든 목소리를 낮추어 보려고 했다. "당신은 기회가 찾아오는 날짜를 재조정할 수 있어?"
 "이건 당신 아이 이야기야." 준이 맞섰다. "당신은 아이가 찾아오는 날짜를 재조정할 수 있어?"
 "주니, 나는 내 아이가 첫울음을 터트리는 날을 바꿔달라는 게 아니야. 이 투어에 무엇이 걸려 있는지 이해해 달라는 거야. 내가 아이들을 위해 쌓아 올리고 있는 것. 우리 가족을 위해 내가 만들어나가는 것. 이건 나 혼자 해낼 수 없어. 당신 도움이 필요해. 내가 나가서 유명해진다면 당신은 이곳을 지키면서 모두를 돌보고 강해져야 해. 우리가 원하는 삶…" 믹이 한숨을 쉬고 감정을 누그러뜨렸다. "그런 삶을 살려면 당신도 희생을 해야 해."

준은 체념하며 앉았다. 남편의 논리가 이해는 되지만 그만큼 증오스러웠다. 결국, 뱃속의 제이가 라임 크기에서 자몽만큼 자라는 동안 어느 시점에 두 사람은 합의에 도달했다.

믹은 언제 어디서든 원하는 대로 공연을 할 수 있지만 준이 집으로 부르면 무조건 달려와야 했다.

그날 밤 두 사람은 침대로 향하며 악수로 약속했다. 그러자 믹이 준의 팔을 자신에게 끌어당겨 준이 자신의 위로 오게 했다. 준이 웃음을 터트리며 그의 목에 입을 맞췄다.

믹은 제이의 예정일을 나흘 앞두고 라스베이거스로 공연을 떠나며 진통이 시작되었다는 연락을 받자마자 돌아오겠다고 약속했다. "가능한 한 빨리 집으로 돌아올게." 그는 이렇게 말하며 니나의 이마와 준의 볼에 입을 맞췄다. 그리고 준의 배에 손을 올렸다가 집을 나섰다.

그러나 막상 진통이 시작되자—준의 엄마가 사위가 출연하는 〈새터데이 나이트 쇼〉가 시작하기도 전에 한 시간 십 분 동안 전화를 했지만—믹은 약속과 달리 공항으로 달려가지 않았다. 그는 전화를 끊고 정장 차림으로 무대 뒤에 서서 거울 주위에 달린 전구를 바라보았다.

그날은 라스베이거스의 마지막 공연 날이었다. 이 도시의 관계자들에게 강한 인상을 남기는 일은 여러모로 의미가 있었다. 잘하면 한 번에 몇 달짜리 공연 계약을 맺을 수 있었고 그렇게만 되면 경제적으로도 어느 정도 안정될 것이다. 이번 공연을 끝으로 2주 동안 공연이 없다. 2주 동안! 주니가 부탁했던 그대로였다.

꼬박 2주 동안 집에 있을 수 있다는 점을 생각해 봐. 주니와 아이들은 나를 온전히 가질 수 있어. 아내와 아이들이 필요한 게 있을 때마다 전적으로 관심을 기울일 거야.

그렇게 다짐한 그는 넥타이를 바로 매며 거울에서 돌아서서 음향기기를 체크했다.

준의 두 번째 출산은 번개처럼 순식간에 지나갔다. 그녀의 몸은 고작 1년 남짓한 기간 전에 했던 일을 정확하게 기억하며 아기를 밀어내기 시작했다.

믹이 흠잡을 데 없는 검은색 정장 차림으로 첫 번째 줄에 앉은 젊은 여성 쪽으로 몸을 기울이고 윙크를 하는 순간, 480킬로미터 떨어진 곳에서는 그의 장남이 세상에 나온 충격에 울음을 터트렸다.

믹은 제레미 마이클 리바가 태어난 지 일곱 시간이 지나서야 LA에 도착했다. 병원 침대에 누워 있는 준을 보자마자 화가 단단히 났다는 것을 알 수 있었다.

"자네, 설명할 게 많겠군." 믹이 문을 열고 들어가는 순간 준의 엄마가 말했다. 그리고 자신의 물건을 챙기기 시작했다. 그녀는 사위를 보며 고개를 절레절레 가로저었다. "자네가 잘 이야기해 보게." 그녀는 니나를 데리고 병실을 나갔다.

준을 바라보는 믹의 시선은 강보에 단단히 싸서 준이 품에 안고 있는 아기에게 향했다. 아들의 정수리밖에 보이지 않았지만, 구불거리는 까만 머리에 가슴이 뭉클해졌다.

"오려면 더 일찍 왔어야지." 준이 말했다. "한나절 후에 올 게 아니라. 대체 왜 그러는 거야?"

"알아, 여보, 안다고." 믹이 말했다. "그런데 아이를 안아봐도 될까? 지금?"

준이 고개를 끄덕이자 얼른 아이를 안으려고 믹이 달려왔다. 품에 안은 아이는 가벼웠다. 제이의 산뜻한 얼굴을 본 순간 믹은 감정이 복받쳐 일순 아무 말도 나오지 않았다. "내 아들이야, 내 아들. 내 아들이라고." 그가 마침내 이렇게 말했다. 그 목소리에 깃든 자부심과 온기에 준의 지친 심장이 사르르 녹았다. "내 아들을 낳아줘서 고마워, 주니. 못 와서 미안해. 하지만 당신이 무슨 일을 해냈는지 봐." 그가 말했다. "우리의 아름다운 가족. 모두 당신 덕분이야."

준이 미소를 지으며 그 말을 순순히 받아들였다. 그녀는 자신의 근사한 남편을 보며 복도에 나가 있는 사랑스러운 딸을 떠올리고는 이제 막 태어난 사랑스러운 아들에게 손을 뻗어 살며시 어루만졌다. 문득 여태껏 가지고 싶은 것들을 꽤 많이 손에 넣었다는 기분이 들었다.

그리고 어떤 것들, 그녀가 가지지 못한 것들은 포기했다.

제이를 데리고 퇴원한 지 몇 주 후, 준이 이를 닦고 있는데 믹이 그녀의 볼에 입을 맞추며 깜짝 선물이 있다고 했다. 그는 준을 위해 쓴 곡을 녹음했다고 알렸다. 그는 '포근한 6월'을 제2집의 첫 번째 싱글로 발표할 계획이었다.

그녀가 치약을 뱉으며 말했다. "정말?" 그녀가 되물었다. "포근한 6월?"

믹이 고개를 끄덕였다. "이 나라의 모두가 당신 이름을 알게 될 거야." 그가 말했다.

준은 그 말이 마음에 들었다. 그가 준을 사랑한다는 사실을, 그에게 아내가 있다는 사실을 온 나라가 알게 된다니 그 점도 좋았다.

그즈음 믹이 순회공연을 다니며 바람을 피우는 것 같다는 의심이 슬슬 들기 시작했기 때문이다.

11:00

키트는 진입로에 앉아 제이를 기다리며 시간을 다시 확인했다. 제이가 차를 몰고 나간 지 한 시간이 다 되어간다. 누가 한 시간씩 기름을 넣는단 말인가.

제대로 말리지 않은 채 그대로 빗어 넘긴 머리카락이 맨살이 드러난 어깨를 스쳤다. 키트는 니나의 낡은 원피스 차림이었다. 가벼운 무명천으로 만든 끈 없는 원피스였다.

키트는 원피스를 좋아하지 않지만, 옷장에 걸린 것을 보니 한 번은 입고 싶었다. 입어보니 시원하고 편안한 데다 자신에게 잘 어울려 마음에 드는 것 같았다. 하지만 정말로 마음에 드는지는 알 수 없었다.

제이가 불과 20초 전에 질주를 멈춘 사람처럼 집 앞에 차를 세웠다.

"뭘 하다가 이제 나타나는 거야?" 키트가 물었다.

"언제부터 원피스를 입게 된 거야?" 제이는 동생을 보자마자 물었다.

"하아." 키트가 인상을 썼다. 당신이 앞으로 되어야 할 모습을 규정해 놓은 불변의 계약에 서명했다는 사실을 가족이 늘 상기시켜 주는 환경에서, 크든 작든 어떤 변화를 시도해 볼 수 있을까? 키트는 돌아서서 차고를 통과해 집으로 들어갔다.

"어디 가?" 제이가 소리쳤다.

"갈아입으러 간다, 이 머저리야."

집으로 들어가자마자 키트는 원피스를 그대로 바닥에 벗어두었다. 대신 청바지에 티셔츠를 입었다.

"기름을 넣으러 간 척하다니 좋은 시도였어." 키트는 차에 올라타며 말했다. 그리고 몸을 내밀어 계기판 중앙을 보고 자기가 의심하는 게 맞는지 확인했다. 기름은 여전히 반 정도 차 있었다.

"입 다물어라." 제이가 말했다.

"그렇게 만들어보든지."

제이는 속도를 내며 PCH로 접어들었다. 라디오에서 더 클래시*의 노래가 흘러나왔다. 남매는 서로에게 짜증이 났지만 클래시의 노래는 따라 부르지 않고는 못 배겼다. 그들이 다툴 때면 늘 그렇듯이 무슨 일로 다퉜는지 잊어버리자 화도 눈 녹듯이 사라졌다.

차가 주마 비치에 가까워지자 반바지와 티셔츠를 입고 톱사이더의 캔버스화를 신은 허드가 길의 동쪽에서 두 사람을 기다리는 모습이 보였다. 제이가 차를 세워 뒷자리에 허드를 태웠다.

"늦었잖아." 허드가 말했다. "누나가 우리를 기다릴 거야."

"제이가 비밀 임무를 수행하느라." 키트가 말했다.

---

* 1976년에 영국 런던에서 결성된 록 밴드.

"키트가 옷을 네 번이나 갈아입느라." 제이가 반격했다.

"한 번이야. 딱 한 번 갈아입었어."

"비밀 임무라니 무슨 소리야?" 제이가 지나가는 자동차들을 살피며 우차선으로 재빨리 끼어드는데 허드가 물었다.

"아무 일도 아니야." 제이가 말했다. "신경 쓰지 마." 그 순간 키트와 허드는 여자 문제라는 사실을 직감했다.

허드는 어깨가 한결 가벼워진 느낌이었다. 제이가 다른 여자에게 관심이 생겼다면 충격도 덜할 테니 말이다. "신경 끌 테니까 그리 알아." 그는 항복의 표시로 두 손을 들며 말했다.

"그래." 키트가 말했다. "어쨌든 누군가는 신경을 쓰겠지."

허드는 고개를 돌려 그들이 쏜살같이 지나치는 세상이 굳건히 서 있는 모습을 지켜보았다. 백사장과 파라솔, 햄버거 판매대, 야자수, 스포츠카. 네트를 사이에 두고 배구를 즐기는 남자들, 화려한 색상의 비키니를 입고 금발로 염색한 여자들. 하지만 그는 눈에 들어오는 풍경에는 거의 관심이 없었다. 그는 양심의 가책이 불러온 고통 속에서 제이에게 자신의 일을 어떻게 털어놓으면 좋을지 고민 중이었다.

허드는 지금까지 살아오면서 제이를 단순한 형제가 아닌 가장 친한 친구로 여겼다.

두 사람은 마음이 맞을 때나 아닐 때나 배배 꼬이고 빙빙 돌아가면서도 영원히 서로에게 이어져 있었다. 이중나선. 두 사람은 살아남기 위해 서로가 필요했다.

1959년

크리스마스 며칠 후인 1959년 12월 말의 어느 날이었다. 믹은 할리우드의 스튜디오에 있었다. 준은 집에서 니나와 제이를 돌보며 닭을 굽는 중이었다. 집은 레몬과 샐비어 향으로 가득했다. 그녀는 빨간 줄무늬의 홈드레스 차림이었고, 늘 그렇듯이 머리 끄트머리는 완벽한 웨이브를 이루며 말려 있었다. 준은 단 한 번도 머리를 완벽하게 손질하지 않은 채 집으로 돌아오는 남편을 맞은 적이 없었다.

오후 4시가 지난 시각 초인종이 울렸다.

준은 부엌에서 현관까지 가는 10초가 지나면 아무 의심 없이 순진하게 살던 삶이 끝장나리라는 사실을 꿈에도 몰랐다.

이제 4개월이 된 제이를 한 팔에 안고 17개월이 된 니나를 다리에 매단 채 문을 열자 그녀도 아는 캐럴 허드슨이라는 신인 스타가 서 있었다.

캐럴은 자그마한, 정말 자그마한 여자로, 뽀얀 피부에 두 눈은 큼지막하고 뼈대가 가늘었다. 그녀는 낙타털 코트를 입고 분홍색 립스틱을 발랐는데, 얇은 입술에 보기 좋게 발라져 있었다. 그녀를 보자 창틀에 날아온 벌새를 보는 것 같았다.

문가에 선 캐럴은 태어난 지 한 달쯤 되어 보이는, 제이보다도 어린 남자아이를 안고 있었다. "나는 이 아이를 키울 수 없어요." 입을 연 캐럴에게서는 희미하디희미한 안타까움이 전해질 뿐이었다.

캐럴은 준에게 아기를 내밀더니 이미 아기를 안고 있는 그녀의 품에 억지로 안겨주었다. 준은 얼어붙은 듯 서서 상황을 파악하려고 애썼다. "죄송해요. 하지만 키울 수가 없어요." 캐럴이 말을 이었다. "혹시라도… 아이가 딸이면…. 그런데… 아들은 아버지가 키워야 하잖아요. 그러니 믹이 키워야 해요."

준은 가슴에서 숨이 새어 나가는 기분이었다. 그녀가 숨을 쉬려고 입을 벌리자 들릴락 말락 비명 같은 소리가 나왔다.

"아이의 출생 증명서예요." 캐럴은 준의 반응 따위는 무시한 채 검은색 수첩에서 서류 한 장을 꺼내며 말했다. "여기요. 아이의 이름은 허드슨 리바예요." 그녀는 아들에게 자신의 성을 이름으로 주었으면서도 결국 버릴 작정이었다.

"허드슨, 미안해." 캐럴이 말했다. 그러더니 돌아서서 가버렸다.

준은 캐럴의 검은색 펌프스가 보도를 때릴 때마다 나는 희미한 또각또각 소리를 들으며 멀어지는 그녀의 뒷모습을 멍하니 바라보았다.

그 여자가 잰걸음으로 계단을 내려가는 모습을 보자 가슴에서 분노가 끓어오르기 시작했다. 믹에게는 아직 화가 나지 않았다. 물론 곧 화가 몰려올 것이다. 이 상황에 대해서도 화가 나지 않았다.

물론 순식간에 좌절감이 엄습해 들어왔다. 하지만 그 순간에는, 문을 두드리고 아기를 건네면서도 "당신 남편과 잤어요"라고 말할 용기도 없는 캐럴 허드슨에게 엄청난 분노가 터져 나와 영원히 꺼지지 않을 것 같았다.

캐럴은 자기 때문에 준이 남편에게 배신당한 일을 퍼즐의 가장 작은 조각처럼 대수롭지 않게 여겼다. 그녀는 준에게 아이만 떠넘긴 것이 아니라 고통도 안겨주었다는 사실을 조금도 개의치 않는 듯했다. 준은 묘하게 뒤섞인 이 여자의 뻔뻔함과 비겁함에 이가 갈렸다. 따지고 보면 캐럴 허드슨은 대담한 여자였다.

캐럴의 뒷모습을 계속 지켜보는데 품에 안은 두 아이가 울기 시작했다. 그것도 합창을 거부하듯 번갈아 가며 울었다.

캐럴은 진입로를 다 빠져나갔다. 새로 장만한 차가 분명한 포드 페어레인의 지붕에는 여행 가방과 짐이 빼곡하게 실려 있었다. 그 모습을 보기 전까지는 의심에 불과했지만, 짐이 실린 차를 본 순간 이것이 기싸움이 아니라는 사실을 준은 확신했다. 이 여자는 LA를 떠날 작정이었다. 제 아들을 준의 품에 안겨주고, 양육을 떠넘기고 떠날 생각이었다. 그녀는 말 그대로 혈육에 등을 돌렸다.

준은 캐럴이 탄 차가 산모퉁이를 돌아 보이지 않을 때까지 계속 지켜보았다. 그녀가 마음을 돌려 돌아오게 하려는 듯 잠시 더 지켜보았다. 아무리 기다려도 차가 돌아오지 않자 준의 가슴이 철렁 내려앉았다.

준은 발로 문을 닫고 니나를 TV 앞으로 데려갔다. 그리고 니나가 얌전히 앉아서 봐주기를 바라며 〈마이 프렌드 플리카〉 재방송을 틀어주었다. 니나는 엄마가 시키는 대로 했다. 두 살도 되지 않았지만 니나는 어느새 주변 분위기를 읽게 되었다.

준은 제이를 요람에 눕히고 울건 말건 일단 허드슨의 강보를 풀었다.

아기는 작고 연약했으며 아직 자라지 않은 기다란 팔다리를 제대로 통제할 줄도 몰랐다. 이미 성이 잔뜩 난 듯 얼굴이 빨개지도록 울어댔다. 버림받았다는 사실을 아기도 알고 있다고 준은 확신했다. 어찌나 귀가 쩌렁쩌렁하게 지치지도 않고 우는지. 아기는 아주아주 오래도록 울었다. 준은 이러다 미쳐버릴 것만 같았다. 그 울음은 절대 그치지 않는 자명종 소리처럼 계속 이어졌다. 갓 태어난 아기의 얼굴에 눈물이 방울방울 흘러내리기 시작했다. 엄마를 잃은 아기.

"그만 울어." 준은 찢어질 듯한 마음을 안고 간절하게 속삭였다. "아가야, 이제 뚝 그쳐. 그만 울어. 그래야 해, 제발, 아가야. 제발, 제발, 제발. 나를 위해서 그만해."

그러자 두 사람이 이 특이하고 불쾌한 여정을 시작한 후 처음으로 허드슨 리바가 준의 눈을 똑바로 보았다. 그제야 자신이 혼자가 아니라는 사실을 깨달은 듯.

준은 낯선 아기를 품에 안은 채, 아기를 바라보며 자신들이 처한 상황을 정확하게 이해하려고 애썼다. 문득 준은 모든 상황이 생각보다 훨씬 더 단순하다는 걸 깨달았다.

이 아이는 사랑해 줄 사람이 필요했다. 그리고 준은 아이를 사랑해 줄 수 있었다. 그녀에게 그것만큼 쉬운 일도 없었다.

준은 아기를 꼭 껴안았다. 자신의 아이들이 갓 태어났을 때 품에 안았던 것처럼. 아이를 품에 꼭 안고 정수리에 볼을 대자 비로소 아기가 안정을 찾는 것 같았다. 아기의 울음이 완전히 잦아들지도 않은 바로 그때, 준은 마음을 정했다.

"내가 널 사랑해 줄게." 준이 아기에게 말했다. 그리고 그녀는 그렇게 했다.

* * *

저녁이 찾아오자 준은 닭을 오븐에서 꺼내고 브로콜리를 쪄서 니나에게 저녁을 먹였다. 제이와 허드슨을 안고 어르고 달래고, 니나는 목욕시킨 후 세 아이를 재웠다. 꼬박 두 시간 반이 걸렸다.

그사이 일을 하나씩 처리하면서 그녀는 계획을 세웠다. 그 인간을 죽여버릴 거야. 준은 니나의 머리를 감기며 생각했다. 그 인간을 죽여버릴 거야. 제이의 기저귀를 갈며 생각했다. 그 인간을 죽여버릴 거야. 허드슨에게 우유병을 물리며 생각했다. 하지만 그 전에 그 인간을 이 집에서 내쫓을 거야.

니나는 침대에서, 두 아기는 한 요람에서 모두 잠이 들자 준은 보드카를 한 잔 따라 그대로 마셨다. 그리고 한 잔을 더 따랐다.

마침내 그녀는 전화번호부를 펼쳐 24시간 열쇠 수리공에게 전화를 걸었다.

그녀는 자신과 아이들의 집에 믹을 단 한 발도 들이고 싶지 않았다. 다시는 두 사람의 킹사이즈 침대에서 잠을 자거나 부부 욕실의 세면대 하나에서 이를 닦게 하고 싶지 않았다.

검은색 티셔츠에 작업복을 입고, 흰자위가 누르께한 푸른 눈에, 잔돈이 들어가면 절대 못 찾을 것처럼 주름살이 깊이 팬 예순의 열쇠 수리공 던바 씨가 도착하자 준은 최초의 장애물과 맞닥뜨렸다.

"집주인의 동의가 없으면 자물쇠를 바꿀 수 없어요." 던바 씨가 말했다. 그는 그 정도는 알아야 하는 것 아니냐는 듯 준을 보며 인상을 썼다.

"제발요." 준이 말했다. "제 가족을 위해서예요."

"미안합니다, 사모님. 그렇지만 이 집의 주인이 아니면 자물쇠를 바꿀 수 없어요."

"제 집이 맞아요." 준이 말했다.

"아이고, 사모님만의 집은 아니죠." 그가 대꾸했다. 준은 던바 씨도 아내에게 한두 번은 쫓겨난 적이 있겠다고 생각했다.

계속 간청해 봤지만 아무 소용이 없었다. 사실 준은 별로 놀랍지 않았다. 그래 봤자 그녀는 여자였다. 남자들이 만든 세상에 사는 여자. 그리고 오래전부터 알고 있었다. 그 개자식들은 자신만 챙긴다는 사실을. 그놈들은 아무에게도 충실하지 않으면서도 서로의 이익을 위해라면 놀랄 정도로 잘 뭉쳤다.

"행운을 빕니다, 리바 부인. 다 잘될 거예요." 그는 한밤에 잠자리에서 불려 나온 일에 대해 요금을 받아 가는 것 외에 아무것도 해주지 않은 채 이 말만 남기고 돌아갔다.

결국 준은 자신이 쓸 수 있는 유일한 도구를 동원하는 수밖에 없었다. 그것은 식탁 의자였다. 준은 현관의 손잡이 아래에 의자를 받친 후 그 위에 앉았다. 평생 처음으로 자신의 몸무게가 더 나갔으면 좋겠다고 생각했다. 자신이 어깨가 넓고 키가 크고 다부진 체격이면 얼마나 좋을까 싶었다. 기골이 장대하다면 좋을 텐데. 지금까지 마르고 자그마한 체형을 유지하기 위해 그렇게 노력을 쏟았다니 이렇게 바보 같은 짓이 또 있을까.

믹은 음반 녹음을 마치고 칼라를 풀어헤치고 희미하게 핏발이 선 눈으로 새벽 1시에 귀가했다. 문을 여니 살짝 틈이 벌어질 뿐 더는 열리지 않았다.

"준?" 그는 문과 문틀 사이의 좁은 틈에 대고 아내를 불렀다.

"지금 내가 가장 화가 나는 건." 준이 평온한 말투로 말했다. "이렇게 될 줄 알고 있었다는 거야. 당신이 가정에 충실하지 않으리라는 걸. 하지만 그런 생각이 들 때마다 외면했어. 나 자신보다 당신의 말을 더 믿었거든."

"여보, 지금 무슨 말을 하는 거야?"

"당신에게 셋째가 생겼어." 준이 말했다. "당신 여자 친구가 아들을 버리고 갔어. 엄마가 될 각오가 없었던 거겠지."

믹은 아무 말도 하지 않았다. 준은 그 모습을 보며 어느새 남편이 무슨 말이라도 해주기를 간절히 바랐다.

"오, 주니." 마침내 그가 말문을 열었다. 감정이 북받치는 듯 금방이라도 울음을 터트릴 것 같은 목소리였다.

믹은 고개를 가로젓고 얼굴을 양손에 파묻으며 무릎을 꿇었다. 젠장. 그는 생각했다. 어쩌다가 이렇게 된 거지?

* * *

캐럴을 만나기 전에는 모든 것이 간단해 보였다.

그는 아름다운 아내와 사랑스러운 아이들과 함께 행복한 가정을 일굴 수 있었다. 온 마음을 다해 아내와 아이들을 사랑할 수 있었다. 좋은 남자가 될 수 있었다. 좋은 남자가 되려고 했다.

하지만 여자들이 그에게 모여들었다! 맙소사, 보지 않으면 믿지 못하리라. 그의 공연이 있는 날 무대 뒤는, 특히 그가 프레디 하프와 윌크스 토퍼 같은 사람들과 함께 광고판에 등장하는 날이면 그곳은 소돔과 고모라를 방불케 했다.

준은 그 사실을 도무지 이해하지 못했다. 젊은 아가씨들이 무대 아래에서 커다란 눈을 반짝이며 알지 않느냐는 듯한 미소를 지으며 믹을 올려보는 것도. 단추를 두 개만 풀어도 큰일이 날 드레스를 입고서 젊은 여자들이 그의 분장실로 몰래 숨어들어 오는 것도.

그는 거절했다. 정말 여러 번 거절했다. 믹은 그녀들이 바짝 다가오거나 몸을 만져도 내버려두었다. 한두 번은 그들의 입술에 묻은 스냅스*를 맛보았다. 물론 그런 후에는 늘 거절했다.

믹은 그녀들의 손을 치웠다. 고개를 돌렸다. 이렇게 말하기도 했다. "그만 돌아가요. 나는 집에 아내가 기다리고 있으니까."

하지만 거절할 때마다 결국 승낙하게 될 날이 성큼성큼 다가오고 있다는 걱정을 지울 수 없었다. 그날이 언제가 될지 믹은 전혀 짐작되지 않았다. 하지만 언젠가 니나가 아주 어린 아기였을 때, 그는 자신이 여자들을 거절하는 건 두 번째 디저트를 거절하는 것과 같다는 걸 깨달았다. 한 번 더 권하면 받으리라는 걸 아는 거절 말이다.

마침내 그날은 그가 1집 앨범을 녹음하던 스튜디오의 주차장에서 찾아왔다. 그녀의 이름은 다이애나였다. 그녀는 스무 살의 빨간 머리 대타 가수로 눈썹 위에 애교점을 그렸다. 그녀의 미소를 보고 있으면 옷 속에 감춰진 알몸이 보이는 것만 같았다.

어느 날 밤 집으로 돌아가는 길에 차 옆에서 우연히 그녀와 마주쳤다. 다이애나는 그의 시선을 사로잡은 후 조금 더 길게 응시했다. 정신을 차리니 믹은 두 사람의 목숨이 걸리기라도 한 듯 그녀를 건물의 치장 벽토 쪽으로 밀어붙이고 바짝 밀착해 키스를 하는 중이었다.

---

* 독한 네덜란드 진.

7분 후 그는 키스를 끝냈다. 그는 다이애나로부터 몸을 떼고 머리를 매만지며 말했다. "고마워." 그녀가 미소 지으며 대답했다. "언제든지." 그때 믹은 이것이 끝이 아니라는 사실을 본능적으로 직감했다.

다이애나와의 불장난은 꼬박 2주 동안 이어졌고 그 후 지겨워졌다. 그런데 불륜을 끝내자마자 죄책감에 준을 더 원하게 되었다. 그는 준을 처음 만났을 때처럼 그녀의 사랑이 필요했다. 그는 준의 인정을 갈망했고 그녀의 커다란 갈색 눈은 아무리 봐도 질리지 않았다.

얼마 후 벳시와 선을 넘는 건 처음보다 훨씬 더 간단했다. 그녀는 프로듀서의 사무실 맞은편에 있는 바의 웨이트리스였다.

그다음은 르노에서 담배를 파는 아가씨 다니엘라였다. 딱 한 번이었다. 아무 의미도 없었다.

무슨 의미가 있겠는가?

그때까지도 준에게 좋은 남편이 될 수 있었다. 녹음 시간에 절대 지각하지 않을 수 있었다. 공연 티켓을 다 팔 수 있었다. 나이를 초월해 여자들을 매료시킬 수 있었다. 한창 인기인 젊은 남자의 노래를 들으며 남편과 즐거운 시간을 보내려고 공연장을 찾는 나이 지긋한 숙녀들에게 윙크를 보낼 수 있었다. 그는 그들이 꿈꾸었던 모든 것을 준에게 주었다. 그들은 세면대가 두 개였고 대가족을 만들어가는 중이었다. 그는 준이 원하는 것이라면 무엇이든 줄 작정이었다.

그가 오직 자신을 위해 누린 것은 이것뿐이었다.

그러다가 캐럴을 만났다. 그리고 그녀와의 관계가 모든 것을 망쳤다. 믹도 내심 알고 있었다. 그래서 미치도록 화가 났다. 아버지를 보고 자라며 이런 상황을 이미 알 만큼 알았으니까.

그는 할리우드 볼에서 열린 공연에서 캐럴을 만났다. 그녀는 스튜디오 임원의 동행이었다. 그렇게 자그마한데도 존재감만큼은 그곳을 꽉 채웠다. 그녀는 그곳을 얼른 나가고 싶어 했고, 믹이 누구인지조차 몰랐다. 점점 보기 드물어지는 특별함이었다. 조신하게 악수를 하는 그녀에게 믹은 자신이 지을 수 있는 최고의 미소를 지었다. 그때 믹은 그녀의 얇은 분홍색 입술의 끄트머리가 아주 살짝 말려 올라가는 것을 목격했다. 그를 애써 거부하려는데 그럴 힘이 나지 않는 것처럼 말이다.

40분 후 믹은, 그날 밤 건물 뒤에서 찾아낸 열린 리무진 안에서 캐럴을 가졌다. 정사를 끝내기 직전, 캐럴은 그의 이름을 외쳤다.

섹스가 끝나자 캐럴은 일어나서 "또 봐요"라는 말만 남긴 후 떠났다. 10분 후 그녀는 믹에게 다시는 눈길도 주지 않으며 함께 온 임원의 품에 안겨 있었다.

믹은 완전히 빠져버렸다. 그녀를 다시 봐야 했다. 또다시. 그녀의 에이전트 사무실에 전화를 걸었다. 그녀의 아파트를 찾아갔다. 그는 캐럴이 전혀 질리지 않았고, 거의 모든 것에, 그에게마저 심드렁한 그 태도, 그 수동적인 매력을 거부할 재간이 없었다. 믹은 캐럴이 어떤 주제에 대해서건 누구와도 이야기를 할 수 있으면서도 그 누구의 말에도, 심지의 믹의 말에도 연연하지 않는 태도가 좀처럼 질리지 않았다.

하느님 맙소사. 그는 몇 주 동안 이 생각뿐이었다. 푹 빠졌어.

두 사람이 밤이나 긴 점심시간에 만나 밀회를 가진 지 석 달째 되는 어느 날 캐럴이 임신 사실을 알렸다.

그들은 치로에서 우연히 마주쳤다. 믹은 그의 프로듀서와 저녁을 먹고 있었다. 캐럴은 다른 남자와 함께 왔다.

믹은 캐럴을 남자 화장실로 불러냈고 칸으로 들어가 그녀와 관계를 가졌다. 그녀가 다른 남자와 있는 모습을 보자 질투심에 사로잡혀 그녀를 가지지 않으면 버틸 수가 없을 것 같았다.

이윽고, 밖으로 나가기 전 그가 머리를 정돈하고 옷매무새를 정리하자 캐럴도 치마의 주름을 펴고 화장을 고쳤다. 그러더니 불쑥 말했다. "임신했어요. 당신 아이예요."

그는 캐럴이 농담한 것이기를 바라며 고개를 들어 그녀를 보았다. 농담이 아닌 게 분명했다. 믹이 무슨 말을 하기도 전에 그녀는 그를 홀로 남겨둔 채 나갔다.

그는 눈을 감았다. 다시 눈을 뜨자 거울 속에서는 입을 떡 벌린 자신이 그를 보고 있었다.

이 빌어먹을 머저리야. 그 순간 그는 거울에 비친 자신의 모습을 주먹으로 쳤다. 거울이 산산조각 나고 그 파편에 주먹을 베었다.

그날 밤 이후로 그는 캐럴을 만나지 않았다. 돈을 부쳤을 뿐 더는 전화를 걸지 않았다. 그녀를 떠올리지 않으려고 애썼다. 게다가 그 이후로 다른 여자와 잠자리를 가지지도 않았다.

결국 거의 1년이 지난 지금 그는 이렇게 집에도 들어가지 못하는 신세가 되었다. 하지만 거울을 주먹으로 내리친 순간 이런 날이 오리라 예상했다. 어쩌면 아주 오래전부터 알았을 것이다. 자신에게서 도망칠 수 없다는 사실을 줄곧 알았을 것이다.

* * *

"주니, 정말 미안해." 믹이 결국 울음을 터트리며 말했다. 그 순간 그는 자신이 견딜 수 없을 만큼 미워졌다. "나는 올바르게 행동하려고 했어. 맹세해."

준은 남편의 목소리에서 느껴지는 약한 모습에 마음이 흔들리지 않도록 각오를 단단히 했다.

계속 분노하는 건 어렵지 않았다. 마음이 흔들리려고 할 때마다 아이를 가졌던 자신을 떠올리며 과거로 거슬러 올라가 기억을 바꾸었다. 근처에 남편의 내연녀가 있었으며 그녀와 거의 같은 시기에 남편의 아이를 배었다는 사실을 기억에 가미하기만 하면 되었다. 바로 그 순간에 믹의 아이를 가진 여자가 준만이 아니었다니 이렇게 참담할 수가. 준은 그 특권을 남자에게 요구할 수 있는 최소한의 것이라 여겼는데 말이다.

"내가 나약했어." 믹이 그녀에게 애원하며 말했다. "내가 나약했던 순간에 벌어진 일이야. 내 행동을 멈출 수가 없었어. 하지만 지금은 더 강해졌어."

"여기서 나가줘." 준이 물러서지 않고 말했다. "당신이 이 아이들 곁에 머무는 게 싫어. 아들들을 키워봐야 당신 같은 남자가 된다고 생각하면 분통이 터지니까."

그녀가 말했다. "아들들." 아들이 아니라 아들들.

"내 사랑." 믹이 말했다. 그는 문득 방법을 깨달았다. 그녀를 설득해서 모두를 위해 모든 문제를 해결할 수 있는 방법을. "나는 허드슨의 아버지야. 당신이 그 아이를 키우겠다면 나도 데리고 살아."

이 말을 끝으로 두 사람은 아무 말도 하지 않았다. 준은 무엇을 해야 할지 알 수 없었다. 믹은 숨도 쉬지 못한 채 대답을 기다렸다. 준은 절대로 아이를 포기하고 믹에게 보낼 리 없었다. 그는 기저귀를 가는 법조차 몰랐다. 그 아기에게는 준이 필요했다. 그 아들에게는 엄마가 필요했다. 두 사람은 그 사실을 잘 알았다.

준이 문을 열었다. 믹은 쓰러지듯 집으로 들어갔다.

"고마워." 믹은 아내에게 면죄부라도 받은 듯 말했다. "이 실수를 다 보상해 줄게. 앞으로 매 순간 당신에게 거리낄 것 없는 사람이 될게."

바로 그 순간 믹이 고개를 들자 잠에서 깬 니나가 그곳에 나와 부모를 보고 있었다.

"안녕, 아가." 그가 딸에게 말했다.

침실에서 제이와 허드가 동시에 울기 시작했다. 준이 니나를 안고 아기들을 달래러 갔다. 믹이 그녀의 어깨 너머로 갓 태어난 아들과 훔쳐보듯 첫 대면을 했다.

준은 믹과 허드슨이 핏줄로 이어져 있다는 사실을 자신의 눈으로 목도하자 도저히 견딜 수 없었다. 그녀가 남편을 찰싹 때리자 믹이 얼른 물러났다.

아이들을 다 재우고 준이 침실로 들어갔을 때 믹은 침대의 왼쪽이 여전히 자신의 것이라는 듯 끄트머리에 누워 있었다.

"주니, 사랑해." 그가 말했다.

그녀는 그 말에 아무런 대꾸도 하지 않았다.

하지만 그를 바라보자 피로감에 몸이 허물어지는 듯했다. 믹은 절대 선선히 그녀의 뜻대로 움직여주지 않을 것이다. 자신의 뜻을 꺾지 않을 것이다. 준이 비명을 지르고 고함을 치면서 몰아세우도록 만들어 결국 떠나버릴 것이다. 그녀는 남편에게 분노를 터트릴 테지만 그럴 때도 아마 그를 이길 수 없으리라.

분노를 지속하려면 그만큼 대가를 치러야 한다. 문득 준은 너무 피곤했다. 그녀는 한숨을 쉬며 그냥 숨을 고르기만 했다. 지금은 남편과 싸울 수 없었다. 싸워봤자 이기지 못할 것이기 때문이다.

결국 준은 맑은 정신으로 생각할 수 있는 낮을 위해 분노를 잠시 미뤄두고 남편 옆에 누웠다. 이 분노는 그 자리에 고대로 쌓여서 아침이 되면 전투의 연료가 되어줄 것이다.

하지만 아침이 되자 분노의 날이 무디어졌다. 분노는 어느새 슬픔이 되었다. 슬픔은 온몸에 멍이 든 것처럼 넓게 퍼지더니 은근한 둔통이 되어 그녀를 잡아먹었다. 당연하게 자신의 것이라 믿었던 삶은 이제 없었다. 그녀는 그 상실을 애도했다.

그래서 믹이 돌아누우며 한 팔로 그녀를 안았을 때도 힘을 그러모아 그 팔을 뿌리칠 수 없었다.

"약속해. 다시는 이런 짓을 하지 않을게." 믹이 눈물을 글썽이며 준의 귀에 속삭였다. "다시는 당신에게 상처 주는 짓은 하지 않을 거야. 사랑해, 주니. 온 마음을 다해서. 정말 미안해."

준이 팔을 뿌리치지 않자 믹은 그녀의 목에 입을 맞출 정도로 자신감을 회복했다. 준은 그 작은 요청조차 물리치지 않았기에 더 큰 부탁을 물리치는 방법은 더욱 알 수 없었다. 그렇게 점점 더 큰 부탁이 이어졌다. 작은 경계가 잔가지가 뚝 부러지듯이 깨졌다. 그렇게 부러진 잔가지가 너무 많아 준이 알아차리지도 못하는 사이 그는 나무 전체를 차지했다.

믹이 준을 안고, 입을 맞추고 회심의 수를 던질 때마다 준은 자신의 생각을 말해야 할 정확한 순간을 놓쳤다. 결국에는 아무 말도 하지 못하는 고통 속으로 빠져들었다.

이윽고 한 가지 해결책이 떠올랐다. 설령 허위고 가식이라 할지라도, 오직 일상으로 되돌아가고 싶은 마음에 준마저 그 해결책이 반가웠다.

이튿날 깊은 밤 믹은 사탕발림에 불과한 말을 준의 귀에 속삭였다. 준은 자신도 모르게 어느새 목덜미에 닿는 믹의 숨결이 주는 즐거움에 빠졌다. 두 사람은 비밀스러운 이야기를 위해 아껴둔 다급하고 숨죽인 말투로 이 상황에 대해 이야기를 나누었다.

믹은 죽는 날까지 한눈을 팔지 않을 것이고 두 사람은 자신들의 아이로 허드를 키울 것이다. 제이와 허드가 쌍둥이인 척하기로 했다. 아무도 감히 의심하지 않을 것이다. 어차피 믹이 곧 두 번째 앨범을 발표하면 그들은 새로운 사회적 위치와 환경으로 올라설 것이다. 새로운 친구를 사귀고 새로운 동료가 생길 것이다. 이제 리바 가족은 다섯 명이 되었다.

그날 밤 준은 믹과 함께 부러진 뼈를 다시 이어 붙이는 듯한 기분이 들었다. 언젠가 뼈가 부러졌던 사실을 기억하지도 못할 날이 오기를 바라며 완벽한 깁스를 만드는 중이라고 말이다.

* * *

말도 안 되는 소리지만, 상황은 그들의 뜻대로 흘러갔다.

준은 아이들을 사랑했고, 맏딸과 쌍둥이 아들을 사랑했다. 바닷가 집을 아꼈고 아이들이 해변에서 노는 모습을 즐겁게 지켜보았다. 마트에서 두 갓난아이와 이제 걷기 시작한 니나를 카트에 태우고 다니면 사람들이 그녀를 멈춰 세우고 이렇게 묻는 것도 좋았다. "혹시 믹 리바의 아내분 아니신가요?"

그녀는 돈과 캐딜락과 모피 코트가 좋았다. 아이들을 엄마에게 맡기고 제일 근사한 칵테일 드레스 차림으로 무대 뒤에 서서 믹의 공연을 지켜보는 것도 좋았다.

라디오에서 흘러나오는 '포근한 6월'을 들을 때나 집에서 믹의 관심을 받을 때면 또 얼마나 좋은지. 그는 준이 이 세상 유일한 여자인 것처럼 느끼게 해주었다. 비록 이제는 그렇지 않다는 사실을 분명히 알고 있지만 말이다.

이런 상황이니 준은 마음의 궤양이 점점 커지는데도 생각보다 더 쉽게 온갖 감정을 꾸역꾸역 삼킬 수 있다고 인정할 수밖에 없었다. 물론 보드카 덕에 쓸려 내려간 것들도 많았다.

불행하게도 믹은 스스로를 멈출 수가 없었다.

그 무렵에는 선셋 호텔의 주차장에서 만난 루비가 있었다. 루비 후에는 루비의 친구 조이가 있었다. 그 여자들과의 만남은 아무 의미도 없었다. 그러므로 믹에게는 그들과의 정사가 아내에 대한 배신이 아니었다.

다음으로 베로니카가 나타났다. 오, 맙소사. 베로니카.

검은 머리에 올리브색 피부, 녹색 눈동자, 모래시계의 표준이 될 법한 몸매. 베로니카를 머릿속에서 몰아내려고 갖은 애를 썼지만, 그는 결국 다시 사랑에 빠졌다. 그는 베로니카의 진홍색 미소와 야외에서 거리낌 없이 사랑을 나누는 태도에 홀딱 반했다. 그녀가 입는 몸에 딱 붙은 드레스와 날카로운 위트를, 그에게 절대 겁먹지 않는 태도를, 그를 조롱하고 놀리는 모습을 사랑했다. 베로니카가 국내 스릴러 영화인 〈포치 스윙〉에 출연해 점점 유명세를 얻고 어쩌면 믹보다 더 유명해지는 모습을 보며 더욱 빠져

들었다. 광고판에는 그녀의 이름이 대문자로 제일 위에 올랐다. 하지만 고요한 밤에 베로니카가 질러대는 이름은 믹이었다.

그는 베로니카 로위를 아무리 사랑해도 질리지 않았다.

그리고 준은 무슨 일이 벌어지고 있는지 전부 다 알았다.

믹이 새벽 4시가 넘어야 집에 들어왔을 때, 믹의 귀 뒤에 립스틱 자국이 살짝 찍혀 있었을 때, 믹이 더는 굿모닝 키스를 해주지 않을 때 그녀는 알아버렸다.

믹은 공공연하게 베로니카와 저녁을 먹으러 다녔다. 가끔은 외박도 했다.

준은 머리를 손질했다. 살을 뺐다. 여자 친구들에게 섹스 팁을 물어볼 정도로 자존감을 낮추었다. 그가 제일 좋아하는 로스트 비프를 만들었다. 아주 드물지만 믹의 관심을 사로잡는 순간도 몇 번 있었다. 그럴 때면 아이들에 대한 의무를 믹에게 은근히 일깨우기도 했다.

그러나 여전히 그를 그 여자에게서 떼놓을 수 없었다.

믹은 자신이 아버지와 완전히 다르다고 자부했다. 다른 여자의 향수 냄새를 풍기며 집에 오던 아버지, 한 번에 몇 주씩 집을 비우던 아버지, 질문이 너무 많다며 아내에게 주먹을 날리던 아버지와는 다르다고 말이다.

믹은 결혼할 여자로 준을 제대로 골랐다고 자부했다. 주먹을 휘두르는 남편에게 똑같이 주먹을 휘둘렀던 어머니와 전혀 다른 여자라고 말이다. 그런데도 그는 바닐라 향이 감도는 베로니카의 머리카락에서 헤어 나오지 못했다. 그녀의 웃음소리에서, 그녀의 가랑이 사이에서 빠져나오지 못했다. 그는 길을 잃었다.

두 아들이 각각 10개월과 11개월이 되었을 때 믹은 새벽 4시에 집에 들어왔다.

그는 술에 취했지만 우물쭈물하지 않았다. 여권을 꺼내다가 스탠드에 부딪혔고, 그 바람에 스탠드가 넘어져 요란한 소리를 냈다.

그 소리에 잠에서 깬 준의 눈에 머리카락이 얼굴로 흘러내리고, 눈에 핏발이 서고, 재킷을 팔에 걸친 남편이 들어왔다. 게다가 여행 가방을 들고 있었다.

"무슨 일이야?" 준이 물었다. 물론 그 대답은 이미 알고 있었다. 그녀는 사람들이 막 강도를 만나는 순간, 더 정확히 말하자면 강도를 당하기 직전에 앞으로의 전개를 직감하듯 그 대답을 직감했다.

"베로니카와 파리로 갈 거야." 그는 이렇게 말한 후 돌아서서 문으로 향했다.

준이 잠옷 차림으로 진입로까지 그를 따라갔다. "이럴 수는 없어!" 그녀가 소리쳤다. "다시는 이러지 않겠다고 했잖아!" 준은 다시는 애원하고 싶지 않은 일을 애원하고 있다는 사실에 굴욕감을 느꼈다.

"이렇게는 못 살아!" 믹이 준에게 소리를 질렀다. "가정적인 남자인지 뭔지 당신이 생각하는 그런 모습으로 말이야. 나는 그런 사람이 아니야! 나도 노력했어, 안 그래? 그런데 도저히 안 되는 걸 어쩌라고!"

"믹, 그러지 마." 그가 차 문을 닫자 준이 말했다. "우리를 떠나지 마."

하지만 믹은 그들을 두고 떠났다. 준은 후진하는 차를 바라보았다. 다음 순간 어디에도 묶이지 않은 닻처럼 진입로 바닥으로 무너져 내렸다. 온몸의 힘이 빠진 듯 털썩.

믹은 그길로 진입로를 빠져나가 언덕배기에 있는 베로니카의 집으로 향했다. 그는 마침내 모든 상황을 바로잡았다고 자신에게 말했다. 베로니카와 함께라면 더 잘할 자신이 있었다.

그는 좋은 남자가 아니었다. 정직한 남자는 더더구나 아니었다. 원래 그렇게 태어났고, 그렇게 키워졌다. 그렇지만 좋은 여자는 그의 구원자가 될 수 있을 터였다. 그 좋은 여자가 준이라고 생각했지만, 다시 보니 베로니카였다. 베로니카가 정답이었다. 그녀를 향한 사랑은 그를 치유할 만큼 강력했다. 언젠가 생활이 안정되면 아이들을 부를 것이다. 시간이 흘러 몇 년이 지나면 아이들도 이해해 줄 것이다.

준은 진입로에서 마치 평생 같은 시간 동안 울었다. 자신과 아이들 때문에 울었고, 그를 곁에 붙잡아 두기 위해 자신이 얼마나 희생했는지 생각하며 울었고, 아무리 양보해도 그를 붙잡아 두기에 역부족이었다는 사실을 떠올리며 울었다.

그녀는 믹이 떠났다는 사실 때문이 아니라 바로 지금 떠났다는 사실 때문에 울었다. 내일도 아니고 지금으로부터 한 달 후나

10년 후도 아닌 바로 지금.

엄마의 말이 옳았다. 너무 대담한 선택이었고 그는 너무 잘생긴 남자였다.

그때는 그렇게 모습을 숨기고 그녀 앞에 드러나지 않았던 실수들이 지금은 왜 이렇게 또렷하게 잘 보이는 걸까?

다음 순간 아주 잠깐이지만 그가 정말 떠났다면, 그와 같은 손길로 그녀를 어루만지고 애무해 줄 사람은 다시 없을지 모른다는 생각이 떠올라 숨이 턱 막히고 마음이 다시 무너졌다. 믹은 떠나면서 너무나 많은 것을 가져갔다.

해가 떠오르기 시작하자 준은 숨을 가다듬었다. 마음을 굳히고 집으로 들어갔다. 이런 일로 산산이 부서지지 않으리라. 아이들 앞에서는 절대로.

그녀는 주방으로 들어가 눈꺼풀에 차가운 숟가락을 대고 누르며 부은 눈을 진정시키려 했다. 토스터의 금속 표면에 비친 모습을 힐끗 보니 걱정한 대로 얼굴이 엉망이었다.

준은 오렌지 주스를 한 잔 따른 후 찬장에 보관해 둔 보드카를 부어 마셨다. 그녀는 머리를 정돈하며 남은 존엄성을 끌어모으려 애썼다.

"아빠는 어디 갔어요?" 니나가 문가에 서서 물었다.

"네 아빠는 남자라면 어떻게 행동해야 하는지 모르는 사람이야." 준이 딸을 지나치며 말했다. 그녀는 전축에서 믹의 음반을 꺼내 쓰레기통에 처넣었다. 그의 자신만만한 얼굴이 음반 표지에서 그녀를 바라보았다.

준은 남은 주스를 그 음반 위에 다 쏟아부었다. "가서 세수하고 아침 먹을 준비해."

준은 달걀을 부치고 식빵을 구워 세 아이와 먹었다. 그리고 아이들을 데리고 바다로 나갔다. 그들은 하루 종일 바다에서 놀았다. 니나는 알파벳 노래를 처음부터 끝까지 다 부를 수 있다며 준 앞에서 불렀다. 제이와 허드는 둘 다 일어나기 시작했다. 점심 즈음 크리스티나가 참치 샌드위치를 만들어 딸의 집에 들렀다. 준은 둘만 이야기할 수 있는 곳으로 엄마를 데려갔다.

"그 사람이 떠났어요, 엄마." 그녀가 말했다. "가버렸어요."

크리스티나가 눈을 감고 고개를 흔들었다. "돌아올 거야, 애야." 마침내 말문을 열고 말했다. "그리고 그 사람이 돌아오면 네가 앞으로 어떻게 할지 결정을 내려야 한다."

준은 마음이 놓여 고개를 끄덕였다. "혹시 오지 않으면요?" 준이 물었다. 목소리가 작아서 자신이 뱉은 말조차 알아듣기 힘들었다.

"안 오면 안 오는 거지 뭐." 크리스티나가 대답했다. "그래도 네 곁에는 나와 네 아빠가 있어."

준은 마음을 가다듬었다. 그리고 아이들을 보았다. 니나는 모래성을 쌓고 있었다. 제이는 모래 한 줌을 막 먹으려는 중이었다. 허드슨은 파라솔 아래에서 자고 있었다.

나는 이것보단 더 나은 사람이 될 거야. 준은 속으로 생각했다. 나는 그에게 버림받은 여자로 주저앉지 않을 거야.

하지만 그날 밤 불빛이 사라지고 모두가 각자의 침대로 돌아간 시간 천장만 바라보고 있던 준은 자신은 물론 니나와 제이, 허드슨까지 뭔가를 상실했다는 사실을 깨달았다. 그들 네 식구는 각자의 심장에 저마다 다른 크기의 구멍을 안은 채 살아갈 것이다.

12:00

니나는 세 명의 요리사가 대형 그릴과 두 대의 튀김기에서 음식을 만드느라 복작거리는 주방에 서 있었다. 그녀는 주장하건대 리바 가족사에서 가장 중요한 일에 조용히 착수했다. 먼저 튀긴 조갯살 한 줌과 차가운 새우 한 그릇, 타르타르소스 한 병, 슬라이스 치즈 세 장, 롤빵 네 개를 챙겼다. 그리고 리바 형제들이 '그 샌드위치'라고 부르는 음식을 동생들이 하나씩 먹을 수 있도록 만들기 시작했다.

'그 샌드위치'는 차가운 해산물을 뭉개서 롤빵 사이에 넣은 것이다. 각자 한 개씩, 니나의 것은 치즈를 빼고 제이의 것은 소스를 더 뿌리고 허드의 것은 조갯살을 뺐다. 마지막으로 키트의 샌드위치에는 레몬 조각을 넣었다.

니나가 없으면 이 샌드위치도 없었다. 니나는 몸이 아파도 여전히 부엌으로 들어가 그 샌드위치를 만들었다. 니나가 촬영을 위해 도시를 비울 때는 아무도 그 샌드위치를 먹지 않았다. 제이든 허드든 키트든 동생들 그 누구도 제 손으로 만들어 먹을 생각도, 니나에게 만들어줄 생각도 하지 않았다.

니나는 신경 쓰지 않았다. 그녀는 동생들을 아끼고 보살펴 주었다. 동생들은 그런 니나를 고마워하고 사랑했다. 그러므로 그들은 늘 이런 식일 것이다.

샌드위치를 다 만든 다음 니나는 빨간색 바구니 네 개와 포장지 네 장을 챙겼다. 그리고 포장지에 싼 샌드위치를 하나씩 바구니에 넣고 남는 공간은 감자튀김으로 채웠다. 자신의 바구니에는 감자 대신 소금을 친 토마토 몇 조각을 넣었다.

니나는 시계를 확인했다. 동생들은 아직 도착하지 않았다.

"오늘 파티가 열리는 날이네요. 그렇죠?"

니나가 고개를 드니 웬디가 주방으로 들어오는 중이었다. 웬디는 야심 찬 배우 지망생으로, 리바스 시푸드에서 일하며 짬짬이 할리우드로 오디션을 보러 다녔다. 그녀는 지금까지 낮 시간 드라마에 몇 차례 출연했으며 뮤직비디오에도 나왔다.

"맞아." 니나가 대답했다. 그녀는 웬디가 좋았다. 웬디는 근무 시간에 빠지지 않았으며 손님에게 친절했고 탄산수 제조기 청소를 절대 잊지 않았다. "올 거야?"

웬디가 한쪽 눈썹을 들어 올렸다. "설마 내가 그 파티를 건너뛸 거라고 생각하는 거예요? 리바 파티는 1년에 단 한 번, 파티가 끝날 즈음 자신이 어떤 꼴이 될지 짐작도 할 수 없는 파티라고요."

니나가 눈을 흘기며 말했다. "아이고 맙소사. 그렇게 말하니까 그 파티가…."

"끝내준다고요?" 웬디가 말을 끝맺었다.

니나가 다시 웃음을 터트렸다. "그래, 끝내줘."

"갈 거예요, 기꺼이."

"물론 나도 갈 거야!" 라몬이 튀김기 앞에서 소리쳤다.

니나는 각각의 롤빵에 튀긴 조갯살을 올리며 웃었다. "파티에 오신 걸 보면 그때 믿어드리죠." 니나가 말했다.

"흥." 그가 튀김기에서 새우 두 바구니를 꺼내며 니나에게 손사래를 쳤다. "나도 내 생활이 있잖아. 그런 부티 나는 파티에 가서 유명한 개자식들과 팔꿈치를 부딪치며 시간을 보낼 수 없어. 마음 상하지 마."

"제 초대를 받아들이실 거라고 기대도 하지 않아요." 니나가 말했다. 라몬이 매년 열리는 리바 파티에 초대받는 일을 대수롭지 않게 여기는 몇 안 되는 사람일 거라고 니나는 의심치 않았다.

한편 고등학교를 갓 졸업한 동네 서퍼로 얼마 전부터 그릴을 담당하는 카일 맨하임은 오직 초대를 받기 위해 이번 여름에 이곳에 들어온 게 뻔했다. 니나가 보기에 그는 분명히 다음 주면 관둘 것이다.

"아무짝에도 쓸모없는 동생들은 다 어디 갔어?" 라몬이 물었다. 그 말과 동시에 카일이 구운 치즈를 불에 올렸다. 주방이 통제된 혼란 상태에 들어가자 니나는 샌드위치 바구니들을 쟁반에 올리고 얼른 그곳을 나갔다. 그녀는 곧장 가게 안쪽에 있는 휴게실로 향했다.

니나는 자리에 앉아 뒤에 있는 책상에서 잡지를 집어 들었다. 《뉴스라이프》. 그녀는 페이지를 넘겼다. 레이건 대통령과 러시아

망명자들 MTV가 아이들을 망치고 있다는 이야기, 비디오 플레이어를 사야 하나?

잡지에는 쉐보레 말리부와 말리부 코코넛 럼주, 말리부 머스크의 바디스프레이 광고가 실려 있었다. 니나는 100만 번째 같은 질문을 던졌다. 어째서 외지인들은 말리부를 보며 이국적이고 신비로울 정도로 근사한 이미지를 떠올릴까. 마치 이곳이 태양이 작열하는 이상향이라도 되는 것처럼 말이다.

물론 누군가의 이웃 동네가 영화의 배경으로 몇 번 나왔을 수도 있지만, 말리부도 다른 곳처럼 사람이 사는 곳이었다. 이곳도 이를 닦고 저녁을 태워먹고 볼일을 보러 가는 곳이었다. 차이가 있다면 태평양이 펼쳐져 있다는 것뿐. 누군가는 말해야 해. 니나는 생각했다. 낙원은 없다고.

다시 페이지를 넘기자 또 남편의 얼굴이 대문짝만하게 실려 있었다. "브랜던 랜들과 캐리 소토: 러브-러브." 시답잖은 테니스 말장난*.

니나는 역겨워 잡지를 내려놓았다. 그러다 다시 잡지를 들고 그 기사를 두 번이나 읽었다. 페이지마다 브랜던과 캐리의 사진으로 장식되어 있었다. 두 사람이 로데오 거리에서 은색 포르쉐에 타는 사진, 두 사람이 벨 에어의 컨트리클럽으로 걸어가는 사진.

그 사진들이 자꾸 떠올랐다. 캐리와 함께 있는 브랜던이 행복

---

* 테니스 경기에서 러브는 0점을 말한다.

해 보여서가 아니었다. 물론 행복해 보이기는 했다. 그가 캐리와 있으면 다른 사람처럼 보이기 때문도 아니었다. 물론 다른 사람처럼 보이기도 했다. 브랜던은 평소 입던 티셔츠가 아니라 폴로셔츠를 입고, 평소 신던 보트 슈즈 대신 로퍼를 신고 있었다.

하지만 그런 이유가 아니었다. 이 모든 상황이 너무나 익숙하다는 느낌이 머릿속을 떠나지 않았다.

오래전 니나는, 엄마가 아빠와 그의 새 아내 사진이 잔뜩 실린 잡지들을 샅샅이 살펴보는 모습을 지켜보곤 했다.

"우리 왔어!" 허드가 문을 열고 들어오기도 전부터 소리를 질렀다.

동생들이 들어오자 니나는 동생들을 한 명씩 꼭 안아주었다.

"늦어서 미안해." 키트가 말했다.

"괜찮아." 니나가 대꾸했다.

"이게 다 제이 오빠 때문이야." 키트가 말했다.

"어쨌든 아슬아슬하게 왔잖아." 제이는 뒷벽에 걸린 시계를 보며 항변했다. 12시 23분이었다.

네 사람은 테이블에 둘러앉았고 키트는 감자튀김을 먹기 시작했다. 니나는 음식이 지금쯤 다 식었을 텐데도 아무도 그 이야기는 하지 않아 고마웠다.

"그런데 파티 준비는 어떻게 되고 있어?" 키트가 감자를 입에 집어넣으며 물었다. "우리가 할 일이 있어?"

니나는 토마토를 집었다. 맙소사, 그녀는 감자튀김이 먹고 싶었다. "아니야." 니나는 고개를 흔들며 말했다. "준비는 다 했어. 몇 시간 후에 집에서 청소팀과 만날 예정이야. 출장 음식 업체는 5시면 도착할 거고. 바텐더들은… 6시까지 와야 해. 아마도? 파티는 7시에 시작하니까 사람들은 7시 반이면 슬슬 도착하겠지. 모든 게 다 계획대로 잘되고 있어."

제이가 고개를 저었다. "예전과는 많이 달라졌어."

허드가 샌드위치를 씹으며 웃음을 터트렸다. 그는 입을 닦고 꿀꺽 삼켰다. "누나가 청소를 하고 키트가 프레츨 그릇을 내놓던 시절을 말하는 거겠지…."

"너랑 내가 주류판매점의 행크 웨그맨에게 맥주 세 통만 팔아 달라고 꼬드겼고." 제이가 말했다. "맞아, 내 말이 바로 그거야."

"말이 나와서 말인데, 올해 파티 음료는 맥주와 와인 정도만 준비할 거야." 니나가 말했다. "물론 바에는 칵테일용으로 여러 종류가 준비되겠지만 과열되는 건 싫어. 누군가 또다시 위층 발코니에서 풀로 뛰어내리고 말겠다고 생각하면 곤란하니까."

"오, 맙소사." 키트가 웃으며 말했다. "조던 워커의 코는 요즘도 끔찍해! 〈플레지 포 이터너티〉 봤을 때 기억해? 그 사람이 화면에 나올 때마다 얼굴에 점토를 붙이고 나온 것 같았어."

허드가 웃었다.

"하지만 그건 위스키 탓이 아니야." 제이가 말했다. "환각 버섯 때문에 맛이 갔었지."

"어쨌든." 니나가 끼어들었다. "출장 음식 업체 말이 맥주와 와인이 더 폼 난대."

"그래, 알았어." 제이가 말했다. 그리고 허드를 힐끗 보았는데, 1초도 되지 않는 그 짧은 시간에 두 사람은 이심전심으로 술을 사 와 바를 제멋대로 채워야겠다고 생각했다.

"있잖아, 올해는 골디가 오지 않을까?" 허드가 물었다.

제이가 고개를 흔들었다. 니나는 미소만 지었다.

"그런 말 좀 그만해." 키트가 웃음을 터트리며 말했다. "오빠가 뭔데 그 여자를 골디라고 불러? 알지도 못하면서."

"알아."

"마트 계산 줄에서 뒤에 서 있었다고 아는 사람이라고 할 수는 없어. 우리처럼 골디 혼이라고 불러." 키트가 말했다.

"내가 장바구니도 빌려줬다고!" 허드가 말했다. "애들 때문에 빈손이 없었거든. 그랬더니 내게 이렇게 말했어. '안녕하세요. 나는 골디예요.'"

니나와 제이, 키트는 허드에게 뭐라고 대꾸해야 할지 몰라 서로 쳐다만 보았다.

"골디 혼이 온다는 소리는 아직 못 들었어." 니나는 동생이 마음 상하지 않게 돌려 말했다. "하지만 테드 트래비스는 또 올 것 같아."

키트가 미소를 지으며 흥분해서 손을 마주 비볐다. "신난다!"

테드 트래비스는 네 골목 건너 도넛처럼 생긴 집에 살았다. 그 집의 한가운데에는 티키바*와 작은 동굴이 만들어져 있었다. 키

---

* 열대 느낌의 칵테일 등을 파는 바 같은 곳.

트와 그녀의 제일 친한 친구 버네사는 테드 트래비스가 주연으로 출연하는 드라마인 〈쿨 나이츠〉를 한 편도 빠짐없이 시청했다. 오렌지 카운티에서 블레이저와 수영복 차림으로 모두의 부인과 잠자리를 갖고 살인사건을 해결하는 경찰관에 관한 내용이었다. "테드 트래비스가 지난주에 수상스키를 타고 스피드보트 두 대를 훌쩍 뛰어넘었거든. 버네사랑 그 연기에 대해서 물어보려고."

"버네사가 오늘 밤에 와?" 니나가 물었다. "가족과 함께 샌디에이고에 갈 것 같다고 그랬잖아."

"아니야, 파티에 올 거야." 키트가 대답했다. 버네사는 열세 살 때부터 허드를 짝사랑했다. 그러므로 허드와 가까이 있을 수 있는 기회를 친구가 놓치지 않으리라는 걸 키트는 잘 알았다. 키트는 그 감정이 희미해지기를 바랐지만 버네사는 일편단심이었다. 버네사에게 너무 상냥한 허드의 태도도 이 상황에 전혀 도움이 되지 않았다.

"그런데 테드가 온다는 소식에 놀란 사람이 있어?" 제이가 말했다. "그 사람은 누나를 꼬실 기회를 절대 놓치지 않잖아."

니나가 눈을 흘겼다. "테드는 우리 아빠뻘이야." 니나는 카운터에서 냅킨을 가져오려고 일어나며 말했다. "그게 아니어도 누가 내게 수작 거는 일은 생각도 하기 싫어. 요즘은 내가 섹시하다는 기분조차 안 들어."

"오, 그런 소리 마." 제이가 말했다.

"그냥 내버려둬." 허드가 제안했다.

"테니스 개자식 때문에 풀 죽어 있을 거야?" 제이가 니나를 똑바로 바라보며 말했다. "그 자식은 하나부터 열까지 얼간이야. 그리고 미안하지만, 그 자식 백핸드는 형편없어. 늘 그렇게 생각했어. 그 자식을 좋아했을 때도 그랬다고."

"있지." 키트가 말문을 열었다. "제이 오빠 말이 맞아. 게다가 그 사람 지금 탈모가 진행 중이라는 사실을 이제는 인정해도 되지 않을까?"

마지막 말에 니나가 웃음을 터트렸다. 허드도 니나와 눈이 마주치자 함께 웃었다.

"그 사람 정말 머리가 빠지는 중이야." 니나가 말했다. "어서 알아차리면 좋을 텐데. 근데 그 사람은 꿈에도 그 사실을 몰라! 그 부분 있잖아. 정수리의 오른쪽. 선캡을 쓰면—"

"그것 때문에 더 대머리처럼 보이잖아." 제이가 심드렁하게 말했다. "왜 선캡을 쓰게 그냥 놔뒀어?"

"머리가 빠지는 중이라고 어떻게 말해야 할지 모르겠잖아!"

키트가 고개를 흔들었다. "잔인해. 언니는 그 사람이 정수리에 베이글처럼 구멍이 뚫린 채로 집을 나가서 전국 방송을 타도록 내버려둔 거야."

그러자 네 명은 깔깔거리고 웃었다. 넷은 ESPN에 자기도 모르게 대머리가 되어가는 브랜던 랜들이 나온 모습을 떠올리며 실컷 웃었다.

리바의 아이들은 이런 상황을 잘 넘겼다. 경험이 있으니까. 이들은 그들에게 등을 돌린 사람들을 이런 식으로 잊어갔다.
"적어도 이제부터 그건 캐리 소토의 문제야." 니나가 말했다. "브랜던에게 사실을 털어놓을 방법을 찾는 일은 그 여자에게 맡기자."
머저리에게 차여서 좋은 점은 이제 더는 머저리를 상대할 일이 없다는 점이다. 적어도, 그런 일은 그렇게 되어야 한다.

1961년

믹은 준과의 이혼이 확정된 다음 날 베로니카와 결혼했다. 결혼한 지 몇 주 만에 두 사람은 맨해튼의 어퍼이스트 사이드에 펜트하우스를 구입해 나라의 반대편으로 갔다.

그들의 결혼 생활은 믹이 바람을 피워 4개월 만에 파경을 맞았다. 상대는 믹이 작업을 함께하는 사운드 엔지니어의 아내로 붉은 머리와 푸른 눈의 샌드라였다.

베로니카는 그의 정장 재킷에서 적갈색 머리핀을 찾았다. 믹이 바람 피운다는 사실을 알아차리자마자 베로니카는 그에게 접시를 던졌다. 그리고 두 장을 더 던졌다.

"젠장, 로니!" 그가 소리쳤다. "나를 죽일 셈이야?"

"당신이 미워!" 그녀는 접시를 또 던지며 소리쳤다. "당신이 죽었으면 좋겠어! 진심으로 그랬으면 좋겠어." 그녀의 쟁반 던지기 솜씨는 형편없었다. 그녀가 던진 접시들은 그를 스치지도 않았다. 하지만 그 폭력성에 믹은 기겁을 했다. 시뻘겋게 달아오른 두 볼, 이글이글 타오르는 눈빛, 폭포수처럼 연달아 이어지는 그릇 깨지는 소리 그리고 악을 써대는 소리.

이튿날 아침, 믹은 자신의 변호사에게 이혼 서류를 작성하게 했다.

그의 지시로 이삿짐센터 인부들이 짐을 싸는 동안 베로니카는 가운만 입고 마스카라가 줄줄 흘러내리는 얼굴로 그에게 악을 썼다. "너는 끔찍한 인간이야." 그녀가 소리쳤다. "너는 태어날 때부터 개새끼였고 죽을 때도 이 세상의 다른 개새끼들처럼 개새끼로 죽을 거야!"

그가 인부들에게 침대 스탠드를 챙기라고 하자 베로니카는 그의 등을 치고 어깨를 할퀴었다.

"베로니카, 그만해." 그는 최대한 차분하게 말했다. "제발."

그녀는 인부의 손에서 스탠드를 빼앗아서 벽에 던졌다. 베로니카가 감정을 폭발하는 모습을 지켜보던 믹의 심장 박동이 빨라지기 시작했다. 속이 울렁거리고 얼굴에서 핏기가 사라졌다. 그녀가 달려들자 믹은 마지막 순간에 몸을 피했고 그녀는 울부짖으며 바닥에 쓰러졌다. 그는 작업 감독에게 몇백 달러를 던지듯 지불한 후 아파트를 황급히 빠져나갔다.

길모퉁이에서 담배에 불을 붙인 후 호텔로 가려고 택시를 불러 세우는 순간 믹은 터무니없게도 준을 떠올렸다.

* * *

준은 《서브 로사》를 읽고 이혼 소식을 알게 되었다. 기사 제목을 읽는 순간 자부심 비슷한 기분이 들었다. 그 바람둥이와 자신의 결혼 생활이 베로니카보다 더 길다는 자부심 말이다.

어쩌면. 준은 생각했다. 이제는 정신을 차릴지 몰라. 적어도 애들에게는 전화를 할지도 모르고. 하지만 전화는 울리지 않았다. 크리스마스에도. 가족 누군가의 생일에도. 단 한 번도.

* * *

여전히, 아주 드물게 무대 뒤가 조용할 때면….
공연 후 뒤풀이에서 첫 잔을 마시기 직전 귀가 먹먹할 정도로 정신이 맑은 순간이면….
그가 버번 첫 잔을 들이켜기 전 눈이 멀 정도로 환한 아침이면….
믹은 아이들을 생각했다. 니나, 제이 그리고 허드.
아이들은 잘 지내겠지. 그는 멋대로 생각했다. 아이들을 위해 좋은 엄마를 골랐으니까. 그 문제만은 제대로 해냈다. 그는 가족의 생활비를 꼬박꼬박 보냈다. 눈이 튀어나올 만큼 많은 양육비를 보내 그들이 길바닥에 나앉지 않게 해주었다. 그러니 잘 지낼 것이다. 어쨌든 그 아이들이 누리는 것보다 훨씬 적은 것으로도 그는 잘 지냈으니까. 그는 누군가 그를 망가뜨린 것과 똑같은 방식으로 그 자신이 아이들을 망가뜨릴 수도 있다는 생각은 꿈에도 하지 않았다.

* * *

카를로와 안나 리바는 키가 크고, 어깨가 넓고, 건장했다. 그 부부에게 자녀는 마이클 도미닉 리바뿐이다. 더 낳으려고 했지만 잘 안됐다. 다른 가정이었다면 그럴수록 믹을 금지옥엽으로 키웠겠지만, 리바 부부에게 믹은 실패한 프로젝트의 시작일 뿐이었다. 가끔 버리고 싶은 애물단지 말이다.

카를로는 별 볼 일 없는 이발사였다. 안나는 그저 그런 요리사였다. 부부는 자주 집세를 못 내거나 식탁에 맛있는 음식을 올리지 못했다. 두 사람은 사랑했지만, 서로 상처 주는 종류의 사랑이었다. 사랑이 한없이 깊어지면 둘 중 누구도 그 사랑을 견디지 못했고, 사랑이 한없이 얕아지면 둘은 서로의 곁에서 살아남을 수 있을지 확신하지 못했다. 부부는 서로의 얼굴을 후려쳤다. 다급하고 열광적으로 사랑을 나누었다. 그러다가도 서로를 집에서 내쫓고 문을 잠가버렸다. 서로 경찰을 부르겠다고 위협했다. 카를로는 늘 한눈을 팔았다. 안나는 단 한 순간도 상냥하지 않았다. 그리고 둘 다 아이가 있다는 사실을 기억하느라 허비할 시간이 없었다.

믹이 겨우 네 살이었던 해 어느 날, 안나가 저녁을 짓는데 카를로가 향수 비슷한 냄새를 풍기며 집으로 왔다.

"당신이 어디에 있었는지 나는 다 알아!" 안나가 격분해 소리쳤다. "길모퉁이 너머 창녀와 함께 있었지." 어린 믹은 엄마의 언성이 높아지자 몸을 웅크렸다. 어느새 믹은 몸을 숨겨야 할 타이밍을 귀신같이 알게 되었다.

"안나, 신경 꺼." 카를로가 쏘아붙였다.

안나는 물이 부글부글 끓고 있는 냄비를 양손으로 들어 남편에게 던졌다.

펄펄 끓는 물이 부엌 바닥과 카를로의 목덜미에 떨어졌다. 거실 바닥에 있던 믹은 아빠의 쇄골 부근의 피부가 부풀어 오르는 것을 보았다.

"이 미친년이!" 카를로가 비명을 질렀다.

하지만 화상 자국에 물집이 생겼을 즈음 카를로와 안나는 너덜너덜한 소파에 드러누워 그들뿐인 것처럼 웃고 지분거렸다.

믹은 눈을 휘둥그레 뜨고 부모를 바라보았다. 얼빠진 표정으로 바라본다는 사실을 들킬 걱정은 하지 않아도 됐다.

다음 달 카를로는 다시 사라졌다. 그는 지하철에서 금발 재봉사를 만났다. 그 후 9주 동안 집에 가지 않았다.

아빠가 집을 나가면 엄마는 아빠가 돌아올 때까지 침대에서 자주 홀로 울었다. 어떤 아침에는 해가 중천에 떴다가 슬슬 기울기 시작할 때까지 침대에서 나오지 않았는데, 그런 아침이 가끔이라고 하기에는 횟수가 많았다.

그런 아침이면 믹은 일어나서 엄마가 나오기를 기다렸다. 보통은 10시나 11시까지 기다렸고 1시까지 기다릴 때도 있었다. 기다려도 엄마가 오지 않으면 오늘이 그런 날 중 하나라고 이해한 후 마침내 알아서 자신을 돌보기 시작했다.

나중에 안나가 침실 문을 열고 나와 산 자의 세상으로 돌아오면 종종 어린 아들이 바닥에 주저앉아 말라붙은 스파게티를 먹고 있었다. 그는 아들에게 달려가 품에 안으며 말했다. "아가야, 엄마가 정말 미안해. 뭐라도 먹으러 가자."

그녀는 믹을 데리고 빵집에 가서 믹이 사달라는 롤빵과 도넛을 전부 다 사줬다. 설탕을 잔뜩 먹게 하고 아이를 보며 계속 웃었다. 그녀는 깔깔거리고 웃으며 믹을 두 팔로 들어 품에 꼭 안은 채 길거리를 마구 뛰어가며 이렇게 말했다. "우리 마이클, 오토바이처럼 쌩쌩 달리는 우리 마이클." 지나가던 행인들이 그녀와 믹을 보았고 그러면 더 재미있어했다.

"저 사람들은 재미있게 노는 법을 몰라." 안나가 아들에게 말했다. "우리처럼 특별하지 않거든. 우리는 가슴에 마법을 가지고 태어났어."

집에 돌아오면 믹은 배가 아프곤 했다. 설탕 때문에 갑자기 졸음이 쏟아지면 사랑하는 엄마의 품에서 잠이 들었다. 엄마의 마음에 한기가 다시 자리 잡을 때까지.

얼마 후 아빠가 돌아왔다. 그리고 싸움이 시작되었다. 그러면 그들은 침실에 둘만 틀어박혔다.

그러나 몇 주든, 몇 달이든, 심지어 1년이든 결국 아빠는 다시 나갔다. 엄마는 침대에서 나오지 않았다.

그러면 믹은 스스로를 돌봐야만 했다.

* * *

믹은 베로니카와 이혼한 직후 할리우드 최고의 스타와 재혼했다. 신혼부부가 이튿날 결혼을 무효로 했을 때는 소문이 도시를 뒤덮고 엄청난 스캔들이 되었다.

준이 마트에서 빵과 우유를 사는데 니나가 잡지의 기사 제목을 보고 있었다. 그 무렵 니나는 잡지의 표지에 적힌 글을 읽을 정도로 글을 깨치지는 못했다. 준은 딸이 혈육인 그 남자를 알아보기나 할지 확신할 수 없었다. 준이 집에서 믹의 음반과 사진을 모두 치워버렸기 때문이다. 그녀는 믹의 얼굴이 TV에 나올 때마다 얼른 채널을 돌렸다. 그런데도 니나는 중요한 의미를 감지한 것처럼 잡지의 표지에 실린 사진을 지그시 바라보았다.

준이 잡지를 한 무더기 집어서 뒤집어 놓았다.

"이런 쓰레기에는 신경 쓰지 마." 준이 차분한 목소리로 말했다. "저 사람들은 아무 의미도 없으니까."

준은 물건값을 내고 그 남자가 무슨 짓을 하건 이제 관심 없다고 중얼거렸다. 그런 후 아이들을 데리고 집으로 돌아가 시 브리즈 칵테일을 마셨다.

* * *

어느새 1962년 봄이 되었다.

믹은 독신이었고 세 번째 월드투어의 마지막 공연지인 그릭 시어터 공연을 위해 LA에 와 있었다.

공연이 끝난 후 무대 뒤 분장실에서 믹은 넥타이를 느슨하게 풀고 그날 밤 다섯 잔째인 맨해튼*을 입에 털어 넣었다.

"나가서 즐길 준비 됐어요?" 그의 분장 담당 아가씨가 눈을 반짝이며 물었다.

믹은 이미 그녀에게 질렸으며 이제 손끝도 대지 않았다. 그는 눈을 굴리며 술잔을 쥐었다. 그는 요즘 주변 사람들이 자꾸만 혐오스러웠다. 그렇지만 홀로 있게 되면 그의 영혼이 무슨 말을 할지 알고 싶지 않았다. 그렇기에 그는 밖으로 나가 무대 뒤로 찾아온 VIP들과 미인들을 매료시켰다.

그곳에는 젊은 여자가 너무 많았다. 여자가 너무 많았다. 무슨 이유인지 요즘 들어 그들에게서 아무런 자극도 느껴지지 않았다. 그들이 그의 팔에 매달릴 기회를 노리며 접근하는 모습, 언제나 대동소이한 화장, 모두 스프레이를 뿌려 만든 똑같은 머리 모양까지. 심지어 그들의 아름다움마저 아무 의미가 없었다. 이미 미인 수백 명과 잠을 잤는데 미인 한 명과 더 어울린들 대수겠는가? 세상에서 가장 유명한 여자가 당신의 침대에 머물렀는데 길모퉁이에서 예쁘장한 소녀들이 당신을 향해 눈을 깜박인들 무슨 의미가 있을까.

---

* 베르무트와 위스키에 쓴맛을 가미한 칵테일.

믹은 밤이면 술에 취하고 반쯤 잠에 취해 혼자 리무진의 뒷자리에 깊이 파묻히기 시작했다. 그릭 시어터에서 공연한 그 밤도 다르지 않았다. 그와 운전수, 시그램 진 한 병뿐인 밤.

기사가 비벌리 윌셔를 향해 속도를 높이자 믹은 머리를 창에 기대고 획획 지나가는 LA의 풍경을 멍하니 쳐다보았다. 믹은 이제 위스키를 병째 들이켰다. 아마 그의 영혼에 비친 것은 고향의 풍경이나 익숙한 공기의 냄새나 인과응보였을지 모른다. 그러나 눈을 감으면 그의 마음에는 언제나 준의 얼굴이 있었다. 크고 동그란 눈의 상냥한 준. 그녀는 그에게 저녁을 지어주었고, 술을 따라주었고, 그의 아이들을 안아주었다. 아름답고, 인내심 많고, 마음씨 고운 여자.

그때는 모든 것이 더 단순했다. 그녀의 품에서 편히 쉬던 시절. 두 사람이 함께이던 시절. 그 시절은 얼마나 단출하고 단순했던가. 그녀와 함께 있을 때면 그는 좋은 남자에 가장 가까웠다.

"10번 도로를 타." 그는 자신이 무슨 짓을 하는지 깨닫기도 전에 기사에게 지시했다. "10번 도로를 타고 PCH로 가줘. 말리부로."

48분 후 그는 태어나 처음으로 가졌던 집이자 진정으로 사랑하는 유일한 여자의 집에 도착했다.

* * *

준은 밀려드는 파도 소리에 뒤섞인 문 두드리는 소리에 잠이 깼다. 그녀는 가운을 입었다.

까닭은 없지만 준은 문손잡이를 돌리기도 전에 한밤의 불청객이 누구인지 알 것 같았다. 하지만 막상 그 모습을 보기까지는 반신반의했다. 그런데 문을 열자 눈앞에 그가 있었다. 맵시 있는 검은 정장에 하얀 셔츠를 받쳐 입고 가느다란 검은색 타이를 풀어헤쳤으며 머리는 아무렇게 헝클어트린 모습으로 그렇게. "주니." 그가 말했다. "사랑해."

너무 놀란 준은 말문이 막혀 그를 바라보기만 했다.

"사랑한다고!" 그가 갑자기 소리를 꽥 지르는 바람에 준은 화들짝 놀랐다. 준은 그를 조용히 시키려고 집으로 들였다.

"앉아." 준은 믹이 거의 두 해 전 가족을 떠나기 전 앉았던 식탁 의자를 가리키며 말했다.

"어떻게 당신은 전보다 훨씬 더 아름다울 수 있지?" 그가 고분고분하게 의자에 앉으며 말했다.

준은 그만하라는 듯 손사래를 치며 커피를 내렸다.

"당신은 내 전부야." 그가 말했다.

"그래, 어련하시겠어." 준이 무표정하게 대꾸했다. "당신은 내게 쥐뿔도 아니야."

그는 이런 반응을 예상했다. 준은 화를 낼 권리가 있었다. "내가 내 인생에 무슨 짓을 한 걸까, 준?" 그가 얼굴을 양손에 파묻으며 물었다. "나는 당신을 가졌는데 다 망쳐버렸어. 싸구려 여자들, 당신과는 비교도 안 되는 여자들에 홀리는 바람에 인생을 망쳤어."

그는 눈물을 글썽이며 고개를 들어 그녀를 보았다. "당신을 가졌는데. 모든 것을 가졌는데. 그런데도 내가 되고 싶은 남자가 되려면 어떻게 해야 하는지 몰라서 모든 걸 다 잃었어."

준은 그토록 듣고 싶었던 말에 무슨 반응을 보여야 할지 몰랐다.

"당신이 없으면 못 살겠어." 이 말을 한 순간 믹은 자신이 잃은 것을 되찾기 위해 돌아왔다는 사실을 깨달았다. "당신이, 내 가족이 없으면 안 돼. 나는 정말 바보였어. 하지만 나는 당신이 필요해. 당신과 우리 아이들이 필요해. 이 가족이 필요해, 주니." 그는 무릎을 꿇었다. "당신을 떠나는 순간부터 미안했어. 줄곧 미안한 마음을 품고 살았어. 정말 미안해."

준은 울컥 치밀어 오르는 감정을 필사적으로 억누르며 터져 나오려는 눈물을 꾹 참았다. 믹이 그때 그렇게 떠나버렸을 때 그녀 자신이 얼마나 무너졌는지, 지금 얼마나 절망적인지 굳이 드러내고 싶지 않았다.

"모든 잘못을 바로잡을 기회를 한 번만 줘." 그가 말했다. "이렇게 애원할게." 그는 존경의 마음을 담아 겸손하게 그녀의 손에 입을 맞췄다. 마치 준만이 그를 치유할 수 있다는 듯. "나를 받아줘, 주니."

그 순간 준의 눈에는 믹이 너무나 작은 존재로 보였다.

"우리가 아이들에게 줄 수 있는 삶을 생각해 봐. 우리 다섯 식구가 하와이에서 휴가를 보내고 독립기념일에는 바비큐를 할 거야. 우리가 꿈꿨던 어린 시절을 우리 애들에게 전부 다 이뤄줄 수 있어. 우리가 무슨 생각을 하든 다 현실로 만들 수 있어."

준은 가슴을 찌르는 듯한 통증을 느꼈다. 믹도 마찬가지였다.

"제발." 그가 말했다. "나는 우리 아이들을 사랑해. 그 아이들이 필요해."

그는 현관문을 따고 들어오는 강도처럼 그녀의 심장에 걸린 자물쇠를 따기 시작했다. 조금만 더, 거의 다 되어간다. 거의 다. 다음 순간. "아이들이 원하는 아빠가 될 준비가 되어 있어." 그가 말했다. 찰칵. 문이 스르르 열렸다.

준은 그의 손을 잡고 눈을 감았다. 믹이 그녀의 볼에 입을 맞췄다. "믹…." 그녀가 한숨을 쉬었다.

그러자 잠옷 차림의 준은 여전히 정장 차림인 믹의 입술에 자신의 입술을 가져가 그의 키스를 받아들였다. 그의 입술은 도톰하고 따스했으며 집과 같은 맛이 났다.

믹이 그녀를 보려고 몸을 뒤로 빼자 준은 시선을 피하면서도 그의 손을 잡았다. 그녀는 믹을 침실로 이끌었다. 준이 믹을 끌어당기면서 두 사람은 침대로 무너졌다. 그들은 서로에게 간절하게 매달렸고, 몸을 움직일 때마다 두 심장은 부풀어 올랐으며, 두 입술은 서로를 강하게 밀어붙였고, 숨결은 하나가 되어 거침없이 내달렸다. 두 사람은 같은 마법에 홀렸다. 두 사람이 기어코 만날 수밖에 없는 영혼들이라는 달콤한 환상에.

준은 그가 떠나간 후 매일, 이 순간을 갈망했다. 그의 관심을 받을 때의 느낌, 그녀와 하나가 되어 움직이는 그의 몸. 그의 손길은 그녀가 점점 더 간절하게 원했던 그대로였다.

얼마 후 믹은 완전히 곯아떨어졌다. 준은 날이 밝을 때까지 뜬 눈으로 지새우며 그가 숨을 쉴 때마다 오르락내리락하는 가슴과 파르르 떨리는 눈꺼풀을 지켜보았다.

아침이 밝자 준은 자신의 인생에서 다음 장이 열린 듯했다. 그래서 그 가족은 행복하게 잘 살았습니다, 라는 제목이 달린 장. 준이 아침을 준비하자 잠에서 깬 니나가 부엌으로 들어왔다.

어린 니나는 눈앞에 펼쳐진 광경이 도무지 이해되지 않았다. 엄마가 식탁에 앉아 있는 모르는 아저씨를 위해 달걀과 식빵을 굽고 있었다. 그 아저씨는 바지에 러닝셔츠만 입은 채 커피를 마시는 중이었다. 으스스할 정도로 낯이 익었지만, 누군지 좀처럼 생각나지 않았다.

결국 니나는 궁금한 것을 물었다. "안녕." 니나가 말했다. "아저씨는 누구야?"

그러자 믹은 우물쭈물하지 않고 니나에게 미소를 지으며 대답했다. "안녕, 아가. 아빠야. 아빠가 좀 오랫동안 어딜 다녀와야 했어. 그렇지만 이제 돌아왔단다. 영원히."

13:00

제이가 자신의 쓰레기를 챙겨서 쓰레기통으로 가져갔다. "좋은 생각이 있어." 그러더니 한참이나 입을 열지 않았다.

"그러면 빨리 말해." 키트가 재촉했다.

"우리가 마지막으로 다 같이 서핑을 한 게 언제지? 말 그대로 우리 전부." 그가 물었다.

그리고 보면 요즘은 다들 바빠서 넷이서 바다에 나간 적이 별로 없었다. 제이와 허드는 온 세계를 돌아다녔고 니나는 항상 촬영 중이었다. 하지만 지금 그들은 한자리에 모였다. 모두 오후에는 아무 일정도 없었다.

"나는 할래." 키트가 말했다.

허드가 고개를 끄덕였다. "나도." 그가 말했다. "가족끼리 뭉치자."

니나가 시계를 보았다. "그러자. 우리 집 쪽 파도가 훌륭해. 그러니까 그쪽으로 가자. 나는 너무 오래 바다에 있을 수 없으니까. 청소팀이 올 예정이잖아. 그 사람들에게 문을 열어주고 작업 이야기도 해야 해."

"문 열어놓고 쪽지 남기고 오면 안 돼?" 제이가 물었다.

"안 돼. 내가 그 사람들을 맞이해야 하니까. 편안한 분위기를 만들어줘야지."

"그 사람들에게 편안한 분위기를 만들어줘? 그 사람들은 누나 집을 청소하러 오는 거야." 제이가 말했다. "누나가 편하려고 그 사람들에게 돈을 주는 거라고."

"제이…." 니나가 잔소리를 시작하려고 했다. 하지만 그대로 그 이야기를 끝냈다. "우리 파도 타러 갈 거야 말 거야?"

"당연히 가야지." 키트가 허드에게 하이파이브를 하자며 손을 올리면서 말했다. 허드는 동생에게 장단을 맞춰주었다.

네 사람은 점심을 먹은 자리를 정리하고 직원들에게 작별 인사를 한 후 각자의 차로 갔다.

넷이 다 모여서 서핑을 하는 건 그날이 마지막일 것이다. 제이는 그날 저녁에 무슨 일이 벌어지고, 인생이 어떤 식으로 흘러갈지, 무엇이 그들을 기다리고 있을지 꿈에도 몰랐지만 어쩐지 그럴 것만 같았다.

1962년

1962년 여름 동안 믹은 사생활을 더 우선시했다. 일단 투어를 중단했다. 새 앨범은 이미 완성해 놓은 상태였다. 그리고 가족에게 다시 돌아왔다.

매일 믹은 자신이 되려고 했던 남자가 되었다는 만족감에 충만해 잠에서 깼다. 생활비를 내고 준과 아이들이 원하는 것은 뭐든 사주었다. 준을 낭만적인 저녁 식사에 데려갔고 두 아들에게는 영웅과 병사가 나오는 이야기를 읽어주었다.

다만, 그의 딸은 마음의 한 조각을 그에게 열지 않았다.

니나는 준처럼 믹에게 반하지 않았으며 사내아이들처럼 그의 존재를 열렬히 바라지도 않았다. 그래도 믹은 어떻게든 딸의 마음을 얻기로 마음먹었다. 거실에서는 니나를 간질이고 밤에 잠자리에 들면 노래를 불러주겠다고 했다. 니나에게 손수 치즈버거를 만들어주고 바닷가에 나갈 때면 샌드위치를 준비해 주었다. 시간이 흐르면 니나의 딱딱한 마음도 풀어질 것이라는 사실을 믹은 알았다.

어느 날 니나도 그가 다시는 집을 나가지 않으리라는 사실을 깨달을 거라고 믹은 믿었다.

"결혼해 줘, 주니. 한 번 더. 이번에는 다시는 헤어지지 않을 거야." 어느 깜깜한 밤, 아이들이 모두 잠들자 조용하게 사랑을 나눈 후 믹이 준에게 불쑥 말했다.

"저번에도 절대 헤어지지 않을 줄 알았지." 준이 말했다. 반은 농담이었고 여전히 화가 났지만, 다시 청혼을 받았다는 사실에 대해서만큼은 온전히 행복을 느꼈다.

"당신과 처음 결혼했을 때 나는 남자인 척하는 소년이었어. 그렇지만 지금은 어엿한 남자야. 그때와 달라." 믹은 준을 끌어당기며 말했다. "당신은 알지, 그렇지?"

"그래." 준이 말했다. "알아." 준은 믹이 늘 곁에 있을 때, 그가 절대 늦게 들어오지 않을 때, 아침에는 아이들을 돌보려고 커피를 반 주전자나 들이켜고 밤에는 술을 거의 입에 대지 않을 때 그에게서 달라진 모습을 보았다.

"새로 태어난 남자와 결혼해 주겠어?" 그는 준의 얼굴에서 흘러내린 머리카락을 치우며 물었다.

준은 절로 미소가 지어졌다. 그리고 두 사람이 이미 알고 있던 의심의 여지 없는 대답을 들려주었다. "그래. 결혼할게." 그녀가 말했다.

* * *

그해 9월 준과 믹은 베벌리힐스 법원에서 양쪽에 아이들을 데리고 재결합했다. 준은 몸에 딱 붙는 하늘색 드레스를 입고 하얀 장갑을 꼈으며 목에는 세 겹 진주 목걸이를 했다. 믹은 자신의 상징이라 할 검은 정장을 차려입었다. 판사가 두 사람이 다시 부부가 되었음을 선언하자 믹은 준을 끌어 올리듯 안으며 입술을 맞췄다. 테오와 크리스티나, 세 아이는 믹에게 다시 자신의 영혼을 줬다는 사실이 너무 기뻐서 온몸으로 웃음을 주체하지 못하는 준을 지켜보았다.

"우리에게 말한 대로의 남자가 되어주게." 크리스티나가 식이 끝난 직후 사위를 붙잡고 말했다.

"이제 저는 그런 남자입니다." 믹이 대답했다. "약속합니다, 장모님. 다시는 지난번과 같은 상처를 준에게 주지 않겠습니다."

"저 아이들에게도." 크리스티나가 말했다. "저 아이들에게 절대 다시는 상처를 주지 말게."

믹이 고개를 끄덕였다. "믿어주세요." 그가 말했다. "약속합니다."

가족이 법원을 나서자 믹은 니나에게 윙크를 하며 손을 잡았다. 라벤더색 원피스를 입은 니나가 보일락 말락 미소를 지었다. 그러자 믹은 아이를 번쩍 들어 품에 안고는 주차장을 마구 달렸다.

"니나, 나의 니나! 발레리나보다 더 귀여운 니나!" 그가 니나에게 노래를 부른 후 땅에 내려놓자 니나가 까르르 웃음을 터트렸다.

두 사람은 신혼여행을 떠나지 않았기에, 식을 올린 후 그들은 해변에 있는 그 집으로 돌아갔다. 그들은 테오와 크리스티나에게 인사를 했다. 준은 저녁으로 먹고 남은 캐서롤을 데웠다. 믹은 아이들을 재웠다.

준은 드레스를 벗어서 보관용 비닐에 넣은 후 언젠가 딸에게 물려줄 날을 기대하며 옷장에 걸었다. 이 드레스는 다시 찾아온 기회를 보여주는 물리적 증거였다.

그해가 가기 전 준은 임신을 했다. 그리고 캐서린 엘리자베스 리바가 태어났을 즈음 믹은 너무나 오랫동안 집을 지켰고, 너무나 아기를 사랑하는 모습을 보여줬기에 작디작은 의심덩어리인 니나의 마음마저 얻었다.

"아빠가 없었던 시간이 이제 기억나지 않아." 팜스프링스에서 열릴 몇 차례의 킥오프 쇼를 앞둔 어느 밤, 믹이 니나를 재우는데 니나가 이렇게 말했다. 새 앨범의 발매를 앞두고 있었기에 그는 다시 언론의 집중 조명을 받고 있었다. 그의 홍보팀은 그가 구원받은 이야기를 꾸미는 중이었다. "숙녀들의 남자에서 가족의 남자가 되다." 그는 새까만 정장을 입었다. 머리는 완전히 뒤로 넘겨 희미한 V자를 그리는 이마를 드러냈다. 그에게서 브릴크림* 냄새가 났다.

"나도 그래, 아가." 믹이 아이의 이마에 입을 맞추며 대답했다. "이제 우리는 다시는 그런 일을 걱정하지 않아도 돼."

"나는 아빠를 이만큼 사랑해." 니나가 양팔을 활짝 벌리며 말했다.

---

* 남성용 헤어크림 브랜드.

믹은 이불을 꼼꼼하게 덮어주며 대답했다. "나는 그 두 배만큼 너를 사랑해."

니나는 상처를 입었다가 다시 진심으로 신뢰하는 법을 배운 사람만이 할 수 방식으로 아빠의 사랑을 한껏 받아들였다. 마음이 부서지면 마음속 가장 깊은 곳에 자리 잡은 신뢰감의 존재를 알게 되듯이 말이다. 그리고 니나는 이번에도 그렇게 아껴둔 신뢰감에 의지하기로 했다.

아빠는 아무 곳에도 가지 않고 집에서 살았고 니나를 사랑했다. 니나는 아빠의 딸, 아빠의 "니나 베이비"였다. 그리고 어쩌다 믹이 감성적이 될 때면 그는 니나를 번쩍 안아 들고 꼭 안으며 진실을 알려주었다. 아빠가 제일 좋아하는 아이는 바로 너야.

이렇게 안온한 사랑 속에서 니나는 꽃처럼 활짝 피었다. 니나는 집안 여기저기서 아빠와 함께 아빠의 노래를 부르기 시작했다. "햇살은 포근한 6월의 기쁨을 부르고…." 부녀는 함께 노래를 부르곤 했다. "기나긴 낮과 한밤이 달처럼 환히 빛날 때…."

니나는 아빠의 목소리에 반했고, 아빠의 넥타이에 매료되었고, 반짝반짝 광이 나는 아빠의 구두에서 눈을 뗄 수 없었으며, 학교에 가면 친구들에게 자신의 아빠가 누구인지 말할 정도로 매혹되었다. 니나는 아빠의 길고 풍성한 속눈썹을 물려받았다는 사실이 자랑스러웠다. 가끔 니나는 믹이 신문을 읽으며 눈을 깜박이는 모습을 지켜보았다.

"아빠 좀 그만 봐." 믹은 신문에서 눈도 떼지 않고 말하곤 했다.

"알았어요." 니나는 이렇게 말하고 다른 놀이를 하러 갔다.

니나와 믹 사이에 애정은 너무나 자연스럽게 솟아났고 함께 있을 때면 몸도 마음도 너무나 편안했기에 둘 사이에 더는 거부감이나 불편함은 존재하지 않았다.

이따금 다른 식구들이 일어나지 않은 이른 새벽이면 믹은 동틀 무렵 연을 날리러 가자며 니나를 깨우곤 했다. 어떤 날 믹은 막 샤워를 하고 면도를 마쳐서 말끔하고 깨끗했다. 다른 날은 공연을 마치고 돌아온 터라 살짝 취했고 살짝 시큼한 냄새가 났다. 그러나 어떤 날이든 그는 니나의 침대에 살며시 앉아 이렇게 말했다. "일어나, 니나 베이비. 바람이 쌩쌩 부는 날이야."

그러면 니나는 침대에서 얼른 나와 잠옷 위에 카디건을 입었다. 두 사람은 집 아래로 내려가 해변으로 나갔다.

항상 해변에는 아무도 없을 정도로 이른 시간이었다. 그 새벽을 함께 맞는 사람은 믹과 니나뿐이었다.

연은 중앙에 무지개가 그려진 붉은색으로, 색이 선명해 안개가 자욱한 날에도 눈에 띌 정도였다. 믹은 연이 하늘에 빨려 들어가도록 내버려뒀지만, 연줄은 꼭 쥐고 있었다. 그러면서 간신히 연줄을 쥐고 있는 시늉을 했다. 그가 소리쳤다. "니나 베이비! 네 도움이 필요해. 어서! 네가 저 연을 구해야 해!"

니나는 그것이 연기인 줄 다 알면서도 즐거웠다. 그래서 얼른 팔을 뻗어 있는 힘껏 연줄을 잡았다. 니나는 연줄을 쥐고 날아가지 않게 붙잡아 둘 때면 자신이 아빠보다 더 힘이 세고 천하장사가 된 것 같았다.

 연은 니나를 필요로 했고 아빠는 니나를 필요로 했다. 니나가 아빠에게 소중하듯 누군가에게 소중한 사람이 되는 기분이 얼마나 좋은지.

 "네가 해냈구나!" 연이 니나의 손에서 이리저리 휘날릴 때면 믹이 말했다. "네 덕분에 살았어!" 믹은 니나를 들어 품에 안았고 니나는 아빠가 다시는 니나를 두고 떠나지 않으리라는 사실을 뼛속 깊은 곳으로부터 알았다.

* * *

 1년 후 믹 리바가 애틀랜틱시티에서 공연을 하고 있을 때였다. 체리라는 코러스 가수가 들어왔다.
 믹은 다시는 집으로 돌아가지 않았다.

14:00

 네 명의 리바는 바다로 나가 보드에 앉아서 파도의 피크에 둥둥 떠 있었다. 그들은 전선에 앉아 있는 새들처럼 일렬로 늘어섰다. 이윽고 파도가 몰려오자 차례로 보드에서 일어섰다.
 제이와 허드, 키트, 니나. 제이가 모두의 리더를 자처하고 나선, 회전하는 팀. 그들은 서로를 지나쳐 가며 하늘로 솟구쳤다가 손으로 노를 저어 돌아와 모였다. 파도가 그들 중 한 명을 해변으로 너무 멀리 데려가면 다시 돌아와 네 명이 다시 열을 이뤘다.
 첫 번째 파도가 환상적인 세트를 이루며 밀려오자 제이가 그 파도를 선점했다. 그가 위치를 잡고 보드에서 일어섰다. 그러나 하늘에서 뚝 떨어진 것처럼 키트가 불쑥 들어와 그를 가로막더니 파도를 훔쳤다.
 키트는 새치기를 하는 동안 시종일관 싱글거리며 여동생답게 중지를 들었다. 허드는 그 모습에 입을 떡 벌렸다.
 키트는 파도를 도둑맞아도 두들겨 패지 않으리라 믿을 수 있는 사람에게서만 파도를 뺏을 수 있다는 사실을 잘 알았다. 게다가 이렇게 아름다운 파도는 좀처럼 만날 수 없기에 어쩔 수 없었다. 이런 파도는 바다의 소관이라 사람이 멋대로 만들 수 없다. 그저 자연의 처분을 기다릴 수밖에 없다. 그런 면이 서핑에 스포츠 이상의 의미를 부여한다. 서핑을 하려면 운명이 당신 편이어야 하며, 바다의 호의를 입어야 한다.

그러므로 방금 제이가 자신의 파도라고 생각했던 그런 환상적인 파도— 높이 솟아오르고, 페이스*가 움푹 들어갔고, 빠르고 깔끔하게 부서지는—를 탄다면, 그것은 단순히 과녁을 명중한 정도가 아니라 잭팟을 터트렸다고 할 만했다.

"무슨 짓이야!" 제이가 충돌을 피해 얼른 뒤로 빠지며 소리쳤다. 그는 속도를 낮추기 위해 보드의 레일**을 잡았다. 그는 그곳에 머무르면서 키트가 파도의 경사면에서 일어서는 모습을 보았다. 그리고 대관람차에서 키트가 탄 칸이 제일 아래로 내려오는 것처럼 파도가 천천히 키트를 놓아줄 때까지 계속 지켜보았다.

키트가 보드에 엎드린 채 제이 쪽으로 다가왔다.

"그런 머저리 같은 짓은 다시는 하지 마." 키트가 파도 아래로 덕다이브***를 해 오자 제이가 소리를 질렀다.

"어이쿠 깜짝이야." 키트가 웃으며 말했다.

"농담 아니야. 그런 짓은 그만해. 누가 다칠 수도 있어." 제이가 뒤를 따랐다. "네가 내 앞으로 언제 끼어들지 내가 늘 알 수는 없

---

*　파도가 솟으면서 생긴 경사면.

**　보드의 양쪽 측면.

***　파도를 피해 물속으로 들어가는 기술로 오리가 잠수하는 모습과 닮았다고 하여 덕다이브라고 부른다.

잖아."

"나는 모든 걸 통제하고 있어." 키트가 말했다. "오빠가 자리를 만들어주지 않아도 돼. 내가 알아서 할 수 있으니까." 제이는 정말 아무것도 몰랐다. 그렇지 않은가? 그녀의 실력이 얼마나 대단한데.

하지만 허드는 보았다. 키트의 자신감과 키트의 제어력, 키트의 투지를.

"키트, 나 정말 화났어." 제이가 말했다. "사과 정도는 해."

허드도 파도를 탔다. 하지만 파도가 부서지기 시작하자 그대로 내려왔다. 그가 물속에서 몸을 내밀 때까지도 제이와 키트는 보드를 타고 티격태격하는 중이었다. 그때 바다에서 나가는 니나가 보였다. 계속 보고 있으니 니나는 보드를 자신의 창고에 넣었다. 그리고 집으로 이어진 가파른 계단을 올라가기 시작했다.

허드가 보기에 니나는 곧 도착할 청소 업체 사람들을 맞으러 가는 게 분명했다. 니나는 그들에게 물이나 아이스티를 대접할 것이다. 그들 중 누군가 접시나 화병을 깨거나, 방 하나를 빼먹거나, 니나가 원하는 방식으로 침대를 정리하지 않아도 니나는 여전히 과하게 감사 인사를 할 것이다. 팁도 후하게 줄 것이다. 그리고 직접 문제를 해결할 것이다.

그 생각에 허드는 서글퍼졌다. 늘 남을 우선하느라 자신을 버리는 니나. 물론 허드도 남을 먼저 배려하려고 노력했다. 하지만 가끔은 이기적일 때가 있다. 분명히 그랬다.

그런데 니나는 절대 '안 돼'라고 말하지도, 다른 사람의 길을 막지도, 뭔가를 취하지도 않았다. 당신이 니나에게 5달러를 주면 니나는 10달러로 되돌려줄 것이다. 누나의 그런 점을 좋아해야 한다는 걸 알면서도 영 좋아지지 않았다. 누나의 그런 점이 정말 싫었다.

허드는 순한 파도에 올라타 자신과 보드가 모두 둥둥 떠 있게 했다. 그리고 제이가 있는 곳으로 양팔을 저어 갔다. "누나가 들어갔어." 허드가 말했다. "청소 업체 사람들 맞으러."

제이가 눈을 굴렸다. "젠장. 잠시 인생을 즐기면 누가 죽이기라도 한대?"

1969년

1960년대 말, 반체제적인 사람들이 목가적인 말리부의 아름다움에 주목해 산줄기를 따라 정착하기 시작했다. 해변은 선배들이 쓰던 롱보드보다 더 멋있고 더 공기역학적인 신상품 숏보드를 타고 파도를 즐기는 서퍼들로 북적였다. 젊은 남자들과 근사한 젊은 여자들이 바다가 제 것인 양 무리를 지어 몰려다니거나 작은 만의 주인 행세를 하다가 으스대며 떠나갔다.

공기에서 메리 제인 칵테일과 선탠오일 냄새가 났다. 하지만 잠시 여유를 가지면 여전히 잔잔한 바닷바람의 냄새가 코를 간질였다.

믹 리바의 인기는 로켓처럼 하늘로 치솟았다. 요란한 황색언론의 헤드라인을 장식하고, 내놓은 앨범마다 히트를 하고, 월드투어의 표가 매진되었다. 젊은 여자들은 그의 이름을 연호하고 고속도로를 쌩쌩 달리는 수백만 대의 카 오디오에서 그의 노래가 흘러나왔다.

그렇게 그의 아이들에게 믹은 어디에나 있고 어디에도 없는 존재가 되었다.

니나와 제이, 허드, 어린 키트가 아는 그들의 아버지는 마트에

가면 스피커를 통해 목소리가 들려오고, 친구들의 부모님들의 앨범 컬렉션에서 얼굴을 내밀고 있는 유령 같은 존재였다. 아이들에게 아버지는 헌팅턴 비치를 차로 지나갈 때 보이는 광고판이었다. 엄마가 절대로 가고 싶어 하지 않는 음반 가게의 포스터였다. 그가 처음으로 연기를 했을 때 그는 그들이 절대 보지 못하는 영화였다. 리바의 아이들은 믹 리바를 그들의 것이라고 생각해 본 적이 거의 없다. 믹 리바는 모두의 것이었다.

그렇게 그들은 믹의 숨결에서 났던 위스키 냄새며 그들을 웃게 했던 믹의 미소, 믹의 입맞춤을 받으면 엄마의 얼굴에서 피어나던 홍조도 절대 떠올리지 않았다.

그 후로 엄마의 두 볼이 두 번 다시 붉게 물들지 않았다는 사실을 기억하면 괴로웠다. 아이들에게 엄마인 준의 존재는 고통의 근원이자 의지할 기둥이었다.

두 번째 이혼 후 믹은 가족이 살고 있는 집의 할부금을 다 갚고 그 집을 준에게 주었다. 처음 이혼했을 때 주었던 이혼 수당과 양육비도 다시 지급하기로 했다. 그러나 이혼이 확정되고 몇 달이 지나도록 매일 수표를 찾으러 우편함에 간 준은 빈손으로 돌아왔다. 단 한 번도 오지 않았다. 준은 착오가 있었으리라 생각했다. 전화기를 들어 그에게 연락해 돈 이야기를 꺼내면 그의 비서든 회계사가 그가 지시한 대로 이혼 수당과 양육 수당을 지급해 줄 것이라고 별 의심 없이 믿었다.

하지만 정작 그에게 아무것도 요구할 수 없었다. 자신이 얼마나 당혹해하고 있으며, 얼마나 곤궁한 처지인지 그에게 알리고 싶지 않았다.

그가 마침내 돌아오면 그녀에게 절로 고개가 숙여질 것이다. 그녀의 강인함에 압도되어 그녀의 발에 몸을 조아리고 굽실거릴 것이다.

그래서 준은 믹에게 아이들을 키울 돈을 보내라고 하는 대신 부모님에게 손을 벌렸다. 그녀는 식당에서 일을 하기로 했다.

결국 준은 믹 리바의 도움으로 탈출하고 싶었던 그곳으로 되돌아갔다.

* * *

1969년 여름, 준의 아버지가 돌아가신 지 두 해가 되었다. 이제 퍼시픽 피시는 온전히 준과 크리스티나가 맡아 운영했다. 니나는 열한 살을 앞두었다. 제이와 허드는 아홉 살이었다. 키트는 여섯 살이었다. 그리고 여름이면 매일 아이들은 준과 함께 식당으로 갔다.

7월의 어느 특별한 아침, 기온이 벌써 섭씨 38도에 육박했다. 운전 중이던 사람들이 더위를 피해 몰려들었다. 그들은 차가운 맥주와 청량음료, 새우롤을 원했다. 주방 직원들은 정신이 하나도 없었다. 위기에 슬기롭게 대처해야 할 순간 준이 테이블을 담당하는 홀 직원들에게 하던 일을 중단하고 주방에서 일손을 거들라고 했다. 그리고 니나에게는 행주를 주며 테이블을 닦으라고 했다.

허드와 키트는 주차장 근처 식당 쪽 해변에서 고 피시 보드게임을 하며 놀았다. 제이는 말 몇 마디를 나누고 미소를 받기 위해서라면 아빠의 이름까지 팔아가며 열두 살 소녀에게 잘 보이려고 애쓰는 중이었다. 그 무렵 니나는 식당에서 손님들을 지켜보다가 그들이 자리를 비우면 얼른 테이블을 정리하러 달려갔다.

니나는 손이 빨랐다. 제 일이라는 책임감도 있었고 일을 잘 해낸다는 자부심도 있었다. 엄마가 알려준 대로, 완벽을 추구하기보다 효율을 따져 움직였다. 누가 시키지 않아도 쓰레기통을 치우고 빈 플라스틱 바구니와 컵을 챙겨 식기세척기로 가져갔다. 니나는 식당 일에 대한 눈치는 타고났다. 천생 서빙 직원이었다.

준은 크리스티나 옆에서 두 번째 금전등록기에 주문을 입력하다가 고개를 들었다. 그때 밀물처럼 밀려온 손님들 사이로 행주를 비틀어 짜며 빈 테이블을 정리하려고 가는 니나가 보였다. 니나의 기다란 갈색 머리카락이 햇빛을 받아 황금빛으로 반짝였다. 그 모습이 준이 아이였을 때와 판박이였다. 커다란 갈색 눈이며 싹싹한 태도는 그 시절 준의 모습과 똑같았다. 홀에 서서 테이블을 닦고 있는 니나의 모습에서 준은 22년 전으로 되돌아간 것 같았다. 바로 그때 준은 찬물을 뒤집어쓴 것처럼 화들짝 놀라며 퍼뜩 정신을 차렸다.

"니나!" 준이 딸을 불렀다. "동생들 데리고 바다로 가."

"그렇지만—" 니나는 괜찮다고 말하고 싶었다. 얼른 테이블을 정리하고 싶었다. 자신이 없으면 그 일을 누가 하겠는가?

"어서 가!" 준이 성마른 목소리로 말했다.

니나는 난처하게 되었다고 생각했다. 준은 딸에게 자유를 주었다고 믿었다.

* * *

니나는 동생들을 데리고 어느새 10년도 더 된 캐딜락으로 가 뒷좌석에서 수영복을 가지고 나왔다. 네 아이는 식당 뒤에 있는 화장실에서 수영복으로 갈아입었다. 다 갈아입자 키트의 손을 잡은 니나와 사내아이 둘은 PCH에 서서 길 건너 해변으로 갈 기회를 살폈다.

니나는 감청색 원피스 수영복 차림이었다. 그해 여름 팔다리가 길쭉하고 키가 훌쩍 큰 니나는 미인이 될 기미가 보였다. 니나도 주위의 시선을 의식하기 시작했다. 자신을 향한 시선이 평소보다 1초 더 머무르곤 했다. 수영복이 조금 작아져서 갈색으로 탄 어깨를 끈이 살짝 파고들었다.

여름 내내 집에 들어올 생각을 안 하는 제이는 구릿빛 그 자체가 되었다. 입고 있는 노란색 수영복 때문에 피부색이 더욱 도드라져 보였다. 사시사철 제이 옆을 지키는 허드는 언제나처럼 일광화상을 입었고 콧잔등과 볼에 가벼운 주근깨 자국이 또 더해졌다.

어깨는 피부가 벗겨지는 중이었다.

여섯 살이 된 키트는 반쯤 드러난 맨살을 남자아이들이 보는 게 싫다는 이유로 늘 수영복 위에 티셔츠를 입겠다고 했다. 키트는 분홍색 꽃무늬 수영복을 가리려고 그 위에 노란색 스누피 티셔츠를 입고 보라색 슬리퍼를 신었다.

아이들은 각자 어깨에 수건을 한 장씩 걸쳤다.

니나는 자신이 가도 된다고 신호를 할 때까지 제이와 허드가 길을 건너지 못하도록 한 팔을 옆으로 뻗어 동생들을 붙잡아 두었다. 마침내 니나가 고개를 끄덕이자 네 아이는 서로의 손을 잡은 채 얼른 도로를 건넜다. 그리고 뜨거운 모래를 밟자마자 샌들을 벗어던지고 수건을 떨어트렸다. 아이들은 얼른 바다로 달려갔다. 그러나 발가락이 거품을 밟고 여덟 개의 작은 발이 물에 젖어 차가운 모래 속으로 푹 빠지자 그 자리에 우뚝 섰다.

"키트, 너는 언니 옆에 항상 붙어 있어야 해." 니나가 말했다.

키트는 인상을 썼지만 언니 말을 잘 들으리라는 걸 니나는 알았다.

"좋아." 제이가 말했다. "자리 잡았지? 준비 땅!"

네 아이는 전투에 나가는 병사들처럼 바다로 돌진했다.

아이들은 바디서핑*으로 바다에서 돌아올 요량이었다. 그래서 해변으로 부드럽게 밀려오다 깨어지는 작은 파도들을 지나 헤엄

---

* 보드 없이 파도를 타는 것.

을 쳐 바다로 나갔다. 네 남매는 태어나서 지금까지 바다와 한 몸과도 같았다. 바닷가에 서 있는 집에 살기에 엄마가 욕실을 청소하면 수영을 하러 갔고, 엄마가 저녁을 짓는 동안 만조의 바다에서 공중제비를 돌았으며, 준이 케이프 코더를 한 잔 더 마시는 동안 물고기를 잡겠다고 물속을 돌아다녔다. 리바 꼬맹이들은 늘 귀에 물이 찼고 얼굴에는 소금기가 말라붙어 있었다.

제이가 제일 먼저 밀려오는 멋진 파도를 타자고 했다. "허드." 제이가 말했다.

"바로 네 뒤에 있어." 허드가 소리쳤다.

두 형제는 파도를 타기 시작했다. 제이는 길고 마른 팔을 최대한 빠르게 놀리며 물을 저었다. 허드는 굵은 다리로 있는 힘껏 파도를 찼다. 둘은 서로 앞서거니 뒤서거니 하며 나란히 붙어서 힘들이지 않고 물을 헤치고 나갔다.

이 둘은 뭐든 혼자 한다는 것이 뭔지 알지 못했다. 형제는 아기 때부터 늘 붙어 있었기에 늘 함께 살고 생활하는 세상 외에 다른 세상을 몰랐다.

하지만 그들은 쌍둥이가 아니었다. 엄마는 점잖은 사람들과 함께 있으면 두 아들이 쌍둥이인 척했지만, 정작 형제는 자신들이 쌍둥이라는 환상조차 품지 않았다. 아이들은 허드가 어떻게 가족이 되었는지 알고 있었다. 준은 허드와의 첫 만남을 들려줄 때면 그 순간이 경이로웠고 이게 다 운명이라는 식으로 말했다. 그녀는 가끔 터무니없는 상황이 모여서 운명이 펼쳐지도록 도와준다고 말했다.

　제이와 허드. 사과와 오렌지만큼 다른 아이들. 둘은 재능이나 장점이 똑같지 않았다. 그렇지만 여전히 둘은 서로에게 없어서는 안 될 존재였다.

　제이는 모래사장에 도달할 때까지 부드럽게 물을 헤쳤다. 허드는 마지막 순간에 파도에 패해 파도의 손아귀에서 몇 번이나 뒤집히고 뒤집히다가 마침내 자세를 잡고 일어섰다. 그리고 제이를 찾으려고 주위를 두리번거렸다.

　늘 보면 제이는 언제나 솜씨 좋게 파도를 타고 모래사장에 도착했고 허드는 파도에 내동댕이쳐지는 쪽 같았다. 하지만 열 살도 되기 전부터 허드는 다른 분야에 관심을 가지면서 이런 상황에도 마음의 상처를 받지 않고 잘 헤쳐나갔다.

　"잘했어!" 허드는 제이에게 엄지를 척 들었다. 그러면서 자존심부터 내세우지 않고, 설령 자신은 실패했더라도 상대의 성공을 축하해 줄 수 있는 능력에 자부심을 느꼈다. 준은 "좋은 성품"이라고 말해주었다.

　제이가 먼 곳을 가리켰다. 니나와 키트가 두 번째 파도로 들어오는 중이었다. 니나는 느린 파도, 작은 파도를 골랐다. 키트 같은 여섯 살짜리도 감당할 수 있는 파도. 니나의 시선은 해안을 향하지 않았다. 니나의 시야에는 제이도 허드도 없었다. 니나는 여동생이 헤엄을 잘 치고 있는지, 어디에 있는지 확인하느라 여념이 없었다. 이미 그 무렵에도 키트는 늘 안전을 살피는 니나에게 짜증을 냈다.

자매는 잔잔한 파도를 타고 오다가 가속을 잃는 순간 파도에서 밀려나며 젖은 모래에 엉덩방아를 찧었다.

네 아이가 얕은 물에서 일어나 엄마에게 돌아가려는 참이었다. 왼편 풀이 난 모래 언덕에 기대져 있는 서프보드가 우연히 제이의 눈에 들어왔다. 전체적으로 연노랑 색에 체리레드 색의 스트링거*가 들어가 있고 데크** 전체가 낡은 보드였다. 그 보드가 누군가를 기다리는 것처럼 무심하게 서 있었다.

"우리도 서핑을 해보면 어떨까?" 제이가 물었다.

리바 형제는 그들이 기억하는 한 아주 오래전부터 서퍼를 보며 자랐다. 그 순간에도 해안을 따라 이 만에서 저 만으로 파도를 타는 서퍼들이 있었다.

"우리는 이미 하고 있잖아." 니나가 동생에게 말했다.

"아니, 서프보드를 타고 말이야." 제이는 니나가 이보다 멍청할 수 없다는 듯이 말했다.

그들은 서프보드를 살 돈이 없었다. 준의 경제력이라고 해봐야 공과금을 해결하고 하루에 세 끼 푸짐하게 먹을 수 있는 정도였다. 새 장난감이나 새 옷을 살 여유는 없었다. 니나는 이 사실을

---

*   보드의 강도를 높이기 위해 중앙에 길게 넣은 침목.
**   보드의 윗면으로 패들을 할 때 몸을 대고 테이크 오프를 할 때 발로 딛는 면을 말한다.

잘 알았다. 어떤 달은 생필품을 살 수 있을지도 장담하지 못한다는 걸 니나는 너무 잘 알았다. 넉넉하게 자라는 아이들은 돈이 있는지 없는지도 모른다. 하지만 없이 자라는 아이들은 돈이 모든 것에 힘을 실어준다는 사실을 잘 안다.

"우리는 저런 보드를 절대 못 가질 거야." 니나가 말했다.

"그렇다면 저 보드는 어때?" 제이가 주인의 표식도 없이 세워져 있는 보드를 가리키며 말했다.

"우리 게 아니잖아." 니나가 말했다.

"그러니까." 제이가 그 보드로 다가가며 말했다. "우리가 잠시 타보기만 하면?" 편물 비키니를 입은 또래 여자아이 두 명이 근처에서 담요를 펼치고 일광욕을 할 준비를 했다. 제이와 허드의 관심이 순간 그 여자아이들에게로 향했다.

"주인이 보드를 찾으러 오면 그때는 어떻게 할 거야?" 허드가 시선을 돌리며 물었다.

"몰라." 제이가 어깨를 으쓱했다.

"그게 오빠 계획이야?" 키트가 물었다. "'몰라'가?"

"주인이 나타나서 돌려달라고 하면 미안하다고 하면 되지." 제이가 말했다. 그러더니 니나가 안 된다고 말하기도 전에 얼른 보드로 달려가 양팔로 안았다.

"제이." 니나가 말리려고 말문을 열었다.

하지만 제이는 어느새 그 보드를 끌며 바다로 뛰어가는 중이었다. 그는 물에 보드를 내려놓고 용케 보드 위로 올라가더니 양팔로 노를 젓기 시작했다.

"제이, 그만해." 니나가 소리쳤다. "그러면 안 돼! 어차피 지금은 점심시간이라 다 같이 식당으로 돌아가야 해!"

"싫어! 엄마가 우리보고 여기에서 놀라고 했어!" 제이가 소리를 질렀다.

니나가 허드를 바라보자 허드는 어깨를 으쓱할 뿐이었다. 니나는 키트의 손을 잡았다.

키트는 내키지 않는 듯 언니의 손을 맞잡고는 언니의 얼굴이 작은 주름처럼 구겨지는 모습을 지켜보았다. "나도 가도 돼? 나도 타보고 싶어." 키트가 물었다.

"안 돼." 니나는 고개를 저으며 말했다. "위험해."

"그렇지만 제이 오빠는 잘 타고 있잖아." 키트가 말했다.

제이는 어느새 큰 파도를 지나쳤지만 여전히 무거운 보드를 제대로 다루지 못해 끙끙대는 중이었다. 방향을 돌리기도, 컨트롤하기도 어려웠다. 게다가 양다리로 보드를 제대로 감쌀 수도 없었다. 양다리로 감싸기에는 데크의 폭이 너무 넓었기 때문이다.

니나는 시시각각 불안해졌다. 제이가 보드에서 떨어지거나, 보드를 잃어버리거나, 다리나 손이 부러지거나, 물속으로 가라앉을 수도 있었다. 니나는 위험 상황에서 제이를 어떻게 구할지, 혹시 주인이 나타나면 뭐라고 변명할지, 상황이 악화되면 어떻게 혼자 대처해야 할지 말없이 재빨리 머리를 굴렸다.

"나도 저기 갈 거야." 키트가 이렇게 말하며 니나의 손을 뿌리치고 달려가려고 했다. 니나가 얼른 양손으로 키트를 붙잡아 말렸다.

"언니는 맨날 나만 붙잡아." 키트가 뾰로통하게 말했다.

"너는 맨날 도망가고." 니나가 미소를 지으며 말했다.

"저기 봐. 제이가 해냈어." 허드가 제이를 가리키며 말했다.

제이가 보드에서 일어나 있었다. 하지만 순식간에 미끄러져 물에 빠지고 말았다. 보드는 파도를 타는 데 제이는 없어도 된다는 듯 조류를 타고 아이들이 있는 곳으로 떠내려왔다. 니나는 물속에서 제이의 머리가 튀어나오기를 기다렸다. 마침내 제이의 머리를 본 순간 니나는 참았던 숨을 몰아쉬었다.

제이가 모두가 있는 곳으로 돌아오자 허드가 얼른 보드를 잡아서 챙겼다.

"니나." 허드가 보드를 내밀며 말했다. "한번 타봐."

"원래 있던 곳에 갖다 놔." 니나가 대답했다.

"보드 받아!" 키트가 말했다.

제이는 다가와 보드가 제 것인 양 양손을 올렸다.

"안 돼." 허드가 말했다. "니나가 탈 거야."

"아니, 나는 안 해."

"봐, 안 한다잖아." 제이가 보드를 가져가며 말했다. "내가 나갈 거야."

"너도 안 돼." 니나가 말했다.

"아니, 돼."

바로 그때, 이번만큼은 제때에, 니나는 자신이 긴장을 하든 안 하든 일어날 일은 일어나리라는 사실을 깨달았다. 자신이 보드를 타든 제이가 하는 것을 지켜보기만 하든 그 보드는 원래 있던 곳으로 돌아갈 리 없었다. 그래서 니나는 그 보드에 양손을 댔다.
"좋아. 내가 할게."
제이가 깜짝 놀라 누나를 보았다. 그리고 손을 뗐다. "이거 무거워." 그가 말했다.
"알았어." 니나가 대답했다.
"균형 잡기도 어려워." 제이가 또 말했다.
"알았어."
"누나가 보드에서 떨어지면 그때는 내 차례야." 제이가 말했다.
"그만 좀 해, 제이." 허드가 나무랐다.
그제야 제이가 입을 다물었다.
니나는 보드에 엎드린 채 노를 저을 수 있을 만큼 양팔을 쭉 뻗었다. 보드를 타고 있으니 파도를 지나기가 더 힘들었다. 파도에 자꾸 밀리는 바람에 처음부터 다시 시작해야만 했다. 그러나 다음 파도가 왔을 때 보드에서 가슴을 들자 파도 꼭대기가 얼굴이 아니라 가슴에 부딪혔고 마침내 파도를 헤치고 나갈 수 있었다.
니나는 방향을 빙 돌린 후 양팔을 죽 밀어서 보드에서 일어나 앉았다. 몸 아래의 보드가 불안하게 느껴질 수도 있지만 니나는 몸을 곧게 폈다.
파도가 다가오자 니나는 어떤 선택을 할 수 있을지 가늠해 보았다. 보드에서 일어서볼 수도 있고 엎드린 채 그대로 파도를 타고 넘을 수도 있었다. 아까 제이가 일어서려다가 물에 빠지는 모습을 봤기 때문에 보드에 엎드려 있기로 했다. 파도가 니나의 아래에서 부풀기 직전, 니나는 있는 힘껏 양팔로 노를 저었다. 물이 몸을 들어 올리는 느낌이 났지만 일어나지 않았다. 그 상태로 계속 수영을 하는데 어느 순간 팔을 저을 수 없었다. 몸이 공중에 붕 떠 있었기 때문이다.

보드에 누워 있으니 중력이 사라지고 자유로운 기분이 들었다. 바람이 휙휙 지나갔다. 한 몸처럼 움직이는 바다를 느끼고 물을 타는 느낌이 이렇게 황홀할 줄이야. 파도가 니나를 모래 위로 살며시 옮겨주었다.

니나는 어느새 바닥에 닿은 자신의 손을 내려다보았다. 해냈다. 보드를 탄 채 계속 파도를 탄 것이다.

일어서자 저기서 니나에게 환호하는 동생들이 보였다. 남동생들은 입을 떡 벌린 채 보고 있었다.

"파도를 잡을 때까지 양팔로 있는 힘껏 노를 저어야 해." 니나는 동생들에게 돌아가자마자 말했다. "보드 없이 몸으로만 할 때보다 훨씬 힘들어. 하지만 일단 파도를 타면 속도가 더 빨라져."

"누나도 못 일어났잖아." 제이가 말했다.

"알아. 하지만 우리라면 거기까지 할 수 있을 것 같아."

그리고 네 아이는 정말 그렇게 했다.

니나와 제이, 허드는 순서대로 보드를 타고 해안으로 들어오며 여러 단계의 성공을 거두었다. 가끔은 키트를 등에 업고 타기도 했다.

아이들은 오후 내내 보드를 탔는데, 보드에서 떨어진 것과 미끄러지듯 탄 횟수는 반반이었다. 아이들은 보드에서 떨어지며 물을 잔뜩 먹고, 암초에 발가락을 베이고, 보드를 누르는 몸의 무게 때문에 갈비뼈 부근에 멍이 들었다. 바닷물의 소금기와 따가운 햇빛 때문에 눈이 쓰라렸다.

이 모험에 몇 시간이 후딱 지나갔을 즈음 젖은 모래사장에서 나머지 세 명이 지켜보는 가운데 제이가 혼자 보드를 들었다. "내가 일어서 볼게." 제이가 말했다. "잘 보고 있어."

제이는 보드에서 떨어질 만큼 떨어진 덕에 드디어 요령을 터득했다고 자신했다. 제이는 양팔을 저어 바다로 나간 후 해변을 향해 보드에 누워서 기다렸다. 느리고 작지만 제이 정도는 해안으로 옮겨줄 수 있을 파도를 가만히 기다렸다.

마침내 원하는 파도가 보이자 제이는 그 파도가 자신의 바로 아래서 부풀 때까지 기다렸다가 마침내 팔로 노를 젓기 시작했다. 제이는 그 어느 때보다 양팔을 열심히 사용했다. 보드가 파도에 올라탄 느낌이 났고 안정된 기분이 들었다. 그러자 제이가 천천히 무릎으로 일어난 후 마침내 두 발로 서서 몸을 낮게 유지했다. 제이는 보드를 타고 있었다. 서핑을 하고 있었다.

저 멀리서 니나와 허드, 키트가 바라보는 모습이 보였고, 형제들의 기대감이 느껴졌다. 모두의 시선이 자신에게 향한 이런 순간, 제이는 스스로를 가장 잘 이해했다.

 제이는 환하게 웃으며 몸을 숙인 채 최대한 꼼짝도 하지 않았다. 이윽고 보드가 흔들려 균형을 잡기 힘들어 금방이라도 물에 빠질 것 같았다. 제이는 반쯤 우아한 모습으로 물속으로 훌쩍 뛰어내렸다. 챔피언.

 니나와 허드가 제이를 향해 달려왔고 키트가 앞장을 섰다. 제이는 눈에 눈물이 맺힐 정도로 맘껏 웃었다. "봤어?" 제이가 형제들에게 소리쳤다. 제이는 순수하고 신선한 기쁨 속으로 풍덩 뛰어들었다. 땅을 밟고 서 있어도 허공에 둥둥 떠 있는 것만 같았다. "정말 끝내줬어." 허드가 제이와 하이파이브를 하며 말했다. 키트는 훌쩍 뛰어올라 양팔로 오빠의 목을 얼싸안았다. 니나는 미소를 지었다. 제이가 옳았다. 오후 내내 정말 행복하고 즐거웠다. 시도하다 떨어지고, 시도해서 성공하고, 더 열심히 해서 더 잘하고.

* * *

 곧 길고 혼잡했던 점심시간이 끝났지만, 저녁 시간의 북새통이 아직 본격적으로 시작되지 않았기에 준은 슬그머니 식당을 빠져나왔다. 감청색 하이 웨이스트 숏팬츠에 흰색 민소매 셔츠를 입은 준은 고속도로를 건너 해변으로 갔다. 네 아이는 보드를 번갈아 가며 타며 놀고 있었는데, 문제는 그 보드가 남의 것이었다는 점이다.

준은 양손으로 허리를 짚은 채 말했다. "이건 어디서 났니?"

"엄마, 죄송해요. 우리가—" 니나가 해명하려고 했지만 준이 한 손을 올렸다.

"괜찮아." 준이 말했다. "장난이야. 주인이 있는 것 같지는 않네."

"그럼 우리가 가져도 돼요?" 키트가 물었다. "이걸 가져가면 우리는 매일 서핑을 할 수 있어요."

네 아이가 대답을 고대하며 준을 바라보았다.

"미안하지만, 그건 안 돼. 그러면 안 될 것 같아." 준이 말했다. "누가 이 보드를 찾고 있을지도 모르잖아." 준의 말에 아이들은 금방 풀이 죽었다. "그러니까 이렇게 하면 어떨까. 이 보드가 내일도 여기 있으면 우리 집으로 가져가자."

그날 저녁, 식당 뒤에 있는 휴게실에서 준은 케이프 코더*를 홀짝거리고 아이들은 저녁을 먹으며 가족은 오로지 바다 이야기만 했다. 준은 컵을 손에 쥔 채 아이들이 파도에 대해 입이 닳도록 말하는 것을 참을성 있게 들었다. 준은 그날 있었던 일 중에 가장 사소한 부분조차 놓치지 않고 질문을 던지며 아이들이 이야기를 계속하도록 했다. 아이들은 준이 정말로 바다 이야기에 흠뻑 빠졌는지 아니면 그런 척하는 재주가 좋을 뿐인지 궁금해하지 않았다. 솔직히 말하자면 준은 네 아이가 너무나 사랑스러웠을 뿐이었다. 그녀는 아이들의 생각과 발상을 좋아했고, 아이들이 각자

---

* 보드카와 크랜베리 주스를 섞은 칵테일.

알아내고 발견한 것을 듣는 게 좋았으며, 아이들이 어엿한 한 사람으로 영글어 가는 모습을 지켜보는 일이 좋았다.

그녀는 자신의 아이들을 과학박물관의 기념품 가게에서 살 수 있는 마법의 스펀지 캡슐처럼 생각했다. 알약이나 다름없는 작은 캡슐을 물에 넣고 잠시 지켜보면 언제나 미리 정해진 형태가 서서히 드러난다. 어떤 것은 스테고사우루스가 되고, 어떤 것은 티렉스가 된다. 한편 아이들의 경우, 지켜보고 있으면 믿음직하거나, 재능이 넘치거나, 마음씨가 곱거나, 대담한 사람으로 자라갔다.

준은 자신의 아이들이 그날 그 전까지 미처 알아보지 못했던 자신의 새로운 부분을 찾아냈다는 사실을 알았다. 어린 시절이 찬란한 날들과 평범한 일상으로 이루어져 있다는 것 역시 잘 알았다. 그날은 아이들의 인생에서 가장 찬란했다.

그날 밤 그들은 식당 일을 마치고 집으로 돌아와 〈아담-12〉*를 다 같이 본 후 흩어졌다. 키트는 침대로 갔다. 제이와 허드는 만화책을 읽으려고 함께 쓰는 방으로 갔다. 니나는 이불을 뒤집어쓰고 여름 필독서 목록에 올라 있는 책을 읽는 척했다.

하지만 아이들은 모두 자신들의 몸이 아직도 파도에 올라타고 있는 듯한 기분을 느꼈다.

제이는 거의 집착에 가까울 정도로 그 느낌에 푹 빠졌다. 엄청난 힘으로 파도를 타면 어떤 느낌일지 생각하느라 다른 생각은

---

* 경찰 드라마 시리즈.

전혀 할 수 없었다. 부드럽게 파도를 미끄러지듯 탄다면 어떨까? 파도를 타고, 둥둥 떠 있고, 위로 솟구치면 어떤 기분일까? 제이가 이런 생각에 흠뻑 빠져 있는데, 허드가 자신의 침대에서 부르는 소리가 들렸다.

"그 보드가 내일 거기에 없으면." 허드가 말문을 열었다. "어떻게 하지?"

제이가 일어나 앉았다. "나도 같은 생각을 하던 중이었어. 몰래 거기에 가봐야 할까? 다른 사람이 못 가져가도록 우리가 가져와야 하는 거 아닐까?"

"안 돼." 허드가 말했다. "그러면 안 돼."

"알았어." 제이가 말했다. "그래, 네 말이 옳아."

제이는 드러누워서 천장을 뚫어지게 바라보았다. 두 아이는 잠시 아무 말도 하지 않았다. 하지만 제이는 허드가 여전히 그 생각 중이라는 걸 알았다. 허드가 더는 말을 하지 않았으므로 제이는 그 문제는 일단락된 것으로 생각했다.

"어쨌든 멋졌어." 제이가 말했다.

"우리가 정말 멋지게 보였을 거야." 허드가 베개에 머리를 대며 맞장구를 쳤다.

"맞아." 제이가 웃으며 말했다. "우리 정말 멋졌어."

두 아이는 희망을 품고 계획을 세우며 깊이 곯아떨어졌.

키트는 머리가 베개에 닿는 순간 꿈나라로 떠나 밤새 언니 오빠들과 함께 각자 자신의 보드를 타고 파도를 누비는 꿈을 꾸었다.

정작 서핑의 결과를 온몸으로 느끼며 서핑 생각에 잠 못 이루는 사람은 니나였다. 가슴에는 보드에 닿았던 촉감이 아직도 남아 있었다. 두 팔은 물의 저항을 이기느라 아팠다. 보드를 쾅 치고 보드를 앞으로 가게 하려고 흔들어댄 결과 두 다리는 고무처럼 흐늘거리는 듯했다. 피부를 감쌌던 바다와 그 바다의 부재를 동시에 느낄 수 있었다.

니나는 돌아가고 싶었다. 바로 그 시간과 장소로. 다시 해보고 싶었다. 제이가 했던 것처럼 보드에서 일어서고 싶었다. 이제 보드에 대한 니나의 마음은 확고했다. 몇 달 전 유럽 어디선가 서핑을 하는 남자의 사진을 잡지에서 본 기억이 났다. 그곳이 포르투갈이었나? 니나는 어른이 되면 자신도 그런 사람이 될 수 있을지 궁금했다. 진짜 서퍼 말이다. 오직 파도를 타기 위해 세계를 돌아다니는 사람.

니나는 자려고 해보았다. 하지만 10시를 훌쩍 넘겨서도 니나의 눈은 여전히 말똥말똥했다. 일어나 부엌으로 가는데 엄마가 거실에 앉아 잠옷 차림으로 토요명화를 보며 보드카를 병째 마시고 있었다.

준은 니나를 보더니 보드카 병을 얼른 바닥에 내려놓고 발을 움직여 소파의 팔걸이 뒤로 슬그머니 치웠다.

"잠이 안 오니, 아가?" 준은 팔을 뻗어 니나에게 소파 옆자리에 앉으라고 했다.

니나는 고개를 끄덕이며 엄마의 옆에 앉아 몸을 말았다. 니나는 그 자리가 오로지 자신의 자리인 것 같은 생각이 자주 들었다. 엄마에게서 샬리마 향수와 바다 소금 냄새가 났다.

"엄마, 식당에서 일해도 돼요?" 니나가 물었다.

준이 딸을 보았다. "그게 무슨 말이야?"

"음, 돈을 벌 수 있잖아요." 니나가 말했다. "그러면 우리 모두 서프보드를 살 수 있고요."

"오, 얘야." 준은 딸의 팔을 문지르고 자신에게 끌어당기며 말했다. "엄마가 사줄게, 알았지? 약속해."

"그러실 필요 없어요. 그런 뜻으로 말한 게 아니에요."

"엄마가 사줄게. 그게 내 일이야."

니나는 웃는 얼굴로 엄마를 보며 엄마의 어깨에 머리를 기댔다.

부모가 되기란 쉽지 않다. 혼자 네 아이를 키우는 일은 쉽지 않다. 하지만 정작 준이 남편, 아니 두 번이나 전남편이 된 남자에게 가장 불만스러운 부분은 따로 있었다. 그녀에게는 아이들이 커가는 모습을 보며 함께 흐뭇해할 사람이 없었다.

물론 엄마는 잘 들어줄 것이다. 크리스티나는 이 아이들을 사랑하니까. 하지만 준은 이런 밤이면 소파에 나란히 앉아서 아이들을 떠올리며 함께 미소 지을 수 있는 사람을 원했다. 미운 일곱 살이 되어가는 키트 이야기를 하면 준과 함께 웃고, 고집불통의 제이 이야기를 하면 준의 편을 들어주고, 허드가 좀 더 자기주장을 강하게 하도록 가르칠 줄 알고, 니나에게 긴장을 풀라고 말해줄 수 있는 사람. 혼란스러운 준의 삶 한가운데에서도 아이들이 그들만의 경이로움과 기쁨을 발견한, 바로 오늘 같은 날 준과 함께 눈을 빛내며 환하게 웃어주는 사람이 유독 그리웠다.

오, 믹이 어디에 있건 이런 삶을 모르고 살다니.

믹은 열한 살이 된 딸이 엄마의 어깨에 머리를 기대는 것 외에 아무것도 원치 않을 때 얼마나 기분이 좋은지 몰랐다. 이런 식으로 사랑을 하면 얼마나 기분이 좋은지 믹은 몰랐다.

준은 자신과 아이들을 키우는 그녀를 두고 집을 나가 어딘지도 모를 곳에서 누군지도 모르는 이와 함께 있는 전남편을 떠올릴 때면 자신이 계약에서 유리한 입장을 차지했다고 생각했다. 그녀는 세상 그 무엇을 준다 해도 네 아이와 함께하는 삶을 버리지 않을 것이기 때문이다.

한편으로 준은 이렇게 기쁘고 행복한 순간에도 여전히 떠나간 남편을 떠올리는 자신이 미웠다.

니나는 준의 품에서 잠이 들었다. 딸이 잠들자 준은 숨겨놓은 보드카 병을 다시 집었다. 잠에 들려면 술의 힘이 필요했다. 그래도 자기 전에 어디까지 마시겠다고 머릿속에 그려놓은 보이지 않는 선을 넘기는 날은 거의 없었다.

이튿날 그 보드는 사라졌다. 아이들은 우거지상을 숨기려고 애쓰며 보디서핑으로 돌아갔다.

* * *

몇 달 후 크리스마스 아침 니나와 제이, 허드, 키트가 일어나 보니 직접 장식했던 크리스마스트리가 온데간데없이 사라지고 없었다.

"크리스마스트리 어디 갔어?" 준이 짐짓 당황하며 물었다. "설마 크리스마스트리에 발이 달려서 뚜벅뚜벅 걸어 나갔다고 생각하는 건 아니지, 그렇지?"

아이들은 짐작조차 못 할 일이 기다리고 있을 것만 같아 설레는 마음으로 서로를 바라보았다.

"바다로 나가서 확인해 볼까?" 준이 말했다.

아이들은 문을 활짝 열어젖히고 서둘러 계단을 내려가 바다로 나갔다. 그리고 눈앞의 광경에 꺅 소리를 질렀다.

집 앞 모래사장에는 사라진 크리스마스트리가 비스듬히 꽂혀 있었다.

그리고 그 옆으로 서프보드 네 개가 나란히 서 있었다. 노란색, 붉은색, 주황색, 푸른색.

15:00

허드는 머리카락이 채 마르기도 전에 페퍼다인대학교의 스튜디오 앞에 차를 세웠다. 그는 앞좌석에 놓아둔 카메라를 들고 자연스럽게 스튜디오로 들어갔지만, 공식적으로 그는 그곳에 있어서는 안 되는 사람이었다. 그는 대학생이 아니었다.

허드는 평생 소도시에서 사는 장점의 하나가 어딜 가나 아는 사람이 있다는 사실이라고 생각했다. 마트의 계산원부터 입장권을 받는 사람, 페퍼다인대학교 사진학과 학과장의 비서까지 허드는 그들과 이야기 나누는 것을 즐겼다. 그들에 관해 질문을 던지고 어떻게 지내는지 듣는 걸 좋아했다. 그는 소프트아이스크림 판매대를 지키는 직원과 엑스트라 휘핑크림을 올린 초콜릿 아이스크림을 두고 "저칼로리"라며 농담을 주고받는 것도 좋아했다.

그는 소소한 잡담을 사랑했다. 사람들에게서 흔히 볼 수 없는 성격이라는 건 그도 알았다. 확실히 형제나 엄마와 공유하는 성격은 아니었다. 그의 가족은 언제나 여기서 저기로 그를 다급하게 밀어붙이는 경향이 있었다. 특히 제이와 키트가 그랬다. 가끔 허드는 자신이 믹에게 이런 성격을 물려받았나 궁금했지만 그건 아닌 듯했다. 그러자 자연스럽게 친모인 캐럴에게서 물려받았을

지 모른다는 생각이 들었다.

허드에게 캐럴은 수수께끼 같은 사람이었다. 그는 친모가 자기 이름을 지어주었고 준의 집에 버리고 갔다는 사실밖에 몰랐다. 캐럴이 어떻게 생겼는지는 상상만 할 뿐이었다. 그리고 그녀의 모습에서 자신과 비슷한 부분을 알아볼 수 있을지, 그녀에게서 자신을 떠올릴 만한 것을 알아볼 수 있을지 늘 궁금해했다.

몇 해 전 허드는 잡지에서 믹이 카메라를 정면으로 바라보며 미소 짓는 사진을 보았다. '거물이 돌아왔다'라는 제목의 기사에는 믹이 몇 년의 공백이 무색하게 음반 차트 1위를 기록했다고 적혀 있었다. 하지만 허드는 그런 내용은 전혀 눈에 들어오지 않았다. 그는 줄곧 믹의 오른쪽 눈썹을 보고 있었다. 허드가 웃을 때와 똑같이 그 눈썹도 보일 듯 말 듯 살짝 올라가 있었다.

허드는 세상이 자신을 포위해 들어오는 것 같았다. 그가 믹의 눈썹을 닮았다고 치면, 다른 건 또 뭐가 있을까? 믹이 가진 능력을 허드도 가지고 있었을까? 믹의 냉담함이 허드 안에 동면하고 있어서 허드도 자기 자신밖에 사랑할 줄 모른다는 사실을 드러낼 순간을 노리고 있는 건 아닐까? 허드도 사랑하는 사람을 길가에 버리고 갈 수 있을까?

우리 부모님은 우리 곁에 있건 없건 우리 안에 살아 있다. 허드는 이렇게 생각했다. 우리가 펜을 잡거나 어깨를 으쓱할 때, 눈썹을 슥 올릴 때 그 몸짓에서 부모는 자신의 존재감을 드러낸다. 우리가 물려받은 유산은 핏줄을 따라 흐른다. 그 생각을 할 때마다 허드는 겁이 나 죽을 지경이었다.

그는 캐럴도 그의 몸에 살아 있다고 생각했다. 그러나 어떤 식으로 그의 몸에 존재하는지 알 길이 없었다. 그렇기에 그는 이왕이면 친모에게 물려받은 것이 자신의 성격이기를 빌었다. 사람들과 두런두런 이야기를 나누는 걸 좋아하는 성격 말이다. 그의 상냥함도. 친모로부터 이런 성격이나 웃음, 걸음걸이를 물려받았기를 기도했다. 그녀의 비겁함만 아니면 뭐든 좋았다.

"어이." 허드가 선글라스를 벗어 옷깃에 끼우며 안내 데스크에 앉아 있는 남자에게 말을 걸었다.

"어, 왔어요." 리키 에스포지토가 말했다. 리키는 매일 암실을 열고 닫는 담당이어서 그곳이 비어 있을 때면 허드가 쓰도록 편의를 봐주었다.

리키는 허드 형제와 같은 고등학교의 2년 후배였다. 그는 리바 형제가 멋짐의 정점에 있다고 생각했다. 잘생긴 서퍼인 데다 유명한 가수를 아버지로 둔 형제. 여드름 흉터가 남은 깡마른 리키 에스포지토는 허드와 제이도 그 나름대로 걱정과 고민이 있다는 사실을 믿지 못할 것이다.

"혹시 괜찮으면…." 허드가 암실을 쓰고 싶다는 뜻으로 자신의 카메라를 슬쩍 들어 보였다.

리키가 암실을 향해 턱짓했다. "어서 써요, 친구." 그가 말했다. "오늘 밤 파티는 열죠?"

허드가 미소를 지었다. 그는 리키가 그 파티를 알 줄은 몰랐다.

제이는 리키 에스포지토가 그 파티에 올 만큼 '쿨'한 녀석이 아니라고 했다. 사실 그렇게 말할 사람이 많을 것이다. 하지만 허드는 그 파티를 알 정도로 '쿨'한 사람이라면 그 파티를 올 정도로 '쿨'한 사람이라는 의견을 고수했다. 그것이 규칙이었다. 그리고 리키는 그 파티에 대해 알았다.

"물론이지." 허드가 말했다. "올 거지?"

리키가 '쿨'하게 고개를 끄덕였다. 하지만 허드는 리키의 손이 살짝 떨리는 모습을 놓치지 않았다. "알잖아요. 준비물이 있어요?"

허드가 고개를 가로저었다. "몸만 오면 돼."

"좋아요." 리키가 말했다. "갈게요."

허드는 얼른 암실로 들어갔다. 그는 오전 내내 사진 생각뿐이었다. 애슐리.

필요하다면 애슐리를 위해 제이와의 관계를 끝장내 버릴 수도 있을까? 과연 그럴 수 있을까? 가능한 답 두 가지를 떠올리자 그는 덜컥 겁이 났다.

허드는 문을 꼭 닫고 작업을 시작했다.

1971년

 사람들이 아침에 오렌지 주스를 마실 때 준은 스크루드라이버를 마셨다. 점심에는 휴게실에서 케이프 코더를 마셨다.
 아이들과 식탁에 둘러앉아 저녁으로 미트로프나 로스트치킨을 먹을 때면 그녀는 시 브리즈Sea Breeze 칵테일을 마셨다. 식탁 위에는 늘 같은 컵이 올랐다. 키트는 우유, 제이와 허드는 청량음료, 니나는 물. 그리고 준은 루비레드 자몽과 크랜베리 주스를 얼음에 붓고 보드카를 채운 은은한 산호색 하이볼.*
 니나는 지난해 집을 비우고 대피했던 날 엄마의 음주에 대해 알게 되었다. 협곡에서 산불이 일어났고 민가가 불타올랐다. 매캐한 연기 냄새가 코를 찔렀다.
 준은 새벽같이 아이들을 깨워 차분하지만 단호한 말투로 각자 없으면 안 되는 소지품을 챙기라고 했다.
 아이들은 하나같이 서프보드를 자동차 지붕에 실어달라고 했다. 키트는 솜 인형을 가져왔다. 제이와 허드는 만화책과 야구 카드를 챙겼다. 니나는 제일 좋아하는 청바지와 레코드판 몇 장을

---

*   시 브리즈 칵테일.

가져왔다. 준은 가족 앨범을 챙겼다. 모두가 차에 탔을 때 니나는 엄마가 보드카를 챙겨 왔다는 걸 알아차렸다.

며칠 후 집으로 돌아와 보니 주방 조리대에 내려앉은 그을음 외에 다른 피해는 없었다. 니나는 엄마의 가방에서 그때보다 술이 더 많이 든 보드카 병을 발견했다. 준은 짐을 풀자마자 제일 먼저 보드카부터 냉동실에 몰래 집어넣었다.

그 무렵 준은 머리에 롤을 말고 잠옷을 입은 채 소파에서 곯아떨어지기 시작했다. 준은 술병을 들고 TV 앞에서 저녁을 보낸 후에도 방으로 잘 들어가지 않았다.

그렇지만 준은 여전히 매력적이고 재치 있는 사람이었다. 늘 미소를 지었다. 아이들을 시간에 맞춰 학교에 보냈고, 아이들이 참가하는 경기나 게임은 한 번도 빠지지 않고 참관했다. 아이들의 할로윈 의상을 늘 직접 만들었다. 부지런하고 양심적으로 식당을 운영하면서 주방과 홀의 직원들에게도 관심을 기울였다.

그 후로 아이들은 절대 못 잊을 교훈을 배우게 되었다. 알코올 중독이라는 병은 얼굴을 여러 개 가지고 있으며 그중에는 아름다운 얼굴도 있다는 것이다.

* * *

1971년 가을 크리스티나가 뇌졸중으로 죽었다. 예순한 살이었다. 준은 간호사들이 엄마의 시신을 옮기는 모습을 지켜보았다. 그렇게 병원에 있으니 바다 깊은 곳을 흐르는 저류에 휘말린 것 같았다. 어쩌다가 이 지경까지 왔을까? 어쩌다가 아무도 없이 혼자 네 아이를 키우고 결코 원한 적 없는 식당을 떠안게 되었을까.

장례식 다음 날 준은 아이들을 학교에 데려다주었다. 키트를 초등학교에 내려주고 니나와 제이, 허드가 다니는 중학교로 향했다. 학교 주차장에 차를 세우자 제이와 허드가 내렸다. 하지만 니나는 돌아서서 자동차 문손잡이에 손을 얹고 엄마를 보았다.

"엄마, 괜찮아요?" 니나가 물었다. "나는 집에 있어도 괜찮아요. 식당에서 엄마를 도와드릴 수도 있고요."

"아니야." 준이 딸의 손을 잡으며 말했다. "네가 싫지 않다면 네가 있어야 할 곳은 학교야."

"알겠어요." 니나가 말했다. "혹시 내 도움이 필요하면 데리러 오세요."

"우리, 바꾸어서 생각하면 어떨까?" 준이 미소를 지으며 말했다. "엄마가 필요하면 선생님에게 내게 전화하라고 해."

니나가 웃으며 대답했다. "알았어요."

준은 금방이라도 울음이 터질 것 같아 선글라스를 쓰고 주차장을 나왔다. 창문을 내린 채 퍼시픽 피시로 차를 몰았다. 도착하자 차를 세우고 사이드브레이크를 걸었다. 준은 숨을 깊이 들이마셨다. 차에서 나와 자신이 이것을 물려받았구나 싶어 식당을 잠시 바라보았다. 어떤 의미를 지니든 이제 식당은 그녀의 것이었다.

그녀는 담배에 불을 붙였다.

빌어먹을 식당은 그녀가 태어난 순간부터 그녀를 붙잡고 늘어졌다. 준은 그곳에서 절대 도망칠 수 없다는 사실을 이제야 깨달았다.

네온사인 간판의 전구가 몇 개 깨져 있었다. 간판을 보니 파워 세척이 필요한 상태였다. 이제 그 일은 그녀의 몫이었다. 그녀는 그 식당에 남은 전부였다. 아마도 그 식당도 그녀에게 남은 전부일 것이다.

준은 자동차 후드에 기대 팔짱을 낀 채 담배를 피우며 새로운 삶의 모습을 찬찬히 그려보았다.

준은 늘 과로한 탓에 피곤했고 외로웠다. 그녀는 딸을 끝내 이해하지 못했던 부모님이 그리웠고, 그녀를 끝내 진심으로 사랑하지 않은 남자가 그리웠고, 언젠가는 자신이 만들리라 생각했던 미래가 그리웠고, 그 옛날의 소녀가 그리웠다.

그때 문득 아이들이 떠올랐다. 늘 그녀를 피곤하게 만들지만 반짝반짝 빛나는 아이들. 인생이 그 아이들을 선사했다면 그녀가 올바르게 행동한 덕이리라. 누가 뭐래도 그 사실만큼은 확실했다.

결국 그녀는 인생에서 뭔가를 거두었다. 어쩌면 그녀에게 남겨진 것들로 뭔가를 이룰 수 있을지도 몰랐다.

준은 땅바닥에 꽁초를 버리고 까만 단화의 앞부분으로 비벼 불을 껐다. 그리고 퍼시픽 피시 간판을 보자 준 리바의 머리에 터무니없는 생각이 떠올랐다. '준 리바'라는 이름은 가슴이 찢기는 고통을 겪으며 손에 넣은 결과물이었다. 그렇다면 그 이름으로 뭐든 하고 싶은 걸 할 권리 정도는 있지 않을까?

2주 후 인부 세 명이 새 간판을 달았다. 간판에는 선명한 붉은 필기체로 이렇게 적혀 있었다. 리바스 시푸드.

간판 교체 작업이 다 끝나자 준은 가게 정문에 서서 간판을 바라보았다. 그녀는 청량음료 컵에 따른 보드카를 마시고 있었다. 흡족한 마음에 절로 미소가 나왔다.

이 간판은 더 많은 손님을 부를 것이다. 어쩌면 언론에 실릴지도 몰랐다. 하지만 정말 중요한 것은 따로 있었다. 마침내 믹이 돌아온다면 새 간판을 좋아할 것이다. 준은 그 사실을 확신했다.

* * *

얼마 후 제이와 허드가 엄마의 알코올 의존증을 눈치채기 시작했다. 비록 그 단어를 모르거나 그런 행동을 의미하는 단어가 있다는 사실조차 몰랐지만.

그들의 엄마는 아침에 정신이 가장 맑았다. 몸은 피곤하고 행동은 굼뜨지만, 정신만은 맑았다. 그러나 시간이 흐를수록 그녀의 정신은 점점 흐릿해졌다. 한번은 엄마가 "가서 목욕하고 샤워해"라고 하자 제이는 허드에게 이렇게 소곤거린 적도 있었다. "엄마가 저녁을 먹고 나서 멍청이가 되었어."

어느새 저녁 6시가 되면 아이들은 눈치껏 엄마를 모른 척하게 되었다. 그러면서도 엄마가 혹시라도 공공장소에서 남부끄러운 짓을 할까 봐 집에서 못 나가게 붙잡아 놓았다.

심지어 니나는 열네 살이라는 어린 나이에도 운전을 몹시 좋아하는 척했다. 그녀는 엄마에게 모두를 차에 태워서 마트에 다녀와도 될지, 엄마 대신 남동생들을 영화관에 데려다줘도 될지, 엄마가 집에 있을 수 있도록 키트와 버네사의 기사가 되어 아이스크림 가게에 데려가도 될지 물어보곤 했다.

솔직히 니나는 운전이 무서웠다. 차들이 쌩쌩 달리는 PCH로 진입할 때마다 니나는 눈앞이 캄캄해지고 신경이 바짝 곤두서는 것 같았다. 운전하는 내내 손의 마디마디가 하얗게 질리도록 운전대를 힘껏 쥐었다. 심장이 미친 듯이 뛰고 차의 방향을 돌릴 때가 되면 당황해 어쩔 줄을 몰랐다. 마침내 동생들을 각자의 목적지에 내려주고 차에서 내리면 양쪽 어깨뼈 사이와 무릎 뒤에 쌓인 긴장을 느낄 수 있었다.

하지만 운전이 아무리 무서워도 점심시간 이후에 엄마가 운전대를 잡는 것에 비하면 아무것도 아니었다. 니나는 가끔 밤중에 요즘 들어 자꾸 뭔가를 칠 뻔하거나 돌발 상황에 굼뜨게 반응하거나 차를 돌릴 기회를 놓치는 엄마를 떠올리면 잠이 싹 달아났다.

아무리 힘들어도 결국 니나가 동생들을 태우고 다니는 편이 속 편했다. 그렇게 생활하다 보니 어느새 니나는 재앙이 일어날 것 같다면 어떻게든 미리 막는 편이 결과적으로 더 편하고 더 중요하다는 사실을 어렴풋이 깨닫기 시작했다.

"너는 운전을 정말 좋아하는구나." 어느 저녁 집에 우유가 다 떨어진 것을 본 준이 니나에게 차 열쇠를 건네며 말했다. "나는 이해가 안 돼. 엄마는 운전이 좋았던 적이 없거든."

"맞아요. 커서 리무진 운전수가 될 거예요." 니나는 형편없는 거짓말을 하고는 곧장 후회했다. 더 나은 거짓말을 꾸며낼 수도 있었는데.

허드가 누나의 대답을 듣더니 눈을 맞추었다. "나도 같이 가." 허드가 말했다. "우유 사러."

"나도 갈래." 제이가 끼어들었다.

세 아이가 문으로 가자 소파에 있던 준이 담배에 불을 붙이고 눈을 감았다. 그때 키트는 TV 앞에서 레고를 가지고 놀고 있다. 그런데 준이 몸을 죽 뻗으며 팔에서 힘을 빼자 담뱃불이 키트의 머리카락을 스치는 것이 아닌가. 니나가 숨을 헉 들이쉬었다. 제이는 눈이 튀어나올 것 같았다.

"키트, 너도 우리와 함께 가자." 허드가 말했다. "너는 치약이 더 필요해. 너의… 이를 위해서."

키트가 의아한 표정으로 그들을 보다가 어깨를 으쓱하며 낡은 깔개에서 일어났다.

"무슨 일이야?" 모두 차로 가자 키트가 물었다.

"걱정할 거 없어." 허드가 문을 열어주며 말했다.

"아무 일 없어." 니나가 운전석에 타면서 말했다.

"언니 오빠들은 내게 아무것도 말해주지 않아." 키트가 툴툴거렸다. "하지만 뭔가 있는 것 같단 말이야."

제이가 조수석에 탔다. "그러면 우리에게 물어볼 필요도 없잖아. 자, 제일 싼 우유를 사고 남은 돈으로 롤로 초콜릿바 한 팩을 사고 싶은 사람?"

"나는 최소 네 팩은 사고 싶어!" 키트가 말했다. "오빠들이 항상 받은 것보다 더 가져가잖아."

"그럼 내 것도 가져, 키트." 니나가 후진 기어를 넣으며 말했다.

"자 이제부터 모두 조용히 해. 누나는 집중해야 하니까." 허드가 소리쳤다.

니나가 천천히 차를 후진해 진입로를 빠져나온 후 방향을 돌려 도로로 향하는 동안 키트는 창밖을 바라보며 언니와 오빠들이 무엇을 감추고 있는지, 혹시 자신이 그 해답을 이미 아는 건 아닌지 곰곰이 생각했다.

결국 그 해답은 TV가 주었다.

* * *

1년 후 열 살이 된 키트가 엄마와 함께 소파에 앉아 TV 드라마를 보고 있을 때였다. 마침 두 형제가 살인사건을 놓고 의견이 맞서는 장면이 나왔다. 그런데 한 형제가 다른 형제의 손에서 위스키병을 빼앗으며 "주정뱅이"라고 불렀다. "너는 술주정뱅이야." 그가 말했다. "그리고 넌 지금 이 술로 자살하는 중이야."

그 장면을 보자마자 키트의 머릿속에서 뭔가가 찰칵하고 제자리를 찾아 들어갔다. 키트가 고개를 돌려 엄마를 보았다. 준은 막내딸과 눈을 맞추며 미소를 지었다.

문득 키트의 온몸이 분노로 타오르기 시작했다. 키트는 금방 온다고 하고 욕실로 들어가 문을 꼭 닫았다. 그리고 문에 걸린 수건을 보자 그 수건을 마구 치고 싶었다. 문을 주먹으로 때려 부수고 싶었다.

키트는 이제 엄마의 행동을 부르는 이름을 알게 되었다. 아주 긴 시간 동안 자신의 신경을 긁어대고, 겁을 주고, 불안하게 만든 것의 정체를 이제야 알게 되었다.

엄마는 술주정뱅이였다. 엄마도 술로 자살하는 중이라면 어떻게 하지?

* * *

그다음 주, 준은 저녁을 태웠다.

집은 연기로 가득하고 오븐에는 불길이 넘실댔으며 타버린 치즈 냄새가 식탁보와 가족의 옷에 배어들었다.

"엄마!" 니나가 연기를 보자마자 집 안으로 득달같이 뛰어 들어가며 소리쳤다. 아이들이 우르르 부엌으로 몰려가자 준은 그제야 정신을 차렸다.

"미안해! 미안!" 준은 그대로 잠들었던 식탁에서 고개를 들며 말했다. 그녀의 동작은 뻣뻣하고 모든 움직임이 굼떴다.

키트는 조리대에 있는 스미르노프 병에 남은 술을 확인했다. 어제까지만 해도 한 병 가득 차 있던 그 술병인지는 알 수 없지만, 지금은 거의 바닥나 있었다.

니나는 오븐으로 달려가 장갑을 끼고 캐서롤 그릇을 꺼냈다. 제이도 달려 들어와 조리대로 올라가더니 화재 탐지기를 얼른 껐다. 허드는 창문이라는 창문은 다 열었다.

그릇 바닥에는 맥앤드치즈가 거의 새까맣게 타서 졸아붙었고 옆면과 윗부분도 그을려 있었다. 원래 맥앤드치즈의 색인 연한 주황색을 보려면 칼로 표면을 갈라봐야 했다. 어쨌든 준은 그걸 먹으라고 내놓았다.

"자, 얘들아, 얼른 먹어. 그렇게 못 먹을 정도는 아니잖아."

니나와 제이, 허드는 엄마의 말을 듣자 아무 문제 없는 것처럼 식탁에 앉았다. 아이들은 마치 다른 음식도 마련되어 있는 것처럼 접시를 돌리고, 냅킨을 허벅지에 펼쳤다.

그때 키트는 어이가 없어 벌떡 일어섰다.

"우유도 마실래, 키트?" 니나가 동생에게 우유를 주려고 일어나며 물었다.

"지금 농담하는 거야?" 키트가 말했다.

니나가 동생을 바라보았다.

"나는 이거 안 먹어." 키트가 말했다.

"먹어도 괜찮아, 키트. 정말이야." 허드가 말했다. 키트가 힐끔 보자 허드는 얼굴이 잔뜩 굳은 채로 동생의 눈을 뚫어져라 바라보았다. 허드는 제발 그만하라는 눈빛으로 동생을 응시했다. 하지만 키트는 그냥 물러설 수 없었다.

"키트가 먹기 싫으면 굳이 먹을 필요 없잖아." 제이가 말했다.

"내가 저녁으로 다른 걸 만들어 올게." 니나가 말했다.

"아니야, 니나. 이거 먹으면 돼. 캐서린 엘리자베스, 앉아서 저녁 먹어." 준이 말했다.

키트는 엄마의 얼굴을 빤히 바라보며 일말의 당혹감이나 혼란을 찾으려 했다. 하지만 준의 얼굴은 평소와 전혀 다르지 않았다.

키트가 마침내 쏘아붙였다. "엄마가 술주정뱅이가 아닌 척한다고 해서 오늘 저녁도 안 태운 척할 수는 없어요!"

온 집 안이 쥐 죽은 듯 조용해졌다. 제이는 입을 떡 벌렸다. 허드의 눈빛은 경악에 찼다. 니나는 허벅지에 내려놓은 자신의 손만 바라보았다. 준은 키트에게 따귀라도 맞은 듯 막내딸을 바라보았다.

"키트, 네 방으로 가." 준이 눈물을 글썽이며 말했다.

키트는 그 자리에 선 채 잠자코 꼼작도 하지 않았다. 죄책감과 분함, 분함과 죄책감이 번갈아 가며 휘몰아쳤다. 내가 그렇게 못되게 굴었나? 아니면 정곡을 정확하게 찌른 걸까? 키트는 어느 쪽인지 알 수 없었다.

"가자, 키트." 니나는 냅킨을 식탁에 올리며 일어서면서 말했다. 그리고 동생의 손을 살며시 잡고 방으로 이끌었다. "괜찮아." 니나는 동생과 함께 걸어가며 동생의 귀에 속삭였다.

키트는 말없이 방금 자신이 한 말을 후회해야 하는지 생각에 잠겼다. 후회를 한다는 건 속으로 이것과 저것을 놓고 저울질한 것처럼 느낀다는 뜻이리라. 아니다, 키트는 선택 같은 건 하지 않았다. 키트에게는 무엇이 그토록 마음의 상처가 되는지 큰 소리로 말하는 것 외에 다른 수가 없었다.

니나와 키트가 복도로 가 보이지 않게 되자 제이와 허드는 엄마를 바라보았다.

"뒷정리는 우리가 할게요, 엄마." 허드가 말했다. "가서 쉬세요."

허드가 제이와 눈빛을 교환했다. "그러세요." 제이는 말은 그렇게 했지만, 그릇에 눌어붙은 치즈를 벅벅 긁어내는 일이 자신에게 떨어질 것 같은 불길한 예감을 느꼈다.

준은 이미 열네 살이 된 두 아들을 보았다. 아이들은 이제 다 컸다. 왜 그걸 아직도 알아보지 못했을까?

"그래." 준은 피곤한 기색으로 말했다. "엄마는 눈 좀 붙여야겠어." 그리고 정말 오랜만에 자신의 방으로 가 잠옷을 입고 침대에서 잠을 청했다.

형제는 부엌을 청소했다. 제이는 탄 음식을 긁어내려고 파이렉스 그릇을 힘껏 긁었다. 허드는 연기가 내려앉아 재로 뒤덮인 조리대에 물을 연신 부어가며 청소를 했다.

"키트 말이 맞아." 제이가 잠시 손을 멈추고 허드와 눈을 맞추며 소곤거렸다.

허드가 제이를 보았다. "나도 알아."

"우리는 지금까지 그 문제에는 입을 꾹 다물었어." 이렇게 말하는 제이의 목소리가 속삭이는 것보다 더 크게 울렸다.

조리대를 청소하던 허드의 손이 뚝 멈췄다. 허드는 숨을 깊이 들이마시더니 그 숨을 내뱉으며 툭 말했다. "알아."

"엄마가 부엌에 불을 낼 뻔했어." 제이가 말했다.

"그래."

"그렇다면 우리가…." 제이는 그 말을 끝맺기 힘들었다. 아빠에게 전화를 해야 할까? 제이는 자신들이 전화를 걸 수 있을지조차 알 수 없었다. 아빠가 지금 어디에 있는지 혹은 어디로 연락하면 되는지도 몰랐다. 연락이 된다면 제이는 아빠를 볼 기회를 반길 것이다. 하지만 몇 해 전 허드가 운동장 정글짐에서 떨어지는 바람에 코가 부러져 당장 수술을 받아야 했던 적이 있었다. 그때 제이는 우연히 엄마가 외할머니에게 하는 말을 들었다. "믹에게 전화로 도움을 청하느니 차라리 고속도로 변에 서서 몸을 팔겠어요." 그러므로 제이는 방금 꺼낸 말을 끝맺는 것은 고사하고 생각을 하는 것만으로도 엄마를 수치스럽게 만들 것 같았다. 제이는 아빠에게 연락을 하지 않을 것이다. 그럴 수가 없었다. "그러니까 내 말은 이제 뭘 어떻게 해야 할까?"

허드가 인상을 쓰더니 한숨을 쉬며 대답을 고민했다. 그리고 마침내 포기한 듯 식탁에 앉았다. "나도 모르겠어."

"그러니까, 엄마의 문제 말이야…. 엄마 상태가 안 좋은 건 잠깐일 거야, 그렇지?" 제이가 물었다. "영원히 그런 건 아니겠지?"

"그럼, 당연하지." 허드가 말했다. "이건 말하자면 어떤 단계나 과정 같은 거야."

"맞아." 제이는 마음이 조금 풀려 이렇게 말했다. 다시 그릇 바닥을 긁으며 치즈를 떼어냈다. "그래, 분명 그럴 거야."

형제는 서로를 바라보았다. 그리고 찰나와 같은 순간 믿어야만 하는 것과 실제로 믿는 것 사이에는 엄청난 거리가 있다는 사실을 똑똑히 깨달았다.

형제는 부엌 정리를 다 끝내고 반쯤 남은 감자칩 봉지와 리츠 크래커 한 상자를 들고 키트의 방으로 갔다. 누나와 동생은 방바닥에 앉아 이야기를 나누고 있었다.

넷은 방에 둘러앉아 기름기 묻은 여덟 개의 손을 각자의 바지에 쓱쓱 문질러 닦았다.

"냅킨을 가져올걸." 니나가 말했다.

"이런 맙소사. 저기 바닥에 있는 건 과자 부스러기 아니야?" 제이가 누나에게 장난을 쳤다. "경찰을 불러!"

키트가 웃음을 터뜨렸다. 허드가 전화를 거는 시늉을 했다. "여보세요. 부스러기 경찰이죠?" 허드가 말했다. 제이가 웃겨 죽으려고 하는 바람에 하마터면 리츠 크래커에 목이 막힐 뻔했다.

"네, 어, 크래커 경사입니다." 키트가 무전기에 대고 말하듯이 대답했다. "방금 대규모 오도독 사태가 발생했다는 보고를 받았습니다."

그 순간 니나의 안에서도 뭔가가 뚝 부러지며 요란한 웃음소리가 기어이 입에서 새어 나왔다. 그 괴상한 소리에 모두 더 크게 웃기 시작했다.

"됐어, 됐다고." 니나가 진정하고 말했다. "이제 자자."

아이들은 일어나 과자를 치웠다. 그리고 잠옷으로 갈아입었다. 이도 닦았다.

"다 괜찮아질 거야." 그날 밤 니나는 동생들에게 잘 자라는 인사를 건네며 각자에게 이렇게 말했다. "내가 약속해."

그 말에 굳었던 제이의 어깨는 10퍼센트가량 풀어졌다. 허드는 길게 숨을 토해냈고 키트는 턱에서 힘을 뺐다.

어떤 사람들은 약속을 지키지 않는다는 사실을 오래전에 배웠건만, 그날 밤 리바의 세 아이는 니나는 믿어도 된다는 걸 그냥 알았다.

16:00

니나는 저택의 꼭대기에 있는 자기 방에 서 있었다. 그곳은 먼지 한 톨 없었다. 남동쪽으로 바다를 향한 프렌치 도어의 유리가 어찌나 깨끗한지 창틀이 없다면 실내가 아니라 야외에서 풍경을 보고 있다는 착각이 들 정도였다. 이렇게 고요하고 완벽할 정도로 청명한 순간, 절벽을 지나 잔물결 이는 바다를 가로질러 카탈리나섬까지 보이는 날이면 니나는 이 집에도 사랑스러운 구석이 있다는 사실을 인정하지 않을 수 없었다.

그녀의 침대는 군대처럼 정확하게 정리되어 있었다. 자작나무로 만든 플랫폼 침대에 깔아놓은 하얀 퀼트 스프레드는 팽팽하게 당겨 매트리스 아래로 넣어져 있었다. 침대의 발치에 놓인 이불은 주름마저 완벽하게 잡아 개어져 있었다. 상상할 수 있는 모든 종류의 베개와 장식용 베개가 침대의 머리맡에 가지런히 놓여 있었다.

언제부터 이렇게 값비싼 물건을 잔뜩 가지게 되었을까? 니나는 문득 이런 생각이 들었다.

청소 업체 직원들이 아래층으로 이동했다. 그들은 석재 타일 바닥을 세척하고 벽을 하얗게 닦는 중이었다. 높은 천장의 구석진 곳에 쳐진 거미줄을 걷어내고 복도의 구석에 놓인 토끼 인형과 책장, 선반의 먼지를 떨었다.

니나는 깔개를 깔아둔 구역을 진공청소기로 미는 소리가 들리자 이런 청소가 다 무슨 의미가 있나 싶었다. 어차피 시계가 10시를 알릴 즈음이면 모래가 버석거리고 지저분해질 것이다. 자정이 되면 아래층은 난장판이 될 게 분명했다.

부부 욕실에 들어가니 세면대는 새것 같았고 바닥에도 티 한 점 없었다. 회갈색 수건이 깔끔한 삼각형으로 접혀 쌓여 있었다.

니나는 붙박이 벽장으로 가 문을 젖히고 왼쪽으로 손을 뻗어 훑으며 자신의 원피스와 바지, 셔츠의 감촉을 느꼈다. 면과 실크와 새틴. 벨벳과 가죽. 나일론과 네오프렌.

그녀는 옷이 너무 많았다. 결코 원한 적도, 필요한 적도, 입은 적도 없는 수많은 옷들. 그녀는 물건이 너무 많았다. 요즘 들어서는 얼마나 많이 소유할 수 있는가, 얼마나 많은 물건을 살 수 있는가만이 모든 일의 의미가 된 것 같았다. 마치 최대한 많이 소유하면 그 너머에 마법 같은 삶이 당신을 기다리고 있기라도 한 듯. 하지만 가지면 가질수록 아무것도 느껴지지 않았다.

자신의 물건이 있는 쪽을 다 훑자 이번에는 반대편, 브랜던이 두고 간 옷들을 손끝으로 훑기 시작했다. 셔츠들 사이에 빈자리가 느껴졌고 텅 빈 옷걸이가 보였다. 브랜던은 이런 물건이 주는 영광을 믿었다. 어느새 니나는 브랜던이 사용했던 벽장 공간에서 무엇이 사라졌는지 뼈아프게 깨달았다. 그의 뻣뻣한 폴로와 부드러운 리바이스, 길이 잘 든 아디다스. 라코스테와 스페리 구두. 그가 사랑했던 물건들, 그가 필요하다고 느낀 물건들. 그것들이 모두 사라졌다.

아팠다. 너무 아파서 그녀의 마음 한구석에서는 스미르노프 한 병을 꺼내 시 브리즈를 한 잔 만들고 싶어질 정도였다.

1975년

1975년 말이었다. 리바 형제들은 전부 주말에 친구 집에서 자고 올 예정이었다. 리바 가족에게는 처음 있는 일이었다.

열일곱 살인 니나는 친구 집에서 열릴 파티에 갔다가 다음 날 올 계획이었다. 제이와 허드는 수구팀과 밤을 새우며 놀기로 했다. 키트는 친구인 버네사의 집에서 자고 올 것이다.

그날 오후 니나는 집을 나서기 전 넷이 한꺼번에 집을 비워도 괜찮을지 잠시 걱정이 되었다. "엄마가 혼자 집을 지킬 거라니 마음이 불편해요." 주방에 있던 니나는 거실 소파에 앉아 있는 엄마를 보며 말했다.

"얘, 괜찮으니까 친구들과 놀아."

"그러면 엄마는 오늘 밤 뭐 할 거예요?"

"혼자 있는 시간을 즐겨야지." 준이 미소를 지으며 말했다. "너희 넷을 돌보면 얼마나 녹초가 되는지 아니? 내가 잠깐이라도 혼자 있고 싶어 할 거라는 생각은 안 드니? 욕조에 물을 받아놓고 원하는 만큼 들어가 있을 거야. 그리고 나서 패티오에 누워 밀려드는 파도를 지켜봐야지."

니나는 좀처럼 믿기지 않는다는 표정을 지었다.

"얘." 준이 말했다. "여기서 누가 엄마니? 나야? 아니면 너야?"

"엄마가 엄마죠." 니나가 웃으며 말했다. 이런 대화는 이미 익숙했다. 그래서 엄마가 묻기도 전에 니나는 다음 질문에 대답했다. "그리고 나는 애고요."

"그래 너는 애야. 적어도 조금은 더."

"알았어요." 니나가 말했다. "엄마가 그렇게까지 말한다면."

준은 소파에서 일어나서 딸의 두 팔을 두 손으로 짚으며 눈을 들여다보았다. "어서 가. 재미있게 놀아. 그럴 자격이 있어."

그렇게 니나는 집을 나섰다.

준은 다시 소파에 앉아 TV를 틀었다. TV 가이드를 집어 들었다. 무슨 프로를 볼지 미리 정했다. 그런데 그 사람이 저녁 뉴스에 나왔다.

"연예 뉴스입니다." 리포터가 말했다. "믹 리바가 마흔두 살의 나이에 다섯 번째 결혼을 했습니다. 그의 수줍은 신부 마고 카롱은 프랑스 출신의 모델로 스물네 살입니다."

준은 담배에 불을 붙이고 보드카를 홀짝거렸다.

잠시 후 그녀는 얼굴을 양손에 파묻고 펑펑 울기 시작했다. 통곡은 뱃속에서 시작되어 뭉글뭉글 위로 올라오더니 목구멍에서 꺽꺽 울고 헉헉대는 소리로 새어 나왔다.

그녀는 담뱃불을 끄고 소파에 몸을 던졌다. 흐느낌이 온몸을 관통하도록 내버려두었다. 그는 다시는 돌아오지 않을 것이다. 오래전 엄마의 말을 들었어야 했다. 하지만 그녀는 그가 나타난 날부터 바보가 되었다. 그녀는 평생 바보였다.

맙소사. 준이 생각했다. 내 인생을 잘 챙겨야 해. 아이들을 위해서.

준은 니나의 밝은 미소와 제이의 자신만만한 태도, 허드의 상냥함과 그녀를 꼭 안아주는 손길을 떠올렸다. 불같은 성격의 키트를 떠올렸다. 그 아이는 언젠가 언니 오빠들을 호령할 것이다.

아이들은 제 엄마가 맑은 정신을 잃어간다는 사실을 알았다. 아이들이 안다는 걸 준도 알았다. 아이들이 준을 무조건 사랑해 주는 모습에서, 학교 준비물을 그녀가 기억해 주리라 기대하지 않는 태도에서, 준 앞에서 서로 귓속말을 하기 시작한 사실에서 그녀는 확실히 알 수 있었다.

그 빌어먹을 자식이 모든 것을 바로잡으리라는 기대감을 버린다면 그녀도 변할 수 있었다. 자신의 문제는 스스로 해결해야 한다는 사실을 직시한다면.

준은 숨을 깊이 들이쉬었다. 그리고 또 잔을 채웠다.

그녀는 믹의 낡은 음반을 전축에 걸었다. 그의 2집이었다. 그리고 '포근한 6월'을 몇 번이고 듣고 또 들었다. 음반이 한 번 다 돌 때마다 잔을 새로 채웠다. 그녀도 믹에게 어떤 의미가 있었다. 믹은 그 의미마저 그녀에게서 뺏을 수는 없으리라.

준은 보드카 병을 보고 자신이 그 병을 다 비웠음을 알아차렸다. 술을 더 가져오려고 부엌으로 갔지만 먼지를 뒤집어쓴 오래된 테킬라 한 병밖에 없었다.

준은 테킬라 병을 땄다. 그리고 욕실로 들어갔다.

그녀는 욕실에 증기가 차오르는 모습을 지켜보며 증기를 들이마셨다. 안온하고 안전하게 느껴졌다. 그녀는 가운의 끈을 풀고 옷을 그대로 벗어서 내버려둔 후 욕조로 미끄러지듯 들어갔다.

양팔을 욕조의 양 가장자리에 내려놓고 머리를 뒤로 기대 따뜻한 공기를 들이마셨다. 눈을 감았다. 영원히 누워 있을 수 있을 것 같았다. 그러면 모든 것이 잘될 것 같았다.

그녀의 의식에 마지막으로 남은 생각이었다. 45분 후, 그녀는 익사했다.

한때 고운 마음씨의 몽상가였던 준 리바는 그렇게 세상을 떠났다.

* * *

다음 날 아침 니나가 집으로 돌아와 보니 엄마가 욕조에서 생기 없이 축 늘어져 있었다.

그녀는 서둘러 물에서 엄마를 끄집어내고 깨워보려고 했다. 창백하고 움직이지 않는 엄마를 어떻게 이해해야 할지 몰랐다. 공포가 가슴을 옥죄었다.

니나는 미친 듯이 머릿속을 헤집으며 누구에게 전화를 걸어야 할지 생각했지만 아무도 떠오르지 않았다. 할머니, 할아버지는 돌아가셨고 아빠는 죽은 것이나 다름없었다. 누구라도, 아무라도 이 상황을 해결할 사람이 분명히 있어야 했다.

욕실 바닥에 무릎을 꿇고 앉아 있으니 자신이 추락하고, 추락

하고, 추락하고, 추락하는 것 같았다. 고통은 한계가 없고 두려움은 경계가 없었다. 그녀를 받아주거나 위로 다시 튕겨 올려줄 그물도 없고 그녀의 고통과 슬픔을 끝장내 줄 바닥도 없었다.

엄마가 죽었다는 사실을 완전히 받아들였을 때, 니나는 이 세상에 의지하고, 기대고, 신뢰하고, 믿을 사람이 단 한 사람도 없다는 사실을 마침내 받아들였다.

그녀는 엄마의 핏기 없는 손을 잡은 채 911에 신고했다. 구급대원들이 황급하게 들어왔을 때 그녀는 엄마를 더 꼭 안았다.

니나는 구급대원들이 집으로 들어와 한달음에 달려오는 모습을 지켜보았다. 그리고 숨도 쉬지 못한 채 문가에 서서 그녀가 이미 아는 사실을 그들에게 들었다. 엄마가 죽었다.

니나는 그들이 엄마의 시신을 내가는 모습을 지켜보았다. 그리고 엄마가 돌아오리라 확신했다. 절대 돌아오지 않으리라는 걸 알면서도 말이다.

니나는 버네사의 집에 전화를 걸었다. 버네사의 엄마가 전화를 받자 니나는 남은 힘을 끌어모아 키트를 당장 집으로 보내달라고 말했다. 제이와 허드는 어떻게 데려와야 할지 몰라서 집 안만 서성거렸다.

잠시 후 형제가 돌아왔다. 두 아이가 집에 오자 니나는 못 들어가게 붙잡았다.

"왜 그래?" 제이가 깜짝 놀라 물었다. "젠장, 니나! 무슨 일이야?"

허드는 충격을 받아 아무 말도 하지 않았다. 어째서인지 허드는 이미 알고 있었다. 잠시 후 키트까지 돌아오자 니나는 동생들을 모두 데리고 집 바로 아래에 있는 해변으로 내려갔다.

동생들이 알아야 하는 소식을 알리는 일이 자신의 몫이라는 걸 니나는 잘 알았다. 해야만 하는 일을 하는 것. 믿을 사람이 자신뿐이라면, 하고 싶은 일을 고를 수도 없고, 어떤 일을 할 능력이 되는지 아닌지도 멋대로 정할 수 없다. 거부감이니 나약함이니 하는 것들이 들어설 자리는 없다. 그냥 해야 한다. 추함, 슬픔, 사람들 대부분은 생각하기조차 싫어하는 것들, 이런 것들을 모두 가슴에 담고 살아가야 한다. 모든 것을 할 수 있어야 한다.

"엄마가 돌아가셨어." 니나가 알렸다. 그녀는 그 말에 동생들이 저 아래 땅으로 추락하는 모습을 지켜보았다.

바로 그 순간 니나는 자신이 동생들을 잡을 수 있어야 한다고 생각했다. 동생들이 비명을 지를 때, 밀려든 물에 양말이 흠뻑 젖어 걸으면 신발에서 뻑뻑 소리가 날 때 니나가 동생들 한 명 한 명을 붙잡아 줄 수 있어야 했다.

그래서 그렇게 했다.

사람이 의식을 잃고 당신의 품에서 축 늘어질 때 당신이 느끼는 몸무게는 얼마까지 나갈까? 원래 체중의 세 배. 니나는 그 체중을 모두 감당했다. 품에 안고 등에 업으며 모든 무게를 감당했다.

17:00

키트는 파티에 입고 갈 옷을 고르는 중이었다.

막 해가 지기 시작했다. 푸른색과 주황색이 뒤섞인 하늘은 희미하게 보라색으로 변해가는 중이었다. 바닷물이 빠졌고 해안에서는 갈매기들이 끼룩끼룩 울었다. 열어놓은 창문으로 부드럽게 밀려오는 파도 소리가 들렸다.

키트는 브래지어와 엷게 물 빠진 청바지만 입은 채 제 방의 거울 앞에 서 있었다. 무슨 셔츠를 입고 가고 싶은지 도통 알 수가 없었다. 고르고 고른 바지도 어느새 마음에 들지 않았다. 하지만 오늘 밤은 중요했다.

키트는 남자와 입을 맞출 것이다. 세스가 파티에 올 것이다. 그와 입을 맞출 정도로 관심을 끌 수 있으리라. 세스가 아닐 수도 있다. 이왕이면 다른 사람이면 좋겠다. 분명히 파티가 시작되면… 마음이 동할 남자가 한 명 정도는 보이겠지. 그런 남자가 보이지 않더라도 입을 봉한 마음의 반창고를 떼고 그냥 해버리면 된다. 그러기 위해서라도 예뻐 보여야 한다. 그렇지?

솔직히 키트는 어떻게 하면 예뻐 보이는지 몰랐다. 어떤 것이 자신에게 잘 어울리는지도 잘 몰랐다. 지금까지 아름답게 보이고 싶다고 신경을 쓴 적이 한 번도 없었다. 예뻐 보이려고 노력하는 건 엄마의 성격이었다. 언니의 일이었다.

키트는 거울 속 자신을 보며 언니의 긴 다리를 떠올렸다. 평소 미니스커트와 쇼트 팬츠를 즐겨 입는 언니의 옷맵시가 생각났다. 엄마가 행복했던 시절, 때때로 꼬박 한 시간을 투자해 머리를 롤로 말고, 립스틱을 완벽하게 바르고, 상황에 맞는 상의를 고르던 모습을 떠올렸다.

엄마와 언니는 언제나 너무 예뻐 보였다.

키트는 제일 좋아하는 티셔츠를 벽장에서 꺼내 입었다. 물이 빠진 노란색 글씨로 'CALI'라고 적혀 있는 남성용 흰색 크루넥 티셔츠였다. 그녀는 이 티셔츠가 보드랍고 옷깃이 펴져 있어서 좋았다. 막상 거울에 비친 모습을 보니 이 티셔츠는 오늘의 목적을 이루기에 안성맞춤인 아이템은 아닌 것 같았다.

마침내 키트는 이 문제는 직접 해결할 수 없다는 사실을 깨닫고는 파티장에서 최종 결정할 구두 두 켤레를 챙긴 후 집안의 가장이자 수영복 모델인 언니에게로 향했다.

1975년

준은 샌타모니카의 우드론 묘지에 묻혔다.

그녀는 자신의 아이들과 리바스 시푸드에 근무하는 요리사와 계산원, 홀 직원들, 어린 시절 친구 몇 명, 얼굴만 알 뿐이지만 그녀의 진심 어린 미소를 정말 좋아했던 사람들, 우체부와 이웃, 어린 시절 친구들의 부모님에게 둘러싸인 채 땅속으로 내려갔다.

리바 아이들은 검은 옷을 입고 엄마의 관 옆에 일렬로 섰다. 열여섯 살이 된 제이와 허드는 몸에 맞지도 않는 양복을 입었다. 열두 살인 키트는 싸구려 시프트 드레스*에 발꿈치가 자꾸 쓸리는 검은 단화를 신었다. 열일곱인 니나는 엄마의 긴소매 랩 원피스를 입어서인지 두 배는 나이 들어 보였다.

네 아이는 차분하고 초연한 표정을 지은 채 함께 서 있었다. 그들은 그곳에 있으면서도 그곳에 없었다. 비극이 일어났지만 일어나지 않았다.

엄마가 누운 관이 땅으로 완전히 내려갔다. 제이가 울음을 터트리자 키트도 따라 울기 시작했다. 니나가 팔을 뻗어 동생들을

---

*   어깨에서 직선으로 떨어지는 원피스.

품으로 끌어안았다. 허드가 니나의 손을 꼭 쥐었다.

잠시 후 모두 리바 가족의 집으로 돌아왔다. 식당의 직원들이 조문객을 맞았다. 꼭 한 달 전에 새로운 튀김 담당으로 들어온 라몬이 늦게까지 남아 정리를 도와주었다. 그는 니나보다 열 살이 많았고 이미 결혼을 해 아이가 둘이었다. 니나는 라몬이 가족이 기다리는 집으로 돌아가야 한다고 생각했다.

"이렇게까지 하지 않으셔도 돼요." 니나는 라몬과 함께 차가운 새우를 보관 용기에 담으면서 말했다.

라몬이 고개를 가로저었다. "네 어머니는 좋은 분이셨어. 너희 가족은 좋은 사람들이고. 그러니까 나는 이렇게 해야 해. 내가 돕도록 해줘."

니나는 고개를 숙여 식탁을 보았다. 그곳에는 아직도 정리할 것도, 할 것도 너무 많았다. 이걸 다 하고 나면 이제 뭘 하지? 니나는 생각을 시작조차 할 수 없었다.

그날 밤, 뒷정리를 마치고 라몬이 집으로 돌아가자 리바 형제들은 거실에 함께 모였다. 그리고 마침내 그날 아무도 하지 않은 말을 허드가 꺼냈다. "아빠가 오지 않았다는 사실을 아직도 못 믿겠어."

"그 이야기는 하고 싶지 않아." 제이가 말했다.

"연락을 못 받았을 수도 있어." 니나가 말했다. 하지만 니나의 목소리에서는 확신이 느껴지지 않았다. 니나는 믹의 매니저 사무실에 전화를 걸었다. 신문에 부고도 실었다. 믹은 엄마가 남긴 유산의 집행인으로 정해졌고 그 말은 법원이 벌써 연락을 했다는 뜻이었다. 그는 알고 있었다. 그저 장례식에 안 왔을 뿐이다.

"그 사람이 필요해?" 키트가 물었다. "그러니까, 지금까지 필요한 적이 없었잖아."

니나가 막내의 말에 쓸쓸한 미소를 짓더니 동생의 어깨에 팔을 둘러 꼭 안았다. 키트는 언니의 어깨에 머리를 기댔다. "아니." 니나는 숨을 깊이 들이쉬며 대답했다. "우리는 아빠가 필요없어."

허드는 누나의 표정이 어떤 의미인지 알아내려고 빤히 바라보았다. 니나는 그렇게 생각하지 않는 것이 분명했다. 그래도 그런 대답에 허드는 기분이 좋아졌다. 그들에게 필요한 것은 바로 그 거실에 다 있다는 생각이 들었기 때문이다.

제이는 그 누구 앞에서도 다시는 울지 않으려고 온갖 노력을 다하며 줄곧 자신의 발만 바라보았다.

"우리는 아무 문제 없을 거야." 니나는 모두를 안심시키듯 말했다. 곧 있으면 니나의 열여덟 번째 생일이었다. "내가 꼭 그렇게 되게 할 거야."

니나는 그날 밤 잠을 이루지 못했다. 엄마의 침대에 누워 연신 뒤척이면서 시트에 남은 냄새를 맡으며 엄마의 체취를 어떻게든 붙잡아두려고 했다. 그 체취가 사라지면 엄마도 영원히 사라질 것만 같았다. 해가 뜨자 잠을 자야 한다는 압박감에서 풀려났다는 사실에 마음이 놓였다. 평소처럼 행동하려고 애쓰지 않아도 되었다.

니나는 패티오에 서서 지나가는 물개 무리를 보았다. 물개는 모두 네 마리였는데, 파도 사이로 물개들의 머리가 불쑥불쑥 튀어나왔다. 니나는 그 물개들을 따라가고 싶었다. 분명히 그 물개들은 형제들이 위탁가정으로 뿔뿔이 흩어지지 않을 방법을 고민하느라 최악의 하루를 보내지 않았을 테니 말이다.

니나는 짭짤한 공기를 들이마시고 힘껏 숨을 뱉어 폐를 완전히 비웠다. 바다로 풍덩 뛰어들고 싶었지만, 다음 순간 즐겁게 사는 건 엄마를 배신하는 일 같아 죄책감이 몰려왔다. 동생들도 다 똑같이 느낄 것이다. 동생들도 절망을 받아들이고 기쁨을 밀어낼 것이다. 그 순간 니나는 전에는 한 번도 생각해 보지 않은 사실을 깨달았다. 정처 없이 흔들리고 실패할 여유가 자신에게는 없다는 사실 말이다. 니나는 자신이 모범적으로 행동해 동생들이 다 본받게 해야 했다. 그녀가 괜찮지 않으면 동생들도 괜찮지 않을 것이다. 그러니 방법을 찾아야 했다.

해가 완전히 잠에서 깨어나자 니나는 동생들의 방으로 가서 살며시 창문을 열었다. 동생들이 눈을 비비며 일어나자 니나는 모두에게 웨트슈트를 건넸다.

"가족의 시간이야." 니나가 말했다. "어서 일어나, 가자."

이윽고 아이들은 몸을 가누기도 힘들고, 가슴은 미어지고, 마음에는 상처를 입고, 머리는 멍했지만 누나가 준 옷을 입고 각자의 서프보드를 챙겨서 니나가 기다리는 바다로 나갔다.

"우리가 살아남으려면 이렇게 해야 해." 니나가 말했다. 그리고 동생들을 바다로 데리고 나갔다.

* * *

니나는 되어야만 하는 사람이 되었다.

그녀는 장을 보러 갔다. 저녁을 만들었다. 키트의 수학 숙제를 봐주면서 자신의 화학 시험 공부를 했다. 재산세를 냈다. 동생들이 눈물을 흘릴 때 꼭 안아주었다.

지붕에서 물이 새자 니나는 그 아래 화분을 두고 지붕 수리업자를 불렀다. 수리업자는 수리를 제대로 하려면 집의 안쪽 절반을 전면적으로 뜯어고쳐야 한다고 말했다. 그래서 니나는 출장 잡역부를 불러서 100달러를 주고 지붕널에 난 금에 타르를 칠했다. 그러자 더는 물이 새지 않았다. 불완전하고, 임시방편이었지만 효과가 있었다. 새로운 리바 방식.

아이들은 규칙을 만들어 집안일을 분담했다. 그들은 하룻밤 새에 구체적이고 효율적으로 철이 들어야 했다.

허드는 욕실과 주방 청소를 맡았다. 매일 일요일과 수요일이면 허드는 두 곳을 반짝반짝하게 청소했고 제이가 세면대에 모래를 흘려놓으면 화를 냈다.

"거기는 세면대야." 제이가 과장된 태도로 말하곤 했다. "청소하기 쉬운 곳이잖아."

"그럼 네가 해! 기껏 청소를 해놓으면 네가 들어와서 난장판을 만들어놓는 게 신물이 나니까." 허드가 말하곤 했다. "나는 네 하인이 아니야."

"아니, 맞아." 제이는 이렇게 응수했다. "내가 이 집에서 빨래를 보송보송하게 만들고 개는 담당인 것처럼."

제이는 빨래 담당이었다. 그는 깨끗하든 더럽든 누나와 여동생의 속옷과 수영복을 만지기 싫어서 젓가락으로 집었다. 그랬던 제이도 어느새 얼룩 제거의 귀재가 되었다. 어떤 얼룩이든 그에게는 풀어야 할 퍼즐이었다. 제이는 키트의 축구 유니폼에서 흙얼룩을 지울 수 있는 세제의 정확한 배합을 찾아내기 위해 열성적으로 연구했다. 세탁소 통로에서 풀물로 생긴 얼룩을 무엇으로 빼는지 중년 여성에게 물어봐 답을 얻었다. 풀물을 빼는 데는 펠스-납타 빨랫비누가 답이었다. 마법처럼 사라지는 얼룩.

"와, 이것 좀 봐!" 제이가 어느 날 차고에서 식구들에게 소리를 쳤다. "완전 새것 같아!" 키트가 머리를 들이밀고 햇빛을 받아 티 없이 반짝이는 자신의 하얀 반바지를 보았다.

"와우." 키트가 말했다. "오빠는 리바 세탁소를 열면 되겠다."

제이가 웃었다. 리바의 아이들은 제이가 꿈꾸는 미래는 서프보드 위에 있다는 사실을 잘 알았다. 제이는 프로 선수가 될 작정이었다.

제이는 학교에 가지 않거나 빨래를 하지 않을 때면 바다에 있었다. 허드는 대개 제이를 따라 바다로 나가서 제이가 파도를 타며 능수능란하게 해야 할 동작을 하나하나 완벽하게 익히도록 도왔다.

키트는 종종 오빠들과 함께 보드를 타려고 했다. 그럴 때마다 제이는 늘 이렇게 말했다. "나는 놀러 나온 게 아니야, 키트. 나는 진지해."

키트는 오빠들에게 퇴짜를 맞으면 종종 쌍안경을 들고 데크에서 바다에 있는 제이와 허드를 지켜보곤 했다. 제이가 할 수 있는 건 나도 할 수 있어. 언젠가 제이도 그 사실을 깨닫게 될 거야.

"너도 저기 가서 해봐." 니나는 청소기를 돌리거나 저녁을 짓거나 영어 수업을 위해 속독으로 책을 읽으면서 동생을 격려했다. 니나의 A 학점과 B 학점은 순식간에 C와 D가 되었지만 니나는 그 사실을 아무에게도 말하지 않았다. "바다가 제이 것도 아니잖아."

키트는 고개를 가로저었다. 오빠들이 함께 서핑을 하고 싶어 하지 않으면, 아무리 바다에 나가고 싶어도 바다에 나가고 싶지가 않았다. 대신 바라보았다. 그러면서 배우기도 했을 것이다.

오빠들을 지켜보는 일을 끝내면 키트는 항상 쌍안경의 렌즈에 뚜껑을 씌우고 케이스에 넣어서 거실 선반에 잘 올려놓았다. 키트는 정리정돈 담당이었기 때문이다. 그리고 키트는 자신의 의무를 매우 진지하게 받아들였다.

매일 밤 키트는 잠자리에 들기 전에 흩어져 있는 책과 잡지를 모두 주워서 가지런히 쌓았다. 나와 있는 컵을 전부 모아 싱크대에 넣었다. 당장 쓸 일이 보이지 않는 물건이 있으면 가차 없이 쓰레기통에 버렸다.

"내 허가서 어딨어?" 어느 아침 허드가 아침을 먹으러 와서 물었다. 아이들은 엄마를 잃은 순간 영양적인 고려는 창밖으로 던져버렸다. 마트에서 파는 도넛과 설탕 범벅인 시리얼, 초콜릿 우유가 주방을 차지했다. 아직 열세 살인 키트는 벌써 커피와 크림을 반반씩 섞고 설탕을 네 숟가락이나 넣은 커피를 마셨다. 니나는 동생들에게 적어도 단백질은 먹이려고 최선을 다해보았다.

"무슨 허가서?" 키트가 물었다.

"게티 센터에 현장 학습을 가도 된다는 허가서. 미술 수업에서 가는 거야. 누나에게 아빠가 서명한 것처럼 해달라고 했어. 커피 테이블에 올려뒀는데."

"노란 종이?" 키트가 물었다. "그거 버렸는데."

"키트!" 허드가 짜증을 냈다.

"내가 언니 오빠들에게 말했잖아. 각자 방에 치워두지 않으면 내가 싹 다 버릴 거라고."

허드는 쓰레기통을 뒤져서 꾸깃꾸깃하고 버터가 묻은 허가서를 찾아냈다. "누나는 어디 있어?" 허드가 물었다.

제이가 들어와 허가서를 쥔 허드를 보았다. "있지, 우리는 다 아빠의 사인을 위조할 수 있어."

"누나가 제일 잘해."

제이가 키트에게 말했다. "사람들이 가지고 있는 아빠 얼굴 사진을 사는 건 어떨까? 그 사진에 사인을 하면? 그리고 팔면?"

허드가 인상을 쓰며 제이를 바라보았다. "괜히 누나 꼬드기지 마."

"그렇게 나쁜 생각은 아니잖아." 제이가 말했다. "어쨌든 우리 아빠가 맞으니까."

허드가 제이의 말을 무시하고 니나를 찾으러 갔다. 니나는 욕실에서 머리를 빗고 있었다. "여기 서명해 줄 수 있어?"

니나는 동생의 손에서 펜을 받아 들고 허가서에 'M. 리바'라고 휘갈겨 썼다.

"고마워." 허드가 말했다. 그런데 허드는 곧장 나가지 않고 우물쭈물했다. "사람들이 슬슬 알아차리고 있어. 아빠가 여기 없다는 사실을. 아빠가… 애초에 우리와 함께 살지 않았다는 걸 말이야."

"아빠가 여기 없는 걸 모르는 사람은 없어." 니나가 말했다. "학교 선생님들도 아빠가 없는 거 다 알아."

데클런 교장 선생님은 두 달 전 니나를 따로 불러 니나의 처지를 이해한다고 말했다. 그러므로 누군가 집에 있는 것처럼 보이는 한 자신이 나서서 정부에 신고하는 일은 없을 것이라고 말했다. "너는 곧 열여덟 살이야. 너와 동생들이 다른 가정이든 어디든 뿔뿔이 흩어지는 건 원치 않아. 지금까지 힘든 일을 충분히 겪었잖아. 그러니까… 잘 지내는 척하면 문제는 없을 거야, 그렇지?"

니나는 교장 선생님에게 되도록 담담하게 감사 인사를 했지만 화장실에서 눈이 퉁퉁 붓도록 울었다.

"그건 아는데…. 이런 연극을 우리가 얼마나 더 할 수 있을까?"

허드가 물었다. "언젠가는 다른 사람의 도움 없이 우리끼리 해결할 수 없는 문제가 생길 거야."

"나도 알아, 허드." 니나가 말했다. "이 누나를 믿어봐. 그게 뭐든, 무슨 일이 일어나든, 우리에게 무슨 일이 닥치거나 필요한 게 생기든… 내가 다 알아서 할 테니까."

그들은 식당에서 벌어들인 돈으로 생활했는데, 현재 식당은 퍼트리샤라는 교대조 매니저가 경영했다. 니나는 엄마가 돌아가신 직후 퍼트리샤를 바로 승진시켰다. 왠지 그래야 할 것 같았다.

사실 그런 막연한 감이 아니어도 다른 선택지가 없었다. 준이 죽은 지 벌써 넉 달이 흘렀다. 믹은 아직도 애도 카드 한 장 보내지 않았다. 엄마가 죽은 후 며칠이 몇 주가 되고 어느새 몇 달이 되어갔지만 믹은 전화 한 통 하지 않았다. 니나는 아버지에게 더는 인간적인 모습을 기대하지 않았다.

니나는 전화번호부에서 찾은 변호사에게 상담을 해보았다. 그러나 변호사가 해줄 말은 믹에게 아버지로서의 법적 의무를 하게 하려면 우선은 당국에 신고해야 하고 그러면 당국이 아동 유기 혐의로 믹에게 소송을 제기할 가능성이 높다는 것뿐이었다. 니나는 개인적인 사정이 언론에 실린다고 생각하니 끔찍했다.

"아니면." 변호사가 상냥하게 말문을 열었다. "열여덟 살이 될 때까지 들키지만 않는다면, 니나 양이 열여덟 살이 되자마자 동생들의 법적 후견인 신청을 하는 방법도 있어요."

그런 사정으로 허가서에 서명을 하고, 동생들을 학교에 태워주고, 가끔 있지도 않은 이모인 척 전화를 받는 역을 니나가 하게 되었다.

키트가 선생님에게 "엿이나 잡숴"라고 하는 바람에 '태도 불량'으로 교장실로 불려간 날, 방과 후 그 일을 해결하고 "아빠가 현재 뉴욕에서 공연 중"이니 언니인 자신이 키트가 다시는 그런 행동을 하지 않도록 잘 타이르겠다고 둘러댄 사람도 니나였다.

니나는 가끔 점심시간에 학교를 몰래 빠져나와 우체국과 은행 업무를 처리하곤 했다. 식당에 병가를 낸 직원이 많을 때는 아예 학교를 빠지고 식당에서 일을 했다.

매주, 니나는 퍼트리샤가 대충 작성한 회계장부를 이해하느라 머리를 싸맸다. 니나는 자신이 내야 할 돈을 내기 위해 가져갈 수 있는 돈을 가져갔다.

언제나 청구서는 돈보다 더 빨리 도착했다. 연체 고지서가 왔고 가스가 끊겼다. 니나는 꼬박 2주를 쏟아부어 가스 회사와 담판을 짓고 가스를 다시 연결하게 했다. 미납분은 결국 못 지킬 약속이라는 걸 알면서도 분할납부를 약속했다.

결국 프랑스어 수업은 낙제를 했고 영어 수업은 3학점이 부족했다.

니나는 걱정거리가 너무 많다 보니 몸까지 탈이 났다. 미납 고지서와 떨어지는 성적을 볼 때마다 매번 새로운 증상이 고개를 들었다. 니나는 요통과 눈떨림, 궤양처럼 어린 나이에는 좀처럼 겪기 힘든 병을 주렁주렁 달고 살았다. 온몸에 긴장이 들어찼지만, 가슴에 꽉 억누르고, 어깨뼈 사이에 가둬두고, 뱃속에서만 부글부글 끓게 했다.

퍼트리샤가 식당을 관두고 미시간으로 돌아갔다. 그 상황이 불러온 부담에 니나의 심장은 까마득한 아래로 추락했다. 달리 보면 나가야 할 월급이 한 사람분 줄었다는 뜻이었다. 또 달리 보면 니나가 퍼트리샤의 일을 떠맡아야 한다는 뜻이었다.

"나는 못 하겠어." 니나는 가끔 밤이면 엄마의 침대에 누워서 동생들이 깨지 않는지 신경을 쓰며 힘없이 작은 소리로 혼잣말을 했다. "아무래도 나는 못 할 것 같아."

그런 순간이면 엄마의 목소리를 듣고 싶었다. 저세상이 있기라도 한 듯, 그곳에서 길잡이가 되어주면 좋겠다고 바랐다. 하지만 무시무시할 정도로 절망에 찬 정적 외에 아무 소리도 들리지 않았다.

고등학교 2학년 4월이 되자 니나는 학업부진과 무단결석으로 벌점이 잔뜩 쌓이게 되었다. 그 말은 유급을 뜻했다. 그런 상황에까지 몰리자 니나는 자신이 더는 학교를 다닐 수 없다는 사실을 분명하게 알게 됐다. 오랜 세월 무거운 짐처럼 고생스럽게만 느껴졌던 영어 수업이 어느 날 갑자기 감당할 수 없는 사치가 되고 말았다. 결국 니나는 학교를 관뒀다.

그리고 공식적으로 리바스 시푸드의 사장이 되었다.

니나는 매일 아침 일어나 동생들을 깨우고 점심 도시락을 싸게 한 후 학교에 데려다주었다.

"너 숙제 다 했니?" 니나는 뒷좌석에서 튀어 나가는 키트에게 물었다.

"너 숙제 다 했니?" 허드에게도 물었다.

"너 숙제 다 했니?" 제이에게도 빠지지 않고 물었다.

"다 했어." 동생들은 한결같이 이렇게 대답했다. 가끔 허드는 창문 너머로 누나를 꼭 안아주었다. 그러면 세 동생은 함께 학교로 걸어갔다. 니나는 해안선을 따라 차를 몰고 가 리바스 시푸드 주차장에 차를 댔다.

열쇠로 식당의 문을 열고 들어가 불을 켜고 재고를 확인하고 배달원을 맞이하고 바닥을 쓸고 한 명씩 출근하는 직원들에게 인사를 건넸다.

그리하여 니나는 자신에 앞서 엄마가, 그 엄마에 앞서 할머니가 맡았던 계산대 자리를 맡게 되었다.

* * *

니나의 열여덟 살 생일 아침 제이는 깜짝 선물로 베이글을 사서 후진을 해 진입로로 들어오다가 우편함을 박았다.

키트가 쾅 하는 소리에 얼른 뛰쳐나왔다가 땅바닥에 나뒹구는 우편함을 보고 헉하며 놀랐다. 자동차의 후드 중앙이 작게 V자를 그리며 찌그러져 있었다. "언니가 오빠를 죽일 거야." 키트가 말했다.

"고맙구나, 키트. 마음에 위안이 돼." 제이가 소리쳤다. 심장이 쿵쾅거리고 두 볼은 벌게졌다.

"들어올 때 왜 그렇게 차를 돌리는 거야?" 키트가 물었다. "오빠는 차를 너무 크게 돌려."

"잔소리는 나중에 해, 키트!" 제이가 우편함을 다시 달아보려고 애쓰며 말했다.

허드가 나와서 얼른 후드의 상태를 살폈다. 차 꼴이 흉해졌기는 해도 달리는 데는 문제가 없었다.

허드에 이어 니나가 튀어나와서 한눈에 상황을 파악했다. 제이는 당황했고 허드는 형제를 안심시켰다. 한편 키트는 재판관처럼 팔짱을 꼈다. 니나는 머리를 감싸 쥐고 오늘 하루를 처음부터 다시 시작하고 싶었다. "괜찮을 거야." 니나가 말했다. "차는 그래도 굴러가겠지, 그렇지?"

"그래." 허드가 말했다. "아무 문제 없어."

"됐으니까 어서 집으로 들어가." 니나는 제이에게서 자동차 열쇠를 받으며 말했다. "이러다가 변호사와 만나는 자리에 늦을 거야."

네 사람은 차에 탔고 니나가 후진을 해 진입로를 빠져나가기 시작했다.

"미안해." 제이가 진심으로 말했다.

니나는 백미러로 동생을 보고 눈을 맞추었다. "이런 일로 우리는 죽지 않아." 그녀가 말했다.

니나는 기어를 넣고 달리기 시작했다. 니나가 법원에 동생들의 후견인 신청을 하려면 필요한 서류를 준비하러 가는 길이었다.

선서를 하고 쓴 진술서에서 니나는 아버지의 행방을 전혀 모른다고 했다. 또한 이 나라에서 자신이 동생들을 양육할 수 있는 유일한 혈육이라고 했다. 니나는 세 명의 부양가족을 책임지겠다고 했다.

니나는 아빠에게 이 사실이 통보되리라는 걸 알았다. 아빠는 자신의 권리를 주장하고 나설 수 있었다. 아빠가 어떻게 나올지 니나는 감도 잡히지 않았다.

몇 주 후 니나는 서류가 승인되었다는 내용의 서한을 우편으로 받았다.

이렇게 결정된 것을 보면 아빠가 자식들을 포기하기로 서명했거나 아무런 반응도 하지 않은 것이 분명했다. 어느 쪽이건 아빠는 아빠가 되기를 거부한 사람이 되었다.

이 사실이 공식적으로 확정된 후 리바의 아이들은 리바스 시푸드에서 자축했다. 아이들이 휴게실에 모여 있는 동안 니나는 처음으로 '그 샌드위치'를 동생에게 만들어 먹였다.

"이게 뭐야?" 키트가 자리에 앉자마자 샌드위치를 보며 물었다.

"주방에 있는 재료를 이것저것 모아서 롤빵에 넣었어." 니나가 말했다.

"맛있겠다." 제이가 이렇게 말하더니 한 입 먹었다.

허드도 자신의 샌드위치를 들었다. 그리고 한 입 먹기 전에 누나를 보았다. 누나가 그의 법적 후견인이 되자 거의 매일같이 그를 괴롭혔던 불안이 스르르 사라졌다. 매일 위태롭게 이어지던 생활은 앞으로도 변함없을 것이다. 여전히 똑같은 상실과 똑같은 도전으로 가득 찰 것이다. 하지만 이제 허드는 정부에서 키트를 데려갈지도 모른다는 걱정에서 해방되었다.

"고마워." 허드가 말했다.

니나가 동생을 보았다. 동생이 느끼는 감사의 무게가 절절하게 다가왔다. 터져 나오는 울음을 꾹 눌러야 했다. 이 세상을 헤쳐나가는 무게가 어제보다 오늘 더 가벼워진 것 같지는 않았다. 다만 예측 불가능한 부분이 아주 조금 줄어들었다.

"맞아." 제이가 고개를 끄덕이며 말했다. 키트도 끼어들었다. "진심이야."

니나가 살짝 미소를 지었다. 니나는 "천만에"라고 말하지 않았다. 지금은 무슨 말도 제대로 할 수 없을 것 같았다. 그래서 샌드위치를 턱으로 가리키며 이렇게 말했다. "알았어. 어서 들어."

18:00

키트는 노크도 하지 않고 현관문을 열었다. 니나의 넓은 저택에는 이미 사람들로 북적이고 있었다.

음식을 나르는 웨이터들은 검은 바지와 하얀색 셔츠를 입고 검은 넥타이를 맸다. 검은색 조끼를 입은 바텐더들은 술병을 정리하는 중이었는데, 그들이 움직일 때마다 유리잔과 유리잔이 쨍하고 부딪치는 소리가 간간이 들렸다.

붉은 머리에 녹색 눈동자의 칵테일 웨이트리스가 키트 옆을 지나가자 키트가 그녀를 불러 세웠다. "니나는 위층에 있나요?"

"어머." 웨이트리스는 자신의 위치를 살피며 대답했다. "니나 리바요? 네, 옷을 갈아입으러 올라가는 것 같았어요."

웨이트리스를 요모조모 뜯어보던 키트는 어쩌면 이리도 자연스럽고 예쁘게 꾸몄는지 감탄했다. 화장을 요란하게 하지 않았다는 건 키트도 알 수 있었고, 밝은 색조의 머리도 뒤로 넘겨 낮게 하나로 묶었을 뿐이었다. 그런데도 그녀는 거부할 수 없는 매력을 발산했다.

"고마워요." 키트가 대답했다. "아 참, 나는 키트예요."

웨이트리스가 미소를 지었다. "캐럴라인이에요. 만나서 반가워요."

키트는 구두를 손에 든 채 계단을 후다닥 뛰어올라 니나의 방으로 갔다. 그리고 잠시 숨을 고른 후 방문을 두드렸다.

"어, 왔구나." 니나가 동생을 보며 반겼다.

"나 왔어." 키트가 문을 지나 방 안의 온기 속으로 들어가며 말했다.

니나는 검은색 스웨이드 미니스커트와 은색 스팽글로 장식한 소매 없는 셔츠 차림이었는데, 셔츠가 자연스럽게 어깨에서 흘러내려 등의 맨살이 드러나 보였다.

키트의 아름다운 언니. 모두의 벽을 장식하는 달력 모델. 언니 옆에 서 있는 것만으로도 키트는 아이가 된 기분이었다. 언니와 함께 있을 때면 키트는 사랑과 보살핌을 받고 있으며 안전하다고 느꼈다. 한편으로는 언니를 보기만 해도 이 세상에서 자신만이 특별한 문제를 안고 있는 듯해서 절망스러울 정도로 외로워졌다.

"별일 없지?" 니나가 물었다.

키트의 어깨가 축 처졌다. "내 꼬락서니가 형편없어."

니나가 인상을 썼다. "무슨 소리야? 네가 얼마나 예쁜데." 니나가 보석함에서 귀고리를 고르며 말했다.

"예쁘기는."

니나가 돌아서서 동생을 보며 말했다. "당연히 예쁘지. 그런 소리 그만해."

"예쁘지도 않은데 예쁘다는 말 그만해." 키트는 짜증을 부리며 쏘아붙였다. "나한테 거짓말을 해서 무슨 득이 있어?"

니나가 다른 방향으로 고개를 갸우뚱하며 양팔을 뒤로 돌려 화장대의 가장자리를 짚었다. 그리고 무표정한 얼굴로 키트를 물끄러미 쳐다보았다. 마치 9000만 분은 그렇게 있었던 것 같지만 고작 4초였다. "'내 옷차림이 섹시해 보이지 않아.' 하고 싶은 말이 이거야?" 마침내 니나가 말문을 열었다.

키트는 기분이 나빠져서 가시를 삐죽삐죽 내민 호저처럼 몸을 둥글게 말았다. 가장 상처가 되는 부분을 누군가 지적하고 정확하게 표현하다니 끔찍할 따름이었다.

"맞아." 키트가 분통을 터트리며 말했다. "내 말이 그 말이야." 그러더니 이렇게 덧붙였다. "나도 섹시하게 입고 싶어. 그런데 어떻게 입으면 될지 모르겠어. 그러니까… 언니가 좀 도와줘."

"좋아." 니나가 말했다.

"그렇지만 몸에 딱 붙는 원피스는 입고 싶지 않아." 키트가 얼른 말했다. "하이힐 같은 것도 싫고. 그런 건 나답지 않아."

니나가 동생을 바라보았다. 자신이 무엇을 싫어하는지, 어떤 사람이 되기 싫은지 저렇게 똑 부러지게 아는 건 하늘이 주신 선물이었다. 니나는 한 번이라도 그런 의문을 품어보았는지 기억이 나지 않았다.

"음, 알았어. 그럼 어떤 옷을 입고 싶어? 특별히 원하는 스타일이 있어?"

키트가 잠시 생각에 잠겼다. 그녀는 고등학교 시절 선망했던 소녀들을 떠올렸다. 축구팀 주장이었던 줄리아나 톰슨. 그녀는 나팔바지와 체크무늬 셔츠를 입었다. 졸업생 대표였던 케이티 핼러핸의 경우 항상 머리띠를 하고 리본을 묶었다. 아니면 비브 램브로스나 이렌느 브롬버그, 셰릴 닐슨. 하지만 키트는 그런 소녀들을 따르고 싶지 않았다. 그들이 입었던 원피스나 치마 같은 옷을 입은 자신의 모습이 도저히 그려지지 않았다. 키트는 그들을 좋아했고 흠모했을 뿐이다. 그들에게 자신을 투영하지는 않았다. 그것도 문제일 것이다. 누구를 보아도 그들처럼 꾸민 모습이 상상되지 않는다는 것 말이다.

"모르겠어." 키트가 말했다. "어디서부터 시작하면 좋을지도 모르겠어."

"좋아. 겁내지 마." 니나가 말했다. "나는 무엇을 해야 하는지 정확하게 알고 있으니까." 니나가 화장대의 제일 위 서랍을 열고 가위를 꺼냈다.

"네 청바지 줘." 니나가 말했다.

"뭐라고?" 키트가 되물었다.

"네 청바지." 니나가 손을 내밀며 말했다. "줘. 날 믿어봐."

키트는 단추를 풀고 바지를 벗었다. 그리고 언니에게 건네고 속옷 차림이 되었다.

"홀딱 벗은 거나 다름없잖아." 키트가 불편한 기색을 드러내며 말했다.

"거기에 팬티를 입고 서 있으나 수영복을 입고 서 있으나 별반 다르지 않아. 너 매일 수영복 차림이잖아." 니나가 손을 열심히 놀리며 말했다. "긴장 풀어. 내가 다 알아서 할 테니까."

두 번의 재빠른 가위질로 키트가 제일 좋아하는 청바지는 이제 제일 좋아하는 쇼트 팬츠가 되었다. 밑단을 비스듬히 잘라서 뒤쪽이 더 짧고 앞쪽이 더 길었다. 주머니의 끄트머리가 바짓단 아래로 쑥 내려왔다. 니나는 바짓단의 올을 잡아당겨 올이 풀린 것처럼 보이게 했다.

"다 됐어." 니나는 그 바지를 키트에게 돌려주며 말했다.

키트는 바지를 입고 단추를 잠갔다. 그리고 거울에 비친 자신을 보았다. 햇볕에 탄 근육질의 긴 다리가 멋있었다.

"셔츠도 줘." 니나가 말했다.

"내 셔츠도 자르려고?" 키트가 물었다.

"하지 말라고 하면 안 하고." 니나가 말했다.

"아냐." 키트가 솔깃해하며 말했다. "맘대로 해."

키트가 셔츠를 벗어 언니에게 주었다. 이번에는 브래지어와 쇼트 팬츠 차림이 되었다. 키트는 자신도 모르게 몸을 돌리고 등을 구부려 언니에게 가슴을 보이지 않게 했다. 니나가 동생을 보았다.

"그렇게 서 있지 마. 이렇게 서야지." 니나가 키트의 뒤에서 양 어깨를 잡고 똑바르게 폈다. 그러자 키트의 가슴이 앞으로 툭 튀어나왔다.

"네 슴가 끝내줘." 니나가 불쑥 말했다. 그 말에 키트가 웃음을 터트렸다. 언니 입에서 그런 단어가 나오는 걸 처음 들었기 때문이다.

"정말이야." 니나가 말했다. "우리 리바 집안 여자들은 가슴이 예뻐. 엄마도 가슴이 예뻤지. 나도 가슴이 예쁘고. 너도 가슴이 예뻐. 타고난 장점을 누려."

키트가 얼굴을 붉히자 니나는 즐거우면서도 서글펐다. 키트는 한 번도 니나에게 이런 식으로 곁을 주지 않았다. 니나는 키트와 함께 남자와 섹스와 몸에 대해 이야기해 보려고 할 때마다 벽을 느꼈다. 좀 더 일찍 동생을 밀어붙일 걸 그랬다. 자매는 이런 대화를 더 일찍 나눠야 했다. 키트가 자신의 모든 면에서 자신다운 모습을 찾는 법을 배우도록 돌봐주는 것이 니나의 일이었다.

니나는 여동생을 안전하게 보호하려고, 여동생이 절대 고아가 되었다고 생각하지 않도록, 자신이 낳기라도 한 자식처럼 잘 보살피려고 너무 전전긍긍하기만 했다. 니나도 그 사실을 잘 알았다. 그러지 않으려고도 해봤다. 그렇지만… 마음처럼 간단치 않았다. 그런 마음을 놓아버리는 것 말이다.

이제 키트도 성인이다. 니나가 해줄 수 있는 일은 별로 없다. 사실 부모 같은 보호자로서 니나에게 유일하게 남은 일은 바로 키트에게 이런 사실을 알려주는 일일 것이다. 어떤 타입이든 키트가 원하는 모습의 여자가 되는 방법.

니나는 티셔츠를 받아 들고는 목 주위를 자르고 소매를 뜯어버리면 어떨지 잠시 생각했다. 하지만 그건 아니었다. "혹시 배가 드러나도 괜찮아?" 니나가 물었다.

키트가 그러면 어떨지 생각하며 자신의 배를 보았다.
"그 부분을 노출하면 멋있을 것 같아." 니나가 확실히 말했다.
"그럴지도 모르겠네." 키트가 맞장구를 쳤다. "좋아."
니나가 가위를 들더니 셔츠의 반을 일직선으로 잘라버렸다. 이제 헐렁한 크롭티가 된 셔츠를 키트에게 건넸다.
키트는 그 옷을 입었고, 배를 슥 지나가는 바람을 느낄 수 있었다. 고개를 잘 틀면 그녀의 하늘색 브래지어 아랫부분이 살짝살짝 보였다.
"와우." 키트가 자신을 내려다보며 말했다. 전과 다름없기도 하고 완전히 다르기도 한 모습이 마음에 들었다. 좀 더 멋있는 옷을 입었지만 그녀는 여전히 그녀 자신이었다.
"좋아." 니나가 잇새로 머리끈을 문 채 말했다. "하나 더." 그녀는 길게 마구잡이로 자란 키트의 머리채를 하나로 쥐고 높이 올려 하나로 묶었다. 그리고 키트의 속눈썹에 마스카라를, 두 볼에 볼터치를 해주고는 립글로스를 건넸다.
"구두 말인데, 이 차림에는 네 가죽끈 샌들이 완벽해." 니나가 말했다. 그 말에 키트의 마음속에서 자그마한 기쁨이 펄럭거렸다. 자신이 고른 물건 중에도 자신에게 완벽하게 어울리는 것이 있다는 기쁨이었다. 키트는 돌아서서 거울을 보았다.
정말 근사해 보였다. 그러니까, 정말 멋있어. 울컥해서 눈물이 날 것 같았다.
니나가 뒤로 다가와 동생을 양팔로 감싸며 말했다. "너는 정말 멋있어."

이런 옷을 입으니 키트는 자신의 새로운 부분을 발견한 듯한 기분이 들었다. 키트는 절로 미소가 지어졌다. 두 팔로 언니를 안으며 말했다. "고마워."

니나는 언제나 무엇이 답인지 알았다, 그렇지 않은가? 키트는 자신도 누군가에게 그리고 언니에게 그런 사람이 되고 싶었다. 꼭 필요한 것이 무엇인지 아는 사람.

"언니, 괜찮겠어?" 키트가 물었다. "오늘 밤 파티 말이야. 사람들이 브랜던에 대해 물을 텐데."

니나가 손사래를 쳤다. "괜찮아." 그녀가 말했다. "나는 괜찮을 거야."

"있지…." 키트는 자신이 얼마나 언니를 아끼는지 전할 말을 제대로 떠올리지도 못한 채 말문을 열었다. "언니가 안 괜찮아도 괜찮아. 혹시라도… 이야기가 하고 싶거나 그 일 때문에 울고 싶거나. 아무튼 뭐든 내가 다 들어줄게."

니나는 몸을 돌려 키트에게 미소를 지었다. "고마워." 그녀가 말했다. "너는 최고야. 그렇지만 나는 괜찮아. 정말이야. 괜찮을 거야."

키트가 인상을 썼다. "그렇다면 알겠어…. 혹시라도 마음이 바뀌면." 그럴 일은 없으리라. 그 사실을 자매는 알고 있었다.

니나처럼 매사 혼자 알아서 다 처리하는 건 너무 치사하다고 키트는 생각했다. 곁에서 사랑해 주는 사람들에게서 베풂의 기쁨을, 가치 있는 사람이라고 느낄 기회를 앗아가지 않는가.

하지만 키트는 이 모든 생각을 머릿속에서 지웠다. 오늘 밤에는 마음의 빗장을 열고 마음껏 즐기기로 결심했기 때문이다.

1978년

니나는 식당 수입으로 매주 힘겹게 가족의 생계를 이어갔는데, 한 번이라도 위기를 맞으면 살림살이는 완전히 무너질 위태로운 평화였다. 리바 가족은 그런 상황에서 아슬아슬하게 3년을 버텼다.

선물을 살 방법을 찾으려고 머리를 굴려야 했던 세 번의 크리스마스. 준이 아이들 각자가 좋아하는 케이크 만드는 법을 따로 적어두지 않아 기억에 의지해 재창조한 케이크로 축하한 3년 동안의 생일들. 니나를 제외한 세 동생의 첫 등교일과 마지막 등교일.

어느 오후 귀엽게 생긴 남자가 식당에서 햄버거를 사고 니나에게 데이트를 신청했을 때, 니나는 머릿속 전기회로가 터진 것처럼 그대로 얼어붙었다. "어…." 니나는 그 남자가 자신을 평범하다고, 평범하게 데이트를 할 수 있다고 생각했다는 사실에 말문이 막혔다.

"아니, 나는 그냥…." 니나의 반응에 이번에는 그 남자가 당황했다. 그는 키가 크고 금발에 미소가 소박했다. "그쪽이 지금껏 내가 본 가장 예쁜 사람이고 내 생각에, 그러니까, 혹시 남자 친구가 없다면 만날 수 있지 않을까… 아, 모르겠다. 같이 영화 볼래요?"

니나는 엄마가 살아계실 때 남자 친구를 두 번 사귀었다. 엄마가 돌아가신 후로는 유난히 외로울 때 친구로 지내는 남자 한둘에게 전화를 건 적은 있었다. 하지만 데이트라고? 이 남자가 나와 뭐든… 재미있게 시간을 보내고 싶어 한다고?
"고맙지만, 사양할게요." 니나가 대답했다. 니나는 헬륨 풍선에 바람이 빠지는 것처럼 한숨을 길게 내쉬었다. "갈 수가 없어요." 이렇게 덧붙였지만, 그 이상 설명할 말이 생각나지 않았다. 그래서 얼른 다음 손님을 응대하며 늘 하던 대로 감자튀김과 청량음료를 전날보다 더 많이 팔아보려고 애를 썼다.
하루가 끝날 즈음이 되면, 모든 문제는 결국 하나로 이어졌다. 돈. 니나는 엄마가 만들던 저먼 초콜릿 케이크를 얼추 짐작해 만들 수 있었다. 니나가 힘든 하루를 보냈을 때 엄마가 해주던 말을 허드에게 해줄 수도 있었다. 키트의 과학 박람회 출품작을 만들려고 3시간밖에 못 잘 수도 있었다. 하지만 없는 돈이 어디서 뚝 떨어지게 하는 건 도저히 할 수 없었다.
니나는 기름이 거의 다 떨어진 상태로 운전하다가 결국 기름이 똑 떨어진 적도 두 번이나 되었다. 수표에 날짜를 늦춰 적고, 대금을 갚을 수도 없는 신용카드를 만들고, 전기를 아끼기 위해 사람이 없을 때면 집의 전등을 전부 끄기 시작했다.
제이가 사랑니를 뽑아야 했을 때 니나는 3주 동안 보험회사와 줄다리기를 한 끝에 식당을 통해 치아보험을 들었다. 허드는 자동차 지붕에서 미끄러지는 바람에 손목이 부러졌는데도 병원비를 감당할 수 없다는 걸 알기에 치료를 거부했다. 그래서 니나는 병원비에 허리가 부러질 것을 알면서도 개의치 않고 동생을 병원에 가도록 설득해야 했다. 니나는 납부할 수 없는 청구 금액이 나오자 병원과 이야기를 했다. 그 후 몇 주 동안 매일 밤, 그녀는 연체료가 자꾸 쌓이면 어떤 일이 벌어질지 걱정하며 턱에 잔뜩 힘을 준 채 잠이 들었다.

니나는 동생들이 엄마를 그리워할 때면 레몬을 곁들인 로스트 치킨을 만들어주었다. 이튿날 일찍 일어나야 하지만 키트와 함께 늦도록 TV를 시청했다. 제이와 허드가 바다에 나가 파도를 타고 연습을 게을리하지 않도록 격려했다. 동생들이 바다에 나가면 욕실을 청소할 사람이 없거나 니나가 직접 빨래를 해야 한다는 뜻이었지만 말이다.

허드와 제이가 자신들도 학교를 관두고 식당 일을 도와 생활비를 보태겠다고 할 때마다 니나는 한사코 동생들을 말렸다. "절대 안 돼." 니나는 동생들이 확실히 생각을 접도록 진지하게 말했다. "너희가 학교를 때려치우면 나는 집을 나갈 거야."

말은 그렇게 해도 누나가 실행에 옮길 리 없다는 건 동생들도 다 알았다. 하지만 니나가 그렇게까지 강경하게 나온다면 그 말을 따를 수밖에 없다고 느꼈다.

1978년 봄, 니나와 키트가 학교 운동장 스탠드에 나란히 앉아 있었다. 얼마 후 허드와 제이가 연단을 가로질러 가 졸업장을 받았다.

키트가 큰 소리로 환호했다. 니나는 손이 뻐근할 정도로 힘껏 박수를 쳤다.

제이와 허드가 사각모의 술을 이쪽에서 저쪽으로 넘기는 모습*을 보면서도 니나는 전쟁이 다 끝났다고 생각하지는 않았다. 그래도 짧게나마 마음껏 기쁨을 누렸다. 이 전투는 이겼으므로.

* * *

졸업 후 제이는 리바스 시푸드와 동네 서핑 가게에서 일했다. 허드는 학자금 지원을 받을 수 있었기에, 아르바이트를 몇 개나 뛰고 누나가 준 돈까지 보태서 근처 로욜라 메리마운트에 있는 단과대학에 들어갔다.

주말에 제이와 허드는 짬이 날 때마다 바다로 나가 밀려오는 파도를 쫓아다녔다. 그 무렵 허드는 중고 카메라를 장만했다. 형제는 제이가 파도를 타고 그 모습을 허드가 촬영해서 각자 포트폴리오를 만들자고 의기투합했다.

그렇다 보니 니나와 키트가 집을 지키는 시간이 많아졌다. 곧 열여섯 살이 되는 키트는 언니에게 고분고분하지 않았다. 키트는 무엇을 하라거나 그만하라는 말은 듣고 싶지 않았다. 더 조심하

---

* 졸업식에서 쓰는 사각모에 달린 술은 오른쪽으로 넘겨져 있지만 학교장이 졸업 대표 학생의 술을 왼쪽으로 넘겨주면 나머지 졸업생들도 왼쪽으로 넘긴다.

라는 말도 듣기 싫었다.

그래서 집에서 노닥거리는 대신 버네사의 집으로 놀러 갔다. 파티에도 갔다. 등교하기 전 이른 시간에 서핑을 즐기는 소녀들의 클럽에도 가입했다. 벤투라에 있는 가옥도장업체에 조수로 들어가더니 동료들의 차를 얻어 타고 일을 하러 다녔다.

이런 변화들은 1978년이 저물 무렵, 마침내 니나가 식당에서 열두 시간이나 근무하고 퇴근하면 집에는 니나가 돌봐야 할 사람이 아무도 없는 시간이 나타나기 시작했다는 뜻이었다.

발아래 해변으로 밀려와 부서지는 파도와 창을 지나가는 바람만이 정적을 휘젓는 조용한 저녁이면 마음이 싱숭생숭했다. 자리에 앉아 장부를 살피면서 신경질적으로 각각의 총액을 빼며 계산해 보면 결국에는 여전히 적자였다. 그녀는 키트의 성적표를 보며 경제적으로 쪼들리지만 가정교사를 들일 방법이 없을지 머리를 싸맸다.

아주 드물게 할 일이 없을 때면 니나는 엄마 생각을 하지 않으려고 종종 예전에 제이와 허드가 읽던 만화책을 읽었다.

그러던 1979년 2월, 준이 죽은 지 3년 6개월이 흐른 어느 날이었다. 니나는 집 앞 해변에 놓인 바위에 혼자 앉아 한숨 돌리던 중이었다.

해가 뜨기 직전이었다. 공기는 쌀쌀하고 바람이 해변을 쌩쌩 달렸다. 차가운 파도가 빠르게 밀려왔다가 점점 더 많은 포말을 마른 모래에 남기고 사라졌다.

니나는 웨트슈트 차림이었고 긴 머리가 미풍에 휘날렸다. 태양이 수평선 위로 모습을 드러냈지만, 아직도 윗부분만 살짝 보였다. 니나는 하루를 시작하기 전에 서핑을 하기 위해 해변으로 내려갔다.

그곳에 서서 바다를 물끄러미 바라보는데, 돌고래 가족이 보였다. 처음에는 수면 위로 훌쩍 뛰어오르는 돌고래가 한 마리뿐인 것 같았는데 이내 한 마리가 더 나타났다. 그러더니 두 마리가 더 보였고, 다시 한 마리가 더 나타났다. 곧 다섯 마리가 다 함께 한 무리로 뭉쳐 헤엄쳤다.

니나는 털썩 주저앉아 흐느끼기 시작했다. 사는 게 힘들거나 절망스럽거나 무서워서가 아니었다. 물론 뼛속까지 고통과 절망과 두려움이 사무치기는 했다. 하지만 그때 터진 울음은 엄마를 향한 그리움 때문이었다. 엄마가 뿌리던 향수, 엄마가 만들어준 미트로프, 엄마가 불가능을 가능하게 만들던 모습이 그리웠다. 소파에서 엄마의 품에 안겨 밤늦게까지 TV를 보던 시간이 그리웠다. 다 괜찮아질 것이라고 늘 말했고 정말 그렇게 만들어준 엄마가 그리웠다.

니나는 앞으로 결코 일어날 리 없는 일들을 애도했다. 엄마가 참석할 수 없는 결혼식들, 엄마가 만들지 않은 식사들, 엄마가 다시는 보지 못할 석양들.

문득 어쩌면 엄마에게 화를 낼 때는 냈어야 했다는 생각이 들었다. 저녁을 태우고 담배에 불을 붙인 일이며 시 브리즈와 케이프코더에 대해서 화를 냈어야 했다. 애초에 왜 욕조에 들어갔느냐고 화를 냈어도 좋았을 것이다.

하지만 그렇게 할 수 없었다.

그날 이른 새벽 해변에서 니나는 작은 게들이 모래를 점점 깊이 파고들고, 밀려들고 밀려가는 파도가 만든 물웅덩이에서 보라색 성게와 진주 불가사리가 단단히 버티는 모습을 지켜보았다. 그리고 울음을 터트렸다. 모든 소소한 물건들, 모든 헤어 롤러, 모든 실내복, 모든 미소, 모든 약속을 애도하며 슬픔에 잠겼다. 그녀는 가슴을 저미는 고통을 모두 비워내고 싶었다. 가능하기도 하고 불가능하기도 한 과제였지만. 그렇게 자신의 슬픔으로 뛰어들어 구덩이의 바닥을 파듯 계속 슬픔을 퍼내다 보니, 바닥이 없을 것만 같은 이 고통에도 지금은 바닥이 있다는 생각이 들었다.

니나는 가끔 자신의 영혼이 몸보다 열 배는 더 나이 든 기분이 들었다. 아직도 키트의 졸업이라는 과제가 남아 있었다. 도저히 피해 갈 수 없을 것 같은 청구서들이 산처럼 쌓여 있었다. 니나는 고등학교 졸업장조차 없었다. 그래도 그 순간만큼은 어느 정도 다시 태어난 것처럼 홀가분했다. 그래서 니나는 눈물을 닦고 애초에 해변으로 나온 목적을 떠올렸다.

니나는 자신의 보드를 들고 바다로 헤엄쳐 나가 쇄파를 지나 보드에서 일어섰다.

* * *

그해 4월 니나는 퍼스트 포인트에서 서핑을 하던 중 마침 휴가를 나온 잡지 편집장의 눈에 띄었다. 그날은 예상보다 더 더웠기 때문에 니나는 웨트슈트의 지퍼를 열어 노란색 홀터톱 비키니를 겉으로 드러냈다. 파도도 평소보다 더 컸고 니나도 그날따라 완전히 파도와 한 몸이 된 듯, 힘들이지 않고 수월하게 파도를 탔다. 니나는 이어져 오는 파도를 연속으로 타며 속도가 느린 만큼 몸을 낮추고 한 번에 길게 거의 잔교가 있는 곳까지 보드를 타고 왔다.

잡지 편집장은 살집이 좋은 편이고, 희끗희끗한 머리에 샴브레이 직물로 만든 짧은 소매 셔츠를 가슴팍까지 세련되게 풀어헤친 차림이었다. 그는 니나를 보고는 잔교에서 해변까지 내려왔다. 그녀가 물에서 나와 모래사장에 발을 딛자마자 자신을 소개했다.

"아가씨." 그가 유난히 친근한 말투로 니나를 불렀다. 니나는 그가 쉰 살 정도로 보여서 혹시 데이트 신청이라도 받을까 봐 덜컥 겁부터 났다.

"보고 있으니 눈이 부시더군요." 그가 니나에게 말했다. 의외로 그의 태도에서는 음탕한 기색이 눈곱만큼도 느껴지지 않았다. "내 친구에게 아가씨를 소개해 주고 싶어요. 사진작가인데 지금 서핑 기사용 사진을 찍고 있거든요."

니나는 수건으로 머리를 닦으며 눈을 살짝 가늘게 떴다.

"《비번트》에 실릴 거예요." 그 남자는 이렇게 말하며 명함을 건넸다. 니나가 받아 든 명함은 물에 젖어 있었다. "그 친구에게는 내 소개로 연락을 했다고 해요."

"아저씨가 누군지도 모르는데요." 니나가 말했다.

그 남자가 니나를 잠시 바라보았다. "당신은 서핑 실력이 출중한 데다 미모까지 겸비했어요." 그가 말했다. "그쪽으로 큰돈을 벌 수 있어요."

남자는 그 말을 끝으로 자리를 떴다. 니나는 멀어지는 모습을 보며 그가 아주 간단하게 관심을 끌었다는 사실에 새삼 감탄했다.

집으로 돌아온 니나는 전화기 앞에 앉아서 엄지와 검지로 명함을 앞뒤로 뒤집었다. 돈이라. 그녀는 계속 생각했다. 얼마나 벌 수 있다는 걸까?

니나는 카메라 앞에 선다는 사실이 영 탐탁지 않았다. 하지만 다른 수가 있기나 한가? 식당은 한산한 겨울부터 줄곧 적자였다. 게다가 위생 점검을 통과할 가능성은 확실히 없었다. 다음 해에는 허드의 등록금도 오를 것이다. 키트는 이를 때워야 했다. 지붕에서는 다시 물이 새기 시작했다.

그녀는 명함의 전화번호로 전화를 걸었다.

* * *

주마에서 촬영하는 동안 사진작가와 조수는 니나에게 손바닥만 한 비키니를 입으라고 했다. 그들은 몇 시간이나 사진을 찍었는데, 그동안 니나는 물에 들어갔다가 나오고 모래밭에서 뒹굴어야 했다. 니나는 영 불편했다. 특히 카메라 뒤에 있는 남자들의 음흉한 시선이 신경 쓰였다.

얼마 후 니나는 그날 찍은 사진을 보았다. 사진작가의 루페로 네거티브를 본 순간 그녀 안의 뭔가가 확 불타올랐다.

니나는 아름다웠다.

지금껏 니나는 자신도 미인 축에 든다고 생각했다. 가끔 사람들이 그녀를 보고 호들갑을 떠는 모습을 보고 짐작했다. 예전에 사람들이 엄마에게 보인 반응과 똑같았다.

그런데 자신이 물속에 있을 때도 다른 사람들의 눈에 이런 식으로 비치는지 니나는 궁금했다. 이렇게 근사하게? 이렇게 근심도 걱정도 없는 사람처럼? 이렇게 멋있게?

이런 이미지의 자신은 어딘지 현실과 삐걱대는 것 같았지만 그래도 사랑스러웠다.

그녀는 《비번트》의 1979년 6월호에 실렸다. 태양에 구릿빛으로 탔고, 바닷물에 흠뻑 젖은 머리를 뒤로 넘긴 그녀의 얼굴이 '캘리포니아 쿨: 다시 부는 해변 붐'이라는 제목으로 실렸다.

사람들이 그녀가 믹 리바의 딸이라는 사실을 끼워 맞추자 전화통에 불이 났다. 지금껏 이렇게 유명한 딸이 어디에 숨어 있었을까? 그녀의 유명세는 들불처럼 퍼지기 시작했다.

서핑 잡지와 남성 잡지 두 곳, 수영복 회사 두 곳의 광고, 웨트 슈트 가게, 그 후에는 서핑 숍의 광고까지 찍게 되면서 니나 리바는 여성 서핑의 간판이 되었다.

그녀는 서핑 대회에 참가해서 순위에 들 수 있는지, 바다에서 선수로서도 명성을 쌓을 수 있는지 알아보고 싶었다. 하지만 그녀의 에이전트는 만류했다.

"네가 대회에서 우승을 하건 말건 아무도 신경 쓰지 않아." 그녀의 모델 에이전트인 크리스 트래버틴이 말했다. "솔직히, 모르는 게 더 나아. 너는 지금 모두에게 넘버 원이니까. 괜히 확인할 필요는 없다고. 1 대신 다른 숫자를 넣지 마."

"하지만 제대로 서핑을 하고 싶어요." 니나가 항변했다. "카메라 앞에서 포즈만 취하는 게 아니라."

"너는 서핑을 하고 있어. 너는 서퍼야. 우리는 그걸 증명할 사진이 있잖아." 그가 과장된 태도로 이렇게 설득했다. "니나, 너는 이 세상에서 가장 인기 있는 여성 서퍼야. 거기서 뭐가 더 필요해?"

그해가 저물기도 전에 니나는 달력 모델을 제안받았다. 열두 장의 사진이 모두 니나로 채워진 달력이었다.

니나는 촬영팀과 함께 남가주에서 가장 뛰어난 서핑 명소를 몇 군데 촬영하러 가면서 동생들도 모두 데려갔다. 그녀는 린컨에서 거칠게 번지는 파도를 탔고, 서프라이더에서 서퍼로 붐비는 완벽한 파도도 탔으며, 토리 파인즈의 외지고 험악한 절벽 앞바다에서 파도를 타고, 블랙스 비치의 더 큰 파도를 탔으며, 선셋 클리프스에서 먼바다로 나가 리프 브레이크도 탔다. 물론 이곳저곳을 오가며 마주치는 바다도 놓치지 않았다.

니나가 보드를 타는 모습을 지켜보며 키트는 여성 서퍼들에게도 미래가 있다는 생각을 하게 되었다.

한편 촬영을 쉬는 동안 허드는 니나를 찍는 사진작가와 이야기를 나누며 서핑 사진에 진지하게 관심이 생겼다.

제이는 그보다 먼저 니나가 서핑으로 돈을 벌게 되었다는 뼈아픈 사실에서 프로가 되려면 훨씬 더 전문적인 접근이 필요하다는 사실을 깨달았다.

"사우스 캘리포니아의 베이비: 물에 젖은 니나 리바"에는 니나가 벤추라에서 샌디에이고까지 숨이 멎을 듯 멋진 파도를 배경으로 다양한 색의 비키니를 입고 있는 모습이 실렸다.

달력 촬영이 끝난 후 니나는 최종 교정본을 휘리릭 훑어보았다. 트레슬에서 끈 없는 붉은색 비키니를 입고 싱글핀의 랜스 콜린스에 앉은 니나, 서프라이더에서 파도를 타려는 남자 서퍼 일곱 명을 뒤로한 채 행파이브*를 하는 니나.

그중에서 가장 눈부신 건 한여름 7월의 사진이었다. 니나는 린컨에서 파도를 타고 있었다. 바다는 산뜻하고 물색은 인디고블루였다.

니나는 핫핑크 색 보드에 흰색 끈 비키니를 입었다. 카메라의 앵글은 환한 표정으로 물과 드잡이를 하는 니나의 옆얼굴을 포착했다. 게다가 수영복에 다 담기지 않는 엉덩이와 비키니가 터질 것만 같은 가슴의 옆부분도 같이 잡았다.

그녀는 속이 비치지 않는 줄 알았던 비키니가 실은 그렇지 않

---

* 발 하나를 보드의 노즈에 걸치고 서핑을 하는 기술.

왔다는 사실을 그 사진을 보고서야 알았다. 물에 젖은 흰색 천은 상상의 여지를 거의 남기지 않았다. 그녀의 젖꼭지와 엉덩이 선이 그 아래로 흐릿하게 다 드러났다.

니나는 그 사진을 볼 때마다 불편했다. 좋은 파도도 아니었고, 그녀의 자세도 그리 훌륭하지 않았다. 게다가 잠시 후면 보드에서 떨어지리라는 걸 예감하는 표정을 짓고 있었다. 그녀는 그 사진에서 보여준 모습보다 훨씬 뛰어난 서퍼였다. 파도를 훨씬 더 잘 탈 자질이 있었다.

그러나 당연하게도 반향을 일으킨 건 7월의 사진이었다. 니나의 의도와 상관없이 누드나 다름없는 니나 리바의 몸을 볼 수 있는 사진 말이다.

그 사진으로 모델로서의 탄탄대로가 열렸다. 그로부터 몇 년 동안 그 사진이 실린 포스터는 소년들의 방과 벽장, 사물함을 장식했다. 그 사진은 사진 속 여자를 제외한 모든 사람에게 경탄을 자아냈다.

니나는 이런저런 상처를 줄곧 겪어왔기에 고약한 문제가 뒤따를 거라고 짐작했다. 하지만 그 사실에 분통을 터트리는 대신 그녀는 매일 밤 돈에 감사하며 잠자리에 드는 편을 택했다.

돈 돈 돈.

그녀 대신 리바스 시푸드를 경영하도록 라몬을 승진시켜 줄 수 있었던 돈. 마침내 지붕을 수리하고, 허드의 등록금을 내고, 키트의 치과 치료비를 내고, 병원비를 다 내고, 제이의 첫 번째 대회

참가비를 낼 수 있었던 돈. 식당의 주방에 새로운 설비를 할 수 있는 돈.

니나의 엉덩이 사진은 리바 형제들의 삶에 처음으로 안정감을 선물했다.

마침내 모든 청구서를 해결하자 니나는 패티오에 앉아서 회계장부를 펼치고 잔고부터 확인했다. 니나는 기쁨을 감출 수 없었다. 그래 봐야 큰 액수는 아니었다. 하지만 제로는 아니었다.

그리고 그해 8월 말, 제이와 허드, 키트가 모두 집에 모인 날이었다. 그릴에 버거 패티를 굽던 니나는 한 가지 제안을 했다. 니나의 입에서 들을 줄 꿈에도 몰랐던 말이었다.

"얘들아?" 니나는 감자 칩과 살사 소스를 꺼내며 상당히 충동적으로 이렇게 말했다. "우리 파티를 열면 어떨까?"

제이와 허드는 주류판매점에서 시그램 열두 병과 서던 컴포트 열 병, 캡틴 모건 아홉 병을 허드의 픽업 트럭 짐칸에 싣고 돌아가는 중이었다. 그 짐칸에는 주류판매점의 점원도 타고 있었다.

그 점원은 파티가 어디서 열리는지 알려달라고 애원했다. 그러더니 이번에는 태워달라고 애원했다. 제이는 안 된다고 했다. 허드는 된다고 했다. 그 결과 토미 웨그맨은 지금 트럭의 짐칸에 있었다. 그는 자신이 리바 파티에 가는 중이고 그곳에서 데미 무어나 튜즈데이 헨드릭스에게 수작을 걸 수 있을지 모른다며 한껏 신이 나서 얼굴에 닿는 미풍을 만끽하며 담배를 피우는 중이었다.

"너는 구제불능이야." 운전석의 제이는 사이드 미러로 짐칸에 탄 토미를 보며 말했다. "구제불능이라고."

"구제불능보다 더 지독한 것도 있지." 허드가 말했다. "가령 나는 개자식일지도 몰라."

제이가 허드를 보며 미소를 지었다. "그건 그래."

차 안은 웅웅거리는 엔진 소리와 노면에 마찰하는 타이어 소리밖에 들리지 않았다. 허드는 지금이야말로 자신이 한 짓을 털어놓을 시간 같았다.

그의 이마 가장자리와 입술 위쪽을 따라 어느새 땀이 송글송글 맺혔다. 허드의 몸은 가끔 이런 반응을 보였다. 보통은 식초처럼 알레르기가 미미하게 있는 음식을 너무 많이 먹으면 식은땀이 났다. 하지만 지금처럼 긴장이 될 때도 땀이 과하게 나왔다.

"있잖아, 할 이야기가 있어." 허드가 말했다.

"말해…."

허드는 숨을 깊이 들이쉬며 그녀의 이름을 말할 마음의 준비를 했다. "애슐리 말이야." 마침내 말문을 열었다.

헤어진 여자 친구의 이름이 제이의 허를 찔렀다. 그는 아직도 그녀를 떠올리면 마음이 불편했다.

"애슐리가 뭐?" 제이가 물었다. 그는 사귀고 싶은 여자를 다 사귀지는 못했다. 누구라도 그건 불가능하다. 그래도 제이가 거절을 당하는 경우는 드물었다. 그런데 애슐리는 느닷없이 그를 차버렸다.

제이의 목소리에서 짜증스러운 기색을 느낀 허드는 슬슬 걱정이 되었다. 제이에게 축하를 못 받으면 어떻게 하지? 그러면 어떻게 해야 할까?

그는 미리 계획을 다 세워두었다. 머릿속 차트에는 제이의 반응에 따라 대응할 말이 정리되어 있었다. 하지만 그 순간 차트고 계획이고 몽땅 창밖으로 날아가 버렸다. 허드의 머릿속에는 제이에게 그의 헤어진 여자 친구와 잤다고 말하는 자신의 모습밖에 보이지 않았다. 그러다가 당황한 나머지 불쑥 거짓말을 해버렸다.

"애슐리에게 데이트 신청을 해볼까 해. 그래도 네가 괜찮을지 궁금했어."

그 말이 허드의 입을 떠나자마자 허드는 침착해졌다. 이 정도면 통하지 않을까?

제이는 형제를 똑바로 보려고 고개를 홱 돌렸다. "너 이거 진지하게 하는 말이야, 그래?" 그가 물었다.

그 순간 허드는 자신의 질문이 애초에 거짓말이었다는 사실을 하마터면 잊을 뻔했다. "그래. 그렇게 신경 쓰여? 네가 신경 안 쓰는 줄 알았는데."

"신경 써. 확실히 쓴다고."

이건 애슐리가 문제가 아니었다. 솔직히 제이는 애슐리를 특별한 여자로 보지 않았다. 한 번도 그런 적이 없었다. 애슐리 때문이 아니었다. 제이는 라라를 만나기 전까지 특별히 중요하게 생각한 여자가 한 명도 없었다. 제이는 이제야 진짜 짝을 만났기 때문에 전에 만난 여자들은… 음, 진짜 짝이 아니라는 사실을 알았다. 중요하지 않은 상대들. 애슐리는 중요하지 않았다.

제이는 애슐리가 허드와 데이트하는 모습을 그려보았다. 그녀가 호감을 보이며 다가오는 허드를 환영하는 모습을 상상했다. 그 순간 뇌가 멈춰버렸다.

"미안해, 그건 좋은 생각이 아닌 것 같아. 내 생각은 그래."

허드는 몸이 굳어버렸다. "알았어." 그는 제이가 니나 집의 진입로로 들어가자 말했다.

"다행이네." 제이가 차에서 열쇠를 뽑으며 말했다.
제이는 트럭에서 얼른 내렸지만 허드는 아무도 알아차릴 수 없는 찰나의 순간만큼 더 머무르며 자신이 좋게 말해도 일을 완전히 그르쳤다는 사실을 애써 받아들였다.

초인종이 울렸다.

니나는 욕실에서 머리를 거꾸로 빗질해 부풀리는 중이었다. 시계를 보니 6시 51분이었다. 너무 열성적이네. 니나는 이렇게 생각했다. 하지만 이 세상에는 별별 사람들이 다 있고, 그중에는 파티가 시작하기도 전에 나타나는 사람도 있을 것이다.

침실 문을 열고 밖을 보니 키트가 복도 거울에서 자신의 모습을 뜯어보는 중이고 제이가 계단을 올라오는 중이었다.

제이는 여동생이 오전에는 원피스를 입더니 이번에는 손바닥만 한 셔츠를 입고 있는 모습에 깜짝 놀랐지만, 눈치 빠르게 아무 말도 하지 않았다.

"문 좀 열어줄래?" 니나가 딱히 누구에게랄 것도 없이 키트와 제이를 향해 말했다.

"응, 알았어." 제이가 돌아서며 말했다.

허드는 식료품 저장실에 여분의 술을 채워 넣는 중이었다. 그가 현관으로 나가 누구인지 물으려고 할 때 제이도 계단을 다 내려왔다. 그렇게 약간은 어색한 분위기에서 형제는 함께 문을 열었다.

그곳에는 도커즈 면바지에 폴로셔츠를 입고 가벼운 줄무늬 스웨터를 걸친 브랜던 랜들이 머리카락을 축 늘어뜨린 채 서 있었다.

문의 옆쪽을 잡고 있던 제이는 그대로 쾅 닫아버리고 싶은 충동을 느꼈다. 한편 안쪽의 문손잡이에 손을 대고 있던 허드는 문을 살짝 열어서 브랜던이 왜 왔는지 알아보고 싶었다. 그 결과 한 명은 문을 밀고 한 명은 당기느라 한동안 문은 그 자리에서 꼼짝도 하지 않았다.

"안녕." 브랜던이 말했다.

"브랜던?" 형제 뒤에서 소리가 들렸다. 계단을 다 내려온 니나는 눈앞에 펼쳐진 광경에 말문이 턱 막혔다.

"안녕, 닌." 브랜던이 집으로 한 발을 들이며 말했다.

"여기서 뭐 하는 거야?" 니나는 그가 옷을 가져가거나 금고에서 귀중품을 챙기려고 왔나 보다 했다. 그러나 그 순간 부드럽고 희망에 찬 브랜던의 표정을 보니 가슴이 철렁 내려앉았다. 브랜던이 무슨 말을 하러 왔는지 덜컥 걱정이 앞섰다.

"얘기 좀 할 수 있을까?"

니나는 자신도 모르게 숨을 깊이 들이쉬었다. "어…." 그녀가 말했다. "그러지 뭐. 위층으로 갈까."

제이와 허드는 브랜던이 니나를 따라 올라가는 모습을 지켜보았다. 마침 계단을 내려오던 키트는 두 사람을 보자마자 얼어붙었다. 그녀는 언니 부부가 옆을 지나칠 때 믿을 수 없다는 표정을 지은 채 층계참에 석상처럼 서 있었다. 둘이 마침내 시야에서 사라지자 키트는 제이와 허드를 보며 너무나 무심하게 말했다. "염병."

* * *

니나는 침실—그녀의 침실인가, 그들의 침실인가?—로 들어가며 브랜던에게도 들어오라는 제스처를 했다. 니나는 남편에게 무슨 말을 해야 할지, 그가 그곳에 온 사실을 어떻게 받아들여야 할지 머릿속이 하얘졌다.
"무슨 일이야?" 니나가 물었다.
"사랑해, 니나." 브랜던이 말했다. "집으로 돌아오고 싶어."

1981년

1981년 2월. 브랜던은 《스포츠 페이지스》 4월호 표지 사진을 촬영하고 있었다. 4월호는 곧 열릴 프랑스오픈이 개최되기 전에 발매될 예정으로 그 대회도 그가 총아로 추앙받을 수많은 대회의 하나였다. 잡지사는 이국적이고 누구도 예상하지 못한 장소에서 테니스를 치는 그의 모습을 카메라에 담자는 기획을 세웠다. 천만다행으로 남캘리포니아에는 해변도 있고 사막도 있고 눈 덮인 봉우리도 있었다.

빅베어와 조슈아 트리에서 하루씩 촬영을 한 브랜던과 《스포츠 페이지스》 촬영팀은 조너선 클럽 바로 앞에서 촬영을 하기 시작했다. 그곳은 샌타모니카에서도 바로 바다 앞에서 영업 중인 해변 클럽이었다.

그 시간에 니나와 키트는 모래사장에 놓인 테이블에 앉아 있었다. 그날 자매는 점심을 밖에서 먹기로 했다. 니나가 최근에 돈을 잘 벌게 된 덕분에 그들은 예전 같으면 꿈도 꾸지 못했던 해변의 명소를 드나들게 되었다. 하얀 천 냅킨과 네 가지 종류의 잔이 차려져 있는 해변 클럽 같은 곳 말이다. 여전히 리바 형제들에게 그런 곳은 평소와 다르고 어색했다. 니나는 웨이터가 설설 길 정도로 정중하게 구는 태도가 영 불편했다. 키트는 다른 손님들을 개자식들이라고 생각했다.

브랜던은 클럽에서 멀찍이 떨어진 모래사장에서 하얀 테니스복을 입고 새까만 라켓을 든 채 바다를 등지고 카메라 앞에서 포즈를 취하는 중이었다. 그는 키가 크고 체격이 건장했다. 모래빛이 감도는 갈색 머리에 평균 크기의 푸른 눈과 넓은 광대뼈, 짙은 눈썹. 온화한 인상이었다. 운명이 그의 얼굴을 만들 때 단 하나의 모험도 감행하지 않기로 한 듯, 매력적이기는 해도 흐릿한 인상이었다.

"저 사람 누구지?" 키트가 그를 보며 물었다. 마침 중간 휴식 시간이라 브랜던은 페리에 병을 들고 우유 상자에 걸터앉아 있었다. "아는 사람인 건 분명한데, 어디서 봤는지 모르겠어."

"테니스 선수인가 봐." 니나가 샐러드를 깨작거리며 말했다. 그 무렵 니나는 에이전트인 크리스의 지시에 따라 이미 치즈와 버터, 디저트를 끊었다. 그 결과 8파운드가 빠졌다. "네가 날씬해지면 네 지갑이 뚱뚱해질 거야." 그는 이렇게 말했다. 니나는 그 말을 듣고 발끈했지만, 잠자코 따랐다. 그러니 요즘은 배가 고플 때마다 금방 짜증이 치솟았다. 그녀의 육체는 돈을 낳는 화수분이었다.

브랜던은 페리에를 한 모금 마시고 뚜껑을 닫았다. 그리고 다시 촬영을 하려고 일어섰다. 그때 그의 시선이 패티오로 향하더니 니나에게 초점을 맞추었다.

"흠." 키트가 비보를 전하듯 말했다. "저 사람이 언니를 보고 있어."

* * *

훗날 브랜던은 그날을 사람들에게 회상할 때면, 니나를 본 순간 그냥 알겠더라고 했다. 그는 니나의 모든 것, 길고 풍성한 머리카락, 나긋나긋한 몸매, 밝은 미소를 보고 나서야 자신이 지금까지 무엇을 찾고 있었는지 깨달았다. 니나는 여리지 않지만 달콤해 보였다.

"어…." 사진작가의 조수가 말했다. "랜들 씨?" 브랜던은 반응이 없었다. 그러자 조수가 목소리를 더 키워서 재차 말을 걸었다.

"미안해요." 브랜던이 말했다. "뭐라고 했죠?"

"메이크업을 고쳐야 한다고요. 턱선에요."

"오, 그랬죠." 브랜던이 마침내 니나에게서 눈을 떼며 말했다. 하지만 그는 메이크업을 수정하고 카메라 앞으로 돌아간 후에도 계속 니나를 힐끔거렸다. 사진작가가 플래시를 터트리기 시작했지만 그는 여전히 클럽 쪽을 바라보았다. 저 아가씨를 어디서 본 적이 있나?

"포스터에 나오는 아가씨잖아요." 사진작가가 그의 시선을 알아차리고 말했다. "니나 리바."

브랜던은 곧장 알아듣지 못했다.

"믹 리바의 딸." 사진작가가 덧붙였다.

"저 아가씨가 믹 리바의 딸이라고요?" 브랜던이 되물었다.

"네, 서퍼고요."

브랜던이 다시 니나를 보았다. 이번에는 그녀의 관심을 끌 만큼 한참을 응시했다. 니나가 고개를 돌려 그를 바라보았다. 그는 자신이 퇴짜를 맞지 않으리라 자신했다. 그가 누구인가. 4대 메이저 대회의 우승컵을 여덟 번이나 차지했고 곧 아홉 번째 우승컵을 거머쥘 브랜던 랜들 아닌가.

"저 아가씨 이름이 니나라고요?" 브랜던이 사진작가에게 물었다. 사진작가가 셔터를 멈추고 그렇다는 대답을 하기도 전에 그가 그녀를 소리쳐 불렀다.

니나가 그를 돌아보았다. 키트도 보았다. 그의 전신을 담은 카메라의 플래시가 터지는 순간 그는 라켓을 옆으로 내린 채 소리쳤다. "전화번호 가르쳐줄 수 있어요?"

니나가 웃음을 터트렸다. 고개를 살짝 젖히고 웃는 그 모습이 순수해 보였다. 브랜던은 니나의 미소가 너무나 편안해 보이고 그녀에게서 상큼한 기운이 자연스럽게 흘러나온다고 생각했다.

"농담 아니에요!" 그가 다시 소리쳤다. 니나는 "미쳤군요"라고 말하는 듯 고개를 흔들었다.

브랜던도 자신이 살짝 맛이 간 것 같았다. 그는 숨겨진 보물을 찾아내 독차지하려는 사람이 된 기분이었다. 그 보물을 손에 꼭 넣어야만 했다.

"잠깐 실례할게요." 브랜던이 사진작가에게 양해를 구했다. "잠깐이면 돼요." 그러더니 대답을 기다리지도 않고 얼른 니나의 테이블로 달려갔다.

가까이서 니나를 본 브랜던은 취했다는 말로는 부족할 정도로 푹 빠졌다. 그녀에게는 무심함에서 비롯된 매력이 있었다. 홀터넥 비키니 상의 위에 티를 입은 모습이나 샌들을 신고 있는 모습이 그랬다. 동시에 그녀에게서는 우아함도 느껴졌다. 우아하게 생긴 발과 부드러운 살결, 따스함이 뿜어져 나오는 갈색 눈동자.

브랜던은 패티오와 해변의 경계인 난간에 기댔다.

"나는 브랜던 랜들이에요." 그가 손을 내밀며 말했다.

"니나 리바예요." 니나는 그의 손을 잡으며 여동생 쪽으로 몸짓을 했다. "이 애는 키트고요."

"키트." 브랜던이 살짝 고개를 숙이며 인사를 건넸다. "만나서 반가워요."

"홀딱 빠졌네요." 키트가 웃으며 말했다.

브랜던은 키트가 놀리는 걸 알면서도 미소를 지었다. 그는 니나를 보았다. "결혼합시다." 그가 미소를 지으며 말했다.

니나가 웃음을 터트렸다. "그쪽을 잘 알지도…."

브랜던이 키트에게 몸을 내밀며 물었다. "어떻게 생각해요, 키트? 내게 승산이 있을까요?"

키트는 언니는 지금 동생이 무슨 말을 해주기를 바랄까 헤아리며 니나의 눈을 가만히 응시했다. "잘 모르겠어요…." 키트는 그에게 실망을 줘서 미안하지만 정말 재미있다는 듯이 말했다. "별로 없어 보이네요."

"오, 이런!" 브랜던이 말했다. 그는 상처받은 심장을 지키려는 듯 한 손을 가슴에 올렸다.

"들어보세요. 우리 언니에게 찾아와서 그쪽과 똑같은 짓을 하는 남자가 하루에 몇 명이나 되는지 아세요?" 키트가 물었다.

브랜던이 니나를 보며 정말이냐고 묻듯이 눈썹을 올렸다. 니나는 살짝 당황하며 어깨를 으쓱했다. 그 포스터가 음반 가게와 약국에서 팔리면서 니나에게는 집을 나갈 때마다 따라오는 남자들이 생겼다. 이런 변화가 그녀는 영 마음에 들지 않았다.

"요즘 언니는 모르는 사람에게 일주일에 네 건 정도 청혼을 받아요." 키트가 말했다.

"그 정도나?" 브랜던이 말했다. "아무래도 나는 경쟁이 안 되겠네요."

"그럴지도 모르죠." 키트가 말했다. "그래도 그쪽은 비교적 덜 짜증 나는 청혼자 축에 속해요."

"오, 다행이네." 브랜던이 말했다. "이렇게 행복한 차이라니."

니나가 웃었다. "키트는 꽤 깐깐한 관객이죠." 니나가 말했다.

브랜던이 그녀를 보았다. "슬슬 나도 그런 생각이 들어요."

"나는 절대 깐깐한 관객이 아니라고요." 키트가 말했다. "남은 평생을 그쪽과 같이 보내자고 말하기 전에, 먼저 언니에게 저녁 데이트 신청이라도 해서 언니도 당신을 알아갈 기회를 줘야 한다는 거예요."

브랜던이 니나를 보며 미소를 지었다. "내가 다짜고짜 밀어붙였다면 사과할게요." 니나가 그와 눈을 맞추며 미소를 지었다. "저녁 식사 말동무로 내가 아주 쓸 만한데. 내 초대를 받아줄 건가요?" 그가 물었다.

키트가 고개를 끄덕였다. "하면 잘하네."

니나가 웃었다. 3분 전만 해도 그녀는 브랜던을 거절할 작정이었다. 그렇지만 어느새 마음이 바뀌었다. "좋아요." 그녀가 대답했다. "그러죠."

* * *

브랜던은 여섯 살에 처음으로 테니스 라켓을 잡은 후 일곱 번째 생일에 완벽하게 서브를 넣었다. 그걸 본 그의 아버지 딕은 아들이 학교에 가지 않거나 잠을 자지 않는 시간은 몽땅 코트에서 보내게 했다.

딕은 아들에게 두 가지를 가르쳤다. 너는 항상 이긴다. 그리고 항상 신사적으로 행동한다. 열두 살이 되자 브랜던은 유명한 테니스 코치 토머스 오코넬에게 훈련을 받기 시작했다.

토미는 한 치의 오차에도 벌을 내렸다. 거의는 없다. 좋은 시도도 없다. 완벽이 아니면 실패뿐이다. 브랜던은 이런 가르침을 수월하게 받아들였고 자신의 것으로 만들었다. 이기거나 지거나. 브랜던은 가차 없이 정확성을 추구했다.

그는 승리할 것이다, 언제나. 그리고 신사처럼 행동할 것이다, 예외 없이.

브랜던은 열아홉 살의 나이에 호주오픈의 결승전에 진출하면서 세계 무대에 등장했다. 그의 주무기는 시그니처 슬링샷 서브로 ESPN은 그 서브를 '스냅'이라고 불렀다.

그는 경기를 이기고 우승을 했다. 마지막 포인트를 딴 순간 브랜던은 무릎을 꿇고 라켓을 하늘로 쳐들지 않았다. 기쁨에 주먹을 하늘로 치켜들지도 않았다. 어떤 식으로든 기쁨을 드러내지 않았다. 대신 미소를 자제하고 네트로 걸어가 결승전 상대였던 헨리 뮬린과 악수를 나눴다. 그때 그를 클로즈업한 카메라에 그가 무슨 말을 하는지 비췄다. "당신의 경기는 정말 멋졌어요."

그 후 언론은 그를 "스윗하트"라고 부르기 시작했다.

스물다섯 살이 된 브랜던은 US오픈과 윔블던, 호주오픈에서 우승컵을 거머쥐었다. 그것도 여러 차례 말이다. 이제 스포츠 캐스터들은 그를 더는 "스윗하트"로 부르지 않았다. 그들은 그를 "브랜랜"으로 부르며 경이로운 남자라 추켜세웠다.

미디어의 카메라는 항상 그를 향했다. 사람들은 그가 운동경기 중계 역사상 그 어느 선수보다 겸손하고 우아하게 상대를 무릎 꿇리는 모습을 보려고 채널을 맞췄다.

니나는 브랜던의 그런 점이 좋았다. 몹시 마음에 들었다.

"아버지가 항상 말씀하셨어요…." 샌타모니카의 멕시코 식당에서의 첫 데이트에서 브랜던은 좁고 어둑한 자리에 앉아 말했다. "이기고 있을 때는 우아하게 행동하기 쉽다. 그러니 우아하지 않은 행동에 대해서는 변명의 여지가 없다."

브랜던의 아버지는 그 전해에 죽었다. 니나는 브랜던이 돌아가신 아버지에 대해 편안하게 말하는 모습이 너무 좋았다. 그녀는 엄마 이야기를 꺼내면 목소리부터 떨려 그러기가 힘들었다.

"그럼 질 때는요?" 니나가 물었다.

브랜던이 고개를 가로저었다. "다음에는 확실히 이길 수 있도록 더 열심히 노력해야죠. 그러면 무엇에도 절대로 패배하지 않아요."

"그러면 당신은 언제나 우아한 태도를 유지할 수 있겠군요?" 니나가 물었다.

브랜던이 웃었다. "내가 지면 카메라가 곧장 나를 클로즈업하겠죠." 그가 말했다. "그 사람들은 내가 삐끗하기를 기다리고 있어요. 그래요, 맞아요. 그때도 나는 우아하게 행동할 거예요. 물론 더 힘들겠죠. 그건 장담해요. 그건 그렇고 내 이야기만 잔뜩 했잖아요. 지금부터는 당신이 처음으로 서핑을 한 날 이야기를 하죠. 내게 다 들려줘요."

니나는 미소를 지으며 1969년의 그 오후에 리바의 네 아이가 해변에서 무엇을 했는지 말했다. 브랜던은 어린 키트를 혼자 바다로 보낼 수 없어서 어깨에 키트를 매달고 보드를 탔다는 이야기를 듣자 웃음을 터뜨렸다. "나는 당신 여동생에 대해서 잘 몰라요." 브랜던이 말했다. "하지만 그 꼬맹이가 그걸 얼마나 싫어했을지는 알 것 같아요."

니나가 웃음을 터트렸다. "맞아요. 정말 싫어했어요." 니나가 말했다. 그리고 와인을 한 모금 마신 후 그와 눈을 맞추었다. 이렇게 웃을 수 있다니 정말 기분 좋아. 이런 생각이 들었다.

그날 밤 브랜던은 니나를 집에 데려다주었다. 진입로에 차를 주차한 후 그는 니나의 볼에 입을 맞췄다.

"당신이 좋아요, 니나." 그가 말했다. "요즘 사방에서 남자들이 당신에게 추근댄다죠. 그렇지만 나는 진짜 연인이 되고 싶어요. 나를 다시 만나줄래요?"

니나가 미소를 지으며 고개를 끄덕였다.

"좋아요." 그가 말했다. "내일 전화할게요. 근사한 데이트를 계획해 놓죠."

"좋아요." 니나가 대답했다. "그러세요."

명성과 부를 갖추었지만 브랜던은 값비싼 저녁으로 니나에게 아부하듯 구애하지 않았다. 그녀의 유명한 아버지에 대해서도 별로 묻지 않았다. 해외 각지에서 구입한 펜트하우스를 과시하듯 니나에게 보여주지도 않았다.

그는 브렌트우드에 있는 자신의 집에서 니나에게 볶음요리를 만들어주었다. 꽃다발을 들고 그녀의 집을 찾아갔다. 함께 해변으로 나가 니나가 서핑하는 모습을 지켜보았다.

그녀가 산호에 팔을 베이자 그는 자신의 벤츠 트렁크에 구비해

둔 구급상자를 얼른 가져와 상처에 붕대를 감아주었다. 니나가 감사를 표하자 그는 그녀의 관자놀이에 입을 맞추며 말했다. "당신을 이렇게 보살펴 줄 수 있어서 좋은걸요."

그해 4월 《스포츠 페이지스》의 표지에 실린 브랜던은 빅 베어의 브랜던도 조수아트리의 브랜던도 아니었다. 바다로 등을 돌리고 선 채 라켓을 옆으로 내리고 카메라 밖의 누군가를 소리쳐 부르는 브랜던이었다.

'브랜던 랜들: 사랑을 찾는 테니스의 왕자'라는 제목이 걸렸다. 그해 발행된 《스포츠 페이지스》 중에서 매진된 것은 4월호가 유일했다. 키트는 가식적이라고 생각했지만 니나는 그래도 세 부나 샀다.

그 무렵 니나와 브랜던은 만나는 횟수가 많아졌다. 브랜던은 거의 항상 키트를 초대했고 얼마 후에는 제이와 허드도 함께 어울리게 되었다.

그들 다섯 명은 함께 〈레이더스〉를 보러 갔다. 함께 하이킹을 떠났다. 파도를 타기 위해 여행을 가기도 했다. 브랜던이 운전을 했고 그들이 파도를 타는 동안 모래밭에서 기다렸다.

어느 오후 카운티 라인에서 리바 형제들은 브랜던에게 서핑을 가르쳤다. 하지만 그는 보드에서 연신 떨어졌다. 그의 체력과 테니스 훈련은 파도에서 균형을 잡는 데 전혀 도움이 안 되는 것 같았다.

"아홉 번 떨어지면 열 번 일어나면 되잖아, 안 그래?" 처음으로 보드에서 떨어졌을 때 브랜던은 이렇게 말했다.

니나가 웃으며 그가 보드 위로 몸을 끌어 올리도록 도와주었다. 그는 니나에게 몸을 기울여 입을 맞추며 말했다. "이건 당신이 나보다 더 잘하는 것 같아."

니나가 웃었다. "내가 더 오래 했으니까."

"그리고." 그가 말했다. "섹시하지."

키트가 그 말을 우연히 듣고는 혼자 미소를 지었다.

"좋아." 네 번째로 보드에서 떨어지자 브랜던의 목소리에서 슬슬 좌절감이 묻어났다. "나는 점심이나 준비해야지. 1시간 후에 여기서 다시 만나자고."

제이와 허드가 박장대소했다. 키트는 모두의 몫으로 스테이크 샌드위치를 주문해 달라고 신신당부를 했다. 마침내 그날 리바 형제들이 물에서 나오자 브랜던이 수건 위에 스테이크 샌드위치 다섯 개를 준비해 놓은 채 기다리고 있었다. 니나의 샌드위치에는 치즈가 없고 옆에 저민 토마토가 있었다. 니나는 그의 볼에 입을 맞추었다. 문득 자신도 모르게 눈물이 차올라 어떻게든 참아야 했다.

그날 저녁 니나와 브랜던은 그의 집으로 돌아온 후 침실에서 느리고 달콤한 사랑을 나누었다. 그 후 두 사람은 컴컴한 방에 나란히 누워서 가슴에만 담아두었던 비밀을 서로에게 털어놓았다. 브랜던은 자신도 니나가 동생들을 사랑하듯 자신의 형을 사랑하고 싶다고 말했다. "이걸 알아줬으면 해. 만약 우리가 미래를 함께 한다면… 우리가… 함께 살 집을 산다면 그 집은 남는 방이 잔뜩 있어야 할 거야. 형제들이 다 묵을 수 있게, 만약을 대비해서. 그들이 우리 결혼의 일부라는 걸 알아. 나는 당신의 그런 점을 사랑해."

니나가 미소를 지으며 그를 보며 입을 맞췄다. "나도 당신을 사랑해." 니나가 말했고 그 말은 온 마음이 담긴 진심이었다.

속마음을 솔직히 털어놓자면, 그녀는 브랜던이 좀 심심하게 생긴 미남이라고 생각했다. 그가 즐겨 입는 모범생 패션도 조금 당황스러웠다. 그는 그녀를 웃기려고 애를 쓰지도 않았고, 잠자리 기술도 아찔할 정도로 뛰어나지 않았다. 실력을 당장 발휘할 수 없겠다 싶으면 한사코 거절하는 모습도 싫었다. 그가 자신의 유명세와 재능, 부를 중요하게 여긴다는 사실을 알았지만, 니나는 그 어느 것에도 관심이 없었다.

하지만 브랜던과의 삶을 생각하면 경직된 몸에서 긴장이 풀리고 숨쉬기도 훨씬 편해졌다. 그와의 관계는 마치 포근하고 따뜻한 침대에 폭 싸이는 것 같았다. 그리고 니나의 삶은 지금까지 너무 피곤했다.

* * *

그해 가을, 니나와 브랜던은 약혼을 했다. 그리고 1982년 봄에 결혼식을 올렸다. 니나는 머리에 화관을 쓰고 맨발로 시원한 저녁 모래사장에 섰다. 브랜던은 허드가 골라준 하얀색 리넨 정장을 입었다.

니나는 엄마가 계셔야 할 곳이 텅 빈 구멍처럼 느껴졌다. 신부 입장은 세 동생과 함께 했다.

* * *

브랜던은 완벽한 집을 찾아내기까지 6주 동안 매일 부동산 중개인과 집을 보러 다녔다. 그렇게 찾아낸 클리프사이드 드라이브 28150번지는 그가 원한 것처럼 실내가 넓고 탁 트였으며 바다를 굽어보는 테니스코트도 갖추고 있었다. 위층에는 방이 넉넉했고 집에 딸린 풀장을 보면 훗날 아이들에게 수영을 가르치는 모습이 그려졌다.

"완벽한 집을 찾아냈어." 그는 그날 밤 시내에서 저녁을 먹으며 니나에게 말했다. 그는 LA에서 니나가 아직 가보지 못한 여러 동네의 레스토랑에 데려가 주었다. 그날 저녁을 먹은 곳은 웨스트 할리우드의 댄 타나스였다. 그곳의 벽에 걸려 있는 아빠의 사진을 본 니나는 그냥 무시하기로 했다.

"그 집에 대해서 다 이야기해 봐." 니나가 말했다. "물가에 있어?"

"더 좋은 곳이지." 브랜던이 말했다. 니나는 물가의 집보다 입지 조건이 더 좋은 곳이 있을까 싶었지만, 잠자코 들었다. "포인트 둠의 가장자리에 서 있어. 자기는 매일 리틀 둠에서 서핑을 할 수 있을 거야. 집 뒤로 그곳까지 내려가는 길이 있거든. 웨스트워드 비치가 엎어지면 코 닿을 데 있어. 말 그대로 절벽 끄트머리에 세운 집이야. 세상의 끄트머리라고, 허니."

"어머, 좋아라." 니나는 드레싱을 끼얹지 않은 샐러드를 먹으며 말했다. "근사해. 어서 보고 싶어. 금방 팔릴 것 같으면 내일이라도 보러 가자."

"그럴 필요 없어." 브랜던이 말했다. "내가 벌써 사겠다고 했어. 그 집은 우리 거야. 다 처리해 됐어."

"어머나." 니나는 숨을 깊이 들이쉬고 와인을 홀짝이며 짜증을 억눌렀다. 니나는 지금 사는 곳을 리모델링하는 편이 훨씬 좋았다. 아니면 근처에 집을 사는 것도 괜찮았다. 남편이 니나의 생각을 아는 줄 알았다. 어쩌면 니나의 설명이 부족했을지도 몰랐다. "좋아. 잘했네. 완벽해."

이튿날 아침 브랜던이 그녀를 그 집으로 데려가 보여주었다. "여기 소파를 놓을 거야. 내 워홀 그림은 여기에 걸면 좋을 것 같고…."

그는 말을 하고, 하고, 또 했지만 니나의 귀에는 들리지 않았다. 그 저택은 정말 근사한 곳이었지만, 모든 면에서 너무 과했다. 너무 크고 온통 베이지색에다 전체적으로 인더스트리얼 스타일이 지배했다. 그리고 그 집에는… 영혼이 없었다.

"어때?" 그가 물었다. "완벽하지 않아?"

니나가 이 집을 두고 무엇을 할 수 있을까? 이미 모든 결정이 끝났는데. "완벽해." 니나가 말했다. "고마워."

브랜던은 니나를 끌어당겨 두 팔로 그녀를 안았다. 턱을 그녀의 목덜미에 대고 얼굴을 귓가에 파묻었다. 그의 몸은 언제나 너무 단단했다. 그래도 남편의 품에 안길 때마다 니나의 외로움은 아주 옅어졌다.

"예쁘고 넓은 파티 하우스잖아, 그렇지?" 그가 질문하듯 말했다. "앞으로 몇십 년이든 이 집에서 당신의 여름 고별 파티를 벌일 수 있을 거야."

니나가 미소를 지으며 그에게서 몸을 아주 살짝 뗐다. "그 파티에 대해서도 벌써 생각해 뒀던 거야?" 그녀가 물었다.

"생각해 뒀냐고? 내가 부동산 중개인에게 이렇게 말했어. '우리가 살 집은 근사한 파도까지 걸어서 갈 거리에 있고, 파티에 잘 어울리고, 방은 최소 다섯 개여야 해요.' 그게 내 조건이었어. 자기가 매일 서핑을 할 수 있고 제이와 허드, 키트가 지낼 방도 있고 매년 리바 파티를 열 수 있는 곳을 구하고 싶었거든."

니나가 웃음을 터트렸다. 그는 그 집을 다시 둘러보았다. "이 집은 파티가 정말 잘 어울리겠어."

"내 옆에만 있어." 그가 니나에게 미소를 지으며 말했다. "당신이 원하는 건 뭐든 다 줄 테니까."

그녀가 원하는 건 그리 많지 않았다. 그렇지만 니나는 그 말에 매료되었다. "사랑해." 니나가 그의 손을 잡아 계단으로 잡아끌며 말했다.

"나도 사랑해." 그가 니나가 이끄는 대로 몸을 맡기며 말했다. "내 온마음으로 영원히 사랑할 거야."

두 사람은 엄밀히 말해서 아직은 그들의 것이 아닌 그 집의 텅 빈 부부 침실로 향했다. 그곳에 도착하자 니나는 그곳에 깔린 고급스러운 양탄자로 브랜던을 넘어뜨리고 사랑을 나누었다. 사랑의 행위는 달콤하고 느렸으며 결단코 다급하지도, 야성적이지도 않았다. 오로지 부드럽고 진심이 담겨 있을 뿐이었다.

그리고 그로부터 1년 후 브랜던이 떠나는 순간 니나는 바로 그 자리에 주저앉았다.

* * *

브랜던은 윔블던에서 우승한 후 집으로 막 돌아왔다. 그들은 제이와 허드, 키트까지 모두 데리고 다음 주 보라보라에서 휴가를 보낼 계획이었다. 니나는 여행 가이드북을 읽고 있었다.

그가 집으로 들어와 계단을 올라오는 소리가 들렸다. 브랜던은 두 사람의 침실로 들어왔지만, 미소를 짓지 않았다.

"미안해, 니나." 그가 말했다. "그렇지만 나는 떠나야 해."

"무슨 말을 하는 거야?" 니나가 웃음을 터트리며 되물었다. 그녀는 읽던 책을 내려놓고 일어섰다. 티셔츠와 그가 입던 낡고 헐렁한 트렁크 차림이었다. "떠나다니 어디로? 방금 돌아왔으면서."

"만나는 사람이 있어." 그는 벽장으로 들어가 셔츠를 더플백에 집어넣으며 말했다.

니나가 입을 떡 벌린 채 그를 바라보았다. 그는 벽장에서 나오더니 그대로 계단을 잰걸음으로 내려갔다. 니나가 그를 뒤따랐다.

"무슨 말인지 모르겠어." 니나가 조용하게 말했다. "만나는 사람이 있다니 그게 무슨 말이야?"

브랜던은 돌아서서 그녀의 질문에 대답을 하기는커녕 계속 걸어갔다.

"브랜던!" 그들이 진입로까지 가서야 니나가 소리를 질렀다. "나를 좀 봐, 제발."

"이 이야기는 나중에 다시 하자." 브랜던이 차를 타며 말했다. 그러더니 그대로 떠나버렸다.

니나는 그곳에 서서 남편의 차가 도로로 진입하는 모습을 물끄러미 바라보았다. 마침내 숨을 들이쉬기 시작하자 방금 일어난 일에, 자신의 눈으로 목격한 일에 온몸이 마비되는 것 같았다. "뭐라고?" 니나는 경악에 차 간간이 숨을 몰아쉬는 사이사이에 연신 이렇게 말했다. "뭐라고 한 거야?"

그녀는 저택의 앞쪽 계단에 앉아서 마음을 가라앉혔다. 그제야 남편이 그녀를 떠나 다른 여자에게 가버렸다는 사실이 확실히 이해되었다.

니나는 자신이 우는 줄도 모른 채 펑펑 울었다. 연신 손으로 눈물을 닦았지만 흘러내리는 눈물을 다 닦을 수는 없었다. 두 눈은 벌겋게 핏발이 서고 퉁퉁 부었다. 아무것에도 묶여 있지 않은 닻처럼 몸이 무겁고 축 늘어져서 그 자리에 웅크린 채 꼼짝도 할 수가 없었다.

그렇게 울다 보니 어느새 해가 수평선을 넘어가고, 새들이 나무를 찾아 쉬러 갔다. 형제들에게 브랜던이 떠났다는 사실을 전해야 했다. 동생들과 함께 보라보라에 간다는 사실에 자신이 얼마나 들떴는지 생각하니 당혹감을 감출 수가 없었다. 브랜던의 낡은 속옷을 입고 그곳에 앉아 있으니 몸이 점점 싸늘해졌다.

마침내 니나는 일어나서 눈물을 닦았다. 문득 엄마가 떠올랐다. 전에도 이런 상황을 겪었다. 엄마가 그 고통을 겪는 모습을 지켜보며 그녀도 함께 경험했다.

가족의 역사가 되풀이되는 건가. 니나가 생각했다. 잠시지만 그녀는 이런 역사에서 도망치려고 해봐야 소용이 없을지 모르겠다는 생각이 들었다.

어쩌면 우리 부모의 삶이 우리 안에 새겨져 있을지 모른다. 그렇다면 그들의 실수를 되풀이하게 만드는 유혹만이 우리 앞에 놓인 유일한 운명이 아닐까. 아무리 노력해도 우리는 절대 우리의 핏줄을 흐르는 피를 이길 수 없을지 몰랐다.

아니면.

아니면 우리는 태어난 순간부터 자유로운 몸일 수도 있다. 그러므로 우리가 무엇을 하든 자신의 의지에서 비롯된 것이리라.

니나는 어느 쪽인지 알 수 없었다.

다만 이것 하나는 확실히 알았다. 지금까지 온갖 일을 다 겪으며 버텨왔지만 결국에는 용기를 내어 믿어보기로 한 남자에게 버림받고 집 앞 계단에 홀로 앉아 우는 신세가 되었다는 사실을.

2부
19시부터 7시까지

19:00

시계가 오후 7시를 알리자 키트의 가장 친한 친구인 버네사 데 라 크루스가 제일 먼저 도착해 니나의 집 앞에 차를 세웠다. 곧바로 대리 주차 요원이 다가왔고 그녀가 차에서 훌쩍 내렸다.

그녀는 하얀 쇼트 팬츠에 하늘색 티셔츠를 입고 허리에는 벨트를 맸다. 구두는 흰색 펌프스를 신었다. 그녀는 정수리 부근에서 머리를 풍성하게 띄웠고 검은색 아이라이너로 눈 전체에 아이라인을 그렸다. 사실 오늘 버네사는 지난달 《로스앤젤레스》 잡지의 표지를 장식한 헤더 로클리어의 사진을 보고 머리부터 발끝까지 베꼈다.

버네사는 이렇게 입을 때만 해도 좋은 생각 같았다. 그런데 파티에 도착하니 그제야 헤더 로클리어가 이 파티에 올지도 모른다는 생각이 들었다. 버네사의 모습을 보면 그 여배우는 뭐라고 할까?

주차 요원이 버네사에게 차 열쇠를 받으려고 손을 내밀었다.

"저… 내가 주차할 수 있어요." 버네사가 말했다. "그 편이 더 간단할 텐데?"

"이게 제 일이라서요." 그는 이렇게 말하며 그녀에게서 정중하게 차 열쇠를 받았다.

버네사는 자신의 AMC 이글이 멀어지는 모습을 지켜보았다. 그녀는 리바 형제들이 부자가 되었다는 사실이 아직도 낯설었다. 전기세를 아끼려고 불을 다 끈 채 키트와 놀았던 일들이 떠올랐다. 그런데 지금은 자신의 구두가 이 집에 신고 와도 괜찮은 수준인지 걱정이 되었다. 물론 키트나 다른 가족이 버네사의 옷차림에 대해 의식하거나 관심을 가질 리 만무했다.

버네사는 현관으로 가 노크를 하려고 손을 들었다. 불안이 스멀스멀 기어 올라왔다. 버네사는 매년 이 파티에 왔지만 늘 구석에서 키트와 농담이나 주고받고 노닥거리기만 했다. 올해만큼은 허드의 관심을 끌고 싶었다. 어쩌면 오늘 밤이야말로 그가 마침내 다른 식으로 버네사를 바라봐 줄지도 모르기 때문이다.

그녀는 손가락 관절로 문을 두드리고 초인종을 눌렀다.

문이 열리자 그가 그곳에 있었다. 버네사는 하루하루 시간이 흐를수록 허드가 점점 더 미남이 된다고 절대적으로 확신했고 그럴수록 그에게 더 깊이 빠져들었다.

"오, 왔구나, 버네사." 허드가 만면에 미소를 지으며 문을 활짝 열어주면서 인사를 건넸다. "키트!" 허드는 집 안쪽을 향해 소리쳤다. "버네사 왔어!"

키트가 모퉁이를 돌아 나왔다. "어서 와!"

키트의 옷차림을 본 순간 버네사가 눈을 휘둥그레 떴다. 그녀는 키트가 해변이 아닌 곳에서 이렇게 맨살을 많이 드러낸 모습을 처음 보았다. "와우." 버네사가 말했다. "너 끝내준다."
허드가 키트의 등을 툭툭 두드린 후 주방으로 갔다. 멀어지는 뒷모습을 보니, 그가 한 걸음씩 멀어질 때마다 버네사의 맥박은 그만큼 느려졌다.
"정말?" 키트가 자신의 몸을 내려다보며 물었다. "정말 그렇게 생각해?"
버네사가 키트에게로 시선을 돌리며 웃었다. "그렇다니까. 너 정말 섹시해 보여."
"그럼 다행이고." 키트가 말했다. "너도 그래."
"고마워." 버네사는 머리를 부풀리며 혹시 허드가 되돌아오는지 보려고 고개를 빼꼼 내밀었다.
밤은 젊었다.

버네사가 도착한 후로 20초마다 초인종이 울리기 시작했다. 니나는 키트가 아래층에서 사람들을 맞이하는 소리를 들었다.

창으로 보니 하늘이 점점 어두워지고 그 어스름을 밝히듯 별들이 빛나기 시작했다.

"제발 니나." 브랜던이 말했다. "내가 뭔가에 홀렸었나 봐. 내가 너무 혼란스러웠어… 그래야만 하는… 모르겠어. 내가 많이 힘들었어. 그 상황을 최악의 방법으로 처리했고. 그런데… 맙소사, 지난 몇 달 동안 내가 무슨 짓을 했는지 생각하면 진저리가 날 정도야. 솔직히 거울을 보고 있으면 거기에 비친 사람이 누구인지도 모르겠어. 전에는 이렇게까지 총체적으로 모든 게 엉망으로 망가진 적이 없었어. 이 상황을 바로잡기 위해 무슨 일이든 할게. 뭐든. 사랑해. 제발, 니나." 그는 두 사람의 침실에 서서 말을 쏟아냈다. "한 번만 더 기회를 줘. 내가 나쁜 놈은 아니라는 걸 당신도 알잖아. 알지? 당신은 나를 아니까. 내가 제정신이 아니어서 이런 어리석은 짓을 했다는 걸 당신은 알 거야. 그때는 내가 내가 아니었다는 걸 말이야."

브랜던은 무릎을 꿇고 니나의 손 관절마다 입을 맞추기 시작했다.

그녀의 손은 차갑고 그의 손은 따스했다. "당신의 얼굴이 보고 싶었어." 그는 니나의 얼굴을 올려다보며 말했다. 그의 눈이 촉촉해지고 목소리가 갈라졌다. "당신의 머리에서 나는 향기를 맡고 싶었어. 매일 아침과 밤에 당신 옆에서 이를 닦던 때가 그리웠고. 당신이 잠옷을 입고 세면대에서 나와 나란히 서 있을 때 가장 당신다워 보였던 그 시간도. 가끔 얼굴 전체가 미소로 환하게 빛나던 모습도." 그가 말했다. "당신 없이는 못 살아."

"내게서 무슨 말을 듣고 싶은 거야?" 니나가 말했다.

"내게 한 번 더 기회를 준다고 말해줘."

니나는 자신도 모르게 방바닥과 천장을 보고 침대 시트와 벽장 문을 보았다. 그의 얼굴만 아니면 어디든 상관없었다. 그의 눈만 아니면 뭐든 상관없었다.

"이리 와." 브랜던이 그녀의 손을 잡으며 말했다. "당신은 내가 진심이라는 사실을 알 자격이 있어." 그는 니나를 잡아끌며 방에서 복도로 나갔다.

"브랜던, 뭐 하는 거야?" 니나가 그와 함께 걷기는커녕 끌려가다시피 하며 물었다.

그는 니나를 계단으로 이끌었다. 복도와 거실에는 어느새 파티 손님들이 삼삼오오 모여들기 시작했다. 니나는 마침 집으로 들어오는 튜즈데이 헨드릭스와 눈이 마주쳤다.

"브랜던." 니나가 속삭였다. "날 민망하게 만들 셈이야?"

"여러분!" 브랜던이 막 틀어놓은 음악보다 더 크게 외쳤다. "지금 제가 한 가지 발표를 하려고 합니다."

그 순간 사람들의 시선이 일제히 니나와 브랜던에게 향했다. 그중에는 허드도 있었다. 그는 올림픽 배구 대표선수에게 제일 가까운 화장실이 어딘지 알려주던 참이었다. 니나는 제이와 키트의 모습은 보이지 않았지만 어쨌든 자신에게 쏠린 모두의 시선이 느껴지는 것 같았다.

"혹시 신문을 보셨다면 제가 최근에 머저리 같은 짓을 저질렀다는 사실을 아실 겁니다. 제가 얼마나 행운아인지 잊어버렸다는 것도. 제가 그렇게 좋은 남자가 아니라는 것도 이제는 다 아시겠죠."

"너는 멍청이였어!" 사람들 사이에서 누군가 소리쳤다. 모두가 웃음을 터트렸고 니나는 연기처럼 사라지고 싶었다.

브랜던이 그녀를 돌아보았다. "하지만 내가 오늘 당신에게 온 건 이 자리에 모인 사람들 앞에서 당신에게 이 말을 하기 위해서야. 니나. 당신을 사랑해. 당신이 필요해. 당신은 이 별에서 가장 아름답고, 상냥하고, 누구보다 환상적인 여자야. 여기서 공개적으로 선언할게. 당신이 없으면 나는 아무것도 아니야."

니나는 어디를 봐야 할지도 뭐라고 대답해야 할지도 몰라서 어물쩍 미소를 지었다.

그가 한쪽 무릎을 꿇고 앉았다. "니나 리바, 나를 다시 받아주겠어?"

누군가 휘파람을 불었다. 누군지는 모르지만, 아마도 이웃인 카를로스 에스테베스인 것 같았다. 나머지 사람들도 박수를 치기 시작했다. 그러더니 누군가가 연호하기 시작했다. "그를 받아줘!"

니나는 집이 쪼그라들어 그녀를 그대로 덮칠 것만 같았다.

"받! 아! 줘! 받! 아! 줘!"

목소리가 너무 작아서 니나는 그 목소리가 자신의 것인지도 몰랐다. "좋아요." 니나는 사람들의 시선을 더는 견딜 수 없어서 고개를 끄덕이며 승낙해 버렸다.

브랜던이 그녀를 양팔로 안아 입을 맞췄다. 모두가 환호성을 질렀다.

바로 그때 키트가 소란스러운 소리를 듣고 주방에서 나왔다가 니나를 두 팔로 안고 활짝 웃고 있는 브랜던을 보았다. 그는 승리감에 취한 것 같았다.

키트가 제이를 보았다. 마침 음향 장치 옆에 서 있던 제이는 허드를 바라보았다. 허드는 여전히 문가에 서 있었다. 무슨 일이 있었는지 천재가 아니라도 알 수 있었다. 키트의 표정이 일그러졌다.

바로 그 순간 니나가 키트에게 시선을 돌렸다가 이 모든 일이 키트의 눈에 어떻게 비칠지 단박에 알아차렸다. 니나는 결국 눈을 돌려버렸다.

20:00

튜즈데이 헨드릭스는 흰색 티셔츠에 헐렁한 검은색 리넨 바지를 받쳐 입고 검은색 멜빵을 했다. 길게 기른 갈색 머리에는 회색 중산모를 썼다. 그녀의 얼굴은 생기 넘쳤지만, 살짝 창백했다. 그날 밤 그녀가 한 화장은 마스카라뿐이었다.

그녀는 커다란 주머니에 양손을 넣은 채 뒤뜰로 나갔다. 그 헐렁한 주머니에는 조인트* 네 대와 블런트** 두 대, 스플리프*** 한 대가 들어 있었다.

그녀는 밖으로 나오자 얼른 스플리프를 꺼내 불을 붙였다. 한 모금 빨아 폐로 연기를 머금었다가 다시 뱉었다.

그녀는 자신을 보는 사람들에게 미소를 지었다. 그리고 그들이 일행과 나누던 대화로 돌아가기를 바라며 인사하듯 고개를 끄덕였다.

"튜즈, 왔군요." 튜즈데이가 돌아보니 그곳에는 가장 최근에 영

---

* 마리화나를 종이로 말아놓은 것.
** 시가를 마는 종이에 마리화나와 담뱃잎을 섞어서 말아놓은 것.
*** 담배와 마리화나를 뒤섞은 것.

화에 같이 출연했던 라파엘 로페즈가 있었다. 그는 그녀에게 다가와 맥주를 내밀었다. 그녀는 라파엘과 같이 오지도 않았고 굳이 그를 찾지도 않았다. 하지만 그가 거슬리지도 않았다. 영화를 촬영하는 동안, 그는 키스나 애무 장면에서 늘 신사적이었고 촬영 준비를 할 때도 튜즈데이를 기다리게 하는 법이 없었다. 게다가 그가 옆에 있으면 사람들이 괜히 귀찮게 하지 않는다는 장점도 있었다.

튜즈데이가 파티에 온 목적은 사교가 아니었다. 오로지 자신의 얼굴을 사람들에게 보이려고 왔다. 세간에 파다한 스캔들을 일으켰지만 결코 도망치거나 자신이 한 짓으로부터 숨지 않는다는 사실을 보여주려고 말이다. 그녀는 결코 주눅이 들지 않았다. 민망해야 할 사람은 브리저였다. 하지만 그 남자는 수치심을 몰랐다.

"당신이 안 올 줄 알았어요." 라파엘이 말했다.

"남들 앞에 얼굴도 드러내지 못하는 여자가 되고 싶지는 않았어요."

라파엘이 스플리프를 한 대 달라며 손을 내밀었다. 튜즈데이가 마리화나를 건넸다. 그녀는 최고 품질의 마리화나를 손에 넣는 사람으로 유명했다. 물론 이런 명성은 할리우드 한정이었다. 대중에게 그녀는 대체로 순수하고, 사랑스럽고, 왝, 생기 넘치는 이미지였다.

음, 적어도 브리저를 만나기 전만 해도 사람들은 그렇게 알았다. 지금 그녀는 결혼식장에 그를 버리고 도망친 여자였다.

"두 사람이 꼭 1년 전에 만났죠, 그렇죠?" 라파엘이 물었다.

튜즈데이가 고개를 끄덕였다. "바로 이 파티였죠. 1년 전. 바로 오늘 밤."

라파엘이 마리화나를 피웠다. 튜즈데이는 바비큐 옆에서 어슬렁거리며 섹스 같은 건 하지 않을 것처럼 구는 팝스타와 MTV 비제이를 바라보았다. 그래 봤자 사람들은 그들이 섹스를 하리라는 걸 다 알았다. 튜즈데이는 그 생각에 웃음이 터졌다. 이 도시에는 섹스를 하는 척하며 하지 않는 사람들과 섹스를 하지 않는 척하며 실제로는 하는 사람들밖에 없었다.

"요약하자면 오늘은 내가 지옥문을 열어젖힌 지 1주년이 되는 날이죠." 그녀가 말했다.

라파엘이 그녀를 향해 인상을 썼다. "온 세상이 그 남자가 인격자라고 생각해요."

"온 세상이 나를, 달에 날아가기 전에 자신을 만나려고 타임머신을 만든 불운한 우주비행사의 딸이라고 생각해요."

라파엘이 웃음을 터트렸다. "그건 당신 탓이죠. 다음에는 열여섯 살에 오스카를 탈 정도로 연기를 잘하지 말아요."

"열일곱."

튜즈데이가 말했다.

라파엘이 그녀를 향해 한쪽 눈썹을 올렸다. 어느새 니나의 집은 파티 손님들로 북적이기 시작했다. 그녀는 사람들을 보며 미소를 지었다. 마리화나를 한 모금 빨았다. 그리고 자신의 시계를 확인했다. 딱 한 시간만 버티자고 다짐했다. 그러면 그녀가 아무런 거리낌 없이 브리저를 만날 수 있다는 사실을 사람들이 다 알게 될 것이다.

20분만 더. 그러면 이 파티를 떠날 수 있다.

바로 그때 튜즈데이는 뒤에서 사람들이 웅성거리는 소리를 들었다. 뒤이어 브리저가 액션 영화에서 내는 굵은 목소리가 들려왔다. 그 목소리는 가짜였다. 진짜 목소리는 높고 가늘며 콧소리까지 났다. 튜즈데이는 그가 진짜 목소리로 잠꼬대를 하는 바람에 그 사실을 알게 되었다. 하지만 단둘이 소파에서 주문 음식을 먹을 때조차 브리저는 가짜 목소리를 냈다.

"어이, 요즘 잘 지내?" 브리저가 문가에 서 있는 누군가에게 말을 걸었다.

이제 그와의 거리는 몇 센티밖에 되지 않는 듯했다. 그녀는 뒤를 돌아보고 싶지 않아서 라파엘을 보았다. "내 뒤로 그 남자가 오고 있죠, 그렇죠?" 그녀의 맥박이 미친 듯이 뛰기 시작했다. 문제는 바로 이것이었다. 튜즈데이는 속마음을 사람들에게 절대 들키고 싶지 않았다. 사실 그녀는 그의 얼굴을 보기가 무서웠다.

튜즈데이는 브리저가 그녀 때문에 마음의 상처를 입은 척하는 모습을 도저히 참고 볼 수 없을 것 같았다. 그녀는 단 1분도 그의 뛰어난 '가여운 나' 연기를 견딜 수가 없었다. 그가 피해자 연기를 어찌나 완벽하게 하는지 보고 있으면 맞설 의지가 사라져 버렸다.

그녀가 결혼식 당일 그를 버렸나? 그렇다. 그녀는 이 문제에 더 요령껏 대처할 수 있었나? 그렇다. 그녀는 그에게 제대로 사과를 해야 하나? 그렇다.

제단을 향해 나가기 10분 전 결혼 예복을 입고 있는 그에게 웨딩드레스를 입고 있던 그녀가 하기는 했던 그 사과 말이다.

그녀는 그때 이렇게 말했다. "우리가 서로에 대한 착각으로 결혼을 하려는 것 같아."

그러자 그가 말했다. "미치도록 사랑하거나 할 필요는 없어. 어쨌든 우리는 서로를 보완해 주잖아. 모두가 우리를 사랑해. 그리고 나도 당신을 사랑하고. 당신은 우리 세대가 낳은 최고의 여배우고."

"브리저." 튜즈데이가 말했다. "나는 운명의 상대와 결혼하고 싶어. 내 영혼의 짝이 나타나기를 기다리고 싶다고."

그러자 브리저가 대꾸했다. "이거 왜 이래. 현실은 영화가 아니라는 사실을 누구보다 잘 아는 사람이."

그 말에 튜즈데이가 그의 손을 놓더니 웨딩드레스를 벗기 시작했다. "도저히 안 되겠어. 미안해. 당신과 결혼할 수 없어. 할 수 있을 줄 알았어. 나도 잡지 표지를 장식하고 싶었어. 그런데… 못 하겠어."

"튜즈데이. 어서 그 옷 다시 입어. 10분 후면 쇼 시작이야."

튜즈데이는 고개를 가로저었다. "나는 그 쇼에 출연 안 해, 미안해."

그녀는 부모님에게 알리라고 비서에게 지시했다. 그녀의 부모님은 하객석 제일 앞줄에서 두 사람의 입장을 기다리는 중이었다. 세 사람은 곧장 그녀의 차를 타고 떠났다.

브리저는 예배당으로 가 언제라도 튜즈데이가 나타나기를 기다리는 신랑 역할을 했다. 잠시 후 제단에서 울기 시작했다. 그러더니 자신의 사연을 《나우 디스》에 팔아먹었다.

그것이 4개월 전이었다. 그 후로 튜즈데이는 그를 보지 않았다.

그런데 그의 목소리가 점점 다가오자 그녀는 지난 4개월만 아니라 오늘 밤에도 여전히 그를 보고 싶지 않다는 사실을 깨달았다.

"라프, 하느님 맙소사. 안 되겠어요." 그녀는 이렇게 말하며 다시 달리기 시작했다. 그녀가 향한 곳은 테니스코트 쪽이었다. 그런데 코트 입구에 도착하고 보니 혼자가 아니었다. 라파엘이 따라온 것이다.

"서둘러요!" 그가 문을 열며 말했다. "그 머저리가 우리를 보기 전에!"

튜즈데이가 얼른 들어가자 라파엘도 들어오더니 문을 잠가버렸다. 두 사람은 웃음을 터트렸다.

문득 정신을 차리니 말리부의 해안 절벽에 서 있는 브랜던 랜들의 테니스코트에는 저 하늘에 뜬 수많은 별과 그 두 사람밖에 없었다.

튜즈데이는 주머니를 탈탈 털어 자신이 준비해 온 마리화나를 보여주었다. 그가 고개를 끄덕이더니 자신의 주머니도 비웠다. 퀘

일루드*와 LSD**가 나왔다.

"이런 상황에서 '거두절미하고 안 돼'라고 말해야 하는 건데." 튜즈데이가 히죽 웃으며 말했다.

"아무 말이나 다 해요." 라파엘이 말했다. "그러고 나서 우리 같이 망가져요."

튜즈데이는 다시 생각해 보니 이 밤도 그리 나쁘지 않은 것 같았다.

---

*   수면진통제, 근육이완제인 메타콸른의 상표명.

**   강력한 환각제의 일종.

파티는 살아 숨 쉬었다.

아무도 작정하고 세어보지는 않았지만 손님용 거실에는 허드를 포함해 스물일곱 명이 있었다. 주방에는 키트를 포함해 스무 명이 복작거리는 중이었고, 뒤뜰에는 제이를 비롯해 서른두 명이 어울리고 있었다. 가족용 거실과 식당, 서재로 옮겨 가는 커플과 작은 그룹들도 있었다.

그 집의 욕실 다섯 군데에는 총 일곱 명이 있었다. 두 명은 소변을 보는 중이었고, 세 명은 코카인을 흡입하는 중이었으며, 두 명은 섹스 중이었다.

제이는 벤튜라 카운티의 서핑 친구들 몇 명과 수영장에서 이야기를 나누며 즐거운 척했다. 수영장에서 거실로 옮겨 가서는 여자 탤런트 두 명과 이야기를 나누며 신난 척했다. 거실에서 나온 후에는 발 가는 대로 다니며 아무나 상대를 해주는 사람을 붙잡고 잡담을 나누며 파티를 즐기는 척했다. 사실 그러는 동안 그는 구체적으로 두 가지 행동을 했다. 문을 힐끔거리고 시계를 확인하기.

라라는 언제 오지?

한 무리의 손님이 또 도착했지만 라라는 없었다. 어찌나 실망스러운지 그는 위층으로 올라가 오줌이나 싸야겠다고 생각했다.

덕분에 그는 마침 집으로 들어오는 애슐리를 보지 못했다. 그녀가 주위를 두리번거리는 모습도 놓쳤다. 분명 허드를 찾고 있으리라. 그녀가 집 안쪽에서 와이어트 스톤과 브리즈의 나머지 멤버들과 이야기를 나누는 허드를 찾아내는 순간도 보지 못했다.

그래서 애슐리는 그녀를 오매불망 기다리는 남자를 제외하고 그 누구의 시선도 끌지 않은 채 파티에 스며들었다.

허드는 이야기를 나누던 사람들에게서 시선을 돌렸다가 미소를 지었다. 지금 상황은 골치가 아팠지만 그녀를 보기만 해도 기쁨이 솟구쳤다. "드디어 왔구나." 그는 애슐리가 다가오자 말했다.

그녀는 몸에 딱 달라붙는 자홍색 드레스 위에 큼직한 블레이저를 입고 소매를 말아 올린 차림이었다. 금발 머리를 완전히 한쪽으로 넘기고 반대쪽은 머리빗 장식으로 고정했다. 기다란 귀고리가 빛을 받아 반짝거렸다.

"왔어." 그녀는 이렇게 말한 후 그를 가볍게 포옹했다.

"마음이 바뀐 이유가 뭐야?" 그가 물었다.

"바보 같더라." 이렇게 대답하는 그녀의 얼굴에서 미소가 뿜어져 나왔다. "좋은 걸 숨기려니까."

허드는 가슴이 꽉 조여드는 기분이었다. 자신이 일을 완전히 그르쳤다는 이야기를 털어놓아야만 했다. 어서 애슐리에게 다 말해야 했다.

물론 지금 당장은 아니고.

* * *

거실에서는 니나가 브랜던과 나란히 서서 브리저 밀러와 이야기를 나누는 중이었다.
"사실 내가 맨손으로 10미터 높이의 건물을 올라가는 것처럼 보여도." 브리저가 말했다. "끽해야 2미터쯤 올라가거든요." 그가 두 사람을 가리켰다. "그래도 멋있잖아요, 그렇죠?"
"멋있죠. 두말하면 잔소리일 정도로." 브랜던이 말했다.
니나는 브리저를 특별히 매력적으로 느낀 적은 없지만, 그런 니나조차도 〈레이스 어게인스트 타임〉을 보았고 그 장면이 정말 멋있었다고 인정하지 않을 수 없었다.
브리저가 브랜던에게 내년에 개최될 올림픽에 대해 묻자 니나는 현관 쪽으로 관심을 돌렸다. 사람들이 집으로 쏟아져 들어왔고 아예 누군가가 문 근처에서 찾았을 돌멩이로 문을 고정해 두었다.
니나는 사람들이 활짝 웃는 낯으로 양팔을 내밀면서 아는 얼굴을 반기는 모습을 지켜보았다. "어머, 너 왔구나!" "반갑다" "이야, 요즘 뭐 하고 지내?"가 그리스 연극의 코러스처럼 울려 퍼졌다.
그때 집으로 들어오는 보라색 면 원피스 차림의 아가씨가 니나의 눈길을 끌었다. 그녀는 약간 우물쭈물하는 것처럼 보였다. 누구와 인맥이 있고, 어디서 파티에 대해 듣고 왔는지 니나는 궁금했다. 그 아가씨가 어색한 태도로 거실로 들어가는 모습을 지켜보는데 어떤 남자가 브랜던과 니나에게 다가와 불쑥 말을 걸었다. "두 사람 이혼한 거 아니었어요?"

어떤 사람들은 뭐가 문제일까. 생각으로 그칠 말을 자신들은 툭툭 내뱉어도 된다고 생각하는 걸까. 니나는 기가 막혔다.

브랜던이 그 남자에게 말했다. "소문이라고 아무거나 믿으면 안 되죠." 그러더니 그 남자에게 윙크를 했다.

그때 니나의 에이전트인 크리스 트래버틴이 집으로 들어와 브랜던 옆에 선 니나를 보았다. 그는 티셔츠 위에 푸른색 더블 브레스트* 정장을 입고 재킷의 소매를 살짝 위로 올려서 금색 롤렉스 시계를 드러냈다. 그는 니나를 향해 미소를 지으며 오른쪽으로 다가왔다. 그리고 그녀의 볼에 입을 맞췄다.

"다시 합친 거야?" 크리스가 니나의 귀에 속삭였다. "나쁜 수는 아니야."

니나가 최대한 밝게 웃었다. "용케 오셨네요, 고마워요."

크리스가 그녀의 허리를 한 팔로 감쌌다. 다시 한번 그녀의 귓가로 몸을 숙여 말했다. "당신을 위해서라면 언제나 나타나야지, 베이비. 항상. 내 메시지 받았나?"

니나가 한숨을 푹 쉬었다. "《플레이보이》건요?"

---

* 상의의 단추가 두 줄로 달린 스타일.

크리스가 한쪽 눈썹을 올리며 말했다. "나는 굿 플레이라고 생각하는데."

니나가 예의 바르게 미소를 지었다.

"생각 좀 해 봐." 그가 말했다. "돈을 보면 기운이 날 거야." 그는 니나에게 진지하게 윙크를 하고 손가락으로 총을 쏘는 시늉을 하더니 맥주를 가지러 갔다.

칵테일 웨이트리스가 화이트와인 잔이 담긴 쟁반을 들고 지나갔다. 브랜던이 한 모금 마시고 잔을 높이 들었다. "여러분, 멋진 저의 아내 니나를 위해 건배합시다. 내 아내는 파티를 어떻게 열어야 하는지 잘 아는 사람이죠, 내 말 맞죠?"

일찌감치 모인 사람들이 모두 잔을 들고 환호했다.

"더불어서, 파티를 즐기세요! 진탕 마셔요! 그리고 내 물건은 망가뜨리지 말아요!"

21:00

 페퍼다인에서 스튜디오를 관리하는 리키 에스포지토는 주방에서 치즈를 올린 크래커를 먹고 있었다. 그는 키트가 옆을 지나가는 모습을 네 번 보았고 그때마다 그녀의 복근에서 눈을 뗄 수가 없었다.
 리키가 키트에게 푹 빠진 지 어느덧 3년이 되었다. 심지어 키트에게 한 번도 말을 걸어본 적도 없고 키트는 그라는 사람이 이 세상에 존재하는지조차 모를 거라고 전적으로 확신하지만 말이다. 원래 평생 같은 동네에서 살면 자꾸 눈길이 가는 사람이 있기 마련이다. 그리고 리바의 아이들에게 눈길을 뺏기지 않는 사람은 없었다.
 가끔 리키는 리바스 시푸드에 가서 튀긴 조개 요리와 코카콜라 큰 잔, 감자튀김을 시켰다. 그는 주차장 옆에 있는 야외석 나무 벤치에 앉았다. 그곳에서 혹시나 근처를 지나가는 키트를 볼 수 있을까 싶어 기다렸다.
 리키는 키티만큼 매력적인 사람을 보지 못했다.
 굳이 아름다워지려고 하지 않는 모습이 좋았다. 그녀의 몸이 탄탄하고 강인해 보이는 점도 좋았다. 그는 키트라면 굳이 거미를 죽여달라고 남자를 부르지 않을 거라고 상상했다. 솔직히 거미가 무서운 쪽은 리키라 그 점에서 더 키트가 좋았다.

 그는 아주 가끔 서프라이더 비치에서 키트가 파도를 타는 모습을 보았다. 그는 선착장으로 내려가 벤치 하나에 자리를 잡고 낚시꾼들을 구경하는 걸 좋아했다. 하지만 키트가 물에 있을 때는 언제나 그녀를 알아볼 수 있었다. 그녀는 허세를 부렸는데, 그 점이 또 좋았다. 그녀는 파도를 탈 때 공격적이었으며 그 누구의 말도 듣지 않았다. 리키는 그런 여자와 결혼하는 꿈을 꾸었다. 그의 어머니가 그런 분이었다.

 마침내 그녀에게 말을 걸어볼 배짱을 부릴 때가 왔다.

니나는 브랜던의 곁을 떠나 여기저기 돌아다니다가 문 근처에 서 있는 젊은 모델들과 이야기를 나누었다. 그들은 니나에게 입고 있는 치마는 어느 디자이너의 것인지, 아이라이너는 어떤 제품을 쓰는지 쉬지 않고 질문을 퍼부었다.
"있죠, 피부에 뭘 하세요? 빌어먹게… 광이 나네요." 가장 키가 크고 호리호리한 모델이 물었다. 그녀는 푸른 눈에 머리는 갈색이었으며 걸핏하면 꺼내는 이야기로 보아 지난가을 맥클라렌과 웨스트우드의 패션쇼에 나간 것 같았다.
"어머, 고마워요." 니나가 상냥하게 말했다.
"눈가 잔주름에는 뭘 하세요?" 더 사랑스럽게 생긴 모델이 물었다.
"눈가 잔주름에 뭘 하냐고요?" 니나가 되물었다.
"그러니까 방지를 위해서요."
"아하, 가끔 서핑을 할 때 아연이 들어간 크림을 발라요. 그리고 보습제도 쓰고요." 니나가 대답했다.
"라 메르요?" 키가 더 큰 모델이 물었다.
"뭘 물어보시는지 모르겠네요." 니나가 대답했다.
"라 메르요." 더 사랑스럽게 생긴 모델이 말했다. "크렘 드 라 메르. 보습크림 말이에요."

"나는 그냥 녹스제마를 써요." 니나가 말했다.

키가 더 큰 모델이 더 사랑스럽게 생긴 모델을 바라보며 시선을 교환했다. 니나는 자신이 그리 좋은 모델이 아니라는 생각을 종종 했는데, 또 그런 느낌이 스멀스멀 몰려오자 주눅이 들었다.

그녀는 누가 그녀를 부르는 소리를 들은 시늉을 하며 슬그머니 모델들을 떠났다. 그리고 파티장을 돌아다니기 시작했다.

브랜던은 거실에서 사람들에게 재미있는 이야기를 들려주는 중이었다. 그는 마침 벽난로 위에 걸린 릭턴스타인 주위에 모인 사진작가들과 화가들과 한참 이야기를 나누는 중이었다.

니나가 멀찍감치 지켜보니 양손을 과격하게 움직이는 브랜던의 이야기를 사람들은 넋이 나간 듯 듣고 있었다. 니나는 와인 한 잔이 간절해져서 주방으로 발길을 옮겼다.

니나는 로스앤젤레스의 베니스에서 온 서퍼들이 맥주를 마시는 거실 소파를 지나치며 그들에게 손을 흔들었다. 콘솔 테이블에서 코카인을 흡입하고도 시치미 뚝 떼고 있는 배우 세 명에게 미소를 지었다. 손님용 욕실 앞에서 드라마 '다이너스티'의 이야기를 나누는 중인 여자들 네 명에게 인사를 건네기도 했다.

주방에 만들어놓은 와인 바에 가기도 전에 칵테일 웨이트리스가 메를로 와인 쟁반을 들고 지나갔다. 니나는 그녀에게 미소를 지으며 한 잔을 집었다.

"제 말을 주제넘게 듣지 마세요. 집이 정말 멋있어요." 그 웨이트리스가 말했다. 붉은 머리에 녹색 눈동자가 시선을 빼앗았다. 니나는 그녀의 미소가 좋았다.

"고마워요." 니나가 대답했다. "남편이 골랐어요."

그러자 웨이트리스는 다시 발걸음을 뗐지만, 니나는 그대로 서 있었다. 그러자 사람들이 그녀를 피해 지나갔다.

여배우들, 모델들, 음악가들. 서퍼들, 스케이트 선수들, 배구 선수들. 에이전트와 경영자들. 홍보 담당자들, 작가들, 감독들, 프로듀서들. 모두가 좋아하는 머저리 같은 영화에 나온 재수 없는 희극인 두 명. 〈달라스〉 출연진의 절반. 레이커스 선수 세 명. 겨우 9시였지만 니나는 벌써 세상 사람 모두가 자신의 집에 모인 듯했다.

그녀는 눈을 감고 손에 든 와인을 천천히 홀짝이며 최대한 맛을 음미하며 숨을 내쉬었다. 내 방에 숨어버릴까?

갑자기 DJ가 〈1999〉를 틀자 니나의 가슴속에서 뭔가가 확 터져 나오는 듯했다. 프린스의 목소리를 듣고 그 리듬을 느끼는 것만으로도 말이다. 하필 이 순간에 이 노래라니…. 니나는 온 세상을 버리고—모든 사람, 브랜던마저—잠깐이지만 온전히 즐길 수 있을 것 같았다.

그녀가 풀밭으로 나가 이미 춤을 추기 시작한 손님들 사이로 들어갔다.

"좋았어! 니나! 신나게 흔들어봐요." 한 무더기로 흔들어대는 몸덩이 사이에서 어떤 여자가 니나를 불렀다. 니나가 고개를 돌려 보니 식당에서 근무하는 웬디였다.

"왔구나." 니나가 미소를 지으며 말했다. 그녀는 엉덩이를 이쪽저쪽으로 흔들고 어깨를 미끄러뜨리듯 움직였다. 그녀는 춤을 잘 못 추지만 이 노래를 좋아하니 아무래도 상관없었다.

"이런 모습 보니 좋네요." 웬디가 말했다. 웬디는 니나보다 훨씬 춤을 잘 출 뿐만 아니라 몸짓이 훨씬 더 섹시했다. 니나는 이런 식으로 느닷없이 툭 솟은 듯한 자유로운 모습에 경탄했다.

"내가 어떤 모습인데?" 니나가 음악 소리에 묻히지 않으려고 목소리를 높였다.

"뭐랄까. 더 가벼워진 느낌이랄까요. 근심도 걱정도 없는?"

니나는 자신이 주위에 고지식한 사람으로 여겨지는 것 같다는 생각이 들었다. 정말 그럴지도 몰랐다.

"프린스잖아." 니나가 말했다. "날 위해 부르는 거야."

"뭐예요. 그 사람은 모두를 위해 부른다고요." 웬디가 말했다.

그때 니나는 바비큐 화덕 옆에 있는 허드를 보았다. 그녀는 얼른 동생을 불렀다. 손을 흔들어 주의를 끌려고 했는데 허드는 어떤 여자와 이야기 중이었다. 니나는 좀 더 자세히 살펴보았다. 동생이 시시덕거리는 여자가 누굴까?

그 여자는 애슐리였다. 허드는 애슐리에게 뭔가를 말하는 중이었다.

두 사람 잤구나.

뻔히 보였다. 두 사람이 붙어 서 있는 모습이나 몸이 슬쩍슬쩍 스쳐도 조금도 신경 쓰지 않는 모습. 두 사람이 살이 스쳐도 전혀 불편하게 느끼지 않는다면 그건 뻔했다. 누가 봐도 뻔히 보였다.
 그리고 그들 사이에는 그것이 있었다. 불꽃이 튀면서도 안온한 분위기.
 니나는 제이가 이 상황을 좋게 받아들이지 않으리라는 생각이 퍼뜩 들었다. 제이는 이런 충격을 너그럽게 받아들일 만큼 자존감이 높지 않았다. 이 밤이 어떻게 전개될지 니나는 왠지 불길했다. 충돌. 난장판.
 왠지 이 밤이 좋게 끝나지 않으리라는 예감이 슬그머니 들었다.

제이는 계단을 내려가다가 그녀를 보았다.

그곳에 그녀가 있었다. 라라. 만약 사람이 사람을 가질 수 있다면, 그의 여자인 라라.

라라는 문가에 서 있었고 옆에는 채드가 있었다. 라라는 검은색 미니스커트에 흰색 티셔츠를 넣어 입었다. 그녀는 까마득하게 키가 커 보였고 키만큼 다리가 길어 보였다. 제이는 자신의 손으로 그녀의 발목을 잡고 엉덩이까지 훑으며 올라갈 생각밖에 나지 않았다. 그 여정은 얼마나 감미로울까. 얼마나 한참이나 어루만질 수 있을까.

그는 정신을 차리고 라라에게 다가가 무심한 척 인사를 건넸다. "두 사람 왔네요." 그가 말했다. "뭘 마실래요?"

"내가 바에 갔다 올게요." 채드가 말했다. "두 사람은 여기서 기다리세요."

라라는 화이트와인 스프리처*를 주문했다. 제이는 채드에게 잭 앤드 코크를 한 잔 더 가져다 달라고 했다. 채드가 얼른 술을 가

---

* 화이트와인에 소다수를 섞은 것.

지러 갔다.

제이가 거대한 눈과 얇은 입술을 가진 라라를 바라보았다. 누나의 집에 이미 200명이나 되는 사람들이 북적거리는데도 제이는 자신과 라라 둘뿐인 것처럼 느껴졌다. 어차피 나머지 사람들이 무슨 상관인가? 음악에, 사람에, 소음에 그런 것들이 중요한가?

제이가 라라를 끌어당겼다. "이제부터 키스할 거예요." 그가 말했다.

"좋아요." 라라가 말했다. "해봐요."

그가 고개를 숙이고 그녀의 입술에 입을 맞췄다. 그녀에게서는 박하 맛이 났고 그에게서는 위스키 맛이 났다.

제이는 그녀의 손을 잡자 머릿속이 아득해졌다. 술기운 탓이었다. 술기운 탓인 걸 안다. 그렇지만 분위기에 자신을 내맡길 때 찾아오는 아찔한 감각이기도 했다. 그는 한없이 추락하는 이 느낌이 너무 좋았다.

버네사는 창밖 뜰에서 허드가 금발 여자와 이야기를 나누는 모습을 지켜보았다. "허드가 이야기하는 여자는 누구야?" 그녀는 최대한 자연스럽게 물었다. "뭐, 신경 쓰인다는 건 아니고."

"모르겠어." 정신이 딴 데 가 있던 키트가 말했다. 리키라는 남자가 그녀를 보고 있었다. 오늘 밤 그녀를 보는 남자들이 몇 명 있었다. 세스가 또 그녀에게 미소를 지었다. 샌드캐슬에서 일하는 채드가 그녀를 바라보았다. 그렇게 입고 있으니 그녀가 어디를 들어가건 그녀를 위한 자리가 만들어지는 것 같았다.

그녀는 여전히 이런 변화에 반응하는 요령을 깨치려고 애쓰는 중이었다. 확실한 사실은, 세스나 채드와 대화를 시작하고 싶지는 않았다. 그들은 너무… 침착해 보였다. 마치 그녀가 아직 발휘할 준비가 되지 않은 모습을 보려고 기대하는 것처럼 말이다.

한편 버네사는 내내 허드를 바라보았다. 그는 함께 이야기를 나누던 여자에게 미소를 지으며 귀 바로 뒤쪽의 목덜미에 입을 맞추었다. 그러자 그 여자는 눈을 감고는 허드의 얼굴을 살며시 만졌다.

버네사는 심장이 쿵 떨어졌다.

"저기 있는 저 남자 보여?" 키트가 말했다. "내 생각에는 오빠랑 친구인 것 같아. 리키 뭐라던데?"

버네사는 키트가 가리키는 곳을 바라보았다. 방금 받은 충격을 꽁꽁 숨기고 머릿속을 다른 생각으로 채우려 했다. "와우, 맞아. 저 남자가 너를 자꾸 힐끔거려."

"똑바로 쳐다보지 마!" 키트는 친구가 너무 열을 내지 않기를 바라며 주의를 줬다.

"저 남자 귀엽네." 버네사가 말했다. 말투로 보아 단서가 달린 종류의 귀여움이라고 생각하는 것 같았다.

버네사는 다시 허드를 몰래 훔쳐봤다. 허드와 그 여자는 아무도 그들을 볼 수 없다는 듯 애틋하게 서로의 손을 만지작거렸다.

버네사는 도저히 더 볼 수가 없어 눈을 감았다. 오늘 무슨 일이 일어날 거라고 생각한 거야? 허드가 나와 사랑에 빠지기라도 할 줄 알았어? 이렇게 어리석을 수가. 이렇게 구제불능으로 어리석을 수가. 이러다가 눈물이 툭 터질 것 같았다.

"가서 말을 걸어볼까?" 키트가 물었다. "혹시 내게 말을 걸려고 왔는지?"

"뭐라고?" 버네사는 키트에게로 몸을 돌리고 대화를 따라잡으려 했다. "그래, 가서 말을 걸어봐." 이런 일로 울지 않을 거야. 버네사는 애써 눈물을 참으며 다짐했다. 다른 사람을 만나야 했다. 몇 년이 흐르도록 그녀의 마음을 알아차리지도 못하는 사람을 그리워하며 앉아 있을 수는 없었다. 그녀는 자신이 어떤 부류의 여자인지 막 깨달았지만, 그렇게 행동하지 않기로 했다. 그리고 키트의 관심사에 일단 집중했다. "저 남자에게 가서 먼저 말을 걸어봐."

키트가 일회용 컵에 담긴 물을 한 모금 마셨다. 키트는 지금까지 술이라고는 한 모금도 입에 대지 않았고 마리화나는 절대 피우지 않았다. 앞으로도 그 두 가지는 멀리할 생각이었다. 그녀는 입에서 잔을 뗀 후 리키가 있는 쪽을 바라보았다. 그가 밖을 보는 척하지만 실은 특별히 주의 깊게 보는 것도 없이 창가를 어슬렁거리는 모습을 보았다. 그는 떠들썩한 파티의 한가운데 철저히 혼자 있는데도 편안해 보였다.

그에게는 어딘지 눈길을 끄는 구석이 있었다.

키트가 키스를 할 남자는 바로 그였다.

22:00

세스 휘틀스는 맥주 한 병을 들고 수영장 가장자리에 서서 허드와 애슐리와 이야기를 하고 있었다.

세스는 청바지 밑단을 몇 번 접었고 새로 장만한 목이 긴 척 테일러스 컨버스를 신고 있었다. 그의 머리카락은 어마어마한 양의 무스를 발라 광택제를 바른 듯 광이 났다.

"제이와 하와이로 언제 가요?" 세스가 물었다.

"곧 갈 거야." 허드가 대답했다. "제이가 세 대회에 다 참가하기를 바라야지."

"두 사람이 또 잡지 표지를 장식하겠군요." 세스가 말했다.

"두고 봐야지." 허드가 말했다. "손가락을 꼬고 행운을 빌고 있어."

"그럴 거야." 애슐리가 그에게 자신감을 불어넣었다. "나는 알아."

"그럼요." 세스가 말했다. 그런데 그 순간 애슐리가 왜 거기 있는지 묘하게 느껴졌다. 최근에 제이와 헤어지지 않았나?

애슐리는 자기를 빤히 바라보는 세스의 시선이 의식되었다. 허드도 마찬가지였다.

"맥주 더 가져올게." 허드가 말했다. "누구 뭐 더 필요한 사람?"

"나도 같이 가." 애슐리가 자신도 막 그런 생각이 떠올랐다는 듯이 말했다.

그러더니 두 사람은 순전히 우연히 같은 방향으로 가게 된 척 그 자리를 떠났다.

혼자 남겨진 세스는 어색하게 맥주를 홀짝이며 또 다른 이야기 상대를 찾기 시작했다. 혹시 익숙한 얼굴이 있는지 주위 사람들을 훑으며 눈에 띄는 귀여운 아가씨들과 눈을 맞추려고도 해보았다.

그는 어느 파티에서든, 어떤 바에서든, 어느 해변에서든 마음을 활짝 열고 '바로 그 한 사람'을 찾는 남자였다. 영혼의 동반자이자 그의 반쪽. 평생의 사랑.

그런데도 아직 '그 여자'를 만나지 못했다. 그를 좋은 남자라고 생각하는 여자들은 늘 만났지만, 정작 그 여자들은 그에게 그리 관심이 없거나 더 나은 사람이 나타나면 그에게서 관심을 끊었다. 그래서 그는 자신이 찾고 있는 것, 다시 말해 진실한 사랑을 좀처럼 찾을 수 없었다.

안타깝게도 이 파티도 다르지 않았다.

그는 〈제너럴 호스피털〉*에서 본 적이 있는 아가씨와 몇 번이나 눈을 맞추려고 했다. 그는 오후에 근무가 빌 때면 가끔 남몰래

---

* 1963년부터 지금까지 방영되고 있는 미국의 장수 인기 드라마로, 포트 찰스라는 가상의 장소를 배경으로 한다.

그 드라마를 보았다. 게다가 이번 여름에는 루크가 포트 찰스로 돌아왔기 때문에 더 자주 봤다.

세스는 저 앞에 있는 여배우를 드라마에서 볼 때마다 정말 예쁘다고 생각했다. 그런데 그녀가 이 파티에 나타나 바비큐 그릴 옆에서 담배를 피우는 중 아닌가.

그 여배우가 세스를 힐끗 보자 그는 환하게 웃어주었다.

정작 그 여배우는 세스를 알아보지도 못한 채 담배를 한 모금 빨고 다시 친구들을 바라보았다.

차라리 그때 세스가 진입로를 향해 걷기 시작했다면 어땠을까. 그의 반쪽은 바로 그곳에 서 있었는데.

그녀는 현관 입구 첫 번째 계단에 서서 한 무리의 여자들과 함께 라이오넬 리치가 개자식인지 아닌지 토론 중이었다. 그녀는 그가 개자식이 아니라고 열변을 토했다.

그녀의 이름은 엘리자 나카무라. 그녀는 벨트가 달린 점프슈트에 하이힐을 신고 있었다. 그녀는 아빠가 일본인, 엄마는 스웨덴인이었다. 그녀는 현재 게펜 컴퍼니에서 시나리오 발굴 담당으로 일했다. 사람들이 그녀를 발굴걸이라고 부를 때마다 질색을 했다.

매일 아침 그녀는 레오타드와 레깅스, 렉워머까지 갖춰 입고 헬스장으로 가 5시 45분 에어로빅 수업을 들었다. 운동을 끝내면 샤워를 하고 머리에 무스를 발라 드라이어로 말린 후 앞머리를 정돈해 헤어스프레이로 고정했다. 그러면 스타킹을 신고 정장을 입었다. 그녀는 항상 어깨에 심을 두 배로 넣어서 힘을 주었다.

출근 준비를 끝내면 엘리자는 자가용인 흰색 컨버터블을 타고 자동차들이 꼬리를 물고 달리는 101 고속도로로 끼어들었다.

직장에서 그녀는 검토를 요청받은 영화 대본을 읽어보고 괜찮은 작품을 상사에게 추천했다. 작가에게 원고를 보냈다. 점심은 에이전트들과 감독들과 스파고나 아이비에서 먹었다. 주중 밤이면 야마시로 같은 곳에서 다른 임원들과 술을 마실 일정을 잡았다. 그녀는 자신이 받은 명함을 롤로덱스에 모두 정리해 두었다. 언젠가는 자신의 영화제작사를 설립하고 싶었다. 그녀는 자신이 재능이 있다는 사실을 알았다. 꿈을 향해 달려가는 그녀를 방해하는 것이 있다면 뭐든 절대 그냥 두지 않으리라는 점도 잘 알았다.

상사가 슬그머니 정장 스커트 안으로 손을 집어넣을 때면 그에게 미소를 지으며 몸을 슬쩍 피했다. 프로듀서가 정수기 근처에서 자꾸 추근대면 최선을 다해 웃으며 거절했다.

주말마다 그녀는 여자 친구들과 록시, 레인보우 같은 선셋 스트립에 있는 바에 가거나 모틀리 하우스에서 열리는 파티에 다니며 아이라이너를 진하게 칠한 메탈 록커든 누구든 자신의 환상을 만족시켜 줄 것 같은 남자를 만나 새벽까지 시간을 보냈다.

엘리자는 딱히 사랑을 구하지 않았다. 그녀의 머릿속은 다른 것들로 꽉 차 있었다. 장기적이고 단기적인 계획들. 그녀는 현재 공석인 제작부장 자리를 목표하고 있었다. 웨스트 할리우드에서 아파트를 사려고 저축하는 중이었다. 아이를 가지고 싶은지는 아직 확실히 마음을 정하지 못했다.

그렇지만 그녀도 자신이 이상형으로 꼽는 남자라면 늘 환영이었다. 상냥하고 사람 마음 가지고 장난하지 않으며 그녀에게 일이 얼마나 중요한지 이해하므로 그녀가 절대 일을 관두지 않고 꿈에 매진하리라는 사실을 받아들일 수 있는 남자. 매일 밤 그녀에게 오르가슴을 선사하고 그녀가 차린 아침밥을 기대하지 않는 남자. 그런 남자라면 엘리자 나카무라가 쌍수 들어 환영하리라.

하지만 친구인 헤더와 다른 아가씨 두 명이 안으로 들어가 어떤 배우에게 말을 걸지 고민하는 이야기를 들으며 자갈이 깔린 진입로에 서 있자니 엘리자는 애인이 없는 게 무슨 대수냐는 생각이 들었다. 집에는 월요일 아침까지 다 읽어야 할 시나리오가 두 편 있었다. 내일이면 다 읽을 수 있을 것이다.

그래서 그녀는 집으로 들어가지 않았다. 대신 친구들과 이야기나 하며 집 앞을 떠나지 않았다.

그 시각 세스는 사랑을 찾아 뒤뜰을 서성거렸다.

허드가 애슐리의 손을 잡았다. "저쪽으로 가자." 그는 잘 다져놓은 오솔길과 절벽 계단을 턱으로 가리키며 말했다.

"해변으로?" 애슐리가 물었다.

"잠시만, 잠시만 이야기하게." 허드가 말했다. "아무도 없는 데서."

그는 애슐리를 데리고 조심스럽게 계단으로 이끌었다. 이윽고 해변에 도착하자 두 사람은 모래사장에 앉았다. 그곳은 한낮의 열기가 몽땅 사라져 춥고 몸이 젖을 듯 습하기도 했다.

허드가 애슐리의 어깨를 한 팔로 안으며 다 털어놓았다. "내가 다 망쳤어." 그가 말했다.

"무슨 소리야?" 애슐리가 되물었다.

허드가 고개를 가로저으며 양손에 얼굴을 파묻었다. 제이에게 벌써 털어놓았어야 했다. 제이의 연인인 애슐리에게 반했다는 사실을 깨달았을 때 그랬어야 했다. 애초에 그녀와 잠자리를 갖기 전에, 진심으로 사랑하게 되기 전에 다 말했어야 했다. 전에, 전에, 전에.

어떤 인간이 형제의 여자 친구와 잠자리를 가질까?

"제이에게 거짓말을 했어." 허드가 말했다. "자기랑 데이트를 하고 싶은데 괜찮냐고 물었어. 그 말 대신… 알잖아."

애슐리가 마음을 굳게 먹었다. "그래서 제이는 뭐래?"

허드가 여자 친구를 바라보았다. "안 그러면 좋겠대."

애슐리는 인상을 쓰고 바다 쪽으로 고개를 돌렸다. 그리고 전혀 서두르는 기색 없이 오로지 자신의 속도에 맞춰 밀려왔다가 밀려가는 파도를 바라보았다.

이런 식으로 허드를 밀어붙이고 싶지 않았다. 허드가 그녀를 선택할 수밖에 없다고 생각할까 봐 싫었다. 하지만 허드는 어쩔 수 없이 그녀를 선택할지도 몰랐다. 시시각각 그러리라는 확신이 강해졌다.

"이따가 제이와 꼭 이야기할 거야." 허드가 말했다. "다시. 꼭 말할 거야. 이번에는 확실하게 털어놓을 거야. 내가 당신을 얼마나 진지하게 생각하는지 다 설명할 거야. 그러면 제이도 이해해 줄 거야."

애슐리는 해변으로 밀려드는 파도를 가만히 지켜보았다. 그녀의 눈앞에서 달빛이 긴 띠처럼 퍼지며 수면 위를 통통 튀었다. 그녀는 숨을 가다듬었다.

"허드." 그녀는 마침내 입을 열었다. "나 임신했어."

23:00

보비 하우스먼은 죠다쉬를 급습한 듯한 모습으로 파티장에 들어왔다. 그는 표백처리를 한 블랙진에 노란색 무늬가 들어간 버튼다운 셔츠를 입고 그 위에 깃을 세운 청재킷을 입었다.

보비 하우스먼은 미남이 아니었다. 약간 살집이 있고 만화에서 나 볼 법한 코를 하고 있었다. 그는 자신이 할리우드에서 성공한다면 그건 무대 위에서가 아닐 것이라고 늘 생각했다. 그래도 괜찮았다. 그는 영화를 볼 수 있을 정도로 자란 후로는 버팔로 외곽에 있는 부모님의 집 지하실에 만든 방에 틀어박혀 영화만 연구했다.

그 결과 그는 지난 10년 동안 영화계의 최고 히트작을 몇 편이나 쓴 사나이가 되었다. 〈고져스, 베이비〉 〈섬머 브레이크〉 〈마이 미아〉. 보비 하우스먼은 현재 서른두 살이며 할리우드의 떠오르는 대세 각본가로 각광받았다. 그는 언젠가 자신이 할리우드에서 가장 인기 있는 각본가로 우뚝 서면 예의 어색한 태도를 벗어던지고 인생 최고의 시간을 보내리라 상상했다. 하지만 현실에서는 성공도 그의 성격을 바꾸기에는 역부족이었다.

그는 세 편의 블록버스터 코미디 영화를 썼지만, 영화 시사회에 가면 여전히 꿔다 놓은 보릿자루가 된 듯한 기분이었다. 골든 글로브 시상식에서 누구와도 눈을 맞추지 못하는 남자 말이다.

그런 그도 리바 파티는 늘 좋아했다. 그는 〈고져스, 베이비〉가 개봉한 여름에 프로듀서의 곁다리로 초대를 받았다. 1980년의 그날 밤 그는 튜즈데이 헨드릭스와 마리화나를 피웠고 그녀에게 웃음을 선사했다. 그 후로 매해 이 파티에 참석할 때면 이 세계에 대한 소속감이 조금씩 더 강해졌다.

그날 밤 니나 리바 저택의 정문 계단 층계참에 발을 내려놓는 순간, 그의 눈에는 집을 가득 채운 사람들이 들어왔다. 솔직히 그는 지난 몇 해와 달리 올해는 파티가 점점 광적인 분위기로 변해가고 있다는 사실을 처음으로 소리 내어 말한 손님이었다. 그는 정확히 이렇게 말했다. "후와."

그는 니나와 테니스남을 보려고 주방 쪽을 보았다. 그녀는 포도주를 홀짝이며 옆에 있는 여자와 이야기 중이었다.

그녀를 본 순간 보비는 절로 미소가 나왔다. 그는 니나가 긴 머리를 늘어뜨린 채 한쪽 팔을 들어 문틀을 짚고 있는 티셔츠 광고를 정말 좋아했다. 속이 다 비치는 셔츠와 붉은 속옷. 부드러운 촉감을 직접 확인해 보세요. 그 카피는 최고였다. 니나 같은 여자를 만나고 싶은 욕망도 그가 할리우드로 온 이유 중 하나였다. 니나처럼 키카 훤칠하고, 날씬하고, 피부를 잘 태운 여자. 캘리포니아 걸, 오 맙소사. 남자의 마음을 산산조각 내는 여자들.

보비는 니나가 남편의 팔을 살짝 만진 후 주방에서 나와 그의 시야를 벗어나는 모습을 지켜보았다. 마침내 그는 자신이 이 파티에 온 목적을 기억하고 작업에 착수했다. 그는 온종일 엄청난 양의 코카인을 모았다. 그 코카인을 이 파티에서 나눠줄 생각이었다. 퓌다 놓은 보릿자루는 이제 그만!

보비가 로비에 들어선 순간 칵테일 웨이트리스 캐럴라인이 새우 쟁반을 들고 옆을 지나갔다.

"코코넛 슈림프 드시겠습니까?" 보비와 눈이 마주치자 캐럴라인이 물었다. 그녀는 냅킨을 챙기며 쟁반을 그에게 내밀었다.

아름다운 그녀를 보자 보비는 긴장이 되었다. 머릿속에서 그녀가 예쁘다는 생각을 애써 지웠다. "혹시… 혹시 그 쟁반 줄 수 있어?" 그가 물었다.

"이 쟁반요?" 그녀가 되물었다.

"그래. 괜찮다면."

"쟁반은 드릴 수 없어요."

"거기에 새우가 있어서?" 그가 물었다.

"어…." 그녀가 말했다. "네."

좋은 생각이 떠오르자마자 보비는 쟁반에 있던 새우 세 마리를 하나하나 집어서 다 먹어치웠다. 그리고 말했다. "이제 쟁반에 새우가 없네."

"그런 것 같네요." 캐럴라인이 말했다. 그녀는 쟁반을 그에게 주고 미소를 지은 후 걸어갔다.

"잠깐." 보비가 말했다. "선물이 있어. 아가씨에게 주는 거야. 원한다면 말이지. 잠깐만 들고 있어." 그는 그녀를 아주 잠깐 보았지만, 그 찰나의 순간 모종의 희망을 품어도 될 정도로 강렬한 불꽃이 튄 것 같았다.

그는 냅킨으로 쟁반을 닦았다. 그리고 재킷 안주머니에서 코카인 반 덩이를 꺼냈다. 차에 한 덩이가 더 있었다.

"어머나 세상에." 캐럴라인이 말했다.

"맞아." 보비가 코카인을 약간 부은 후 아멕스 골드 카드로 1회 분만큼 최대한 많이 나누었다. 그리고 100달러 지폐로 한 줄을 말았다. 가진 지폐 중에 잔돈이 그것뿐이라 그도 당황스러웠다.

그런 후 그는 웨이터처럼 쟁반을 받아 들고 그녀를 바라보았다. 그녀는 머리숱이 풍성하고 얼굴이 곱상한 남자를 좋아할 것 같았다. 그처럼 이런 파티에서 사람들과 잘 어울리지 못하고 통통한 남자는 쳐다보지도 않겠지. 그런데 그때만큼은 어찌 된 영문인지 한번 시도해 본다고 해서 바보처럼 느껴질 것 같지 않았다. 그때 바로 이것이 자신을 줄곧 괴롭힌 문제일지 모른다는 생각이 문득 들었다. 바보처럼 보일까 전전긍긍하지 말고 위험을 감수해야 했다. 그러기는커녕 너무나 오랫동안 자신이 바보라는 생각에 빠져 허우적댔다. "한 줄 할래?" 보비가 물었다.

캐럴라인은 입장이 완전히 뒤바뀐 이 상황에 매료되었다. 그것은 보비가 상상할 수 있는 수준 이상으로 효과적이었다. 그녀는 이왕이면 서비스를 권하는 사람보다 받는 사람이 되고 싶었다.

캐럴라인은 그에게 미소를 지으며 그가 내민 100달러 지폐 말이를 받았다. 그녀는 몸을 숙였다. 코에 닿은 코카인은 차가웠지만 콧속은 뜨겁게 타올랐다. 그녀는 고개를 뒤로 젖힌 후 말했다. "고맙습니다."

보비가 그녀에게 미소를 지었다. "뭘, 언제든지." 그러더니 덧붙였다. "확실히 말해두는데, 당신을 위해서라면 나는 뭐든 할 거야. 언제든지."

그녀가 볼을 붉혔다.

이 남자의 어디가 마음에 든 걸까? 그는 귀엽지 않았다. 멋있지도 않았다. 그렇지만 그의 태도에서 캐럴라인은 존중받는 기분이 들었다. 그녀가 이 파티의 진짜 스타라는 사실을 그가 이해하는 듯한 느낌이랄까. 알고 보면 그녀가 메릴랜드에서 LA까지 온 것은 바로 이것을 위해서였다. 스타가 된 기분 느끼기.

"정말 좋은 분이시네요." 캐럴라인이 말했다. "그렇죠?"

보비가 그녀에게 일그러진 미소를 지었다. "어마어마하게 좋은 남자지."

"나도 끼어도 될까요?" 난데없이 나타난 카일 맨하임이 물었다. 캐럴라인은 그가 정각 7시에 웬디라는 여자와 리바스 시푸드의 다른 직원들과 함께 도착하는 것을 보았다. 그는 인생 최고의 밤을 보내기로 마음을 먹은 것 같았다.

보비가 관대하게 쟁반을 내밀었다. "모두에게 다 돌아갈 만큼 잔뜩 가져왔다 이 말이야!" 그가 소리쳤다. 캐럴라인은 그쯤 하고 살그머니 그 자리를 뜨려고 했다. 그 순간 보비가 갖은 용기를 짜내어 그녀의 손을 잡았다. "여기 있어." 그가 말했다. "그럴 마음이 있으면."

"나는 일하는 중이에요." 그녀가 말했다.

"어차피 새우도 더 없잖아." 그가 그 말을 하는 태도에서 우러난 느낌, 그가 옆에 있어 달라고 간청하는 태도, 그녀와 함께 있고 싶다는 단순한 욕망까지…. 방금 보비의 말은 캐럴라인이 지금껏 들어본 가장 로맨틱한 말이었다. 어차피 새우도 더 없잖아.

잠시 후 캐럴라인은 보비와 현관 옆 붙박이 옷장에서 섹스를 하며 그 순간을 다시 떠올릴 것이다. 그들이 그곳에 있는지 아무도 모를 것이다. 보비는 그녀의 머리가 뒤쪽의 벽을 찧지 않도록 양손으로 머리를 감싸줄 것이다. 그리고 그 섹스는 부드럽고 달콤할 것이다. 숨도 잘 쉬어지지 않을 정도로 비좁은 공간에서 서로 뒤엉켜 격렬한 욕망에 사로잡혀 있을 때 보비가 목소리를 잔뜩 낮추어 속삭일 것이다. "당신 같은 아가씨를 안을 날이 올 줄은 상상도 못 했어." 그러면 캐럴라인의 심장이 나비처럼 팔랑거릴 것이다.

그들은 어떤 미래가 펼쳐질지 혹은 자신들의 길이 교차하는 날이 다시 올지 알지 못할 것이다.

하지만 적어도 그날 밤만큼은, 줄곧 남들에게 비춰지기 원했던 모습 그대로 누군가의 눈에 비치고 있다고 느낄 것이다. 그리고 그것이면 족할 것이다.

코카인 한 쟁반이 파티 손님들 사이에서 빠르게 돌자 다음으로 쟁반 두 개가 돌았다. 그러더니 순식간에 쟁반은 여섯 개로 불어나 웨이트리스들은 오르되브르라도 되듯 코카인을 권하고 다녔다.

키트는 처음에는 자신이 고급스러운 맥주 파티에 와 있는 듯한 기분이었다. 그런데 부지불식간에 주위 사람들이 전부 약에 취해서 자신을 한껏 부풀린 모습에 푹 빠져 있었다. 나는 최고야. 나는 제일 재미있는 사람이야. 내가 제일 잘나가.

키트는 세 명의 웨이트리스에게 못해도 최소 세 번은 코카인을 권유받자 마침내 이렇게 말했다. "나는 됐어요. 고맙지만 내게 코카인은 그만 권해요."

키트는 그길로 패티오로 나가 화덕 곁으로 갔다. 일단 신선한 공기를 쐬고 싶었고 리키가 그곳에 있었기 때문이다. 그녀는 지금부터 자신이 하는 일을 '기회'라고 부를 수 있다면 그에게 기회를 주어야만 한다고 생각했다. 그가 키트에게 관심 정도는 있을 수 있으니까. 게다가 그가 별 관심이 없는 것 같다는 걱정이 슬슬 들던 참이었다.

"어, 안녕." 키트가 곁으로 다가오자 리키가 인사를 건넸다. 그의 입술 한쪽 끝에는 페타 소스가 살짝 묻어 있었다. 키트는 그걸 알려주어야 할지 살짝 고민이 되었다.

"안녕." 그녀가 말했다.

"어." 리키가 말했다. 그는 고개를 숙이고 자신의 스니커즈만 바라보았다. 그러다가 자신이 무슨 짓을 하는지 깨닫고 얼른 고개를 들었다. "그러니까, 그래요. 안녕해요."

키트가 웃었다. 아마 이 사람도 관심이 있는가 보다.

"소스가 묻었어요." 키트가 손으로 가리키며 말했다. "입술에요."

그가 뒤쪽에 있는 테이블에서 냅킨을 한 장 가져와 얼른 닦았다. "완전 말이 되네요." 그가 말했다. "꿈에 그리던 아가씨와 마침내 말을 하게 된 순간인데, 얼굴에 치즈가 붙어 있다니, 내가 그럼 그렇지."

키트가 얼굴을 붉혔다. 리키가 미소를 지었다.

그 순간 키트는 자신이 생각해 왔던 것보다 훨씬 더 쉽겠다는 생각이 들기 시작했다.

니나는 거실에서 브랜던과 나란히 서 있었다. 그는 그녀의 손을 꼭 쥔 채 귀에 속삭였다.

"고마워." 그가 말했다. "나를 이 세상에서 가장 행복한 남자로 만들어줘서."

니나는 이제 다 해결됐다고 말하는 듯한 그의 말투가 왠지 마음에 들지 않았다. "우리는 아직 할 이야기가 많이 남은 것 같은데." 니나가 말했다.

"물론이지." 브랜던이 그녀를 더 가까이 끌어당기며 말했다. "내가 갚아야 할 일이 잔뜩 있다는 걸 알아. 나는 그저 기회를 줬다는 사실이 고마울 따름이야. 내 잘못을 바로잡을 기회를 줘서 고마워."

니나는 무슨 말을 하면 좋을지 몰라 미소만 지었다. 그가 잘못을 바로잡을 수 있을지 회의적이었다. 하지만 그에게 기회를 주겠다고 말한 사람이 자신이었던 것 같기는 했다.

"이봐요, 브랜, 말해봐요." 줄무늬 럭비 티셔츠에 연어색 치노바지를 입은 호리호리한 남자가 불쑥 끼어들었다. 그는 버뮤다 반바지 차림에 황소 가죽 구두를 신은 남자 옆에 서 있었다. 해가

갈수록 프레피룩*으로 파티에 찾아오는 사람들이 늘어났다. 솔직히 말하자면, 니나는 그런 현상이 브랜던의 영향이라고 생각했다.
"다음 달에 그랜드슬램 타이틀을 다시 거머쥘 수 있겠어요?"

그때 문이 활짝 열렸다. 니나가 고개를 들어 그곳을 보자 브랜던의 곁을 떠날 수 있는 핑계로 딱 알맞은 사람이 문턱을 넘어오는 중이었다. 그녀의 가장 절친한 친구인 패션모델 태린 몬테피오리였다.

독보적으로 멋있는 여성이 들어오자 사람들의 시선이 그쪽으로 쏠렸다. 그녀를 몰라보는 사람은 별로 없었다. 《보그》와 《엘르》의 표지에 몇 번이나 등장했고 레브론사의 광고모델이기도 했기 때문이다. 하지만 그녀가 누구인지 모르는 사람조차 그녀를 보자마자 세상에서 가장 아름다운 여자 중 한 명일 거라고 인정했다. 검은 머리에 따뜻한 눈빛의 갈색 눈동자, 보는 이를 베어버릴 듯한 날렵한 광대뼈가 인상적인 태린은 사람이라기엔 외모가 너무 완벽해서 차라리 대리석 조각 같았다.

그녀는 긴 머리카락을 스트레이트로 내렸고 은색과 검은색으로 눈화장을 했으며 립글로스를 바른 입술은 반들반들 윤이 났다. 그녀가 오늘 선택한 의상은 하얀색 마이크로드레스와 그 위에 걸친 검은색 바이커 가죽 재킷이었다. 그녀는 다른 사람이 신었다면 한 걸음만 내디뎌도 발목이 부러졌을 검은색 하이힐을 신

---

* 비싼 사립학교 학생 같은 옷차림.

고서도 사뿐사뿐 집으로 걸어 들어왔다.

그리고 또 한 가지 그녀의 매력은 독특한 억양이었다. 스페인계 유대인 부모를 둔 태린은 이스라엘에서 태어났으며 열한 살에 파리로 건너갔고 열여섯 살에는 스톡홀름으로 갔다가 열여덟 살에 뉴욕으로 왔다. 그래서 그녀만의 독특한 억양이 있었다.

그녀와 니나는 두 해 전 파나마 시티에서 《스포츠 일러스트레이티드》에 실릴 수영복 사진을 촬영할 때 처음 만났다. 그들은 노란색 비키니를 입고 소형 보트의 맞은편에 앉아 함께 포즈를 취했다. 그 사진이 어찌나 유명해졌는지, 〈SNL〉에서는 두 남자배우가 그 사진을 패러디할 정도였다.

니나는 태린을 만나자마자 그녀가 좋았다. 태린은 어떤 사진작가들이 손버릇이 나쁘고 어떤 에이전트가 그의 고객과 재미를 보려고 하는지 귀띔해 주었다. 치열이 고르지 않은 아랫니가 보이니 니나에게 너무 환하게 웃지 말라고 충고해 준 사람도 태린이었다. 그녀는 친절이 아주 착하다는 뜻이 아닐 때조차도 친절했다.

니나는 바로 앞에 서 있는 태린이 너무나 반가웠다. 그런데 다음 순간 문이 다시 열리며 이번에는 그렉 로빈슨이 들어오자 깜짝 놀랐다.

니나는 개인적으로는 그렉을 몰랐다. 하지만 그렉이 누구인지는 알았다. 그렉은 지난 20년 동안 수많은 대형 히트곡을 만들어 낸 프로듀서였다. 니나의 아빠와도 함께 작업했다. 샘 사만타, 미니 레드, 그랜드 밴드. 그렉은 이런 사람들을 창조했고 그들의 음악을 창조한 장본인이었다. 1960년대 말에 직접 부른 히트곡도 몇 곡 있을 정도였다.

그렉이 태린의 어깨에 편안하게 손을 올렸다. 바로 그 순간 니나는 스물일곱 살인 자신의 친구가 적어도 오십은 된 남자와 데이트 중이라는 사실을 알아차렸다.

니나가 다가가자 태린이 니나를 향해 미소를 지었다. 니나가 몸을 기울여 친구를 꼭 안았다. "네가 와줘서 너무 좋아." 그녀가 말했다.

"당연하지. 여기가 세기의 파티가 열리는 곳이잖아." 태린이 말했다.

"그렉, 안녕하세요." 니나가 그와 악수를 하며 말했다. "와주셔서 고마워요."

"천만에." 그렉이 말했다. "당신 아버지를 좋아해. 내가 초창기에 만든 히트곡들도 그 친구 음반에 수록되어 있지. 대단한 남자야."

니나가 완벽한 미소로 얼굴을 밝혔다. 그때 브랜던이 세 사람을 보고 다가와 대화를 이어갔다.

"왔군요, 태린." 그가 태린에게 잔을 들며 말했다.

"브랜던." 태린이 멍한 얼굴로 말했다. "생각도 못 했네요."

브랜던이 미소를 지으며 그렉에게 자신을 소개했다. 그렉이 브랜던과 악수를 하더니 거실을 빙 둘러보고는 DJ를 살펴보았다.

"혹시 나도 저 데크에 설 수 있을까?" 그렉이 물었다.

니나는 처음에는 그의 말뜻을 이해하지 못해 그의 시선이 향한 곳으로 고개를 돌렸다.

"그렉은 자신이 들을 곡은 직접 골라야 직성이 풀리는 사람이야." 태린이 그렉의 손을 잡으며 말했다.

브랜던의 시선은 얽혀 있는 두 사람의 손에 아주 조금 더 머물렀다. 그 모습을 본 니나는 브랜던이 두 사람의 나이 차이가 아니라 태린이 흑인을 사귄다는 사실에 더 놀랐다는 생각이 불쑥 들었다.

"농담해요?" 브랜던이 재빨리 침착을 되찾으며 대꾸했다. "우리도 당신이 턴테이블을 맡아주시면 영광입니다."

니나는 어느 쪽이 더 민망한지 알 수 없었다. 그렉 로빈슨처럼 말하려고 하는 브랜던인지 너무나 자연스럽게 '우리'라고 말하는 브랜던인지.

"이리로 오시죠." 브랜던이 말했다.

"저 친구를 괜히 속상하게 하고 싶지는 않아. 저 친구도 실력이 좋은데." 그렉이 말했다.

"뭘요." 브랜던이 그렉에게 손사래를 치며 말했다. "어차피 돈은 그대로 받을 텐데요 뭐. 그리고 '그' 그렉 로빈슨이 여기 왔으니 DJ도 이해할 겁니다."

그렉이 웃음을 터트리자 두 사람은 DJ의 마음을 갈가리 찢을 생각으로 데크로 향했다.

"지금 당장 너희 집에서 제일 좋은 와인이 필요해." 두 남자가 멀찍감치 멀어지자 태린이 얼른 말했다. "손님들에게 내주는 싸구려 말고. 나 같은 사람들에게 대접하려고 따로 챙겨놓은 거 있잖아, 어서. 오늘은 그런 걸 마셔야 하는 날이야."

니나가 웃음을 터트렸다. 태린은 불쾌하게 생각하려면 확실하게 불쾌한 사람이었다. 그래도 니나는 아무렇지 않았다. 언제나 겉과 속이 똑같은 태린의 태도를 니나는 흠모했다. 자신이 어떤 사람이 되기로 했고 다른 선택은 존재하지 않는 듯한 자신만만한 태도가 니나는 좋았다.

"못되게 굴 생각은 아니야." 태린이 말했다. "절대로. 저기 밖에 축 처진 바지를 입고 담배를 피우는 남자들이 있더라. 그런 남자들과 같은 와인을 마실 수는 없어."

니나가 웃음을 터트렸다. "그 사람들은 맥주통에서 쿠어스 맥주를 따라 마시고 있어."

태린이 인상을 썼다. 니나는 그 모습에서 태린이 '쿠어스'에 대해 한 번도 들어본 적도 없으며 '쿠어스'란 단어에 그 남자들이 자신보다 아래에 있다는 뜻 외에 다른 맥락이 있다고는 전혀 생각하지 않는 그녀의 머릿속이 빤히 들여다보였다. "내 말이 그 말이야." 태린이 말했다.

니나는 친구의 손을 잡고 로비를 빙 두른 후 계단 아래 숨어 있는 작은 문으로 이끌었다. 키패드에 숫자 네 개를 눌러 문을 열고는 태린에게 와인 저장고를 보여주었다.

"마시고 싶은 걸 골라봐." 니나는 이렇게 말한 후 태린에게 잡힌 손을 살며시 뺐다. "고른 후에는 잘 닫아놓고."

"너 지금 날 두고 가려는 거야?" 태린이 말했다.

느닷없이 음악이 뉴웨이브에서 톱 40으로 바뀌었다. 니나는 젊은 여자들이 주방에서 거실로 우르르 몰려가는 모습을 보았다. 태린과 니나의 귀에 그 여자 중 한 명이 외치는 소리가 들렸다. "말도 안 돼. 그렉 로빈슨이 여기 왔대! 말도 안 돼!" 파티 소리는 더 요란해지고 모든 것이 고조되었다. 선율, 박자, 흥분에 찬 환호성.

"밖은 별일 없는지 한 번 둘러봐야 해." 니나가 풀밭을 가리키며 말했다.

태린이 고개를 흔들며 사람들의 환호성을 뚫고 들리도록 목소리를 높였다. "안 돼, 그럴 수는 없어. 내가 와인을 고르는 동안 너는 여기에 있어야 해. 술을 다 고르면 우리는 다른 곳으로 가서 너는 왜 브랜던이 여기에 있는지 내게 설명해 줘야 해. 우리가 그 비열한 자식과 다시 볼 일이 없을 줄 알았단 말이야."

니나는 그 사정을 설명해야 한다고 생각하니 살짝 욕지기가 났다. 그녀는 농담 몇 마디로 이 상황을 모면하고 싶었다. 하지만 태린은 그런 꼼수가 통하는 사람이 아니었다. 니나는 순간 어떻게 사람이 그렇게 될 수 있는지 궁금했다. 대체 어떻게 하면 될까? 의도하는 바를 정확하게 밝히려면? 자신으로 인해 모두가 불편해해도 자신만은 편안하게 느끼려면? 아무도 상처받지 않도록 상황을 원만하고 유쾌하게 만들어야만 한다는 책임감을 느끼지 않으려면? 생명을 유지하기 위해 혈액이 필요한 만큼 이런 사고방식이 꼭 필요하다고 느끼려면?

태린은 친구의 해명을 기다리듯 더 빤히 바라보았다. 니나는 어깨를 으쓱하며 말했다. "나는 남편을 사랑해."

태린이 돌아서서 니나를 바라보았다. 그런 말에는 넘어가지 않는다는 듯 미간을 잔뜩 찌푸린 채.

니나는 눈을 흘기면서 진실에 한 걸음 더 다가간 대답을 다시 내놓았다. "이러는 게 더 편해." 니나가 말했다.

"더 편하다고?" 태린이 되물었다.

"그래, 그냥 그다지 복잡하지 않고…. 더 쉽잖아."

태린은 인상을 팍 쓰더니 오푸스 원을 꺼냈다. "이걸로 할래." 태린이 말했다. "괜찮아?"

니나가 고개를 끄덕였다. 태린은 문을 닫고 사람들 사이로 이리저리 빠져나가 니나를 주방 조리대로 이끌었다. 그녀는 니나가 코르크 따개를 찾아줄 때까지 나이프며 각종 조리 도구가 든 서랍을 뒤졌다.

칵테일 웨이트리스가 쟁반에 와인과 코카인을 올린 채 지나가며 권했지만 태린이 손사래를 치며 물렸다. "내게 필요한 건 여기 다 있어요, 고마워요."

니나는 칵테일 웨이트리스가 사람들을 요령 있게 비켜 가며 주방을 빠져나가는 모습을 보다가 코카인 쟁반을 보았다. 정확히 언제부터 이렇게 된 건지 의아했다. 요즘 사람들은 평범하게 커피 테이블에서 코카인을 흡입할 수 없는 건가?

태린이 코르크 따개를 빙빙 돌리더니 코르크 마개를 쏙 뽑아냈다.

그들 주위에 있던 사람들이 그 소리에 돌아보았다. 그들 중 일부는 두 사람을 조금 더 길게 바라보았다. 그렇게 아름다운 미녀가 나란히 서 있으니 오죽할까. 두 사람 다 키가 크고, 피부를 까무잡잡하게 잘 태웠고, 날씬하고, 반짝반짝 빛이 났다. 잠시 후 사람들은 하던 대화로 다시 돌아갔다.

그때 니나는 여기저기 모여 있는 사람들 근처에 혼자 서 있는 보라색 원피스의 아가씨를 다시 보았다. 아까 그 아가씨가 집으로 들어오는 모습을 니나는 보았다. 지금 그 아가씨는 주눅이 든 듯 니나와 눈을 맞추었다. 아무래도 니나의 관심을 끌고 어떻게든 말을 걸 기회를 엿보고 있는 게 틀림없었다.

이 파티는 사람들에게 들려줄 재미난 이야깃거리를 구하려고 니나를 찾아오는 사람들을 자꾸 끌어들이는 것 같았다. 그들은 "포스터에 나온 여자"나 "티셔츠 광고에 나온 여자"나 "믹 리바의 딸"이나 "제이 리바의 누나"나 "브랜던 랜들의 아내"나 뭐든 그들이 맘대로 정의한 니나를 만났다는 이야기를 떠벌리고 싶어 했다.

"단 5분만 투명 인간이 될 수 있으면 좋겠다고 바란 적 있어?" 니나가 태린에게 물었다.

태린이 시선을 돌려 친구를 빤히 바라보았다. "아니." 그녀가 대답했다. "그건 악몽이야." 그녀는 자신의 잔에 와인을 따랐다. 그때 느닷없이 둘 사이에 카일 맨하임이 끼어들었다.

"안녕하세요, 니나." 그가 음악 소리에 묻히지 않으려고 소리를 질렀다. "끝내주는 파티예요."

"고마워." 니나가 말했다.

"나도 끼어도 될까요?" 카일이 자신의 빈 컵을 태린에게 내밀었다.

태린이 카일을 가늠하듯 쓱 훑어보더니 단호하게 말했다. "어림도 없어."

카일은 그 자리를 떠났고 태린은 와인을 한 모금 마셨다. 그녀는 모든 것이 그녀를 기다려주리라는 듯 눈을 감고 맛을 음미했다. 마침내 다시 눈을 뜨더니 니나에게 말했다. "오늘은 쉽지 않은 하루였어. 가슴골에 주름살이 생겼더라."

니나가 웃음을 터트렸다. "지금 무슨 소리를 하는 거야?"

태린이 잔을 조리대에 내려놓더니 원피스의 윗부분을 니나에게만 보이도록 슬쩍 내렸다. 니나는 친구의 가슴골을 따라 생긴 아주 희미한 줄 몇 개가 보인다고 인정하지 않을 수 없었다.

"나는 늙어가고 있어. 일도 점점 말라붙기 시작할 거야." 태린이 말했다.

"오, 그만해." 니나가 말했다. "너는 아직도 앞길이 창창해."

"기껏해야 3년이야." 태린이 말했다. 사실 니나도 그 말대라고 생각했다. 그들이 사는 세계에서는 해가 쨍쨍할 때 건초를 말려야 했다. 일단 해가 떨어지면 금방 기온이 떨어지고 어둠이 찾아

오니까.

하지만 니나는 마음 한구석으로는 해가 진 후를 갈망했다. 사람들이 그만 바라보고, 그만 관심을 가지는 시간. 줄 수만 있다면 원하는 사람에게 자신의 얼굴을 줘버리고 싶기도 했다.

"3년은 아직도 긴 시간이야." 니나가 말했다.

"그 말에 공감이 잘되지 않아." 태린이 말했다.

"그래서 그렉과 사귀는 거야?" 니나가 조용히 물었다. "보험용으로?"

태린이 고개를 흔들었다. "그 사람 흰머리가 섹시하더라. 게다가 파란만장하게 살아오면서 산전수전 다 겪은 남자와 어울리는 게 좋아. 그래서 사귀는 거야. 다른 사람의 돈은 필요 없어. 이미 많이 있으니까. 그리고 그 돈을 불리려고 이것저것 하고 있고."

니나가 미소를 지었다. "역시 너라면 그렇게 나올 줄 알았어."

"그래, 너라면 당연히 그렇게 생각해야지." 태린이 말했다.

태린이 그렇게 용의주도하게 재산을 늘려나가고 있다는 사실에 니나는 깜짝 놀랐다. 니나는 미래를 위해 급격히 늘어난 재산을 보호할 방법을 마련해야 한다는 생각을 한 번도 떠올린 적이 없었다. 그녀가 돈을 원한 건 문제를 해결해 주기 때문이었다. 나머지는 남아도는 산소처럼 남아도는 것처럼 보이는 것에 지나지 않았다.

"네가 그 사람을 다시 받아줬다니 믿을 수가 없어." 태린이 다시 잔을 들고 팔짱을 끼며 말했다. 그녀는 니나를, 니나의 눈을 똑바로 응시했다. "내 이야기 한번 들어볼래? 너를 아끼니까 지금부터 네 문제가 뭔지 말해줄게."

"오, 나야 문제가 한두 가지가 아니지." 니나가 말했다.

태린이 고개를 가로저었다. "아니야, 실제로는 그렇지 않아. 그래서 정말 놀라운 거야. 네게 문제라고는 아주 큰 문제 하나뿐이거든. 사람들 대부분, 여기 모인 이 사람들." 태린은 이렇게 말하며 누구랄 것도 없이 주위 사람들을 가리켰다. "우리는 모두 자잘한 결점이 잔뜩 있어. 나는 결점이 많아. 가령, 나는 너무 비판적이야. 그러다가도 너무 건성건성 굴기도 해. 게다가 이런 것들은 새 발의 피야."

니나는 태린을 비판적이라고 생각했지만 그런 성격을 딱히 문제라고 여기지 않았다. 그리고 한 번도 건성건성 군다고 생각한 적도 없었다. "하지만 너는 있지." 태린이 말했다. "네 문제는 딱 하나야. 그 문제가 네가 하는 모든 일에 영향을 미쳐. 니나, 이런 말 해서 미안하지만 나는 너의 그런 모습이 너무 싫어."

"좋아." 니나가 말했다. "계속 말해봐."

태린은 와인으로 목을 축인 후 말을 이었다. "내가 보기에 너는 자신을 위해서 산 날이 단 하루도 없는 것 같아."

리키 에스포지토는 여성의 환심을 사는 방법을 딱 두 가지 알았다. 하나는 셰익스피어의 소네트를 암송한다. 다른 하나는 마술을 보여준다.

리키는 마술을 골랐다. 그래서 키트가 혼자 패티오에 앉아 언니의 풀밭 여기저기에 흩어져 있는 어중간하게 아는 사람들에게 어중간한 미소를 지으며 클럽 소다를 마시는 동안, 그는 니나의 부엌에 있는 서랍이란 서랍은 모두 뒤져 트럼프 카드를 찾아냈다.

키트는 그릴 근처에서 세스와 이야기 중인 버네사를 보았다.

아까까지 버네사는 몹시 슬퍼 보였다. 그러더니 키트에게 "새로운 사람을 만나기로 결심했다"고 했다. 키트는 "새로운"이라니 정확히 무슨 의미인지 꼬치꼬치 캐묻지 않기로 했다. 그렇게라도 허드를 잊는다면 다행이었다 지금 보니 버네사는 세스 휘틀스가 세상에서 가장 재미있는 남자라는 듯이 깔깔거리며 웃고 있었다. 버네사는 양손을 머리로 가져가 얼굴 주위의 머리카락을 만지작거렸다. 그러더니 한 손을 세스의 어깨에 올리고는 그에게 장난을 치듯 살짝 밀기까지 하는 것이 아닌가.

문득 키티는 부담스러운 기분이 들었다. 나도 리키가 재미있는 사람인 척해야 하나? 우웩.

키트는 자랑스러운 표정으로 브랜던의 옆에서 그를 올려다보던 니나를 떠올렸다. 오래전 엄마가 아빠를 재림예수라도 되듯 말하던 기억도 떠올랐다.

키트는 그럴 수가 없었다.

세스가 버네사에게 키스를 하는 순간 키트는 시선을 돌려버렸다. 그때 리키가 카드 한 벌을 들고 붉게 상기된 얼굴로 숨을 헐떡이며 불쑥 나타났다.

"카드를 한 장 골라봐요. 아무거나." 그가 말했다. 그 말을 들은 순간 키트는 이 순간까지 자신이 내린 선택 하나하나를 다 후회했다. 이런 상황은 꼭 피하고 싶었다. 같이 있는 남자에게 재미있는 척해야 하는 상황 말이다.

키트는 리키를 보고는 그가 완벽하게 부채꼴로 펼쳐 들고 있는 카드로 시선을 돌렸다. 그리고 가운데에서 카드를 한 장 뽑았다.

"카드를 확인해요?" 키트가 한숨을 쉬며 물었다.

"시답잖게 보일 거예요. 그렇지만 장단 좀 맞춰줘요. 이 마술을 얼마나 연습했는지 몰라요. 내 마술에 깜짝 놀랄지 모르잖아요."

키트가 미소를 지었다. 자신도 모르게 그를 응원하고 싶어졌다. 그녀는 카드를 보았다. 다이아몬드 8이었다. "좋아요." 그녀가 말했다. "기억했어요."

리키가 카드 덱을 반으로 나눠 그녀에게 내밀었다. "좋아요. 그 카드를 다시 넣어주세요." 그는 아래쪽 반을 가리키며 말했다. 리키가 시킨 대로 카드를 내려놓자 리키가 카드를 다시 섞었다. 키트가 고른 카드는 다른 카드에 뒤섞여 어디론가 사라졌다.

리키가 양손에 카드 덱을 감추었다. 그 순간 키트는 풀장 주위에서 들리는 소란스러운 소리에 정신이 팔렸다. 무슨 일이 일어나는지 그곳에서는 보이지 않지만 점점 소란스러워지는 것 같았다.

리키가 능숙하게 제일 위에 있는 카드를 한 장 들었다. "이 카드가 당신 카드인가요?" 그가 물었다. 클로버 3.

키트가 고개를 흔들었다. 그녀는 내심 리키가 카드를 제대로 찾아내기를 바랐다. 그래서 리키의 마술이 그녀를 황홀한 기분으로 만들어주기를 바랐다. "미안하지만 틀렸어요."

리키가 미소를 지었다. "오, 괜찮아요." 그러더니 리키는 자신의 손가락이 마술지팡이라도 되는 것처럼 카드를 휘리릭 넘기더니 다시 한 장을 골랐다. 이번에는 다이아몬드 8이었다.

아주 미세한 불꽃이 키트의 내면에서 확 켜졌다. "와우." 그녀는 진심으로 감탄했다. 그가 어떻게 클로버 3을 다이아몬드 8로 바꿨는지 알 수가 없었다. 분명히 트릭은 단순할 텐데 정작 어떻게 했는지 짐작도 되지 않았다.

"내가 어떻게 했는지 알고 싶어요?" 리키가 그녀를 즐겁게 했다는 사실에 뿌듯해하며 물었다.

"그런 건 밝히면 안 되는 거 아닌가요?" 키트가 되물었다.

리키가 어깨를 으쓱하자 키트가 둘 사이의 거리를 좁히며 한 걸음 다가갔다.

"좋아요." 그녀가 말했다. "보여줘 봐요."

리키가 카드를 다시 꺼내더니 같은 마술을 천천히 보여줬다. 그가 환상을 일으키기에 꼭 필요한 능숙한 손놀림을 보여주는 동안―카드 두 장을 집어서 한 장인 것처럼 보이게 했다―키트는 몸을 앞으로 쑥 내밀고 있었기에 그에게서 갓 세탁한 빨랫감 냄새가 난다는 사실을 깨달았다.

"이 마술의 트릭은 그게 다예요." 리키가 카드를 잡는 모습을 보여주며 말했다. "이런 기술을 더블 리프트라고 해요."

"기가 막힌 기술이네요." 키트가 말했다. 그에게서 정말 좋은 냄새가 났다. 어떻게 이런 냄새가 나는 거지?

"어떻게 하는지 보여줄 수 있어요." 리키가 말했다. "원한다면요."

"그건 됐어요." 키트가 말했다. "하지만 그 마술을 다시 해봐요. 이번에는 당신이 기술을 쓰는 순간을 내가 포착할 수 있는지 보고 싶어요."

솔직히 마술은 관심 없었다. 다만 그의 티셔츠 소매에서 나는 냄새를 또 맡고 싶을 뿐이었다. 그의 관심이 주는 스릴을 다시 느끼고 싶을 뿐이었다.

바로 그때였다. 리키가 한 걸음 다가와 다급하면서도 소심하게 그녀에게 키스를 했다. 그녀의 입술은 부드럽고 포근했다.

하지만 그가 몸을 밀착시키며 움직이자 키트는 모든 것이 잘못되었다는 사실을 깨달았다. 그녀가 원한 느낌이 아니었다. 그 '느낌'이 어떤 느낌이든.

키트는 리키가 좋았다. 정말 그랬다. 그는 달콤하고 사랑스러운 방식으로 사람을 당황스럽게 만드는 남자니까. 하지만 그의 입술이 자신의 입술에 닿는 순간, 키트는 단 한 번도 그와의 키스를 원하지 않았다는 사실을 깨달았다.

더는 남자와 키스를 하고 싶지 않다는 사실을 깨달았다.

문득, 키트는 오래전부터 줄곧 들렸지만 이제야 제대로 마주한 그 목소리를 어떻게든 조용히 시키고 싶어졌다. 그래서 리키 에스포지토에게 더 격렬하게 입을 맞췄다. 그녀는 두 팔로 그를 안고 가슴을 그의 가슴팍에 밀어붙였다. 마치 정말 노력하면 진실이라고 아는 것을 전부 부정할 수 있다는 듯이.

태린은 질 좋은 마리화나를 찾으러 갔지만 니나는 계속 주방에 남아 영화 제작자 두 명과 이야기를 나눴다. 그녀는 그 제작자들의 이름이 둘 다 크레이그라고 거의 확신했다.

"당신이 모델이었던 1980년 달력은 인류 역사상 최고의 달력일 거예요." 첫 번째 크레이그가 말했다. 그는 체격이 더 다부지고, 살집이 있어 보이는 데다 근육질이었다. 그는 하루에 두 시간은 꼬박 운동에 쏟을 것 같았다.

니나가 미소를 지으며 우쭐해하면서 그런 말에 기분이 좋은 척했다. "그러니까… 7월이었나?" 두 번째 크레이그가 말했다. 그는 각진 턱에 금발로 서 있는 모습마저 거만했다. "하얀 비키니를 입은 사진…." 그가 휘파람을 불었다.

"나는 아직도 그 사진을 생각해요." 첫 번째 크레이그가 말했다.

"고맙네요." 니나가 건조하게 대꾸했다. 그러고는 곧장 반대편을 향해 이렇게 말했다. "뭐라고?" 계단에서 누가 부르는 소리를 듣기라도 한 것 같았다. "금방 갈게!" 그러더니 니나는 미소를 지으며 그들을 뒤로한 채 주방을 나왔다.

계단 근처로 가니 브랜던이 문가에 서서 니나의 기억에도 남아 있을 법한 올림픽 육상 선수와 이야기를 나누고 있었다. 니나는 그들의 대화에 끼어드는 대신 잠시 마음의 평화를 찾으려고 발길을 돌려 계단을 오르기 시작했다. 그래도 괜찮겠지, 안 그런가?

그녀는 침실로 들어가서 문을 꼭 닫았다. 그리고 욕실로 들어가 거울 앞에 섰다. 립스틱을 다시 바르고 입을 벌렸다 다물면서 립스틱이 잘 먹게 했다.

태린의 말대로일까?

사람들은 어떻게 자신을 위한 삶을 살까? 니나는 그림이 그려지지 않았다. 그녀는 오로지 자신을 위해서만 살았다면 지금쯤 자신이 보내는 하루는 어떤 모습일지 상상해 보았다. 어쩌면 어딘가로 홀로 떠나지 않았을까? 포르투갈 어느 바닷가 같은 곳으로. 그녀에게는 밝은 햇살과 재미있는 책, 자신의 벤 아이파 제비꼬리 서프보드뿐이리라. 물론 일상의 소소한 즐거움들도 누리겠지. 그녀는 파도를 타고 맛있는 빵을 먹으며 시간을 보낼 것이다. 물론 맛있는 치즈도 먹으면서.

결국 그녀가 원하는 것은 평화롭고 고요한 삶뿐이었다. 그런 삶이 뼛속까지 자리 잡도록 오래오래 이어지기를 바랐다.

"저기요?"

니나가 침실 문으로 고개를 돌렸다. 방금까지 꼭 닫혀 있었던 문. 그 문이 열려 있고 복도에는 어떤 아가씨가 문손잡이에 한 손을 올린 채 서 있었다.

보라색 면 원피스를 입은 아가씨.

"니나 맞으시죠?" 그 여자가 물었다.

"그런데요?"

그 아가씨는 키가 작았다. 그리고 어렸다. 아마 열일곱 살이나 열여덟 살 정도 된 것 같았다. 머리카락은 짙은 금발이고 피부는 석고처럼 하얗고 티 한 점 없었다. 마치 햇빛 아래에서 단 하루도 살지 않은 사람처럼 보였다.

"저, 혹시 제가…." 그녀는 손을 부들부들 떨었다. 입에서 말이 한 마디씩 나올 때마다 그녀의 목소리는 점점 더 흔들렸다. "혹시 제가 잠시 이야기를 해도 될까요. 잠깐이면 돼요."

"음." 니나가 말문을 열었다. "그럼요. 들어와요. 무슨 일이죠?"

그 아가씨가 앞으로 오자 니나는 무슨 말을 하려는지 어렴풋이 알 것 같았다. 하지만 아직은 명확하게 생각이 정리되지 않았다.

"제가 하고 싶은 말은… 그러니까." 그 아가씨는 이렇게 말하며 양손을 맞잡고 비틀다가 자신이 그런 행동을 한다는 사실을 문득 알아차린 듯했다. "저는 케이시 그린즈라고 해요." 그녀가 말했다.

"반가워요, 케이시." 니나는 자신의 목소리에 날이 서 있음을 깨달았다. 그녀는 낯선 이를 향한 경계심을 되도록 숨기려고 했다. "내게 하고 싶은 말이 있나 봐요?"

바로 그때 니나는 보았다. 더 정확히 말하면, 자신이 이미 무엇에 눈길이 갔는지 깨달았다고 해야 하리라. 케이시의 입술.

쿠션을 너무 빵빵하게 넣은 것 같은 도톰한 아랫입술.

케이시 그린즈는 니나나 제이나 허드나 키트나 믹과는 전혀 닮은 데가 없었다. 그 입술을 제외하면.

순간 니나는 심장이 철렁했다.

케이시가 말문을 열었다. "믹 리바가 제 아버지인 것 같아요."

* * *

케이시 그린즈는 이곳과 어떤 인연도 없었다. 완벽한 몸매를 갖춘 부유한 사람들의 땅, 말리부. 그 어디와도. 케이시는 그 사실을 잘 알았다. 값비싸고 두툼한 양탄자에 한 발씩 내디딜 때마다 그 사실이 뼈저리게 느껴졌다. 그녀는 난생처음으로 이렇게 고급스럽고, 이렇게 폭신한 것 위에 서 보았다. 그녀가 자란 세상에서 양탄자는 낡고 보풀이 나 있었다.

낡은 양탄자와 우드패널, 닫아놓아도 여전히 벌레가 들어오는 안전문. 케이시는 밖이 아무리 추워도 온기가 도는 가정에서 자랐다. 굳이 말하자면 외형은 아름답지 않지만 여전히 아름다운 집 말이다. 그녀의 고향은 란초 쿠카몽가였다. 부모님은 빌과 헬렌이었다. 두 분은 캘리포니아 농장을 경영하셨다. 그리고 그곳에 지은 새집 같은 소박한 집이 그녀 가족의 보금자리였다.

케이시는 전 과목 A를 받아 오는 외동딸이었다. 토요일 밤을 부모님과 함께 보내기 좋아하는 아이 말이다. 엄마는 세상에서 참치 캐서롤을 제일 맛있게 만드는 사람이었다. 케이시는 생일마다 캐서롤을 만들어달라고 했다. 케이시는 두 분을 한 번에 잃기 전까지는, 자신이 태평한 안식처 같은 곳에서 살았다는 사실을 이제는 안다.

부모님이 돌아가신 지 몇 주가 지났지만 케이시는 여전히 머릿속에서 계속 그 표현이 들렸다. 그 표현을 생각하며 아침에 눈을 뜨고 그 말이 귓전에 울리는 채로 밤에 잠이 든다. 충돌로 인한 즉사.

돌아가신 부모님은 딸이 당신들 없이도 살아갈 수 있도록 미리 준비시키지 않았다. 딸이 느낄 외로움, 앞으로 펼쳐질 성인기, 이제 백일하에 드러나야만 하는 충격적인 진실에 대해서 아무것도 미리 준비시키지 않았다.

케이시는 자신이 입양되었다는 사실을 줄곧 알고 있었다. 친모가 출산 중에 죽었다는 사실도 알고 있었다. 하지만 그 이상은 몰랐다. 그래도 상관없었다. 그녀에게는 엄마와 아빠가 있었다. 그러나 이제 두 분은 없다.

장례를 치르고 며칠 후 케이시는 부모님과 함께했던 삶의 흔적을 어떻게 해야 할지 고민하면서 유품을 정리하던 중이었다. 아빠의 옷은 어떻게 해야 할까? 엄마의 발한억제제는 어디에 둬야 할까? 케이시는 그런 물건들을 다 쌌다가 풀었다가 다시 쌌다. 소용돌이처럼 밀려오는 생각에 휩싸였다. '전부 원래 자리에 둬'와 '눈앞에서 전부 치워'라는 두 명령이 가슴과 머리에서 우위를 차지하려고 싸웠다.

케이시는 바닥에 앉아 눈을 감았다. 그런데 그때 지금까지 한 번도 해보지 않은 생각이 불쑥 들었다. 자신의 출생 증명서를 확인해 보고 싶다는 생각이 떠오른 것이다.

그것을 찾아내는 데 꼬박 한 시간 반이 걸렸다. 그녀의 출생증명서는 잠가둔 상자 속 잡다한 서류 아래에 보관되어 있었다.

케이시는 당장 그것을 꺼내 살펴보았다. 그녀의 본명은 케이시 미란다 리지모어였다. 친모의 이름은 모니카 리지모어. 아빠의 이름이 있어야 할 곳은 빈칸이었다.

다음으로 찾은 것은 젊은 여성의 사진이었다. 금발의 아름다운 여성이었다. 큰 눈에 높이 솟은 광대뼈, 전형적인 미국인의 환한 미소.

케이시가 사진을 뒤집어 보니 누구의 것인지 알 수 없는 필체로 이렇게 적혀 있었다. "모니카 리지모어. 1965년 8월 1일 사망." 그 날짜 아래로 이런 글이 있었다. "믹 리바와 하룻밤을 보내고 이 아기를 낳았다고 주장."

믹 리바? 처음에는 자신이 잘못 읽은 줄 알았다. 뭔가 오해가 있었을 것이라고 말이다. 믹 리바라고?

케이시는 자신이 미치지 않았다는 사실을 확인하기 위해 엄마의 백과사전에서 R 권을 꺼냈다.

리바, 믹: 1933년 출생. 가수, 작곡가. 미국의 음반 역사상 가장 위대한 가수 가운데 한 명으로 손꼽히는 믹 리바(본명은 마이클 도미닉 리바)는 1950년대 말부터 명성을 얻기 시작해 로맨틱한 발라드곡과 특유의 미성으로 각종 순위를 휩쓸었다. 발표곡마다

1위에 오르는 성공을 거두었고 고전적인 미남형 외모, 나무랄 데 없는 스타일을 발판으로 그는 20세기를 대표하는 가장 유명한 아이콘의 하나가 되었다.

케이시는 백과사전을 덮었다.

믹 리바가 친부일지 모른다는 생각을 받아들이기까지 꼬박 2주가 걸렸다. 문득문득 침대에서 나오고 싶어질 때면 거울에 자신의 얼굴을 비추어 보며 아빠의 레코드판 더미에서 찾아낸 앨범 커버의 얼굴과 비교했다. 가끔은 어딘지 닮은 구석이 보인 것 같고 가끔은 자신이 미친 것만 같았다.

설령 그 주장에 근거가 있다손 치더라도 뭘 어떻게 해야 하나? 세상에서 가장 유명한 가수인 그를 찾아가 시시비비를 가려야 하나?

그러던 3주 전 어느 날 그녀는 니나 리바라는 사람을 《나우 디스》의 표지에서 보았다. 잡지에는 니나 리바가 믹 리바의 딸로 캘리포니아 말리부에 산다고 나와 있었다. 그 글을 보자 문득 말리부라면 그리 먼 곳이 아니라는 생각이 불쑥 떠올랐다.

부모님이 돌아가시기 전 케이시는 UC 어바인 대학에 합격했다. 부모님이 돌아가시자 케이시는 자신이 이 세상에서 해야 할 일은 대학에 가는 것뿐이라고 생각했다. 대학에서 새로 시작해야 한다고 말이다.

그러나 트럭에 짐을 싣고 신입생 오리엔테이션을 위해 출발한 케이시는 어바인으로 가는 사우스 14번 도로로 들어가지 않고 그냥 지나쳤다. 케이시가 모는 차는 어느새 말리부로 향하는 웨스트 10번 도로로 진입하고 있었다.

내가 지금 무슨 짓을 하는 거지? 그녀는 생각했다. 이렇게 가면 니나 리바인가 하는 사람을 찾을 수 있을 것 같아?

그럼에도. 그녀는 계속 차를 몰았다.

마침내 해안선에 도착하자 사진에서 니나가 걸어 나왔던 마트를 찾기 위해 PCH를 달리기 시작했다.

기사에는 니나와 그녀의 세 동생이 약 10년 전에 어머니를 잃었다고 나와 있었다. 그리고 니나의 사진을 다시 봤더니 그녀의 눈에서 슬픔이랄지 염세적인 분위기가 느껴졌다. 케이시는 그저 자신의 상상일 뿐이라고 생각했다. 하지만 그렇다고 해도 니나는 부모를 잃는 심정을 알아줄 것만 같다고 케이시는 짐작했다.

말리부에는 마트가 많지 않다. 덕분에 오래지 않아 케이시는 찾던 가게를 찾았다. 그녀는 마트로 들어가 아무것도 고르지 않은 채 빈손으로 줄을 섰다. 마침내 자신의 차례가 되자 계산원에게 물었다. "귀찮게 해서 죄송해요. 혹시 니나 리바를 아세요?"

계산원이 고개를 가로저었다. "그러니까 보기는 봤죠. 그래도 아는 사이는 아니에요."

케이시는 마주친 계산원마다 같은 질문을 했고 그것도 모자라 정육코너의 직원들과 빵코너 전부, 심지어 매장 매니저에게도 같은 질문을 했다. 자꾸 물어보니 마침내 누군가가 이렇게 말했다.

"그러지 말고 그냥 리바스 시푸드에 가봐요."

케이시는 방금 알게 된 식당으로 가 차를 주차하고 안으로 들어갔다. 그녀는 그곳에 있는 손님의 얼굴을 하나하나 확인하고 서빙 직원들도 빠짐없이 확인했다. 그리고 계산대로 다가갔다.

"여기 니나 씨가 있어요?"

'웬디'라는 이름표를 단 금발의 여직원이 고개를 들고 케이시를 보더니 머리를 가로저었다. "미안하지만, 없어요."

낙담한 케이시는 그대로 식당을 나와 트럭으로 갔다. 미쳤나 봐! 정말 말리부로 오다니! 유명한 아버지를 둔 유명한 모델을 이렇게 찾을 생각이었어? 이런 건 스토커나 하는 짓이잖아!

케이시는 주차장을 나와 남쪽으로 차를 돌렸다. 그녀는 기름을 채우려고 주유소에 차를 세울 때까지도 이렇게 채운 기름으로 집으로 돌아갈지, 대학 생활을 시작하러 어바인으로 갈지, 이대로 절벽으로 돌진할지 마음을 정하지 못했다.

그녀는 차에서 내려 주유원에게 2번 주유기에서 20달러어치를 넣겠다고 했다. 그리고 차로 돌아가 노즐을 주유구에 꽂고 호스의 스위치를 눌렀다. 그때 바로 옆 주유기에서 기름을 넣던 남자 두 명의 말이 얼핏 들렸다.

"오늘 리바 파티에 가?" 키가 큰 쪽이 물었다.

"말이라고, 친구."

"주소 좀 알려줘."

다른 남자가 웃으며 주유구에서 노즐을 뺐다. "크레이그, 주소를 모르면 초대를 받지 않았다는 뜻인 거 몰라?"

"그러니까 주소 좀 알려달라는 거잖아, 말귀 못 알아듣네."

"말리부에 사는 사람들은 전부 그 파티에 갈 건데 너는 니나가 어디 사는지 몰라서 혼자 놀 신세가 되겠구나."

"친구, 그러니까 주소 좀 알려 달라고. 글래드스톤에서 온 그 아가씨랑 연결해 줬으니 신세 갚아야지."

그러자 다른 남자가 현금인출기에서 돈을 꺼내듯이 주소를 말해주었다. "클리프사이드 드라이브 28150번지."

됐다! 케이시가 스스로 먼 길을 찾아오자 운명이 답을 알려주었다. 그녀는 그날 밤 해안도로 갓길에 차를 세운 후 그곳에서 밤을 보냈다. 오늘 아침, 챙겨 온 옷을 다 뒤져서 가진 옷 중에 그나마 유일하게 괜찮은 원피스를 찾았다.

그리고 이곳에 왔다.

* * *

"어머님이 누구라고 했죠?" 니나가 말했다.

니나는 케이시의 이야기를 듣는 동안 입술이 바싹바싹 타들어 가는 것 같았다. 눈앞 소녀의 나이를 기준으로 머릿속으로 계산을 했다. 그 계산대로라면 케이시는 믹이 마지막으로 집을 나간 후에 태어났다. 니나는 믹이 그 후로 어떤 난장을 벌였는지 전혀 알지 못했다. 그러므로 케이시의 출생에 대해서는 케이시만큼 니나도 아는 게 없었다.

"친어머니에 대해서는 거의 아는 게 없어요." 케이시가 말했다. "아는 거라곤 모니카 리지모어라는 이름뿐이에요. 아마 저를 낳다가 돌아가신 것 같아요." 케이시가 백을 열고 사진을 꺼내 니나에게 건넸다.

"정말 어린 나이에 저를 가졌어요." 케이시가 말했다. "아마 지금의 제 나이 정도였겠죠."

니나는 이 사진이 자신에게 무슨 소용인지, 왜 케이시의 엄마를 물어봤는지 자신도 알 수 없었다. 그래도 사진을 돌려주지 않고 그대로 들고 찬찬히 살폈다.

적어도 사진 속의 모니카는 어리고 고전적인 의미의 금발 미인이었다. 그 얼굴을 보니 케이시가 큰 눈을 누구에게 물려받았는지 알 것 같았다.

그렇지만 케이시는 그 눈을 제외하면 정확히 누굴 닮았는지 모호했다. 광대뼈는 모니카의 것도 믹의 것도 아니었다. 게다가 눈동자 색깔이나 코의 모양도 모니카와 믹과 달랐다. 솔직히 케이시는 아랫입술을 제외하면 믹 리바와 닮은 구석이 조금도 없었다.

그녀는 사진을 뒤집어서 뒷면에 적힌 글을 읽었다. "믹 리바와 하룻밤을 보내고 이 아기를 낳았다고 주장." 믹 리바와 밤을 보내는 환상을 품었던 여자들이 수도 없었을 것이다, 아닌가?

니나는 케이시를 위해서라도 그 주장이 사실이 아니기를 바랐다. 이 세상에 케이시가 찾아와 당신의 딸이라고 말해주기를 기다리는 더 좋은 남자가 있기를 바랐다. 그녀는 사진을 돌려주었다. 이렇게 해봐야 소용없다는 무력감에 온몸으로 한숨이 나왔다. 진위를 알 방법이 없었다.

니나는 케이시에게 손짓으로 창가에 놓인 가죽 의자 아무 곳에나 앉으라고 했다. 케이시가 몹시 감사해하며 의자에 앉자 니나는 한참 전에 의자를 권했어야 했다는 사실을 깨달았다.

니나도 케이시 옆에 앉았지만 무슨 말을 해야 할지 떠오르지 않았다. 케이시가 원하는 게 뭘까?

"대단한 밤이죠." 니나가 말했다.

"네, 그런 것 같아요." 케이시가 대꾸했다.

두 사람은 한동안 아무도 선뜻 입을 열지 않았다. 이제 무슨 말을 하면 좋을지 몰라 난감했다. 결국 두 사람은 말없이 저 아래 풀밭에서 펼쳐지는 파티를 바라보았다.

혼돈이 부글부글 끓어오르는 중이었다. 음악 소리에 귀가 먹을 것 같고 사람들의 옷차림도 수위가 제각각이었다. 풀장에 모여든 사람은 족히 100명은 될 것 같았다. 누군가 자쿠지의 물 분사구를 조작해 접시로 물의 방향을 바꿔 풀밭에 있는 사람들에게 뿌려댔다.

그릴 옆에는 젊은 여자가 앉아서 책을 읽고 있었다. 케이시가 그 여자를 더 자세히 보았다. "혹시 〈플래시댄스〉에 나온 배우인가요?" 그녀가 물었다.

니나가 고개를 끄덕였다. "제니퍼 빌즈, 맞아요 좋아하는 배우죠."

순간 케이시의 눈이 휘둥그레졌다. 정말 대단한 곳이네.

니나는 키가 매우 큰 금발 여자와 이야기하고 있는 제이를 찾아냈다. 그 여자에게 절벽에서 바다를 보여주는 것 같았다.

"저기 남자 보여요?" 니나가 물었다. "금발 여자와 이야기하고 있는 키 큰 남자? 저기 저쪽?"

케이시가 몸을 기울였다. "네."

"내 동생 제이예요."

"오, 그렇군요." 케이시가 고개를 끄덕이며 대답했다.

"그리고 어쩌면…."

"제 오빠일 수도 있고요."

니나는 아무리 생각해도 묘한 이 대화를 어떻게든 이해해 보려고 케이시를 바라보았다. "맞아요." 니나가 말했다. "당신의 오빠일 수도 있죠."

니나가 키트를 찾다가 패티오 한구석에서 누군가 이야기를 하는 모습을 보았다. 니나가 손가락을 들어 창문을 가리켰다. "크롭톱에 핫팬츠를 입고 마른 남자에게 이야기를 하고 있는 아가씨…."

"잠재적인 제 언니고요?" 케이시가 물었다.

니나가 고개를 끄덕였다. 이제 허드를 찾기 시작했다. 밖을 쭉 둘러보며 알아볼 수 있는 사람의 얼굴을 다 확인했다. 하지만 넓은 어깨와 술통 같은 가슴을 한 남자는 어디에도 보이지 않았다.

"내 동생 허드를 찾아봤는데… 저기 풀밭에는 없나 봐요."

니나는 계속 밖을 바라보며 허드의 친모가 아들을 준의 품에 맡기고 가지 않았다면 어떤 일이 벌어졌을지 생각했다. 그가 훌쩍 나타났을까? 언제쯤? 우리를 만나고 싶어서? 자신의 아버지에 대해 알고 싶어서?

니나는 허드에게 자신이 낯선 사람이 되고, 자신에게 허드가 낯선 사람이 된 기분을 느껴보려고 했다. 얼마나 큰 상실일까. 그녀의 심장을 삼분의 일만큼 소유했을 사람의 존재를 꿈에도 모른 채 평생을 흘려보냈다니. 허드가 프리스비에 집착하는 동안 그곳에 있지도 않았다거나, 그가 처음으로 카메라를 장만하고 얼마나 흥분했는지 모르거나, 허드의 상냥함을 모르거나, 허드가 식초를 과하게 먹을 수 없으며 그랬다가는 땀을 뻘뻘 흘리기 시작한다는 사실을 모르다니. 허드는 니나의 것이었다.

니나는 케이시를 보았다. 두 사람의 혈관에 같은 피가 조금은 흐르고 있을까? 니나는 알 수 없었다. 케이시가 정말 동생인지 아닌지 확신할 수도 없었다. 하지만 케이시가 정말 동생이라면, 니나는 이미 잃어버린 세월이 안타까웠다.

케이시는 계속 창밖을 바라보면서 가끔 니나를 힐끔거렸다. 그녀는 니나의 마음속에서 정확히 무슨 일이 벌어지고 있을지 궁금했다. 동시에 자신이 지금 앉아 있는 침실의 주인인 니나를 전혀 모른다는 사실을 떠올렸다. 케이시는 니나의 머릿속을 짐작해 볼 만큼 그녀에 대해 아무것도 몰랐다.

"파티에 무작정 찾아와서 죄송해요." 케이시가 말했다.

니나가 고개를 가로저었다. "오고 싶은 사람은 다 초대받은 사람이에요. 게다가 당신은 우리와 관계가 있는 것 같고요."

케이시가 풀이 죽은 표정으로 미소를 지었다. 그러자 니나도 미소를 지었다. 두 사람의 미소는 닮은 구석이라고는 없이 완전히 달랐다.

"나도 엄마가 돌아가셨어요." 니나가 말했다. "엄마는 내게 유일한 부모였어요. 우리에게 말이죠. 그래서… 유감이에요. 그런 일을 겪어야 하는 사람은 아무도 없어요. 당신이 겪은 일 말이에요."

케이시는 니나를 보았다. 문득 니나의 품에 안기고 싶어졌다. 어쩌면 그녀가 원한 건 그게 전부였을지 몰랐다. 자신의 심정을 이해해 줄 사람, 괜찮은 척하지 않아도 된다고 말해줄 사람.

니나는 손을 뻗어 케이시의 손을 잠시 잡았다. 그 손을 꼭 쥔 후 놓았다.

그리고 타인과 혈육 사이 어딘가에 있는 두 사람은 2층 창가에서 말없이 파티를 지켜보았다.

00:00

믹 리바는 자신의 침실 거울 앞에 서서 넥타이를 바로 했다.

그는 쉰 살인 나이에 비해 멋있었고 그도 그 사실을 잘 알았다. 한때 흑단처럼 새까맣던 머리는 희끗희끗해졌다. 한때 매끄러웠던 얼굴도 이마와 눈가, 입가에 골이 파였다. 잘생긴 외모는 희미해지지 않았지만, 뿌리 염색이 필요했다.

그는 검은색 정장에 가느다란 검은 넥타이를 맸다. 지난 수십 년 동안 그의 것으로 유명한 스타일이자, 그가 완벽하게 다듬은 스타일이었다.

그의 뒤로 화장대 위에는 새 앨범을 위해 녹음한 세 곡의 데모 테이프가 놓여 있었다. 음반사는 완곡한 표현을 써가며 세 곡을 모두 거절했다. 그들은 알랑거리는 의견서에 알랑거리는 것과 거리가 먼 의견을 첨부해 보냈다. "우리는 이 곡들이 너무 '믹 리바 표'라는 점이 우려스럽습니다. 정작 우리를 흥분시키는 건 막연한 기대감이거든요. 이를테면, 1980년대의 믹 리바는 어떤 모습일까?"

그것을 보기만 해도 그는 미치도록 화가 났다. 어떻게 자기와 같은 전문가가 귀에는 피어싱을 하고 신디사이저에 사로잡혀 있는 20대 신인 발굴팀의 풋내 나는 생각에 귀를 기울일 거라고 생각했을까?

앤지라면 맞서 싸워서 그 곡들, 그리고 그가 녹음하기로 한 다른 곡들까지 발매하게 했을 것이다. 하지만 안타깝게도 그들은 더는 함께 있지 않았다.

그의 매니저이자 여섯 번째 아내였던 앤지는 믹이 제일 좋아하는 일을 하도록 내버려두면 세상이 알아서 달려온다는 사실을 항상 이해했다. 그런 전략은 지난 30년 동안 잘 들어맞았다. 앤지는 늘 그 점을 이해했다.

그는 알맞은 타이밍에 맞춰 과거로 돌아가 그녀를 속이고 바람을 피우지 말라고 경고해 주고 싶었다. 아니면 그녀에게 들키지 말라고. 아니 어쩌면 그녀가 그의 매니저 사무실에 새로 온 젊은 빨간 머리 아가씨에 불과했던 1978년에 그녀와 사랑에 빠지지 말라고 경고하고 싶었다. 이제 와서 어느 누가 그를 대신해서 싸워줄지 좀처럼 떠오르지 않았다.

매니저의 비서와 사랑에 빠져서 매니저를 해고하고 매니저의 아름다운 비서를 승진시키고 그녀와 결혼했다가 이혼해 버리면, 아내도 매니저도 없는 신세가 되어버린다.

그래서 믹은 오십 줄에 접어든 지금 식구라고는 집사인 설리반뿐인 집에서 홀로 살고 있다. 앤지가 직접 고르고 꾸민 하얀 벽돌과 담쟁이 넝쿨이 늘어진 이 저택에는 그와 설리뿐이었다. 앤지는 식사도 할 수 있을 정도로 널찍한 주방을 좋아했다. 요즘 믹은 설리에게 식사 준비를 시키지 않았다. 그 식탁에 혼자 앉아야 할 자신의 신세가 처량했기 때문이다. 그 식탁은 6인용이었다.

요전 날 그는 이 집에 대가족이 살면 좋겠다는 생각을 했다. 그의 아이들이 일요일에 찾아와 저녁을 함께 먹으면 좋을 것 같았다. 아이들이 이 집을 채워주면 집에 다시 생기가 넘칠 것이다. 그는 아이들에게 전화를 할까 고민도 했다. 니나와 제이, 허드, 캐서린.

아이들은 이제 다 컸다. 그는 아이들을 이해할 수 있고 어쩌면 조언을 해주거나 도움이 될 수도 있으리라. 아이들도 그런 관계를 반기지 않을까?

그는 수화기를 들어야 할지 고민에 고민을 거듭했다.

그러던 중 우편물에 손으로 쓴 편지 한 통이 들어 있었다.

* * *

리바 파티는 따로 초대장이 없지만, 키트는 매년 초대장을 딱 한 통 보냈다.

8월 중순이 되면 키트는 수첩을 한 장 찢어서 날짜와 시간, 주소를 적었다. 그리고 이렇게 덧붙였다. "귀하를 리바 파티에 초대합니다."

그리고 그 쪽지에 아빠의 주소를 적었다.

캘리포니아 90077, LA
캐럴우드 드라이브 380 N
믹 리바 귀하

세계를 떠돌며 몇십 년을 보낸 후 믹은 마침내 자식들이 사는 곳에서 50킬로미터도 떨어지지 않은 홈비 힐즈에 정착했다. 5년 전 키트가 그의 주소를 알아냈다. 그 후로 매년 키트는 봉투에 똑같은 방식으로 주소를 썼다.

그러나 그가 이 초대장의 존재를 안 건 올해가 처음이었다.

* * *

믹은 정장용 구두를 신고 자동차 열쇠를 집어 든 후 집을 나섰다. 그는 새로 산 검은색 재규어에 올라 가속페달에 발을 얹었다. 속도를 올리며 선셋대로를 달려 바다로 차를 몰았다. 그러는 내내 손으로 쓴 초대장은 조수석에 얌전히 놓여 있었다.

웬디 팔머가 원피스를 벗고 속옷마저 벗어 던진 시간은 자정이 조금 지나서였다. 그녀는 실오라기 하나 걸치지 않은 채 뒤뜰의 자쿠지 바로 옆에 서 있다가 김이 올라오는 물속으로 천천히 걸어 들어갔다.

자쿠지의 반대쪽은 풀과 맞닿아 있었고 그 풀이 끝나는 곳에서 잔디밭이 시작되었다. 그래서 그녀를 본 사람은 몇 명 되지 않았다. 처음에는 그랬다.

이윽고 웬디는 보글거리는 물속으로 잠수하듯 들어가더니 물에 떠서 그때 자쿠지에 있던 몇 안 되는 사람들 쪽으로 갔다.

그때 남자 두 명이 한창 이야기를 하다가 그녀를 보려고 멈췄다. 그녀는 미소를 지으며 아주 살짝 눈썹을 들어 올렸다. "안녕하세요."

스티븐 크로스와 닉 마넬은 그녀를 보자마자 흥미가 동했다. 두 사람은 국내 차트 3위에 오른 곡을 보유한 브리티시 뉴웨이브 밴드에서 베이스 기타와 드럼을 연주했다.

그들이 알몸인 여성과 자쿠지에 함께 있는 상황은 처음이 아니었다.

"안녕." 닉이 말했다.

"안녕하세요." 스티븐이 천천히 인사했다.

웬디는 닉과 먼저 키스를 했다. 다음은 스티븐. 다음은 그녀의 계획을 실행에 옮기기 전에 사람들이 볼 수 있는 곳으로 그들을 데리고 갔다.

"우리 정말 하는 거야?" 닉이 입 모양으로 스티븐에게 물었다.

그러자 스티븐이 어깨를 으쓱했다.

그렇게 그것은 시작되었다. 웬디가 세운 계획대로.

웬디는 사람들이 다 지켜보는 가운데 섹시한 남자 두 명과 섹스를 하기 위해 이 파티에 왔다. 그녀는 구경꾼을 원했지만, 그들의 즐거움을 위해서가 아니었다. 그녀는 그 누구의 눈요깃감도 될 생각이 없었다. 그녀는 다른 누군가의 여흥이 아니라 자신의 즐거움을 위해 그곳에 갔다. 이런 섹스는 그녀가 늘 원했던 욕망이었다. 웬디는 살짝 술에 취했거나 남자가 몸을 밀착해 올 때면 가끔 그들 둘만 있는 게 아니기를 바라며 이런 섹스를 생각하곤 했다. 그런데 오늘 아침 눈을 뜬 순간 그런 짓을 정말 하고 싶다면 오늘 밤 해치워야 한다는 생각이 불쑥 들었다.

그것은 리바 파티가 웬디가 생각 없이 웃고 즐길 마지막 기회였기 때문이다.

이제 LA를 떠날 때였다. 그녀는 연기자가 되려는 꿈을 포기하고, 리바스 시푸드를 관두고, 이런 짓을 영원히 끝내기로 마음을 정했다. 곧, 젊음을 맘껏 누렸던 시절도 끝날 것이다.

그녀는 오레곤이 점점 더 그리워졌다. 그래서 이제야말로 집으로 돌아가 아빠의 가장 친한 친구의 아들과 결혼을 하자고 마음을 먹었다.

그의 이름은 찰스였고 어린 시절부터 웬디를 사랑했다. 비쩍 마르고 머리띠를 한 금발 소녀인 웬디. 갈색 머리에 동글동글한 얼굴을 하고 항상 자신의 장난감을 골랐던 상냥한 찰스. 이제 웬디는 대도시로 나온 소도시 미인이었다. 찰스는 스물여섯 살부터 머리가 빠지기 시작했다.

지난 크리스마스, 찰스가 웬디에게 아직도 그녀를 사랑한다고 고백했다. "기다리라고 하면 나는…." 그는 크리스마스이브에 그녀의 부모님 집 복도에서 그녀의 엄마가 저녁으로 햄을 차릴 때 이렇게 말했다. "작은 희망이라도 있다면 나는 기다릴게."

웬디는 찰스의 광대뼈에 입을 맞췄다. 그리고 두 사람 다 그녀가 그에게 돌아올 가능성은 없으리라 생각하며 헤어졌다.

웬디는 새해 연휴가 끝나자마자 LA로 돌아왔다. 그런데 공항에 내리는 순간 매연 냄새가 코를 찔렀다. 원룸 아파트에 들어가자 우울감이 몰려왔다. 그녀는 잔소리쟁이 여자 친구나 잔소리쟁이 아내의 역을 따내기 위해 오디션에 계속 나갔다. 그리고 입으로 내뱉는 말이 전부 질문이기라도 한 듯 문장을 끝낼 때마다 말꼬리를 높이는 밸리 걸*에게 계속 역할을 빼앗겼다. 그녀가 차지

---

*   샌퍼난도 밸리, 말리부, 베벌리힐스, 할리우드 등 미국 서부 대도시의 부유한 가정에서 자란 젊은 백인 여성을 전형적으로 칭하는 단어.

한 역할은 비키니 차림으로 스포츠카 위에서 몸을 비틀어대는 것뿐이었다. 그들이 헤어스프레이를 머리에 얼마나 뿌려댔는지 촬영이 끝난 후 머리를 네 번이나 감아야 했다.

해리슨 포드의 여자 친구를 연기하기에 스물여섯은 너무 많은 나이라는 말을 자신의 에이전트에게 들은 후 웬디는 집으로 갈 때가 되었다고 생각했다.

그녀는 머리숱은 없어도 돈은 있는 상냥한 남자와 결혼할 것이다. 그리고 착한 아이들을 낳을 것이고 그 아이들을 온 마음을 다해 사랑할 것이다. 어쩌면 살도 좀 찔 것이다. 아마도 아주 오랜 시간 동안 자신의 존재가 지워진 삶을 살게 될 테니, 무용 발표회와 친구 집에서 자고 오기, 야구 경기 등이 그녀의 자아를 날려버릴 기세로 거칠게 밀고 들어와 그녀의 삶을 채울 것이다. 그래도 괜찮았다. 이제는 그런 삶이 더 근사하게 느껴졌다.

오늘 아침 그녀는 포틀랜드로 가는 편도표를 예약했다. 다음 주 화요일이면 LA를 영원히 떠날 것이다.

하지만 그 전에 그녀는 모두가 지켜보는 가운데 이 자쿠지에서 록스타 두 명과 섹스를 해야만 했다.

라라가 화장실에 간지 적어도 10분은 되었다. 제이는 하릴없이 그녀를 기다렸다. 그는 거실의 벽난로 옆에서 은퇴한 서퍼인 매트 팔라키코와 이야기를 했다. 매트는 10대 시절 제이의 우상이었다. 심지어 제 방의 벽에 최고의 파도를 타고 있는 매트의 사진을 몇 장이나 붙여놓을 정도였다. 하지만 지금 매트는 쌍둥이의 아버지이고 하와이의 빅 아일랜드에서 은퇴 생활을 즐기고 있었다. 그는 수영복에 자신의 이름을 사용하는 계약 협의를 위해 일주일 예정으로 LA에 와 있었다.

제이는 경쟁을 멈춘 후에야 비로소 서핑의 순수한 즐거움이 돌아오더라는 매트의 이야기를 듣는 중이었다.

"하지만 자네에겐 아직 먼 이야기야. 자네는 앞날이 창창하니까." 매트가 말했다. "모두 다 그렇게 말하고 있고."

"고맙습니다." 제이가 고개를 끄덕이며 말했다.

"이봐, 자네가 제대로만 하면 지금부터 10년 동안 지금 내가 하는 일을 자네도 할 수 있어. 물건에 자네 이름을 찍고 수표를 챙기는 거야. 지금은 모두가 돈을 펑펑 써대니까. 갑자기 이 많은 돈이 어디서 솟았나 싶을 정도라니까. 그리고 그 규모는 점점 더 확

대될 거야. 장담하는데 언젠가는 경제적 안정과 마음의 평화가 승리보다 더 달콤하게 느껴질걸. 나는 매일 아침 일어나자마자 서핑을 해. 내가 하고 싶으니까. 해야만 해서가 아니라. 내가 이런 말을 할 수 있게 된 게 언제부터인지 아나?"

"그러게요." 제이가 말했다. "알 만해요."

"자네와 파도뿐, 통계니 훈련이니 뭐니 하는 생각을 하지 않게 되면…."

제이는 그의 말을 반쯤 흘려들으며 자신의 불확실한 미래이자 라라 외에 아무에게도 말할 용기를 내지 못한 그 미래를 생각했다. 그의 은퇴는 매트의 은퇴와 같지 않으리라. 그는 은퇴해야만 하며 서핑 그 자체를 포기해야만 했다. 그가 뭔가를 잃는 대신 손에 넣을 수 있는 "순수한 즐거움" 같은 것은 없다. 그는 모든 것을 잃을 것이기 때문이다.

제이는 이제야 막 최고의 선수 중 한 명으로 손꼽히게 되었다. 그의 눈부신 경력은 이제 막 땅을 박차고 날아올랐다. 그가 모두의 주목을 받게 된 것도 고작 2년 정도였다. 하지만 자신에게 쏟아지는 상찬에 익숙해지기까지 그리 오래 걸리지 않았다. 그런데 그의 심장은 그를 최고로 만들어준 서핑을 최고가 된 대가로 내놓으라고 했다.

그는 믹 리바의 맏아들이었다. 그렇다면 어떤 일을 하든 최고가 되어야 하는 거 아닐까? 순간 제이는 평범한 사람이 되어 목숨을 부지하느니 위대하게 죽는 편이 더 낫지 않을까 고민했다. 그는 무명의 낙인을 도저히 견딜 자신이 없었다.

"이봐, 이제 가봐야겠어." 매트가 자신의 시계를 보며 말했다. "아침에 집으로 가는 비행기를 타야 하거든. 그 비행기를 놓치면 아내가 나를 죽이려 들 거야."

"그럼요, 조심히 가세요." 제이는 인사를 건넨 후 이렇게 덧붙였다. "저도 언제 한번 하와이에 가서 선배님의 지혜를 빌리고 싶어요. 있죠, 선배님이 만들고 계신 보드들이나 앞으로의 계획 같은 거요. 선배님은 그, 아시잖아요⋯."

"늙었으니까?"

제이가 미소를 지었다. "은퇴를 하셨으니까."

"물론이지, 후배. 조만간 만나서 이야기해 보자고."

매트가 그 자리를 뜨자 제이는 자신의 손에 깍지를 끼는 누군가의 손을 느꼈다.

"미안해요. 화장실 줄이 끝나지 않더라고요." 라라가 말했다. "파티에 사람들이 정말 많아요. 원래 이래요?"

제이가 주위를 둘러보며 그 저택을 가득 채운 사람들을 살펴보았다. 사람들은 비좁은 공간으로 복작거리며 몰려드는 중이었다. 커플들은 계단으로 대피를 했고 여자들은 바닥에 앉아 있었다. 창문을 보니 앞쪽도 뒤쪽처럼 사람들이 빽빽이 모여 있었다.

"정말 그렇네요." 제이가 말했다. "이번에는 정말 많아요. 아무리 이 파티라고 해도."

"좀 더 조용하게 있을 만한 곳은 없어요?" 라라가 물었다.

"있죠." 제이가 말했다. "물론. 어디면 좋겠어요? 해변?"

"해변은 조금…." 라라가 인상을 쓰자 제이는 그 표정의 의미를 어떻게든 알고 싶었다. 무슨 뜻이지? 해변은 너무 로맨틱하다? 너무 가식적이다? 너무 춥다? 너무 어둡다? 전혀 모르겠다.

"좋아요." 제이는 이렇게 말하며 그녀의 손을 잡고 앞문으로 나가 사람들을 지나치고 주차 요원들을 지나친 후 비교적 조용하고 어두운 곳으로 발길을 옮겼다. 그곳은 저택의 옆에 임시로 만들어놓은 주차장이었다.

제이가 지나가는 바로 근처에서 두 남녀가 열정적으로 사랑을 나누고 있었다. 어찌나 격렬한지 배꼽을 잡을 정도로 우스웠는데, 그 두 사람이 키트의 친구인 버네사와 그들이 고용한 DJ라는 사실을 깨닫는 순간 아차 싶었다. 그는 얼른 시선을 돌렸지만 자기도 모르게 다시 돌아봤다가 그 격렬함에 말문이 막혀버렸다. 버네사에게 저런 모습이 있을 줄은 꿈에도 상상하지 못했다.

"어." 제이는 방금 자신이 본 것을 기억에 지우려고 애쓰며 말문을 열었다. "허드의 트럭으로 가죠." 제이의 차는 지붕도 문도 없었다. 대신 허드의 트럭은 문이 열려 있다는 사실을 제이는 알았다. 그들은 그 트럭으로 곧장 발길을 옮겼다.

제이는 단지 라라와 섹스를 하고 싶어서 단둘이 있으려 한 것만은 아니었다. 물론, 라라가 먼저 그를 유혹한다면, 길쭉한 맨다리를 그의 몸에 올려놓는다면 그도 호응할 것이다. 하지만 그녀와 이야기도 나누고 싶었다. 그녀가 잘 지냈는지, 앞으로 뭘 할 것인지, 그가 아무것도 아닌 사람이 되어도 여전히 좋아해 줄지 묻고 싶었다. 그녀는 어디에서 자랐고 무슨 영화를 제일 좋아하는지 알고 싶었다.

제이는 주차된 차량들의 가장 뒤쪽 두 번째 열에서 허드의 트럭을 찾았다. 그는 라라를 그쪽으로 이끌고 가서 문을 열어주었다. 차 사이의 공간이 협소해서 문과 차체가 10인치가량 벌어진 틈으로 몸을 욱여넣었다. 그녀가 차에 탔다. 제이도 차에 타 문을 닫자 마침내 두 사람만 있는 시간이 찾아왔다.

"안녕." 제이가 말했다.

"안녕." 라라가 미소를 지었다.

인사를 나누자 두 사람은 아무 말도 하지 않았다. 그들은 가만히 서로를 바라보았다. 그렇게 있어도 편안하고 조용했다.

"당신은 내가 생각했던 모습과 달라요." 라라가 마침내 말문을 열었다.

"그게 무슨 뜻이죠?" 제이가 물었다. 그는 라라의 얼굴을 볼 수 있도록 몸을 살짝 움직여서 한쪽 무릎을 구부려 좌석에 올려놓았다.

라라가 어깨를 살짝 으쓱했다. "내 생각보다 더 진지한 사람 같아요."

"더 진지하다고요?" 제이가 물었다. 그는 자신이 그녀에게 어떤 사람으로 보이는지 궁금해 죽을 지경이었다. 그녀의 눈에 자신이 어떻게 비치는지 너무 궁금했다.

라라가 웃음을 터트렸다. "당신은 거만해 보였거든요." 그녀가 대답했다. "당신의 진짜 모습을 알기 전까지는요."

"그런데 이제는 거만해 보이지 않아요?" 지금의 기분이 신선했다. 상대가 내게서 보고 싶은 모습을 알아내어 그 모습을 보여주고 싶은 욕망. 그녀가 오만함을 좋아한다면 그는 오만한 사람처럼 행동할 것이다. 그 반대라면 그는 그녀가 본 가장 겸손한 사람이 될 터였다.

라라가 고개를 끄덕였다. "그리고 내 생각보다 더 조용한 사람이기도 해요."

"내가 목소리만 큰 멍청이라고 생각했군요." 제이가 웃으며 말했다.

라라가 웃으며 손을 들어 귀고리를 만지작거리기 시작했다. "그랬죠." 그녀가 말했다.

"실망했나요?" 제이가 물었다.

"아뇨, 실망하지 않았어요. 내 말은 그런 뜻이 아니에요." 라라가 말했다. 그녀의 목소리에는 힘이 들어가 있었다. "그러니까 내 말은 사람들은 놀라운 구석이 있는 것 같아요. 나는 늘 당신이 귀엽다고 생각했어요. 목소리만 큰 멍청이라고 생각했을 때도요. 그렇지만 그런 사람이 아니어도 좋아요. 당신은 그보다 더 복잡한 사람이니까요."

제이는 자신이 그렇게 복잡한 사람이 되고 싶은 적은 없지만 라라의 말이 칭찬으로 들렸다. "복잡하다고요, 내가? 그건 잘 모르겠네요." 매사에 무심한 척 가장하던 평소의 태도는 어디로 갔을까? 이런 태도가 새로운 제이일까. 허드와 비슷한 사람이 되어 가고 있는지도 모르겠다.

항상 제이보다 허드가 여자들과 더 잘 지냈다. 제이는 허드보다 더 많은 여자, 더 섹시한 여자와 잠자리를 가졌다. 하지만 허드는 여자를 어떻게 사랑해야 하는지 알았다. 제이는 지금까지 그런 기술을 조금도 부러워하지 않았다. 오로지 라라를 알고 싶고, 그녀의 신뢰를 얻고 싶다고 온 마음으로 바라게 되기 전까지는.

두 사람이 함께 휴가를 떠날 수 있을까? 그녀를 하와이로 데려가면 어떨까? 노스 쇼어에서 서핑을 하는 시절은 아마 끝일 것이다. 하지만 와이키키의 상냥하고 안전한 파도에서 라라에게 서핑을 가르쳐줄 수도 있지 않을까? 그는 호놀룰루 베이에 있는 가장 좋아하는 카페에 라라를 데려가고 싶었다. 그곳에서 하우빠*를 사주고 싶었다.

"줄곧 당신에게 잘 보이려고 했어요." 제이가 고백했다.

"내게 잘 보이려고요?" 라라가 말했다. 그녀 눈가에 잡힌 주름과 둥글게 끝이 말려 올라가는 입술에 기쁨이 맺혔다.

"그랬다니까요." 제이가 고개를 끄덕이며 말했다. 고개를 숙이고 눈만 위를 바라보며 오른쪽에 앉은 라라에게 시선을 고정했다. "언제부터냐면…."

---

* 코코넛과 우유로 만든 푸딩으로 하와이의 전통적인 디저트.

"그날 밤." 라라가 말했다.

"그래요, 그날 밤부터. 당신 생각을 멈출 수가 없었어요."

"정말요?"

제이는 자신이 낚싯바늘에 꿰인 물고기 신세라는 사실을 잘 알았다. 지금 그녀가 낚싯줄을 되감는 중이라는 것도. 그는 얼른 그녀에게 끌려가고 싶었다. 이렇게 끌려가니, 기분이 좋았다. 마치 중독되듯 사랑에 빠지니 황홀했다. 난생처음 제이는 누군가를 강렬하게 원하게 되었다. 구체적으로 뭔가를 갈망하는 달콤한 고통, 이 느낌이 너무 좋았다.

"당신 생각을 멈출 수가 없었어요." 그가 말했다. "나는… 당신과 어떻게든 마주치려고 샌드캐슬에 몇 번이나 찾아갔는지 몰라요."

"알아요." 그녀가 미소를 지었다. 그의 마음은 벌써 들통이 났고 그 사실에 두 사람은 짜릿한 기분이 들었다.

그가 몸을 숙여 광대뼈가 눈과 만나는 지점에 입을 맞췄다. 그곳은 뼈처럼 단단하기도 하고 벨벳처럼 부드럽기도 했다.

"내가 당신을 사랑하는 걸지도 모른다니 미친 거 아니에요?" 제이가 그녀의 귀에 속삭였다.

"좀 미친 소리 같긴 해요." 라라가 웃으며 말했다. "당신은 날 그렇게 잘 알지도 못하는데." 제이는 그녀의 말을 거의 듣지 않았다. 그는 자신의 심장이 날뛰는 소리에 정신이 없었다.

"글쎄요…." 그는 라라의 쇄골에 입을 맞추고 손으로 그녀의 다리를 훑으며 말했다. "알 만큼 안다고 생각하는데."

　제이는 형제의 트럭 앞 좌석에서 그녀의 입술에 입을 맞추고 품에 꼭 안았다. 지금부터 두 사람이 하는 행위는 섹스 이상의 의미를 지닌다고 생각했다. 그리고 그 행위는 제이가 그녀를 어떻게 느끼는지 보여줄 수 있는 방법이기도 했다. 둘의 마음이 하나로 이어지는 성스러운 행위였다. 그는 양손으로 천천히 라라의 셔츠를 위로 올리고 자신의 바지 단추를 푼 후 신발을 벗어던졌다. 라라의 치마가 엉덩이 위로 말려 올라갔다. 그러자 제이가 양손을 치마 아래로 집어넣었다. 그는 경이로운 기분에 사로잡힌 채 조심스러운 손길로 그녀의 속옷을 벗겨 발목 근처에 걸려 있게 했다.

　"콘돔 있어요?" 라라가 물었다.

　그는 따로 준비하지 않았다. 허드라면 차에 몇 개 챙겨두었을 것 같았다. 그는 대시보드로 몸을 돌려 주차 요원이 놓아둔 곳에서 차 열쇠를 집었다. 그리고 제일 작은 열쇠를 글로브박스의 열쇠 구멍에 끼웠다. 열쇠를 돌리자 텅 소리와 함께 글로브박스가 열렸다. 그곳에 콘돔이 몇 개 있었다. 세 개. 반짝이는 포일 포장지에 나란히 놓여 있었다. 제이가 콘돔을 들고 포장을 찢으려는 찰나.

　그곳에 있었다.

　제이가 글로브박스에서 그의 시야에 이제야 들어온 사진을 집었다. 집어보니 한 장이 아니라 한 무더기였다. 형제의 혼을 쏙 빼앗아 간 제이의 전 여자 친구의 사진들.
이미 고장이 난 그의 심장을 완전히 망가뜨린 사진들.

허드와 애슐리는 맨발이었다. 벗어놓은 신이 어디에 있는지 둘 다 몰랐다. 두 연인은 어찌나 해변을 계속 걸었던지 시커먼 어둠 속에서 자신들이 어디에 있는지도 정확히 알 수 없었다.

허드는 이미 그녀에게 질문을 잔뜩 퍼부었다. "언제 알았어?" 사흘 전. "얼마나 됐대?" 7주. "우리가 라 욜라에 갔던 주말?" 그런 것 같아. "부모가 될 각오는 되어 있어?" 그런 걸 어떻게 아는지 모르겠네.

그리고 손을 잡고 바닷가를 걷는 동안 두 사람은 두 가지 미래를 말없이 그려보았다. 아이가 있는 미래와 없는 미래.

허드는 집을 빌릴 생각을 하는 중이었다. 트레일러는 아이를 키울 만한 곳이 아니었다. 그는 방 두 개짜리 집을 떠올리며 아기 방을 노란색으로 직접 칠하는 상상을 했다. 그는 엄마가 썼던 방과 같은 분위기의 부부 방을 떠올렸다. 그는 세면대가 두 개 달린 욕실이 늘 마음에 들었다. 엄마와 아빠가 매일 밤 그 세면대에서 씻는 모습을 떠올리면 기분이 좋았다.

허드가 우뚝 멈춰 서자 애슐리도 따라 멈췄다.

"제일 먼저 무슨 생각이 들었어?" 그가 애슐리에게 물었다. "그 사실을 알았을 때? 무슨 색깔인지 모르겠지만 시험관이 그 색으로 변했을 때."

"아래쪽에 나타나는 고리로 확인해."

"좋아, 그러면 아래쪽에 고리가 나타났을 때. 제일 먼저 무슨 생각이 떠올랐어?"

"음, 그러는 자기가 제일 먼저 한 생각은 뭐였어? 내가 아까 말했을 때?" 애슐리가 물었다.

"솔직하게 말해?"

"그래."

"이런 생각이 들더라. 어떻게 이렇게 순식간에 사랑을 느낄 수 있을까? 자기에게 임신 사실을 듣는 순간 아기에게 사랑을 느꼈거든. 정말 말도 안 되잖아."

애슐리의 눈이 촉촉하게 젖어가더니 미소를 짓는 순간 눈물 한 방울이 또르르 흘러내렸다.

"젠장이나 빌어먹을이나 이 상황을 어떻게 빠져나가지? 이렇게 생각한 건 아니고?" 애슐리는 눈물을 닦으며 물었다.

"그런 생각 안 했어." 허드는 그녀를 끌어당기며 말했다. "자기는 그랬던 거야?"

"아니." 그녀는 고개를 가로저으며 말했다. "단 한 순간도 그런 적 없어."

"그러면 우리는 아기를 낳을 거네." 허드가 그녀를 안으며 말했다.

"우리는 아기를 낳을 거야."

두 사람은 차가운 바닷물이 휘몰아쳐 와 발목을 싸늘하게 적시는 그곳에 서서 미소 지은 얼굴로 서로를 바라보며 가만히 서 있었다.

그들의 보금자리에는 흔들의자와 포대기 여러 개, 으깬 바나나와 아기용 높은 의자, 자랑스러운 첫 걸음마가 있을 것이다. 뒤죽박죽이지만 아름다운 미래가 기다리고 있을 것이다.

하지만 당장은, 지금 당장은 거짓말로 진실을 가리는 짓부터 끝내야 했다. 오래된 가족과 새로 맞을 가족, 양쪽 모두 그가 화해시키고, 맞서 싸우고, 싸워서라도 지켜야 할 그의 가족이었다. 지금부터 그렇게 할 것이다. 그 일을 해낼 수 있을지 자신할 수는 없지만 그런 감정 따위는 전혀 중요하지 않았다.

"돌아가야겠지?" 그가 물었다.

애슐리가 고개를 들어 그를 보더니 살며시 미소를 지었다. 그녀는 그의 품을 더 파고들며 그의 손을 더 힘주어 잡았다. "그래야지." 그녀가 말했다.

마침내 제이에게 진실을 털어놓을 시간이 되었다.

01:00

브랜던은 자신의 집 손님용 욕실에서 거울을 바라보고 있었다. 곧장 취할 정도로 마셔대서 머리가 심하게 어질어질했다. 그런 상태로 거울에 비친 자신을 멍하니 바라보고 있으니 어떻게 그렇게 짧은 시간에 그렇게 많은 실수를 저질렀는지 의아할 따름이었다.

어떻게 니나에게 그런 짓을 할 수 있었을까? 그녀는 어린 시절 힘든 일들을 너무 많이 겪었다. 그래서 브랜던은 자신의 등장으로 니나의 인생에도 좋은 일이 일어나기 시작했다고 생각하면 기분이 좋았다. 어쩌면, 완벽하지는 않더라도 그가 니나의 백마 탄 기사라고 생각하기를 좋아했다.

그런데 멍청이처럼 캐리 소토와 잠자리를 갖기 시작했다. 네가 저지른 멍청한 짓을 해결할 방도가 분명히 있을 거야. 그런 실수를 만회하는 것만 아니라 아예 무효로 만들고 애초에 일어난 적도 없는 것처럼 만들 방법이 꼭 있어야 해. 그는 아내가 마음이 아팠을 순간을 초 단위까지 전부 다시 가져가고 싶었다. 니나는 이런 꼴을 당할 이유가 없었다. 재앙이 되어버린 그의 완벽한 실패의 결과를 떠안아도 될 만한 짓은 아무것도 하지 않았다. 그는 자신과 니나가 아무 일도 일어나지 않은 것처럼 살 수 있도록 세상이 모른 척해주면 좋겠다고 생각했다.

브랜던은 거울을 들여다보며 자신의 얼굴을 보았다. 특히 막 생기기 시작한 주름살을 유심히 보았다. 평생을 하루같이 산을 오르는 듯한 느낌으로 살았다. 마침내 정상에 도달하면 그곳에 잠시 머무른다. 정상에 서면 좋다. 하지만 그 후로는 다른 경사면으로 내려올 일만 남았다.

그는 그 마지막 단계가 다가오는 것을 미처 못 봤다. 어느새 성큼 다가온 그것이 그를 강타당했다.

* * *

그 재앙 같았던 사태는 9개월 전 브랜던이 호주오픈에서 1번 시드를 배정받으면서 시작되었다. 그는 2회전에서 스칸디나비아의 열일곱 살 신예인 안데르스 라르센에게 상황을 파악할 새도 없이 패배하고 말았다.

첫 서브부터 브랜던은 볼 컨트롤이 잘 안된다는 걱정이 들기 시작했다. 그는 자신의 상징으로 받아내는 선수가 몇 없는 공격인 슬링샷을 구사했다. 그러나 공은 코트 한가운데서 깔끔하게 커트되었다.

그리고 라르센은 그 공을 받아쳤다.

브랜던은 포인트를 내기 위해 공을 맞받아치려고 앞뒤로 움직이면서 당황하기 시작했다. 포인트는 라르센이 가져갔다. 다음 포인트도 마찬가지였다.

다음 서브에서 브랜던은 더블 폴트를 범했다. 앞에 선 소년을 보고 있으니 점점 화가 났다. 관중은 웅성거리기 시작했고 일부는 라르센을 응원했다.

라르센은 몸을 낮추고 서브를 기다리면서 브랜던에게 미소를 지었다.

그 미소를 본 순간 결승전에서 브랜던과 크리크의 대결을 예상하는 온갖 언론이 떠오르면서 어쩌면 2회전도 통과하지 못하겠다는 생각이 뇌리를 스쳤다.

생각이 점점 많아졌다. 어깨가 단단하게 뭉친 기분이 들었다. 순간 그의 근육이 기억을 잃은 것 같았다. 서브는 점점 늘어지고 느려졌다. 스핀이 걸리지 않고, 정확도가 떨어지는 포핸드를 칠 때마다 점점 더 화가 났다. 의도한 지점을 벗어나는 백핸드를 칠 때마다 점점 더 머릿속으로 들어가느라 경기에서 벗어났다.

브레이크 포인트.

라르센이 맞받아친 마지막 공을 놓치는 순간 브랜던은 모두 자신을 향하는 카메라의 시선을 느꼈다. 전에도 카메라의 덫에 걸린 기분이 든 적이 있었다. 그가 승리했을 때나 심지어 패배를 받아들일 만한 적수에게 졌을 때는 그런 기분은 금방 털어낼 정도로 감당할 수 있었다. 하지만 이번에는 그 카메라들이 그를 도살하는 듯했다. 그는 골리앗이고 다윗에게 졌다.

라르센이 관중석으로 돌아서서 현재 랭킹 1위인 선수를 쳐부수었다며 허공에 대고 주먹을 흔들었다.

아주 드물지만 패배를 할 경우 브랜던은 얼굴을 굳히고 분한 마음을 드러내지 않았다. 그는 온몸이 경직된 채 네트로 걸어갔다. 그런데 이번만큼은 아무리 애를 써도 그 조무래기 놈과 악수를 할 때 미소가 지어지지 않았다.

이렇게 스포츠맨십을 보여주지 못한 아들에게 아버지는 분명 실망하셨을 것이다. 하지만 스포츠맨십은 그가 감당할 문제의 아주 작은 부분에 불과했다.

그가 로커룸으로 들어가자 코치인 토미가 따라 들어왔다. "대체 왜 그러는 거야? 네가 기세에서 그렇게 밀리는 건 처음 봤어. 앞으로 보여줄 모습이 그런 것뿐이라면 코트에서 너를 볼 시간도 얼마 없겠구나!"

브랜던은 미친 듯이 뛰는 가슴을 안고 아무 말도 하지 않았다. 토미는 고개를 흔들고 로커룸을 나갔다. 코치가 나가자마자 브랜던은 로커룸의 벽을 주먹으로 쳤다.

분명히 경기라면 전에도 져봤다. 하지만 브랜던 정도 되는 선수라면 토너먼트 대회의 2회전은 당연히 이겨야 하지 않을까?

* * *

브랜던은 니나가 기다리는 집으로 돌아갔다. 그러나 집에 도착해 문을 열고 니나를 본 순간 그녀의 얼굴에 서린 표정을 견딜 수 없었다. 휘둥그레 뜬 그녀의 눈에는 반가움이 깃들어 있었다. 그녀의 입술은 귀엽게 얼굴을 찡그리듯 아래로 살며시 휘어져 있었다. "괜찮아?" 그녀가 물었다.

그도 진심으로 아내를 반기고 싶었다. 니나가 양팔을 그에게 두르며 꼭 안았다. 그러더니 손을 그의 얼굴에 가져갔다. "당신은 위대한 남자야." 그녀가 말했다. "이미 그 사실을 증명했어. 당신은 그랜드슬램을 열 번이나 우승했잖아. 믿기지 않을 정도로 대단한 기록이야."

브랜던이 니나의 손을 잡고 얼굴에서 치웠다. "고마워." 그는 이렇게 말한 후 일어나 욕실로 갔다. 니나의 얼굴을 보고 있기 힘들었다.

다음으로 열린 1월 US프로인도어에 참가한 브랜던은 3회전에서 탈락했다. 빌어먹을 맥켄로. 3월에 열린 데이비스 컵에서는 몇 세트를 내리 졌다. 결국 미국대표팀은 준준결승에도 진출하지 못했다. 도네이오픈에서는 준결승에서 탈락하자 라켓을 코트에 팽개쳤다. 그 사건은 신문에 대서특필되었다. 그는 어깨를 이유로 몬테카를로 마스터스를 포기했다.

브랜던은 경기가 끝난 후에도 곧장 집으로 돌아가지 않게 되었다. 니나에게는 뉴욕에 있는 엄마나 형을 만나러 간다고 둘러댔다. 자신과 토미가 부에노스아이레스나 니스에서 더 오래 머물 계획을 짰다. 마침내 집으로 돌아가면 그는 니나에게 외식과 레스토랑, 니나의 형제들, 해외 경기 참가 계획, 그녀의 스케줄, 아래층을 꾸미기 위해 사야 할 미술품에 대해서만 이야기했다. 그는 니나에게 지독한 어깨 통증에 대해서 입도 뻥긋하지 않았다. 그러고는 몰래 의사와 예약을 잡았다. 코르티존 주사를 맞기 시작했다는 말도 절대 하지 않았다.

그는 불멸의 존재여야 했다. 그는 찬란히 빛나더라도 겸손해야 했고, 코트를 무자비하게 장악하면서도 상냥해야 했다. 경기 초반에 탈락해 아내에게 동정을 받는 건 그와는 인연이 없는 일이어야 했다.

입장: 캐리 소토.

캐리 소토는 전 시대를 통틀어 가장 위대한 여성 테니스 선수로 여겨졌다. 브랜던은 캐리를 전에도 만난 적이 있었다. 그러나 이야기를 나눈 건 지난 5월 파리에서 마주쳤을 때가 처음이었다. 그는 프랑스오픈에서는 혼자였다. 기어이 니나를 집에 있게 했기 때문이다.

첫 경기가 시작되기 직전, 그는 롤랑 가로의 로커룸 앞에 놓인 벤치에 앉아 이마에 두른 스웨트밴드를 조절하고 있었다. 그때 캐리 소토가 근육질의 몸매에 하얀 테니스복을 입고 완벽한 자세로 그의 곁을 지나갔다.

뒤로 넘겨 선캡으로 고정한 검은 머리가 치렁거렸다. 장밋빛 피부와 사이가 넓은 두 눈, 작고 둥근 코 덕분에 그녀는 꽤 귀여운 인상을 풍겼다. 그녀의 말소리가 브랜던에게 들릴 정도로 가까워지자 그녀는 얼른 몸을 기울이고 그에게 말했다. "당신의 점잖은 신사 행세에 나는 안 속아요. 당신은 우리만큼 피에 굶주렸잖아요. 서브를 라인 안으로 집어넣어요. 그리고 모두를 박살 내요."

브랜던은 눈을 휘둥그레 뜬 채 고개를 돌려 그녀를 바라보았다.

캐리가 그에게 미소를 지었다. 그도 미소로 답했다.

브랜던은 첫 경기를 이겼다. 그리고 다음 경기도. 그리고 2주에 걸친 경기를 다 치르고 가까스로 프랑스오픈 우승컵인 머스킷티어스 컵을 안았다. 그는 결승전의 마지막 시합을 이긴 후 허공으로 주먹을 날렸다.

한편 캐리 소토는 경기에서 만나는 적수 하나하나를 엄청난 기세와 힘으로 격파했다. 그녀는 서브를 넣을 때 끙 소리를 냈고, 공격을 받아치며 꺅 소리를 질렀으며 몸을 아끼지 않고 날려 눈처럼 흰 테니스복에 코트의 붉은 점토 얼룩을 남겼다. 그리고 그녀는 수잔느 렝글렌 컵을 품에 안았다.

브랜던은 우승한 다음 날 밤 호텔에서 우연히 캐리와 마주쳤다. 두 사람은 서로 먼저 들어가려고 엘리베이터로 달려가던 중이었다. 브랜던은 승리감에 휩싸이면서도 상처받을 것만 같고, 희희낙락하면서도 무방비한 느낌에 휩싸였다.

"내가 말했죠. 당신도 사악해질 수 있다고." 캐리가 환하게 웃으며 말했다.

"날 꿰뚫어 보네요." 브랜던이 말했다.

엘리베이터가 올라가는 동안 두 사람은 말이 없었다. 마침내 엘리베이터가 브랜던이 묵고 있는 층에 멈추자 그가 말했다. "미니바에서 뭘 좀 꺼내 먹고 싶지 않아요?"

10분 후 두 사람은 그의 방에 있었다.

캐리 소토가 그의 위에 올라탔다. 그의 두 손에 그녀의 근육이 느껴졌다. 그녀가 움직일 때마다 허벅지가 얼마나 탄탄한지, 엉덩이는 얼마나 탱탱한지, 알이 배긴 장딴지와 팔뚝은 또 얼마나 단련되었는지 느낄 수 있었다. 그녀를 만지는 순간 그녀의 힘과 민첩함이 느껴졌다. 양손에 그녀의 힘을 움켜쥔 느낌이었다.

그리고 그녀의 밑에 있을 때 아주 잠깐 그는 영혼의 짝을 찾았다고 생각했다.

다음 날 눈을 뜨자 자신이 무슨 짓을 했는지 깨달은 브랜던은 머리가 욱신거렸다. 그런데 파리를 떠나기 직전 캐리는 그에게 둘 사이가 하룻밤 불장난이 아닐지도 모른다고 했다. 그 말을 듣자 그도 이것이 그저그런 하룻밤 불장난이 아니라 다른 것일지 모른다는 생각이 슬며시 들었다. 어쩌면 연인이 생겼다고 말이다.

그 전까지 한 번도 이런 생각이 떠오르지 않았지만, 어쩌면 니나는 그의 짝이 아닐지도 몰랐다. 어쩌면 그래서 니나와 함께 있으면 자신이 초라하게 느껴지는 것일지 몰랐다. 어쩌면 캐리가 그의 진짜 짝일지 몰랐다. 그녀와 함께 있으면 왠지 자신이 강해진 것 같으니 말이다.

그래서 그는 캐리 소토와 계속 만났다. LA에서, 뉴욕에서, 런던에서. 이윽고 브랜던은 캐리야말로 그의 행운의 부적이라고 확신했다.

두 사람이 윔블던에서 각각 우승컵을 거머쥐자 브랜던은 날아오를 것만 같았다. 그는 같은 해에 클레이 코트와 잔디 코트에서 모두 우승했다. 유례가 없는 일이었다. "바로 이런 모습이 내가 아는 브랜던이지." 토미가 이렇게 말할 정도였다.

황색언론은 그날 밤 캐리와 브랜던이 윔블던 볼 밖에서 서로의 승리를 축하하는 모습을 포착했다. 그는 턱시도 차림이었다. 캐리는 네이비블루의 이브닝드레스를 입고 있었다. 그들은 차 옆에서 키스를 하고 있었다. 그의 손은 그녀의 엉덩이 위에 있었다.

그 사진들을 먼저 본 사람은 캐리였다. 그녀는 파파라치와 잡지를 돈으로 매수했다. 그리고 사진을 넘겨받는 대신 독점기사를 제공하기로 했다. 한편 브랜던에게는 그를 사랑한다며 "양단간에 결정을 내릴" 때라고 말했다.

브랜던은 등을 떠밀린 느낌이었다. 니나를 떠날 각오가 섰는지 확신이 들지 않았다. 어쨌든 그는 여러 의미로 갈림길에 서 있었다. 만약 니나와 계속 산다면 행복감과 만족감에 빠진 탓에 그의 정신력은 한없이 물러져 점점 내리막길에 접어들 자신과 제대로 맞붙을 수 없을지 모른다는 생각이 스멀스멀 올라왔.

캐리와 함께라면 코트에서의 전성기는 이제부터 시작일지 모른다.

그래서 브랜던은 집으로 갔다. 그는 자신의 대저택으로 들어가 곧장 계단을 올라 자신의 물건을 챙겼다.

그는 니나가 집에 없기를 바랐다. 하지만 그녀는 방에서 보라보라 여행서를 읽고 있었다. 심지어 그의 낡은 트렁크 팬티를 입고 있었다. 도저히 그녀를 똑바로 바라볼 자신이 없었다.

"어머, 왔어." 그녀가 다정하게 그를 맞았다.

그는 곧장 벽장으로 향했다. 손을 재게 움직여야 했다. 두 사람을 위해서라도 이 일을 신속하게 끝내는 편이 좋았기 때문이다. 그때도 그녀의 얼굴을 마주할 수 있다는 생각이 들지 않았다. 평정심을 유지할 수 있을지 자신이 없었다. "미안해, 니나." 그가 말했다. "나는 떠나야 해."

"무슨 말을 하는 거야?" 그녀는 이렇게 되물었지만, 목소리에는 반가운 기색이 남아 있었다.

니나가 그 후로 뭐라고 했는지 브랜던은 기억나지 않았다. 그저 그 자리를 도망치듯 떠나버렸다.

그는 그길로 베벌리힐스 호텔로 향했다. 캐리의 스위트룸에 도착한 순간 문가에 서서 그녀에게 입을 맞추고 말했다. "사랑해. 내 선택은 당신이야."

니나와의 마지막 순간은 끔찍하고 견디기 힘들었다. 하지만 꼭 필요한 일이었다. 그리고 마침내 해냈다.

* * *

브랜던은 캐리와 함께 지내기 시작했고 며칠 만에 완전히 새로운 삶이 그의 앞에 펼쳐졌다.

아침이면 두 사람은 단백질 스무디를 마시고 생아몬드를 한 움큼 먹은 후 함께 헬스장으로 향했다. 그리고 벨 에어 컨트리클럽의 같은 코트에서 나란히 훈련을 시작했다. 브랜던이 맞는 코르티손 주사는 기대한 것보다 더 일찍 내성이 생기기 시작했다. 그렇지만 언제라도 서브 속도가 떨어지거나 공을 계속 맞받아치지 못하면 캐리가 알아차리고 조금도 망설임 없이 코트에서 바로 소리쳐 줄 것이다. "똑바로 해, 랜들! 당신은 챔피언이 되거나 머저리가 될 뿐이야. 그 둘 사이에는 아무것도 없어!" 그러면 그는 더 빠르게 달리고, 더 깨끗하게 공을 받아칠 것이다.

오후가 되면 두 사람은 각자의 에이전트에 전화를 걸어 각종 모델 계약을 논의하고, 해외로 나갈 일정을 결정하고, 서신을 보내는 등 업무를 처리했다.

매일 저녁 7시 무렵이면 두 사람은 저녁을 먹으러 갈 준비를 하고 외출을 했다. 그들은 대체로 9시경 파티나 자선 이벤트, 갈라쇼 등에 참여했다. 두 사람의 대화는 캐리가 맞수인 파울리나 스테파노바를 죽도록 증오한다는 데서 거의 벗어나지 않았다.

어느 밤, 한밤중에 브랜던은 어깨가 욱신거려 잠에서 깼다. 그날 아침 그는 캐리와 집중 훈련을 했고 저녁에는 시더스-시나이 의료센터를 위한 갈라쇼에 참석한 후 집으로 돌아와 사랑을 나누고 불을 껐다.

새벽 3시, 느닷없이 통증이 극심해졌다. 그는 얼음을 주문해서 통증 부위에 대고 있었지만 소용이 없었다. 약을 몇 알 입에 털어 넣었다. 그래도 뭔가로 찌르는 듯한 통증이 더 날카롭고 지독해질 뿐이었다.

그는 공포에 차 캐리를 깨웠다. "이번 윔블던이 내 마지막 그랜드슬램이 되면 어떡하지?" 그가 물었다.

"그러면 재앙이 되겠지." 캐리가 말했다. "그랜드슬램 우승컵이 열두 개밖에 되지 않을 테니까." 그 말을 한 후 그녀는 그에게서 몸을 돌려 침대로 향했다.

그는 니나의 상냥함이 사무치게 그리웠다.

마침내 잠이 까무룩 들었을 즈음 캐리가 그에게 수건을 던지며 말했다. "아프다고 계속 징징거리고 있을 거야? 아니면 얼른 일어나서 훈련을 끝낼 거야? 15분 후에 차가 코트로 출발해."

그는 일어나서 옷을 입고 그날 하루 그녀와 보조를 맞췄다. 그리고 다음 날도, 그다음 날도 하루는 똑같이 흘러갔다.

브랜던은 그 후로 4주하고도 이틀을 더 캐리와 살았다.

하지만 지난밤 또 어깨 통증 때문에 잠에서 깼다. 이번에는 불이라도 붙은 듯 화끈거리는 통증이었다. 약효가 돌기 전까지 매초 고통스러웠다. 그는 주사를 맞으려고 예약을 했다. 주사를 맞으면 한동안 통증을 잡을 수 있을 것이다. 하지만 시간이 점점 흐르고 있었다. 그는 이 사실을 어느새 또렷하게 이해하게 되었다. 설령 그가 실력이 퇴화하는 과정을 최대한 늦춘다고 해도, 인류 역사상 그 누구보다 많은 챔피언 타이틀을 획득한다고 해도, 언젠가 그의 몸은 무너지기 시작할 것이다. 누구나 다 그러니까.

그때 누가 그를 사랑해 줄까?

그는 두 시간 반이나 뒤척인 후에야 잠이 들었다. 그리고 다음 날 아침 6시 캐리가 룸서비스를 요청하는 소리에 눈을 떴다. "소금 맛 땅콩은 넣지 마세요. 아침에 소금은 먹고 싶지 않으니까. 제대로 된 땅콩을 보낼 능력이 없다면 다른 일을 찾아보는 게 좋을 거예요." 그러고는 수화기를 내려놓았다.

브랜던은 머리를 다시 베개에 뉘었다. 그녀는 상냥한 사람이 아니었다. 선한 사람이라는 확신도 들지 않았다. 그는 스스로 무슨 일을 하는지 깨닫기도 전에 먼저 입을 움직였다. "오 맙소사." 그가 말했다. "당신은 끔찍해. 빌어먹을 내가 무슨 짓을 한 거지?"

그는 침대에서 나와서 그녀가 얼마나 자의식으로 똘똘 뭉친 차가운 여자인지 요란한 몸짓을 섞어가며 말했다. "나는 사람이 할 수 있는 모든 실수를 다 저질렀어!" 그는 트렁크 팬티 차림으로 서서 말했다. "나는 당신을 사랑하지 않는 것 같아. 애초에 사랑한 적이나 있는지 모르겠어. 어쩌자고 내가 있고 싶은 곳이 여기라고 생각했을까? 나는 사람들에게 소리 지르는 여자와 함께 있고 싶지 않아!"

케리는 그의 머리가 두 개인 것처럼 바라보았다. 그러더니 이렇게 대꾸했다. "아무도 당신에게 여기에 있으라고 한 적 없어, 이 덩치만 큰 머저리야."

브랜던은 그녀의 말을 곰곰이 생각한 후 그녀의 말이 옳다는 사실을 깨달았다. 아무도 그에게 그녀와 잠자리를 가지라고 시키지 않았다. 아무도 캐리를 위해 아내를 버리라고 강요하지 않았다. 그는 온전히 자신의 의지에 충실했다. 하지만 아무리 기억을 헤집어도 무슨 이유로 그것이 좋은 생각이다 싶었는지 기억나지 않았다.

"가야겠어." 그가 말했다.

"그러시든가." 캐리는 문을 가리키며 말했다. "가려면 당장 꺼져."

브랜던은 자신의 짐을 챙겨서 그곳을 떠났다.

그는 다른 코트에서 훈련을 했다. 자신을 벌하는 듯한 뜨거운 샤워를 한참이나 했다. 그리고 로커룸에 앉아서 수건을 두른 채 한 시간 동안 꼼짝도 하지 않은 채 앞으로 어떻게 해야 할지 고민했다.

그는 니나가 양손으로 그의 머리를 쓸어넘길 때 황홀했던 느낌이나 그를 영원히 사랑할 거라고 말하며 니나가 지었던 표정밖에 떠오르지 않았다.

바로 그 순간 그 자리에서 브랜던은 니나에게 돌아가기로 결심했다.

그리고 돌아갔다! 이제부터 모든 일이 다 괜찮을 것이다. 캐리 소토가 그 두 사람을 내버려두는 한.

니나와 케이시가 말없이 앉아 있는데 누군가 문을 열었다.

"니나?"

두 사람이 고개를 돌리니 태린이 보였다. "아래로 내려와 봐야겠어." 태린이 말했다.

"왜?"

"캐리 소토 때문이야."

니나는 그 이름을 듣자마자 피곤이 몰려왔다. "그 여자가 왜?"

"지금 너희 집 앞 풀밭에 옷가지를 집어 던지면서 불을 지를 거라고 협박하는 중이야."

* * *

니나는 태린과 함께 사람들을 헤치며 서둘러 아래층으로 내려갔다.

그렉 로빈슨이 틀고 있는 음악 소리에 지축이 흔들리고 집의 토대가 울리는 것 같았다. 사람들이 거실에서 어찌나 신나게 춤을 추는지 벽에 걸린 액자들이 흔들릴 정도였다. 그들이 서 있는 양탄자, 그들을 지탱하는 계단, 그들이 들이켜는 술, 그들이 먹어 치우는 음식. 이 모든 것이 니나의 것이었다. 그리고 이곳은 니나의 집이었다. 그런데도 니나의 앞을 막아선 사람들은 꿈적도 하지 않고 기어이 그녀가 그들의 어깨를 톡톡 치거나 옆으로 슬쩍 밀치게 했다. 니나는 점점 더 짜증이 났다. 남편의 정부가 집 앞에 와서 버티고 있는데 프로 서퍼들이 로비에 모여서 마리화나를 피우며 앞을 막고 있어서 사태를 해결하러 집 밖으로 나갈 수도 없었다.

"좀 지나갈게요!" 태린이 말했다. "비켜요!" 서핑 선수들이 얼른 비켜섰다.

니나가 마침내 집 앞으로 나가 진입로를 살펴보니 양팔을 사방으로 흔들어대고 소리를 질러대는 여자를 브랜던이 진정시키려고 진땀을 빼는 중이었다.

흰색 운동복 바지에 흰색과 녹색 줄무늬 티셔츠 차림으로 쳐들어온 캐리 소토는 브랜던의 옷을 한 무더기 던져놓은 채 진입로에 버티고 서 있었다. 브랜던이 제일 좋아하는 검은색 랄프로렌 폴로 셔츠가 진입로 옆에 나뒹굴고 그의 행운의 아이템인 흰색 스웨트밴드가 정원석에 내동댕이쳐 있는 모습이 니나의 눈에 들어왔다. 그는 그 스웨트밴드를 정말 아꼈다.

내게 돌아오면서 저 밴드는 저 여자 집에 두고 온 거야?

"브랜던, 신에게 맹세코, 이런 등신 같은 짓은 그만둬야 할 거야. 당신 물건을 몽땅 태워버리는 수가 있으니까." 캐리가 말했다.

집 밖에 있던 사람들은 이제 캐리를 슬슬 피해 물러나면서도 그녀에게서 시선을 떼지 않았다. 저택의 옆쪽에 있던 사람들도 무슨 소동이 벌어지는지 구경하러 몰려들었다. 니나는 진입로에서 벌어지는 소동을 더 잘 보려고 뒤에서 머리를 빼꼼 내미는 사람들의 기척을 느꼈다.

"캐리, 제발 그만해." 브랜던이 말했다. 그는 방어하듯 양손을 든 채 계단의 발치에 서 있었다. "성인답게 말로 해결하자."

캐리가 웃기 시작했다. 미친 듯한 웃음도, 분노에 찬 웃음도 아니라 순수하게 재미있어하는 웃음이었다. "나는 성인이야, 브랜던. 우리 사이를 진지하게 생각하지 않으면 아내를 떠나지 말라고 말한 사람이 바로 나야, 벌써 까먹은 거야?" 브랜던이 무슨 말을 하려고 했지만 캐리가 말을 잘랐다. "당신은 다 잊었어? 우리의 사랑이 진심이 아니라면 나는 가정파괴범이 될 생각이 없다고 한 말? 이 전제는 영원할 거라고 했지? 내가 한 말 잊었어?"

브랜던이 고개를 가로저었다. "아니야, 하지만 캐리—"

"'아니야, 하지만' 같은 소리는 내게 하지 마. 당신은 쓰레기야, 브랜던. 알겠어?"

"캐리—"

"우리가 처음 잔 날 내가 당신에게 뭐라고 했지, 브랜던? 내가 뭐라고 했냐고? 진심이 아니면 다른 여자의 남편과 자지 않았을 거라고 말했어, 안 했어?"

"했어, 하지만—"

"그리고 내 마음을 가지고 개수작하지 말라고 했어, 안 했어? 내가 그렇게 말했어, 안 했어?"

"캐리."

"'내가 당신과 사랑에 빠진다면, 날 엿먹이지 마'라고 한 말을 단어 하나하나 다 기억하고 있어, 이 개새끼야."

"나는 잘―"

"아니, 말대꾸하지 마. 나는 분명히 그렇게 말했으니까."

"좋아, 당신이 그렇게 말했어. 하지만―"

"당신은 지난밤에 나와 섹스를 하고 오늘 아침에 일어나서는 내가 우리가 먹을 생아몬드를 룸서비스로 주문하자마자 이렇게 말했어. 그대로 들려줄게. '오 맙소사. 당신은 끔찍해. 빌어먹을 내가 무슨 짓을 한 거지?' 그러고는 나를 떠났어."

"캐리, 제발. 우리 둘이서만 이야기하면 안 될까?"

캐리가 그제야 주위를 돌아보며 자신들을 에워싼 사람들을 알아차렸다. 그 순간 그녀의 시선은 브랜던의 뒤편 너머 저택의 현관으로 향했고 그곳에 서 있는 니나를 보았다. 캐리는 표정이 굳어버렸다.

브랜던도 고개를 돌려 니나를 보았다. "니나." 그가 말했다.

"니나." 캐리가 말을 끊었다. "미안해요. 이 남자를 빼앗아서도 안 되고 이 지저분한 빨랫감을 집어던지고 당신 파티를 망쳐서도 안 된다는 걸 나도 알아요."

니나는 캐리에게서 시선을 떼지는 않았지만 아무 말도 하지 않았다. 이 여자는 어떻게 머릿속에 떠오르는 대로 고래고래 소리를 질러댈 수 있을까? 왜 캐리 소토는 자신이 이렇게 고함을 질러댈 자격이 있다고 생각할까?

그 순간 니나는 화가 나지도, 질투가 나지도, 당혹스럽지도 않았다. 아무튼 이 상황에서 느껴질 법한 감정이 조금도 느껴지지 않았다. 니나는 서글펐다. 자신은 평생 단 1초도 캐리 소토처럼 살아보지 못했다는 사실에 슬픔이 북받쳤다. 분통을 터트리고 신음하고 발을 마구 굴러대고 사람들 앞에서 펑펑 울고 상처 준 사람에게 소리를 질러댈 수 있다니, 저 여자가 사는 세상은 어떤 곳일까? 니나는 그런 생각뿐이었다.

니나는 평생 어떤 일이든 받아들이라고 프로그램된 인생을 살았다. 아빠가 떠났다는 사실을 받아들여. 엄마가 죽었다는 사실을 받아들여. 동생들을 돌봐야 한다는 사실을 받아들여. 세상이 너를 욕망하고 싶어 한다는 사실을 받아들여. 받아들여 받아들여 받아들여. 너무나 오랜 세월 니나는 그것이 자신의 가장 큰 강점이라고 믿었다. 자신은 견딜 수 있고, 인내할 수 있고, 모든 것을 받아들이며 살아갈 수 있다고 말이다. 어떤 것은 도저히 받아들일 수 없다고 사방에 소리쳐도 된다는 사실이 그녀는 너무 낯설었다.

니나는 자신이 차를 몰고 누군가를 찾아가 파티에 온 사람들의 시선을 한 몸에 받으며 집 앞 잔디밭에서 고래고래 소리를 지르는 모습을 그려보았다. 그녀에게는 도저히 불가능한 일이라 애초에 그런 모습이 그려지지 않았다.

하지만 캐리는 자신 안에 이 불길을 지니고 있었다. 니나의 불길은 어디에 있을까? 애초에 그런 것이 있기나 할까? 있다면 지금은 어디로 가버렸을까?

니나는 지난밤 캐리와 섹스를 한 남편을 오늘 저녁 다시 받아주었다. 니나는 대체 무엇이 문제일까? 이 상황을 그냥 이렇게 받아들일 건가? 지금부터 죽는 날까지 자신 앞에 내팽개쳐진 똥 덩어리를 전부 다 받아들일 작정인가?

마침내 니나가 입을 열었을 때 그녀의 목소리는 담담했고 평온했으며 절제되어 있었다. "두 사람 다 여기서 나가줘요." 그녀가 말했다.

브랜던은 자신이 잘못 들은 줄 알았다. 캐리는 니나의 말이 들리지도 않았다.

"두 사람 다 나가주면 좋겠다고요." 이번에는 좀 더 큰 소리로 니나가 말했다.

"여보, 무슨 소리야." 브랜던이 그녀에게 다가가려고 하며 말했다.

니나는 한 손을 들었다. "아니, 그러지 마." 그녀는 차분하게 말했다. "이 상황에서 나는 빼줘. 나 신경 쓰지 말고 둘이서 잘 살아."

"나는 저 사람을 원하는 게 아니에요." 캐리가 말했다. "상대를 쓰레기 취급 해놓고 그 상대가 아무렇지 않게 받아줄 거라고 생각하면 안 된다는 사실을 가르쳐주고 싶었을 뿐이에요."

그를 다시 받아줬다니 니나는 자신이 한없이 보잘것없게 느껴졌다.

"당신이 어떻게 감히 이 집에 와?" 태린이 캐리에게 말했다. 그녀의 목소리는 쩌렁쩌렁 울리고 분노에 차 있었다. 니나는 태린을 본 순간 자신의 친구가 지금까지 속을 부글부글 끓이고만 있었다는 사실을 깨달았다.

"내가 한 짓을 되돌아보면 나도 내가 싫어요." 캐리가 니나와 태린에게 말했다. "나도 내가 여기 와서는 안 된다는 사실 정도는 알아요. 내게 선입견을 갖고 대하는 사람들에게 지긋지긋할 뿐이에요. 그 사람들은 내가 심장도 없다고, 내 심장은 절대 부서지는 일 없다고 생각하죠."

니나는 캐리를 보며 고개를 끄덕였다. 그녀는 캐리 소토의 심정이 이해되었다. 그러니까 캐리도 마음이 아팠던 것이다. 다른 세상이었다면 두 사람이 친구가 되었을지 모른다는 생각마저 들었다. 그렇지만 그들은 이 세상에 있었다. 그리고 그들은 친구가 아니다.

"당신은 자신이 신사라도 되는 양 우쭐거릴 권리가 없어. 당신은 개자식이니까." 캐리가 브랜던에게 말했다. "당신에게 당신 물건을 되돌려 주고 이 말을 해주고 싶어서 왔을 뿐이야. 내가 이렇게까지 화가 난 건 당신이 수치스러운 비밀이라도 되는 것처럼 나를 밀어내려고 했기 때문이야. 당신이 내게 추파를 던지지 않았다는 듯이. 이 모든 일을 당신이 시작한 적도 없다는 듯이."

캐리는 돌아서서 자신의 벤틀리로 돌아갔다. 차는 시동이 걸려 있고 운전석 문도 그대로 열려 있었다. "모두, 미안해요." 그녀가 말했다. "진심이에요."

그녀는 모자를 다시 쓰고 야자수를 박더니 진입로를 나가 그대로 사라졌다.

브랜던은 캐리의 차가 진입로를 빠져나가는 모습을 지켜본 후 충격과 당혹감에 휩싸인 표정으로 아내에게로 돌아섰다.

그때 니나는 모두 앞에서 다시 양손을 들었다. "당신도 가."

"니나, 허니. 캐리와는 다 끝났어."

"나는 상관없어. 제발, 브랜던. 그냥 가줘."

니나는 자신의 입에서 나오는 소리에 안도감을 느꼈다. 자신도 이렇게 할 수 있다는 사실에 안심이 되었다.

"나를 쫓아낼 수 없어!" 브랜던이 말했다. "이건 내 집이야! 여기는 내 집이라고!"

"그러면 당신 가져." 니나가 말했다. "당신 거야."

빌어먹을 절벽 끄트머리에 선 흉물스러운 집과 그 집에 딸린 테니스 스타를 포기하는 순간, 니나 리바는 백배나 홀가분해진 기분이 들었다.

마침내 그녀 안에 불씨를 피울 산소가 충분해졌다.

케이시 그린즈는 니나의 침실에 딸린 욕실의 거울에 비친 자신의 얼굴을 바라보며 찬물을 끼얹고 고급스러운 회갈색 수건으로 얼굴을 닦았다. 이 저택은 모든 것이 다 고급이었다. 수건은 너무 부들부들하고, 어느 방이나 다 널찍했다. 바닥부터 천장까지 이어진 창문들과 거울로 마감한 벽, 1000TC*의 베갯잇을 둘러보았다. 하지만 케이시는 자신이 자란 세계가 사무치게 그리웠다. 베개는 살짝 까칠까칠하고 창문은 자그마하고 항상 습기와 오래된 페인트 때문에 뻑뻑해 잘 열리지 않고, 저녁은 항상 살짝 너무 익힌 세상. 매일 밤 퀴즈 프로그램인 〈제퍼디 쇼〉를 보며 엄마가 질문마다 오답을 외쳤던 세상. 일가족 셋이 나란히 소파에 앉아 대책 없이 틀리기만 하는 엄마의 대답을 들으며 배꼽을 잡던 세상.

케이시는 악마와 거래를 할 수만 있다면 영혼을 팔아서라도 이곳을 떠나 부모님을 되찾고 싶었다. 그녀는 파도처럼 밀려와 금방이라도 그녀를 휩쓸어 버릴 듯한 절망을 느꼈다. 부모님이 돌아가신 후 케이시는 종종 이런 느낌에 사로잡히게 되었다. 케이

---

*   1제곱인치의 면적에 들어가는 실의 수.

시는 이럴 때는 거세게 밀려올 슬픔을 받아들일 각오를 하는 것이 최선이라는 사실을 깨우쳤다. 슬픔과 통한이 그녀를 덮치고 짓누르도록 내버려둘 것이다. 그녀는 마음을 단단히 먹었다. 자신은 고통이 지나갈 때까지 모든 고통을 그대로 느끼는 수밖에 없다는 사실을 알기에.

그녀는 눈을 뜨고 다시 거울에 비친 자신의 모습을 보았다.

케이시는 이곳과는 인연이 없을 것이다. 과거에도 그랬고 어쩌면 앞으로도 그 어느 곳과도 인연을 맺지 못할지도 모른다. 두 번 다시는.

니나는 남편의 정부가 집 앞까지 쳐들어 왔다는 사실에 조금도 모욕을 받지 않은 얼굴을 애써 유지하며 집으로 들어갔다. 그러더니 곧장 주방을 통과해 식료품 저장실의 문을 열고 들어갔다.

그곳에 즐비한 쌀자루와 토마토소스 통조림 사이에서 니나는 눈을 감고 마음을 가라앉혔다. 식료품 저장실의 문이 밖에서 펑펑 터지는 유리스믹스의 노래에 윙윙 울리고, 웃고 떠드는 사람들의 소리가 닫힌 문으로 여전히 스며들었다. 그래도 그곳은 여전히 평정을 찾을 수 있을 정도로 조용했다. 니나는 그 유명한 엉덩이를 쌓아둔 두루마리 휴지에 대고 앉아서 양쪽 어깨뼈가 모이도록 등을 조이는 자세를 유지해 잔뜩 긴장을 풀어냈다.

젠장. 남편이 돌아왔고, 남편의 정부가 나타났고, 있는 줄도 몰랐던 여동생이 생긴 것 같고, 남동생 하나는 다른 남동생의 헤어진 여자 친구와 눈이 맞았다. 니나는 어서 이 밤이 끝나기만 바랐다.

식료품 저장실 문이 활짝 열리며 강렬한 빛과 소음이 니나에게 쏟아졌다. 고개를 들어보니 태린이 와인 한 병과 잔 두 개를 들고 그녀 앞에 서 있었다.

"안녕, 아가씨." 태린이 얼른 들어와 문을 닫으며 말을 걸었다.

그녀는 두 사람의 머리 위로 늘어져 있는 전선을 잡아당겼다. 불이 들어왔다.

"브랜던이 위에서 네 짐을 싸고 있어." 태린이 알려줬다. "분명 술에 잔뜩 취했을 거야. 자신이 이 집에서 너를 쫓아낼 거라고 생각하나 봐."

니나가 웃음을 터트렸다. 우습다는 생각밖에 들지 않았다.

태린이 니나 옆에 앉아서 재킷 주머니에 든 코르크 따개를 꺼냈다. 그리고 소비뇽 블랑을 따기 시작했다. 코르크가 퐁 하고 빠져나오자 와인을 잔에 따라 니나에게 건네고 자신의 잔에도 따랐다.

"누가 오푸스 원을 다 마셔버렸어." 태린이 말했다. "이 사람들은 다 짐승이야. 이번에는 화이트와인으로 가져왔어."

니나는 잔을 받았지만 마시지 않았다.

"마셔." 태린이 와인을 한 모금 마시며 말했다. "너의 '독립선언'을 축하해야지."

그 말에 니나가 태린을 보았다. 자신도 모르게 입가에 작은 미소가 걸렸다. 니나도 한 모금 마셨다. 그리고 좀 더 마셨다. 맙소사. 지금 같으면 한 병을 다 마실 수도 있을 것 같았다.

"그 사람이 돌아올 줄 몰랐어." 니나가 말했다.

"알아."

"그가 떠났을 때… 모르겠어. 적어도 내게는 우리 관계가 끝난 것 같았어. 끝난 관계를 애도하는 중이었지."

"당연히 그랬겠지."

"그리고 진심으로 슬펐어." 니나가 덧붙였다. "내가… 나는 그 사람이 나를 대하는 태도를 보면서 내가 그에게 몹시 소중한 사람일 거라 믿었어. 그런데 정작 나는 그 사람에게 아무 의미도 없었더라고."

태린이 니나의 손을 잡고 꼭 쥐었다.

"하지만 내 마음 어디에도 그가 돌아오기를 바라는 마음은 없었어." 니나가 마침내 태린의 눈을 바라보며 말했다.

태린이 미소를 지었다. "다행이야." 그녀는 강하게 고개를 끄덕이며 말했다.

니나가 잔을 다시 입으로 가져갔다. 잔의 내용물에서 달콤하면서 톡 쏘는 향기가 났다. 그 향에 그대로 빠져들 것만 같았다. 바로 그때 느닷없이 TV 앞 소파에 앉아 있는 엄마의 모습이 머리에 떠올랐다. 피가 차갑게 식었다.

니나는 잔을 내려놓았다. "그 사람이 오늘 밤 여기 나타났을 때 내가 무슨 생각을 했는지 알아?" 니나가 물었다.

"무슨 생각을 했는데?"

"젠장, 이 광대놀음을 처음부터 다시 해야 하는 거야?"

태린이 미소를 지었다. "하지만 너는 하지 않을 거잖아."

"맞아." 니나가 말했다. "안 할 거야, 그렇고말고."

희생자가 되고 불합리한 상황을 받아들이며 또다시 개자식의 손에 휘둘리기. 그녀는 이렇게 살아야 할 이유가 없었다. 그녀에게는 그런 운명에 자신을 내맡기지 않기로 결정할 힘이 있었다.

니나가 미소를 지었다. 잠시 가만히 앉아서 그 생각을 음미해야만 했다. 너무 좋아서 사실이라고 믿어지지 않을 정도였다.

제이는 글로브 박스에 사진을 던지듯 집어넣고 아무것도 보지 않은 척하려 했다. 아무 일도 일어나지 않은 척. 사실이 아닌 척. 동생이 그런 짓을 할 리가 없다는 척.

제이는 자신이 사진을 잘못 봤다고 생각했다. 그래야 했다. 허드가 그런 짓을 할 정도로 개자식에 거짓말쟁이라고는 믿을 수 없기 때문이다.

그는 라라 위에서 몸을 움직이며 관심을 그녀에게 집중해 머릿속에서 잡생각을 몰아내려고 했다. 그렇지만 손을 치마 속으로 집어넣으며 동시에 바지의 지퍼를 내리는 동안에도, 그의 머릿속에는 그 생각이 빙글빙글 돌고 두 눈으로 본 것을 도저히 부정할 수 없었다.

라라가 제이 아래에서 몸을 움직이며 그를 좌석으로 밀어 내렸다. 그는 생각에 골몰한 채 라라가 뭘 원하든 맘대로 하도록 내버려두었다. 라라가 그를 아득한 곳으로 데려가 주기를 간절히 바랄 뿐이었다.

라라는 제이의 위로 올라가 몸을 움직이기 시작했다. 셔츠는 가슴이 드러날 정도로 끌어 올리고 치마도 엉덩이에 걸쳐져 있었다. 그녀의 정수리가 자꾸 트럭의 천장을 쳤다. 제이는 아무리 라라만 생각하려고 해도 그 모습을 보자 이 트럭에서 이런 식으로 허드와 애슐리가 섹스를 했을지 궁금하기만 했다. 애슐리의 머리도 이렇게 천장에 계속 부딪혔을까.

섹스를 끝내자 라라가 그에게서 몸을 떼고 셔츠와 스커트를 내리며 말했다. "오늘따라 몸이 왜 그렇게 뻣뻣해요. 무슨 일 있어요?"

제이가 일어나 앉으며 라라를 보았다. "내 동생이 헤어진 내 여자 친구와 자는 것 같아요." 그가 말했다. "둘의 관계에 대해 거짓말을 했고요. 아까 데이트 신청을 해보고 싶다고 헛소리를 하기에 내가 싫다고 했어요. 그런데 지금 보니 그 둘은 전부터 그렇고 그런 사이였어요."

라라가 깜짝 놀라며 똑바로 앉았다. "마음이 안 좋겠어요." 라라는 이렇게 말하며 그의 등을 토닥였다.

제이는 속에서 분노가 불길처럼 솟구쳤지만 라라의 차분한 손길에 감정이 가라앉았다. "언젠가는 이 개똥 같은 사실을 알게 될 운명이었대도 당신과 함께 있어서 다행이에요." 그가 말했다.

라라가 그 말에 미소를 지었지만 제이는 어쩐지 그 미소에 진심이 담긴 것 같지 않았다. 먹을 것을 구걸하는 사람에게 보여줄 법한 미소였다.

"아까 한 말은 진심이었어요." 그가 말했다. "당신을 사랑하는 것 같다는 말요."

"제이…." 라라가 말문을 열었다.

"정말로 그런 것 같아요. 사랑해요. 사랑한다고요."

제이는 라라가 미소를 짓거나 살짝 눈물을 글썽거릴 거라고 기대했다. 어쩌면 얼굴을 발그레하게 붉힐지 몰랐다. 지금까지 만난 여자들은 사랑한다는 말을 해달라고 졸랐지만, 그는 한 번도 해주지 않았다. 하지만 지금 이 자리에서 제이는 주저하지 않고 말했다. 그는 다음 순간 무슨 일이 일어날지, 그 말에 라라가 얼마나 행복해할지 잔뜩 흥분했다. 그런데 그런 반응은커녕 그녀의 눈빛이 탁 꺼지고 미소가 점점 사라졌다.

"나는… 우리가 서로에게 느끼는 감정이 같은지 잘 모르겠어요."

제이가 당황해서 고개를 흔들었다. "잠깐만요, 지금 그게 무슨 말이에요?"

"미안해요."

제이의 얼굴이 따뜻하고 잔잔한 물웅덩이에서 빙산으로 변해가듯 천천히 그러나 돌이킬 수 없게 굳어버렸다. "와우." 그는 어이가 없어서 이런 말밖에 나오지 않았다.

"제이, 정말 미안해요. 당신이 찾고 있는 걸 내가 오해했나 봐요."

"나는 아무것도 찾지 않았어요." 그는 라라에게서 물러나 신발을 다시 신으며 말했다. "하지만 당신은 내가 생각했던 사람이 아닌 건 확실하네요. 그렇다고요."

"제이, 그건―"

"됐어요. 내가 알았어야 했는데." 그는 운전석 문을 열고 트럭에서 훌쩍 뛰어내리며 말했다. 그는 양발로 땅을 딛고 서서 라라를 바라보았다. 그녀는 자리에서 꿈쩍도 하지 않았다. "그래서 아무에게도 우리 관계를 말하지 않았던 거예요. 당신이 이런 타입일 거라고 짐작했으니까요. 결혼이 맞지 않는 타입이라는 걸요."

제이는 이보다 더 큰 모욕은 떠올릴 수 없었다. 그래서 라라를 그렇게 모욕하는 순간 일종의 우월감을 느꼈다. 정작 라라는 아무렇지도 않은 것 같았다.

"알았어요." 라라는 문손잡이에 손을 얹으며 말했다.

"내 동생의 차에서 어서 내려." 제이의 목소리가 점점 커졌다.

"제발, 조심해요." 라라가 트럭에서 내려 똑바로 서며 말했다. "당신 심장이 걱정되네요."

제이는 눈을 가늘게 뜨며 문을 쾅 닫았다.

"나는 가볼게요." 라라가 말했다. 두 사람은 트럭의 양쪽에 서서 서로를 바라보았다.

"그러시든가." 제이는 이렇게 말한 후 그대로 걸어갔다. 얼른 멀어지고 싶어서 처음에는 걸음을 재촉했지만 저택의 현관에 가까워지자 발걸음을 늦추었다. 뜰에는 사방에 옷가지가 널려 있었다. 그 주위로 몰려든 사람들은 술잔을 들고 담배를 피우며 뭔가에 대해 떠드는 중이었다. 하지만 제이의 귀에는 아무 소리도 들어오지 않았다.

문에 도착하자 고개를 돌려 라라가 아직 그곳에 있는지 보았다. 그녀는 주차 요원에게서 차 열쇠를 받았다. 그리고 열쇠로 문을 열고 운전석에 타더니 그대로 쌩하니 가버렸다.

제이는 그녀가 도로로 진입해 보이지 않으면 기분이 좋아질 줄 알았지만 그렇지 않았다. 물론 그럴 리가 없었다.

믹은 샤토쿼 대로를 벗어나 우회전을 해 PCH에 진입했다. 하지만 깜빡이를 켜는 일 따위는 하지 않았다. 왼쪽으로는 바다가, 오른쪽으로 산이 펼쳐진 고속도로에서 점점 속도를 내며 그는 잠시 초대장으로 주위를 돌렸다.

그러자 어느새 긴장감이 슬그머니 기어 나오고 심장이 불규칙적으로 뛰기 시작했다.

그는 머릿속으로 사과의 말을 준비하기 시작했다. 과거에 저지른 행동에 대한 이유를 짜내고 다시 짜내며 아이들이 이해하고 용서해 줄 만한 이야기를 꾸며냈다. 사과와 용서가 끝나면 그들은 모두 바다로 달려가 바다에서 세례를 받고 다시 시작하게 되리라.

이런 일을 하는 건 당연히 자신을 위해서였다. 하지만 아이들을 위해서이기도 했다. 아무리 마음이 부서졌거나 지쳤거나 알아볼 수 없을 정도로 멍이 들었다고 해도, 부서진 가족이라면 애타게 다시 뭉치고 싶어 하지 않는가? 아이는 아무리 버림받았거나 방치되었다 해도 사랑에 목말라하지 않는가?

믹은 히더클리프 로드에 선 신호등에 빨간불이 켜지자 차를 세

왔다. 그리고 파란불로 바뀌는 순간 깜빡이도 켜지 않고 바로 좌회전을 했다.

키트는 실외 샤워실에서 거울을 바라보며 서 있었다. 리키가 그녀의 목을 어찌나 세게 빠는지 분명히 자국이 남을 것 같았다.
 키트는 리키를 쳐다볼 수 없었다. 견딜 수가 없었다. 그래서 계속 밤하늘을 올려다보며 북두칠성만 찾아댔다.

* * *

리키는 자신에게 찾아온 행운이 믿어지지 않았다. 그는 이곳 실외 샤워실에서 키트와 키스를 하고 있었다. 키트 리바와 함께라니. 그것도 실외 샤워실에서. 그는 키트를 데리고 이탈리아 레스토랑에서 낭만적인 데이트를 하고 꽃을 선물하고 함께 서핑을 하고 싶었다. 언제나 그녀의 곁에 있고 싶었다.
 리키가 이 상황에 감격해 혼자서 너무 앞서 나가는 데다 황홀경에 빠져 흥분했기에, 그의 고조된 감정만으로도 두 사람의 행위는 계속 이어질 수 있을 것 같았다.
 그럴 수 있을 줄 알았다.
 리키는 동 쥐앙은 아니지만 여자 경험이 없는 것도 아니었다.

고등학교 시절 그는 날라리였고 대학생 여자 친구가 있었다. 그런 경험으로 남자가 상대 여자에게 흥분한 만큼 여자도 흥분했다면 어떤 느낌인지 모르지 않았다. 그래서 리키는 혹시 키트가 그를 거부하는 건 아닌지 슬슬 걱정이 몰려왔다. 키트는 좀처럼 그의 눈을 보려 하지 않고, 몸을 대면 바짝 얼어버리고, 하체를 자꾸 그에게서 떼려고 했다.

리키는 살짝 몸을 뒤로 빼서 키트가 그의 얼굴을 볼 수 있게 했다. 하지만 키트는 되레 시선을 돌렸다.

"키트?" 리키가 말했다.

"왜?" 키트가 대꾸했다.

"이걸 정말 하고 싶은 거야?"

"내가 왜 하기 싫겠어?" 키트가 대답했다.

"나야 모르지." 리키가 어깨를 으쓱했다. "하지만 네가 그리 내키지 않아 하는 느낌이 자꾸 들어서."

"그럴 리가." 키트가 말했다.

"좋아." 리키가 말했다. "네 생각이 확실하다면."

"확실해." 그녀는 이렇게 말하고 리키를 잡아당겨 다시 키스를 했다.

* * *

키트는 내내 숨기만 했다. 그 사실을 그녀 자신도 자각하고 있었다.

일단 리키와 키스를 하고 싶지 않다는 사실을 인정하는 순간, 남자와는 아예 키스를 하고 싶지 않다는 사실을 인정해야만 한다는 걸 키트는 확실하게 이해했다. 남자들의 거친 태도, 그들의 체취, 조야한 이목구비를 좋아하지 않는다는 사실을. 단 한 번도 남자에게 욕망을 느낀 적이 없다는 사실도.

키트는 리키 에스포지토로부터 몸을 떼자마자 태어나서 지금까지 줄곧 부드러움을 욕망했다는 사실을 받아들여야만 한다는 사실을 깨달았다. 부드러운 몸의 굴곡과 매끄러운 피부, 긴 머리, 폭신한 입술. 그녀는 언제나 여린 손길이 자신을 애무해 주기를 원했다.

리키와 입을 맞추자 완전히 잘못되었다는 느낌이 몰려왔다. 그는 줄리아나 톰슨이 아니기 때문이다. 그는 셰릴 닐슨도 아니고 바이올렛 노스도 아니었다. 심지어 식당에서 함께 근무할 때면 늘 짜릿한 감정을 느꼈던 웨이트리스 웬디 팔머조차 아니었다. 키트는 리키가 파티가 시작할 즈음 마주쳤던 칵테일 웨이트리스인 붉은 머리 아가씨였으면 좋겠다고 생각했다. 캐럴라인. 하지만 키트는 평생 찾아왔던 해답을 모두 찾았음에도 불구하고 내면의 욕망이 눈을 뜰지도 모른다는 희망을 품은 채 계속 리키와 키스를 했다.

키트는 이제 안다. 다른 여자들이 남자를 좋아하듯 자신은 마음도 몸도 여자를 좋아한다는 사실을 안다. 오늘 밤 마침내 남자와 키스를 함으로써 그녀는 자신이 남자와 입을 맞추는 일을 얼마나 싫어하는지 비로소 확인했다.

그녀는 리키에게서 몸을 뗐다. "네 말이 맞아. 나는 못 하겠어."

"알았어." 리키가 뒤로 물러나며 말했다. "혹시라도 내가 너무 밀어붙였다면 사과할게."

"아니야." 키트가 말했다. "그런 게 아니야. 내가…." 키트는 일단 시작한 말을 어떻게 끝맺어야 할지 몰라서 말을 하는 대신 샤워실 벤치에 앉았다.

리키가 옆에 앉았다.

"미안해." 키트가 말했다. "나는 아무래도… 이런 종류의 사람이 아닌 것 같아."

"이런 종류라니 어떤 종류?"

키트는 어떻게 대답해야 할지, 아니 자신이 무슨 말을 하고 싶은지 잘 몰랐다. "지금처럼 실외 샤워실에서 남자와 섹스를 하고 싶어 하는 종류."

리키는 씁쓸했지만 최선을 다해 미소를 지으며 고개를 끄덕였다. "좋아." 그가 말했다. "알겠어."

"네 탓이 아니야." 키트가 말했다.

리키가 키트를 보았다. 마침내 키트도 그의 눈을 똑바로 바라보았다. "그래도 우리는 이걸로 끝이라는 걸 아는 눈치 정도는 있어야겠지, 어?"

키트가 상냥하게 미소를 지었다. "우리 사이는 친구로 생각해야 할 것 같아."

리키가 고개를 끄덕이더니 자신의 발을 보았다.

"물론 진짜 친구." 키트가 그의 관심을 자신에게 돌리려고 말을 덧붙였다. "정말 진심이야. 내가 남자를 좋아하게 된다면… 그 사람은 너일 것 같아."

리키는 키티가 무슨 말을 하려는지 제대로 이해하지 못했는지 고개를 갸웃했다.

"리키…." 막 시작한 문장을 제대로 끝낼 수 있을지 자신은 없지만 키트는 이야기를 시작했다. 어쨌든 어딘가에서 시작을 해야만 하지 않는가. 이곳이 시작하기에 가장 안전한 장소가 아닐까? 게다가 평생 안 봐도 상관없는 사람과 같이 있으니까? "정말 너 때문이 아니야. 그건…."

리키가 그녀와 시선을 맞추었다. "그건 뭐? 솔직하게 말해줘. 나는 다른 사람 이야기를 꽤 잘 들어주니까."

키트가 눈을 감고 떠오르는 대로 내뱉어 버렸다. "내가… 여자가 좋다고 해도?" 키트는 리키가 어떤 표정을 짓고 있을지 몰라 불안한 마음으로 눈을 떴다.

리키는 잠시 아무 말도 하지 않았다. 그에게서 느껴지는 감정은 놀라움뿐이었다.

"그거 말 되네. 여자들은 섹시하잖아." 그가 고개를 끄덕이며 말했다. 그러더니 웃음을 터트렸다.

키트도 따라 웃었다. 고개를 뒤로 젖히고 깔깔 웃었다. 웃음이 그녀의 몸을 뚫고 지나가는 내내 어깨가 들썩거렸다.
리키가 고개를 들어 키트를 보았다. 따스한 눈빛으로 반짝이는 눈이며 웃으면 조그맣게 파이는 볼우물에 그는 한층 더 그녀에게 끌렸다. 그토록 가지고 싶었던 여자와 이렇게 가까이 앉아 있었다. 하지만 그가 기대한 일은 절대 일어나지 않으리라는 사실을 그는 알았다. 인생이 그렇지 뭐. 리키는 생각했다. 언제나 원하는 것을 가질 수는 없는 법이니까.
"고마워." 키트가 말했다. "그렇게 생각해 줘서 고마워."
"이봐. 그런 게 친구가 아니면 뭐야, 안 그래?" 그가 말했다.
"그런 것 같아." 키트가 말했다. "맞아."
"그럼 있잖아. 진짜 질문 좀 할게. 네 말대로 우리가 진짜 친구라면… 네가 내게 서핑을 가르쳐줄 수도 있다는 뜻이야?" 그가 물었다.
키트가 웃음을 터트렸다. "서핑 할 줄 몰라?" 그녀는 정말로 리키가 좋아졌다. 그와는 쉽게 어울릴 수 있겠다.
"썩 잘 타지 못해." 리키가 말했다. "너만큼은 절대 아니지."
"아무도 나만큼은 아니지." 키트가 말했다.
이번에는 리키가 웃음을 터트렸다. "알아! 그럼 서핑을 가르쳐주는 거다."
키트가 리키에게 미소를 지었다. 언젠가 리키 같은 여자 친구가 생기기를 바랐다. 뭔가를 증명하지 않아도 되는 사람. 키트는 증명해야 할 일이 너무 많았다. 그래서 이제 증명해야 할 것이 많은 사람이 들어설 자리가 그녀에게는 없었다.
"좋아." 키트가 말했다. "가르쳐줄게."
다음 순간 키트가 몸을 내밀며 리키의 광대뼈에 입을 맞췄다. 키트가 난생처음 누군가에게 진심을 담아 한 입맞춤이었다.

태린이 틀렸다. 브랜던은 니나의 짐을 싸는 중이 아니었다. 그는 시그램 한 병을 가지고 위층으로 올라와 제일 먼저 마주한 열린 방으로 들어가 주저앉았다. 그곳은 손님방이었다. 그리고 지금은 바닥에 드러누워 있었다.

그는 원래 이 방을 첫 아이의 방으로 만들 생각이었다. 그런 방에서 지금 그는 나이트 스탠드에 기대 홀로 앉아 펑펑 울면서 위스키를 병째 들이켜고 있었다.

너는 대체 왜 이러는 거야, 브랜던? 두 여자 모두 너를 행복하게 만들어 줬고, 네게 과분한 사람들이었어. 그런데 어떻게 이 지경을 만들 수 있어?

맙소사, 형편없었다. 그는 결국 마지막에 이렇게 홀로 남겨지고 싶지 않았다.

그는 위스키를 또 들이켰다. 그리고 목구멍을 따라 쏟아져 들어온 다량의 술에 연신 구역질을 해댔다. 그는 입을 닦았다.

이 상황을 바로잡아야 했다. 둘 중 한 명을 되찾아야 했다. 그래야 했다. 그리고 그럴 수 있었다! 그럴 수 있다는 사실을 잘 알았다. 그가 개자식이 아니라고 둘 중 한 명에게는 설명해야 했다. 그 일은 어렵지 않을 테다. 그는 아주 최근까지 심각한 개자식은 아니었기 때문이다. 황색언론조차 그렇게 말할 것이다. 그가 정말 좋은 사람이라고!

일단 자신의 감을 믿고 일생의 사랑을 선택해야 했다. 선택을 내리면 그녀를 되찾아 좋은 남편이 되고 아이를 갖고 챔피언 타이틀을 몇 개 더 딸 것이다. 그리고 잡지에 실린 모습과 안과 밖이 똑같은 삶을 갖게 될 것이다. 그렇게 되어야 했던 대로 말이다.

브랜던 랜들은 곧 술에 나가떨어지겠지만, 그가 정신을 차리고 깨어나면 세상은 두 눈 크게 뜨고 지켜보아야 하리라. 두 여자 중 한 명을 되찾는 것이 그가 세상에서 해야 할 마지막 일이라면, 반드시 그렇게 하고 말 테니까.

제이는 허드를 찾아 사방을 뒤지고 다녔다.

방마다 들어가 제이에게 밀려나서 인상을 구기며 담배와 마리화나, 각종 체취와 향수 냄새를 풍기는 사람들의 얼굴을 하나하나 확인했다. 허드는 집 앞에도 아래층에도 위층에도 없었다. 창문으로 내다볼 수 있는 곳까지 본 바로는 집 뒤에도 없었다.

제이는 계단을 다시 끝까지 내려갔다. 돌아서서 물방울무늬 원피스를 입고 마리화나를 피우는 갈색 머리 여자에게로 몸을 돌렸다. "허드 봤어요?" 제이가 물었다.

"허드가 누군데요?" 그 여자는 조금도 관심을 보이지 않은 채 대답했다.

제이가 그 여자를 노려보았다. "그러는 당신은 누구야?" 제이가 물었다.

"헤더." 그녀가 미소를 지으며 답했다.

"이봐요, 헤더. 허드는 내 형제고 지금 내 여자 친구와 재미를 보는 중이라 얼른 찾아야 해요."

헤더가 손을 꺼내 피우던 마리화나를 제이에게 내밀었다. "이건 나보다 당신이 더 필요한 것 같네요."

"아니요, 필요 없어요."

"진심이에요?"

제이는 인상을 쓰고 그녀가 내민 마리화나를 받았다. 입술로 가져가 연기를 빨아들였다. 눈을 감고 연기가 폐에 스며들어 온몸으로 퍼지기를 기다렸다. 마침내 다시 눈을 떴다.

"이제 기분이 좀 나아졌어요?" 헤더가 물었다.

제이는 잠시 생각해 보더니 말했다. "아뇨, 전혀요."

"알았어요." 헤더가 어깨를 으쓱하며 말했다. "음, 그럼 나도 어쩔 수가 없네요." 그녀는 제이에게서 돌아서서 같이 이야기를 하고 있던 레이커 걸*과 하던 이야기를 계속했다. "그래, 그렇지만, 음, 래리 버드** 괜찮지 않니."

제이는 눈을 감고 코를 꽉 집으며 어째서 셀틱스를 편드는 사람이 세상에 있는지 궁금해했다. 하지만 그 문제를 놓고 헤더와 말다툼을 할 때가 아니었다.

그는 다시 집 뒤로 나가 허드를 찾기 시작했다. 속은 여전히 부글부글 끓고 있었지만 분노를 풀 곳이 어디에도 없었다. 그는 애써 진정하려고, 마음을 가라앉히려고 했다. 허드는 어디에도 보이지 않았다.

그때 이번에는 카일 맨하임의 허벅지에 앉아 애무를 하는 버네

---

* LA 레이커스 치어리더.
** 보스턴 셀틱스에서 활약한 NBA 농구 선수.

사가 보였다. 맙소사, 버네사. 제이는 나중에 카일에게 과분한 사람이라는 말을 꼭 해주어야겠다고 기억해 두었다. 하지만 당장은 그저 그녀의 어깨를 톡톡 쳤다.

버네사가 고개를 돌려 그를 보았다. "안녕." 그녀가 말했다. 술기운이 느껴졌지만 만취 상태는 아니었다.

"허드 봤어?" 제이가 물었다.

버네사가 고개를 가로저었다. "아니. 그런데 그거 알아? 허드를 못 봤어도 나는 상관없어. 어때? 내 평생 이번만큼은 한 점 거짓 없이 말할 수 있어. 나는 상관없어."

제이는 아예 귀를 닫아버렸다. 그의 눈에 절벽 끄트머리의 풍경과 해안으로 내려가는 계단이 들어왔다. "그래, 알았어."

그는 누구와도 눈을 맞추지 않고 조심스럽게 천천히 걸어서 풀밭 가장자리까지 갔다.

발아래로 펼쳐진 바다와 백사장을 내려다보았다. 해변에서 포옹을 하는 두 사람이 보였다. 제이는 그들을 보자마자 자신이 찾던 개자식임을 알아보았다. 허드.

애슐리가 허드와 함께 있다는 사실을 알아차리자마자 제이의 가슴에서 분노의 불길이 다시 벌겋게 타올랐다. 정말이지 터무니없이 황당했다.

제이는 두 사람이 집 뒤로 이어진 계단을 올라오기 시작하는 모습을 지켜보았다. 그는 두 사람이 다 올라오면 어떻게 해야 할지 마음을 정하지 못한 채 중얼거리며 서성이기 시작했다.

믹은 딸의 집 진입로에 차를 세웠다. 그리고 주차 요원의 얼굴도 보지 않은 채 자동차 열쇠를 건넸다.

그는 니나가 살고 있는 저택이 한눈에 들어오도록 진입로에 서서 살펴보며 넥타이 매듭을 정리했다.

저택의 위용에 감탄이 나왔다. 분명히 니나의 남편이 구입했을 것이다. 브랜던 뭐라는 사내. 테니스 선수라지. 그는 왠지 분노가 스멀스멀 올라왔다.

"혹시…." 엘리자 나카무라가 옆을 지나 현관으로 다가가는 믹을 보며 말을 붙였다.

믹이 그녀를 보았다. 아름다운 여자였다. 다른 때였다면 그는 자신의 상징이 된 매혹적인 표정을 지으며 예의 그 입술의 끝을 끌어 올려 활짝 웃어주었을 것이다. 하지만 믹은 25년도 전에 자신의 인력이 너무 강하니 꼭 유혹하고 싶지 않은 사람은 거절해야 한다는 교훈을 얻었다.

"지금은 안 돼요." 그가 엘리자에게 말했다.

엘리자는 짜증스럽게 그에게서 돌아서서 자리를 떴다. 그녀는 앞으로 평생 사람들에게 딱 한 번 믹 리바를 만났는데 머저리였다는 이야기를 하게 될 것이다.

 믹은 그가 원하지 않을 때는 그를 내버려두고 원할 때 몰려들어 주기만 한다면 사람들이 그를 개자식으로 여겨도 개의치 않았다. 집 앞에 있던 사람들은 믹이 지나가자 전부 고개를 돌려 그를 보았지만, 정작 믹은 그들을 전부 무시하며 곧장 딸의 저택으로 들어갔다.

 칵테일 웨이트리스 한 명이 그를 보자마자 다 들릴 정도로 헉 소리를 냈다. 그 소리에 전축 옆에 있던 바텐더 두 명이 고개를 들어 문 쪽을 봤다가 뒤늦게 그를 알아보고 화들짝 놀랐다.

 곁눈으로 바텐더들을 본 그렉 로빈슨은 디제잉을 하면서 문 쪽으로 시선을 돌렸다가 오래전부터 알았던 전설을 보았다. 그 순간 그만 손이 미끄러지며 레코드판을 긁어버렸다.

 그 순간 거실에 모인 사람들이 모두 문가를 바라보았다. 그 집을 가득 채운 스타들이 그곳에서 가장 위대한 스타를 주목했다.

 헉 소리와 소곤거리는 소리가 퍼져나가더니 믹이 그곳에 발을 딛고 선지 약 45초 만에 파티 손님 모두가 그의 도착을 알게 되었다.

 위층의 부부 침실에 숨어 있는 케이시 그린즈와 리키 에스포지토와 함께 언니의 실외 샤워실에 있는 키트, 밖에서 허드를 찾아다니는 제이, 해변에 내려가 있던 허드 그리고 식료품 저장실에 틀어박힌 니나를 제외한 모두가.

허드는 애슐리와 함께 계단을 오르다가 설핏 제이를 보았다. 제이를 알아본 순간 심장이 철렁했다. 마침내 털어놓자고 마음먹은 진실을 제이는 어느새 알아버린 게 분명했다. 막 알게 된 사실에 끓어오르는 분노를 주체하지 못해서 마구 걸어 다니는 모습을 보니 뻔했다.

오솔길에 도착하자 허드가 애슐리를 슬쩍 돌아보았다. 그는 경고와 사과가 담긴 시선을 보냈다. 그 시선을 본 순간 애슐리는 그가 무슨 말을 하려는지 알아차렸다. 상황이 좋아지기도 전에 나빠지려나 봐.

허드가 잔디밭의 가장자리에 올라섰다. 애슐리가 뒤를 따라왔지만 쏟아지는 포화를 피하려는 듯 옆으로 물러났다.

제이는 곧장 허드의 얼굴에 대고 퍼부었다. "너는 진짜 개자식이야." 제이가 말했다. "그거 알아?"

"알아." 허드가 말했다. 제이가 얼마나 아는지 혹은 어떻게 알았는지 굳이 묻지 않았다. 그런 질문을 해봤자 사태를 더 악화시키리라는 사실을 잘 알았다.

제이는 고개를 흔들며 무슨 말이라도 하려고 했지만, 말문이 턱 막혔다. 대체 무슨 말을 해야 지금 이 분노를 가장 정확하게 표현할 수 있을까?

"애슐리와 나는 사귀는 사이야." 허드가 말했다. 애슐리는 사실대로 털어놓는 허드의 얼굴을 가만히 바라보며 그의 말이 얼마나 직설적이며 목소리는 얼마나 차분한지 새삼 놀랐다. "내가 처신을 제대로 못 했어. 네게 거짓말을 했고 네 뒤통수를 쳤어. 미안해. 하지만 나는 애슐리를 사랑해."

아주 잠깐 허드와 애슐리의 눈빛이 얽혔다. "그리고 애슐리도 나를 사랑해."

"지금 농담해?" 제이가 목소리를 절제하지 못해 말을 할수록 점점 커지는 목소리로 고함을 질렀다. "그걸 변명이라고 하는 거야?"

허드가 제이에게 다가갔다. 그 순간 모든 것이 단순명료하게 이해되었다. 나는 이 상황을 끝까지 버틸 것이다. 그리고 모든 순간에 당당하게 맞설 것이다. 그리고 형과 아내와 태어날 아이와 함께 이 상황을 어떻게든 극복할 것이다.

"나는 개자식이야." 허드가 말했다. "인정해."

"그 정도로는 아직 시작도—"

"그래, 그렇지. 네 말이 맞아. 하지만 이건 이해해 주면 좋겠어. 나는 애슐리와 헤어지지 않을 거야." 허드가 말했다. "그리고 네가 내게 말을 하지 않도록 내버려두지도 않을 거고."

주위로 사람들이 슬슬 모여들기 시작했다. 그러자 제이는 의식하지 않을 수 없었다. 이 대화를 알게 된 사람들 한 명 한 명이 그가 당한 수치를 알아버렸다는 사실 말이다.

"이 상황을 정리하려면 내가 어떻게 하면 돼?"

"네가 뭘 해야 하냐고?" 제이가 되물었다. "내 전 여자 친구와 자지 마. 그게 네가 할 일이야."

"안 돼." 허드가 고개를 흔들며 말했다. "그건 절대 안 돼."

제이가 허드를 향해 달려드는 모습은 아름답지 않았다. 엉성하고 허접하고 보기 흉했다. 하지만 효과적이었다. 제이가 달려드는 사실을 허드가 알아차리기도 전에 그의 등은 풀밭에 세게 부딪혔다.

제이가 되는대로 팔을 휘둘렀지만 허드는 반격하지 않았다. 허드는 자신의 팔뚝 하나면 제이의 숨통을 끊어버리고 갈비뼈를 부러뜨릴 수 있었다. 옹골진 체격의 유일한 즐거움은 둘 중 더 강한 쪽이라는 사실이었다. 허드를 올라탄 제이는 마치 핏불에 올라탄 하룻강아지처럼 주먹을 날리고 팔꿈치로 가격하고 잡히는 대로 마구 뜯어댔다. 하지만 허드는 제이를 더는 수치스럽게 만들지 않았다.

제이와 허드는 서로의 인생을 구석구석 지켜보았다. 형제는 같은 방을 썼고, 같은 별에 소원을 빌었으며, 같은 공기를 마시고, 같은 어머니와 선생님들의 손에 자라고 배웠다. 그리고 같은 아버지에게 버림을 받았다.

형제는 전 세계의 같은 해변을 돌아다녔고, 같은 대양을 횡단했으며, 같은 파도를 탔고, 같은 보드에서 일어섰다. 그리고 같은 여자와 사랑을 나누었다.

하지만 형제는 같은 사람이 아니었다. 둘은 같은 악령에게 쫓기지 않았으며 서로 다른 것들을 위해 싸우는 중이었다.

제이의 주먹에 맞은 허드의 코가 부러지는 순간 애슐리가 비명을 질렀다.

"제에에엔장!" 주위로 몰려든 사람들 가운데 누군가가 소리쳤다. 피가 흘러내리기 시작하자 여기저기서 헉하는 소리가 났다.

"맙소사." 여자들 가운데 한 명이 계속 소리쳤다. "누가 뭐라도 좀 해봐요!"

"다시 패버려!" 뒤쪽에서 어떤 남자가 소리쳤다.

어떤 사람들은 제이를 응원했다. 어떤 사람들은 맞서 싸우라고 허드에게 소리쳤다. 애슐리는 흐느꼈다. 그리고 형제는 온몸을 다 치고 멍이 들고 피를 흘리며 계속 싸웠다.

니나는 식료품 저장실에서 나갈 때가 되었다고 생각했다. 공기가 너무 탁해졌기 때문이다. 물론 파티가 금방 끝날 분위기가 아니라 기왕 이렇게 된 거 즐기려고 노력해 보자는 마음도 있었다.

"좋아." 니나가 일어서며 말했다. "산 자의 땅에 합류하자."

"그러지 않아도 돼." 태린이 말했다.

"그러고 싶어." 니나가 태린이 일어나려고 내민 손을 잡으며 말했다.

"어차피 나도 그렉이 뭐 하고 있는지 보러 갈 때가 된 것 같아." 태린이 말했다.

니나가 식료품 저장실 문을 열자 아침 식사를 하는 식탁 근처에 서 있던 젊은 여자 세 명이 묘한 눈빛으로 바라보았다. "여기는 내 식료품 저장실이에요." 니나가 말했다. "내가 여기에 숨고 싶으면 숨을 수 있어요."

집 뒤에서 소란스러운 소리가 들렸지만 무시하기로 했다. 대신 거실로 난 통로로 걸어가다가 뭔가를 보고 우뚝 멈췄다.

아빠?

믹은 니나에게 등을 보인 채 서 있었지만 니나는 보는 순간 알아버렸다. 그의 등은 넓고 탄탄했으며 어깨는 떡 벌어져서 상의를 입고 있어도 양어깨와 허리가 만든 완벽한 삼각형이 보일 정도였다. 이제 머리는 희어졌지만, 뒤통수는 그가 티비를 볼 때나 모래밭을 달리는 모습을 니나가 보았을 때와 조금도 다르지 않았다.

니나는 아빠를 본 순간 강렬한 친근감과 동시에 충격적일 정도로 낯선 감정이 들었다. 너무나 잘 알면서 동시에 거의 모르는 이 남자. 그 두 사실의 결합에 머리가 어질어질했다.

니나는 모퉁이 뒤로 얼른 몸을 숨겼다. "대체 아빠가 여기서 뭐 하는 거야?" 니나가 자문했다. 궁금해서 내뱉은 말은 아니었지만, 누가 답을 들려주면 기쁠 것 같았다.

"네 아버지라고?" 태린이 화들짝 놀라며 물었다.

태린은 직접 보려고 모퉁이 뒤에서 고개를 쏙 내밀지 않을 수 없었다. "와우." 태린이 어안이 벙벙해져서 말했다. "믹 리바잖아. 하느님 맙소사."

니나가 친구를 얼른 잡아끌었다. "대체 무슨 바람이 불어서 여기에 나타난 걸까?"

"짐작도 못 하겠어." 태린이 다시 믹을 훔쳐보며 말했다.

니나는 이 상황을 설명해 줄 만한 이유를 찾아보았다. "신장이나 다른 장기가 필요한 거 아닐까?"

태린은 친구가 농담을 하나 싶어서 표정을 살폈다. 니나는 그 어느 때보다 진지했다. "그럴 수도 있겠네." 태린이 맞장구를 쳤다.

"아픈 사람처럼 보이니?"

태린이 몸을 앞으로 내밀고 믹을 한 번 더 보았다. 마침 믹이 돌아선 덕분에 태린은 그의 얼굴을 볼 수 있었다. 거칠고 검게 그을린 얼굴로 환하게 웃고 있었다. "아니." 태린이 말했다. "솔직히 말해서 정말 잘생겼네."

니나는 그 말에 우쭐해하는 자신이 놀라웠다. "늙었어?" 니나가 물었다.

태린이 다시 보았다. "잡지에 실린 모습 그대로인 것 같은데."

니나는 친구의 그 대답이 가장 쓸 만한 정보인 것 같았다. 믹 리바가 잡지에 나온 모습과 똑같아 보인다면, 어떤 점에서는 니나가 아는 아빠가 맞으리라. 대부분의 미국인보다 더 많이 안다고는 할 수 없다 하더라도 말이다.

모퉁이 너머로 아빠의 목소리가 크게 들려오자 니나는 보고 싶지도, 이야기를 나누고 싶지도, 뭘 원하는지 알아내고 싶지도 않았다. 적어도 지금은 아니었다.

"좋아." 니나가 말했다. "내가 싫으면 왜 왔는지 당장 알아보러 나가지 않아도 돼."

"맞아, 바로 그거야." 태린이 맞장구를 쳤다.

니나는 주방 조리대에 놓인 치즈 접시를 보았다. "이거나 먹어야겠다." 그녀가 말했다. 그리고 체다치즈 한 덩이를 입에 넣었다. 오랜만이야, 옛 친구야. 그러더니 이번에는 브리치즈에 눈독을 들였다.

니나는 치즈의 냄새를 한껏 들이마시더니 아예 접시째로 가져가기로 했다. 그녀는 동생들에게 아빠가 찾아왔다는 사실을 알려야 했다. 마치 서핑을 하는 폴 리비어*처럼 말이다. 믹이 오고 있다! 하지만 좀처럼 동생들이 보이지 않았다. 그렇다면 가장 먼저 가봐야 할 곳은 위층이었다. 믹 리바를 만나려고 이 파티에 온 유일한 사람에게 소식을 알려야 했다.

---

* 미국 독립 전쟁 중 렉싱턴 콩코드 전투에서 전령 역할을 해낸 인물. 리비어의 경고로 준비 태세를 갖춘 미군은 독립 전쟁의 시작이었던 이 전투에서 승리했다.

02:00

본 도너번은 니나의 집을 걸어 들어올 때 이미 얼큰하게 취해 있었다. 그는 자신의 에이전트와 비즈니스 매니저, 친구 네 명이 포함된 수행원들과 함께 도착했다. 늘 그렇듯이 그가 도착하고 몇 분도 지나지 않아 그곳에 있는 여자들 전원이 그를 주목했다. 그는 그들 중 몇 명에게 고개를 까딱이며 안녕이라고 인사한 후 그의 백만불짜리 미소를 지어주었다. 스타 영화배우가 된다는 건 좋은 일이었다.

오하이오주의 데이턴에서 고등학교에 다니던 시절, 로버트 본 도너번 3세는 미식축구나 야구선수로 활약하지 않았다. 그래도 그가 학교 체육관에 들어서는 순간 그는 자신이 꼭 있어야 할 곳을 찾은 듯했다. 재치도 있고 어떤 대사를 하건 분통을 터트리는 것 같은데 그 모습이 또 매력적이라 연극반 아이들의 배꼽을 쥐게 했다.

그의 아버지의 대학 기숙사 룸메이트가 할리우드에서 배우 에이전트를 하고 있었다. 그런 배경으로 로비는 스무 살 즈음에 두 번째 오디션을 예약했고 본이라는 예명으로 활동을 시작했다. 순식간에 그는 귀엽고 무해한 이웃집 소년으로 등장해 마지막에 여자를 차지하는 역할로 영화에 캐스팅되며 경력을 쌓아갔다.

본은 이제 스물다섯 살로 명실상부한 스타였다. 그런데도 그에게는 남에게 절대 말 못 할 고민이 있었으니, 스타가 된 지금도 언제든지 버저가 울리면 데이턴으로 돌려보내질 것처럼 가끔은 최대한 많은 미인과 잠자리를 갖고, 할리우드의 파티란 파티는 다 나가고, 될 수 있으면 영화에도 잔뜩 출연해야 한다는 강박을 느낀다는 것이다.

본이 블레이저의 소매를 걷으며 저택으로 들어가는데 마침 니나가 모퉁이를 돌아 나와 위층으로 올라갔다.

"와우." 그가 니나를 보자 말했다. "지금 진짜 니나 리바가 내 앞에 있군요. 모두의 꿈의 여인이."

"본." 니나가 한 손으로 치즈 접시를 든 채 다른 손으로 악수를 하며 인사를 건넸다. "반가워요."

가까이서 보니 도너번은 훨씬 더 미남이었다. 소년의 느낌이 남아 있는 푸른 눈동자는 맑고 반짝거렸다. 텁수룩한 머리는 포크파이 햇* 아래로 완벽하게 정돈되어 있었다. 턱선은 날렵했고 피부는 부드럽고 깨끗했다. 이런 출중한 외모의 사람들을 실제로 만나면 대부분 반짝이는 오라가 보이지 않는다는 걸 니나는 알았다. 하지만 본 도너번은 여전히 근사했다.

본이 그녀의 손을 잡고 악수했다. "당신의 팬이에요." 그가 말했

---

*   돼지고기 파이처럼 위가 납작한 모자.

다. "열성팬요."

"어머, 고마워요." 니나가 고개를 끄덕이며 말했다. "이번 영화 정말 재미있게 봤어요. 〈와일드 나이트〉. 대단하더군요."

"고마워요." 본이 미소를 지으며 말했다. "후속작 이야기가 나오는 중이에요. 당신이 후속작에 출연할 수도 있어요."

"어머, 말씀만이라도 고마워요." 니나가 말했다. "음, 있잖아요. 지금 급히 처리할 일이 있는데 금방 돌아올게요. 그때 다시 이야기할까요."

본이 고개를 끄덕였다. 그리고 니나가 몸을 돌리는 순간 그가 그녀의 팔을 잡았다. 그리고 다른 손으로 그녀의 흉곽 바로 윗부분의 셔츠 가장자리를 손으로 훑었다. "이 셔츠는 내 기대만큼 부드럽지 않네요." 그는 미소를 지으며 윙크를 하더니 이렇게 말했다.

니나는 그를 빤히 바라보았다. 숨을 깊이 두 번 들이쉬고 내쉬었다. "그런가요, 본. 이따 봐요." 그녀는 이렇게 말한 후 잰걸음으로 위층으로 올라갔다.

바로 그때 본의 비즈니스 매니저가 주방에서 맥주 네 캔을 가지고 왔다. 그는 펜으로 캔의 바닥에 구멍을 뚫어 본의 입에 갖다 댔다.

본은 그 상태로 유쾌하게 맥주캔을 따 맥주를 들이붓듯 순식간에 마셔버렸다. 캔을 다 비우자 그는 바닥으로 던지고 머리를 흔들었다. "우후!" 그가 말했다. "신나게 놀아보자고!"

금발의 웨이트리스가 코카인을 들고 곁을 지나가자 본이 그녀에게 미소를 지으며 코카인 한 줄을 받았다. 웨이트리스는 그를 보며 눈을 깜박거렸다.

브리저 밀러가 모퉁이를 돌아 나왔다. "와우, 어서 와!" 브리저는 본과 하이파이브를 했다. 사실 두 사람은 초면이었지만 명성은 비밀 클럽 같은 것이다. 모두가 서로에 대해 안다.

"브리저! 열혈팬이에요!" 본이 말했다. 〈레이스 어게인스트 타임〉에서 당신을 봤어요. 빌딩이 비현실적이라고 비교하는 장면 말이에요."

"고마워, 고마워." 브리저는 고개를 끄덕이며 말했다. "자네 새 영화를 아직 못 봤는데, 내 에이전트 말이 배꼽 빠진다더군."

본이 흡족한 미소를 지었다. "언젠가 저도 액션 영화를 해보려고요."

브리저가 웃음을 터트렸다. "코미디를 하는 나보다 훨씬 나을 거야."

마침 도자기 진열장 곁에 서 있던 본의 친구 한 명이 소리쳤다. "야, 본! 아까 프리스비를 하고 싶다고 하지 않았나?"

본이 대답을 하기도 전에 그의 친구가 진열장에서 접시를 한 장 꺼내 맞은편 벽으로 휙 날렸다. 벽에 부딪친 접시는 바닥에 떨어지기도 전에 산산조각이 났다.

모두가 요란한 소리가 난 곳을 향해 시선을 돌렸다. 그런데 브리저가 낄낄거리자 다른 이들도 낄낄거리기 시작했다.

"이거 끝내주는데." 본이 웃음을 터트리며 말했다. 그러더니 진열장으로 다가가 접시 한 장을 꺼내 벽에 던졌다.

브리저가 두 장을 더 꺼내 연달아 던졌다. 두 사람이 또 하이파이브를 했다.

"좋았어!" 본이 말했다.

브리저가 또 접시를 꺼냈다. "여러분, 다 같이 합시다!"

니나는 침실로 들어가 문을 잠갔다.

"치즈 먹을래요?" 니나가 쟁반을 내밀며 케이시에게 권했다.

"괜찮아요." 케이시가 대답했다. 그녀는 아직도 니나의 침실에 있다는 사실이 당혹스러웠다. "죄송해요. 어디에 가 있어야 할지 몰라서 그만." 케이시가 얼른 이런 말을 덧붙이며 해명했다.

"그런 건 걱정 말아요." 니나가 말했다. "그건 그렇고 내 말 좀 들어봐요. 믹이 아래층에 와 있어요."

케이시는 충격을 받은 것 같았다. 믹의 등장과 케이시 사이에 모종의 관계가 있을지 모른다고 니나가 의심했다면, 케이시의 반응이 그 의심을 말끔하게 날려주었으리라.

"믹이 여기에 있다니 무슨 말이에요? 그러니까 지금 와 있다고요?" 케이시가 말했다.

"그래요." 니나는 이렇게 대꾸하며 벽장으로 걸어갔다. 그녀는 이야기가 끊기지 않도록 벽장 문을 열어놓았다. 그곳에서 니나는 얇은 셔츠와 몸에 꼭 맞는 치마부터 시작해 혈액순환을 막는 팬티스타킹과 고문 같은 하이힐을 다 벗어 던졌다. 브래지어와 끈팬티 차림이 된 니나는 그마저도 다 벗었다. 그리고 흰색 면팬티를 입고 스포츠 브라를 했다. 그리고 허리와 발목에 고무줄이 들어간 헤더 그레이색 추리닝 바지를 입었다. 상의는 가슴팍에 '오늘'이라고 적혀 있는 낡은 네온 블루색 티셔츠를 입었다.

남자들은 개자식이고—사람은 다 개자식이지— 니나는 이제부터 단 1초도 하이힐을 신은 채 마음에도 없는 삶을 살지 않을 것이다.

"왜 왔는지 모르겠어요." 니나가 말했다. "어쨌든 여기 와 있어요."

케이시는 불쑥 불안이 밀려왔다. 믹 리바를 만나면 무슨 말부터 해야 할지는커녕 그와 만나고 싶은지조차 확신이 서지 않았다.

니나가 침대에 몸을 던지더니 등을 대고 누워서 천장을 바라보았다. "지금 당장 내려가서 그 사람이 아빠가 맞는지 물어보면 될 것 같네요." 니나가 말했다. 정작 그런 말을 하면서도 니나는 가슴이 찌릿하고 아팠다. 자꾸 신경이 쓰였다. 케이시라면 믹과 독대하는 상황을 니나보다 더 잘 해결할 것 같았다. 니나가 슬금슬금 피하는 일도 케이시라면 두려움 없이 해낼 것 같았다. 인사를 건네는 일 말이다.

니나는 케이시가 그녀 옆으로 다가와 침대에 앉는 모습을 지켜보았다. "그분은 어떤 분이세요?" 케이시가 물었다.

니나는 여전히 천장에서 눈을 떼지 않은 채 최선을 다해 대답했다. "나는 그 사람이 개자식이라고 생각해요. 하지만 확신하지는 못 하겠어요. 솔직히 이런 이야기를 할 만큼 잘 알지도 못하거든요."

케이시는 니나가 천장을 뚫어지게 바라보며 가슴이 들썩거릴 정도로 깊이 숨을 쉬는 모습을 가만히 바라보았다.

"사람들 말만 들으면 그분은 인생의 승리자 같았어요." 케이시가 니나 옆에 드러누워 함께 천장을 바라보며 말했다.

니나가 케이시를 바라보았다. "있잖아요. 난 잘 모르지만…. 내 말은, 혹시 가족을 찾는 거라면 더 나은 가족을 고르는 편이 더 좋을 거에요."

케이시가 니나를 보며 살며시 미소를 지었다. "가족은 고를 수 있는 게 아니잖아요, 그렇죠?"

"맞아요." 니나가 고개를 흔들며 말했다. "맞아요, 그런 것 같네요."

믹은 잔디밭으로 나가는 유리 미닫이문으로 다가가 밖에 모인 사람들을 내다보았다. 누군가가 누군가를 흠씬 패주고 있는 게 분명했다. 하지만 둥글게 모여든 사람들을 뚫고 제일 앞으로 갈 때까지만 해도 그 누군가가 자신의 아들이라는 생각은 꿈에도 하지 못했다.

그는 땅바닥에서 엎치락뒤치락하는 두 남자를 보자마자 적나라한 진실을 인정하지 않을 수 없었다. 20년이나 지나고 나니 제 자식의 얼굴을 알아보기가 쉽지 않았다.

그는 니나를 잡지에서 보고 알았듯이 제이도 잡지에서 처음 보았다. 100퍼센트 확신할 수는 없지만, 바닥에 깔린 쪽이 허드 같았다. 그게 아니어도 정말로 짜증 나게 할 정도로 가까운 사이가 아니라면 저렇게 흠씬 패주는 상황까지 가지도 않을 것이라고 믹은 생각했다. 경험에서 우러나온 추측이었다.

그렇다면 막내는 어떨까…. 그는 막내딸이 바로 옆에 있어도 알아보지 못할 것이다.

마침 키트는 바로 옆에 있었다.

키트는 오빠들이 질러대는 소리가 들리자 리키를 두고 얼른 사람들을 헤치고 앞으로 나아갔다. 그녀는 제이가 허드에 연타를 퍼붓는 모습에 어안이 벙벙해졌다가… 아빠가 그곳에 서서 그런 제이를 물끄러미 바라보는 모습에 머릿속이 하얘졌다.

키트는 그의 바로 옆에서 그대로 얼어붙었다. 새끼손가락이 그의 재킷 소매를 스치는 순간 눈이 튀어나올 것 같고 손가락이 뻣뻣하게 굳어버렸다. 평생 그녀의 삶에 어른거렸지만 오래전에 닿을 수 없는 곳으로 가버린 이 유명 인사가 바로 옆에 있다는 사실을 믿을 수 없었다. 아빠다. 키트는 새끼손가락을… 0.5센티미터가량… 더 내밀고… 소매를 슬쩍 만졌다.

그 순간 믹이 사라지나 싶더니 앞으로 달려가 큰아들을 작은아들에게서 떼놓았다. 믹은 제이를 어렵지 않게 움켜쥘 수 있었다. 제이의 몸은 호리호리해 어디든 움켜쥐고 쉽게 던져버릴 수 있었다.

허드가 양손을 코로 가지고 가는 순간 애슐리가 얼른 다가왔다. 그는 고개를 들어 싸움을 중단시킨 사람이 누군지 보았다.

제이도 정신을 차리고 고개를 들어 자신을 허드에게서 뜯어낸 사람을 보았다.

"아빠?" 형제가 동시에 똑같은 억양으로 소리쳤다.

키트는 이 상황이 어처구니없게 느껴졌다. 아빠?

모여든 사람들 가운데 일부는 싸움이 끝나자 흩어지기 시작했다. 하지만 상당수는 그대로 남아서 창피한 줄도 모르고 입을 떡 벌리고 진짜 믹 리바를 바라보았다.

"이 냅킨에 사인해 주시겠어요?" 카일 맨하임은 믹에게 가까이 가자마자 대뜸 이렇게 물었다. 그는 어떤 아가씨의 백에서 찾아낸 펜 한 자루를 믹에게 건넸다.

믹이 눈을 흘기며 냅킨 중앙에 사인한 후 돌려주었다. 어느새 줄이 만들어지기 시작했다. 믹은 고개를 저었다. "안 돼요, 안 돼. 이게 끝이에요. 사인은 더 없어요." 모두가 기본적인 인권을 거부당하기라도 한 듯 툴툴거렸지만 슬슬 흩어지기 시작했다.

"좋아, 일어나라, 둘 다." 믹이 두 아들에게 한 손씩 내밀며 말했다. 이 광경을 줄곧 지켜본 키트는 그토록 오랫동안 한 번도 내밀지 않았던 도움의 손길을 이렇듯 간단히 내밀 수 있다는 사실이 혼란스러웠다.

허드와 제이는 믹이 내민 손을 잡고 일어섰다.

허드는 다친 부위부터 얼른 살폈다. 코는 확실히 부러졌고 한쪽 눈도 멍이 든 것 같았으며 눈썹 부위가 찢어졌고 입술이 터진 것 같았다. 갈비뼈 부위에 멍이 들었으며 다리는 쑤셨고 복부도 몹시 아팠다. 숨을 깊이 쉬어보려고 했다가 그대로 쓰러질 뻔했다.

제이는 턱에 깊은 상처가 났으며 꼬리뼈도 아팠고 무엇보다 자존심이 산산조각이 났다.

애슐리가 허드를 보살피려는 듯 그에게 다가가려 했다. 그러나 허드에게 한 걸음을 내딛는 순간 제이가 움찔하는 모습을 보았다. 그녀는 적어도 지금만큼은 자신이 있으면 상황이 더 나빠지겠다고 생각했다.

애슐리가 허드에게서 돌아서자 허드가 그녀의 이름을 힘겹게 불렀다. 애슐리는 구경꾼들을 밀치며 계속 걸었다.

그녀는 혼자 울 곳이 필요했다. 주방으로 발걸음을 옮기며 얼른 나가서 자신의 차로 가야겠다고 생각했다. 그러나 주차 요원이 저택 앞 잔디밭에 만들어진 차들의 미로에서 그녀의 차를 가져오려면 한참 걸릴 것 같았다. 그래서 곧장 욕실로 가 변기 뚜껑에 앉은 후 눈이 팅팅 붓도록 울었다.

* * *

"여기서 뭐 하세요?" 제이가 물었다. 갓 난 상처에 공기가 닿을 때마다 턱이 쓰라렸다. 그러자 허드는 지금 얼마나 아플까 싶었다.

"초대장을 받았다." 믹이 말했다.

"초대장 같은 건 없어요." 허드가 말했다. "게다가 설령 있다고 해도…." 허드는 말을 끝맺지 않았다. 그럴 수 없었다. 자신 앞에 서 있는 남자에게 모욕을 줄 만큼 그를 잘 알지도 못했다.

"음, 어쨌든 나는 받았어." 믹이 말했다. "그런데 아무렴 어떠니? 그건 그렇고 너희는 왜 서로를 죽일 듯이 패는 중이냐?"

"그건…." 당신과 아무 상관도 없는 일이에요. "그건…." 제이는 막 말문을 열었지만 무슨 말을 해야 할지 떠오르지 않았다. 그래서 허드를 슬쩍 보았다.

피투성이에 멍이 든 허드는 너무 깊이 숨을 쉬지 않으려고 몸을 웅크린 채 제이를 바라보았다. 허드의 표정을 보니 분명히 그도 제이만큼 당황스러운 게 분명했다. 당혹스러워하는 허드를 보자 제이는 나름 위안이 되었다. 제이는 화도 나지 않았다. 애초에 이 상황부터 이해가 되지 않았다.

"이렇게 불쑥 찾아와서 질문부터 하는 건 경우가 아니잖아요?" 키트가 말했다. 그 말에 믹과 제이, 허드가 동시에 돌아보았다. 다리를 떡 벌리고 어깨를 활짝 펴고 서 있는 키트의 얼굴에는 경탄도 충격도 없었다.

"누구지?" 믹은 냅다 이렇게 물었지만, 입에서 그 질문이 튀어 나오는 순간 해답이 떠올랐다. "그러니까, 그—"

"나는 당신 딸이죠." 키트가 우습다는 듯 대답했다. 키트는 아빠가 친딸도 못 알아보는 상황이 전혀 놀랍지 않았다. 놀랍지는 않지만 그래도 마음은 아프다는 사실은 죽어도 알리고 싶지 않았다.

"안다, 캐서린." 믹이 대답했다. "미안하구나. 내가 상상한 것보다 훨씬 더 예쁘게 자랐어." 그의 미소를 본 순간 키트는 그가 매력적인 표정으로 당혹스러운 순간을 모면하려 한다고 느꼈다. 그리고 그 미소에서 키트는 아빠가 휘두르는 마력을 보았다. 믹 리바는 졌을 때조차 이긴다, 그렇지 않은가?

"우리는 키트라고 불러요." 제이가 말했다.

"쟤 이름은 키트예요." 허드가 덧붙였다.

"키트." 믹이 다시 키트에게 시선을 돌리고 어깨에 손을 얹으며 말했다. "네게 잘 어울리는구나."

키트는 그 손에서 몸을 빼며 웃었다. "내게 뭐가 어울리는지 아무것도 모르잖아요."

"네가 태어난 날 너를 처음으로 안은 사람이 나였어." 믹이 상냥하게 말했다. "내 영혼을 알듯 너를 안단다."

키트는 그의 흔들림 없는 태도에 마음이 살짝 흔들렸다. 그가 막내딸과 유대감을 느끼는 게 당연한 듯 굴었기 때문이다. "지난 4년 동안 파티 초대장을 보낸 사람이 바로 나였어요." 키트가 말했다.

허드가 제이를 바라보며 소리를 죽여 물었다. "넌 알았어?" 제이가 고개를 흔들었다.

"그런데 왜 이제야 나타난 거예요?" 키트가 물었다.

키트는 매년 그 초대장을 쓰는 순간을 고대했다. 초대장을 쓸 때면 자신이 대담하고 용감한 사람이 된 듯 힘을 느꼈다. 초대장은 도발이었다. 어디 한번 나타나 보시지! 이곳에 와서 얼굴을 드러내 보라고! 그가 나타나지 않을 때마다 키트는 자신의 행동이 정당했다고 느꼈다.

매년 초대가 무시당할 때마다 키트의 분노는 새로워졌다. 그 개자식을 싫어할 이유가 하나 더 늘었다. 그 사람이 잘 지내는지 혹시 자식들을 그리워하지 않는지 걱정할 이유가 없어졌다. 그의 장례식에 모습을 드러내지 않아도 될 이유가 생겼다. 그래서 기분이 좋았다.

그런데 그가 지금 이곳에 있다. 이런 식으로 일이 흘러가서는 안 되잖아.

"나는 우리가… 서로의 삶의 일부가 될 수 있을지 궁금했다." 그가 말했다. "줄곧 너희가 그리웠단다." 그는 이렇게 말하며 키트의 눈을 똑바로 바라보았다. 그의 눈가가 촉촉해지고 입꼬리가 아래로 축 처졌다. 아주 짧은 순간이었지만 키트는 아빠가 그들 없이 살았을 고통에 찬 세상을 상상하며 마음이 아팠다. 그래서 아빠가 마음이 아팠을까? 멀리 떠나가서? 우리를 떠올렸을까? 매일 아이들의 부재가 절절히 다가왔을까? 백번도 더 수화기를 들었지만 다이얼을 돌리지 못했던 걸까?

하지만 그때 키트는 1960년대 말 아빠가 연기에 도전했던 일이 기억났다. 당시 골든 글로브에서 연기상 후보로 지명되기도 했다. 어찌나 연기를 잘하는지.

"이건 아니에요." 키트가 머리를 가로저으며 말했다. "있죠, 죄송해요." 그녀는 진지하게 말했다. "내가 초대장을 보내긴 했어요. 그런데 실수였어요. 이제 가시는 게 좋겠어요."

믹은 표정이 구겨졌지만, 전혀 위축되지 않았다. "그럼 이렇게 하면 어떨까?" 그가 말했다. "자리를 바꿔서 다 같이 차분하게 이야기를 해보자."

그는 키트가 이 제안을 반대하리라는 사실을 알았기에 항복한다는 듯 양손을 들어 올렸다. "그러면 돌아갈게. 하지만 그동안 무슨 일이 있었건 너희는 내 자식들이야. 그러니 제발 잠시만 이야기를 하자꾸나. 파티장을 벗어나서 바닷가로 내려가면 어떨까. 내 부탁은 이게 다야. 늙은 아비를 위해서 잠시만 시간을 내주겠니, 응?"

키트가 제이를 보자 제이는 허드를 보았다. 허드는 키트를 보았다.

그러자 세 사람은 아버지와 함께 바다로 이어진 계단을 내려갔다.

니나가 케이시에게 첫 번째 남자 친구와 대관람차에 갇혔던 이야기를 듣고 있는데, 복도에서 사람들의 말소리가 들렸다. 믹 리바가 뒤뜰에서 벌어진 싸움을 뜯어말렸다는 이야기였다.
"저 이야기 들었어요?" 니나가 케이시에게 말했다.
"무슨 얘기요?" 케이시가 되물었다.
"아빠가 밖에서 싸움을 말렸다고 말하는 것 같았어요."
니나가 일어나서 창가로 다가갔고 케이시도 뒤를 따랐다.
케이시는 한 번도 "아빠"라는 단어를 누군가와 공유한 적이 없었다. 그녀는 외동으로 자라 의견을 교환하거나 부모를 공유할 사람이 없었다. 그런데 이곳에서 니나가 그녀와 아빠를 공유하고 있었다.
니나는 창가에 서서 밖을 보았다.
풀장은 반쯤 차 있었다. 그곳에서 물장구를 치던 사람들이 풀장의 물을 밖으로 다 뿌려댔기 때문이다. 사방에 플라스틱 컵이 나뒹굴었다. 잔디밭 태반이 산산이 깨진 도자기 조각으로 뒤덮여 있었다. 푸른색과 흰색의 크고 납작한 접시들과 만찬용 접시들, 찻잔, 차받침이 몽땅 깨져서 야자수 주위에 나뒹굴고 있었다. 니나는 결혼 선물로 받은 도자기들이 다 깨진 걸 보니 자신의 상황과 잘 어울리는 것 같았다.

"나는 저 그릇들이 한 번도 좋았던 적이 없어요." 그녀가 케이시에게 말했다. "브랜던의 어머니가 꽃무늬로 고르라고 고집을 부리셨죠. 그렇지만 나는 본차이나를 사는 것 자체가 바보 같았어요. 어차피 새 무늬가 더 좋기도 했고요."

"그럼 새 무늬로 사지 그러셨어요?" 케이시가 물었다.

니나는 그녀를 보며 인상을 썼다. "나는…." 그녀는 말문을 열었다가 주제를 바꿨다.

"담배 피워요?" 니나는 협탁 서랍에서 담배를 꺼내며 말했다. 그리고 케이시에게 권했다.

"오, 아뇨. 하지만, 어… 좋아요." 케이시가 말했다. 그녀는 니나의 손에서 불을 붙이지 않은 담배를 받아 입으로 가져갔다.

니나가 그 담배에 불을 붙여준 후 자신의 담배에 불을 붙였다.

케이시가 한 모금 빨더니 기침을 했다. "방금 이야기하셨잖아요…." 케이시는 숨을 고른 후 말했다. "새 말이에요. 왜 그걸 사지 않으셨어요?"

니나가 케이시를 보더니 질문을 곰곰이 생각하며 다시 창밖으로 시선을 돌렸다. 구경꾼들이 흩어지기 시작했다. 그리고 그때 니나의 눈에 깜짝 놀랄 만한 광경이 들어왔다. 그녀의 동생들과 아빠가 함께 바다로 난 계단을 내려가는 중이었다.

"나는 샌드백이니까요." 니나가 말했다. "걸어 다니는 샌드백이죠." 니나가 담뱃불을 비벼 껐다. "젠장. 여기 있어요. 나는 믹 리바와 이야기를 하러 가야겠으니까."

03:00

테드 트래비스는 맹렬한 속도로 자기를 파괴하는 중이었다.

그는 방송계 최고의 거물이며 가장 높은 출연료를 받는 스타였지만 작년에 아내가 죽은 후 그런 것은 아무래도 상관없어졌다. 그는 대저택에서 홀로 흐느끼며, 창녀를 사고, 좀도둑질하고, 가끔 코카인을 과다 복용하던 수준에서 본격적인 중독을 향해 전속력으로 질주했다. 내면이 산산조각 난 것 같았지만 그는 영혼이 겪는 혼란을 절대 겉으로 드러내지 않았다.

그는 거울에 비친 자신을 볼 때마다 점점 더 미남이 되어간다는 사실을 알았다. 머리가 희끗희끗해지니 갈색이었을 때보다 훨씬 더 잘 어울렸다. 가끔 그가 거울에서 자신의 얼굴을 볼 때면 머릿속에서 윌라의 목소리라는 망령이 깔깔거리며 그녀 없이 혼자만 잘 늙어갈 권리가 없다고 말했다. 그럴 때면 그는 술로 그 소리를 지웠다.

니나의 파티에서 테드는 이미 위스키를 반병이나 들이켰고 〈플래시댄스〉에 나오는 그 여배우와 내기를 해서 4000달러를 잃었다. 그러다 옷을 다 입은 채로 풀의 수심이 가장 얕은 곳에서 잠이 들고 말았다. 그는 누군가 물에 첨벙 뛰어드는 바람에 잠에서 깼다. 그리고 풀장에서 나왔다.

그런데 그때 그녀가 보였다.

빅토리아 브룩스라는 마흔셋의 스크립트 슈퍼바이저.

그는 옷에서 더는 물이 떨어지지 않을 즈음 거실에 있는 그녀를 보았다. 그녀는 키가 크고 호리호리한 몸매였는데, 몸매에 부드러운 선이라고는 하나도 없었다. 머리는 금발로 탈색했으며 눈썹은 짙었다. 그리고 좋은 의미로 숨이 턱 막힐 것 같은 옆모습의 소유자였다.

"테드예요." 그는 그녀에게 걸어가 한 손을 내밀며 말했다.

비키가 눈을 굴렸다. "네. 당신이 누구인지 나도 알아요."

"그러면 당신은?"

"비키."

"아름다운 이름이네요. 한잔 대접해도 될까요?" 테드는 TV에서 보여주는 미소를 그녀에게 선사했다.

비키는 자신과 테드에게 연기가 가지 않도록 연기를 뿜으며 왼손에 든 보드카와 소다 하이볼을 오른팔에 꼭 갖다 댔다. "이미 있어요, 고마워요."

"당신의 미소를 보려면 내가 어떻게 해야 할까요?" 그가 물었다.

비키는 다시 눈을 굴렸다. "일단 술부터 깨세요. 이미 오늘 밤만 해도 한 열 번은 자신을 부끄럽게 만들었으니까요."

테드가 웃었다. "그건 당신 말이 맞아요. 나는 즐길 방법을 계속 찾아다녀요. 하지만 소용이 없어요. 언제나 지독한 슬픔에 빠져 살거든요."

마침내 비키는 테드의 눈을 바로 바라보았다.

그녀도 슬펐다. 맙소사, 그녀도 슬픔에 잠겨 있었다. 그녀의 남편은 7년 전 보트 사고로 죽었다. 그녀는 그 후로 자신을 고독에 유폐했다. 그런 것이 사랑이라면 그녀는 다시는 사랑에 빠지고 싶지 않았다.

"한 잔만이에요." 비키는 자신에게 놀라며 이렇게 대답했다.

테드가 미소를 지었다. 그는 새 보드카 소다를 받고 젖어서 쭈글쭈글해진 옷을 정돈한 후 그녀에게 돌아갔다.

"당신에게 데이트 신청을 하고 싶어요." 그가 말했다. "그러려면 어떻게 당신을 설득해야 할까요? 당신과 데이트를 하려면 그에 상응하는 큰 희생을 치러야 하나요?"

비키가 한숨을 쉬었다. "아마도요? 하지만 나는 당신과 데이트를 하지 않을 거예요."

테드가 〈쿨 나이츠〉에서 보여주었던 바로 그 미소를 지었다. 그는 미소를 단계별로 하나씩 완성해 갔다. 그는 그런 연기에 능했다. 그래서 그가 그런 일로 큰돈을 받는 것이다.

"이봐요, 당신을 매혹할 수 있어요. 이걸 봐요." 그는 가장 쉽게 대소동을 일으킬 방법을 찾아 주위를 둘러보았다. 그는 샹들리에에 매달리기로 했다.

테드는 비키에게 자신의 술잔을 건넨 후 벽난로 선반으로 올라가기 시작했다. 그는 커피 테이블 옆에 서 있는 서퍼에게 소리쳤다. "이봐요, 내게 샹들리에를 보내줄래요?"

그 서퍼는 기꺼이 어울려줄 생각이었기에 커피 테이블 위로 올라가서 샹들리에의 윗부분을 잡고 천천히 테드 쪽으로 밀었다. 테드가 샹들리에 끝부분에 주렁주렁 달린 크리스털을 움켜잡았다.

"비키, 저녁을 대접하게 해줘요!" 그가 말했다. 그러더니 목숨을 걸고 샹들리에에 매달려 거실을 휙 가로질렀다. 그는 반대편 벽에 쿵 부딪히더니 샹들리에를 쥔 손을 놓고 상처 입은 짐승처럼 소리를 지르며 소파로 떨어졌다.

비키는 자신도 모르게 그에게 달려갔다.

"괜찮아요?" 비키가 물었다. "정신 차리고 어서 일어나요." 그녀는 양팔로 테드를 부축해 일으켜 세우려 했다.

그는 비키의 손에서 전해지는 온기에 딱 0.5초 동안 더는 혼자가 아니라 느꼈다. 그는 그녀의 부축을 받아 일어서는 대신 그녀를 끌어당겼다. "키스해도 돼요?" 그가 말하자 그녀가 미소를 지었다. 그 미소를 본 순간 그는 입을 맞췄다. 그의 부드러운 입술이 자신의 입술에 닿자 비키는 망설이지 않았다. 전율이 번개처럼 그녀의 몸을 관통했다.

그녀는 할 말을 잃은 채 몸을 뗐다. 그러자 술기운이 돌고 머릿속이 뒤죽박죽된 채 다시는 원하지 않으리라 생각한 그것이 순간 간절해졌다. 그래서 이번에는 그녀가 입을 맞추었다. 남들 눈에는 우스꽝스러운 광경일지 몰라도 두 사람에게는 일종의 마법의 순간이었다. 진지한 욕망이 선사한 놀라움.

 주위 사람들이 두 사람에게 환호를 보내는 와중에 또 다른 바보가 샹들리에 그네를 타기로 했다.

 하지만 테드는 이미 다음 장난을 떠올리는 중이었다. "혹시 물건을 슬쩍한 적 있어요, 비키?" 이렇게 질문하자 그의 눈썹이 위로 올라가며 미소가 스르르 내려왔다.

애슐리는 눈물을 닦고 마음을 추스른 후 화장실에서 나왔다. 깨진 유리와 바닥 타일 여기저기에 떨어져 뭉개진 피타 빵이며 후무스 위를 훌쩍 뛰어넘었다. 그녀는 집 앞 계단으로 내려가 주차 요원에게 주차표를 건넸다.

무슨 이유인지 몰라도 뱃속의 아이가 아들이라는 예감이 강하게 들었다. 벤저민이라는 이름이 마음에 들었다. 딸이면 로런 같은 이름이 좋을 것 같았다.

그 나머지는… 알게 뭐람? 제이는 허드를 용서할 수도 있고 안 할 수도 있다. 허드가 돌아올 수도 있고 안 돌아올 수도 있다. 자신들이 가족이 될 수도 있고 안 될 수도 있다. 이 상황이 잘 해결될 수도 있고 안 될 수도 있다. 하지만 그 어떤 상황에서도 이 세상에는 벤저민 혹은 로런이 있다. 그녀와 그녀의 벤저민 혹은 로런이…. 엄마와 태어날 아기는 다 잘될 것이다.

주차 요원이 차를 가져오자 그녀는 얼른 올라타 그곳을 떠났다.

PCH로 접어들었을 즈음 '헝그리 히트'가 스피커에서 흘러나오기 시작했다. 그러자 애슐리에게 아주 작디작은 희망이 보였다. 애슐리, 설령 너의 세상이 전부 무너지더라도 스프링스틴의 노래는 라디오에서 흘러나올 거야. 애슐리는 그렇게 생각했다.

* * *

리키 에스포지토는 음식이 있는 곳으로 가서 어슬렁거리며 아무것도 올려놓지 않은 크래커를 씹었다. 누군지 치즈 쟁반을 아예 가져가 버렸기 때문이다. 그는 돌아가야 할지 고민 중이었다. 꿈에 그리던 여자와 만났고 당장은 다른 여자의 꽁무니를 쫓아다닐 기분이 아니었다.

버네사 데 라 크루스가 주방으로 들어왔다.

"아, 배고파." 그녀는 이렇게 말하며 크래커를 하나 집었다. "누가 치즈를 다 가져간 거야?" 버네사는 머리가 엉망으로 헝클어졌고 눈화장이 뭉개져 있었다. 리키는 키트와 함께 있는 버네사를 본 적이 있었다. 그녀는 어딘지 별종 같은 분위기가 있었다.

"오늘 밤 재미있었어요?" 리키가 물었다.

버네사가 고개를 끄덕였다. "빌어먹을 내 인생에서 최고로 재미있는 밤이었죠." 그녀가 말했다.

리키가 웃음을 터트렸다.

"농담 아니에요." 버네사는 크래커를 먹으며 말했다. "내 사랑은 오로지 한 명뿐이라고 생각하며 산 세월이 얼마인지 알아요? 오로지 한 명! 그런데 깨끗하게 단념하자고 마음을 먹는 순간 새로운 세상이 활짝 열렸다고나 할까요. 오늘 밤 다섯 명과 만나봤어요. 다섯 명요. 언젠가는 그 남자들이 나에 대한 전설을 떠들 거예요."

리키가 다시 웃었다.

"불행하게도 단 한 명도 연애에서 결혼으로 이어질 만한 사람이 아니었어요." 그녀가 말했다. "그래도 인내심을 가져야 해요. 로마는 하루아침에 세워진 게 아니니까요."

리키가 다시 웃음을 터트렸다. 정말 재미있는 아가씨였다. "그럼요, 그럴 것 같아요."

버네사가 그를 보았다. 대화를 시작하고 처음으로 그를 제대로 바라보았다. "당신, 그 남자잖아. 키트의 남자!" 버네사의 입에서 그 말이 툭 튀어나왔다. "키트가 당신에게 키스했어요?"

리키가 고개를 끄덕였다. "하지만 그녀의 불꽃이 활활 타오르지 않은 것 같아요."

버네사가 고개를 갸웃했다. 놀랍기도 하고 실망스럽기도 했다. "정말요? 당신에게 호감이 있는 것 같았는데."

리키가 미소를 지으며 고개를 가로저었다. "확실히 내게는 아니에요."

버네사가 그를 물끄러미 바라보았다. "그래야 하는데. 당신은 귀엽잖아요."

"어, 고마워요." 리키가 우물쭈물하며 대답했다.

"아뇨, 진심이에요. 전에는 몰랐거든요. 왜냐하면 당신이 중학생처럼 입고 다녀서요."

"고마워해야 하나요?"

"그러니까 당신도 더 폼 나게 입을 수 있다, 뭐 그런 말이죠."

리키가 그의 티셔츠와 면바지를 보았다. "그럴 것 같네요."

"키트가 당신을 좋아하지 않는 거 확실해요?"

"확실하다 말다요. 우리는 영원히 친구 사이일 거라고 말했어요."

버네사가 다시 고개를 갸웃했다. "유감이네요. 그놈의 리바 가족이 당신의 심장을 부숴버릴 거예요."

리키가 들고만 있던 맥주를 한 모금 마셨다. "나는 괜찮을 거예요."

버네사가 고개를 끄덕였다. "내 경험에 따르면 당신은 분명 괜찮을 거예요."

"맙소사, 니나가 정말 절벽 위에 사는구나." 믹은 계단을 내려가며 말했다.

"맞아요." 제이가 대답했다. "입지가 끝내주죠. 징글징글한 파도."

"징글징글한 파도?" 믹이 물었다. "오, 그렇지. 그래. 알겠다."

믹은 서핑을 하지 않았다. 도무지 매력을 느끼지 못했다. 바다에서 판자를 타고 인생을 낭비하는 별난 방법 같았다. 그는 자신의 아이들이 서핑으로 돈을 버는 방식이 시시껄렁하게 느껴졌다. 네 아이 중에 아무도 믹의 재능을 물려받지 않은 걸까? 분명히 한 명 정도는 목소리를 타고났을 법한데. 아이들이 음악 분야로 뛰어들도록 도와주면 기쁠 것 같았다.

남들이 목숨과도 바꾸고 싶어 할 것이며 평생토록 쌓아야 할 경력도 그는 전화 한 통이면 아이들에게 만들어줄 수 있었다. 사람들이 오로지 꿈만 꾸는 것들을 선사해 줄 수 있었다.

그는 아버지로서는 완벽하지 않았다. 그것은 부정할 수 없었다. 하지만 어떤 세대든 앞 세대보다 더 나은 사람이 되는 것이 목표라면, 믹은 그 목표를 달성했다. 그는 아이들에게 자신이 받은 것보다 훨씬 더 많은 것을 주었다. 모래사장에 발을 딛는 순간 그는 이 사실을 떠올렸다. 그는 그리 나쁜 사람이 아니었다.

그는 키트와 허드, 제이와 나란히 바닷가로 나갔다. 어느새 신발을 벗고 양말도 벗고 바짓단도 걷어 올렸다. 그는 정말 오랜만에 밤의 해변에 왔다. 한밤에 해변을 어슬렁거리는 건 젊은 연인이나 사고뭉치들의 몫이었다.

믹은 더는 젊지 않아도 더할 나위 없이 괜찮았다. 그는 연륜의 진지함을 사랑했고 연륜으로 누리는 존경을 좋아했다. 매년 속절없이 흘러가는 시간에 응당 죽음을 두려워해야 한다면, 그는 그 길을 가지 않았다. 피할 수 없는 죽음 따위 전혀 걱정되지 않았다. 그는 죽음의 신에게 뇌물을 줄 계획이 없었다.

사실 좀 밉살스러운 사고방식인데, 그는 자신이 죽고 난 후가 자못 기대되었다. 온 나라가 그를 애도하리라. 그는 전설로 불리게 될 것이다. 수십 년이 지나도 사람들은 여전히 그의 이름을 기억할 것이다. 믹 리바는 필멸자가 불멸의 위치에 오르는 보기 드문 수준의 명성을 거머쥐었다.

다만 시대에 뒤처지는 것은 무서웠다. 그가 여전히 여기에 있는데 세상이 그를 지나쳐 버릴지 모른다고 생각하면 온몸이 그대로 마비되는 것만 같았다.

"좋아요, 믹. 다 모였어요. 무슨 말을 하고 싶은 거예요?" 키트가 말했다. 키트는 오빠들을 힐끔 보았다. 둘은 서로 얼굴을 보려고도 하지 않았다. 키트는 왜 제이가 허드를 두들겨 팼는지 궁금했지만 당장은 더 중요한 문제가 있었다.

"아빠라고 불러도 돼, 알잖니." 믹이 키트에게 말했다.

"그럴 수는 없어요. 하지만 그 문제는 그냥 넘어가죠." 키트가 말했다.

허드는 통증이 너무 지독해서 진통제를 먹고 두 바늘 정도 꿰맬 수 있으면 좋겠다는 생각에 빠져 할 말이 떠오르지 않았다. 애초에 육체적으로 말을 할 수 있는 상태인지조차 알 수 없었다. 그래서 잠자코 있기로 했다.

"우리가 그간 소원하기는 했지." 믹이 말문을 열었다. "하지만 이제부터라도 서로를 조금씩 알아가면 좋겠구나."

키트는 눈을 흘겼지만 제이는 귀를 기울였다. 그는 차가운 백사장에 책상다리를 하고 앉았다. 믹도 양손으로 모래사장을 짚으며 앉았다. 허드는 갈비뼈가 너무 아파서 앉을 수 없을 것 같았다. 키트는 앉기를 거부했다.

"계속 이야기해 보세요." 제이가 말했다.

"누나를 불러와야 하는 거 아니야?" 허드가 물었다.

믹은 니나의 마음을 얻기가 가장 어려울 것 같았다. 그는 '분할통치'가 더 쉬울 것이라 판단해 세 아이부터 얼른 설득해 나갔다. "얘들아, 내 말을 들어봐." 그가 말했다. "내가 아버지의 도리를 다하지 못했다는 걸 알아. 하지만."

"전혀 도리를 다하지 않았죠." 키트가 상기시켰다.

믹이 고개를 끄덕였다. "네 말대로야. 어떤 아이한테도 그래서는 안 될 시기에 너희 곁에 없었어." 아이들이 어머니를 잃었다는 사실을 믹이 처음으로 인정한 순간이었다. 그래서 허드와 키트는 믹이 그 말을 하는 순간 그의 눈을 똑바로 보기 힘들었다. 두 사람의 몸에는 여전히 생각지도 못한 순간에 풍선처럼 부풀어 오르는 슬픔의 주머니가 있었다. 특히 키트는 항상 혼자 그리고 지나치게 많이 마시는 사람들의 음주 방식을 슬퍼했다. 그래서 그녀는 바로 그 순간에 믹의 시선을 피하고 말았다. 울고 싶지 않았기 때문이다.

반면 허드는 고통을 견디려면 고통을 받아들이는 것이 가장 쉽다는 사실을 알게 되었다. 그래서 눈물이 나오면 참지 않았다. 엄마가 돌아가신 후 몇 달 동안, 어떤 식으로건 아버지가 그들을 구해주기를 기다리며 느꼈던 절망감과 엄마를 떠올릴 때면… 허드는 그 슬픔을 온전히 느끼는 것 외에 아무것도 할 수 없었다. 그래서 그는 여동생과 정반대의 이유로 고개를 돌렸다. 아무도 그가 흘리는 눈물을 보지 못하도록. 이윽고 눈물을 닦은 후 다시 아버지를 바라보았다.

제이는 절대 시선을 피하지 않았다. 그는 뭐든 상황을 타개할 만한 말을 아빠가 해주기를 간절히 바라며 귀를 기울였다. 무슨 말이라도 좋았다.

"나는 실수를 했어." 믹이 말했다. "그래서… 너희에게 변명을 할 수도 있어. 내 문제를 털어놓고 내가 얼마나 지독한 환경에서 자랐는지 들려줄 수도 있겠지. 하지만 그런 건 중요하지 않아. 중요한 건 지금 내가 이곳에 있다는 사실이야. 나는 우리가 다시 가족이 되었으면 좋겠구나. 모든 것을 바로잡고 싶어."

믹은 이 말을 끝내는 순간 아이들 중 누구라도 그의 품으로 달려와 꼭 안아줄지 모른다고 상상했다. 그의 머릿속에는 그가 말리부에 와 아이들과 화해를 하는 그림이 그려져 있었다. 그 화해를 발판으로 일요일 저녁을 함께 먹거나 홈비힐스에 있는 그의 집에서 크리스마스를 축하하는 전통이 시작되리라 내심 기대도 했다.

하지만 아이들은 아무도 움직일 기미가 보이지 않았다. 그러자 그는 조금 더 밀어붙였다. "다시 시작하고 싶구나. 다시 시도해 보고 싶어."

허드는 믹의 단어 선택에 머리를 세게 맞은 듯했다. 시도라니.

"진지한 질문 하나 해도 돼요?" 키트가 물었다. "괜한 트집을 잡고 싶지는 않은데요. 그저 도저히 이해가 안 되는 문제가 있어서요."

"물론이지." 믹이 대답했다. 그는 어느새 일어나서 해안 절벽에 기대서 있었다.

"혹시 금주 모임에 나가세요? 이러는 게 열두 단계인지 뭔지 하는 과정의 일부인가요?" 그녀가 물었다. 대체 아빠가 무슨 의도로 이러는지 상상이 되지 않았다. 그러니 다른 목적이 있다고 생각하는 게 이치에 맞았다. 자기 마음 편하자고, 마무리를 짓기 위해 찾아온 거라면 이해할 수 있었다. "있잖아요, 왜 지금이죠? 아시잖아요? 왜 어제나 작년이나 반년 전이 아니죠? 빌어먹을, 엄마가 죽었을 때 뭐 했어요?"

"키트." 허드가 말했다. "그런 식으로 말하지 마."

"하지만 엄마는 죽었잖아." 키트가 말했다. "그리고 저 사람은 우리가 알아서 먹고살게 내버려뒀고."

"키트!" 제이가 소리쳤다. "질문을 했잖아. 그러면 대답할 기회를 줘야지."

믹이 고개를 가로저었다. "아니야." 그가 말했다. "속죄하는 프로그램 같은 데 나가는 게 아니야."

"그럼 목적이 뭐예요?" 키트가 물었다.

"목적 같은 건 없어." 믹이 방어조로 말했다. "내 말을 곧이곧대로 믿는 게 그렇게 힘든 거냐? 서로의 일부가 되고 싶은 마음뿐이라는 사실을 내 자식들이 왜 알아주지 않는 거냐?"

제이가 말문을 열었다. "아빠, 지금 우리가 그런 말을 하는 게 아니잖—"

허드가 말을 잘랐다. "키트는 무슨 변화가 있었는지 묻는 것뿐이에요. 솔직히 나도 알고 싶어요. 이건 우리 모두의 질문 같네요." 허드의 말투는 점점 더 부드러워지면서 더 단호해졌다. "뭐가 변한 거예요?"

믹이 대답을 하기도 전에 니나가 모래사장에 내려섰다.

그녀는 믹의 사과도 호소도 미처 듣지 못했다. 하지만 무슨 일이 벌어졌는지 짐작이 갔다. 어린 시절 같은 이야기를 우연히 들었다. 혼란스러워 방황했다며 자신이 저지른 실수를 다 털어놓고 다시 기회를 달라고 하는 아빠의 말. 그 상황을 생방송으로 볼 것까지도 없었다. 예고편으로 몇 번이나 봤으니까.

"저 사람에게 뭐가 변했는지 내가 너희에게 알려줄게. 아무것도 변하지 않았어." 니나가 말했다.

그들은 모두 니나에게로 고개를 돌렸다. 니나가 나타났지만 아무도 놀라지 않았다. 다들 니나가 이곳으로 그들을 찾아오리라 어느 정도 기대했기 때문이다. 오히려 그녀가 입은 추리닝과 전체적인 분위기에 살짝 놀랐다. 니나가 어떻게 된 거지?

"변한 건 없어요, 그렇죠 아빠?" 니나는 그를 똑바로 보며 물었다.

"반갑구나, 니나 베이비." 믹이 딸에게 다가가며 말했다.

성인이 된 니나를 이렇게 가까이서 본 것은 이번이 처음이었다. 그는 딸의 얼굴을 보자마자 밀려드는 애정에 압도되었다.

니나의 얼굴에서 자신의 모습이 보였다. 입술과 광대뼈와 구릿빛 피부. 준의 얼굴도 보였다. 니나의 눈과 눈썹과 코는 영락없이 제 엄마였다.

그는 준이 그리웠다. 얼마나 그리웠는지 모른다. 그녀가 만들어줬던 로스트 치킨과 그가 집으로 들어가면 늘 미소로 반기던 모습이 그리웠다. 그녀의 체취가 그리웠다. 주변 사람들을 기꺼이 사랑했던 태도도. 그녀의 죽음에 그는 충격을 받았다. 언젠가는 그녀가 기다리는 집으로 돌아갈 수 있으리라 생각했기 때문이다.

그녀가 아직도 살아 있다면 지금 그는 그녀와 함께일 것이다. 오늘 밤, 아니 더 일찍 준을 찾아갔을 것이다.

니나를 보니 준이 살아 있다는 증거인 것만 같았다.

그는 니나를 포옹하려고 더 다가갔다. 하지만 니나는 양손을 들어 그를 제지했다. "거기 그대로 계시는 게 좋겠어요." 니나가 말했다.

"니나." 믹이 짜증스럽게 말했다.

니나는 그를 무시했다. "얘들아, 아빠가 왜 우리를 찾아왔는지 궁금하지? 이유는 간단해." 그녀는 동생들에게 말했다. 그러더니 다시 믹을 바라보았다. "아빠가 여기 온 건 여기 오고 싶었기 때문이에요, 그렇죠?" 그녀가 추궁하듯 물었다. "오늘 아침에 눈을 떴는데 갑자기 좋은 사람이 되어보겠다는 생각이 미친 듯이 들었겠죠."

믹이 움찔했다. "절대 그런 게—"

"잠시만요." 니나가 말했다. "아직 안 끝났어요." 말을 할수록 목소리가 커지며 더 단호해졌다. "우리가 전부 성인이 되니까, 더는 손이 갈 일이 없으니까 느닷없이 우리에게 관심이 생기다니 정말 징그럽게 편리한 생각이네요."

"말했다시피 그런 게—"

"아직 안 끝났다고 말했어요."

"니나, 나는 너의."

"빌어먹을 당신은 좆도 아니야."

키트의 입이 떡 벌어졌다. 제이와 허드는 눈이 튀어나올 것 같았다. 세 사람은 충격의 단계를 서서히 통과하는 믹의 표정을 지켜보았다. 주위에는 그들 앞에서 부서지는 파도 소리와 저 위 파티장에서 폭포처럼 쏟아지는 빛밖에 없었다.

니나가 다시 말문을 열었다. "세상에 나가면 아빠는 엄청난 거물이죠. 우리도 다 알아요. 지금까지 하루하루 그 사실을 사무치게 느끼며 살았으니까요. 하지만 이거 하나는 분명히 하고 넘어가죠. 당신은 누군가의 아버지는 아니에요."

키트가 니나와 눈을 마주치려고 했다. 하지만 니나는 절대 시선을 돌리지 않았다. 그녀의 시선은 오로지 믹에게 꽂혀 있었다.

구부려지고 부서지는 건 더는 그녀의 몫이 아니었다.

케이시는 방에서 나와 계단을 내려가기 시작했다. 마음은 불안하고 이제 무엇을 해야 할지도 알 수 없었다.

그녀는 한창 섹스 중인 커플을 지나쳤는데, 어찌나 거칠게 하는지 오히려 섹스가 아닐지 모른다는 생각이 들 정도였다. 아무튼 케이시는 두 사람이 야간 시간대 뉴스 앵커라는 사실은 확신하며 앞으로 4번 채널은 보지 않기로 마음먹었다.

거실로 내려가니 한 무리 사람들이 무모하게도 샹들리에에 매달려 날아다니는 중이었다. 두 사람이 샹들리에를 잡고 몸을 날리는 순간 샹들리에가 아예 천장에서 떨어져 석고와 크리스털이 바닥이며 테이블, 그 아래 사람들의 머리 위로 우수수 쏟아졌.

샹들리에가 뽑힌 자리에 커다란 구멍이 생겨 안쪽의 구조가 훤히 드러났다.

케이시는 뒤로 돌아서서 걷기 시작했다. 식당을 통과해 주방으로 가려는데 화병이 산산조각이 나 있고 그림 두 점이 벽에서 떨어져 있었다.

마침내 주방에 도착해 보니 바닥은 춤을 추는 구두에 사정없이 짓밟힌 작은 유리 조각과 크래커로 뒤덮여 있었다. 텅 빈 와인병도 사방에 굴러다녔다. 아일랜드 조리대에 남자 두 명이 앉아 싱크대에서 발을 씻고 있었다.

"내 편집자가 그러는데, 내 원고를 MTV 세대의 소설로 정의를 내릴 수 있대." 두 사람 중 한 명이 말했다.

두 사람이 조리대에서 훌쩍 뛰어내려 주방을 나가자 케이시는 정리를 시작했다. 먼저 가스레인지 옆에 서서 빈 접시를 쌓고 수세미로 말라붙은 음식을 닦아내기 시작했다. 엄마는 기분이 언짢을 때면 언제나 청소를 했다. 아빠는 엄마가 세탁조를 청소하는 모습을 보면 무슨 일이 있었냐고 물을 정도로 엄마를 잘 알았다.

세상은 너무나 잔인하게도 케이시에게서 부모님을 앗아갔을지 몰라도, 적어도 두 분에 대한 기억은 손대지 않았다. 1980년 현충일의 다저스타디움을 기억할 수 있는 능력마저 빼앗지 않았다. 그날 아빠는 셔츠에 겨자 소스를 흘렸는데, 혼자만 겨자를 묻히고 다닐 수 없다며 케이시에게도 겨자를 쭉 짜고는 껄껄 웃었다. 엄마가 늘 뿌렸던 윈드 송 향수의 향기나 집에서 늘 났던 청소용품인 파인 솔의 냄새마저 훔쳐 가지는 않았다. 아빠가 여러 개 두고 썼던 독서용 안경도 가져갈 수 없었다. 안경을 모았다가 잃어버렸다가 다시 모으는 바람에 집 안 곳곳에 아빠의 안경이 있었다.

몇 년 후면 이런 추억들도 서서히 희미해지리라는 사실을 케이시는 안다. 어쩌면 아빠가 쏟은 소스가 겨자인지 케첩인지 가물거릴지 모른다. 윈드 송의 정확한 향기를 기억 속에서 끄집어내지 못할 수도 있다. 지금은 이런 생각만 해도 이렇게 고통스러운

데, 훗날 아빠의 독서용 안경을 까맣게 잊을지도 모른다.

한때 사랑했던 사람들의 추억이라는 연료만으로 평생을 버틸 수 없다는 사실은 케이시도 잘 안다. 상실은 그녀에게 앞으로 나아갈 추진력을 주지 않을 것이다. 밖으로 나가서 삶을 개척해야 한다. 새로운 사람들을 만나야 한다.

케이시는 돌아가신 부모님도 말리부에 있는 유명한 파티를 다짜고짜 찾아가 지금의 케이시처럼 하셨을 거라고 생각하고 싶었다. 물론 그런 건 상상조차 되지 않았다. 하지만 자신의 상황이 아무리 혼란스러워도 케이시에게는 부모님이 물려주신 본능이 있었다. 생각해 보라. 두 분은 아이가 생기지 않자 아이를 찾아 세상으로 나가지 않으셨던가. 부모님은 그녀에게 가족은 찾아내는 것이라고 가르치셨다. 가족을 잇는 것이 핏줄이건 상황이건 선택이건 무엇이건 중요하지 않다고 말이다. 중요한 것은 우리가 하나로 묶여 있다는 사실이었다.

그래서 케이시가 지금 이곳에 와 있는 것이다. 한때 부모님이 그러셨듯이 자신도 가족을 찾아서.

케이시는 천천히 수세미를 내려놓고 싱크대에서 돌아서서 밖으로 나갔다.

그녀는 그 무시무시한 계단을 내려갈 생각이었다. 저 멀리 땅끝으로 이어지는 것처럼 생긴 그 계단을.

눈을 뜬 브랜던은 자신이 손님방 바닥에 뻗어 있음을 알아차렸다. 그는 일단 시간을 확인했다. 어느새 새벽 3시 반을 지나고 있었다. 일어서는데 머리가 살짝 띵했다. 그리고 일생의 사랑을 되찾아야 한다는 사실이 기억났다.

그는 신발을 신었다. 머리를 정돈했다. 그리고 계단을 내려가 앞문을 열고 그날 모인 사람들의 차가 모두 주차된 곳으로 갔다.

"내 차 가져와." 그가 주차 요원에게 말했다.

"저," 주차 요원이 말했다. "지금 차를 운전하시면 안 될 것 같습니다."

"그냥 가져와." 브랜던이 말했다. "은색 벤츠야, 저 앞에 있어."

브랜던은 제일 먼저 도착한 탓에 차가 안쪽에 단단히 갇혀 있었다. 그 뒤로 늘어선 차가 적어도 100대는 됨 직했다.

"시간이 좀 걸릴 텐데요." 주차 요원이 말했다.

주차 요원이 브랜던의 차를 빼러 간 동안 자동차 열쇠 보관함을 지키는 사람은 아무도 없었다. 다른 요원들은 다른 사람들 때문에 바빴다. 브랜던은 어딘가 망가진 생각에 골몰한 채 홀로 서서 자신이 왜 그곳에서 기다리고 있는지 잊어버렸다.

여기서 왜 서성거리고 있었지? 오, 맞아. 차.

젠장. 열쇠가 걸린 곳으로 가보니 재규어의 열쇠고리가 보였다. 그는 그 열쇠로 바로 코앞에 있는 검은색 재규어의 문을 열었다.

브랜던 랜들은 조금도 지체하지 않고 캐리 소토에게 사랑을 고백하기 위해 믹 리바의 차를 몰고 출발했다.

* * *

태린은 그렉이 요란하게 음악을 틀어대는 동안 그의 허벅지에 앉아 목덜미에 얼굴을 파묻었다. 그러다가 고개를 돌리는 순간 본 도너번이 릭턴스타인의 그림을 벽에서 떼는 장면을 똑똑히 보고 말았다. 그는… 그 그림에 오줌을 갈겼다.

태린은 파티가 점점 통제가 안 되는 상태로 변해간다는 생각이 들기 시작했다.

믹은 딸의 분노에 당황했지만, 기가 꺾이지는 않았다.

"네 말이 맞다." 그는 맏딸을 보며 말했다. "나는 너희 모두에게 아버지의 도리를 하지 않았어. 내가 꼭 있어야 할 때 이곳에 있지 않았지."

니나는 고개를 돌려 바다를 보았다. 믹은 전술을 바꿔 나머지 아이들을 공략하기로 했다. "그러면 이건 어떨까? 너희에게 용서를 구하지도 약속을 하지도 않으마. 단지 너희에 대해 알고 싶어. 조금씩 알아가게 해주지 않겠니?"

그들은 서로를 돌아보더니 마침내 니나를 바라보았다. 아빠라면 우리가 그 정도는 해야 하지 않을까? 니나는 확신이 서지 않았다. 자식이란 부모에게 아무것도 빚진 게 없는 존재일지 모른다. 아니면 모든 것을 빚진 존재일 수도 있고. 어느 쪽이건 니나는 엄마라면 기회를 줬을 거라는 확신에 가까운 짐작에 머릿속이 하얘졌다.

"좋아요. 그러세요." 니나가 말했다. 그러더니 자신의 창고로 가서 자물쇠를 열고 잘 정리된 수건 몇 장을 꺼냈다. 그리고 서프보드 두 개를 훌쩍 던졌다. 보드는 모래사장에 소리도 없이 툭 떨어졌다.

니나는 보드에 앉았다. 발은 모래에 내리고 양 팔꿈치를 무릎에 괴었다. 다른 사람들도 똑같이 앉았다.

다섯 가족이 니나의 롱보드에 똑같이 앉아 있자 그들을 감싸고 있던 신선한 공기가 어느새 침묵으로 점점 퀴퀴해졌다.

"어지간히 얻어맞더구나, 아들아." 믹이 무슨 말부터 해야 할지 몰라 이렇게 운을 뗐다. 일단은 가장 당면한 문제부터 시작해야 할 것 같았다.

허드가 입술을 만지며 고개를 끄덕였다. 피가 말라붙어 있었고, 피딱지가 떨어졌다. "네." 그가 공격자를 똑바로 보지도 않고 대답했다. "그렇네요."

"무슨 일이 있었니?" 믹이 물었다.

"다른 사람이 상관할 일이 아니에요." 제이가 쏘아붙였다.

"과연 그럴까." 키트가 말했다. "나는 궁금해 죽겠는데."

믹이 키트 쪽으로 고개를 돌려 막내딸을 보았다. 그리고 처음으로 막내딸이 어떤 얼굴로 웃는지 보았다. 그 얼굴은 그와 똑같았다. 눈가에 잡히는 주름이 너무나 친숙했다. 하지만 키트는 수수께끼 같은 존재였다. 가장 어리고, 가장 늦게 태어났고. 그래서 키트에 대해 아무것도 몰랐다. 키트는 사내아이 같았는데, 그 모습이 그는 어딘지 께름칙하게 느껴졌다. 한편으로 키트는 말썽꾼처럼 보였고 그 점이 믹의 마음을 사로잡았다.

저 아이는 내게서 무엇을 물려받았을까? 그는 궁금했다. 아마도 배짱일 것 같았다. 원하는 것은 무엇이든 당당하게 말해도 된다고 생각하는 성격. 어떻게 키트에게 그런 성격을 자신도 모르게 물려줬을까? 그런데 그 결과가 저렇게 눈앞에 있었다.

지금 보니 자식들 곁을 지키며 그들이 자아를 갖추어가도록 도울 필요도 없었다.

"그 주제야말로 우리가 꼭 이야기를 해봐야 할 것 같은데." 니나가 눈과 갈비뼈 주위를 감싼 허드를 가리키며 말했다. "너 괜찮니? 병원에 가봐야 하지 않아?"

"모르겠어." 허드가 말했다. "그러니까, 괜찮다고. 적어도 아직은 버틸 만해." 허드는 가족이 괜히 걱정하지 않도록 신경 썼다. 당장은 상황을 차분하게 가라앉히는 일이 급선무라는 사실을 그는 알았다. 애슐리도 걱정되었다. 지금 어디에 있는지, 어떤 심정일지 말이다. 그는 애슐리를 보살펴야 했고 반드시 그럴 것이다. 하지만 지금 당장은 그녀가 괜찮으리라는 걸 알 수 있었다. 그녀는 어떤 상황도 잘 헤쳐갈 사람이기 때문이다. 이것이 그녀를 사랑하는 절반의 이유였다.

"농담이 아니라." 키트가 밀어붙였다. "무슨 일이야?"

허드가 제이를 보았다.

"저 녀석이 애슐리와 잤어." 제이가 담담한 목소리로 말했다.

키트가 헉하고 숨을 쉬었다.

"애슐리가 누군데?" 믹이 물었다.

"제이 오빠의 헤어진 여자 친구요." 키트가 대답해 줬다. "오빠를 찼죠."

"나는 차인 게 아니야, 알겠어?"

"들어봐. 내가 상황 정리를 제대로 못했어." 허드가 인정했다.

"그 상황을 제대로 정리할 방법은 없어." 제이가 허드를 돌아보며 말했다. "애초에 정리할 일을 만들지 말았어야지."

"그 말이 맞는 것 같구나." 믹이 말했다. "형제가 여자를 두고 싸워서는 안 돼."

허드는 아버지가 아무 문제에 이런저런 의견을 내는 모습에 눈을 흘겼다. 그런데 끓어오르는 분노를 참지 못하고 소리를 버럭 지른 사람은 제이였다. "입 좀 다무세요, 아빠. 아빠가 뭘 안다고 이 문제에 말을 얹는 거예요?"

"나는 너와 같은 생각—"

"뭐 어쩌라고요! 허드는 내 전 여자 친구와 내 앞에서 열 번이나 씹을 할 수 있고 그래도 나는 아빠보다 허드를 더 좋아할 거예요."

믹은 뭔가가 가슴을 쿡 찌른 기분이었다.

"허드와 애슐리라고?" 키트가 말했다. 가끔 키트는 사람들이 움찔하는지 보려고 쿡쿡 찔러보고 싶어 안달이 날 때가 있었다. "영문을 모르겠네. 그 언니는 좀… 뭐랄까… 지루한 타입이던데."

"너도 입 닥쳐, 키트." 허드가 쏘아붙였다. "네가 뭘 안다고 떠드는 거야. 애슐리는 지루한 게 아니야. 낯을 가리는 거지. 그녀는 다정하고 사려 깊고 재미있는 사람이야. 그러니까 좀 닥쳐." 허드는 아직은 애슐리의 임신 사실을 알리고 싶지 않았다. 그 일이 경사로 받아들여질 때까지 기다려야 했다. 그의 가족은 그 소식에 분노가 아니라 행복을 느껴야 했다. "나는 애슐리를 사랑해. 그녀와 사랑에 빠졌다고."

제이가 마침내 허드가 밤새 털어놓으려고 했던 이야기에 귀를 기울이며 그를 바라보았다. 애슐리를 사랑한다고? 제이는 한 번도 애슐리를 사랑하지 않았다. 사랑 비슷한 감정도 느껴본 적이 없었다. "두 사람 언제부터" 제이는 이 표현을 꼭 써야 할지 망설여졌다. "내 뒤통수를 치고 다닌 거야?"

허드는 고개를 내리고 자신의 발가락이 모래 속으로 스르르 사라지는 모습을 보았다. "한참 됐어." 그가 말했다.

믹이 아들들을 보았다. 그도 누가 그의 데이트 상대에게 눈길을 주기만 해도 흠씬 패주던 시절이 있었다. 한편으로 친구의 아내들 거의 모두와 바람을 피우기도 했다.

"두 사람은 무척 진지해 보였어." 니나가 끼어들었다. "허드가 충동적으로 만나는 것 같지 않았어."

"누나는 알고 있었어?" 제이는 다시 피가 거꾸로 솟기 시작했다.

니나가 고개를 가로저었다. "아니. 그건 아니지만 몇 시간 전에 정원에 있는 두 사람을 봤어."

"그럼 내게 말을 했어야지." 제이가 말했다.

"제이, 그건 누나 잘못이 아니야." 허드가 말했다.

"닥쳐, 허드." 제이가 쏘아붙였다.

"정말이었어? 애슐리를 놓고 싸운 거야?" 키트가 물었다.

"닥쳐, 키트." 허드와 제이가 동시에 말했다.

"미안." 키트가 말했다. "나는 두 사람이 그렇게 요란하게 치고받은 이유가 궁금했을 뿐이야. 고작 여자 때문이라니 놀랐네."

"애슐리는 고작 여자가 아니야." 허드가 열을 올리며 소리쳤다. "내가 지금 하려는 말이 바로 그거야. 애슐리와 결혼하고 싶어."

믹에게 이 상황은 여자에게 코가 꿰인 20대의 미친 폭주로 보일 뿐이었다. "허드, 너는 이제 스물…." 믹은 아들의 나이를 정확하게 모른다는 사실을 깨닫고 잠시 말을 멈추었다.

"스물셋이에요." 허드가 말했다.

"맞아." 믹이 말했다. "그게 내가 하려던 말이었어."

"허드가 몇 살인지도 모르잖아요. 우리가 몇 살인지도 모르죠?" 키트가 말했다. "그냥 인정하세요. 아는 척할 필요 없어요."

"척하는 게 아니야. 둘 다 스물세 살이잖니." 믹이 말했다. "그 정도는 알아."

제이가 믹의 말을 바로잡았다. "2주 후면 나는 스물네 살이 되는데요."

"맞아." 믹이 말했다. 그의 어깨가 힘없이 처졌다. "미안하구나. 너희가 진짜 쌍둥이가 아니라는 사실을 잊었어."

키트가 고개를 절레절레 저었다. "정말 어처구니가 없네요. 그래도 적어도 지금은 진실을 말하고 있네요." 키트가 말했다. "진실 말하기는 어떻게 배분하는 거예요? 하루에 진실만 말하는 순간이 네 번 있나요?"

믹은 자신도 모르게 웃음을 터트렸다. "그래. 그렇지만 두 번은 아껴두려고 한단다." 그는 이렇게 말하며 한쪽 입으로 씨익 웃음을 지었다.

그때 키트의 입에서 튀어나온 소리는 코웃음 같기도 하고 웃음 같기도 했다. 믹은 막내딸과 눈을 맞췄고 딸이 거의 웃을 뻔했다고 단언할 수 있었다. "내가 무슨 말을 하면 좋겠니, 응? 내가 개자식이라는 건 우리가 다 알아. 새 소식도 아니지. 나는 평생 개자식이었어."

이제야 키트가 그와 눈을 맞추었다. 그는 마침내 막내딸이 그의 말에 귀를 기울인다는 사실을 알았다. "내가 좋은 남자였으면 얼마나 좋았을까." 그가 말했다. "하지만 나는 그렇게 할 수가 없었어. 가끔은 정말 열심히 노력해 봤어. 그래 봤자 그건 돼지 얼굴에 분칠을 하는 짓이었지. 어떤 사람들은 타고나길 그냥 쓰레기야. 내가 그 쓰레기라고."

허드는 느닷없이 이렇게 흉금을 털어놓는 사람에게 도저히 화를 낼 수가 없었다. 제이는 신선하다고 생각했다. 속으로는 자신을 머저리라고 생각한다는 걸 순순히 인정하는 태도 말이다. 니나는 눈을 흘기는 짓을 관뒀다.

"솔직히 너희 엄마 같은 여자가 왜 나를 골랐는지 이해가 되지 않아. 하기야 너희 엄마를 만날 때 온갖 사탕발림으로 꼬드기긴 했어." 그가 말했다. "너희 엄마를 처음 봤는데 그 커다란 갈색 눈동자를 본 순간 이런 생각이 들더구나. 어떤 사람이건 저 여자가 원하는 사람이 되어야겠다. 저 여자에게 아주 잘 어울리는 사람인 척해야 겠어. 나는 그때 잠깐이지만 정말로 그런 사람이 되었어. 결국 끝에 가서는 실패했지. 하지만… 시도는 해봤어."

니나가 고개를 돌려 아빠를 보았다. 믹이 딸과 시선을 맞췄다. 한결 부드러워진 딸의 눈빛에 그는 긴장이 풀렸다. "더 나은 대접을 받을 자격이 있는 사람이었어." 그가 부드러운 말투로 말했다. "그녀도 그 사실을 알기를 바랐지."

니나가 아빠의 얼굴을 보았다. 깜박거리는 그의 눈에서 기다란 속눈썹을 보며 어린 시절에도 그 속눈썹을 본 기억이 났다.

"엄마는 모르셨어요." 니나는 숨소리처럼 거의 들리지 않을 정도로 나지막하게 말했다. "그 사실을 모르셨다고요."

믹이 모래사장을 보며 고개를 끄덕였다. "안다." 그가 말했다. "알아."

니나가 아빠를 보니 두 눈은 촉촉해졌고 입꼬리가 처져 있었다. 그때 문득 한 번도 의심하지 않았던 사실이 이해되기 시작했다. 아빠는 미안해하고 있었다. 자신이 가족 모두에게 저지른 짓에 대해서.

니나가 입을 열고 무슨 말을 하려는데 뒤에서 뭔가가 움직이는 소리가 들렸다.

모두가 고개를 돌린 순간 보라색 원피스를 입은 젊은 여자가 계단을 내려오고 있었다.

04:00

태린 몬티피오레는 혼돈에 빠진 그 밤에 아주 잠깐 연인을 바라보며 이 남자와 평생을 함께 보내고 싶은지 자문했다. 태린은 그날 이 남자에게 청혼을 받았다.

태린은 늘 연상의 남자들이 좋았고 자신보다 더 많이 아는 사람들과 시간을 보낼 때가 좋았다. 아마도 너무나 뛰어난 남자인 아빠의 영향인 듯했다. 태린의 아버지는 언어학 교수로 가족과 함께 세계를 돌며 세 대륙의 여러 대학에서 강단에 섰다. 데이비드 몬티피오레를 통해 태린은 세상을 배웠다. 그녀는 또래 남자들은 따라올 수 없을 정도로 자신이 삶과 문화에 대해 잘 이해한다고 느꼈다. 게다가 아빠는 엄마보다 스무 살 연상이었다.

그래서 그녀는 그렉의 피부가 좀 거칠고 축 늘어져 있는 모습이 좋았다. 혀에 몇십 년 동안 찌든 담배 맛이 좋았고 머리가 희끗희끗해지는 것도 좋았다. 그렉이 그녀의 엉덩이를 움켜쥘 때면 그 엉덩이에서 상대적인 젊음을 느낄 것이다. 그런 점도 좋았다.

그러므로 이 결합에 미래가 있을지 모른다고 태린은 생각했다.

태린은 조만간 모델 일에서 은퇴할 것이다. 두 사람의 결혼식을 계획하고 신혼여행을 계획할 것이다. 당분간 세계여행을 떠났다가 베벌리힐스의 샌타바버라 스페인풍 저택에 신접살림을 차릴 수도 있다. 그들은 아이를 갖지 않을 것이다. 이 문제에 대해 태린은 확고부동했다. 그리고 결혼 후 금방 일을 시작할 것이다. 그녀에게는 인생 2막이 필요했다.

그녀는 이미 낮 시간대의 토크쇼 프로그램을 제안받았다. 근사한 인생의 다음 단계로 접어드는 계기가 되리라는 예감이 들었다. 게다가 에어로빅복의 디자인도 염두에 두고 있었다. 재미있을 일이 잔뜩 있었다.

태린은 자신이 무엇을 하고 무슨 결정을 내리든 그렉이 좋은 동반자가 되리라는 사실을 잘 알았다. 언제나 그녀 뒤에서 그녀를 믿고 지지해 줄 것이다. 두 사람이 함께라면 재미있는 일들이 잔뜩 일어날 것이다. 남은 인생이 매일같이 그럴 것이다.

이런 생각을 하자 태린의 얼굴에 저절로 미소가 번졌다. 전축 옆에 그렉과 함께 서 있던 태린은 그에게 몸을 기댔다.

"우리가 그걸, 그러니까 결혼을 한다면 꼭 알아둬야 할 게 있어요…. 내가 언제나 당신에게 충실하지만은 않을 거예요. 당신도 나만 바라볼 거라고 기대하지 않아요."

그렉이 미소를 지으며 고개를 끄덕였다. "좋아. 알겠어."

"하지만 우리가 죽는 날까지 항상 당신 곁에 있겠다고 약속할게요. 그게 내 약속이에요."

"내가 당신에게 요구하는 건 그게 다야. 내가 원하는 건 그게 다라고."

그녀는 그의 귓불에 입을 맞췄다. "좋아요. 그러면 당신과 결혼하겠어요." 그녀가 속삭였다.

그렉의 미소가 더욱 환해지더니 그녀의 어깨를 잡았다. 그리고 입을 맞췄다. "사랑해." 그가 말했다.

"나도 사랑해요." 태린이 그에게 말했다. "온 마음을 다해서."

바로 그때 누군가가 워터포드 크리스털 화병을 주방의 미닫이문에 던져 산산조각 냈다.

"됐어." 태린이 말했다. "이만하면 충분해!"

바닥에 나뒹구는 크리스털 조각이 100만 개는 될 것 같았다. 확실히 니나가 이 파티를 끝낼 때였다. 태린은 니나를 찾아 주위를 둘러보았지만 어디에도 보이지 않았다. 니나의 동생들도 찾아봤지만, 그들도 보이지 않았다. 브랜던도 마찬가지였다.

책임지고 결정을 내릴 사람이 아무도 없었다.

버네사가 태린에게 다가왔다. "리바 가족을 찾고 계세요?" 그녀가 물었다.

"한 명도 못 봤어."

"저도요. 30분 동안 키트를 찾아다녔어요. 그런데 아무도 안 보여요. 아무래도 니나 언니가 좋아하지 않을 것 같아요."

태린이 눈살을 찌푸렸다. 이 소동을 끝내야 할 사람은 아무래도 자신 같았다.

"그렉." 태린이 말했다. "음악 좀 제발 꺼줘요."

그렉이 고개를 끄덕이며 음악을 껐다. 사람들은 툴툴거리면서도 아무도 문을 향해 발길을 옮기지 않았다. 사실 그들은 음악이 더는 필요하지 않았다.

구석마다 모델들이 울고 있고 계단에는 록스타들이 마리화나를 피우고 있었다. 식당에서는 작가들이 싸우고 있고 욕실에는 팝스타들이 섹스를 하고 있고 소파마다 영화사 사장들이 뻗어 있었다. 풀밭을 보니 서퍼들이 토를 하고 있었다. 배우들은 와인 잔이 미식축구공이라도 되듯 던져대는 중이었다. 탤런트들이 니나의 옷을 입고 보석을 주머니에 쓸어 넣는 중이었다. 〈패밀리 타이즈〉에 나오는 배우 한 명이 바닥에 떨어진 샹들리에에 드러누워 '하트 오브 글래스'를 부르면서 뻥 뚫린 천장을 바라보았다.

"출장 뷔페 직원들부터 내보내죠." 버네사가 말했다. "술이라도 마시지 못하게요."

태린이 고개를 끄덕였다. 두 사람은 곧장 집을 돌아다니며 마주치는 바텐더와 칵테일 웨이트리스를 붙잡아 집으로 돌려보냈다.

하지만 마지막 사람을 돌려보내고 버네사와 태린이 파티장으로 돌아갔지만 별반 차이가 없었다. 여전히 소란스럽고 집 안은 폐허로 변하는 중이었다.

"파티는 끝났어요." 태린이 양손을 확성기처럼 말아 입에 대고 소리를 질렀다.

그 말에 반응을 보인 사람은 카일 맨하임뿐이었다. 그는 버네사에게 수줍게 손을 흔들어 인사를 던지며 얼른 문으로 달려갔다. 그녀는 허둥대며 뛰어가는 그를 향해 윙크를 했다. 나머지는 고개도 들지 않았다.

"이봐, 당신들은 자기 자신밖에 모르는 거야?" 버네사가 물었다.

태린이 고개를 절레절레 흔들었다. "물론 자기밖에 모르지." 그녀가 말했다. "너희들 다 역겨워."

그렉이 뒤에서 다가와 그녀의 손을 잡았다. "우리는 그냥 가자, 허니." 그가 말했다. "이건 당신 문제가 아니야."

바로 그때 총알 한 방이 거실의 문을 뚫고 날아와 벽난로 위 거울에 명중했다.

버네사와 태린은 몸을 웅크렸다. 그렉은 양팔로 두 사람을 감싸안으며 몸을 숙였다. 이윽고 세 사람이 다시 일어서니 브리저 밀러가 한 손에는 소총을 들고 해칠 의도는 없었다는 듯이 다른 손을 들고 있었다. "위층에 있는 여행 가방에서 이걸 찾았어. 비비탄을 쏘는 모형 총인 줄 알았는데." 그가 웃으며 말했다. "진짜 총인지 전혀 몰랐어, 정말이야."

"전부 나가, 지금 당장!" 태린이 소리를 꽥 질렀다. "안 그러면 경찰을 부를 거야."

여자 두 명이 겁에 질린 채 밖으로 뛰쳐나갔다. 세스 휘틀스가 총소리를 듣고 뛰어와 브리저의 손에서 총을 빼앗았다.

"빌어먹을, 지금 뭐 하는 거야?" 세스가 그에게 소리쳤다. "사람을 죽일 수도 있었다고!"

"누구를 죽일 생각은 없었어!" 브리저가 말했다. 그러더니 더는 관심이 없다는 듯 그대로 나갔다.

"어련하겠어." 세스는 태린과 버네사를 돌아보며 말했다. "경찰 불러요."

버네사가 곧장 주방으로 가서 수화기를 들고 경찰서에 전화를 걸었다.

"여보세요, 경찰이죠?" 그녀는 갑자기 쩔쩔매며 말했다. "어서 와주세요…. 여기로요…. 그러니까 누가 와서… 파티가 열렸는데, 아세요? 그런데 그게…." 버네사는 니나가 곤란하지 않도록 상황을 전할 방법이 도저히 생각나지 않았다. "좀 와주시면 안 돼요?"

태린이 버네사의 손에서 수화기를 받아 들었다. "클리프사이드 드라이브 28150번지로 경찰을 되도록 여러 명 보내주세요. 200명이 넘는 사람들이 모여서 파티를 벌였는데 통제 불능이에요."

케이시가 위태롭게 걸린 계단을 내려가면서 보니 모두의 시선을 한 몸에 받고 있었다. 그러다 균형을 잃고 계단을 잘못 디디는 바람에 마지막 몇 미터를 굴러떨어졌다. 믹이 본능적으로 케이시를 붙잡았다.

바로 그 행동 때문에 케이시는 잠깐이지만 믹이 아빠가 틀림없다고 생각했다. 하지만 몸을 똑바로 펴고 선 순간 그녀는 인생이 그런 식으로 흘러가지 않는다는 사실을 기억해 냈다.

"괜찮아요?" 믹이 케이시에게 물었다.

"네." 그녀는 고개를 끄덕이며 말했다. 똑바로 섰지만 발목에 힘을 줄 수 없었다. "고맙습니다."

"케이시, 괜찮아요?" 니나가 얼른 달려오며 물었다.

"케이시가 대체 누구야?" 키트가 입 모양으로 제이에게 물었다. 제이가 머리를 가로저었다. 몰라. 하지만 두 사람은 니나가 그들이 한 번도 본 적 없는 타인을 각별하게 신경 쓰는 모습에 왠지 가슴이 찌릿했다.

허드는 전혀 관심이 없었다. 당장 그는 병원에 갈 때까지 통증을 얼마나 더 견딜 수 있을지 열심히 생각하는 중이었다. 일단 코

뼈부터 맞춰야 했다. 그건 확실히 알 수 있었다. 잡고 있으면 욱신거리는 통증이 좀 나아질까 해서 콧잔등 제일 위쪽을 손으로 꼭 집어보았다. 소용이 없었다. 그래서 손을 놓고 고개를 들어 절뚝거리며 그를 향해 오는 케이시를 보았다.

그는 그녀가 누군지 짚이는 데가 전혀 없었다. 하지만 니나가 그녀를 보드 위 옆자리에 안전하게 앉히는 순간 알아버렸다.

직감이었거나 케이시의 입술을 봤기 때문일지도 몰랐다. 아니면 자신 같은 아이들, 그러니까 준이 낳지 않은 믹의 아이들이 더 있으리라는 사실을 누구보다 그는 잘 알기에 단숨에 답을 알아차렸을 수도 있다.

"죄송해요, 여러분." 케이시가 말했다. 그녀는 정신이 아득했다. 계단에서 굴러떨어진 충격 탓도 있지만, 무엇보다 그녀가 밤새 만나기를 고대했던 사람들의 얼굴을 찬찬히 바라볼 수 있었기 때문이다. 제이는 호리호리했고, 허드는⋯ 훨씬 다부졌다. 그리고 키트는 케이시가 마음속에 그렸던 그림과 꼭 맞아떨어지는 듯했다. 케이시는 그녀를 의심의 눈초리로 바라보는 리바가 적어도 한 명은 있으리라 짐작했다. 그리고 바로 키트가 그랬다.

"정확히 지금 무슨 일이 벌어지고 있어?" 키트가 물었다.

믹도 어리둥절하기는 마찬가지였다.

"이 아가씨는 케이시 그린즈야." 니나가 소개했다.

케이시가 누구도 똑바로 바라보지 않은 채 희미하게 미소를 지으며 손을 흔들었다.

니나는 상황을 부드럽게 풀어가며 모두에게 소식을 전할 에너지가 더는 없었다. 어린 시절부터 요령껏, 충격을 주지 않고, 매사를 좋게 좋게 풀어나가느라 너무나 많은 시간을 써버렸다. 그렇게 해봐도 결국 니나는 모든 일을 바로잡을 수는 없었다, 안 그런가? 빌어먹을. "우리 여동생일지 몰라."

모두가 놀란 가운데, 불쑥 입을 연 사람은 제이였다. "지금 무슨 소리를 하는 거야?"

믹이 제이의 말을 무시했다. "케이시라고 했나?" 믹이 그녀에게 말을 걸었다.

케이시가 고개를 끄덕였다.

"어떻게 된 일인지 내게도 들려줄 수 있을까?"

케이시가 무슨 말을 어떻게 해야 할지 몰라 우물쭈물했다. 그때 니나가 불쑥 끼어들자 케이시는 보살핌을 받는 느낌이 들었다. 마치 부드러운 담요에 둘러싸인 것처럼 말이다.

"1965년에 입양되었어요." 니나가 말했다. "쿠카몽가 목장의 그린즈 부부가 키워주셨고요."

니나가 케이시의 옆구리를 슬쩍 찌르며 손을 내밀었다. 그러자 케이시는 그녀에게 친모의 사진을 건넸다.

"이분이 케이시의 어머니래요." 니나가 말했다. "그러니까 낳아주신 어머니. 사진 뒷면을 보세요. 누군가 아빠가 케이시의 친부라고 적어놓았어요."

낳아주신 어머니라는 말을 듣자마자 허드는 자리에서 벌떡 일어나 케이시 옆에 앉고 싶은 강렬한 충동을 느꼈다. 그녀에게 물어보고 싶은 게 너무나 많았다.

니나가 믹에게 사진을 내밀자 믹이 만지기 싫다는 듯 슬며시 사진을 받고는 사진을 앞뒤로 살펴보았다.

"그분의 성함은…." 니나는 그 여자의 이름을 잊었다는 사실을 떠올렸다. "성함이 어떻게 되셨죠?"

케이시가 마침내 말문을 열었다. "모니카 리지모어예요." 이렇게 대답하는데, 자신이 정말로 믹 리바에게 말을 한다는 실감이 났다. 세상에서 가장 유명한 남자. 평생 광고물과 TV에서만 봤던 사람. "엄마는 열여덟 살이었을 거예요. 아마도 사람들에게 믹 리바의 아이를 가졌다고 말을 했던 것 같고요. 아저씨의 아기요."

허드는 아버지에게 과연 자식이 몇 명이나 될지 궁금했다. 제이는 여자가 거짓말을 하는 게 아닌지 궁금했다. 그리고 키트는 어떻게 자신들이 전부 지금 눈앞에 있는 이 남자의 핏줄이 될 수 있는지 의아할 따름이었다. 아무도 믹 리바를 닮지 않았는데 말이다.

"아저씨에게 바라는 건 아무것도 없어요." 케이시가 말했다. "아무것도요. 돈이나 그런 거요. 돈이라면 충분해요."

그녀는 그 순간 리바의 아이들 가운데 그 누구보다 가진 것이 훨씬 적었다. 믹과 비교하면 가진 것이 너무나 미미했기에 몇 퍼센트 정도 되는지 계산도 무의미했다.

"제가 여기 온 이유는…." 케이시는 계속 말을 잇기가 힘들었다.

무슨 말을 하고 싶은지는 알지만 아픔을 견디며 그 말을 할 수 있을지 자신이 없었다. 저는 천애 고아예요. 믹이 사진에서 고개를 들었다. 케이시는 엄마의 눈을 쏙 빼닮은 것 같았다.

"가족을 찾고 있대요." 니나가 말했다. "어디서 많이 듣던 소리죠?"

믹은 눈꼬리를 축 늘어뜨리고 부끄러운 듯 만감이 교차하는 미소를 지었다. 그는 니나와 케이시를 번갈아 보다가 다시 사진을 보았다.

사진 속 얼굴을 기억해 보려 했다. 이 여자—모니카 리지모어—와 1964년이나 1965년에 잤던가? 그 무렵 그는 엄청난 전성기를 구가했다. 전 세계로 공연을 다녔다. 여자들과 수도 없이 잠자리를 가졌다. 그들 중 일부는 소녀 팬이었다. 그랬다. 어떤 여자들은 어렸다.

믹이 사진에서 고개를 들고 케이시를 보았다. 그녀의 눈과 광대뼈, 입술을 유심히 살폈다. 어딘지 익숙한 구석이 있었다. 하지만 믹은 언제나 그런 느낌을 받았다. 평생 너무나 많은 사람들을 만나다 보니 오래전부터 자신에게 더는 낯선 사람이 없는 것 같다는 생각이 들기 시작했다. 겉은 다르지만 속은 똑같은 사람을 몇 번이고 반복해 만나는 기분이랄까.

모니카가 지어낸 소리일 수도 있지만 그가 모니카와 자고 까맣게 잊어버렸을 가능성도 똑같이 있었다.

"모르겠어." 그가 마침내 말했다. 그는 케이시가 눈을 감는 모습을 보았다. 오늘 밤에는 해답을 얻지 못하리라는 사실을 확인하는 순간 케이시의 가슴으로 실망감이 몰려왔다. "미안해요, 케이시. 이런 대답을 듣고 싶지는 않았을 거야. 하지만 솔직히 모르겠어."

그 대답이 니나와 제이, 허드, 키트, 케이시까지 그들 모두의 마음을 조금씩 무너뜨렸다. 믹 리바가 그들을 실망스럽게 만드는 방법은 끝이 없었다.

경관 여섯 명이 순찰차 세 대에 나눠 타고 도착했다.

고요한 포인트 듐의 거리로 들어오자 일단 사이렌을 껐다. 순찰차의 경광등 불빛만이 조용하게 높은 담장과 산울타리 위로 폭포처럼 흘러내렸다.

경찰은 니나의 집에 도착하자 문을 두드렸다. 콤프턴에서 벌어진 파티가 통제 불능 상태로 번졌다면 그들은 절대 문을 두드리지 않을 것이다. 레이머트 파크, 잉글우드, 다운타운, 코리아타운, 이스트 LA, 밴나이즈에서 그들은 곧장 걸어 들어갈 것이다. 하지만 이곳은 말리부였다. 부유한 백인들이 사는 곳. 부유한 백인은 '그들이 그럴 리가'라는 의심의 혜택을 입었고 그 외에도 수많은 특혜를 누렸다.

에디 퍼디 경사의 손가락 관절이 문에 닿자마자 문이 벌컥 열렸다. 퍼디 경사는 땅딸막하고 어깨가 떡 벌어졌으며 하루에 두 번 면도를 하지 않으면 얼굴이 까무잡잡한 수염으로 뒤덮였다. 그는 눈앞에 서 있는 근사한 여자를 쳐다보았다.

"오, 하느님 감사합니다. 마침내 오셨군요." 태린이 말했다. "어떻게 좀 해주세요. 사람들이 서프보드를 썰매처럼 타고 수영장으로 뛰어들겠다고 옥상에 올라가 있어요."

실내로 들어가니 사방에 유리가 깨어져 있고 토사물이 널려 있었다. 반쯤 벗은 채 완전히 뻗은 사람들도 보였다. 두 사람은 은쟁반에 담긴 코카인을 한창 흡입하는 중이었다. 채널 4 뉴스의 여성 앵커가 소스 그릇에 얼굴을 박고 울고 있었다.

"신고자분, 자택이십니까?" 퍼디 경사가 물었다.

"아뇨, 아니에요."

"여기에 집주인이 있습니까?"

"우리도 계속 찾는 중이에요." 태린이 말했다. 밖에서 버네사가 니나를 찾아다니는 중이었다.

"음, 집주인이 어디에 있는지 찾도록 우리를 도와주시겠습니까?" 그가 물었다. "집주인과 먼저 이야기를 해봐야 하거든요."

태린은 경사 앞에 서서 상황을 조리 있게 설명하려고 애썼다. "방금 말씀드렸다시피 니나가 어디에 있는지 모르겠어요. 하지만 이 상황을 정리하는 게 더 시급한 문제 아닌가요?"

"위층에 있을 가능성도 있습니까?" 퍼디 경사가 물었다. 그는 경관들에게 주변을 살펴보라고 지시했다.

"경관님. 지금 여기에 거울에 총을 쏘고 다니는 미친놈이 있어요." 태린이 말했다. "그 문제에 집중하면 안 되나요?"

"신고자분, 말조심을 해주세요."

"제 말을 듣고는 계신 건가요?" 태린이 물었다. "지금 그 총을 누가 가지고 있는지 몰라요. 브리저 밀러가 미닫이 유리문에 대고 총을 쐈어요. 제발 어떻게 좀 해주세요."

"잠깐만요." 경사가 말했다. "일단 신고자분을 안정시키는 게 먼저입니다. 자, 집주인을 어디에서 마지막으로 보셨죠?"

"경관님, 이미 말씀드렸잖아요. 니나가 어디에 있는지 몰라요. 아마 자기 아빠와 같이 있을 거예요. 믹 리바가 얼마 전에 여기 왔거든요."

"믹 리바가 이 집의 주인인가요?" 퍼드 경사가 동료들을 뒤돌아보며 마치 중요한 사실을 밝혀냈다는 듯이 한쪽 눈썹을 올렸다. "신고자분, 그런 사실은 좀 더 일찍 말씀해 주셔야 합니다."

"그 사람은 집주인이 아니에요. 그 사람 딸이 주인이죠."

퍼디 경사의 목소리에서 점점 짜증이 묻어 나왔다. "리바 씨는 어디에 있는지 말씀해 주시죠."

"왜요?" 태린이 물었다. "사인이라도 받으시게요?"

버네사가 모퉁이를 돌아 나왔다. "아무래도 그 사람들은" 그때 경찰을 보았다. "오, 다행이다. 우리 좀 도와주세요. 누가 릭턴스타인에 오줌을 쌌어요. 릭턴스타인 말이에요."

"알겠습니다." 퍼디 경사는 이렇게 말했지만, 그의 말투로 보건대 그는 물론이고 동료들조차 릭턴스타인이 뭔지 모르는 게 분명했다.

위층 어디에선가 뭔가가 쿵 하는 소리에 이어 첨벙하는 소리가 크게 들렸다. 누군가 서프보드를 지붕에서 던졌거나 보드를 타고 뛰어내린 소리였다.

"이제 뭐라도 좀 하실 건가요, 경관님?" 태린이 물었다.

"신고자분, 말투를 조심하시죠. 그런 식으로 내게 말했다가 체포하는 수가 있습니다."

"오, 그럴 수는 없을걸요." 태린이 말했다.

퍼디의 동료들은 어느새 그를 에워싼 채 그의 눈을 피하며 키득거리거나 시시덕거리기 시작했다. 버네사는 상황이 이상하게 돌아간다는 낌새를 느꼈다.

"신고자분, 지독히도 예쁘신 분인 건 알겠습니다. 그리고 어딜 가든 거기서 우두머리 행세를 하는 분이시겠군요. 눈에 선합니다. 하지만 여기서는 신고자분이 우두머리가 아닙니다, 아시겠어요?" 그가 태린에게 미소를 지었다. 그의 진심 어린 미소가 그녀를 더욱 짜증 나게 만들었다. "그러니까 아가씨, 내게 말할 때는 존경심을 담아. 안 그러면 우리에게 아주 큰 문제가 생길 테니까."

"경관님… 혹시 지금." 버네사가 입을 열었지만 태린이 말을 잘랐다.

"만약 경관님이 이렇게 서 있지만 않고 맡은 임무를 제대로 했다면." 그녀가 말했다. "나도 이런 이야기를 할 이유가 없겠죠."

"더는 노닥거리지 않도록 하지. 아가씨가 자꾸 내 성질을 건드리네." 퍼디가 이렇게 말하며 성큼 다가왔다. "그러니까 입조심 좀 해."

둘 사이의 거리가 점점 가까워졌고, 퍼디가 그녀의 눈을 잡아먹을 듯 쳐다보았다. "뭐라고요?" 그녀가 말했다. "지금 당신들을 여기에 부른 사람은 나예요. 나는 아무런 잘못도 하지 않았다고요."

태린은 퍼디와의 거리를 안전하게 벌여놓기 위해 허리를 젖혀 몸을 빼며 말했다.

퍼디는 더 앞으로 다가왔다. "아가씨, 기가 세네, 그렇지?" 그러더니 왼손을 들어 그녀의 얼굴로 가져가더니 눈을 똑바로 바라보며 그녀의 귀 뒤로 머리카락을 넘겼다. "그래. 훨씬 낫네."

그 순간 태린이 손을 뒤로 획 들더니 에디 퍼디 경사의 따귀를 때렸다.

아빠를 바라보는 순간 제이는 피가 거꾸로 솟는 것 같았다. "자식이 몇 명인지 알기나 해요?" 그가 쏘아붙였다.

그 순간 제이의 머릿속에는 온갖 생각이 떠올랐다. 이제야 가능성을 떠올려 보는 역겨운 시나리오들이 수도 없이 머릿속으로 몰려들었다. 처음으로 자신의 형제가 이 네 명 말고 더 있을지 모른다는 생각이 들었다. 제이는 자신의 존재가 점점 줄어드는 듯한 기분이었다.

"그 문제는 건드리지 말자꾸나." 믹이 고개를 저으며 말했다.

그의 아이들은 여전히 그를 뚫어져라 바라보았다.

"지금까지 내게 세 건의 친자 확인 소송이 제기되었어." 그가 마침내 말했다. "그리고 세 건 모두 내가 친부가 아닌 걸로 밝혀졌지."

"그게 아빠의 답변이에요?" 키트가 물었다.

믹이 고개를 떨구었다가 키트를 바라보았다.

키트는 고개를 절레절레 흔들었다. "아주 모범적인 분이셨네요, 아빠."

키트가 조롱하는 말투로 그를 부르는 순간 그는 숨이 턱 막히는 것 같았다.

어째서 이 아이들은 아빠를 보고도 조금도 기뻐하지 않을까? 그는 한 번도 자신의 부모를 이렇게 대하지 않았다. 어머니가 무슨 짓을 하건 아버지가 어디로 가버리건 그는 항상 부모님이 돌아오면 반갑게 맞았다.

"내가 알기로 나와 관계를 가진 여자 두 명이 중절 수술을 했어." 믹이 말했다.

"멋있기도 해라." 키트가 쏘아붙이듯 말했다.

믹은 키트의 말을 무시하려고 했다. "또 다른 여자는 유산을 했고. 하지만 대체로 나는 매우 조심했어. 특히 너희 엄마를 마지막으로 떠난 후로는. 정말 신경을 많이 썼다고."

"그래서 상이라도 달라는 거예요?" 키트가 되물었다.

"내 말을 듣고 있기는 하니? 네 질문에 대답해 주려는 거잖니. 네게 해명하는 중이야. 그 문제에 관해서는 책임감 있게 행동하려고 최선을 다했어. 나와 자는 여자들에게 더는 아이를 원하지 않는다고 말했어. 아빠가 되고 싶다면 내 아이들이 있는 집으로 돌아가겠다고 말했다고."

해변은 쥐 죽은 듯이 조용해졌다.

"와우." 마침내 키트가 불쑥 말했다. 어찌나 화가 치미는지 얼굴이 벌게질 정도였다. "그거 아세요?" 키트가 말했다. "됐어요. 궁금증을 해결해 주셔서 아주 감사해요. 항상 아빠가 우리를 사랑하기는 했는지 궁금했는데 이제 그 해답을 찾았네요."

믹이 고개를 흔들었지만 키트는 입을 다물지 않았다. "괜찮다니까요. 우리한테는 서로가 있어요. 아빠가 집 나간 줄도 거의 몰랐어요."

믹은 딱딱한 딸의 표정에서 고통을 보았다. 벌벌 떨리는 턱과 가늘어진 눈이 다 말해주었다. 그도 어린 시절 같은 의문을 품으며 결국 같은 결론에 도달했을 때 바로 저런 표정을 지었으니까.

믹이 다시 고개를 가로저었다. "너희는 나를 오해하고 있어."

"어떻게 하면 아빠를 오해할 수 있는지 정말 모르겠네요." 허드가 말했다. "지금까지 우리의 아버지가 되고 싶었던 적이 한 번도 없었다고 확실하게 밝히셨잖아요."

"이건 원하고 말고의 문제가 아니야." 믹의 목소리가 점점 커졌다. "지금까지 계속 말해왔잖니! 내가 아빠가 될 수 있었다면 너희의 아빠가 되었을 거라고. 나는 너희 모두의 아버지가 되고 싶었어. 하지만 할 수 없었어. 아버지가 될 수 없었다고.

부모가 된다는 건, 우선 이 사실부터 알아야 해. 세상에는 부모 노릇에 적합하게 태어나지 않은 사람들이 있어. 부모가 되려면 필요한 것을 타고나지 못했다는 말이야. 나는 그런 게 없어. 하지만 지금 여기에 와 있잖니. 우리가 이 상황을 이해할 수 있으면 좋겠다고 바라고 있어. 나는… 전에는 그냥 할 수가 없었어. 그런데 지금은 내게도 부모가 될 힘이 생긴 것 같아. 그리고 이제부터라도 너희 삶의 일부가 되고 싶구나. 저녁을 함께 먹고… 싶어. 모르겠다. 명절을 함께 보내거나 가족이 모여서 할 만한 그런 일들이 있겠지. 그런 걸 하고 싶어."

그때였다. 니나가 깔깔거리며 웃기 시작했다. 미친 여자처럼, 기둥에 묶여 활활 불타올랐던 그 여자들처럼 웃었다.

"오, 맙소사." 니나가 머리카락 속으로 양손을 파묻은 채 머리를 마구 흔들며 말했다. "하마터면 깜박 속을 뻔했네. 아빠의 말은 아무 의미가 없다는 걸 잊고 있었어. 아빠는 하고 싶은 대로 말은 하지만 정작 의미 있는 일을 실행할 준비는 전혀 안 돼 있죠."

"니나…." 믹이 말했다. "제발 그런 말을 하지 마. 지금껏 내가 왜 아버지 역할을 할 능력이 되지 않았는지 설명해 주려는 거니까."

니나가 고개를 가로저었다. "아빠가 어떤 식으로든 진짜 부모라면, 그런 능력이 되고 말고는 양육과 전혀 상관이 없다는 사실을 아실 거예요."

믹은 니나를 보며 눈살을 찌푸리고 한숨을 내쉬었다.

"엄마는 혼자 힘으로 네 아이를 키울 능력이 된다고 느꼈을까요? 아빠에게 버림받았다는 사실을, 그것도 두 번이나 버림받았다는 걸 온 세상이 다 아는데도 고개를 꼿꼿이 들 능력이 된다고요? 돈을 벌고 집안일을 다 처리하고 우리 모두의 숙제를 도와줄 능력이 된다고요? 돈도 시간도 없지만, 우리 각자의 생일을 특별한 날로 만들 능력이 된다고요? 제이가 버터크림을 얹은 초콜릿 케이크를, 키트가 코코넛 케이크를, 허드가 초콜릿을 입힌 노란 케이크를 좋아한다는 사실을 기억하고? 항상 촛불을 정확한 개수로 꽂고?

 엄마가 빌어먹을 익사를 한 후에 내가 그 모든 것을 떠안을 능력이 될 거라고 느꼈다는 거예요? 온갖 청구서를 다 해결하고 빌어먹을 말리부 마트에서 코코넛을 사려고 있는 돈을 박박 긁어모을 능력이 된다고 느꼈을까요? 동생들이 한밤중에 자다 깨서 고아가 되었다는 사실을 떠올릴 때마다 꼭 안아줄 능력이 된다고 느꼈을까요? 내가 그런 일을 혼자서 다 떠안을 수 있어서 고등학교를 중퇴하고 싶었을까요? 스물다섯 살이 되도록 고등학교 졸업장도 없이 살고 싶었을까요?"

 믹은 딸의 이야기를 들으며 움찔했다. 뜨끔하는 그의 표정에 니나는 화가 폭발했다.

 "나는 그 어느 것도 할 능력이 된다고 느끼지 않았어요! 그런데 그게 중요했을까요? 물론 아니죠. 그래서 나는 엄마가 돌아가신 후로, 심지어 엄마가 돌아가시기 훨씬 전부터도 매일같이 눈을 뜨고 일어나면 해야 할 일을 했어요. 능력이 되니 마니 내게는 그런 질문을 떠올리는 것조차 사치였어요. 내 가족에게 내가 필요했으니까요. 그리고 아빠와 달리 나는 그 사실이 얼마나 중요한지 아니까요."

 "니나―" 믹이 말을 끊으려 했다.

 "내가 지금 엉덩이 사진을 팔고 이런 좆같은 절벽에서 살고 싶어서 사는 줄 아세요? 아뇨, 아니에요. 나는 포르투갈의 어느 이름 없는 해변에 오두막을 짓고 파도를 타고 그날그날 잡히는 대로 먹으면서 살고 싶어요. 하지만 그렇게 하지 않아요. 여기에 있죠. 가족이 되는 건 그런 거니까요. 머무르는 것요. 포옹을 기대하며 자정 넘어 파티에 어슬렁어슬렁 들르는 게 아니라."

"니나, 네 말이 맞아. 나는 나약한―"

"좋으시겠어요. 나약할 수도 있어서. 나야 알 길이 없지만요."

이 말에 키트는 웃음이 새어 나왔지만, 얼른 턱에 손을 얹어 미소를 숨겼다.

니나는 계속했다. "아빠는 누군가의 곁을 지킨다는 것이 어떤 의미인지 조금도 모를 거예요. 아이를 지키기 위해 무엇이 필요한지 아무것도 모르겠죠. 엄마는 곁을 지켰어요. 그리고 엄마가 할 수 없게 되자 내가 그 일을 끝마치려고 노력했어요. 아니죠. 방금 말은 무시하세요. 나는 끝마치려고 노력하지 않았어요. 나는 그 일을 끝마쳤어요. 그 증거로 저 아이들을 보세요. 모두 재능 넘치고 영리하고 잘생겼죠. 네, 물론 우리는 완벽하지는 않아요. 하지만 우리는 진실해요. 충직함이라는 가치에 대해 잘 알고요. 서로를 위해 힘이 되어주죠.

그리고 그건 다 엄마와 내가 위대한 일을 했기 때문이에요. 아빠는… 아빠가 조금만 관심이 있었으면 할 수 있었는데도 아무것도 하지 않았죠. 그래도 아빠가 우리 곁에 없었던 덕분에 우리는 아빠 없이도 살아나가는 법을 배웠어요."

니나는 잠시 말을 쉬고 눈을 감았다. 그러더니 다시 아빠를 노려보았다. "우리 형제의 입장을 내가 대변한다고는 할 수 없겠죠,

아빠. 그러니 이건 내 입장일 뿐이에요. 내 인생에서 아빠의 자리는 더는 없어요. 아빠에게 그런 자리를 내줘야 할 만큼 신세를 진 적도 없고요."

니나는 말을 다 끝내자 양손으로 두 볼에 번진 눈물을 닦고 그 손을 다시 바지에 닦았다. 그녀는 숨을 고르며 감정을 가라앉혔다. 그렇게 가만히 서 있으니 평화가 스르르 마음에 깃드는 것 같았다. 분노를 말로 터트림으로써 몸에 틀어박혀 있던 분노를 모두 털어낸 것 같았다. 온몸의 힘줄이 느슨해지면서 오래전부터 딱딱하게 굳어 있던 부위들이 다시 부드러워진 것만 같았다.

믹은 딸의 얼굴이 평화로워지는 모습을 지켜보았다. 딸에게 다가가 꼭 안아주고 싶은 마음이 간절했다. 니나가 여섯 살이었을 때 이 해변에서 고작 몇 킬로 떨어진 곳에서 함께 연을 날렸던 때처럼 꼭 안아주고 싶었다. 하지만 단 한 발자국도 니나에게 다가가지 않는 편이 더 낫다는 사실을 그는 알았다.

"너희 모두 이렇게 생각하니?" 믹이 나머지 아이들에게 물었다.

니나는 아빠에게서 시선을 돌려 바다를 보며 다시 눈물을 닦았다.

키트는 모래사장을 보며 고개를 끄덕였다. 안팎으로 멍투성이인 허드는 아빠를 보았다. "내 생각에는…."

"너무 늦었어요, 아빠." 제이가 말했다.

그 말을 하면서 제이는 많이 아팠다. 아빠가 안쓰러웠다. 형제들이 안쓰러웠다. 하지만 그 어떤 사실보다도 그가 아빠를 너무 간절하게 필요했던 그때가 아니라 바로 지금 나타났다는 사실이 제이는 너무 슬펐다. 눈앞의 남자는 제이가 그토록 갈망했던 사람이었던 적이 한 번도 없었다. 그런 사람은 애초에 존재하지도 않았다. 그 사실만으로도 가슴이 미어졌다.

믹은 입을 꾹 다물고 고개를 끄덕이며 아이들의 생각을 받아들였다. 그는 아이들을 바라보았다. 동생들을 건사하고 자신의 길을 개척한 맏딸, 니나. 도저히 범접할 수 없는 분야에서 명성을 쌓은 장남, 제이. 시작은 고달팠지만, 이 세상에서 성공하는 방법을 찾은 차남, 허드. 그와 그 어떤 교감도 없이 그가 자신의 성격 중에서 가장 좋아하는 면을 물려받은 듯 보이는 막내딸, 키트. 자신의 아이인지 알 수는 없지만, 믹이 그녀 나이였을 때와 몹시 비슷한 처지에 처했어도 훨씬 더 우아하게 헤쳐나가는 어린 아가씨, 케이시까지.

"그래." 믹이 말했다. "알겠다."

그가 이제 와 아이들이 필요했던 건 외로웠기 때문이다. 머지않아 별 볼 일 없는 존재가 될 것이 두려웠기 때문이다. 그의 집이 동굴처럼 텅 비어 있기 때문이었다.

하지만 아이들은 그가 필요 없었다.

"너희가 외로움을 느끼면서 자라게 할 마음은 없었어. 아무도 의지할 사람이 없다고… 느끼면서 말이야." 그는 이렇게 말하면서 순간적으로 손가락 안쪽으로 눈을 덮었다. "너희가 내 말을 믿어줄 것 같지는 않지만 나는 절대 그런 걸 원하지 않았어."

어느새 믹의 목소리가 갈라지기 시작했다. "내 아버지는 툭하면 어머니를 두고 집을 나갔어." 그가 말했다. "그러면 한참 동안 돌아오지 않으셨지. 그리고 내 어머니는… 며칠이고 내 존재를 잊곤 했어. 두 분이 다 그러셨지."

니나는 아빠의 시선을 피한 채 그들이 있는 곳을 지나가며 물속에서 자맥질하는 돌고래 가족을 물끄러미 바라보았다. 니나는 돌고래 가족이 언제나 다 같이 한 방향으로 물살을 가르는 모습이 좋았다. 그들은 해변에서 벌어지는 일에는 무관심한 채 앞으로만 나아갔다. 니나가 태어나기 전에도 돌고래들은 말리부의 해안을 따라 헤엄을 쳤고 그녀가 세상을 뜬 후로도 오래도록 해안을 따라 헤엄쳐 갈 것이다. 그리고 그 사실에 니나는 마음이 편안해졌다.

"부모님은 내가 지금 케이시의 나이였을 때 돌아가셨어." 믹이 말했다. "동시에. 꼭… 꼭 너처럼. 정말 너처럼. 어머니는… 어느 오후에 아버지에게 불같이 화를 내셨어. 아버지가 식당에서 만난 웨이트리스와 눈이 맞은 직후였지. 어머니는 이불에 불을 지르셨어. 그때 나는 집에 없었어. 그래서 정확히 무슨 일이 있었는지 몰라. 아마도 아버지를 화나게 하려고 그러셨겠지. 결국… 결국 상황은 순식간에 걷잡을 수 없이 번지고 말았단다.

그때 나는 열여덟 살이었어. 학교를 마치고 집에 오니 집이 없어졌더구나. 전소했지. 부모님은 다 돌아가셨고."

믹이 고개를 들어 하늘을 보더니 다시 아이들에게로 시선을 돌렸다. "한순간에 나는 천애 고아가 되었어. 나도 고등학교를 졸업

하지 못했어." 그는 이렇게 말하며 니나를 보았다.

니나는 아빠의 눈을 똑바로 바라보았다. 그녀의 표정이 딱딱해졌다. 아빠가 안됐다는 생각이 들었다. 그러자 아까보다 더 화가 났다. 가족을 잃는 것이 어떤지 아는 아빠가 어떻게 딸에게 똑같은 일이 일어나게 방치했단 말인가. 그는 지금껏 내내 부모를 잃는 대가를 알았으면서도 니나에게도 같은 일이 벌어지지 않도록 아무런 조치도 취하지 않았다.

"너희 엄마를 만나기 전까지 나는 사랑을 받을 때의 느낌을 전혀 몰랐던 것 같아. 나는 누군가를 한 번도 보살핀 적 없는 사람들, 욱하면 서슴지 않고 집에 불을 지를 수 있는 사람들에게서 태어났어.

어쨌든 눈물 없이는 듣지 못하는 이야기 같은 걸로 징징거리고 싶지는 않아. 내가 말하려는 건 그게 아니야. 내 말은⋯ 그 경이로움이 어떤 느낌인지 알아. 누군가에게 사랑을 받는다면, 누군가의 소중한 사람이 된다면 어떤 느낌인지 말이야. 너희에게 그런 짓을 해서는 안 되었어. 너희가 그런 식으로 느끼지 않도록 내가 나서야 했어." 그는 목이 메었다. "그런데⋯ 모르겠구나⋯. 결국은 그렇게 되어버리고 말았어.

너희 엄마가 죽었다는 소식을 듣고 나는 그 사실이 어딘가로 사라지면 좋겠다고 생각했어. 믿고 싶지 않았어. 여전히 너희와 함께 살고 있다고 상상하고 싶었어. 내가 너희를 실망시켰고 세상이 너희에게 유일무이한 좋은 부모를 앗아갔다는 사실을 받아들이고 싶지 않았어. 그래서 그냥… 무시했어. 사실이 아닌 척했어. 얼마 후에 네가 동생들의 후견인 신청을 했다는 통지를 받았어. 그러자 나는… 누가 나를 위해 결정을 내려준 것 같더구나."

"아빠는 그 사실을 인지조차 하지 않았어요." 니나가 말했다.

"하루하루가 지나갈수록 점점 더 수치스러웠어. 그래서 전화를 못하게 되었어. 어쨌든… 그건 내가 문제였어. 너희가 아니라. 여기에 와서 비로소 알게 되었어. 내가 사랑받을 자격이 없거나… 사랑을 받을 만큼 착하지 않아서 부모님이 나를 그렇게 키웠다고 생각했던 것 같아. 하지만…." 믹은 눈을 감고 고개를 흔들었다. "내가 한 짓, 너희를 실망하게 한 일은 너희가 보살핌을 받을 자격이 없기 때문이 아니었어. 내 부모님은 이런 말씀을 해주시지 않아. 그래서 나는 늘 의심 속에서 살았어. 하지만 나는 오늘 이곳에 왔고 너희에게 확실히 말해줄 수 있어. 너희는 더 나은 대접을 받을 자격이 있었어. 이 세상을 다 가질 자격이 있었어."

믹의 눈에 눈물이 차올랐다. 그는 아이들의 눈을 차례로 응시했다. 케이시조차 빼지 않았다. "너희는 이 세상에서 매 순간 사랑받았다." 그는 울먹이며 말했다. 그는 양손을 기도하듯 모으고 자신의 가슴으로 가져간 후 말했다. "내가 이 세상에 존재하는 한다는 건 너희를 사랑하는 누군가가 이 세상에 존재한다는 말이야. 나는 그저… 나는 정말 이기적인 인간이야. 하지만 너희 모두에게 약속하마. 너희를 사랑해. 정말 사랑해."

하늘이 서서히 밝아오기 시작했다. 니나는 너무 피곤했다.

"제 생각에 문제는요, 아빠." 이렇게 말문을 연 니나의 목소리에는 아무도 예상하지 못한 온기가 깃들어 있었다. "아빠의 사랑이 별 의미가 없다는 사실이에요."

믹이 눈을 감았다. 그리고 고개를 끄덕였다. 그가 말했다. "안다, 애야. 알아. 그래서 미안하다."

퍼디 경사가 그에게 소리를 지르는 태린에게 수갑을 채웠다.

"지금 뭐 하는 거예요?" 태린이 소리쳤다.

"귀하는 경관에게 위협적인 말을 했습니다." 그는 이렇게 말한 후 그녀의 양손을 등 뒤로 돌렸다. 그 동작으로 그녀는 팔꿈치가 밖으로 꺾이며 균형을 잃었다. 태린은 계단에서 앞으로 휘청거리며 넘어졌다. 그는 거칠게 그녀를 끌어당겨 자신의 몸으로 바짝 붙였다. 그가 미소를 지었다.

버네사가 소리쳤다. 그녀는 두 번 생각하지 않고 그를 밀쳤다. "다시는 그분 몸에 손대지 마!" 그녀가 소리쳤다.

퍼디 뒤에 서 있던 경찰이 버네사의 양팔을 움켜쥐고 팔을 바짝 뒤로 돌려서 수갑을 채웠다.

그렉이 모퉁이를 돌아 나오는 순간, 무슨 소동이 벌어졌는지 궁금했던 리키가 거실로 들어왔다.

"이게 다 무슨 일이야?" 그렉이 소리쳤다. "그 사람을 풀어줘요!"

본능적으로 리키는 몸을 던져 두 여자에게서 두 경관을 밀쳐냈다. 퍼디는 뒤로 조금 밀렸지만 다른 경관은 꿈쩍도 하지 않았다.

"두 사람에게서 떨어져요!" 리키가 말했다. "당신들이 무슨 배지를 달고 있건 상관없어!"

퍼디가 리키를 보았고 그 눈빛에서 리키는 이 일로 대가를 치르리라는 걸 알았다. 하지만 두 경관이 다가오는 동안 꼿꼿이 서서 버텼다. 그들이 양팔을 등 뒤로 돌려 수갑을 채우는 동안에도 최대한 덤덤한 표정을 지었다.

수갑이 너무 빡빡해서 인상을 썼다. 그런데 그 순간 태린이 그와 눈을 맞추고 입 모양으로 '고마워요'라고 말했다. 버네사는 미소를 지었다. 그렉이 리키에게 고개를 끄덕여 주었고 나머지 사람들은 환호를 보냈다.

태린과 버네사, 리키는 모두 유치장으로 가게 될 것이다. 하지만 적어도 그들은 싸워보기는 했다.

다음 순간 경찰은 사람들을 급습하기 시작했다.

그들은 테니스 코트에서 LSD로 환각 상태에 빠진 배우 두 명(튜즈데이 헨드릭스와 라파엘 로페즈, 마약 소지), 코카인을 공급한 한 명(보비 하우스먼, 배포 의도로 마약 소지), 덩치 큰 닌자 스타처럼 쟁반을 던지는 두 명(본 도너번과 브리저 밀러, 기물 파괴죄), 풀밭 한가운데에서 드러머의 성기를 애무하는 나체 여성(웬디 팔머, 공공장소 성기노출죄와 공연음란죄), 니나와 브랜던의 소유물이 확실한 귀중품을 주머니 가득 채운 사람들(테드 트래비스와 비키 브룩스, 중절도죄), 총을 들고 있는 사람(세스 휘틀스, 허가증 없이 장전된 총기 소지)을 체포했다.

경찰서로 데려갈 사람들이 너무 많아서 경찰은 호송차를 불러야 했다. 경찰은 저택의 나머지 구역에 있는 사람들을 내보내는 한편 이들을 경찰 밴에 태웠다. 브리저는 튜즈데이를 보자마자 무섭게 노려보았다. 튜즈데이는 그를 쳐다보려고도 하지 않은 채 라파엘만 바라보았다. 테드와 비키는 수갑을 찬 채로 손을 잡으려고 했다. 보비는 웬디에게 고개를 끄덕였다. 웬디는 세스에게 상냥하게 미소를 지었다. 본은 애써 구토를 참았다.

리키가 버네사 옆에 앉혀졌다. 두 사람은 사람들 사이에 끼여서 거의 틈이 없을 정도로 꼭 붙어 앉았다.

"묘한 밤이네." 리키가 버네사에게 말했다.

"맞아." 그녀가 맞장구를 쳤다. "묘한 밤이야. 어쨌든 고마워. 나를 위해서 경찰에 맞서줘서."

"아, 그렇지 뭐." 리키가 말했다. "당연한 거지. 그러니까 언제든지."

버네사가 미소를 지으며 몸을 기울여 리키의 입술에 키스를 했다. "나중에 같이 놀러나 갈까." 그녀가 말했다.

리키가 고개를 끄덕였다. "내일 밤 어때? 둘 다 감옥에 있지 않으면."

"좋아." 버네사가 말했다.

수갑을 찬 채 나란히 앉은 두 사람의 얼굴에 미소가 번졌다. 이런 식으로 그 밤의 끄트머리는 나름의 시작을 잉태했다.

태린이 마지막으로 호송차에 태워졌다.

"당신을 꺼내줄게." 그렉이 그녀에게 소리쳤다. "호송차를 바로 뒤따라 갈 거야."

"꼭 그래야 해!" 닫히는 문밖으로 그녀가 소리쳤다. "이 사람들 다 미쳤어!"

경찰서로 돌아가던 경찰은 길가에 처박힌 검은색 재규어를 발견했다. 후드가 나무 주위를 감싸듯 찌그러졌고 엔진에서는 연기가 피어올랐다.

그들은 술에 진탕 취했지만 털끝 하나 다치지 않은 브랜던 랜들(음주운전)을 체포했다.

열세 명이 체포되고 손님 수백 명이 저택에서 쫓겨났다. 그러나 리바 가족은 어디에도 없었다.

시계가 오전 5시를 칠 무렵 10년간 매년 열렸던 파티는 막을 내렸다.

05:00

그들 여섯 명은 한동안 말없이 해변에 앉아 있었다. 아무도 선뜻 움직이지 않았다.

그들은 니나와 제이, 허드, 키트 그리고 믹조차 지난 20년 동안 마음 한구석에 담아두었던 질문들의 해답을 얻었다. 그가 다시 돌아올까? 다시 그들과 가족이 될 수 있을까?

그렇다. 하지만 아니다.

그리하여 그들은 말없이 앉아 있었지만, 각자의 마음에서는 세상이 뒤집혔다가 다시 제자리를 찾아갔다.

몇 시간처럼 느껴진 시간이 흐른 후 니나는 일어서서 다리에 묻은 모래를 털었다. 샌타애나 바람이 점점 강해지는 중이었다. 니나는 그 사실을 어깨에 닿는 공기로 알 수 있었다. "추워질 거야." 그녀가 말했다.

그들은 서프보드를 창고에 넣어둔 채 절벽의 꼭대기를 향해 계단을 오르기 시작했다.

* * *

제이는 지난 열두 시간 동안 일어난 거의 모든 일로 심한 충격을 받은 상태였다. 당장은 자신에게 일어난 일들을 제대로 받아들이지 못했다. 그 의미를 완전히 이해하기까지 한동안 시간이 걸릴 것이라는 사실을 잘 알았다. 하지만 당장 한 가지만큼은 확실했다. 그는 자신의 아빠 같은 사람은 절대 되고 싶지 않았다.

지금까지 제이는 믹 리바의 명성이나 권위 덕을 볼 수도 있지 않냐고 수도 없이 생각했다. 하지만 이제는 똑똑히 안다. 그는 절대 아빠처럼 명성이나 권위에 탐닉하고 싶지 않았다.

솔직히 허드와 그런 일이 있었으면서도 제이가 이 세상에 우러러보는 남자가 있다면 언제나 허드였다. 그는 이 사실을 기꺼이 인정했다. 지금처럼 그 사실을 쉽사리 받아들이기 힘든 순간조차 그것은 부인할 수 없는 사실이었다.

허드가 힘겹게 계단을 올라가는데, 제이가 얼른 뒤로 다가왔다. 그는 손을 내밀어 허드를 부축하며 속삭이는 정도는 아니지만 다른 사람에게 들리지 않을 정도로 이렇게 말했다. "네 사과가 필요해."

"미안해." 허드가 말했다.

"아니, 진심을 담아서 사과하란 말이야. 네가 다시는 내게 거짓말을 하지 않을 거라고, 그래서 영원히 너를 믿어도 된다고 생각할 수 있게. 아무것도 변하지 않은 것처럼."

허드가 고개를 들어 제이를 보며 자신의 슬픔을 그대로 보여주었다. 제이는 허드의 얼굴과 몸에서 고통을 느꼈다. 그 고통이 단지 부러진 갈비뼈 때문이 아니라는 걸 알 정도로 두 사람의 마음은 잘 통했다. "정말 미안해." 허드가 말했다.

"좋았어." 제이가 말했다. "우리는 이제 괜찮아." 그 말을 끝으로 제이는 허드의 체중을 자신의 어깨로 오롯이 감당하며 허드가 절벽을 오르도록 도왔다.

* * *

허드는 아버지의 이야기를 듣다 보니 엄마 생각이 났다. 그리고 엄마가 늘 들려주었던 이야기도 떠올랐다. 얼떨결에 허드를 건네받게 된 경위며 허드를 안는 순간 앙 울음을 터트리자 바로 그 자리에서 허드를 사랑하게 되었다는 이야기들.

엄마는 허드를 사랑하기로 했고 그 결심이 그의 인생을 바꿨다.

허드는 엄마가 그를 사랑해 주었듯이 자신의 아이를 사랑할 것이다. 그 어떤 의심도 느끼지 않도록 매일매일 명확하게.

그리고 어쩌면 지금으로부터 25년 후 리바스 형제 모두와 새로운 세대가 더해진 리바 가족이 바로 이 해변에 모일지 모른다. 그때는 또 다른 감상이 더해져 있을 수도 있겠지. 가령 그의 아이들은 그가 너무 관대하다거나 너무 엄격하다고 말하리라. 그가 y에 집중해야 할 때 자꾸 x를 강조한다고 투덜거릴지도 몰랐다.

그 생각을 하자 절로 웃음이 나왔다. 앞으로 살아가면서 또 얼마나 실수를 하고 일을 망쳐댈지. 결국 인생의 길잡이가 될 소소한 실수들과 가슴 아픈 일들. 이런 것들은 피할 수 없다, 안 그런가? 엄마는 성공한 만큼 실패도 했다.

하지만 이것만큼은 그의 뼛속까지 깊이 새겨져 있다. 그는 절대 떠나지 않을 것이다.

그의 아이—운이 좋다면 아이들이겠지—는 태어나는 그 순간부터 그가 절대 어디로도 떠나지 않으리라는 사실을 알게 되리라.

* * *

키트는 예상과 달리 아빠에 대해 조금은 좋은 감정이 생겼다. 물론 이건 좋아하는 것과는 다르다. 하지만 아빠에게도 불완전하나마 영혼이 있다는 사실을 알게 되어 기뻤다. 아빠가 전적으로 나쁜 사람만은 아니라는 사실을 알게 되니 자신이 더 좋아졌다. 마음속 깊은 곳에 있어 아직 들여다보지 못한 자신의 본모습이 덜 두려워졌다.

모두 계단을 끝까지 다 올라가자 키트는 제일 어린 여동생들만의 권리라도 되듯 사람들을 밀치고 앞으로 가더니 케이시 근처까지 가서 잠시 멈췄다.

키트는 발걸음을 늦추고 케이시를 지나가며 말했다. "먼저 갈게."

얼마 후 키트는 아빠가 제일 끝에 선 채 모두 거의 말을 하지 않고 계단을 오르던 순간을 자신들의 가족이 새로운 모습을 갖추고, 케이시가 들어설 자리를 만들어주고, 니나가 떠나갈 자리를 만들어준 계기로 추억할 것이다.

키트가 니나의 어깨를 톡톡 쳤다. "언니." 키트가 소리 죽여 니나를 불렀다.

"응." 니나가 말했다.

"포르투갈에 있다는 거기는 어디야?" 키트가 물었다.

"응?" 니나가 되물었다.

"포르투갈에 있다는 거기. 거기로 가서 그날 잡은 물고기를 먹고 싶다고 아까 그랬잖아."

"아," 니나가 말했다. "말이 그렇다는 거지, 뭐."

"아니, 그럴 리 없어." 키트가 말했다. "내가 언니를 몰라?"

"그런 게 중요하니?"

"그때가 언니 평생 가장 솔직한 순간이었어." 키트가 말했다. "그 무엇보다 중요한 일이야."

니나는 고개를 돌려 동생을 보았다. "마데이라. 나는 줄곧 마데이라의 바닷가 작은 집에서 살고 싶었어. 식료품을 사려면 일주일에 한 번 시내로 나가야 하는 그런 곳. 아무도 내가 누구고 내 아버지가 누군지 모르고, 아무도 벽에 내 포스터를 붙여놓지 않고, 먹고 싶은 대로 먹을 수 있는 곳에서 살고 싶어. 그곳에서는 머리도 내 멋대로 자를 수 있어. 나는 어쩌면 정원사나 조경사가 될 수도 있어. 야외에서 일을 하는 사람. 그곳에서는 내가 브랜던과 결혼했다는 사실을 아는 사람도 없어. 파도가 좋으면 나는 항상 바다에 있을 거야."

키트는 그 그림이 총천연색으로 완벽하게 그려졌다. 리바의 아이들이 니나를 위해 해줄 수 있는 것.

* * *

믹은 아이들을 진심으로 사랑한다면 이대로 내버려둬야 한다는 사실을 알았다. 너무나 간단해 보였고, 할 수 있을 줄 알았다. 그것이 자신을 구원하는 길이라고 생각했다.

그래서 그는 계단을 다 올라가면 아이들을 한 명씩 안아주고 직통 전화번호를 알려주며 점심을 같이 먹고 싶으면 언제든 그렇게 할 수 있다고 말하리라 마음을 먹었다. 그리고 자신의 재규어를 타고 저택을 빠져나가면 된다고 말이다.

그는 잔디밭에 발이 닿자마자 케이시를 돌아보며 말했다. "친자 확인 검사를 받으마. 네가 원한다면. 연락 줘."

아직도 이 밤에 일어난 일이 믿기지 않고 슬픔과 동시에 약간의 스릴을 느낀 케이시는 그를 보며 미소 지었다. 그리고 친부일지 모를 믹의 손을 꼭 잡았다.

* * *

가족이 계단을 다 올라왔을 때 그곳에 남아 있던 경찰들은 믹과 그의 다섯 아이를 보고 반색했다. 그 순간 리바 형제들은 태어나서 처음으로 믹 리바가 아버지라서 좋은 이유를 보았다.

그들은 모두 안으로 들어갔다. 10분 동안 하하호호 웃으며 악수와 사인을 주고받고 별 시답잖은 이야기에 박장대소한 경찰들은 그곳에서 철수하기로 했다.

"체포를 몇 건 했습니다." 퍼디 경사가 말했다. "여러분이 아쉬워할 사람들은 아닐 겁니다. 하나같이 불한당들이었거든요"

니나는 무슨 말을 해야 할지 몰랐다. 경찰이 대체 누구를 체포했다는 건지 궁금하기도 했다. "고맙습니다, 경관님." 그녀가 인사를 했다. 그리고 그들을 문으로 안내했다.

마침내 그녀가 돌아서서 가족을 보았다. 남동생들은 얼굴에 피가 말라붙어 있고 여동생의 목에는 키스 자국―뭐라고?―이 있었다. 게다가 이 모든 일이 시작되었을 때보다 두 사람이 더 늘었다.

"그래." 믹이 말했다. "이게 내가 가야 한다는 신호겠구나."

그는 누군가 그를 붙잡을지 모른다는 상상을 해보았다. 물론 아무도 그를 붙잡지 않아도 그리 놀라지 않았다.

그는 두 아들을 먼저 안고, 딸일지도 모르는 소녀를 안아준 후 수다쟁이 딸을 안았다. 마지막으로 문에 도착하자 그가 시작한 가족을 구한 딸을 안았다.

"고맙구나." 믹은 니나를 안으며 귓가에 속삭였다. "네가 이런 사람으로 자라주어서. 그리고 네가 한 모든 일도."

그리고 니나가 자신이 펑펑 울고 있다는 사실을 알아차리기도 전에 그는 그곳을 떠났다.

니나는 문을 향해 난 계단에 앉았고 두 남동생과 여동생도 그 옆에 앉았다.

"누나 괜찮아?" 허드가 물었다.

니나가 고개를 들어 동생을 보았다. 도저히 말로는 포착할 수 없는 온갖 감정이 그녀 속에서 교차했다. "나는…." 그녀는 말문을 열었다가 그대로 포기했다.

"괜찮다는 거지." 그가 말했다.

"나도 괜찮아." 키트가 끼어들었다.

"나도." 제이도 거들었다.

케이시가 문가에 서 있었다.

허드가 홀로 우물쭈물하며 문턱에 서 있는 케이시를 보았다. "이리 와, 여기 앉아. 네 아빠가 누군지 상관없이. 너는 우리 중 한 명이야."

키트가 옆으로 비키며 자리를 만들어주었다. 케이시는 니나 옆에 앉았고 제이가 한 팔로 꼭 안아주었다. 니나는 케이시의 무릎을 토닥였다.

케이시는 그녀를 사랑해 줄 사람이 필요했다. 그리고 그들은 사랑을 줄 수 있었다. 그들은 너무나 쉽게 그렇게 할 수 있었다.

준은 이제 없다. 하지만 그녀는 이곳에서 그녀의 아이들을 통해 여전히 살아 있다.

06:00

 모두의 설득으로 니나가 떠나기로 마음을 먹은 시각은 정확히 6시 52분이었다. 그들 다섯은 주방의 아일랜드 조리대에 둘러서서 크래커를 먹었다.

 키트가 그 주제를 던졌다. "언니 지금 바로 여길 떠나서 포르투갈로 가면 어때?"

 허드는 말이 없었다. 케이시는 무슨 말을 해야 할지 몰랐다. 그리고 니나는 몇 번이나 그 의견을 묵살했다.

 그러나 제이가 키트의 편을 들면서 분위기가 반전했다.

 "그렇게 터무니없는 생각도 아니잖아, 누나." 제이가 말했다. "이 집에서 살기 싫잖아. 특히 지금은. 브랜던과 살고 싶지도 않고. 사람들 관심도 싫어. 누나는 이런 걸 전혀 원하지 않고 누나의 마음을 모두에게 설명해야만 하는 상황도 원하지 않아. 그럼 떠나. 아무에게도 말하지 말고. 그냥 가."

 "네 말은 내 물건이며 은행 계좌, 집을 다 두고 떠나라는 거야? 아무도 내가 어디에 있는지 모르게?" 니나가 되물었다.

 "음, 우리가 지금 하는 이야기는 정확히 그런 건 아니야." 허드가 말했다.

"브랜던은 내가 어디에 있는지 알아낼 거야, 그렇지? 그리고 그 인간은 아직도 내 문제고. 사람들은 내 아빠가 누군지 알게 될 거야. 모두가 내 남편이 바람을 피운 사실을 알게 되겠지. 모두 내 남편이 빌어먹을 캐리 소토 때문에 날 떠났다는 사실을 알게 될 거야."

"제가 한마디 해도 될까요…." 케이시가 불쑥 끼어들었다. "그 여자가 빌어먹을 망할 년인가요? 엄마는 정말 화가 나셨었을 때 이렇게 말하셨거든요."

"그래, 해도 돼." 니나가 말했다. "그래, 그렇게 말할 수도 있겠지."

키트는 그 순간 옛날의 니나—항상 좋은 말만 했던 착한 사람—는 이미 없다는 사실을 깨달았다. 그리고 그곳에는 조금 새로운 니나—남편과 바람을 피운 여자를 남들이 망할 년이라 불러도 맞장구를 치는—가 있었다. 그리고 키트는 옛날의 언니도 새로운 언니도 모두 포르투갈을 원한다고 생각했다.

"내 말 좀 들어볼래?" 키트가 말했다. "이건 정말 간단한 일이야."

"좋아." 니나는 감정이 격앙되어 있었다. "해봐."

"우리는 사람들이 언니를 추적하는 걸 원치 않아. 언니를 그냥 내버려두면 좋겠어. 그렇다면 우리는 상황을 애매하게 만들면 돼. 언니는 지금 떠나. 파티는 난장판이 되었어. 조만간 언론에도 실릴 거야. 그러면 사람들은 언니가 누군가 아니면 뭔가를 챙겨서

도망쳤다고 생각할 거야."

"아니면 죽었거나."

"그래, 그럴지도." 허드가 터무니없는 가능성을 인정하며 맞장구를 쳤다.

"그래, 좋아." 키트가 말했다. "사람들은 언니가 죽었다고 하겠지. 그게 무슨 상관이야? 그 말은 사람들이 언니를 귀찮게 하지 않을 거라는 뜻인걸. 우리는 언니가 멀쩡히 살아 있다는 걸 알아. 아빠에게 언니가 살아 있다고 전해줄게. 태린이든 누구든 언니가 알리라고 한 사람에게 우리가 알려줄게. 비밀을 지킬 사람에게만 알릴 거야. 그러면 언니는 현금을 좀 챙겨서 공항으로 가. 거기서 포르투갈행 편도 비행기표를 사. 도착하면 작은 집을 사. 뭐든 하고 싶은 걸 해. 그곳이 마음에 드는지 살아봐. 마음에 안 들면 집으로 돌아와. 마음에 들면 원하는 만큼 거기서 살아. 우리가 언니를 찾아갈게. 언제나. 포르투갈은 서핑 명소니까 아무도 우리가 왜 가는지 궁금해하지 않을 거야. 어차피 허드와 제이는 서핑 촬영이니 뭐니 전 세계를 돌아다닐 거잖아. 나는 따라가면 돼. 그러면 언제든지 언니를 만날 수 있어. 가끔은 몇 주씩 언니 집에서 지낼 거야. 우리는 언제까지나 언니의 껌딱지일 거니까."

"나는 떠날 수 없어." 니나가 말했다. "너희를 두고 떠날 수가 없다고. 너희는…." 내가 필요해.

"아니." 키트가 말했다. "이제는 아니야. 우리는 언니를 사랑하고 언니와 함께 살고 싶어. 하지만 언니, 이제는 우리를 돌봐주지 않아도 돼."

"맞아." 허드가 말했다. "키트 말이 맞아."

바로 그때 니나는 이 생각이 그리 터무니없지만도 않을지 모른다는 생각이 슬슬 들기 시작했다. 이대로 가버려도 되지 않을까. 상상만으로도 대담하게 느껴졌다.

"키트 말이 옳아. 누나는 가야 해." 제이도 거들었다. "그런 일은 전혀 누나답지 않아. 그래서 가야 하는 거야."

니나는 동생의 말에 귀를 기울였다. 일리가 있었다.

"누나는 엄마와 아빠를 대신하느라 평생을 보냈잖아. 우리가 이런 이야기는 별로 안 하지만… 엄마도 쉽게 하지 못했어. 나는 늘 알고 있었어. 엄마가 얼마나 술을 마시건 아빠가 돌아오건 말건 그런 건 아무래도 괜찮았어. 우리 곁에는 늘 누나가 있을 테니까."

"나도 알았어." 허드가 말했다.

"나도 평생 알고 있었어." 키트가 말했다. "그리고 지금도 알아. 앞으로 언니가 마데이라의 바닷가에 산다고 해도 나는 알 거야."

케이시가 끼어들었다. "나는 언니를 거의 모르지만 나도 그렇게 느꼈어요. 그건 아마 언니가 그런 사람이기 때문인가 봐요."

키트가 케이시를 보았다. 케이시는 그녀의 가족을 사랑했고 어느새 니나도 좋아하게 된 것 같았다. 문득 누군가의 언니가 되는 건, 내가 알게 된 것을 남에게 전해주는 건 어떤 일일지 궁금해졌다. 그녀는 언니가 될 수 있었다. 되고 싶었다.

"얼마 후에 공항에서 내 차를 발견하고 나를 추적하면 어떻게 해?" 니나가 물었다.

키트가 웃기 시작했다. 드디어 실행 계획을 세우는 단계로 접어든 것이다.

"내 트럭요." 케이시가 말했다. "길가에 주차해 뒀어요. 절벽을 한참 지난 곳에요. 그게… 주차 요원들을 보고 주눅이 들었거든요. 게다가… 전부 고급차라." 케이시 자신의 백을 놓아둔 곳으로 가 백에서 자동차 열쇠를 꺼냈다. "붉은색 픽업 트럭이고 기름은 사분의 삼 정도 있어요. 내 아빠 이름으로 등록되어 있어요. 어디든 언니가 출국할 공항까지 타고 가세요."

"그다음은 알지, 떠나. 포르투갈로 가서 하고 싶은 걸 해. 한 번만이라도. 잠시만이라도." 키트가 말했다.

'잠시'라는 말에 니나는 마음을 굳혔다. '잠시' 정도는 다녀올 수 있지 않은가. '잠시' 정도가 무슨 해가 되겠는가.

"식당은?" 니나가 물었다. "누가 책임지고 식당 경영을—"

"우리, 식당 팔자." 키트가 말했다. "아쉽지만 그곳을 팔고 돈을 챙기자. 엄마는 그 식당을 싫어하셨어. 우리가 그곳을 물려받는 걸 원하신 적도 없어. 라몬에게 넘기자. 라몬은 그곳을 정말 좋아하잖아. 이제 그곳을 떠나보내야 해. 엄마나 외할머니가 살았던 길을 그대로 따라가지 않아도 돼. 이건 우리가 원하는 대로 살 수 있는 우리 삶이야. 그러니까 언니는 포르투갈로 가고 우리는 그 빌어먹을 곳을 팔아버리자, 제발."

니나가 허드를 보았다. 허드는 제이를 보았다. "그래." 제이가 말했다. "키트 말이 맞아. 엄마는 그 식당을 맡으려고 누나가 여기 주저앉는 걸 싫어하셨을 거야. 엄마는 그 식당을 증오하셨다고."

그건 사실이었다. 그리고 지금 니나가 그곳을 차마 놓지 못하는 것은 그녀 이전에 엄마가 그곳을 운영했기 때문이었다.

문득 니나의 머릿속에 어떤 그림이 떠올랐다. 엄마가 가지고 있던 물건이 가득 담긴 상자를 자기에게 주는 모습이었다. 마치 모든 부모가 자신의 아이에게 상자를 건네듯이.

준은 자신의 경험과 보물, 가슴 아픈 일들로 꽉 찬 이 상자를 아이들에게 주었다. 그녀의 죄책감과 즐거움, 승리와 패배, 가치관과 편견, 의무와 슬픔.

그리고 니나는 이 상자의 무게를 온전히 다 느끼며 평생 들고 다녔다.

하지만 정작 꽉 찬 상자를 들고 다녀서는 안 된다는 걸 이제야 깨달았다. 니나는 상자의 내용물을 정리해야 했다. 무엇을 간직하고, 무엇을 버릴지. 먼저 간 사람들로부터 물려받은 것 중에서 앞으로 간직하고 싶은 것을 선택해야 한다. 과거 중에서 버리고 가고 싶은 것도 골라야 했다.

그리하여 니나는 식당을 내려놓기로 했다. 엄마가 그러기를 원했던 것처럼. 그리고 그 식당을 놓아버리면 이제 엄마도 놓아줄 것이다.

"그래." 니나가 말했다. "네 말대로야. 우리가 그 식당을 지켜야 할 필요는 없어."

이 모든 깨달음이 찾아오자마자 니나는 아빠가 그녀에게 준 상자도 열어야 한다는 사실을 깨달았다. 지금까지 던져두고 방치했던 상자 말이다.

언젠가 세상이 좀 더 이해할 만한 곳이 된다면 니나는 그 상자를 열어 내용물을 살피고 간직할 만한 것이 있는지 알아보아야 할 것이다. 아마 많이 없을 것이다. 어쩌면 생각보다 더 많을지도 모르고.

허드가 니나에게 미소를 지었다. "가, 누나, 정말로. 가."

이 말을 물리칠 좋은 구실이 과연 있을까? 니나는 지금 곁에 있는 이 사람들을 제외하고 이곳에 남아야 할 이유를 단 하나도 떠올릴 수 없었다.

"이제부터 내가 누나가 될게." 제이가 말했다. "내가 하게 해줘. 누나가 어디에 있건 무슨 일이 일어나건 누나와 이 녀석들은 내 덕에 잘 지낼 거야. 이거 하나만 명심해."

"내 덕이기도 하지." 허드가 말했다.

"그리고 내 덕이고." 키트가 말했다. "그리고 케이시도." 그녀는 이렇게 덧붙이며 한 팔로 케이시의 어깨를 감싸안았다.

비로소 가슴속에서 꽃처럼 활짝 피어나는 기쁨에 숨 쉬는 것도, 할 말도 잊은 니나는 동생들 모두를 끌어안았다. 마침내 그녀는 떠나기로 결심했다. 잠시 동안이라도.

07:00

믹 리바는 자신의 재규어를 찾을 수 없었다. 아직도 저택 옆으로 차가 몇 대 있었지만, 그 가운데 그의 재규어는 없었다. 게다가 열쇠가 꽂혀 있는 차도 없었다. 그는 굳이 아이들을 귀찮게 하고 싶지 않았다.

그래서 진입로가 끝나고 자갈길이 도로와 만나는 저택의 입구에 서서 마지막 담배를 피웠다. 그리고 PCH까지 걸어가 그곳에서 지나가는 차를 얻어 타기로 했다.

히치하이크를 하는 믹 리바. 이렇게 파격적이라니. 그 덕분에 누군가는 운수 좋은 날이 될지 몰랐다.

그는 마지막으로 담배를 한 모금 빨고 연기를 뿜은 후 꽁초를 공중으로 툭 던졌다. 꽁초는 자갈을 깐 진입로를 통통 굴러 내려가더니 덤불 속으로 스르르 들어갔다.

건조하고 건조한 말리부의 덤불 속으로. 샌타애나 바람이 불어대는 아침으로. 청소솔 같은 이 땅으로. 언제나 활활 타오를 위협을 안고 사는 도시로. 작은 불꽃 하나가 몇 제곱미터의 땅을 파괴할 수 있는 지역으로. 타오르고 싶은 열망으로 가득한 땅으로 굴러 들어갔다.

그리하여 그럴 의도는 눈곱만큼도 없었던 믹 리바는 클리프사이드 드라이브 28150번지에 막 불을 지른 줄은 꿈에도 모른 채 유유히 그곳을 떠났다.

피어오르는 연기가 아직 눈에 보이기 전, 허드와 제이는 니나를 안으며 사랑한다고, 곧 만나자고 작별 인사를 건넸다. 그리고 제이는 허드를 차에 태워 병원으로 향했다.

대기실에서 제이는 누구에게도 말하기 두려웠던 사실을 마침내 허드에게 털어놓았다.

"나, 심근증이래." 제이는 이렇게 말문을 연 후 그게 무슨 뜻인지 설명했다. 다시 말해 서핑을 관둬야 한다고 말이다.

"그래도 괜찮아?" 허드가 물었다. 그는 어느새 눈물을 글썽거렸고 제이는 그 순간 허드가 우는 모습을 차마 볼 수 없었다.

"그래." 제이가 고개를 끄덕이며 말했다. "괜찮을 거야. 앞으로 내 인생을 걸고 할 다른 일을 찾아낼 거야, 아마도."

허드가 고개를 흔들었다. "나는 그건 걱정하지 않아. 너는 뭘 하든 잘하니까."

제이가 미소를 지으며 숨을 길게 들이마셨다. "그런데, 나는…" 일단 말문을 열었지만 적당한 말을 찾기 힘들었다. "나는 줄곧… 걱정했어. 네가 실망할 테니까."

"내가?"

"우리는 팀이잖아."

허드가 미소를 지으며 자신도 다 털어놓았다. "실은 앞으로는 출장을 많이 다니지 못할 것 같아."

"그게 무슨 뜻이야?"

"이 이야기를… 어떻게 네게 말해야 최선일지 모르겠어. 맹세해. 나도 지난밤에 처음 알았는데…."

제이는 알아차렸다. 허드가 말하기 0.5초 전에 이미 알아버렸다.

"애슐리가 아이를 가졌어."

제이는 눈을 감고 웃음을 터트렸다. "지금 농담이지." 그가 말했다.

허드가 고개를 흔들었다. "나 정말 진지해."

제이가 고개를 끄덕였다. "와우. 음, 사람들이 뭐라고 할지 알지? 네 형제의 전 여자 친구와 잘 거면 내친김에 사고도 치라고 할 거야."

허드가 무심결에 웃다가 갈비뼈를 꽉 쥐며 숨을 골랐다. "그런 말 하는 사람들은 없을 거야."

"그래, 그럴 거야." 제이는 잠시 자신의 신발을 보다가 고개를 들어 형제를 보았다.

"우리 사이는 여전히 괜찮은 거지?" 허드가 물었다.

제이가 고개를 끄덕였다. "야, 나는 너를 아직도 머저리라고 생각해. 아마 한동안 그렇게 생각할 거고. 하지만 그래, 우리는 아무 문제 없어. 우리는 괜찮을 거야."

둘은 잠시 아무 말도 하지 않았다. 그러는 동안에도 둘 사이의 세상은 새로운 관계에 적응하느라 열심히 돌아갔다.

"그렇다면 우리는 한동안 말리부에서 놀아야겠네."

허드가 고개를 끄덕였다. "맞아. 그런데…." 그가 말했다. "실은 키트를 찍어볼까 생각 중이야. 그 사진을 《서프》에 팔 수 있을지 알아봐야지."

"키트를? 정말?"

"그 애 잘해, 제이." 그가 말했다. "걔… 진짜 죽여줘."

제이는 그 사실을 이미 알고 있었다는 사실을 이제야 깨달으며 천천히 고개를 끄덕였다. "그래, 맞아." 그는 키트가 물속에서 얼마나 자신만만한지, 얼마나 대담한지 떠올리며 맞장구를 쳤다. 그 사진이 얼마나 대단할지 상상이 되었다. 키트는 니나처럼 새롭고 사람들의 흥미를 자극하면서 동시에 제이처럼 커다란 파도를 향해 달려가며 더 날렵하게 파도를 유린하는 대담한 피사체가 될 것이다. 어쩌면 키트는 형제 중에 최고일지 몰랐다. 어쩌면. 제이는 순간 생각했다. 키트가 진짜일지 몰라.

"키트는 실력이 있어. 우리가 그 애를 도와서 최고로 만들어보자." 제이가 말했다. "어쩌면 언젠가 키트가 트리플 크라운을 달성할 거야. 그걸 우리의 새로운 목표로 삼아볼까."

허드가 한 손을 내밀자 제이가 그 손을 잡고 흔들었다. 이렇게 형제는 리바 왕조의 새로운 장으로 넘어갔다.

두 시간 후 허드의 코가 다시 맞추어지자 제이는 그를 애슐리의 집에 태워주었다.

그곳에 도착하자 허드는 문 앞에서 한쪽 무릎을 꿇고 청혼을 했다. 애슐리가 청혼을 받아들이는 모습을 제이는 차 안에서 지켜보았다.

* * *

피어오르는 연기가 아직 눈에 보이기 전, 케이시는 니나에게 자신의 트럭 열쇠를 건네며 꼭 안아주었다. 그리고 바로 이 순간 케이시가 꼭 필요한 사람이었다며 니나에게 감사했다.

"언니를 만나서 기뻐요." 케이시가 말했다. "단 몇 시간이었을지라도."

니나가 미소를 지었다. "강렬한 시간이었어, 그렇지? 이건 정말 불에 의한 세례 같아."

키트가 니나를 안으며 사랑한다고 곧 다시 만나자고 말했다. "언니는 꼭 가야 해." 그녀가 말했다. 그 순간 니나는 평생 처음으로 사랑과 보살핌을 받아들이는 것도 다른 사람을 사랑하고 보살피는 과정의 일부라는 사실을 깨달았다.

"케이시와 나는 아침 먹으러 갈 거야." 키트가 말했다. "우리가 다시 오면 부디 여기 없기 바라."

니나가 눈물을 글썽이며 미소를 지었다. 키트도 눈물이 나왔지만 얼른 닦았다. 키트와 케이시가 문으로 향했다. 그러나 키트는 문손잡이를 잡고서도 쉬이 발길이 떨어지지 않았다. 그녀는 돌아서서 얼른 언니에게 달려갔다.

"언니를 언제까지나 사랑할 거야." 키트가 말했다. "언니가 어떤 사람이건 어떤 삶을 원하건." 어느 날 키트는 자신이 어떤 사람인지 막 알게 된 사실을 언니에게 몽땅 들려줄 것이다. 키트는 그러리라는 걸 알았다. 두 사람은 전날 밤 자신들이 어떻게 변화했는지 이해할 시간이 충분했다. "어떤 모습이든 그 모습 그대로 언니를 사랑해."

"오, 키트." 니나가 눈물을 쏟으며 말했다. "나도 마찬가지야."

키트가 언니를 품으로 끌어당겼다. 어찌나 꼭 안았는지 두 사람이 하나로 녹아들 것만 같았다. 이윽고 언니에게서 몸을 뗀 키트는 언니가 혼자 떠나도록 그곳에 남겨두고 갔다.

* * *

피어오르는 연기가 아직 눈에 보이기 전, 니나 리바는 마지막으로 집을 둘러보았다. 산산조각이 난 유리와 파손된 그림들, 바닥에 나뒹구는 샹들리에, 깨진 전등들. 그러거나 말거나 자신이 책임질 문제가 아니라는 사실에 기쁨을 주체할 수 없었다. 그녀는 그곳을 치우고 절벽 위에서 살 사람은 자신이 아니며 브랜던을 다시는 보지 않아도 된다는 생각에 속이 후련했다.

그녀는 필요한 물건을 대충 챙겨 가방에 얼른 집어넣었다. 케이시의 트럭 열쇠를 쥐고 빨간 픽업 트럭을 찾아 도로를 걷기 시작했다.

떠나는 건 가슴 아팠다. 하지만 니나는 가장 좋은 것은 통증이나 고통과 함께 온다는 사실을 알았다.

그녀는 가족만 있으면 되었다. 자신의 동생들. 그리고 이제 동생들은 그녀의 보살핌이 필요하지 않으니 약간의 평화와 고요를 누릴 수 있으리라. 약간의 햇살. 그리고 약간의 사생활도.

결국 그녀의 가족은 성장했다. 이런 날이 오기를 줄곧 기대하지 않았나? 아이들이 자라 삶이 온전히 내 것이 되는 날을?

불길은 자갈과 흙으로 덮인 진입로를 지나 지금 당장 필요한 잔디와 나뭇잎과 나무를 찾아 움직였다.

불길이 벽을 타고 올라가 창문을 훌쩍 뛰어넘고 지붕까지 올라가더니 저택을 한입에 집어삼켰다. 불길은 집 안의 그림과 옷가지, 깨진 유리를 꽉 움켜쥐었다. 하얀 벽과 상아색 소파, 크림색 양탄자를 포획했다. 와인 저장고와 바비큐 그릴, 잔디밭, 테니스 코트도.

클리프사이드 드라이브 28150번지가 선명한 주황색과 회색에 휩싸이고 매캐한 냄새가 바다로 실려갔다.

불길이 저택과 정원을 완전히 뒤덮은 후 해안선을 따라 달리기 시작할 즈음, 그렉은 태린을 유치장에서 빼냈고 키트와 케이시는 리키와 버네사가 있는 곳을 알아내 보석금을 내고 그들을 데리고 나왔으며, 세스는 엄마가 데려갔고, 캐럴라인은 보비를 꺼내주었으며, 본과 브리저의 에이전트들은 두 사람이 풀려나도록 조치한 후 한마디 해달라는 기자들을 상대하기 시작했고, 테드의 비즈니스 매니저가 나타나 그와 비키를 도왔고, 튜즈데이의 홍보 담당자는 그녀와 라파엘을 데려갔으며, 웬디의 오빠는 그녀를 집으로 데려가 어느새 변호사까지 선임했다.

　소방관들이 도착했을 즈음 브랜던은 불구속으로 방면되어 캐리 소토와 호텔 방에 있었다. 두 사람은 TV를 켰다가 아침 뉴스에서 불길에 활활 타고 있는 저택을 보았다.

　포인트 듐의 주민들이 대피하는 동안 불길이 하늘로 치솟았다. 주민들은 아이들과 가족 앨범을 챙기고 개를 사치스러운 승용차 뒤에 태운 후 집을 떠났다. 불은 나무 꼭대기며 건물의 위층까지 손가락을 길게 뻗어 건물 전체를 집어삼켰다.

　말리부 사람들은 재난 시 대피 요령을 잘 알았다. 전에도 해보았다. 앞으로 또 하게 될 것이다.

　화재가 진압되었을 즈음―저택은 재가 되고, 뼈대는 물에 젖고, 이웃집은 재로 뒤덮이고, 하늘은 회색으로 변하고, 소방관이 이마에 맺힌 땀을 닦을 즈음―안주인은 어디에서도 발견되지 않았다.

　니나 리바는 비행 중이었다.

　니나는 나중에 미국 신문에서 화재 소식을 알고 깜짝 놀란 가슴을 부여잡고 사상자가 없다는 사실에 안도의 숨을 내쉴 것이다. 화재로 인한 피해와 고통을 떠올릴 것이다.

　그러나 그 불은 태고 이래 말리부에서 이어진 대화재의 역사에서 한자리를 차지할 또 한 번의 화재라고 생각할 것이다.

　그 불은 파괴를 몰고 왔다.

　동시에 재에서 다시 일어나는 재생을 불러올 것이다.

　이것이 불의 이야기.

감사의 말

나는 이 책을 쓰기 시작한 2년 전의 나와는 다른 작가가 되었다. 그것은 배려 깊고 뛰어난 내 편집자인 제니퍼 허시의 통찰력과 지도에 힘입은 덕이다. 제니퍼, 당신의 지도는 내게 주어진 재능처럼 느껴져요. 그 점에 깊이 감사드립니다.

카라 웰시와 킴 호비, 숨이 턱 막힐 정도로 근사한 출판사를 마치 내 집처럼 느끼게 만들어줘서 고맙습니다. 수전 코크란, 리 마천트, 제니퍼 카자, 앨리슨 로드, 퀸 라저스, 테일러 노엘, 마야 프랜슨, 에린 케인을 비롯한 발렌타인 출판사의 훌륭한 여러분, 사려 깊은 아이디어와 세부사항에 기울인 주의, 무엇보다 제게 보여준 관심에 저는 몸 둘 바를 모르겠습니다. 마음 깊은 곳으로부터 여러분에게 감사드립니다. 카리사 헤이스, 우리의 시작은 터무니없었죠, 그렇죠? 당신의 안내를 받아 목적지를 향해 갈 수 있는 나는 행운아 중의 행운아입니다. 파올로 페페, 당신의 표지는 정말 죽여줘요. 당신을 이보다 더 사랑할 수는 없을 거예요. 고맙습니다.

나의 여왕이자 에이전트인 테레자 박, 나를 언제나 믿어줘서 너무나 감사해요. 당신은 그 믿음을 전염성 있는 흥미로, 내가 더 열심히 글을 쓰는 연료가 되는 높은 기대감으로, 세상에서 제일 근사한 손글씨 크리스마스카드로 아름답게 변모시켜요. 당신 덕분에 나는 발을 든든하게 땅에 디디고 서서 점점 더 높은 목표를 향해 몸을 뻗을 수 있습니다. 더 이상 뭘 바랄까요.

에밀리 스위트, 안드레아 마이, 애비 쿤스, 알렉스 그린, 에마 반스, 셀레스티 파인을 비롯한 박+파인 팀 여러분. 어떻게 매일같이 대박을 치는지 정말 감탄스러워요. 게다가 여러분은 내가 5000킬로미터 떨어진 곳에서도 볼 수 있고, NYC에 있을 때는 재결합 쇼도 할 수 있는 끝내주는 리얼리티 쇼 같아요. 그러니까 내 말은, 여러분을 너무나 좋아한다는 뜻이에요.

실리 라비노와 스튜어트 로즌솔, 믹 리바의 이야기가 대단원의 막을 내려 행복하신가요? (이것이 대단원의 막일까요? 약속은 못 해요.) 내 이야기와 등장인물들을 위해 열심히 싸워줘서 고맙습니다. 우리가 이야기할 때마다 나는 그런 느낌을 받았어요. 그 점이 제일 중요하죠.

브래드 멘델스존! 당신의 지문이 이 책 여기저기에 남아 있어요. 네이트 앤 앨스에서 말리부 서핑 컨설턴트인 당신을 들들 볶게 해줘서 감사합니다. 앞으로 내 목표는 당신을 바쁘게 만들되,

파도를 탈 시간은 만들 수 있게 해주는 거예요. 하지만 나는 당신과 함께 나가지 않을 거예요. 태평양은 너무 차갑더라고요. 그 점을 충분히 알려주지 않았더군요. 아무튼 친구여, 고맙습니다. 당신이 이 이야기를 위해 내게 해줬고 해줄 모든 일에 대해서요.

피너츠 여러분에게. 나를 믿고 인생을 개척해 나가도록 도와줘서 감사합니다. 여러분이 없었다면 나는 세상에 잘 적응하지 못했을 거예요. 여러분은 모든 버전의 내 모습을 아는 얼마 안 되는 사람들입니다. 그리고 현재의 내 버전은 그런 분들의 존재가 정말 필요합니다. 나도 여러분에게 같은 도움을 드릴 수 있기를 희망합니다.

로즈와 워렌, 샐리. 여러분의 도움과 내가 글을 쓸 수 있도록 라일라를 보살펴 준 덕분에 이 책이 세상에 태어났습니다. 이 이야기를 귀담아 들어주고, 항상 내 곁에 있고, 라일라에게 너무나 훌륭한 조부모님(과 증조부님!)이 되어주셔서 감사합니다. 라일라를 너무나 잘 보살펴 줘서 리나와 마리아에게 특별히 감사의 인사를 보냅니다. 리나와 마리아가 없으면 라일라가 금방이라도 보고 싶어 해요. 여러분의 지원 덕분에 나는 일을 할 수 있는 특혜를 누리고 있습니다. 고맙다는 말을 몇 번을 해도 내 마음을 전하기엔 부족합니다.

내 형제 제이크, 굳이 말로 전하기엔 시시해 보이는 고마운 순간이 얼마나 많은지. 하지만 이것만은 말해둘게. 무엇을 하든 처음부터 줄곧 내 곁을 지켜줘서 고마워요. 나와 함께 그 상자를 정리해 줘서 고마워요.

알렉스, 매일 컴퓨터 앞에 앉을 때마다 나는 당신이 생각하는 나라는 작가가 되려고 노력합니다. 작가로서의 길을 온 마음을 다해 매 순간 함께 해줘서 고맙습니다. 당신은 일이 잘 안될 때도 잘될 때도, 단 한 순간도 당연하게 받아들이지 않고 늘 내 곁에 있어 줬어요. 그런 마음 씀씀이가 내게 꼭 필요합니다. 내 일과 그 일을 하기 위해 필요한 모든 것을 존중해 줘서 고맙습니다. 안성맞춤인 예로, 당신은 지금 라일라를 보고 있고 두 사람은 앞마당으로 피크닉을 떠났죠. 덕분에 내가 이 책을 이렇게 마칠 수 있습니다. 두 해에 걸친 끝에 마침내 찾아온 순간. 지금 밖으로 나가 마침내 끝냈다고 하면 당신은 환호성을 지르겠죠. 그때가 되어야 나는 비로소 다 끝났다는 걸 실감할 겁니다.

그리고 마지막으로 라일라. 내가 글을 쓰는 사람이라는 걸 너는 어느 정도 이해하는 것 같구나. 책의 표지에 적힌 내 이름을 너는 읽을 줄 알지. 그리고 요즘에는 누군가 "데이지"라는 말을 하면 너는 "존스 앤 더 식스"라고 말하더구나. 그런 모습을 보면 네가 언젠가 이 책을 읽고 내가 네게 하고 싶은 말을 이해할 날이 쉽게 상상이 돼. 재미로 하나 더, 이건 확실히 말해둘게. 가끔 나는 실수를 할 거야. 완벽하지도 않을 테고. 하지만 네가 내 곁에 있는 한, 나는 팔을 뻗어 너를 안을 준비를 하며 항상 네 곁을 지켜줄 거야. 나는 네 거니까.

옮긴이 이경아

한국외국어대학교 러시아학과와 동 대학 통번역대학원 한노과를 졸업하고 영어와 러시아어 전문 번역가로 활동 중이다. 『플러드』, 『프랑켄슈타인』, 『주홍색 여인에 관한 연구』, 『죽은 등산가의 호텔』, 『버드 박스』 등을 우리말로 옮겼다.

말리부의 사랑법

초판 1쇄 인쇄 2025년 6월 23일
초판 1쇄 발행 2025년 6월 30일

지은이 테일러 젠킨스 리드
옮긴이 이경아
펴낸이 김선식

부사장 김은영
콘텐츠사업본부장 임보윤
책임편집 곽세라　**디자인** 권예진　**책임마케터** 양지환
콘텐츠사업3팀장 이승환　**콘텐츠사업3팀** 김한솔, 권예진, 이가현, 곽세라
마케팅2팀 이고은, 양지환, 지석배
미디어홍보본부장 정명찬
브랜드홍보팀 오수미, 서가을, 김은지, 이소영, 박장미, 박주현　**채널홍보팀** 김민정, 정세림, 고나연, 변승주, 홍수경
영상홍보팀 이수인, 염아라, 김혜원, 이지연
편집관리팀 조세현, 김호주, 백설희　**저작권팀** 성민경, 이슬, 윤제희
재무관리팀 하미선, 임혜정, 이슬기, 김주영, 오지수
인사총무팀 강미숙, 이정환, 김혜진, 황종원
제작관리팀 이소현, 김소영, 김진경, 이지우, 황인우
물류관리팀 김형기, 김선진, 주정훈, 양문현, 채원석, 박재연, 이준희, 이민운

펴낸곳 다산북스　**출판등록** 2005년 12월 23일 제313-2005-00277호
주소 경기도 파주시 회동길 490
전화 02-704-1724　**팩스** 02-703-2219　**이메일** dasanbooks@dasan.com
홈페이지 www.dasan.group　**블로그** blog.naver.com/dasan_books
종이 스마일몬스터　**인쇄** 민언프린텍　**제본** 국일문화사　**후가공** 제이오엘앤피

ISBN 979-11-306-6787-4 (03840)

- 책값은 뒤표지에 있습니다.
- 파본은 구입하신 서점에서 교환해드립니다.
- 이 책은 저작권법에 의하여 보호를 받는 저작물이므로 무단 전재와 복제를 금합니다.

> 다산북스(DASANBOOKS)는 독자 여러분의 책에 관한 아이디어와 원고 투고를 기쁜 마음으로 기다리고 있습니다.
> 책 출간을 원하는 아이디어가 있으신 분은 이메일 dasanbodasanbooks.com 또는 다산북스 홈페이지
> '투고 원고'란으로 간단한 개요와 취지, 연락처 등을 보내 주세요. 머뭇거리지 말고 문을 두드리세요.